南无袈裟理科佛　著

金蚕往事

大结局 上 1

上海社会科学院出版社
SHANGHAI ACADEMY OF SOCIAL SCIENCES PRESS

本故事纯属虚构。

目录

第三十四卷　海天三佳

第一章　东南局年会通知

2010 年 12 月初，我、杂毛小道和四娘子转道香岛，前去探望正在香岛明德国际医院接受治疗的李家湖。经过大半个月的调养，李家湖的精神状态要比在缅甸时好，我们到达病房的时候，他正坐着轮椅，在病房的阳台上眺望南中国海。

明德国际医院位于太平奇力山，属于香岛富人区，在美国"全球最美医院"的评选中荣登第三。病房为酒店式设计，十分宽敞，设施也极为现代化，使得这里并没有普通病房的沉闷。

李家湖的妻子也在病房里，因为之前通过电话，她正为自家女儿伤心，见到我，眼泪不由得唰地一下就流了下来。不过李家湖倒还好，邀我们三人在宽敞的阳台坐下。他告诉我，说这些年来一直都在忙，忙生意、忙事业、忙家族，总是忽略身边人的感受，现在终于得闲了，也算是塞翁失马，焉知非福。唯一有点儿遗憾的就是雪瑞没在身边……

相比那些整日玩嫩模小明星的堂兄弟们，李家湖在情感上比较忠贞，四十多岁了，只有雪瑞这么一个女儿，从小就宝贝得不行，如今父女天各一方，骨肉离散，如此想想，倒也有些悲凉。

我好生安慰他，说凡事都要两头看，雪瑞这次一劫，逃无可逃，不过所幸拜了一个好师父，日后回来，像果任这种降头土豪，便不用再如以前那般畏惧了。

说到这里，雪瑞母亲泪水涟涟，不住地叹气，说："我们这当父母的，哪里会指望她有多大的出息啊，就想着她能够健健康康地长大成人，然后嫁个门当户对的好人家，平平安安地过完这一生。没想到会有这些磨难，早知道当初就不让她跟美国那个姓罗的老头接触了，到现在弄得连个合适的夫家都不好找。"

李家湖打了岔，说："话也不能这么讲，倘若不是罗恩平老师傅，雪瑞到现在还在残疾学校读书呢；若不是她缅甸的那个女师父，她也还是个盲人，这你喜欢？"

我好言安慰："嫂夫人，儿孙自有儿孙福，雪瑞还小，缘分该来的时候自然会来，你就不要太担心了。"

雪瑞母亲瞧了一眼在旁边端坐的四娘子，语气古怪地说道："那也不一定，有时候我们这些当家长的，也是要做一些主的。"

李家湖似乎不太喜欢谈论这个话题，便问起我们在缅甸的事情。我也不细讲，大略跟他说了一下，李家湖之前也有耳闻，如今听我说起，又有一番惊险。谈到那笔款子的追回，李家湖说："许鸣这人，以往对小叔还算不错，挺争气的。郭佳宾罪有应得，但是他妻子却十分无辜，现在怎么样了？"

我说她身上有魔罗气息，又精神失常了，留在了雪瑞师父那里，看看能不能回复些神志。

李家湖突然问我："你对心脑血管方面的疾病，有没有研究？"

我问怎么了。他说他家老太爷患了这病，现在已经躺在医院里，估计没有多少时间了，想问问我这里有没有什么办法。

李家老爷子在香岛商界被人尊称为七哥，地位尊崇，产业颇大，他若一死，李家各方争产，分崩离析，的确不太好受。不过药医不死病，死病无药医。那老爷子病入膏肓，已然是没办法救治了，我推托两句，他也不太指望，随口问问。于是作罢。

别过李家湖，我又与顾老板见了一面，然后从罗湖关口过关，回到了东广。

回来后诸事繁杂，需要跟各人联络报备，还要打电话回家报平安，以及修缮鬼剑之类的，如此又耗费了一些时间。茅晋事务所新招的两位风水师已经撤离，王铁军不敢擅自招揽人手，生怕遇到街头骗子，所以茅晋事务所的业务开始大幅度地萎缩，一般只由张艾妮处理长期合同客户，其余散活基本都不收了。

人是社会性动物，衣食住行都得用钱，于是返回东官之后，我和杂毛小道加班加点地处理了积累起来的好些单子。这些生意有大有小，不过我们的效率着实厉害，几乎不耽搁什么时间。唯一比较麻烦的就是一个以前耽搁下来的案子——那个在洪山开灯饰厂，被人门口泼大粪的郑立章郑老板，这次又找了过来，说他厂子给人谋害得快要破产了，苦苦央求我们帮忙看看。

这事情是杂毛小道去办的，去了两天，终于找到猫腻，顺藤摸瓜查到了凶手。说来也巧，凶手居然就是他对门的竞争对手，而更加让人惊讶的事情在于，那家老板居然我也认识，李守庸和程五妹，也就是当年我在洪山开苗疆餐房的时候遇到的竞争对手。

就是在那个时候，我第一次听说邪灵教这个名字。

杂毛小道告诉我，不到两年时间，这对夫妇通过种种不法的敛财手段，盘下了这间大工厂，而且还不知足，继续作案，这次终于被他给逮住了。

当日我们忌惮，没对这些家伙动手，如今他们对我们来说不过是小杂鱼而已。杂毛小道将这两人制服后，打电话给曹彦君，让他过来逮人。又过了两日，曹彦君反馈消息，说这两人还真的就是邪灵教的外围组织成员，专门负责敛财，以供上级开销，他们现在正在深挖线索，说不定有大案子。

世间之事，总是如此奇妙，正如四娘子原本是被派过来侍奉我的，结果整日一副高高在上的仙女模样，让人好不郁闷。而后杂毛小道不知道使了什么手段，没几天便偷偷摸摸地摸进了这圣女的闺房，好是一番啪啪啪，圣女终于柔情了些，照顾起我们的日常起居来。

更加离谱的事情在于，两人似乎已经达成默契，根本不与我提及此事，好似他们之间就如同小葱拌豆腐般，一清二白。杂毛小道白日里跟四娘子眉来眼去，晚上则偷偷摸到对方房间里去，做那儿童不宜的事情，浑把我当作瞎子。更加让人郁闷的事情是，为了照顾他们的感受，我还得装作不知，更是要警告朵朵入夜之后，莫随便乱窜，免得惊扰了别人的好事。

即便如此，朵朵还是发现了。某天夜里，我被推醒，瞧见这小丫头不练功，咬着手指头，眼睛里面亮晶晶的，对我说："陆左哥哥，你去劝劝架吧，杂毛叔叔每天都打四姐姐，四姐姐现在哭得快要断气了。"呃，我终于到了每个家长最尴尬的时候，那就是跟小朋友解释一下，"生命起源"这种复杂而简单的问题了。

经过杂毛小道调教，四娘子终于放下了圣女的架子，开始像普通人一样生活，虽然早晚都会朝着南方跪拜祈祷，但好歹也没有影响到我们的生活。为了给这女人找点儿事情做，我把她拉了壮丁，发配到茅晋事务所顶替一个风水师的职位。虽然她对于国粹风水之事不甚了解，但是在老万这个南方通的辅助下，对于灵异事务的处理，却胜过在职的任何一个人，大大缓冲了事务所人手的紧张，总算让我们松了一口气。

时间一点一点过去，忙忙碌碌，让人无暇他顾，不过每到夜深人静的时候，摩挲着胸前的槐木牌，小妖和肥虫子都陷入沉眠，只有乖乖的朵朵陪着我，往昔热闹的欢乐情形不再，我就有一些小忧伤。

到了十二月下旬，刚过圣诞节，我就接到赵兴瑞的电话，通知我去参加东南局的年终总结大会。

东南局下辖四省一部，包括南方、广南、南海、福闽四省以及港澳台行政交流部门，每两年进行一次总结交流大会，便于各省各区特勤局的主要成员熟悉，促进内部交流，这一次是大师兄上任以来的第一次，地点选在南海岛的三佳市。这个城市位于南海岛的最南端，全年有三百天艳阳高照，是著名的热带海滨旅游城市和海港，选择在这里开年会，想来大师兄也是有给广大奋战在秘密战线的同仁们发发福利的想法。

我理了理手头的事情，虽然颇多，但都是小事情，再说了，到了我们这个位置，也没有必要为每一笔生意去劳心劳力了，于是答应了赵兴瑞，次日与杂毛小道去东官南城和掌柜的汇合，转道南方市，乘班机直飞三佳。

第二章　自助午餐起风波

三佳坐落于风景秀丽的自然环境之中，城市建设着重注意与生态环境的协调关系，山、海、河自然美景集中一地，构成了三佳市特有的自然景观，十分具有视觉冲击力。

我们到达的当日，天空如洗，湛蓝如镜，让人完全感觉不到年末的寒意。此次与我们同行的，除了赵中华，还有调任鹏城的董仲明，培训基地的地头蛇主管尹悦以及我的集训营同学、局属第五支队的支队长秦振，其余人等皆不熟络，有的是他们的属下，有的则是完全不知身份。

能够参加年终总结大会的，除了各部门的领导之外，还有一些这两年表现突出的一线同志。东南局藏龙卧虎，这次年会也是群雄毕至，济济一堂。

从机场到达亚龙湾的度假村，正好赶上午餐，将行李放好之后，我们来到酒店会所的自助餐厅吃饭，又瞧见两个老熟人，我集训营的同学朱晨晨和滕晓，这两人正窝在一个角落里悄悄聊着天，神态颇为亲密。

秦振眼尖，一眼就瞧见了，低声告诉我，说滕晓这小子也不知道是走了什么狗屎运，集训回来之后，便和朱晨晨有了联系。而且他还蔫儿坏，兄弟两个同处于广南省分局，没事还一起吃饭喝酒，愣是偷偷摸摸地追，瞒着他好久。一直到今年滕晓休年假，秦振去找他喝酒，正好碰见这对狗男女搂着手，有说有笑地从家里出来，两人那个亲密啊，朱晨晨恨不得挂到了滕晓身上去，这两人的恋情才曝了光。

听着秦振的述说，我的心情出奇的好——朱晨晨是个好女孩，她与我素来敬重的欧阳指间老先生有些亲戚关系，当日在黄鹏飞和我之间，毅然选择了我们这边的阵营；后来集训营试练的时候，滕晓左手臂给撕断，成了残疾。这个娃娃脸的络腮胡能够得到出身、能力皆不错的朱晨晨青睐，的确如秦振所说，让人羡慕。

有情人终成眷属，这是最好不过的事情了，望着这一对甜蜜的旧友，我十分欣慰，与秦振上前打招呼，朱晨晨有些害羞，才调侃几句，便受不了我们的玩笑，不好意思起来，端着盘子拿食物去了。

进了餐厅，大家分散，各自去找相熟的朋友，连杂毛小道也没有留下来打扰我们述说同学情谊，朝着不远处几位衣着清凉的时尚女郎走去。

滕晓热情地招呼我们落座，我见他左手完整，有些奇怪，瞧见我的反应，他用右手骨节敲了敲，有铮然的金属之声传出来，然后笑着解释道："研究院的新产品，将生物神经元反射弧转换为指令，通过中枢运算芯片，再转换为假肢的具体动作——这里面增加了对炁场感应的接收器，让我可以通过体内之气，来控制手掌上面的每一根手指，灵活得和真手一样。"滕晓一边介绍一边向我展示，那只除了肤色之外，与正常手无异的手掌灵活地拿起筷子，让我们感叹这科技改变未来。秦振告诉我，说这条手臂的成本够在北京四环内买套三居室了，倘若滕晓此次不是为国效力受的伤，未必有这样的机会。

我想起杂毛小道的小叔萧应武左臂曾经被那猴孩儿斩断，至今一直用的是一根铁铸钢手，便询问哪里能够定制这手臂，具体费用是多少。滕晓说这是军用技术，他知晓的也不多，可能要找总局装备处去了解，他这里有主治医生的电话，如果我有朋友需要，可以去询问，不过这东西很特殊，一般人也用不了。

我们正谈着话，突然听到朱晨晨一声惊慌的喊叫，她一手端着盘子，一手护着胸，脸上绯红，气恼地瞪着前面一个端着酒杯、面露轻佻之色的年轻男子。

滕晓本来还在给我翻找名片，瞧见这幅场景，不由得一阵火冒，起身朝着朱晨晨走了过去，对那个脸色苍白、模样俊俏的年轻男子低声喝道："罗金龙，你不要太过分了。这不是广南分局你爹的地盘，不是什么时候都能够容你胡来的，你最好放尊重点！晨晨，他刚才干吗了？"

朱晨晨夹菜的一双公筷都丢在了地上，右手护着胸口，又羞又怒地看着面前这个油头粉面的男子，粉脸气得发红："滕晓，不要理这个登徒子，我们走！"

朱晨晨把左手的盘子放在餐台上，拉着滕晓离开，然而那个罗金龙却嘻嘻笑道："哎呀，别这样啊晨晨，我们好歹夫妻一场，见了面打个招呼，亲热亲热，你怎么就生气了呢？还有小滕，你这人还真的是开不得玩笑嘛。你挖我墙脚，我大大方方地把晨晨让给了你，你不但不感激，反而这种态度，当真是好人难做啊。"

听得两人对话，我皱起眉头，扭头问秦振，什么情况？

秦振的眼神阴沉，指着那个颇为嚣张的家伙说道："罗金龙，广南罗局的二儿子，自幼在龙虎山修行，极擅阴阳采补之道，是个游戏花丛的花花公子。晨晨以前是他的女朋友，两个月吧，后来腻味了，又将她抛弃了。但是自从晨晨跟老滕好了之后，这个家伙就屡屡挑事，总是想要将晨晨给追回来。不过他这德性，晨晨哪里能理会他，于是就这样了。"

杂毛小道突然出现在我们的身旁，低声说道："那个小子刚才对你朋友袭胸了。"老萧爱花，但是从来不会胡乱伤害别人，更不会无理纠缠，瞧见这种人渣，他是最气愤的。

我们几个人朝前面走去。此时滕晓还控制着自己的怒火："罗金龙，这里是东南总局的年会，来的都是各个分局的领导和精英，我们有什么事情，私底下解决，莫要在这种公众场合闹，事情闹大了，到时候牵连到你父亲，那可不好！"

罗金龙一副风度翩翩的模样，回望了一下身后的几个同伴，嘿嘿笑道："小滕，怎么，这事情你还想扯到我父亲头上去，说我仗势欺人吗？我可没有做错什么，旧友打个招呼而已，你们两个轮番辱骂，算哪门子意思？我倒是想要讨个说法才对，是不是？"

这小子得了便宜还卖乖，瞧见周遭的人都围了上来，他不但不罢休，反而大声嚷嚷起来，还得意地捻了捻手指，这猥琐模样瞧得朱晨晨一阵羞怒，恨恨地大骂一声"畜生"，眼睛瞬间就红了，扭头往外走去。

女友受辱，然而滕晓到底是有着严格的组织纪律性，并没有被罗金龙激得失去理智，含恨地看了他一眼，伸出手，无言地指了指，准备跟着离去。

然而滕晓息事宁人，罗金龙却并不罢休，他伸手抓住滕晓的右手袖子，在他耳边嬉笑着低声嚷道："别啊，怎么就走了，我还想找你喝一杯酒呢，我们哥俩儿说起来也算是挺有缘分的，钱锺书老先生不是说我们这种关系，叫做'同情兄'么，我还想跟你讨论一下朱晨晨在床上……"

"哐！"

罗金龙无耻的言语终于被一记酒瓶碎裂声中止了，忍无可忍的滕晓抄起餐台上的红酒瓶，朝着罗金龙头上猛力一砸。那家伙的头没有破，但是碎裂的玻璃碴子却四处飞溅，大半瓶红酒从他的头顶直接泼洒下来，划过阴柔冰寒的脸颊，将上身的西服给全部染红。

这小子被滕晓猛力一砸，却并没有露出愤怒的表情，而是伸出猩红的舌头舔了舔滑过脸颊的红酒，平静地跟旁边一个戴着金丝眼镜的中年人说道："安主任，局里面是不是有一个规定，说倘若成员之间发生了冲突，谁先动手，谁就要停职审查，接受心理医生的治疗？"

那个中年人点头说："是。我们秘密战线上的同志一般精神压力会比较大，并且手段普遍比较厉害。这规定是为了防止此类情况发生而设立的。"

此时的罗金龙完全没有了一开始的轻浮，凝神瞧着有些后悔的滕晓，严肃地说道："那么，安主任，我怀疑滕晓同志的心理有些问题，贸然在公众场合攻击局内同志，而且手段十分猛烈。我可以向总局纠察办申诉，让他们对滕晓同志进行强制隔离审查，驱逐出这次年终大会吗？"

那个安主任与罗金龙一问一答，点头说道："是的，他刚才表现出了非常强烈的攻击倾向，而且十分不理智，确实有这方面的问题，你现在就可以找纠察办的吴主任申诉，物证确凿，而我们都可以给你作人证的。"

朱晨晨听到这些话，猛然扭过头来，手上捻着两根筷子，额头上的青筋直冒："罗金龙，你这个疯子，你不要逼人太甚了。"

罗金龙从旁人手上接过了一张餐巾纸，将头上破碎的玻璃碴子擦下来，嘴角浮现出淡淡的笑容："有吗？我不觉得啊。"

第三章　杂毛小道威名振

罗金龙此子心计颇深，刚才表现得轻狂骄躁，都是为了激怒滕晓。他恶心滕晓和朱晨晨的那些话，音量都控制得很好，除了我们这些旁边的人，其余人都听得不是很清楚。当滕晓暴怒发威之时，旁人的注意力都集中过来，他却表现出了一副公事公办的正经模样。他显然是早有预谋，给滕晓设一个套，让他受到羞辱，被驱逐离场。

这类争风绯闻，即使是去纠察办解释清楚了，传来传去，各种风声都出来了，总是低人一头。其实在这特勤局里面混，跟官场差不多，只要你给人家杀了威风，以后总是抬不起头来的。

大会在第二天举行。在这边用餐的人不算多，但是也不少，二十来个局内同行瞧着冲突，都围了上来。瞧见这罗金龙逼得太紧了，滕晓和朱晨晨都有暴走的趋势，掌柜的走出来，拦在了双方中间，拍了拍罗金龙的肩膀，劝说道："金龙啊，明天就要开会了，这来来往往的都是局里面的头面人物，莫闹笑话了，算了算了，双方退一步，这不就没事了吗？"

罗金龙应该是认识掌柜的，不过交情可能并不算深，所以也没有买账，而是喊屈道："赵哥，不是弟弟我不买你面子，而是我这脑袋，自小除了我爹和我师父，就没有第三个人敢打过，我妈不行，我哥也不敢，今天倒是让这个乡下来的臭小子给砸了，你说说，我以后出去，还怎么混？要是没有一个说法，笑都要让人笑死哟。"

掌柜的被这般直截了当地回绝，脸色就有些不好看了，皱着眉头问："那你到底要怎样？"

罗金龙义正词严地说道："我刚才已经说了，一切都按照局里面相关的文件来办，绝对不要徇私枉法！"话说到这个份上，那就没有什么周旋的余地了，滕晓扔开左手上的瓶子口，朝着那个戴金丝眼镜的中年男人说道："安主任，我也想询问一下你，倘若我们内部人员起了冲突，被罚者不服，是否可以向当事人发起挑战，用实力来证明自己的对错？"

安主任扶着自己鼻梁上的金边镜框，模棱两可地说道："呃，这个事情嘛，以前在战争时期确实有，不过那是为了保存我们组织的战斗力，但后来基本上就没有这种规则了。不过呢，也不是不能，主要还是需要双方都协商同意才行。"

滕晓脸容一肃，朝着面前的罗金龙说道："那好，罗金龙，你敢不敢接受我的挑战，让胜负来决定你我的对错呢？"

罗金龙脸上露出了疯狂而残忍的笑容，将滕晓全身上下打量一番，双手一捏，发出咔嚓咔嚓的声响。他点头说："好，只要你敢签挑战协议，我不介意将你另一只臂膀，也给废了！"

两人达成协议，立刻有人去炮制那份相当于生死状的协议书，协议书规定，除了生死之外，较量中造成的任何伤残，都不需要决斗对方负任何责任。

这时朱晨晨拉住了滕晓，眼圈红红，阻止他去签名："滕晓，不要，你不是他的对手！"

滕晓满眼皆是怒火，额头青筋直跳，伸手去抢笔，铿锵有力地说道："男人血性，不死怎灭？"

秦振也跑过去拦着滕晓，不让他冲动行事。而罗金龙则抱着胳膊，瞧着面前几人推推拉拉，脸上轻松自在，显然师出龙虎山这样高门大派的他，认为打败广南民族大学神学班毕业的滕晓，根本就是小菜一碟。他在旁边煽风点火道："你要战，那便战，我陪着你便是了。怎么现在又像个娘们一样扭扭怩怩的，到底是什么意思啊？是不是不敢了，若是，你直说，低头认个错，我说不定还会原谅你的。本来就是嘛，像我们这些人，最看重的就是个面子，你若是给我面子，说不定我就……"

啪！

罗金龙正说得口沫飞溅，一个黑影出现在他的身前，手掌高高扬起，绷若满月，然后猛然挥下，一巴掌摔在了他的脸上，好是一声脆响。

罗金龙龙虎山出身，天资聪颖，手段高强，刚才被滕晓用瓶子砸中脑门那是故意设套，而此刻硬生生地挨了这一巴掌，却是根本反应不过来。一耳刮子过后，他脑袋里面立刻多了一群小蜜蜂，嗡嗡嗡地直叫唤，口中一阵腥甜，咳嗽两声，吐出了两颗槽牙和一口老血来。

罗金龙万万没有想到竟然会有人在这个节骨眼上断然出手，他被扇得晕乎乎，往后退了两步，定睛一看，却是一个挽着道髻的消瘦道人，正皱着眉头瞧着自己。罗金龙心中骇然，指着道人问道："你是谁？为什么打我？"

此番出手的，自然就是杂毛小道。这个浪迹江湖的老油条最懂得应对之道了，瞧见滕晓和朱晨晨都懵了，他便果断出手，一巴掌将罗金龙扇得六神无主。此刻见这小子问起，二话不说，抬手又是几巴掌。

罗金龙这才反应过来，回身闪去，然而杂毛小道的身手早已入得化境，心到手到，啪啪啪，又是三巴掌，罗金龙清秀的脸颊立刻被甩得肿胀起来，宛如秋天的大苹果。

杂毛小道扇得畅快，正想给罗金龙凑一个整数，他身后那几个人终于反应过来了，抢身挡在罗金龙身前。杂毛小道并不与这些人硬拼，也抽身而退，沾满鲜血的右手在洁白的餐布上面擦了擦，然后捻起一小块切好的西瓜，轻松地咀嚼起来。

瞧见杂毛小道这潇洒利落的出手，安主任扶起被抽得跟个猪头一般的罗金龙，脸色严肃地问道："你是谁，哪个单位的，报上名来，为何会在这里出现，行凶伤人？"

杂毛小道吃完西瓜，把里面的西瓜籽小心吐出来，这才惊讶地反问道："哎呀，什么行凶伤人啊？我刚才在教训流氓呢，怎么，局长公子耍流氓就不能制止了，就不能被教训了？"

杂毛小道那无辜的表情将周围一圈人都给逗乐了，董仲明和尹悦端着盘子在人群后面哧哧地笑。这两个家伙是大师兄身边的近人，出了这种事情，一般是不太好表态的，只是一旁观察，任杂毛小道装疯卖傻。

听得杂毛小道的话语，被扇得猪头模样的罗金龙吞咽着口中污血，面目狰狞地向杂毛小道怒喊道："你到底是谁？"

杂毛小道收敛起笑容，脸色一肃，轻喝了一声："够了！"这个家伙喊完，气势一涨，四周的氛场顿时就变得如同水底般凝重，寒风扑面，压得周遭人连气都透不过来。这般凶狠的气势陡然出现，餐厅中所有人的脸色都一阵紧张，像瞧见老怪物一般，面露惊悸，只有董仲明、尹悦少数几个人，还能够保持面容不变。

杂毛小道将自己的实力一展即敛，风轻云淡，收放自如，然而罗金龙和安主任几个人却都头冒冷汗，一脸惊恐地瞧着面前这个似乎有些面熟的道人，张了张嘴，说不出话来。

展示完了自己的强大实力之后，杂毛小道开始老气横秋地教训起罗金龙来："光天化日之下，公然对小姑娘动手动脚，这事情往前推二十年，信不信我直接把你击毙在这里？你自幼寄养在龙虎山，那些老道士给你爹面子，少了教养，才让你做出这种让人恶心的事情，我替老罗教训教训你，给你长长教训，让你知道这世间还有真理，还有公平和正义，免得你以后做出有违国法民意的事情来。你若是不服气，自可以带着你父亲过来找我！"

在我们这一行，强悍的实力就代表着绝对的话语权，杂毛小道这一番痛骂，罗金龙竟然一点儿脾气都没有，脸色数变，最后袖子一甩，一声不吭地就准备离去。然而杂毛小道却并不满意，叫住他，让他给滕晓和朱晨晨道歉。罗金龙已经走到了我的身边，听得这话又羞又怒，嘴里咕哝了一下，听不清楚是在说什么。我伸手拍了拍他的肩膀，好言宽慰，说："小兄弟，不吃点儿再走？"

罗金龙莫名其妙地看了我一眼，与安主任等人匆匆离开。

东南局各处联络还算密切，在座的诸位都明白罗金龙身份，不想陷入这场风波，见事情结束便匆匆离开，餐厅只剩下寥寥数人。滕晓和朱晨晨过来跟杂毛小道道谢，感谢他帮忙解围。杂毛小道挥挥手说："无妨，陆左的朋友，便是我老萧的朋友，大家不用客气。"

秦振不无担心地说道："罗金龙他老子是广南罗局，我刚才在楼道里好像看到他了，只怕会过来找麻烦啊。"杂毛小道瞧了我一眼，满不在乎地笑了笑说："无妨，你们放心，晚上他老子会亲自领着儿子过来跟你们道歉的，我保证。"

听得杂毛小道说这大话，秦振和滕晓、朱晨晨都瞪大了眼睛。

第四章　师兄弟们细谋算

尹悦被虎皮猫大人支使着满餐厅地瞎转悠，总算是找来了泡过的茶叶梗子和原味洽洽瓜子，带着这痴肥鸟儿走了过来，见我和杂毛小道正狼吞虎咽，说，饿鬼投胎？

我点头说，打小就穷，现在对食物有一种超乎寻常的渴望。尹悦不屑理会我这饥荒贼吃相的家伙，伸手一拍杂毛小道的大腿，老气横秋地说道："小明，不错啊，现在可真够厉害的，比你大师兄当年可威风多了，那王八之气一出，竟然没有几个敢吱声的。"

杂毛小道刚才在众人面前威风凛凛，在尹悦跟前却只求饶，说："悦儿姐，你可就折杀我了，我可不敢跟大师兄相提并论。他当年的威风，我学也学不来。我今天不过是看不惯刚才那小子的嘴脸，才出言镇住他而已——屁大的身份也炫耀，也不跟小毒物这饭桶学，什么才是真正的低调。怎么了，我刚才没给大师兄惹麻烦吧？"

这是我第一次听到杂毛小道叫尹悦，这称呼让我有点儿诧异，这家伙将近而立之年，却称呼年纪比我还小几岁的尹悦叫姐姐，这里面到底是个什么情况？杂毛小道跟七剑其他人好像并不是很熟，但跟尹悦却似乎认识多年，莫不是这里面还有着什么故事？

尹悦摆了摆手，一边给虎皮猫大人剥瓜子，一边叹气道："说惹麻烦也谈不上，陈老大自到东南以来，跟罗金龙他老子一直就不是很对付。那老龟孙子和其他地方派一样，一直都是阳奉阴违，占着茅坑不拉屎，陈老大这一年多来劳心劳力，左右折腾，却总是被自己人掣肘。"

她跟我们诉苦道："你大师兄这人，行事也不敢过急，生怕上面的人觉得他不团结同志，不懂得领导艺术，所以只有徐徐图之，通过一系列的行政手段，来改变局里面暮气沉沉的氛围。说起来也郁闷，罗金龙他老子除了贪权无能之外，倒也没有什么特别明显的把柄，做事也够谨慎，弄不了他，所以陈老大才会如此为难——这一次，说不定倒能扳回一些场面来。"

听尹悦将这层关系讲清楚，我和杂毛小道总算是放宽了心。既然已经撕破脸皮，而且又不是自己人，那么诸多手段施展起来就不会有所顾忌。

我们吃完饭，出了度假村。现在正是三佳旅游的旺季，海滩上好多游客，喧闹非常，那些身材俏丽饱满的比基尼女郎也多，白花花的大腿看得人眼睛直晃。我和杂毛小道换了泳裤，也加入了搏浪的人群中，玩得不亦乐乎，一直到了夕阳西下才姗姗而归。

回到度假村，我刚刚洗完澡，正在卫生间里擦头发，便听到有人敲门，是赵兴瑞，他说大师兄找我们过去谈话。我拾掇了一下，叫上杂毛小道，跟着赵兴瑞前往大师兄的住处。

　　路上我问老赵这段时间工作怎么样。他点头说不错，跟着陈老大干事，心里敞亮、舒坦，从来不用担心工作之外的其他事情。

　　杂毛小道问，大师兄找我们什么事情，是不是因为罗金龙那个二愣子？

　　老赵也不隐瞒，点头说："是。陈老大下午刚到，广南罗局长就找过来了，两人在书房谈了约半个小时，然后陈老大就让我找你们。结果根本找不着人，电话也打不通，我刚才是听掌柜的说你们回来了，才找过来的。"

　　大师兄的住处并没有什么特别，位于度假村后半段，一栋独体别墅，门口有两个黑色中山装的陌生人执勤。我们进了房子，看到七剑里面的布鱼道人余佳源在跟尹悦吵吵闹闹，这两人瞧见我和杂毛小道进来，挥手让我们直接进书房去。

　　老赵刚刚跟随大师兄，行为举止颇有些拘束，在书房敲了敲门，待到大师兄应了一声，才推门而入，恭谨地说了一声："陈局，陆左和萧道长来了。"

　　大师兄正在办公桌后面打电话，瞧见我们，随意地点了点头，算是打招呼，然后跟电话那头说道："嗯，他们过来了，这个事情我会跟他们了解的，好，就这样。"挂了电话，他吩咐老赵去给我们泡茶，然后起身，到会客区招呼我们："坐、坐，找了你们好久，都干吗去了啊，电话也打不通？"

　　他亲切地拍着我们两个的肩膀，然后在对面的沙发上坐下来。杂毛小道指着我说："陆左这小子以前没有来过南海，硬拉着我去海滩看比基尼女郎，一混就是一下午。要不是我扯着，今天晚上说不定就跟刚认识的一个小模特溜走，夜不归宿了。"

　　这家伙恶人先告状，将我好是一阵黑。不过大师兄却熟知我们两个的脾气禀性，对他说道："你啊你，当初就不应该跟李毕叔祖学那花间山阴基，现如今又跟着郭瞎子那种混混浪荡江湖太多年，学得一身臭毛病。瞧你现在这个样子，怎么承载得了师父他老人家的期望？"

　　杂毛小道争辩说："没那玩意儿，你以为我是怎么恢复功力的呢？"

　　大师兄也不好说他，直摇头，说："你啊，天天跟陆左在一块儿，也不知道学点好的。"

　　杂毛小道笑了："你别看陆左这人一本正经，他拈花惹草的手段，说出来吓死你。"大师兄对这个小师弟一点脾气都没有："你们年轻人的事情，我就不管了。说说吧，今天中午到底是怎么回事，弄得人家老罗在我这里哭诉了半天。"

　　这时老赵进来给我们上茶，杂毛小道指着门外的尹悦说道："悦儿姐没有跟你说？罗贤坤这老家伙教子无方，养了这么一个奇葩儿子，自以为心机深沉，整日玩弄妇女，更可恶的是心眼极小，手段恶劣，睚眦必报，当着这么多人的面来栽赃陷害陆左的同学，我若是不出手，还真让那二逼玩意儿逞了威风。别拿你们局里面的教条规矩来约束我啊，我可不是你们内部成员。那人我打也打了，罗贤坤倘若不服气，过来找我便是，他一个玩弄关系的技术官僚，有这种吗？"

杂毛小道肆无忌惮，大师兄也没有再问他，转过头来，问我："陆左，听说罗金龙离开的时候，你拍了一下他的肩膀，是不是？"

我老实地点头，说："我瞧见他没有吃饭，招呼他一声，说饿肚子可不好，让他吃一点再走。"

大师兄正端着杯子饮茶，听得我的回答，不由得呛了好几口，哭笑不得："你们两个啊，一点儿实话都没有。按理说这件事情老罗理亏，悄无声息地冷处理就好，可是你那一拍却吓到了人。他查了你的身份之后，惊得一天都没有安稳过，找了好几个熟悉的长辈来给罗金龙把脉，都做不得准。"

他似笑非笑，说："这回也是为了自家儿子，他厚着脸皮到我这儿来，让我帮他儿子求个情，让你开条件。你倒是跟我说一说，你拍了那一把，到底有没有给人家种个蛊毒什么的？"

杂毛小道在旁边坏笑，说："大师兄，你这到底是在夸我们，还是在骂我们啊，我怎么就听不出来啊？"

我也笑了："有没有必要啊？我只不过是拍一把而已。他堂堂一大局长，就找不出一个能够查探病情的蛊师来帮着瞧一瞧？需要这么紧张吗？"

话说开了，大师兄也给逗笑了。说："这事情搁在以前，他罗贤坤自然是稳坐钓鱼台。然而你们去了一回缅甸，整个东南亚的局势都被你们搅得风起云涌，魔罗爆发的那天晚上，全世界的有道之人，通过月亮投影都能够感受到魔罗之威，却不承想被你们两个人灭了，便是那萨库朗的神秘首脑、威震东南亚各国的许先生，也死于你手。"

大师兄说起我们的战绩，得意地说道："你说一说，老罗知道你这样的家伙拍了他儿子肩膀一下，能不忐忑吗？"

时间过了差不多一个月，虽然大多数人只知道当日参与的是黑央族，然而大师兄却是完全了解我们也掺和了，如罗贤坤这样地位的领导，想知道也是有途径的，所以被这名头一唬，他就有些忐了，虽然别人都说没事，但还是忐忑不安、疑神疑鬼。

忐了好，他这心虚了我们就好提条件，大师兄通过这一场中转调解，想来也能够将广南分局拿捏在手。其实我当时并没有下蛊，只是想吓唬罗金龙一下而已，既然大师兄从中斡旋，那便让罗金龙过去跟滕晓和朱晨晨道歉，他们气消了，事情也就解了。

这事一了，心情大好的大师兄便跟我们谈起了龙涎液的事情来。

第五章　深夜道歉结因果

很多人都有思维误区，认为这龙涎液便是真龙的口水，其实不然。龙涎液本名雨红玉髓，是高山地脉积累万载的溶洞石笋之中，凝聚冒出来的一种神奇菁液，钟天地之灵秀，蕴山水之华英，是可遇而不可求之物，只因举凡发现此物之处，皆有真龙踪迹，便如凤凰栖于梧桐一般。传言真龙喜欢舔食生出雨红玉髓的石笋，久而久之，人们以讹传讹，便将此物说成是龙涎液了。

大师兄告诉我们，这次洞庭湖出现真龙，摄影爱好者拍到一张模糊照片。此事曝光之后，得到了社会各界的重视，上面也有反应，指定了两名特派员下来督办此事，其间连"大内第一高手"黄天望都亲自来过。只可惜经过一系列的调查考证，并没有什么重大进展，于是就搁置下来，他也亲自对那张照片进行过调研，发现可能是真龙，也有可能是史前巨蟒，不过这偌大洞庭湖，非机缘而不得寻，所以也就停了下来。

说到这里，大师兄有些发愁，说倘若是别的东西，便是那天山神池宫中之物，他也能够勉力弄到，但是这玩意儿还真的难寻。他上次路过句容，特地去找萧家小叔查看了一下，送了一些疏通脉络的丹药，情况倒也有所好转。近日师父再次闭关，待他得了闲，央求他下一次山，不说能够将应文的修为恢复，至少也能够像常人一般无碍。

说到这里，我不由得又骂了一番周林那二五仔，杂毛小道叹息说："算了，他也不过是一个被迷惑了心智的可怜虫。现如今想起来，世间如他一般的人其实也蛮多，只不过没有机会，没有能力而已，人既已死，便休提了。"

我想起此前听滕晓所说的假肢新技术，便与大师兄提及，说起给小叔也装一个的事情。

大师兄点了点头，说这个技术他之前也看过内参，是总局督办的，专门给那些在一线岗位上因公致残的同志量身定制的，因为涉及炁场研究，常人并不适应，所以并没有大规模推广，费用颇高，名额也有限，这事情有点难办，不过……

他瞧我们都露出担忧的神色，笑了笑说："正好负责装备研究的那位总局宿老，明日会赶过来参加年会，到时候让他提一下，问题应该不大。如果插队成功的话，元旦过后就能够安排体检和定制工作，差不多一个月的适应期，就可以如同臂使了。"

看来大师兄跟那个项目负责人的关系不错，所以话说得比较满，杂毛小道代自己小叔跟大师兄道谢。大师兄说："无妨，其实这事情如果由萧家大伯提出来，根本不用这么麻烦。边疆那边的伤残率一直以来都是最高的，所以他们那儿的名额也多，只不过萧老大这人太耿直公正，这种无伤大雅的私活，他也拉不下脸来做。"

听得这话，杂毛小道点头说，也对，由此产生的额外费用，由他来付。大师兄也不与他争，点头说到时候再看吧。

老赵敲门进来，汇报说总局领导到了，陈局要不要去迎接一下？大师兄点头说好，然后起身，临走前又嘱咐我明天早上务必参加研讨会，不要误了时间。

回到我们所住的别墅，杂毛小道掏出几张纸条，叨咕着今天下午要到打哪几个美女的电话，到底打给谁好呢？

我有些饿，在立柜里翻找些吃食，见他真的要出去寻欢作乐，不由得一阵郁闷，斥责他道："你刚刚对四娘子下手成功了，有没有必要这么饥渴啊？虽说明天的会议你不用参加，但是这次与会的，多是卧虎藏龙的高手，倘若出了岔子，人家治安部门清一清场子，把你网进去，岂不是丢了大脸？便连大师兄脸上，那也是无光的。"

听我说起四娘子，杂毛小道立刻矢口否认，说："小毒物，事情不是你想的那个样子，我和四娘子可是最最纯洁的朋友关系，这事情以后千万不要再提，不然我翻脸了。"

我不屑："切，我还懒得理会你们两个呢。"

他想了一阵说："也对，有关部门开年会，当地肯定是如临大敌，这欢乐祥和的气氛也做不成什么事情，不如养精蓄锐，先看风景，等这些老顽固们都走光了，再瞧那沙滩上的比基尼女郎吧。"

别墅里面有价值数万的家庭影院，掌柜的不在，我、杂毛小道和秦振百无聊赖，便窝在沙发上看刚出来的贺岁片。开始是两部烂剧，让人有火发不得，只感觉被人耍了，看不到半个小时就停了，后来找到一部口碑不错的《让子弹飞》。戏王姜文、葛优和周润发同台飙戏，剧本又十分精致，语言透着一股子冷幽默，惹得我们笑哈哈，前俯后仰，乐合不拢嘴，正看到张麻子逆袭鹅城恶霸黄四郎的时候，突然门铃响起，连续三声，十分规律。

掌柜的有房卡，不会按铃。我舍不得离开沙发，问杂毛小道是不是点了夜宵，他摇头说没有，三个人推来推去，最后是秦振嘟囔着去开门。门一开，他惊讶地喊声："罗、罗局长？"

都这么晚了，罗贤坤居然还赶过来了？

我和杂毛小道都从沙发上站起来，瞧见一个白白净净的老头子与秦振一同走进来，后面还跟着双颊红肿未退的罗金龙。

这个老头子眉如卧蚕，脸如重枣，满面春风，一点儿也没有平日里传闻的威严气度，远远招呼道："这两位一定就是鼎鼎大名的陆左和萧克明吧，小老头儿罗贤坤，不告而来，实在有些唐突，还请两位见谅啊。"

场面上我和杂毛小道还算是拎得清楚，热情招呼他，引他到沙发上安坐，然后把电视关掉。不过无论是我还是杂毛小道，都没有用正眼去瞧那个垂头丧气的罗金龙一回。

安坐之后，罗贤坤先跟我们瞎扯了一番，以长辈的风范对我们进行了无微不至的关心，如此绕了几个弯，他开始谈及今天中午发生的事情。这厮作诚惶诚恐状，指着罗金龙说道："我工作上实在太忙，犬子自幼便寄养在龙虎山上，疏于管教，就越发地无法无天起来，让我实在头疼得很。今天我过来呢，一是为了他冲撞了两位道一个歉，其二呢，也是想跟萧道长表达一下感激，你替我管教这小子，做得对，做得好，倘若再不加制止，说不得以后还会做出什么腌臜事情来，那可就真的没办法收拾了。"

这罗局长不愧是混官场的，说话面面俱到，而且语气态度，给人感觉还真的是暖心得很，生不起半分气来。杂毛小道也是个人精，与这老者好是一番乱侃，说我们也是多管闲事的人，讲几句公道话而已，小罗倘若真有心意道歉，还是需要得到滕晓和朱晨晨的原谅才行。

听得杂毛小道表这态度，罗贤坤也不久留，站起身来说："这便让忤逆子去找小滕和小朱道歉，只希望你们能够给他一个重新做人的机会。"

我们都说言重了，罗局长的为人过硬，对子女的要求也高一些，如此是最好不过的，其实都是小冲突，不用计较。

罗贤坤此番过来，只是表达一下态度，说完话就离开，说去找滕晓和朱晨晨去了。

到了很晚的时候，滕晓打电话过来说，太神奇了，那罗金龙竟然真的来过了，道歉也还算是诚恳。

我和杂毛小道说这罗大局长倒还算是识趣，知道进退，当真是个可怕的对手，难怪大师兄一直拿捏不着他。晚归的虎皮猫大人却不屑一顾，说刚才一出房子，那个罗金龙的表情便扭曲了，说此仇不报非君子，指不定人家现在怎么谋算你们呢。

出了这一档子事，我们再没有看电影的心情，匆匆睡去。次日清晨，我参加了东南局关于加强打击邪教活动的专题研讨会，会上大师兄做报告、发指示，总之，发表了重要讲话；因为闽魔覆灭，这一年来战果辉煌，他的脸上倒也十分光彩。

会议进行到一半，大师兄突然宣布，总局领导对我们这个会议也十分关注，临时决定拨冗前来参加，让我们鼓掌欢迎。

我们起立鼓掌，接着门开了，走进来几个人，大师兄上前和几位领导握手，我本来并不在意，待瞧见最前面那个老者的面容，顿时就有些懵了。

第六章　总局大佬突现身

我万万没有想到，大师兄让我们热烈欢迎的总局领导，这为首者的模样，长得跟死在了缅北耶朗南祭殿的萨库朗许先生，竟然有七分相似，特别是侧面的轮廓，让我几乎以为是许先生并未死透，再次活了过来。

我背脊紧紧贴着椅子，死死地盯着这个双鬓雪白的老者。我注意到大师兄开始介绍起他身后的几个中年人，都是总局的领导，却有意略过了他，在场的与会者大部分都不认识这老者为何方神圣，但也有资历较高的人认出来了，神情激动地站了起来，却被工作人员示意坐下。

接下来的时间里，我发现这些人普遍比较活跃了，有意无意地表现，一席会议搞得热热闹闹，差不多到十二点才结束。

整场会议我都坐在椅子上，一言不发，恍若梦游，待发现会散人走之后，正想起身，瞧见老赵朝我走了过来，招呼我，说许老要见我一面。

"许老？"我若有所思地回问。老赵见我不知晓，提示我道："就是中场一进来的那个老领导。许老是特勤局的缔造者之一，在局里面拥有崇高的威望，便是代表中央坐镇总局的局长和手握大权的常务副局长，见到他老人家，也要躬身叫一声老领导的。"

老赵提醒我道："他老人家有三十多年没有离开北京了，此番前来参加东南局的年终总结大会，让陈老大颇为忐忑，还以为发生了什么我们不能掌控的大事呢。不过他老人家并没有说什么，只是特意交代你会后去见他一面——咦，难道他是专门为了见你一次，才出现在这儿的？"

老赵开了一个玩笑，自个儿笑了，我犹未甘心地又问了一句："许映愚？"

老赵点了点头："是啦，大智若愚的愚，不过好多年都没有人敢这么当面称呼他了。你一会儿见着，自己注意点礼貌啊，别冲撞了这尊大神。"

我跟着老赵朝门外走去，在会议中心的二楼东面处，大师兄正从一个房间里走出来，瞧见我，亲热地拍了拍我的肩膀，头凑到我的耳边说道："许老年纪大了，你一会儿说话时注意一点，不要一惊一乍的，平白耽误了事情。"

听得大师兄这莫名其妙的话语，我一头雾水，不知道他到底想表达什么。

走到门口，一个黑衣男子拦住我搜身，从我怀里摸出了震镜和一堆零散玩意儿来，最后指着我胸口的槐木牌，让我摘下来，由他保管。槐木牌中有朵朵和沉睡的小妖，除了杂毛小道，我不会把她们交给任何人，于是摇头拒绝了。这黑衣人请我配合他的工作，我也跟他解释这东西对我的重要性，如此僵持了好一会儿，里面传来了浑厚的声音："小虎，别争了，你让他进来吧。"得了吩咐，那个黑衣人才不情愿地推开门，让我进去。

这是一个较小的会客间，正中的桌子后面坐着刚才说话的老人，我打量了他一眼，感觉比许映智苍老许多，八九十岁，头发梳得整齐，一双发肿的眼泡，眼角有一些流质的眼屎，藏在了厚如啤酒瓶盖的老花镜后面。此人气质内敛，如同养老院里面那些普通的老人一般，一双眼睛也无神光，身子还不时有些发颤，完全看不出是特勤局这种神秘部门中最有影响力的大人物之一。

我仅仅瞧了一眼，便不敢再看，感觉前面这个老人如同许映智一般，有着让人深入灵魂的恐惧力量。

我低下了头，那老人却淡淡笑了，饶有兴趣地问道："怎么，你应该是认得我这张老脸的，对吧？"

我点头说是，记忆犹新。老人又问，那你应该知道如何称呼我吗？我点头，又摇头，说："您是特勤局奠基人之一，是元老，作为末学后进，我叫您一声许老，不知道是不是有些不敬？"

老人嘴角下抿，似乎有些不高兴了："陆左，你是真傻，还是在跟我装傻呢？"

听到他说了这句话，我便不再矫情了，纳头就拜，问安道："晚辈陆左，拜见师叔祖！"

我这爽快的行动赢得了老人家的好感，他伸出手来招呼我道："好，好！你这一声师叔祖喊出口，我这两年来帮你说的话，也算是没有白讲。你且坐下来，让我好好看看你。"

在这样的老前辈面前，我一句话也不敢多说，乖乖坐好。老人打量了我几分钟，点头说道："嗯，龙老兰教了一个好徒弟啊。"

瞧见这老头儿一副慈祥的模样，我有点儿不好意思，摸了摸头，说："惭愧，我外婆还在世的时候，我并不了解这里面的门道，大部分时间都在外面打工奋斗；到了她临终前，才勉强陪了她几天，如此说来，还真是有些不孝。怎么，师叔祖，您认得我外婆？"

许映愚点了点头，长叹了一声，说："当年我离开敦寨的时候，她是全寨子里面最水灵的小姑娘，比那荷塘里的荷花还漂亮，没想到一晃一甲子，竟然也魂归幽府了。唉，老一辈的人，一个一个都故去了，现在可是你们年轻人的时代了。"

他感叹了一声，然后低头问道："陆左，你可知道，我为何千里迢迢地赶过来？"

我点头，说："可是为了许映智？"

他沉默了，过了半分钟，说："你是个聪慧玲珑的孩子，那么你说说，我和他之间，到底是什么关系？"我小心翼翼地说道："你们是师兄弟吧？"许映愚嘴角咧了咧，说："不仅是师兄弟，还是亲兄弟，许映智是我一母同胞的弟弟，而你外婆的师父，则是我们的堂弟，这你可晓得？"

我略微有些惊讶，继而恍然大悟，说："对了、对了，难怪你们长得如此相像，竟然是这层关系。不过仔细思量倒也不奇怪，敦寨以前是个比较封闭的苗寨子，寨子里面的各房各家都有些亲戚关系。不过，为什么我从来没有听老家人提起过您？"

我笑了笑说："要知道，倘若有人知道您老人家在中央当这么大的一官，我们那里的县干部还不得每年都朝您这里进贡，跑跑政策和扶贫款啊？"

我并不畏惧许映愚的身份，而是跟他瞎侃着，他眉头的皱纹也舒展开来，说："我一辈子都在秘密战线上面工作，他们跑来找我，也是没什么用的。至于为何从来不回敦寨，这里面涉及了老一辈人的秘辛，你可想听？"

我点头，说倘若没有特别秘密的事情，听听倒也无妨。

许映愚仰起头，橘黄的灯光照在他刻满岁月沧桑的脸上，老人斑若隐若现，而他似乎陷入了对一个难以忘怀的岁月，那深深的缅怀中去——

当年洛十八以汉家乞儿的身份，从湘西怀化颠簸流转到了靖县，翻越十万大山，一路蛇虫鼠咬，终于在大敦子镇这个还算是热闹的山中小集奄奄一息。即将死去的时候，被敦寨苗蛊的神婆救回一条性命，然后不知道费了多少艰辛苦楚，才传承得了一身业技。

不过当时的敦寨苗蛊业已落没，不复往昔风光，在那个军阀混战的乱世，寨子里面的乡民常受人欺负，洛十八性格暴躁，总爱奋起反抗，结果给人撵得跟死狗一样，最后差一点死在了青山界。

可是当所有人都以为他死了的时候，他又回来了，如王者降临，自称洛十八，将所有欺辱过他，欺辱过苗寨的军阀恶霸给尽数剿灭，以眼还眼，以牙还牙，年纪轻轻便闯下偌大名声，而后开始收了许映愚他们作徒弟，创下基业，现如今回忆起来，恍然如梦啊……

我听许映愚谈论洛十八，直呼其名，而没有使用尊称，心中不由有些疑惑。

其实我的心中一直都有些忐忑，说起来，我算是面前这位总局大佬的杀弟仇人，如此说来，人家将我千刀万剐，也是有充足理由的。这个许映愚果真是久经政局的大人物，那察言观色的本领让人赞叹，一见我脸色犹豫，便停止了回忆，对我说道："怎么，你可是觉得我对洛十八直呼其名，有些大不敬了？"

跟这样的人物说话，藏着掖着必然不行，然而简单直接也实在不妥，我斟酌了一番，才说道："我的师父便是我外婆，而且平日里相处不多，不过我见到其他人，对自己的师父从来都是毕恭毕敬的，所以才会有一些疑惑。"

许映愚笑了，说："他当年收徒，便让我们喊他洛十八，说此乃尊称——他生来便是离经叛道的人，性子也与别人不同。说起来，当年他驱逐走了映智，而我愤然离开苗疆，投身革命，也跟他这古怪性格，有很大的关系。"

这老辈人的恩怨情仇颇为复杂，我也不敢胡乱说话，只是点头。他瞧出了我的顾忌，终于收敛了笑容，盯着我缓缓说道："好了，闲话休提，现在我们来说一说，你和我弟弟许映智的事情吧。"

第七章　会前突然议升官

"我此番前来，就是想听你说说，他，到底是怎么死的。"许老死死地盯着我，那厚眼镜片后面的眸子宛如死鱼一般，混浊发白，让人心中凭空就生出了一些寒意。

身为特勤局幕后大佬，这个世界对于他来说，基本上没有什么秘密，我也不敢当着他的面说瞎话，将我遇见许先生之后发生的所有事情，除了那些秘而不宣的东西之外，一股脑地跟他述说起来。

一开始因为紧张，我有些语无伦次，讲着讲着，不再纠结，将事情的来龙去脉一一讲述。

说实话，我在缅甸其实是受到很多委屈的，特别是遇到许先生之后，他并没有因为我们之间这一点儿七拐八弯的师门关系而多加照拂，除了逼迫我写出洛十八留下来的《镇压山峦十二法门》之外，几乎没有怎么关注过我，我就好像乡下来的穷亲戚，身上仅有的路费被榨完后，就给关押了起来。

而许先生此人，真的如洛十八在十二法门备注里谈论到的一样，虽然天资聪颖，但是天性薄凉，不择手段，有的时候简直残酷得令人发指，比如为了激发魔罗的魔性，竟然要将它的亲生父母送给它杀害，连自己的手下和徒弟们都算计，急功近利，王伦汗老巢那数千名士兵和普通农民的性命也都不放在眼里，一切皆棋子，有用则留，无用则弃。

我被许先生步步逼迫，最后不得已而反击，说起来我也没有犯什么大错。

孩子没娘，说来话长，一席话说到我们从萨库朗基地爬出，方才罢休。当我口干舌燥地停止下来，却瞧见老人竟然双眼合起，似乎已经沉睡过去。再仔细一打量，发现他的眼角隐约有泪光。

好半天，他睁开眼睛，揉了揉鼻子说："陆左，你可知道许映智在东南亚呼风唤雨，为何一辈子都没有踏足中国一步吗？"

我张了张嘴，猜想半天，然后摇头。许老沉缓地说道："是因为我！"

"您？"我有些惊讶说，"你们是两兄弟，为何他终生不回中国，却是为了你呢？"

许老往后面靠了靠，轻声叹道："映智这一生，惊才绝艳，便是洛十八提起他，都说实乃天才人物，然而他因为幼年时的一些遭遇，心理扭曲，这一世所杀之人，数不胜数，多少人因他家破人亡，妻离子散。他便是一头从深渊里放出来的恶魔，像他这样的人，本事越高，对社会的危害会越大。"

老人对自己的亲弟弟有着深刻的认识："虽然他是我的亲兄弟，但是事涉国法，我也容不得他。邦贵去世的时候，我们在苗疆会过一次面，交过一次手，后来达成协议，他永不犯中国，而我则让他带着那小孩离开，然而我万万没想到……唉！"

我问什么孩子。许老却没有再说往事，而是盯着我，说："陆左，我听说你体内有一只威名赫赫的本命金蚕蛊，能否拿出来，与我一观？"我苦着脸说："恐怕不行，这个家伙现在沉眠了，我也支使不得。"

"支使不得？"许老盯着我的眼睛说，"陆左，你现在还能够控制得住它吗？"

我感觉在那一瞬间，许老眼睛有如小太阳一般绚烂，那眼神让我如坠冰窟，下意识地喊道："可以！"

许老点头，说："好，我记住你的话了，陆左，我们蛊师历来都只有三个结局——孤贫夭！我这一生，并无子嗣与传承，所以敦寨苗蛊一脉，终究还是要靠你来发扬光大的。以后你在局里面有任何事情，都可以通过小陈来联系我。但是有一点，你倘若成为像许映智那样的人，请你一定记住，我绝对会亲手来清理门户的，不可能手下留情。"

连自家兄弟的生死都能够置之度外，我并不怀疑许映愚对国家绝对的忠诚和言出必行的决心。我郑重其事地点了点头，说我一定会严格要求自己的。

许老长叹了一声，说："行了，人也见了，话也说了，他死去的具体情况，我也基本上了解了。陆左，你记住，你是我最期待的后辈，也是我最担心的后辈，有时候，你的决定能够直接影响到很多人的生死，所以，做事情一定要谨慎，不要莽撞，三思而后行。"

他挥挥手说："好了，我累了，你回去吧。离开的时候记得带上门。"

许老的口气有些奇怪，仿佛是欣赏，又透着一股陌生劲，我揣摩不得，只有遵着他的话语，起身打了招呼，然后离开。

我出了房门，在回手关门的那一刹那，瞧见这个老人完全陷入了宽大的座椅中，整个人都显得极为消沉疲惫，孤独得就像一个小孩。果然，即便是嘴上不说，同为兄弟，他终究还是为许映智的逝去而心伤。眼看着一个又一个的故人离开了人世，他手上便是有着让人钦慕的滔天权力，但是心中，却终究还只是一个孤独的可怜人而已。

我突然想起，多年以后，我会不会也变成这般模样呢？

我怀着沉重的心情，从门口两个保卫人员手上接过暂放的东西，魂不守舍地回到住处。别墅里面一个人都没有，我脱去身上的衣物，独自浸泡在院子里的泳池中，任水沉浮，感觉总有一种东西在左右着我那不可捉摸的命运。

我一个人在泳池里泡到了下午两点，整个人的精神状态都处于一种混沌虚无之中，难以言叙。后来秦振叫醒了我，问我有没有吃饭，我茫然地摇头。他告诉我，下午的总结大会马上就要开始了，他是被掌柜的打发过来叫我的，又问我饿不饿，要不要先填一点儿肚子？

我摇头，从泳池中一跃而起，拿着旁边的毛巾草草擦干身上的水渍，然后跟他一起前往会议中心。当我们到达现场的时候，大会议厅里面济济一堂，差不多有三百号人，有名有姓的重要领导干部都坐在主席台上，而稍微有些职位的则坐在台下前面几排，至于其余人等，都各自找相熟的朋友，聚集一团。

会议还没有开始，我瞄了一圈，瞧见滕晓和朱晨晨在角落朝我挥手，便跟秦振一起弓着腰摸了过去。刚刚落座，滕晓便问我，萧道长怎么没有过来？

我说他又不是局里面的成员，此次过来纯粹就是游玩来着，此刻不知道是在天涯海角还是在大小洞天玩着呢，不要管他。

滕晓对杂毛小道出手帮他的事情牢记在心，说道："陆左，萧道长到底是什么来头，竟然能让罗贤坤低下头，带着他那儿子过来道歉？"

我笑了笑，说："这个家伙啊，就是个浪迹江湖的骗子，切莫被他给唬住了。"

滕晓见我不说，知道这里面有讲究，便不再提及。我们私底下又聊了几句，老赵摸了过来，说大师兄有事找我，让我去二楼办公室。

来到二楼办公室，大师兄正在跟董仲明、余佳源等人说着话，忙忙碌碌，瞧见我过来，他把我拉到一边，说："陆左，刚才我接到许老电话，让我把年终总结中关于你的功绩给全部隐去，并且抹除你的所有荣誉，说你木秀于林，风必摧之，让你低调一点。不过……"他停顿了一下，然后说道："许老告诉我，私底下会给你往总局报备，将你的行政级别，提高到副巡视员一级，你没有意见吧？"

副巡视员级别？我心中不由得咯噔一响，立刻就懵了——这胡萝卜给得也太大了吧？

副巡视员是什么概念？须知这秘密战线自有一套等级体系，细细讲明实在太费口舌，简单来说，当年集训营的总教头慧明和尚，曾任西南局副局长的贾团结，也就是一个副巡视员的待遇；大师兄厮混官场几十年，到如今也就是一个巡视员，比我高半级而已。

什么情况？

第八章 东南总局年终会

当然，级别上虽然差不多，但是有一点值得注意，那就是副巡视员虽然属于副厅级，但不是领导职务，所以比不得大师兄这种统领东南的位高权重。不过即便如此，陡然给我提升到这样的级别，且不说我在特勤局仅仅算一名外围新丁，资历不够，便是够了，如我这般的年纪，也是承担不起的。一般担任这种职位的，大多是退居二线的老领导。我何德何能，怎敢居于这个级别？

我下意识地回绝了大师兄的提议。他笑了笑说："这个不是我能够左右的，是许老的决定，我要询问你的是，在年报里面，将你出现的地方给抹去，也就是出于你的安全考虑，将你引入暗线中，不作曝光，不过这也有可能抹杀你的功劳，所以需要征得你的同意。"

啊？我想起来了，历次打击邪灵教和诸如吸血鬼事务的行动中，我都冲锋在前，特别是诛杀闵魔，将南方省大部分邪灵教骨干剿灭的伟相力工厂一役中，我更是起到了至关重要的作用，如此说来，我的确是功不可没，大师兄这是怕我一会儿有想法，所以提前告知。

说句实话，我这个人不能说有多么淡泊名利，但是混迹社会这么多年，对于名利一事，看得比较通透。倘若我站在前台，自然需要诸多威名为护佑，然而这般游离于特勤局边缘，这些荣誉对于我来说，实在是无关痛痒。真正能够让别人重视自己的，不是这些虚假的东西，而是我手头上的实力。

有着这样的认识，我便对此并无芥蒂，点头说好。然后又问大师兄许老为何会做这样的决定？

大师兄笑了："说你中午跟他谈话，自己就没有一点儿察觉？"

我摇头，说不知道。

他笑了笑，说："许老的目的呢，我大致也知道一些，应该是想给你一个超然的身份，让你不再受到去年那种对待。这件事情操作起来比较难办，不过许老在局里面的威望十分高，而且你自身的功劳和实力，也足以证明你担当得起这个级别，所以呢，你就不要多想了，好吧……"

大师兄好言宽慰我，不过似乎话语里面有一些别的东西引而未发。这时有人来找他，他朝我挥挥手，算是作别。我出了房间，董仲明迎了上来，拍着我的肩膀说："陆左，恭喜啊，升官了，什么时候请客？"

我说："我都不知道发生了什么事情呢，你能够跟我讲讲，到底怎么回事吗？"

董仲明说："你是真傻还是假傻，这个级别是给你弄了一个护身符，以后寻常小角色，是弄不倒你的。不过说变化呢，其实并没有太多，只是给你的工资提高了一些，然后麻烦少一些——毕竟不是什么领导性职位，别人未必会理你，而且我还有一个猜测，那就是以后可能有事情要求你。"

得，这董秘书的水平就是高，三言两语，就把这事情给解释清楚了，也就是说，我那在特勤局当大佬的师叔祖许老，给我套了一个大帽子，让我不必如同以前一样，被人随意栽赃陷害；与此同时，能力越大，责任也越大，以后大师兄使唤我的时候，更加得心应手。

不愧是传说中的黑手双城，对自己人也这么黑。

回到会场，我找到了秦振他们，在旁边坐下，一会儿，会场响起了音乐，主要领导进场。有东南局的领导，有各省部的头头以及总局来人，他们有的是修行者，有的则是纯粹的技术官员。我并没有瞧见许老，不知道是回北京去了，还是不想参加这大会。

年终总结，自然有扛把子陈志程先生作报告。大师兄是一个口才极佳的领导者，脱稿演讲，给大家概括性地总结了近两年来的工作和取得的成绩，以及对明年发展的期望。他并没有按照秘书拟定的稿子讲，各种数据随手拈来，讲得十分有激情，引发现场一阵又一阵掌声轰鸣。

说到成绩，就不得不提起闵魔覆灭一事，这个可以说是本年度最值得称耀的事情，大师兄将我和杂毛小道隐去，重点讲到了当时局内骨干的秘密潜入，以及运筹帷幄、一网打尽的幕后工作。

做完年终报告，开始表彰，给那些这两年来在秘密战线上作出突出贡献的工作人员颁奖。这人名一个一个地念，有很多熟悉的人，诸如掌柜的、董仲明、曹彦君、秦振、滕晓和朱晨晨都榜上有名，一个个上去领了奖，受到了领导们亲切的慰问和鼓励。

表彰完一线同志，接着论功行赏，进行职务调整，很多人升了官，也有人降了职。掌柜的终于从二线再次返回一线，升任东官的扛把子一职。升职的还有很多，但是七剑里面，除了董仲明前往鹏城任职之外其余人都没有提及。显然，这些大师兄最核心班底的家伙们，也和我一样，并不会太在乎官场上面的职位。

最后，大师兄再次上台，开始念起了那些牺牲在第一线的同志们的姓名，配合着肃穆庄严的音乐声，全场起立，敬礼默哀，哀悼那些不幸去世的同仁。

我将拳头放在胸口，余光打量周遭，发现这些人不管是什么级别、什么职位、多大的年纪，在这一刻，脸色都极为庄重。抬头看，那是闪耀的国徽，金红相间的颜色，中间是五星照耀下的天安门，周围是谷穗和齿轮。这些人，他们在秘密的战线上，在那些不为人知的行动中，抛洒着自己的热血，为祖国和人民的安宁奉献了自己宝贵的生命。然而，他们无法得到世人的尊重，甚至还会被别人误解，因为工作的特殊性，他们甚至连自己的身份都不敢跟自己的家人暴露。相比他们，我能够在历次生死危机中活下来，实在是太幸运了。

总结会一直开到了下午六点，饥肠辘辘的我们被工作人员引导着，前往会议中心旁边的大餐厅处会餐，是一桌十人的酒宴。物以类聚，人以群分，我照例跟秦振、滕晓和朱晨晨一起，其间还拉来了曹彦君。

酒桌上气氛很浓，喝到一半，尹悦跑了过来，拉着我喊，小毒物，来喝酒。这个妞儿裤子穿得鼓鼓囊囊，如同一个宅女。我跟她喝了两杯，才知道老赵他们在西面一桌，于是被拉过去敬酒。董仲明、老赵、掌柜的、余佳源等人都在，好是一轮酒喝下来，正准备灌他们呢，对我知根知底的掌柜的便笑着骂我，说你这个开挂的家伙，哪个敢和你拼酒？

我被拆穿，意兴阑珊地返回，发现朱晨晨和滕晓不见了，而秦振独自在喝闷酒。

我问怎么回事，怎么这副表情？

秦振仰头一口饮尽杯中酒，一双眼睛里尽是火，咬着牙在我的耳边低语道："刚才滕晓跟朱晨晨求婚了，朱晨晨拒绝了，说两人不合适。"我说："啊，怎么会是这样呢？是不是跟昨天的那件事情有关？"

秦振点了点头，低声告诉我说朱晨晨以前之所以跟罗金龙在一起，是被他给迷奸了。

第九章　小人报仇，从早到晚

听到秦振如此说，我将他拉到了一旁，说这种私密的事情，你是怎么知道的？

秦振低声告诉我：昨天的事情发生之后，这两人回到住处，朱晨晨一直默不作声，无论滕晓怎么问都不开口，到了差不多晚上十点钟的时候，朱晨晨终于将憋在心头的话语捣腾出来了，谈起当年罗金龙使用龙虎山秘药龙虎夺情丹，将她给迷昏，并且强行占有的事情。

这件事情是在朱晨晨与滕晓书信往来、眉目传情之后发生的，失身之后的朱晨晨万念俱灰，她即使拥有修为，但是在罗金龙和他背后的广南罗局面前，却显得那么地弱小而无力。后来她的思绪一时间走了死胡同，便委身于罗金龙，然而那畜生不但没有珍惜，反而屡次三番勾搭别的女人，这关系没有维持多久便断了。

这事情是朱晨晨心中永远的痛，本来以为有了滕晓的体谅，可以忘记那段梦魇一般的记忆，然而罗金龙此番闹腾，她终于知道，如果一直被罗金龙这样纠缠下去，不但她的生活会毁掉，便是自己挚爱的男人，也有可能会被牵连。

经过了昨天晚上的一夜倾诉，滕晓下了决定，决定用一辈子来爱这个可怜而善良的女人，于是在刚才向朱晨晨提起了结婚的事情，正准备来一个浪漫的求婚仪式。然而朱晨晨却突然起身，说她配不上滕晓，不如分手吧，然后扭头离去。

我皱着眉头说："怎么会闹成这个样子？罗金龙和他老子，昨天不是已经道过歉了吗？"

秦振摸了摸自己唇上略微粗糙的胡子，咳了咳，对我说："陆左，我说一句老实话，如果不是很好听，你多包涵啊。"我瞧着秦振犹豫的模样，一拳打在了他的胸口，说："嘿哟，咱们水里来火里去的过命交情，有必要这么藏着掖着吗？有什么事情你只管说，好像我会吃了你一样。"

秦振瞧见我毫无芥蒂，点头说："陆左，你可能没有在基层待过，也不是很了解罗局和他这宝贝儿子的秉性。俗话说得好，君子报仇，十年不晚，小人报仇，从早到晚。倘若是他们没有受到昨天那样的羞辱，说不定这事儿也就过去了，但是昨天萧道长将罗金龙的脸扇成了猪头，你们又强逼着这父子俩深夜过来道歉，他们还不记恨要死啊？这样记挂着，整不到你这里，便记在了滕晓和朱晨晨的头上，这一天到晚的软刀子用着，说不定哪天就把他们两人派到最危险的第一线，神不知鬼不觉地牺牲了，这也不是不可能的事情。你说说，朱晨晨能不多想吗？"

听到秦振这番解释，我终于明白了朱晨晨和滕晓的担忧。的确，倘若罗贤坤真的要整治他们俩，什么也不用说，直接将他们差遣到最危险的地方，不出几个月，两人铁定完蛋。阎王好见，小鬼难缠，这里面种种猫腻，远远比我们所能够想象的厉害。

我说："其实此事好办。你若有时间，找朱晨晨聊一下，我去跟大师兄求个情，到时候把他们两个人的组织关系调到东南总局来。只要脱离了罗贤坤的治下，便不需要太多的担忧了。"听得我的话语，秦振喜出望外，说："那最好不过了。我这就去找朱晨晨说，让她放下心里头的包袱，好好对待滕晓这个痴情的娃儿——唉，他们两人，真的是太不容易了。"

秦振匆匆离去。我目光在大厅里面巡视了一番，在东南角的包厢旁瞧见了罗金龙这个脸颊肿胀的小白脸，正在他老子的带领下，向各处的领导敬酒认识呢。瞧着他谈笑风生、风度翩翩的模样，再想起滕晓和朱晨晨这一对苦命鸳鸯，我的心中就是一股火。我恨不得现在就冲过去，将那个油头粉面的家伙领子揪起来，扇几个大耳刮子，然后膝盖一顶，将他祸害女性的玩意儿给直接报废了。然而怒火终究被我的理智给遏制住了，这家伙是要整治的，不过我可不能被这贱人给拉下水——不动声色地弄他，才符合利益最大化的原则。

我返回酒桌，宴席已经接近尾声，曹彦君拉住我说："怎么回事，你那几个同学怎么都走了？"

我侧过头来，在他的耳朵边轻声问道："老曹，冒昧问一句，你在龙虎山也混过好些年，罗金龙这个人，你熟不熟？"曹彦君的眼珠子一转，瞧向了被拉到包厢的罗金龙背影，低声说道："怎么了，你们昨天和罗金龙干了一架，是气还没有消吗？我听说昨天他老子都领着他，到你们住的地方道歉了啊。"

我摇摇头说："跟我没有关系，我就想了解了解他而已，你别多想啊。"

曹彦君此君是个妙人，玲珑剔透，一点就通，他立刻知道了这里面的曲折弯绕，也不多问，告诉我："罗金龙就是个含着金钥匙出世的小子，他老爹罗贤坤是广南局的负责人，老妈则是现任龙虎山张天师的远房表妹。不过他入龙虎山，并不是张天师的徒弟——张天师在龙虎山实力仅排第三，第二是望月真人，最强者名叫丁荣涛，道号善扬真人，中原正道十大高手之一。"

我问："什么十大高手，怎么搞得像武侠小说一样啊？"曹彦君点头说："这是老一辈的名号了。就是茅山、龙虎山、崂山、青城峨眉、阁皂山、昆仑悬空寺……这些地方出名的顶级高手盘点，善扬真人就名列其中，他的大徒弟叫做赵承风，是西南局的常务副局长。"

我的眉头皱得更厉害，说："如此说来，罗金龙和赵承风，倒是师兄弟喽？"

曹彦君点头："说起来我和他们也是师兄弟，不过他们是真传弟子，而我们则都是外围的小杂鱼，从功法到资源都是最差的，没得机会……"

我点了点头，心中有了一个大概。

难怪朱晨晨在罗氏父子昨夜道歉之后，最终会做出如此的选择，大概也是被罗金龙这样的背景给吓到了吧？修行者也是人，如果做不到实力超群，也会因为这些东西而产生畏惧吧。

晚宴差不多到九点结束，大家三三两两，有的返回住处，有的则直接奔向海滩，参加酒店举行的篝火晚会。我独自一人返回了住处，发现杂毛小道还没有回来，我正有事情要找他商量，于是拿起电话来，给他拨了过去。

过了差不多半分钟的样子，电话那头才传来杂毛小道懒洋洋的声音："小毒物，怎么样，聚餐完了吗？"

我问他在哪里，我有事情要找他。他嘿嘿笑，说在外面吃夜宵呢，要不要过来？我听到他身边有女人轻轻的笑声，而且声调还不一样，显然不止一个人，说："你不会又跑去按摩桑拿了吧？"

杂毛小道嘿嘿笑说："呸，咱怎么可能干这种没有品位的事情，你若是不信，自己过来瞧一瞧呗。"

他说了一个地址，让我打车过去。我乘出租车到了杂毛小道所说的地方。这里是一个夜市，这家伙正在跟三个肤白貌美的年轻女子吃着海鲜，嘻嘻哈哈地聊着天、看手相呢。

我走过去拍了拍他的肩膀，杂毛小道哈哈一笑，然后对三个美女说道："隆重给大家介绍一下，这是我风水事务所的战略合伙人，刀疤陆，你们叫他陆哥便好——小毒物，这是毛毛、苏柠、卡罗，都是模特儿。"

三个靓模朝我抛媚眼，异口同声地喊道："陆哥好……"

哇咧，这些女人的声线仿佛经过特别训练一般，柔媚得让我骨头都要发酥了，其中一个长得狐狸脸的女孩儿毛毛伸手给我递了一盘牡蛎，娇声说道："陆哥你好厉害哦，这么年轻就有那么大的一家公司，可真让人羡慕呢，你多吃一吃，对身体好。"

牡蛎壮阳，这玩意儿吃了可不得烧得慌？我点头笑，随便聊了几句，然后朝着杂毛小道使眼色。他朝着这几个女孩儿说了句失陪，走到我面前，笑嘻嘻地问道："小毒物，怎么样，质量都还可以吧，你看上哪个了。"

我说："老萧，什么情况啊这是？这什么时候了，你可别胡来！"

杂毛小道的眼神变得诡异起来，低声说道："我这哪里是胡来，难道你没有发现，她们三个人身上有古怪吗？"

第十章　三佳再现灵修会

我用眼角余光打量这三个长得一副狐狸妖媚模样的漂亮嫩模，这几个妹子纯粹是用美容产品和整容技术弄出来的——眼睛大大，下巴尖尖，流水线产品一般。

除了感觉她们可能不是原装货之外，我倒是瞧不出什么蹊跷来。杂毛小道微微一笑说："小毒物，说实话，混迹江湖的本事呢，你还真的比我弱上许多。我不告诉你，你自己悟吧，懂了就是你的收获，不懂，你就去找块豆腐撞死吧。"说完他拽着我返回了酒桌上。几瓶啤酒喝完，杂毛小道大声喊道："毛毛，一会儿你们还有什么活动不？要不要去我们住的度假村里面，看小星星啊？"

那个眼睛最大的漂亮妹子吃吃地笑了，说："大哥，你真幽默，要看星星，上山去瞧，去你房间里面看啥小星星啊？呵呵，今天就到这里了，戴菲姐让我们这几天好好休息，等着周六参加大活动呢。对了，茅大哥，那天你要不要来啊，我们有好多姐妹都在哦，怎么样？"

杂毛小道一脸贱笑，说："毛毛妹子邀请，我怎么能够不去呢？你到时候打电话给我，我一定过去捧场！"

这话说完，杂毛小道拍了拍我的肩膀，我很自觉地站起来去前台结账。结完账，一扭头，瞧见这家伙居然开着一辆黑色奥迪在马路牙子前停下来，然后叫我来开车，他自个儿钻到了后座，和两个妹子挤一起。

在外人面前，我极给这个家伙面子，闷不吭声地当起了小弟，将这三位美女给送到了一家星级酒店。瞧她们扭着婀娜曼妙的身姿走进酒店，我一把抓住杂毛小道的脖子，恶狠狠地说道："老实交代吧，什么个情况，这三个妹子到底哪里有问题了？"

杂毛小道摇了摇头，说："小毒物，你的观察能力到底还是有些欠缺。那个毛毛，你瞧她双眼的眼角上翘，狐媚横生，乃修炼了桃花煞媚功的结果；而那个苏柠和卡罗，身材火爆，该丰满的地方丰满，该瘦的地方不盈一握，那是修行过兽行吸阳术的征兆。这两门邪功，都与全能灵修会有关系。"

"全能灵修会？"我有些诧异，不知道这个新蹦出来的名字到底又是一个什么组织。

杂毛小道见我全然无知，敲了敲额头，说："全能灵修会盛行的时候，你还没有出道呢。简单跟你解释一下这个组织吧。它在2002年至2005年的时候在南方市、魔都以及宝岛十分盛行，是一种打着瑜伽、灵修和天地一体为旗号的聚众淫乱组织，它的骨干成员通过吸阴补阳来提升自己的实力，再通过收取会费来聚敛钱财。很多富豪、政府官员都沉溺其中，闹出了好几件大事情，后来局里面介入，将这个组织的首脑人物给一网打尽，才消停了下来，没想到现在又出现了。"

我说："啊，居然还有这种事情啊？这个到底用什么罪名？聚众流氓罪？"

"杀人罪！她们做的这种事情，跟道家佛家温和的双修之术不同，有点类似于鬼修中的吸阴采阳之术。如同吸毒，越来越想，但如果次数多了，会让人精神萎靡不振，肾脏虚弱，精力不生，从而整日混混沌沌，最后虚弱而死！"

杂毛小道沉声说道："这件案子当时是我大师兄督办的，而全能灵修会的首脑最后也是被大师兄率领七剑给擒获的。这个人你应该是见过的，刘子涵，你还记得不记得？"

我眯着眼睛想了一下，感觉有些耳熟，却总是想不起来。杂毛小道提示我道："你们在怒山集训的时候，她正好从白城子监狱里面被小佛爷率众救出来，而后又奔赴滇南，接掌勐腊鸿庐大头目扎铎留下来的势力……"

"魅魔？魅魔刘子涵？"我恍然大悟，立刻喊出了这个头领的名字来。杂毛小道点了点头说："桃花煞媚功和兽行吸阳都是全能灵修会的招牌功法，我今天在椰梦长廊碰到她们的时候就留了心，设法接近，就是想知道她们在这边到底有什么谋划。"

我摸着鼻子说："不对吧，整个东南局首脑在三佳举行年会，她们还有胆子敢在这儿搞怪，是不是有些胆大包天了？"

杂毛小道哈哈一笑，说："偌大的一个城市，只要行动隐秘一点，未必会撞到。再说了，你们开会也就这两天，回头你们撤离了，她们有什么好怕的？你刚才不是听说了么，她们这几天基本上不会出来活动，就等着你们离开呢。怎么样，有没有兴趣跟我一起，跟这个魅魔，还有她旗下的美女们，交一下手啊？"

我点头说好。话说这并不是什么苦差事儿，咱们左道行侠仗义，路见不平，自然要拔刀亮剑的。

我们回到车里，我拍了拍方向盘，问这车是谁的。

杂毛小道说是从掌柜的手上拿的钥匙，好像也不是公牌，至于是谁的车，那就管不着了。

这厮平日里对这等小事从来都不介意。手上有两千块钱，直接塞给路边的可怜老人，这事情他做得从来不少，说好听了是豪侠仗义之辈，说不好听点就是个甩手掌柜，没有钱了就找朋友蹭吃蹭喝。我也习惯了，便不再问。

杂毛小道问我刚才为何这么急找他，我便将今天晚上发生的事情告诉了杂毛小道，这个家伙听得一阵激愤，怒发冲冠，恨不得跳下车，直接去找罗金龙算账。

我拦住他，将罗金龙的身世背景说给他听，将这件事情做了一个总体分析，他耐着性子听完，然后沉吟了一番说："得，我知道了，咱们还是来点阴的，让这小子有劲没处发，最后还给憋屈死，对吧？"

我说反正咱们自己机灵一点，不要再栽进去，毕竟现在都是有头有脸的人物了，为这个小子弄得一身狼狈，实在不值当。杂毛小道点头，说也对，这事情得好好谋划一下，反正不能够便宜这个小子，做了坏事倘若没有得到应有的惩罚，这个世界上的坏人就会越来越多。

我们开车返回住处，发现秦振、滕晓和朱晨晨都在客厅里面，见我们进来，都站起身来问好。

朱晨晨脸上还有泪痕，瞧见我有些不好意思，扭过脸去；而滕晓则走过来，络腮胡子上面写满了认真和严肃。秦振拉着我的胳膊，跟朱晨晨和滕晓说道："你们两个就别担心了，陆左跟陈老大的关系好得很，他答应下来的事情，就是板上钉钉了，对吧，陆左？"

敢情秦振已经将朱晨晨劝得回心转意了，但这两人就怕借调一事搞不定，所以在这边等着我呢。

其实只要朱晨晨的思想转过弯来，那别的事情就好办了。我拍了拍滕晓的肩膀，然后对朱晨晨说道："晨晨，人生之路漫长，谁年轻的时候没有碰到一两个人渣呢？既然找到了一个知心爱人，那便需要珍惜。你俩且等着，我这就打电话问一下大师兄有没有空，然后带你们两个去见一下他，怎么样？不要再走极端了，我们都是同学，是生死与共的兄弟姐妹，凡事有我，不用怕。"

朱晨晨很认真地点了点头，然后说谢谢；而滕晓重重拍着我的肩膀，眼神坚定而执着。

我在跟他们几个说话的工夫，杂毛小道已经打电话给老赵了，这会儿挂了电话，说："大师兄今天晚上略忙，不过十点钟的时候，有十五分钟的空闲，让我们直接带着他们两个人到大师兄的住处去。"我瞧了一下手表，还差半个小时，于是与杂毛小道一起，带着滕晓和朱晨晨朝外面走去。

我们带着滕晓和朱晨晨去见了大师兄，在一番热烈交谈之后，大师兄告诉他们回头就操作，最迟到了农历新年的时候，便可以调职了，让他们放下心里包袱，轻装前进。

得到大师兄的承诺，滕晓和朱晨晨脸上终于有了笑容，恭敬地告辞离去。而大师兄则将我和杂毛小道拉住，一双眼睛明亮，漫不经心地问道："瞧你们两个人贼笑兮兮的样子，是不是准备弄罗金龙呢？"

我们两个不傻，连忙矢口否认，大师兄却毫不留情地说道："想搞就搞。不过我告诉你们，不要弄出事情来，还要我来给你们擦屁股。特别是你，陆左，你升副巡视员的事情许老在操作，别让他被动，知道不？"

我们两个好是一番拍胸脯。退出大师兄住处之后，杂毛小道朝着我胸口捶了一拳，说："嘿，你小子升官蛮快的嘛！"

第十一章　寻根问底查缘由

跟杂毛小道解释升官背后的秘辛之后，这个家伙不屑一顾地说，弄了一个头衔将你高高挂起来，一点儿权力也不给，这样子有个毛用？他虽然这么说，然而一转念，又哈哈笑了起来，说："倘若真的能成，那么以后也是一级高官了，寻常的小角色也不敢招惹你——不错，你师叔祖倒是给你弄了一点好处，不愧是洛十八的徒弟。"

我们两个回到住处，瞧见虎皮猫大人翻着肚皮，躺在沙发上面，掌柜的正在殷勤地给它剥瓜子，瞧见我们进来，便招呼我们："你们两个到哪里鬼混去了，这么晚才回来？"

大师兄刚才跟我们交代过，想搞罗金龙也不是不可以，但要天衣无缝，不留痕迹。掌柜的也是新官上任，诸多事情繁忙，我们便不想让这种小事打扰他，连发现全能灵修会这件事情也闭口不谈，只是摇头，说去沙滩玩了玩，吃完夜宵才回来。

掌柜的招呼我们坐下，跟我们谈了谈最近的经历。说起自己，掌柜的颇有些难为情，他当日答应自己的妻子不再参与特勤局的相关事务，做一个外围人员，然而自从大师兄前来掌管东南，手上无人，将他这个旧部启用了，他便一直忙忙碌碌，而如今升任领导职务，更是没有什么时间陪伴自己的妻子和新生不久的女儿。

鱼和熊掌不得兼顾。我瞧这掌柜的自从升职之后，精神倒也是满亢奋的，一肚子的抱负。听说这权力便是春药，是兴奋剂，果然不假。不过掌柜的为人正直诚恳、大公无私，由他来掌管东官，也算是人尽其才，不必担心浩湾广场那种事件再次发生了。

掌柜的对于我和杂毛小道十分重视，说："两位，哥哥今天这话儿先求在这里，以后要是遇到什么我弄不了的事情，叫到你们头上来的时候，还请千万不要推脱。"

我和杂毛小道都说好，还请赵局长以后多多照顾俺们事务所的生意才是。

如此一番热络，我问起万三爷的近况，掌柜的眉头皱了起来，叹气说："自从上次黑竹沟回来之后，身体便每况愈下，总感觉熬不过这两年了，不过小屁股倒是特别争气，这两年来一直照顾她太爷，据说也学到了好多本事，希望以后能够继承师父的衣钵。"

诸般往事，一回首，莫不觉得岁月流逝，不知不觉，时光匆匆不见了。

掌柜的明日不参加那名为参观考察，实则游山玩水的相关活动，直接返回东官去走马上任了，所以我们聊到很晚，从小冰箱里面拿了几瓶白酒，无菜对酌，谈得兴起还拍案高歌，好不痛快，到了深夜，方才各自回房睡去。

次日除了早上有一个仪式性的碰头会，接着便是参观活动，当然也可以自助旅游。我和杂毛小道有心弄罗金龙，所以行程也特地关注了这个小子。不过出乎我们意料的是，他没有返回广南，也没有单独行动，而是跟着大部队，老老实实地背着一台单反，四处摄影，好像是个时尚摄影师一般。我们跟了两日，亚龙湾、天涯海角、南山奥岛鹿回头、海棠湾、呀诺达、蝴蝶谷……三佳可供游玩的地方实在是太多了，参观团主要挑比较著名而且优美的地方匆匆浏览，即便如此，行程也是安排得满满。

　　此番年会的目的，主要就是促进东南局的相关人员沟通和交流，故而局领导也有全程出席，一路上弄了许多团建活动，不过说实在话，年末至春节前后，那是南海岛，特别是三佳的旅游高峰期，一路上的游人让我真切感受到了拥挤的感觉。

　　人多了，大家总是需要低调一些，所以都中规中矩地待着，跟正常游客没有什么不同。

　　东南局的年终总结会终于在元旦节当天落幕了，日理万机的同仁们纷纷乘着次日或者当晚的飞机，返回自己工作的城市。老赵在百忙之中还特地打了个电话给我，问要不要一起回去，若是，他就帮我们订机票了，他会给虎皮猫大人也留一个头等舱的。不过我拒绝了老赵的好意，让他先和大师兄返回南方市去，我要和杂毛小道留下来，再玩上几天，反正这几年来也没有什么悠闲日子，索性便把这次当做度假了。

　　大部队撤离，度假村里熟悉的面孔变得越来越少，我和杂毛小道谎称要去海口乘渡轮，早早就离开了酒店，然后另外找了一家偏僻的宾馆住下，这里的环境与度假村自然不可同日而语。与此同时，杂毛小道还去附近车行租用了一款价位适中的黑色奔驰，作为我们的交通工具。

　　我们之所以没有走，是因为得到了一个消息，说罗金龙这厮没有随着他爸离开三佳，而是在度假村中留了下来。或许是我们这几天的表现实在太过平淡，或许是觉得我们根本不会因为一个朱晨晨而真正为难于他，作为一个含着金钥匙出身的修行者，罗金龙并不认为我们会对他有企图，所以他毫不掩饰自己的行踪，这使得在会议散去的第二天傍晚，我们就有了重大发现。

　　罗金龙一个人，在度假村附近一个十分有名的夜店里面，跟一个容光焕发的美丽少妇会面。这两人喝着鸡尾酒，在吧台上聊得那叫一个热烈。不过罗金龙表现得十分正人君子，与那漂亮少妇保持着一定距离，并没有什么离奇之处。在暗处观察的我感觉无聊，反而是杂毛小道脸上露出了极为兴奋的表情，当这两人携手离去的时候，我拍了拍他的肩膀说，怎么个情况？

　　杂毛小道摸了摸自己的下巴，说："你不知道吧，那个漂亮少妇，就是前几天我们见面的那三个嫩模经纪公司的经理人戴菲，说白了，也就是她们的妈妈桑。"

　　杂毛小道这么一解释，我立刻就明白了其中的缘由，没想到真的如同他猜测的一样，罗金龙之所以会留下来，其目的便是参加全能灵修会组织的一场大型派对，而这里面他到底是和邪灵教有勾结呢，还是单纯只是为了全能灵修会那些美貌妖媚的妹子而来？就不得而知了。

其实这些都不是我们所关心的问题，罗金龙一旦参加那次聚会，那我们有的是手段来整治他。确定了这个，我们便没有再对罗金龙进行全天候追踪了，毕竟这个小子是龙虎山第一高手的得意弟子，意识也是十分强烈的，倘若被他不小心发现了，到时候便有些麻烦了。

杂毛小道立刻打电话给毛毛，问她活动什么时候参加，需要准备些什么东西不？

逢场作戏，毛毛都快忘记了还有杂毛小道这么一个人，接到电话，颇有些为难地告诉他，她跟经理人说过这件事情了，可是戴菲姐告诉她，说那天来的都是知根知底的会员，一般不能带别的人，所以这次就算了，不行就下次吧，凡事都得循序渐进，切勿心急。

杂毛小道一听，顿时就火了，说这可不行啊，小妖精，你把哥哥的心都给挠得痒痒的了，结果现在又突然告诉我没戏了，这到底是不是要我啊，说吧，到底要怎么样，才能带着哥一起玩儿啊？

两人好是一番交涉，终于谈定了由杂毛小道交五十万元会费，才有进入的资格。

杂毛小道向来都没有什么金钱概念，一口答应，然后被告知明天晚上八点，准时或者提前到达某处高档会所，到时候报上自己的名号和介绍人，自然会有人领着我们前往集会区。挂完电话，杂毛小道瞧向了我，而我则很郁闷地给事务所的财务简四打电话，让她朝毛毛指定的账户汇款。

五十万啊，我的脸都青了，这才是入场资格，可想而知，参与这种集会的人，都是些什么人物。

当天晚上我们早些回去歇息，次日一整天都在养精蓄锐，到了太阳缓慢沉入海面的时候，打扮得与平日迥然相异的我和杂毛小道开着租来的黑色奔驰，朝着毛毛指定的那家隐秘而高档的私人会所行去。因为害怕跟罗金龙这个家伙撞上，所以我们特意迟到了一些，快九点才到达会所门前。

瞧着那黑乎乎的庄园，我和杂毛小道面面相觑，我们不会是给那个小妞儿耍了吧？

第十二章　印度老僧主灵修

我和杂毛小道在这个会所山庄的铁门外等了好一会儿，大门紧闭，整个山庄除了必要的路灯之外，一片黑沉沉的死寂，寻常人路过，只会觉得这里就是一处烂尾楼。

我按响了喇叭，三长一短，等了差不多两分钟的样子，会所的侧门打开了，走出了一个当地人，操着本地口音朝我们喊了几句。这话儿古里古怪，我和杂毛小道面面相觑，愣是没有听懂。那又黑又矮的老男人瞧见我们一副茫然模样，嘴里咕哝着，不屑地骂了一声，然后转身准备去关门。

杂毛小道连忙下车将他拉住，不动声色地塞了几张红彤彤的老人头，解释了我们的来意和介绍人。那个蔫老头狐疑地打量了我们一番，用极为生硬的普通话告诉杂毛小道在门口等着，他回去核实信息。杂毛小道点头哈腰，一点也没有高手风范。过了五分钟，门上拉开一个小窗，朝着外面喊道："你就是来自洪山的茅老二、茅老板吗？"

杂毛小道嘿嘿笑了，说："老哥，对头，就是我呢，今天公司事情太忙了，紧赶慢赶，还是迟到了，还请您通融一下，嘿嘿。"

会所的厚重铁门终于缓缓打开，我将汽车开到门口，那个蔫老头朝着我们喊道："往左转，顺着那条路前进一百米，把车停了，旁边有停车小弟，你们找他问路，说到心灵紫云阁，毛毛姑娘在那儿等着呢。"

杂毛小道上了车，朝着他挥手，好是一番感谢。顺着道路朝里面开，两边园林茂密，将夹杂其间的建筑给巧妙地遮掩住。那些建筑都是欧陆风情，窗户里面其实也有光线透出来，不过被厚厚的窗帘布给遮盖，可见这个地方绝对的私密性。

杂毛小道回了下头，漫不经心地说道："老头儿是个高手啊。"

我点头说，不错，神气内敛，手掌的骨节粗大，显然是个强悍的练家子。

沿着路一直开，前方有一个停车场，豪车济济，除了寻常的宝马兰博之外，更多的是不认识的外国车，夸张的造型和流线显示出其价格的不菲。我们租用的这辆黑色奔驰在这停车场满满的豪车前面，多少显得有些小家子气。

门口有穿着黑色西装的工作人员，我在门口停下来，将钥匙抛给停车小弟泊车，然后告知黑西装我们的来意。

这黑西装整得还挺专业，手按在左耳的耳麦上低声问询了一番之后，朝我们躬身问好，带着我们走到旁边，问我们选用高尔夫车，还是两轮自助行走车出发。我瞧着旁边那十几辆造型古怪的两轮自助行走车，摇了摇头，上了白色的高尔夫电动车，这时停车小弟将车钥匙还给我，然后车身一动，朝着会所深处行去。

我回望了一下天空，瞧见一道肥硕的黑影在翱翔，心中稍安——我和杂毛小道此番前来，为了避免身份暴露，除了将面容作了改变之外，相关的法器都放在了车子的后备箱里面，为了避免被人偷查，还特意找来虎皮猫大人，在空中帮我们看管。

高尔夫电动车开了一分多钟，到了一处占地甚广的展会式三层建筑前停下来。巴洛克风格的外墙和建筑装饰，让这里充满了文艺复兴时期的味道。黑西装停在了大楼前方的平台上，然后跳下车，指引我们从侧门进入。

一进门，十个身穿青花瓷短装旗袍的妙龄女子分作两排，朝着我们鞠躬问好。那些女子的旗袍甚短，开叉口一直延伸到了腰际，肉光光的长腿就像圆规的两条腿儿，胸前鼓鼓囊囊，让人有一种瞧看那韩国大腿时代 MTV 的即视感。这样十双白花花的美腿在眼前晃悠，我们反而疏忽了这里间奢华到离谱的内饰和摆设。

这场景瞧得我热血澎湃，这时从旁边象牙般豪华洁白的楼梯上，蹬蹬蹬走下来一个身着白色宽松瑜伽服的狐媚美女，却正是杂毛小道之前联系的嫩模毛毛。她匆匆下来，一脸娇嗔地叫道："啊哟喂，茅大哥呀，你可真是慢的，咱们都快要开始了，您老人家才来，要是再晚一些，人家都不知道怎么跟戴菲姐交代了。"她眼眸一转，瞧见了旁边的我，伸出纤细如玉的手指了点我说："哎呀，陆哥你也来了啊，贵客啊，欢迎欢迎。"

杂毛小道一副猪哥样儿，拉着毛毛的手，说："毛毛，茅大哥这不是公司临时有点儿事情要处理么，紧赶慢赶才跑了过来，怎么着，瞧着门口这几个小姑娘就不错啊，能给咱介绍介绍吗？"

毛毛带着我们往上走，听得这话儿，回过头来，娇媚地横了他一眼，说："茅大哥，你真是个急性子，这些姑娘刚刚跟公司签约呢，还没有调教好，一点儿味道都没有。再说了，我们这可是上流社会，正经的聚会，来的要么是京城名少，要么是港台名媛，还有珠三角、北魔南鹏一线城市的富豪名流政要，你可要注意自己的形象了，别闹出什么笑话，反而惹得我受到牵连呢。"

说话间，她带着我们来到二楼的一处更衣室，指着上面叼着烟斗的老人头，说："你们两个先进去更衣，完了之后，更衣室门口左手边有一个盒子，那里有面具，别忘记戴上哦。"

杂毛小道用手挑着毛毛光滑的下巴，嘿嘿调笑道："毛毛，要不要陪茅大哥一起更衣啊？"

这狐媚的小嫩模将我们推进更衣室内，说了一声："快点吧，活动都开始了呢。"

进了更衣室，有一个狭长的过道，全部由反光镜组成，宛若迷宫，推开这巨大的镜子，便是一间一间的私人更衣室。可以想象得出，那些衣冠楚楚的人们是怎么走进来，然后面目不分地走出去。

我们各自挑了一个房间，进去之后，换上宽松的白色瑜伽服，戴上粘满皓石、碎水晶和缤纷色彩羽毛的面具，踩着舒适的棉质拖鞋走出来，瞧了瞧镜子，这面具将鼻子以上的大部分面容遮挡住，的确能够起到掩饰身份的作用。

我们出了更衣室，门口有一个文质彬彬的服务员在等待，告诉我们毛毛姐有事情忙去了，让他带着我们，前往心灵休憩厅去。

艺高人胆大，我们也没有什么担忧，跟着这名服务员穿过长长的走廊，推开一扇又一扇的门，宛若富丽堂皇的迷宫，终于来到一处大厅，撩开厚重的白色羊驼绒帘，一阵温暖如春的热气扑面而来，里间香气四溢，是一种混合了檀香和花香的奇妙味道，让人心旷神怡，卸下所有防备。

我仔细打量，这是一个篮球场般宽大的练功房，脚底是厚重的实木地板，而四壁和天花板则是透明水晶的镜子，正中间，有一个容貌枯槁的印度老僧正在宣讲，而在他的周围，盘坐着一百五六十位穿着白色瑜伽练功服的学员。我随意瞄了一眼，男女比例差不多就是一比二，那些男人普遍年纪偏大，而女人虽然也有十来个脖子上肌肉松弛的，但是更多的是如同毛毛、苏柠、卡罗这等青春年少的女子。

那服务员送我们到门口之后便转身离去了，我和杂毛小道不动声色地在人群后面，找了一张高级羊绒毯子盘腿坐下。印度老僧讲的是当地语言，在他旁边，正是前几日与罗金龙接洽的那名美貌妇人在做翻译。

场中所有的人，除了那印度老僧之外，便是这名美艳妇人不戴面具。别瞧着她当日在夜店里面，与罗金龙相处得火辣风情，此刻身穿一袭裁剪得体的瑜伽服，却是一脸端庄圣洁，口中不断地转述着印度老僧所说的灵修理论——

"禁制、尊行、坐法、调息、制感、内醒、静虑、三摩地……诸人皆持莲花坐，将自己的心情从烦恼、焦虑和忧愁中解脱出来，释放天性，回归自我、本我、真我，将注意力集中你身旁的异性身上，让你的精神完全沉浸在无限深邃的寂静中——冥想，通过意念来感受实体的运动，控制气脉在体内流通，产生你意念之中的神通力……"

这美艳妇人闭目而言，口吐之言低沉妩媚，宛若鲜花绽放，音律时而如鼓，时而如铃，配合着空气那阵阵沁人心脾的芬芳，以及这美好的环境，让人心神荡漾，止不住将自己的心神，都倾注在她声音的意境之中。

很低级的催眠术，不过不可否认的事实是，我瞧见大部分人的精神意志都沉浸其中，不可自拔。除此之外，还有一小部分人并没有被催眠，正不动声色地用眼角余光打量周遭，想来应该是主办方混入其中的骨干成员。

我用眼角余光不断地打量周遭，想瞧见罗金龙这个小子到底有没有在这个大厅之中。我还没有瞧仔细，便听到场中的那个印度老僧将双手朝天举起，骨骼啪啪作响，宛若长臂猿一般在胸口啪啪拍了两下，大声吼道："伊索特瑞、亚纳！"

第十三章　灵修秘密恐惧深

老和尚振臂一声高呼，旁边一百多号人也一齐高举双臂，倾尽自己所有的气力大声呼喊道："伊索特瑞、亚纳，勃乐勃乐……"

如此气势齐整的呼喊声之后，场中的气氛顿时就开始热烈起来，四个光着脊梁杆儿、穿着灰色灯笼裤的印度小和尚不知道从哪儿钻出来，手中摇着三头青铜摇铃，踏着凝重而古怪的步伐，在人群中穿梭而过，表情庄严肃穆。

一种类似于梵唱与咏叹调的空灵之声传来，一开始我还以为是音响的效果，很快我就发现了不对，这实打实的，绝对是十数人在齐声咏唱，里面似乎运用了不同发音手法，包括真言、咒文、呼麦以及空灵梵唱，让人听在耳中，便觉得有一种飘飘欲仙、灵魂脱体的虚幻之感。

接着那个老和尚居然凭空悬浮起来。他身上的纯棉袈裟猎猎起风，从那美艳妇人的手上接过来一个羊脂白玉净瓶，右手拈了一个兰花指，放在瓶中沾了沾，给最靠近自己的一圈人轮个儿洒出某种油状的液体。受洗者恭恭敬敬地将头伏在地上，仿佛面前这个形如枯木的印度老僧，便是那观世音菩萨再世。

能够以身腾空而起，这印度老僧绝对是一名让人叹服的修行者。我们都低下头，不敢言语，尽量将气息收敛，遁世环开启，让自己跟一个最普通的与会者一般，毫不起眼。

这段从净瓶中播洒出净水的仪式，大约进行了十分钟，印度老僧也足足悬在空中十分钟。当他从我们身边路过的时候，我学着旁边的人，紧紧低着头，不敢旁顾，感觉一股庞大的气息从身后掠过，接着后脑一阵清凉，异香扑鼻。

我知道这是那净水播洒到了我脑袋上造成的效果，而随后的几秒钟内，一种类似于寺庙禅唱的隐约之声，从遥遥天际传至我的心灵深处，顿时如同感受到了天国，双目明亮，四处皆是纯净洁白，而后睁开眼睛，一切都变得无比美好起来，心情舒畅，周身飘飘然，仿佛我盘坐的不是抛光实木地板，而是在云层顶端，轻松惬意。

我闭上眼睛，意念集中在鼻尖之上，而鼻尖则观于心中，感受到这印度老僧是通过一种特殊的植物原液，在周遭咒文、环境的烘托下，将一种无上的精神敬畏，根植于每一个人心中。

这种术法已经远远超越了催眠术，相当于一种精神烙印，根植在现场每一个没有防备者的心中。被根植的人，平日里与常人无异，只有在特殊场合，配合某种大手印和咒文，这种意志便能被调取出来，然后心甘情愿地受人所制，如同傀儡。

当然，一次两次这样的洗礼，效果极为有限，但倘若长此以往，日积月累，那沦陷必然是板上钉钉的事情。

只是，全能灵修会为何要做这种类似于洗脑的事情呢？

我脑海中飞速思考，突然背脊发凉，继而全身冰冷——啊，事情远远比我所想象的要严重，瞧瞧停车场那宛如名车展销会的场景，再回想毛毛刚才话语里不经意流露出来的那傲然之气，我大致了解了八九。

全能灵修会所图谋的，不再是些许钱财，而是在试图控制这些身份非富即贵的与会者。无论是社会名流，还是达官显贵，他们在社会资源的掌握上有着巨大的优势，一旦全能灵修会需要这些人的时候，他们所爆发出来的力量，便是连我身后的有关部门，都会感到恐惧。

坚固的堡垒从来都是从内部被攻破，想明了其中的缘由和道理，我的呼吸不由变得沉重起来，心情变得极差。瞥了杂毛小道一眼，这厮并没有如我一般愁云满面，而是饶有兴致地瞧向前方。我才发觉时间已经过了好一阵子，那几个印度人早已不知影踪，周遭暗香浮动，白雾渺渺，宛若仙境。

在刚才印度老僧讲经的场地中，出现了十二名身材异常婀娜的舞女，她们都穿着露脐小上装、镶有亮片的臀部腰带以及低腰裙，颜色都是鲜艳的红、黄、橙、绿、粉，配合着华贵的各色戒指、手镯、项链、腰链、脚链，以及透明、轻盈的两米薄面纱，她们被衬托得如同凡尘中的仙女，花国中的妖精。

这些妖艳妩媚的年轻舞女一出现，立刻有欢快活泼的阿拉伯音乐响起，她们那一双双莹白似雪的赤脚踩在黄梨色的地板上，伴随着乌德琴、奈伊笛、地尔巴卡手鼓和扬琴山都尔的欢快节奏，通过骨盆、臀部、胸部和手臂的旋转以及令人眼花缭乱的胯部摇摆动作，塑造出优雅性感柔美的舞蹈语言来。

这些肚皮舞充分展现出女性身体的阴柔之美，时而优雅、时而感性、妩媚娇柔，时而傲酷，时而神秘，看得在场的男士目不暇接，热血贲张。这种混合着极度诱惑性的舞蹈艺术，对于男人天性的释放是一般挑逗所不能够比拟的。周遭男士不由自主地伸出手，眼中充满了炙热的渴望，全能灵修会吸引权贵豪富参与的手段，当真是让人难以抗拒。

这十二名舞女里面，便有那晚我们见到的三个嫩模毛毛、苏柠和卡罗。这三个女子在十二舞女里面排得比较靠后，在最前面领舞的是一个身材异常火爆，拥有着差不离 F 罩杯的大胸美女，这个妹子面容轮廓并没有多么艳丽，然而这身材在亚洲人里面实在罕有，这一番肚皮舞跳得波涛汹涌，简直就是……得，我也不形容了，反正大多数男人的眼睛都直了，口干舌燥，不住地咽着口水。

我低着身子，掐了一把杂毛小道的大腿，恨声低低说道："老萧，你个龟儿子，有没有找到罗金龙那个混蛋？"杂毛小道目光一直都不离为首那个舞娘一双欢快跳跃的大白兔，却用无比冷静的声调低声说道："扫量过了，没有在这里。"

我沉吟，说："如此说来，罗金龙应该不是普通的酱油党或者寻欢客那么简单，他跟这里的组织方戴菲这么熟悉，很有可能更深层次地参与了全能灵修会。他在外面这么屌，他爸爸知道吗？"

杂毛小道摇了摇头，说："应该不知道。这么说吧，虽然龙虎山跟茅山向来都不对头，但是既然是千年名山，传承数十代，这样的门第自然都通晓最基本的生存规则，那就是从来都不会与政府作对，也便是所谓的顺应天道，龙虎山便是如此。即使出现了像青虚这样勾连邪灵教的逆徒，也绝对会派教中执法，毫不留情地清理干净，不会给自己门派蒙上半分污点的。"

我点头，说："既然如此，那就不必多担忧他。不过刚才那个印度人颇有些手段，那修为即使不如般智上师，但是诡异处更甚，倘若真的要动起手来，不得不防啊。"

杂毛小道不动声色地说道："暂且不要慌张，我们先瞧一瞧，看看她们到底是个什么名堂，再等她们的头面人物出场，看看魅魔是否在这儿坐镇，倘若她也在，只怕回复修为的她再加上刚才那个印度人，以及其他骨干成员，还真的够我们喝一壶的……"

我说要不要通知一下本地的有关部门，免得到时候跑了太多人，弄得咱们自己也被动。

杂毛小道笑了笑，说："通知，你拿什么通知？你刚才更衣的时候，没发现自己的手机信号都已经被屏蔽了？而且你现在在身上除了这一套瑜伽服，还有啥玩意儿？再说了，咱们内部未必就没有奸细，要不然东南局在这里开年会，她们为何会如此淡定？"

我点头，正要说话，听到那欢快的阿拉伯音乐终于停止了，之前盘坐在地上的妈妈桑戴菲在十二名舞女的簇拥下站了起来，环顾四周，高声地说道："人类每日忙忙碌碌，戴着面具和枷锁生活着，疲惫不堪，而我们瑜伽灵修，则是让所有人放下这些负担，尽心享受着心魂飘飘的轻松和畅然。现在有请我们协会中的资深修者白老师，给大家讲一讲神交之事。"

在热烈的掌声中，一个身材曼妙的女郎从人群中缓缓走出，我抬头看去，心脏怦然一跳，瞳孔骤然收缩，双拳下意识地攥得紧紧。

第十四章　坐怀不乱山阴基

虽然戴着比我们还要严实夸张的彩羽面具，但是这个身披白色薄纱的女子我还是一眼认了出来。或者换一个比较夸张些的说法，她便是烧成灰，我也认得。

还是那句老话，人生何处不相逢，即使我来此之前预料了很多事情，然而终究没有想到，这个失踪已久的女同学，居然会在这种场合出现——是的，所谓资深修者白老师，居然就是曾经在怒山与我生死与共，在酆都却毫不犹豫地作了伪证，诬陷我，继而消失无踪影的落花洞女，白露潭。

如今，我已沉冤得雪，然而一想到逃亡途中所遭受的种种痛苦和委屈，想到我的家人所承受的惊吓，我便不能够释怀，心中对这个气质极佳的美女充满了说不出来的怨怒。

就在我即将被仇恨冲昏头脑的时候，杂毛小道轻轻地拍了拍我："不要着急，她跑不了的。唯有以不变应万变，才是硬道理。冲动只会误事，你且平息一下心情。"

听得杂毛小道这般说，我抬头瞧了一下天花板，才发现镜子里的自己，脸上肌肉扭曲，根本就不是我寻常淡定自如的模样。

看得出来，虽然去年的逃亡之旅让我和杂毛小道受益匪浅，然而对于朋友的背叛，我始终不能接受——世间的真理和公义太多太多，而我则一直坚信一句话，那就是做错了事，就必须付出代价的。

"要淡定，要淡定……"我在心里对自己说了两遍，暗自念了一遍九字真言"灵镖统洽解心裂齐禅"，终于让内心恢复了平静。

白露潭走至了场中，此女轻纱裹体，彩羽覆面，肌肤滑若凝脂，白若牛乳，身材曼妙玲珑，直挺的鼻梁显示出她刚毅的性格，饱满的红唇勾勒出她的妩媚。戴菲宣讲完一套完全杜撰的简历之后，白露潭开始讲起了佛教密典《大圣欢喜双身大自在天毗那夜迦王归依念诵供养法》中的内容来。

此法是善无畏尊者译制，乃汉地密宗最寻常所见的双修之法，不过此法需"断淫心清净明诲"，即"其心不淫即非但身不淫，连心亦不淫，亦即是断淫心"。然而在白露潭宣讲此法之时，毛毛、苏柠和卡罗这一干舞女却宛若花蝴蝶一般游走全场，挑一些比较重要的学员，将其宽松的棉质白色瑜伽袍给脱下来。与此同时，场中那些属于全能灵修会的年轻女人也开始找到附近的男子，伺候着他们宽衣解带，片刻之后，男学员只剩下统一的宽敞四角内裤，而女的则剩下了自己所穿的内衣。总纲念完，现场顿时肉色增香，宛若那夏日沙滩的场景。

我和杂毛小道位于人群外围，旁边也有两个青春活泼的年轻女子踩着欢快的舞步，来到我们身边，将我们身上的瑜伽服给解开。我早就不是初哥，自然没有什么心理障碍，也不觉得尴尬，然而扭头一瞧杂毛小道，却忍不住想要笑出声来。

原来这个家伙外表看着不怎么样，但是因为常年锻炼的关系，一身健硕的疙瘩肉，而且还有好几个早年留下来的伤疤，沧桑冷酷，相当有型。不巧的是他旁边恰好有一个并非全能灵修会的肥胖女人，从此女的皮肤来看，年龄倒也不大，三十来岁，洒弄些淡淡的名贵香水，倒也颇为华美，不过瞧那颈后的肌肉遍布皱纹，显然是一个出了名的交际花儿。那女人瞧见杂毛小道这般体格，立刻心中痒痒，围了上来，宽衣解带时好一番抚弄。这种行为，我在这边看着自然是享受，在他则是实打实的折磨。然而杂毛小道为了大计，倒也能咬牙忍着，岿然不动。

这些细节且不管。很快，在那些美艳舞娘的带领下，在场所有的学员都坦诚相对起来。

真正到了这个时候，我方才发现自己与周遭显得格格不入。

那些经受过洗脑和天性解放的男女学员，对于类似的事情习以为常，十分自然，既不害羞，也不热切，正常得如同我们见面握手一般；即便是杂毛小道，对于这样的场合也是轻松自在，不动声色地朝着旁边移动，避开刚才那位体型略为肥胖名媛的侵扰，与旁边两位年轻女学员友好地交流起来。而此时，我浑身肌肉僵直，并不能够做到逢场作戏，也做不得那撮油的随意，只是在旁边美女的簇拥之下，朝着场中望去。却见那白露潭高声念诵道："道家修命经双修，阴阳相佑真天苟；大功已无俗间忌，高德品深可到头；多少浪子盗此术，只为淫欲祸自收；坤坤大术几人得，修身真士多人愁……"此双修诀念得铿锵有力，然而到了后面，却透露着一股子颇为耳熟的妖媚，那声音渐渐变得低迷软绵，化作了呻吟般的靡靡之音，让人情欲涌动，止不住地想与身旁的异性搂抱在一起，成就那阴阳调和的好事。

我眯着眼，瞧见白露潭闭着一双脉脉含情的眼睛，那长长的睫毛不住抖动，粉嫩的嘴唇噘起，如同索吻，双手抱在颤巍巍的酥胸上，开始了一种类似于无词咏唱式的呻吟，曲调婉转悠扬，让人感觉仿佛春光灿烂，烈日当空，止不住浑身燥热起来。

这位落花洞女，竟然有这般厉害的催情手段，当真好本事。她将场中所有人积蓄已久的情欲在一瞬间引爆开来，所有的人，无论男女都化作了野兽，之前还依照瑜伽动作，拉伸着自己的筋骨，然而在白露潭陷入神交、吟唱出声的那一刻，全部朝着身旁的异性扑了过去，放肆狂吻、抚摸，仿佛想要将自己，融入到对方的身子里面去。

这场中的男男女女搂搂抱抱，爆发出了最原始的兽性，整个大厅中立刻出现了一阵又一阵此起彼伏的欢呼喊叫声，场面一时混乱。在这种疯狂气息的熏陶下，我感觉自己也都要被融化了。

我已经被身边两个青春秀美的年轻女子抓住了胳膊，她们红唇中呢喃着含糊不清的话语，热力逼人的身体朝着我的胸口贴来，好不疯狂。这些女人的长相和身材，自然都是上等水平，按理说素了忒久的我，心中欲火当时就应该被点燃，然而说出来大家还别不相信，我真的就是心如止水。瞧见这些美女那遍布血丝欲火的双眸，我竟然有一种看动物园那些红屁股猴子的感觉，一点儿冲动都没有，当下运用起集训营中所学到的小擒拿术，不动声色地与她们周旋。

出乎我意料的是，本来应该算是欢场高手的杂毛小道也并没有如旁人一般，兽性爆发，解放天性。一身疙瘩肉的他吸引了四个女孩儿，其中一个是穿着打扮十分具有魅惑力的黄衣舞娘毛毛，她围着他的身子不断地做着各种令人难以把持的挑逗动作。然而即便如此，杂毛小道竟然一点儿反应都没有，也没有顺势拿下，而是在小范围内，不断地踏着诡异的步伐，把身边这四位美女当作了习武所用的木桩。他双手如拈花，不断地在这些女孩儿的各处穴道处游走滑过，每一次食指轻叩，那些女孩子浑身便如同筛糠一般地颤抖，呀咿呀咿地大叫。

"花间山阴基！"我的心中立刻浮现出来这么一个名词。随着杂毛小道的动作，旁边三个美女都瘫软在地，唯有那个毛毛还在与杂毛小道肌肤相贴，娇声说道："茅大哥，没看出来嘛，你竟然还是个精通双修手法的高手呀！"

杂毛小道嘿嘿笑着，手掌托起这狐狸一般娇媚的小嫩模的秀美下巴，说，小妞，茅大哥和我这兄弟不习惯这种人山人海的大场面，有没有比较私密的空间，让我们好好快活快活啊？

"有，当然有啦……"毛毛媚笑连连，拉着杂毛小道走到不远处的镜子前，轻轻一扣，那水晶玻璃镜子立刻有一道暗门转现。我瞧着杂毛小道和那嫩模消失在镜子中，正惊异，旁边香风一阵，却是那个叫做苏柠的女子将我的胳膊抱着，亲昵地喊道："陆哥，我们去那儿吧……"

第十五章　粉红包厢风云翻

这种混乱的场面让我感觉恶心，好像走进了动物世界，所以苏柠一过来拉我，我便立即跟着她离开。几步走到了一镜墙前，她用手指轻轻叩了叩这厚重的水晶镜墙，立刻有一道门露出来。我们两人牵着手走了进去，那门又立即合上，化作一面内置吸音材料的墙壁，天衣无缝。

我左右一打量，这里是个布置成粉红色的小包间，正中间有一个心形的红色大床，在朦胧的粉色灯光照耀下，显得格外暧昧。除了床，旁边还有一个玻璃半隔断的浴室，以及挂满了琳琅满目时装的衣柜、化妆台等情侣旅店所拥有的相应设置。

拉我进来的小嫩模苏柠将我一把推倒在床上，疯狂地朝着我的脸上亲来，我不断扭头，然而脸上、脖子上依然被这滚烫的红唇印上。她骑在我的腰上，媚声说道："陆哥，好结实的身体啊，让妹妹瞧一瞧你这床上的功夫到底如何呢……"她的鼻音浓重，有一股难以言的妩媚风骚。我翻身过来，将一身热辣的她按在床上，有意拖延，说："你要不要先洗一个澡？"苏柠一把抓住我的手臂，媚声说道："嗯！人家跳舞跳得好热啊，你快点给人家嘛……"

她那丰腴的身体便这般凑了上来，热力惊人，全身散发出一股混合着荷尔蒙和香水的迷人女人味，这味道让我纠结是否该顺水推舟？然而不经意间，却瞧见她捆束在腰间镶嵌着金属亮片的腰带，内侧竟然有一根根细如发丝的钢丝。

瞧见这东西，我的心中一寒——这玩意儿倘若玩得熟溜，一秒钟便能够将我的头颅切下来。

顿时，我晕乎乎的脑袋一阵清明。对啦，进来跟我滚床单的，之所以不是我身旁的那两个年轻美女，而是这个修炼有采补邪功的女子，必然是想将我引至此处单独解决。倘若我被色欲迷昏了头脑，动了那龌龊心思，说不定会在一时快活之后，便会如同新婚过后的公螳螂，给人砍下了脑袋。

想到这里，我的心中一寒——难道我们的身份，已经被发现了？我再也没有与这个女人虚与委蛇的兴致，手上突然一用力，立刻将她给制住。

苏柠表面上仿佛已经被欲火冲昏头脑，只欲寻那鱼水之欢，然而内心全神戒备，瞧见我的眼神清明，面色一肃，立刻推断出自己的计划业已暴露，身子果断往旁边一滚，准备脱离我的掌控。然而我久经江湖，倘若是被这女子给逃脱了，那还不丢人丢到姥姥家了？当下我强行将她按在这张弹性十足的大床之上。苏柠被我压着的身子滑如游蛇，宛若无骨，软骨功显然是已经修炼到了一定境界，瞬间右手便脱离了我的掌控，朝腰间摸去。拉成丝状的高强度碳钢，硬度能够比拟那最锋利的杀猪刀。我右手朝着这蛇蝎女人的脖子上重重一敲，她双眼一翻白，昏迷过去。

我拍了拍手，检查了一下这女人并不算多的衣服，发现除了腰间有一捆碳钢丝线之外，短裙旁还有一把纤细的铁钎，筷子长，簪子造型，末端的锋利让人心中寒冷。

我将这两件玲珑秀气的武器收好，不由得担心起比我先进入镜墙的杂毛小道来。虽然从刚才的情形来瞧，这个平日里口花花、色迷迷的小道士这些年来寻花问柳，与我想象中的不一样，并不是为了满足生理需求，而是在于双修，然而我却依旧担心不已。

我在这粉红的灯光照耀下四处寻找出口，却怎么也摸不到出去的开关。我找得焦急，终于忍耐不住，横下心，右拳捏得咯咯作响，然后使劲朝前一砸。想象中玻璃碎裂的声音并没有传来，我感觉自己仿佛砸到了一堵厚重的石墙之上，拳骨处传来了剧烈的痛意。不过，我这全力一击也将这整面墙壁弄得好一番摇晃，我正待再砸一记，突然心中一动，身子平移几个身位，一回头，一道凛冽的寒光朝着我的面门袭来。

刀是好刀，然而经过缅甸竹楼一役的洗礼，我感觉这刀光无论是角度还是力道，又或者劈砍的时机，总比那个瞎眼老头儿差上那么一点儿。握在左手的铁钎一紧，先是一步退开，然后箭步上前，与那寒光对撞在了一起。

刀锋与铁钎对撞，发出如同单车铃铛一般的响声，那个使刀偷袭的家伙被我用铁钎直接逼退，跌落回了床上去。

我这般凶猛对拼，可不是为了耍帅，而是要从一开始便直接压倒敌人的意志。瞧见他被我震回床上，我丝毫不作停留，欺身而上，与此人贴身缠斗。那人哪里料得到我攻击的手段是如此激烈，长刀抵挡两下，胸口便被我扎出四五个鲜血直冒的血口子来。下一秒，我已经将他的脖子用碳钢丝缠绕住，低声喝道："要么丢刀，要么人头飞起！"

那个家伙无奈地将手中长刀丢在地上。我发现这人便是刚才开着高尔夫电动车送我们到心灵紫云阁的黑西装，此刻的他完全没有一开始人畜无害的模样，脸上的肌肉扭曲，不住抽搐，显然是杀意未泯，又被脖子上那碳钢丝弄得浑身僵直。

我紧了紧他脖子上面的碳钢丝，厉声喊道："带路，不然，死！"

黑西装倒也配合，朝着左手边的墙面一指，说那儿有一个暗门。听得这话，我刚要起身去试，包厢四角突然喷射出白色的浓雾，在地上蔓延开来。

瞧见这浓雾，黑西装双眼突起，变得格外激动，朝着斜角处一个装饰物大声喊道："不要放出生死河啊，我没有贪生怕死，我只是想把他带到长廊里面，让笈多大师来解决他。"

生死河？我瞧着地上那似水流淌的黏稠白雾，这才知道这玩意儿就是全能灵修会看家法宝之一的生死河。

何谓生死河？杂毛小道曾与我解释过，这是一种介于实体和灵体之间的物质，是通过将尸液和斯基恩氏腺液混合之后，由死去的年轻女人灵魂怨力凝练而成。凡中此毒者，全身溃烂，始如麻风，继而发脓化水，意识永坠黑暗和恐怖之中，非生非死。这种痛苦最长可以延续十年之久，长期徘徊于生死边缘，故而名曰"生死河"。

一上来便用这么歹毒的邪术，而且连两个核心成员都不顾，看来他们应该是识破了我的身份。

我瞧向黑西装给我指着的墙壁处，他刚才就是从那儿跃出来的，墙壁正在缓缓地收拢，不过还能够瞧见一丝儿缝隙。我将手上的碳钢丝往床头一系，锁住黑西装，接着一跃而下，将那缓缓重合的暗门给顶住，不让它收拢。

这暗门自有齿轮咬合，有巨大的力道源源不断地传递到我的手上来，然而生死之间只有一条活路，我哪里能够轻易错过，身子一沉，双腿扎马，气海中的阴阳鱼旋疯狂转动，巨大的力量灌注于我的双臂之上，一点一点，我竟然能够与那电控设备角力，而且优势在不断地扩大。

然而那生死河蔓延的速度却也不慢，很快就涌到了我身周两米处，再耽搁几秒钟，我就是妥妥的植物人节奏了。生死边缘，我爆发出了巨大的潜力，一声高喝，那扇门轰然作响，居然给我扳出了一道可供人出入的门缝来。

此时生死河已然蔓延到了脚边。我再也没有等待，脚尖抓地，越过门缝，穿到了另一边。逃脱出生死河侵袭的我并没有脱离危险，刚刚冲到门后，立刻有三道疾风朝着我的胸口和双腿射来，预算精准，劲风凌厉，我刹那闪开了两道，然而左脚却躲避不开，被这疾风射中，一阵剧烈的疼痛从小腿蔓延而来。

我吃不住疼，跪倒在地，发现击中我左腿的却是一粒佛珠，我抬起头来，瞧见之前那个形如枯木的印度老僧，正光着一只脚丫子金鸡独立，而另外一条腿则绞在自己的头上，异常诡异地出现在我身前十米处。

第十六章　何谓降服于心猿

长廊很窄，宽不过两米，但很长，两边都有门，是暗门，隔一段便有，和我出来的这处是一样的，都是镜墙后面的包间。我并没有处于尽头，在我的身后还有很长的一截路，头顶上是错综复杂的线路，蜘蛛网一样，我想起了黑西装对着包厢某种装饰物的喊声，知道有监视器。

话说，在这样的房间里装上监视器，倘若有人真的在这里成就了那种好事，这春光乍现的视频都在人家手上留着，到时候想不低头也难啊。如此看来，这个地方是经过精密而巧妙的设计，专门用来收集大人物小秘密的淫窝。

我揉了揉左腿上面的淤青处，缓慢地站了起来，瞧着面前这个印度人的瑜伽"表演"。

这种厉害的瑜伽术我曾经在许先生以前的弟子巴颂身上瞧见过，今天看来又要战上一番了。

年纪大就很牛么，能够凭空悬浮就很牛吗？我捏紧了双拳，骨节咔咔作响，一步一步地走上前去。当我走到了第三步，这个刚才授课时还只能说印地语的印度老僧紫黑色的嘴唇终于开始张合了，说的是虽不清晰但勉强能懂的普通话："来自苗疆的强者，为何闯入我们的领地？"

他一说话，我便笑了，指着这家伙说道："别整得自己跟阿凡达土著民一样，什么你的领地，这不是你们所希望的么，这不是你们特地设的局么，现在怎么又装起无辜来？实话告诉你，设局又如何，你以为我会怕吗？像这样的小池塘，我杀几个来回，都不在话下！"

这老头儿倒也不与言语火爆的我冲突，而是摇头苦笑道："倘若我们设局，就不会召集这么多大人物一起前来了。都是下面做事的人太过糊涂，竟然招惹了你们。要不是小白认出了你们，我们这次还真的栽了，差点误了大事。不过既然到了这里，你就不能平和一些吗？来，让我们谈谈，好吗？"

先前想置我于死地，此刻却是好言相劝，内中必有古怪。我略一思虑，糟了，这个家伙分明就是在拖延我的时间，好让外面做好准备呢。想及此处，我嘴上应付着，问怎么商量呢，暗自却点燃了恶魔巫手，灼热冰寒，双脚的脚趾紧紧抓住地板，在他回答的那一刹那，朝着这老僧笈多猛扑过去。

我全身力量极为恐怖，一旦爆发，立刻宛如捕食的猎豹，化作一道影子，直奔前方。

修炼瑜伽的人对于周围的环境极为敏感，笈多和尚是瑜伽修炼的大成者，自然在我发劲的那一瞬间，就已经感应到了。只见他双手舞动，立刻化作一道残影，朝着我的周身要害处袭来。杀！我眼红如血，左手虚晃，画了一个大圆圈，右手则悄无声息地朝着这个老和尚的心窝子里捅去。

在我的预想中，这个老和尚即使不能够躲开这一刺，也能够稍微偏开那要害位置，然而他居然不闪不避，直接就被我手上的这根锋利铁钎给刺中了。

当铁钎刺入肌肉的那一刻，我有一种极为古怪的感觉，对手不堪一击，幸福来得太突然，使得我感觉颇不真实。而在下一秒钟，我的肩膀被一道如鞭的甩腿击中，人立刻就垮了下来，手中的铁钎被夹得紧紧，我没有拔出，忍着疼顺势一滚，然后翻身而起，发现我面前哪里还有啥印度老僧，这根本就是一面墙，而我的铁钎则直接插在墙上面。

怎么回事？我脑海飞快转动，想起瑜伽术的缘由，猜到了这里面的问题所在。

瑜伽是一种心灵术，就战斗力而言，说句实在话，这个笈多大师绝对不是我的对手，然而他却能够巧妙地利用此间的环境、灯光以及温湿度，再加上自己心灵的力量，让我在格斗的瞬间对于眼前的事物产生意识偏差，然后借机解决我。

我所看到的东西，并不是真实的东西，因为它已经被人用心灵的力量掩盖了。

那么……闭上眼睛如何？

我在失去目标的瞬间，并没有大惊失色地东张西望，而是闭上了眼睛，将视觉切断，通过炁场感应来感受周围的场景和目标。处于战斗状态的我，炁场感应已经敏感到了巅峰状态，当摒弃了视觉之后，世界变得清晰简单起来，所有的东西都变成了点和线，我立刻感受到一股强大的力量，从我的身后袭来。

心中有魔，何谓降服于心猿？

想通过心灵的力量来让我的意识蒙蔽，然后陷入幻觉中不可自拔吗？我的嘴角微微上翘，蹲身在地的我并没有站起来闪避，而是将全身的肌肉收缩，身形如弓，以左腿为支撑轴，右脚瞬间绷紧，将全身的力量集中于此，像那出膛的炮弹，倏然朝着最薄弱的那一点踹出。

黄狗撒尿！

这一招是我在巴东闲暇之时向掌柜的学得，结合了仿生学和人体学的巅峰技巧，伤在我这一招之下的高手数不胜数，怪物也难以幸免，堪称是我个人招式中最为猥琐和强力的典范。此刻它也发挥了让我所能够预料到的效果，一声忍耐不住的惨叫声传到了我的耳朵中。

好，一踹而中！

从脚底传来的触感让我全身兴奋，这是实打实的人体，而不是通过心灵力量转移出来的墙体或者别的东西。时间紧迫，我杀意甚浓，朝着那声音发出的方向继续冲去，一个高抬腿，再次踢中。

不过这一次并没有起到功效，我感觉自己的足部被一处柔软的劲道包围，宛如太极，团团转转，竟然给我卸开了去。我一招发出，绝对不停下，好是一番冲锋，在这简单和复杂并立的冼场世界中，我无所畏惧，将这名来自印度的瑜伽高僧打得一阵溃败，不断后退。

　　正打得激烈，突然身后传来一道让我心脏骤然收缩的气息，我倏然避开，背贴墙壁，发现所有攻击都停止了，这才睁开了眼睛，打量周围。

　　首先映入我眼帘的是笈多大师满是血污的脸，刚才单腿而立装着波伊，冒充大拿的他在我闭上眼睛之后的一通追杀中，可算是卸下了高手面纱，此刻正摇摇欲坠地在不远处靠着墙壁，不断地吸着冷气。笈多大师残了一半，我不再关心，扭头朝着后方瞧去，但见一袭白影闪入了长廊的另一头。

　　看到那白影，我直接一个箭步，朝着白影消失的地方冲了过去。真正的修行者战斗，对于距离的感受会比寻常短很多。我很快就冲到了尽头，瞧见转角处的黑暗中，一处铁门正在缓慢地合拢。

　　老朋友就在前面，我岂能再让她逃掉？我一念生出，再次加速，立刻冲到门前，伸手抓住那把手，使劲儿一拉——哈，这门居然是全钢，沉重得厉害。不过那又如何？气海之中的阴阳鱼气旋全速转动，我凭空生出一股舍我其谁的霸气，再次一拉，成吨的钢门被我猛然拉开，我冲进了门内，朝着前面那个飞速往后退的白色影子大声喊道："站住，白露潭！"

　　那身影回转过来，脸上华美的面纱正好跌落在了地上，露出了白露潭楚楚可人的美丽脸孔来。

第十七章　老友见面话招降

这是一个小厅，四周都是电子设备，光显示器就有二十来面，不过此刻却都已经一片雪花；靠近中间的位置有一张环形长桌，椅子散乱，上面还有好多文件和资料，显然此处应该是有人的，只不过刚刚撤离了而已。白露潭站在长桌的对面，瞧着我，嘴角努力挤出了一丝微笑，艰涩地喊道："陆左，我做梦都没有想到，我们居然还会再见面……"

我刚才在与笈多大师交手的过程中受了点小伤，而且一番剧烈交战，有些疲累，于是拉了一把转椅过来坐下，笑道："是么，在你的心中，应该早就已经当我是死人了吧？"

白露潭摇头，说："没有，这一年多的时间，我虽然一直在四处漂泊，但是也有关注你们的情况。你知道么，在你们逃亡的每个日夜里，我几乎都会失眠，睡不好觉，吃不好饭，整个人都处于深深的内疚和自责当中。后来我知道你们已经洗脱了罪名，才终于放下了心。"

白露潭回忆起当初在西川时的情景，一双眼睛似泉水，水盈盈，像琼瑶剧里面悲怆苦情的女主角，让人生出了几许柔情，觉得这样的姑娘，终究不应该是坏人。

然而这样的事情我见得太多，心已经冰冷，知道这样的女人在人前装出楚楚可怜、人畜无害的模样，实际却是工于心计，野心比谁都大，和那被农夫用体温救回来的蛇一般，只要有机会，便会张开锐利的嘴巴将你咬死，一点儿情面都不会留。

想到这里，我嘴角都忍不住抽搐起来，凝声问道："原来如此啊，我倒是有些受宠若惊呢。其实我一直都在找你，你知道这是为什么吗？"

白露潭含着晶莹泪珠的眼睛眨了眨，十分配合地朝着我问道："为什么？"

我长长吸了一口气，努力让自己波涛汹涌的心情变得平静一些，说道："这一年来，我也和你一样，每个日夜都在思考，到底是谁在背后指使，曾经与我生死与共的同学和战友，转过脸来诬陷我。现如今，在这里瞧见你，我终于明白了，原来你从始至终，都不是特勤局的人，而是邪灵教打入组织内部的奸细。既然如此，我就多少也能够释怀了。"

听得我这般说，白露潭的脸上立刻变得有些激动起来，她下意识地挥挥手，奋力地喊道："不，不是的，我白露潭，从来都只是简简单单的一个可怜女孩而已，我今天变成这副模样，都是被逼的！"

"被逼的？谁逼你？谁能够逼得了你？"我早就等待着她的回答，根本不容她考虑，直接逼问道。

白露潭被我这一连三个问题给问住了，额头上面的青筋不断地跳动，显然心中风起云涌，承受了巨大的压力，几秒钟之后，她将银牙一咬，梗着脖子说道："陆左，你以为我想要背叛你吗？你根本不知道，当时真正要整治你的，都是些什么大人物，你根本不知道他们的手有多黑，弄完你，居然连我都要灭口，倘若不是刘姐将我救了下来，说不定我已经化作了一堆枯骨，哪里还能够站在你面前？"

"张伟国么，还是赵承风？"我见她遮遮掩掩，直接点出了这两个人名来。

听到我的话语，白露潭脸上露出了古怪的笑容，眼波流转，似哭又似笑，说："你自己其实什么都明白，何必再找我确认呢？陆左，我知道你看不起我，但是说句实话，我白露潭这一辈子，除了愧对于你之外，心里面从来没有负担。我们拼命奋斗，但是得到了什么呢？"

她指着左边一面巨大的显示屏，大声喊道："这个世界太肮脏了，你看看外面大厅里，那些大人物在外面呼风唤雨，他们能够动用的资源和权力，以前的我们努力一辈子都不能够企及，但是你想过么，这些权力是他们自己的吗？人生而不平等，这是为什么？为什么他们占有着属于大部分人的资源，却骄奢淫逸、挥霍无度？为什么我们却要战战兢兢地过着这样的日子？陆左，你再看看，那些高高在上的家伙，现在就像畜生一样跪倒在我的面前，将我奉为神灵，你说说，这到底是为什么？"

我皱着眉头，瞧着这个美丽的女人在这里激动而疯狂地宣扬着，凝声问道："你到底想表达什么？"

"加入我们吧！"白露潭伸出手，嘴唇上面的唇彩泛着光芒，用最富有诱惑力的语气轻声地说道："陆左，你曾经是我最信任的战友和朋友，我明白你身上的潜力，加入我们吧，依你的能力，一定能够获得更强大的力量、权力和更高的位置，放下这些低等的仇恨，让我们一起，创造一个属于我们的未来，一个焕然一新的新世界，好不好？"

这个女人脸上露出了最真诚的笑容，凝视着我的双眼，认真地请求着。说实话，即便是曾经受过伤害，而此时也极端讨厌她的我，也忍不住地心神摇曳了一下，不忍心回绝她的请求。然而在下一刻，我脸上的肌肉不由得抖了一下，朝着旁边问道："小白，许久不见，你似乎跟魅魔学了很多本事啊。好吧，表演时间结束了，躲在暗处的人们，都出来吧，让我看看你们除了魅惑人心之外，到底还有什么真本事吧！"

听得我这般冷静，白露潭期待的脸上不由露出了几分冷峻，拍了拍手，从黑暗中浮现出了六个人，黑衣黑裤，全副武装，手上各拿着一把微型冲锋枪，前端有红外线，无一例外地指向了我的额头和胸口心脏位置。

话儿说到这个地步，白露潭便也不再装作楚楚可怜的模样，脸上春风般和煦的笑容凝固起来，冷得如同坚冰寒铁，肃声说道："敬酒不吃吃罚酒。陆左，你就是这么一个臭脾气，真不明白，跟茅坑里面臭石头一样脾气的你，是怎么走到今天的！"

我无视这些手持武器的武装分子，表情轻松，盯着白露潭说道："呵呵，我还以为是魅魔亲自来，没想到就这几把小手枪——它们都满足不了你，哪里能够入得我的眼。小白，你到现在还没有告诉我，是张伟国，还是赵承风？"

"是谁很重要吗？陆左，你不要再纠结那么远的事情了，还是想想当前吧。刘姐对付你的好朋友去了，至于你，赫先生设计的经典之作，原厂正品，高命中精度、可靠、后坐力低、威力适中，在这样狭窄的环境中，即便你比贾团结还要厉害，也躲不开六把枪组成的弹幕。蹲地上投降吧！"

白露潭露出了胜利者的笑容，手一挥，旁边一个武装分子从怀里掏出一把闪亮的手铐，丢在了我的面前，让我自己拷上。我坐在椅子上岿然不动，盯着地上这小玩意儿，脸上不由得露出了诧异的笑容，摇头叹息说："小白，你说你了解我，却还是活在了过去，实在让我失望啊。"

白露潭在众人的簇拥下，指着我笑道："难道你还能翻天吗？"

我指着白露潭的肩膀，说，你先看看自己的背后吧。白露潭听得这话，扭头一瞧，却见一脸可爱的朵朵不知道什么时候悄然无声地坐在她的肩膀上，朝着她露出了人畜无害的笑容。白露潭曾经与我并肩战斗过，自然知道朵朵的厉害，当下也是惊得一声尖叫，手朝着背后抓去。

白露潭的叫声吸引了旁边几个男人的注意，就在他们的目光转移到白露潭肩上的瞬间，准备良久的我双腿一蹬，人便冲到了会议长桌的下面去。我这一消失，那些训练有素的武装分子立刻就发现了，毫不犹豫地扣动扳机，朝着长桌射来。这些家伙手上的冲锋枪都有着长长的消音器，一时间噗噗噗，如同开瓶子的声音在小厅里面响了起来，子弹穿过厚重的桌面，从我的身边擦过，射入地上，有的直接嵌入地板，有的则反弹而起。然而他们终究没有预料到，我实在太快了，快到超乎他们的反应时间，我上一秒躲入桌子，下一秒已经从另一头跃出，朝着这些人的要害击去。

白露潭在看到朵朵的那一刻燃起某种明焰，将朵朵逼开，然后朝着身后的门边退去，当她刚刚抓到门把手的时候，突然肩上一紧，一股巨力将她扳到地面上。她抬头一看，正是我，脸上洋溢着笑容，在她耳边轻轻问道："想跑吗？经过我同意了没有？"

第十八章　高手汇聚镜墙厅

地上躺着六个武装分子，有的痛苦呻吟，有的则已了无声息了。朵朵在地上挨个儿检查，收拾起那些让白露潭引以为傲的冲锋枪，发现还有能够动弹的家伙，直接一巴掌甩过去，打得他口吐鲜血，昏死过去。

瞧见这幅情景，白露潭露出了极为震惊的表情，难以置信地喊道："这……怎么可能，你是怎么做到的？"

白露潭一脸震惊，而我则直接将她洁白如玉的粉颈给抓起来，掌心处感觉那脖子后面的皱纹明显比其他地方多，显然是在这全能灵修会中，有些纵欲过度了。从白露潭的言语中，我知道魅魔刘子涵也在这儿，而且还去对付杂毛小道去了，心中难免有些焦急，也不与她分说太多，使劲儿一掐，寒声喊道："给我带路，带我去找老萧，要不然我掐死你。别以为咱们有多熟，像你这样的婊子，这世界杀一个少一个，我下手从来不会想太多的！"

听我说得如此决绝，白露潭口中喃喃道："你怎么可能变得这么强……啊，我带路，别杀我，我都是被逼的！"她指着那道铁门说："从这里走，左转，你朋友在那边，不过我不知道他有没有被拿下，对付你的是笈多大师，对付他的则是刘姐，还有在这里所有的教内高手。你不要杀我，那里有密码的，你杀了我，他们若是一放毒气，或者生死河，你也走脱不得！"

她当年出卖我的时候不曾犹豫，此刻出卖全能灵修会的人，也是眼睛都不眨一下。我冷笑着说："你只要不作死，我自然不会把你怎么样。但是你倘若是有一丁点儿异心的话，说真的，我对你的耐心已经到了极限，任何小状况，我都会第一时间将你弄死，你千万记住。"

我的话说得既冷淡，又平淡，有一股决绝的意味。被我搂在怀里的白露潭娇躯一哆嗦，头颅低下，轻轻地说道："你说什么就是什么吧，只要不杀我，什么都成。"

听得白露潭这般认命的话语，我面上一句话也没有说，心中却是哼声冷笑，她这样的女人哪里会这么容易屈服，只怕一会儿但凡有一点儿机会，一定会突然蹿出来，咬我一口肉。想到杂毛小道此刻正在遭受魅魔刘子涵的攻击，我不再与她纠缠，从地上捡起一把枪，顶在白露潭的腰间，轻声喝道："走吧，带路！"

朵朵弄了一套黑色衣服扔给我："陆左哥哥，你光溜溜的，好羞羞脸啊，快点儿穿上吧，不然朵朵可不理你了！"我这才反应过来，嘿，这一番打斗，身上除了四角底裤之外，全然无物。这样的装束我刚才还没有觉得什么，但是在纯净如雪的朵朵面前，我多少也有了一丝不自在。我慌忙接过来，让朵朵帮忙看着白露潭，飞快地穿起了来自那武装分子身上的衣物。完了之后，我走过门，跟着白露潭行走过一段长廊，尽头处又有一扇沉重的钢门，门上有电子锁，白露潭嘀嘀嘀地在上面一阵按动，喀嚓一声，门开了。

有人朝这边问起："白老师，你怎么到这边来了？"

听得这声音，我一下子就跳了进去，竟然又回到了先前的那个大厅，原先在这里苟且缠绵的那些人都已经不见了，地上到处都是散乱的瑜伽服和羊绒地毯，空气中一股浓重的苦杏仁和洗衣粉混合的味道。披着一件白色瑜伽服的杂毛小道站在正中间，他的周围有十三个黑衣长袍的家伙，在更远处，还有十来个人，簇拥着一位华服女子在旁边观看。

这华服女子皓齿朱唇、肤如凝脂，面若桃花、千娇百媚，仅仅一瞥，便让人感觉如那含在嘴里面的巧克力一般香浓，有一种说不出来的妩媚柔情。我瞧她的面目轮廓，颇有些眼熟，下一秒终于反应过来，这人虽然与我在滇南丽江茶馆所遇到的那个曼妙女郎有些异样，不过应该就是一人。

邪灵教十二魔星的魅魔，刘子涵。

瞧见杂毛小道被人围攻，我二话不说，举起手中的冲锋枪，就朝着疑似魅魔的那个华服女子扣动扳机。一连串摇曳的火光隔空朝着魅魔射去，然而就在一瞬间，空间似乎恍惚了一下，那些火光在即将抵达华服女子身前的时候，直接就遁入了虚无之中。接着我瞧见那华服女子将左手前伸，手指鲜花一般绽放，之后，我的前方五米处陡然冒出了带着火花的弹头，朝着我的全身袭来。

斗转星移，子弹居然全数向我倒射回来？

在这一瞬间，我身子一弓，人便朝着后面退去，将刚刚打开的那道门合拢。听到那门面上叮叮叮的响声骤起，继而落下，我这才放下了心，将冲锋枪扔在地上，阴着脸再次冲出来。白露潭果然已经脱离了朵朵的掌控，在旁边高手的接应下，成功回到了魅魔身边。不过她也没有白走，朵朵在她的脸上挠出了几道血淋淋的抓痕，那血痕每道都差不多有一公分宽，脸上鲜血狰狞，她也算是毁了容。

我心情沉重地瞧着魅魔刘子涵。到底是十二魔星中的大人物，从刚才露出来的那一手子弹转移便能够瞧得出来，她实在是位手段高超的一流强者。虽然我们有过跟顶级高手较量的经验，但那无一不是在装备齐全的情况下一番苦战，然后在各路强援的帮助下才勉强获胜的。而我们此刻所面对的，不但有魅魔这种一流高手，还有她所领导下的全能灵修会的骨干成员。而此刻的我们，手上连称手的法器都没有，这可怎么打？

瞧见我用一进一出的精彩方式躲开了自己的反击，魅魔倒也有些意外，回头瞧向白露潭，皱着眉头说道："小白，怎么让他给冲出来了？那六个赤军旅的精锐士兵呢？中央机房怎么了？笈多大师呢？"魅魔一连串的问题抛出来，白露潭却根本就没有听清楚。在确定自己安全之后，她连忙瞧向了旁边的镜墙，看到一张血肉模糊、皮肉外翻的恐怖脸容，白露潭不由得跪倒在地，悲切地大喊一声，朝着朵朵疯狂叫骂道："你这个小贱人，你都死了，还出来干什么，你看看你都对我做了什么，我以后还怎么见人啊——小贱人！"

她的语言是如此恶毒，朵朵经过鬼妖婆婆醍醐灌顶之后，虽然童真依旧，但是并不代表她听不懂这话语，凝脂净白的脸上立刻变得一阵青狞，瞬间就进入了狂躁模式。

白露潭疯狂叫骂朵朵，没有回答魅魔的话语。这时旁边的一面镜墙暗门闪动，拖着疲惫身躯的笈多大师缓慢走了出来，对着魅魔说道："我在这儿，一切都是老衲的错。实在没有想到，这个小子居然这么硬，硬到我还没有聚拢意念，便被他伤及了要害，惭愧啊，惭愧！"

魅魔回眼瞧了一下满脸痛苦的笈多大师，目光扫量到了大师的下身一片血染，不由得诧异地问道："大师，你这是怎么回事？"

笈多大师一个踉跄，差点跌倒，旁边立刻有两人过来搀扶着他。在旁人的帮助下他终于站稳了，朝着我这边看来，满含恨意地缓声说道："终日打雁，今天总算是被啄瞎了眼睛。老衲我这东西今天算是报废了，也罢，也罢，我一生精修密宗瑜伽，却最终得此下场，佛祖自有真意，不是我们所能够揣度的。"

老和尚自暴自弃地说着，我这才知道自己那黄狗撒尿的一踹，居然踢中了那里。话说，我真有这么猥琐么，这是碎蛋超人的节奏？

我正想说话，被围在场中的杂毛小道哈哈大笑了起来，朝着印度老僧扬声说道："大师倒是想得好开，值得小弟学习。我瞧见这周遭的美女，特别是您面前这位国色天香的大美女，哪里能够说出这般豁达的话语来？"

第十九章　千面镜魔阵开启

杂毛小道阴损的嘴上功夫已经炉火纯青，这一番明褒实贬，幸灾乐祸，如你我一般寻常人听了，指不定就火冒三丈，恨不得冲过去，揪着他的脖子，狠狠给他扇几个巴掌。然而笈多大师却并没有。他修身养性已经到了家，只是微微一阵苦笑，双手合拢，长叹一声佛号曰："舍利子，色不异空，空不异色，色即是空，空即是色，受想行识亦复如是。"

杂毛小道本待这老和尚凶猛扑来，使得围住自己的人阵出现空隙和破绽，也好抽身而出。哪料这老和尚便如泥铸的菩萨一样，没有半点儿脾气，别说冲上前来，便是动都没有动弹一下，十分失望，不由得直叹气。

魅魔瞧见杂毛小道摇头叹气，媚笑连连，手指着他，还有我，说道："二位的成长，当真是迅速，一位能够在重重围困的密室暗道中逃脱，并且将我灵修会从印度释达瑜伽总部请来的密宗瑜伽宗师给重创；另一位则力敌我手下的十三魅女太保，在我全能灵修会重重包围下面不改色。如此良材，不能归于我手，实在痛惜啊。"

杂毛小道单手作势，不断巡视周围这些身穿黑衣、脑袋包得跟日本忍者似的十三魅女太保，口中轻浮地说道："这招揽人嘛，总归是有条件的。比如说是去公司应聘，你啥福利待遇都没有，便想让我吃苦耐劳、埋头苦干，这种苦差事，谁人会做？"

魅魔眼波流转，吃吃地笑着说道："嘿哟哟，这位道士小哥哥，那你倒是说一说，到底想要什么样的福利待遇啊？"

杂毛小道环顾四周，围绕着他的这十三名魅女太保虽然将身子裹得严实，却依旧露出了玲珑曲致的傲人身材，又回望魅魔身边诸人，女的多男的少，一副选美比赛的场面，不由吞咽着口涎，笑道："公司招聘，自然要拿出最大的诚意来，我倒是想听听你的意见。"

魅魔瞧见杂毛小道这番猥琐好色的作态，眉头不由自主地皱了一下，不过很快就又展开来，开怀地笑了，音调拖得长长，媚态横生，说："哦，原来道长是好这一口的，这不正是姐姐我的长项吗？"

她环指左右，自信地说道："你倘若是跟随了我，姐姐麾下的这些个姐妹们，但凡看得上眼的，只管跟姐姐说一声，立马派过去服侍你。便是你想来一个'无遮大会'，也随你。姐姐手下入门没入门的美女，都可以陪着你玩儿。古代皇帝也才三宫六院七十二妃呢，姐姐让你天天做皇帝，夜夜春宵，你看如何？"

魅魔这条件开得颇大，但凡是有些雄性荷尔蒙的男人，又经历了刚才那一场别开生面的灵修会，瞧见了她手下那些美女，或妖艳或可爱或清纯或奔放的不同款型，少有不动心的。然而我和杂毛小道都知道，这样的粉红骷髅里掩藏的是怎样的肮脏和丑恶，自然不会把这应诺当作是一回事儿。杂毛小道刚才应该也是经过了一场拼斗，此刻也在回气，便与魅魔瞎侃胡说道："哇，这样的待遇，便是神仙下凡，也会乐不思蜀、流连忘返吧？不过这些小妹妹都太嫩，吃几口便一点儿味道都没有了。"

魅魔皱眉说道："你待怎样？"

杂毛小道指着被众人簇拥着的魅魔说道："场中众人，唯一入得了我法眼的，便只有你一个，倘若是你能够日日陪我，那此刻便拜倒在你的石榴裙下。"

瞧见这猥琐道人竟然盯上了自己，魅魔刘子涵有些意外，横了杂毛小道一眼，说："牛鼻子小道士倒还真会开玩笑，我这老太婆哪里有这些小姑娘那么好玩？"

杂毛小道径直说道："我要你，就要你，只要你！"

这时魅魔终于瞧出来了，这个家伙哪里有什么归降的心思，他根本就是在耍自己。她眉头一皱，笑颜瞬间收敛，挂满寒霜，冷冷地盯着杂毛小道说道："奴家是好玩，不过就怕你玩不起！"

杂毛小道也直言不讳："贫道经历花丛久矣，庸脂俗粉见过无数，就是没有征服过烈马。今天有机会，倒是想跟你好好玩玩，开一开荤忌……"他话儿没有说完，趁着旁人都在凝神听自己和魅魔的言语交锋，脚趾抓地，身子奔纵如马射向前方，朝着魅魔当胸抓来，气势凛然。

好一招龙抓手，到底是茅山真传子弟，身如鹰鸷，爪如刀锋，形如烈马，气势如虹，明明极为猥琐的一招，却被他打出了最惨烈的气势来。而就在杂毛小道出手的那一刹那，与他配合默契的我也抢出了脚步，低喝一声"朵朵跟紧"，朝着魅魔冲去。

大厅中有三十多名敌人，而我方数来数去也就两个半，但天下间没有能够吓倒左道组合的困难。

我身形似箭，避开了前方那十三个风姿各异的大美女所组成的十三太保阵，冲到了魅魔身边。杂毛小道一掌搬开了两人的阻拦，与魅魔交手了两个回合，魅魔朝我这边闪来。我哪里能够错过机会，瞬间点燃恶魔巫手，左右手灼热冰寒，小腹处的气海阴阳鱼疯狂旋转，朝着魅魔的背部轰然击出。

魅魔瞬间就反应过来，晶莹嫩白的玉手在空中挽了几朵如花手印，然后与我这蓄力一击交击在一块儿。我感觉魅魔那柔弱的身躯里面仿佛住着一头怪兽，手上传来了泰山压顶一般的力道。当下脚底一滑，哧溜一下，跟着一张毛毯滑出了十来米，胳膊直发麻。

好强悍的力量！

魅魔也被我这奋力一击给震得上了天，整个人如同蜘蛛一样，双脚站在了天花板的镜面之中，整个人倒垂下来，不断地拍打着双手，显然也是被我这恶魔巫手给伤到了。

能够成为邪灵教最顶层的佼佼者，魅魔自然不会那么简单，我不指望一下就把她给弄翻，当下便翻身跳起来，准备再次前冲，与她纠缠。我刚刚走出没两步，一张血肉模糊的脸出现在我的面前，口中不断地念叨着古里古怪的话语，周身金光护体，宛若罩上了一层金钟罩铁布衫。这人朝着我旁边的朵朵冲来，口中高声叫骂道："小贱人，小婊子，我要让你永世不得超生，方才能够解得我心头之苦！"

是白露潭，短短的时间里，她居然又请神上了身，然后朝着导致她毁容的朵朵索债过来。

当日在集训营的时候，白露潭可以算得上是最美的女学员，像她这样天生丽质的美女，对于自己的容貌从来都是最在乎的，此刻变成了比丑八怪还要吓人的模样，心头的恨意自然浓重。

我哪里会让她去伤害朵朵，伸手与她的身体搭在一起。

哪知我这一过手，她身上那股金光神力立刻蔓延过来，有雷电的效果，弄得我酥酥麻麻的好不难受。而且更加郁闷的是她的力量也在成倍的增长，原本我可以轻松制服的女人，此刻竟然让我有了一丝难以速战速决的感觉。我并不与她硬拼，回身周旋。

我这边才过了三两招，耳边传来几道炸响声，顺势闪开之后回头一瞧，笈多大师并没有撤出去，而是催动自己不屈的意志，将瑜伽术强行逼至巅峰朝我袭来。

这老僧浑身的筋骨松软，手臂和双腿软时如面条，硬时如精钢，而且攻击的层次多元化，角度刁钻，让人根本无法捉摸。在他和引神入体的白露潭为主攻，旁边几名灵修会高手为辅助的这一波攻击之下，我也不敢硬掠其锋，不断周旋后撤。

我这边被重重围困，朵朵却发挥了让人侧目的作用，手上不断地打出或黑或白的癸水之力，被击中者立刻浑身肌肉僵直，酥麻难挡，行动迟缓。而且满脸青狞的她也变得极有攻击力，除了不敢惹白露潭和笈多大师，闪现到别人身后，手起刀落，直接将那人给砍昏倒地，手法老练得很。

不过，我们终究还是陷入了重重的围攻当中。战了几个回合，杂毛小道跃到我的旁边，低声喊道："小毒物，打不赢的，突围吧，我们要去找回称手的武器才行！"听得此言，我跟着他冲向了大厅的出口。

这时一道黑影闪现，魅魔拦在我们前方，脸色冷如冰霜，寒声说道："想来就来，想走就走，公共厕所吗？如此不识时务，那就留下命来吧。千面镜魔阵，开启！"

第二十章　粉红骷髅现真颜

"千面镜魇阵，开启！"

魅魔一声令下，周遭宛如山呼海啸地应和："谨遵会长敕令。千般镜面，魇魔群生，众精元听得调令，起！"

声音异常统一，仿佛由成千上万人喊出，然而只有一个声音在我的脑海里回荡着。我感觉到自己的身子一沉，仿佛瞬间承受了千钧之力，难以寸进，魅魔其实就在我们身前不远，伸手可及，却又遥远得宛若天边。

在我的脚下、四周以及头顶上，三维空间里，一连串古怪的符文在蔓延，它们仿佛可以自我复制，不断地交叠又不断地重合，继而成倍增长，在下一秒钟，我瞧见了刺眼的白光在头顶生成，骤然爆发。

我赶忙闭上眼睛，然而已经来不及了，那堪比太阳强度的白光将我的双目刺得快要瞎掉，泪水飞飙。

我立刻将意识转移到炁场感应之中，防止有人趁机对我突然下手。然而出乎我意料，在我周遭的炁场中，除了我最为熟悉的杂毛小道和朵朵之外，其余的气息都在瞬间被乱流冲击，烟消云散，没有攻击，没有侵扰，连最为强大的魅魔都消失无踪。替代她出现的，则是一种诡异恐怖的阴森力量。

十几秒钟之后，我强忍刺痛睁开了眼睛，发现空间陡转，我居然身处于一个白茫茫的世界，双足悬空，上不着天，下不着地，周边都是如同云彩一般的雾气旋绕，杂毛小道在我的旁边，而朵朵则紧紧拽着我的胳膊，一脸紧张："陆左哥哥，这是怎么回事啊。"

我跺了跺脚，依然有脚踏实地的感觉，显然本应存在的地板依旧在；至于远方，我凝神瞧去，东南西北四个方向，竟然各有一个人，朝着我这边看来。我心中大惊，瞧他们黑衣黑裤，旁边还有一个凭空悬浮的可爱小女孩儿，可不就是我自己吗？

同样的人物，我头顶和脚下，也有一个——这，到底是怎么一回事？

"镜世界！"旁边的杂毛小道见我惊慌失措，开口解释道，"我曾听虎皮猫大人提及过邪灵教中有名的阵法，便有千面镜魇阵。古时相传每一面镜子里面都有一个世界，规则法力也各有不同，后来科学家通过对世界的缩放和变焦，对微观世界的推导，提出了十维空间的超弦理论和十一维空间的超膜理论，从此世界就变得缤纷多彩起来，所有的术法和手段也都获得了理论基础。"说完这些，他叹了一口气，说千面镜魇阵便是通过对于镜中世界构想出来的一种古怪法阵，它通过对镜中不断灌注恶灵，使其拥有生命的本质，然后构建出一个虚拟不存在的空间，将人移入其中，活活耗死……

"此法可有解？"我焦急地问道。杂毛小道摇了摇头，说虎皮猫大人曾经讲过，这阵法是他那个时代的魅魔所创立的，历来只在魅魔一脉传承，便是他也不知悉里面的秘密。虽然简单想过一些解法，但是都没有效力。

杂毛小道边说边朝前方缓步走去，大概走出了十米，竟然消失了。然而从对面的镜面景象中我却能够瞧见，他出现在了我的身后。我扭身一瞧，果然，愁眉苦脸的杂毛小道，正出现在我的身后不远处。见我转过身来，他苦笑道："果然，千面，这个空间是无限循环的，难道真的要走上一千次，方能够逃脱出去吗？"

相对于"千面"，我更在意"镜魇"到底是个什么玩意儿。皱着眉头四处打量一番，突然听到有一阵飘渺的歌声传入我的耳中，一开始只以为是幻觉，然而那声音越来越清晰，近在耳边。

这声音一开始是女声独咏，百转千回，而后开始有各种清澈的音乐声响起，有笛有磬，有箫有鼓，有编钟、弦乐、板、枳、敔、木鱼等，不一而足，恍如仙音，靡靡泛起无尽波澜，让人通体愉悦，仿佛感受着世间一切的美好。

随着这些靡靡仙音响彻空间，我们的头顶上开始飘下许多洁白如雪的丝带来。这些丝带不断旋绕，舞出许多翻卷不定的绢花儿。顺着丝带往上看去，却是许多双手合十，或手持莲花，或手捧花盘，或扬手散花，或手持箜篌、琵琶、横笛、竖琴等乐器的仙女，从天而降。这些仙女神态各异，或喜或嗔，然而观其外貌，却无一不是人间绝色，腰肢柔细，绰约多姿，体态轻盈，飘曳的长裙，飞舞的彩带，迎风舒卷，让人心中好不倾慕，仿佛全天下的美女都集聚于此，围绕在我们身周，起舞翩翩。这还不算什么，诸般从天而降的仙女之中，一小部分居然耳垂环佩，半裸上体，胸饰璎珞，臂饰镯钏，腰系长裙，赤脚外露，一派艳丽场面，倘若定力不够，说不得要流出一摊鼻血，方才能够解得心头燥火。

朵朵瞧见这么多美丽姐姐从天而降，一开始还欢呼雀跃，待瞧见好些个女人露出了滑若凝脂、傲然挺立的大白兔，立刻就皱起了眉头，大声叫道："羞死人了，你们这些坏女人，赶紧滚开，不要勾引我们家陆左哥哥！"

说句丢脸的话，此情此景瞧得我也是热血沸腾，心猿意马，恨不得冲上去直接扑倒一个。然而经得朵朵这一番喊叫，感觉背心冒汗，精神一振，方才发觉这些仙女一般模样的镜魇，竟然如此可怕，不经意间就将我的意识勾引了过去。倘若我去行了那一番好事，这二十来个倾城倾国的美女轮番上来，我还不是元阳倾泻，性命顿失？

我轻喝了一番九字真言，凝目一瞧，却见杂毛小道竟然丝毫都不为这些美女所动，脚踩七星罡步，手指朝着头顶北斗之星指去，身上虽然没有符箓可用，却将双手中指咬破，以血为引，凌空画符，一道道红色气劲从他的周身浮现，将我们此处给紧紧笼罩，使得周遭并不受这些镜魇侵袭。

从天上总共降落下了二十来个不同风格的美女，在我们身周环绕，有人引吭高歌，而有的则朝着我们招手，轻声喊道："嗯，公子，过来与奴家玩耍一下啊。"

面对着美色和言语的双重诱惑，杂毛小道并没有受到任何影响，双手在空中快速作符，不一会儿，终于弄出了一个符文旋绕不息的屏障来，将我们三人笼罩其间。有一个手捧花盘的镜魇将手上那朵艳丽盛开的鲜花，朝着我这里递来，然而手刚刚一碰触那符文，立刻"啊呀"一声叫唤，跌倒在地。她白嫩如葱根的手指开始冒起了浓浓黑烟来，嘤嘤啼哭，让人好不心疼。

然而，杂毛小道一声冷喝道："雕虫小技！"话音一落，他将中指血涂在拳骨之上，然后冲出符文旋绕的空间，朝着伏在地上的美女一拳击去，我瞧见那女人姿态优美地一翻身，人若游鱼，滑到了另外一边，然后翻身躲入了脚下的云层。

杂毛小道冲入镜魇群中，挥舞双拳，然而那些女人却纷纷闪避，并不让杂毛小道触及半分，而是莺莺燕燕地埋怨道："好个不解风情的粗鲁汉子，把我们姐妹弄得都快要死了。"

那些镜魇都乃轻灵之物，而此处又是她们的主场，杂毛小道一番追逐，连一根毛都没有摸着，反倒是累得气喘吁吁。旁边的朵朵听得这番淫词浪语，忍不下去了，终于爆发，双手合拢在胸前，高声喝起了六字大明咒："唵、嘛、呢、叭、咪、吽！"此六字真言咒乃观世音菩萨的微妙本心，蕴藏了宇宙中的大能力、大智慧、大慈悲，个中妙用，前文有讲。此言一出，那些恍如天上仙女落凡尘的诸般镜魇身形一晃，竟然化作了歪眉斜眼、血肉模糊的恶灵，原本饱满挺翘的姣好身材，此刻也变成了堆积在一起的腐肉，十分恐怖。

美丽的面具被揭下，露出了丑恶面容，那些不断奔逃的镜魇终于还击了，朝着杂毛小道铺天盖地冲来。他离我这儿颇远，被无数镜魇围攻，逃脱不得。

空中突然传来魅魔悠悠的话语声："你们若不想死，我还可以给你们，最后一次机会！"

第二十一章　雷罚归来助破阵

"去你的机会！"我一声厉喝，从杂毛小道划出来的安全地带中一跃而出，朝着杂毛小道被围殴的地方扑去。

我一阵狂奔，到了近前，瞧见两头披头散发的镜魇回转过身子朝我扑来。当下我也不作半点儿犹豫，将恶魔巫手瞬时点燃，凌空跳起朝着最前面的那头镜魇抓去。

双方都在高速运动，轰然撞在了一起，我紧紧抓着面前这头浑身皆是腐肉的镜魇，入手处一片滑腻，然后有淡淡的青烟冒出，那头镜魇张开尽是细密锯齿的嘴巴痛叫，奋力挣扎，这东西的劲儿还真不小，晃得我一阵颤抖，立足不稳。我正较着劲儿，不让它咬中身子，突然身后一阵剧痛，却是被一掌拍中，整个心肝脾肺肾都纠结在一起。

在这千面镜魇阵中，这些镜魇的力量是如此强大。我咬着牙硬挨下这么一掌，将恶魔巫手激发到极致，把面前这一头镜魇焚灭，回身过来又抓住另外一头。我将这镜魇的手给拉着，大风车一般旋转，不断挥舞，劈飞无数冲来的同类，然后冲到了杂毛小道的身前。这家伙双手放在心口，抱神守虚，身上有青光冒出，正好抵住那些镜魇的进攻，不受侵扰。

我与杂毛小道汇合，两人背靠着背，一边抵御那些纷纷飞来的镜魇，一边朝着安全地带移动，朵朵站在里间，双手不断积聚起大朵大朵的白色光华，朝着这边激射，使得敌人的攻势减缓。

这时我们的头顶上空突然冒出了魅魔的形象，朝着我们哈哈笑着，大声喊道："你们以为能够逃脱出我的阵法之威么，难道你们还希望于别的什么人？实话告诉你们吧，你们放在车上所有的法器，都已经在我的手上了，让我来看看啊——哎呀，好精致的木剑啊，这可是顶级制剑师的手艺，除了肥城和句容那几位国家级的工艺大师，很难有人能够做出这么符合法器构造的木剑来；哎，这面镜子上面篆刻的，应该是破地狱咒吧，看起来好像有些年头了啊……"

虎皮猫大人一介鸟身，对付些许灵物自然不在话下，但倘若对手都是人，他其实也没有什么办法阻拦。

魅魔纯粹是想要打击我们的信心，然而她数落到一半，突然像遭到了什么意外，啊的一声叫唤，我们头顶上的投影突然就消失了。与此同时，在她消失的地方，出现了一道倩影，莹蓝莹蓝的，不知道是什么。那蓝色影子在那些镜魇的身旁来回穿梭，但凡是那蓝光浮现的地方，那些镜魇都出现了凝滞，仿佛承受了巨大的压力，根本无法阻拦。

我与杂毛小道一声嘶喊，朝着前方奋力扑过去。然而我们这边一加速，前面堆积的镜魇立刻反应过来，疯狂反扑，我们反而被逼得不断后退，身上、腿上也多了许多伤口出来。

那道倩影一开始还在空中盘旋萦绕，然而瞧见我们这边步步后退，立刻朝着我们这边俯冲而来。我面前的压力太大，匆匆一瞥，只感觉是一个身材火爆的漂亮女人，她周身都是蓝色光华，从我们身边一掠而过，我们面前这一层层的镜魇都僵直住了身子，再难前行。

虽然不知道这个女人为何要帮助我们，但是瞧见面前这机会，我们将双臂一振，拳打脚踢出了一条通道，冲回了杂毛小道刚才构建出来的符文屏障之中。

我们一冲入其中，那些千奇百怪、面目狰狞的镜魇也全部扑到了我们面前，铺天盖地、奋不顾身地撞来。杂毛小道刚才凌空构建出来的符文屏障被这么一通乱撞，那些符文就像受惊的小蝌蚪一般不断摇晃，到处游绕，几乎就要崩溃。

杂毛小道，将双手中指再次咬破，双手在空中不断地写写画画，努力将这一层屏障给补足。我也毫不懈怠，激发恶魔巫手，将猛然撞击过来的梦魇抓住，当头一掌拍过去，将其震得溃散。如此清理了几分钟，终于眼前一空，那些围在我们身周的镜魇再也没有了刚才的凶猛狂躁，没有再不顾危险地冲上来受死了。

不过魅魔还在这个空间里，她抱手而立，眯着眼睛瞧着四周，似乎在找寻什么。我与她对视一眼，立刻能够感知到她应该在寻找刚才帮助我们逃出镜魇追杀的蓝光倩影。

那女人到底是谁，竟然能够自由出入这只属于历任魅魔的千面镜魇阵，并且帮助我们？我环顾四周，却也没有发现那道倩影的踪迹。

消失了？

魅魔在众镜魇的簇拥下，走到我们面前。她盯着我们这符文流转的屏障，冷冷地说道："你们两个，还真的是不见棺材不掉泪呢，都已经到了这个地步，居然还要负隅顽抗，真的不知道你们是怎么想的。那特勤局到底给了你们什么好处，竟然这么忠心耿耿，至死不渝？"

杂毛小道眉毛一挑，冷声哼道："特勤局倒也没有给我们什么好处，不过跟着你们邪灵教的这些疯子混，更是前途渺茫。"

"没前途？你们知道自己内部，有多少人跟我们暗通款曲吗？有多少人早已拜倒在我教魔下，就等着小佛爷登高一呼了吗？哼，即便没前途，前途能有小命重要吗？当时我前往滇南，小佛爷曾经交代，说能招降便招降，不能招降，那也别伤了你们，要不是他特意交代，你们以为能够活到今天？"

魅魔显得有些愤愤不平，指着我们身前这流动符文的安全屏障，冷声哼道："你们以为这个小乌龟壳，能够保护得了你们吗？既然入阵，那你们的性命就已经归了我，便是有千般手段，最终也还是死亡一途。实话告诉你们，我现在已经顾不得小佛爷当初的交代了，这回一定要将你们给杀死在这里，为那些死在你们手上的教内同僚们报仇雪恨！"

她脸上露出了残忍的笑容："放心，我不会让你们灰飞烟灭的，我会将你们炼制成亡灵，坐镇我这千面镜魔阵。有你们这样两个高手在阵中，相信我千面镜魔阵的威力，一定能够更上一层楼的……"

魅魔这般说着，哈哈大笑，瞧见我们都表情凝重默不作声，更加得意地说道："机会已经给过你们了，现在没有了，想活，也活不成了。"这话说完，魅魔瞬间便冲到杂毛小道凌空画符布置出来的屏障前，探爪抓来，一把就抓住了杂毛小道的手臂，笑道："没有武器的你，实在是太弱小了啊。"

魅魔并非邪物，故而不会被这道屏障阻碍，她手上一用劲，杂毛小道沉身一蹲，然而即使有着胸口血玉灌输那天生的神力，也抵不住，整个人便被她给拽出屏障，举了起来。

我瞧见杂毛小道这么轻易便就范了，心中惊诧，方才知道魅魔厉害。当下顾不得许多，硬着头皮冲上前去，箭步如龙，半步崩拳在手，朝着她胸口一对大白兔捣去。

魅魔将杂毛小道朝身后一甩，双手反转，全力拍出一掌。我感觉全身气血翻涌，连退了三四步，半边身子都僵麻起来。不过我这边难过，魅魔也并不好受，踉跄退了两步，高举双手，冲着身旁镜魔高声喝道："杀了他们，再将他们给吞噬了吧！"

此刻，远处突然一道蓝光大盛，杂毛小道一声大喊："雷罚归来，助我破阵！"

第二十二章　人妻镜灵显神通

听得杂毛小道这一声厉喝，拉着朵朵不住后退的我不由得一声苦笑。

那雷罚早已经被魅魔掌控住了，即便是杂毛小道能够御使飞剑，也不可能突然出现在这千面镜魇阵中啊。既然如此，他的这一声喊叫，岂不就是垂死挣扎吗？然而我立刻被一道金色的剑光给震撼住了，所有的思绪都在那一刻凝结。

是的，雷罚真的出现了！它就如同一道闪电，在我即将陷入绝望的那一刻划破天空，飞快地闪动着，肉眼根本就跟不上它那种剧烈的节奏，上一秒钟还在左边，然而当我望过去的时候，它却消失在了右前方不远处。与这金色电光相应的，是叮叮叮的响声，每次这响声一起，立刻伴随着玻璃破碎的一片哗啦声。破阵！我终于知道杂毛小道在做什么了，既然这千面镜魇阵是由镜中的世界拼凑而成，那么将这所有的镜子都给刺破，我们不就能够从里面逃脱出来了吗？

显然，杂毛小道不但思路对头，而且还找到了方法，他竟然能够在阵中驱使雷罚将所有的镜子方位给找出来，一一刺中。简直匪夷所思啊。

杂毛小道战至最后一刻的拼搏精神和成功的逆袭振奋了我，在头顶不断飞梭的金色剑光的照耀下，我回过身来朝魅魔冲去。依旧有许多镜魇挡在我的前面，然而在这一刻，我对这些外表不断变换、时而美艳时而狰狞的东西再也没有了畏惧之感，恶魔巫手激发到了极致，但凡拦在我面前的镜魇都被我毫不留情地一把抓住，分手一撕，不管有多么坚硬，都能够一下湮灭。

气势，气势！修行者之间的较量，除了绝对实力的对比之外，那种一往无前的必胜决心也是极为重要的——当然这和镜阵被杂毛小道的雷罚所破，也有关系。

在经历了一番奋力厮杀后，我终于冲到了魅魔面前。她的秀脸之上满是煞气，银牙紧咬，愤声说道："你们这是要逼我啊。"她显然已经陷入了无尽的怒火之中，一股磅礴而荒凉的气息从这具曲致玲珑的身体里爆发出来，恐怖的气浪将我吹得往后方飞去，整个人即将坠落在那高高伸出双手的无数镜魇之中。

眼瞧着我即将被这些镜中诞生的邪灵所吞没，突然我感觉自己的身子一轻，腰间被一双胳膊给圈起来，朝着空地飞去。在空中将我接住的是一个女人，我感受得到她柔软的腰肢以及好闻的气息。当双脚落地，我抬头一瞧，不由惊诧得高声喊了起来："人妻镜灵？"

没错，这位浑身笼罩在蓝光之中的倩影，正是被我封印在震镜之中的人妻镜灵。万万没有想到，她居然脱离了震镜，直接冲进这镜中的世界将我救下。我这般喊叫，一为惊讶，二为惊喜，然而人妻镜灵却根本没有理会我，双手一招，将散发着黑气的鬼剑和震镜，平移到了我的面前来。

原来如此，在镜中的世界，人妻镜灵拥有了绝对的主场优势，而正因为如此，她才能够隐入其中，将杂毛小道的雷罚和我的鬼剑震镜引入其中。

鬼剑入手，我立刻感觉到了一股强大的力量萦绕心头，凭空生出了许多自信。瞧见人妻镜灵仰冲上天，朝着那些镜魔吞噬而去，我也将那鬼剑一震，剑身立刻暴涨一倍有余，面对着前方如潮汹涌的镜魔大军杀去。

这鬼剑本体为一成精的老槐树，此物最吸阴灵，镜魔是同一属类，于是但凡被这气势惊人的鬼剑粘住，立刻被吸入其中。

朵朵一开始还跟在我身边，到了后来，总是跟不上我的节奏，索性腰身一晃，钻入鬼剑之中，将被吸食入内的镜魔分门别类，然后将其力量融和，化作己用。

我在这边放肆砍杀，杂毛小道则并不理会这些镜魔，而是专心致志地将布阵的镜子给刺碎。相对于我，杂毛小道才是最根本的威胁，魅魔一眼便瞧了个分明，于是朝着杂毛小道那边追杀。

杂毛小道并不与魅魔正面交锋，只是不断地后退回避，雷罚却不停止，不断地戳破那些镜片玻璃，哗啦啦，哗啦啦。

差不多延续了三四分钟，杂毛小道终于找到了大阵构建中最为关键的一个点，他朝着我招呼道："小毒物，过来帮我顶一下这娘们，她太热情了，有点儿疯狂了，好像我办完事儿不给钱一样！"我知道到了最关键的时刻，挺剑而出，将有些发狂的魅魔给接了下来。正在我与这女人拼斗的时候，突然听到身后传来了杂毛小道的一声厉喝："破碎虚空！"

一道凌厉而巨大的剑光从后方升起，几乎充斥了这整个天地，正想空手夺我鬼剑的魅魔不由得闭上眼睛，惊骇尖叫道："啊，不要……"她是如此的惊悸，完全不像是邪灵教的一名殿堂级大首领，而如同一个十七八岁的小姑娘面对坏人叔叔。

我心中震撼，瞧得出杂毛小道这一剑，应该是使用了伦珠上师虹化的力量。当那剑光充斥整个空间的时候，我听到了一声很轻微的破碎声响，仿佛桌子上的茶杯跌落在地上，突然之间，四周的景色全然一暗，我脚下的那层看不见的地板突然消失不见，身子不由自主地往下坠落，强烈的失重感让我浑身惊悸，气都透不过来。

不知道持续了多久，过程似乎比一年还漫长，然而停止之后，又好像只有一瞬间。我睁开眼睛发现我们居然回到了大厅之中，四处都是坠落的玻璃碴子，在我和杂毛小道前方的不远处，则围着一堆不断念念咒文的灵修会成员，里面包括白露潭和笈多大师，他们根本就没有离开，而是等待着我们惨死的消息呢。

急剧的跌落使得我小脑的平衡感丧失，就像软脚虾一般不由自主地瘫软在地上；大发神威的杂毛小道也是，他直接将四肢摊开，一边喘着粗气，一边哈哈大笑。我整个人都还处于晕晕乎乎的境况中，下意识地捏了捏右手，发现鬼剑恢复了寻常状态，正躺在我的手掌上。回归现实真好，躺在这大厅的地板上，虽然有硌人的玻璃碴子，但是比先前那个诡异的地方，要好上一万倍。

我们躺在地上不动弹，那些全能灵修会的成员瞧了几眼，以为我们在阵中已经被魅魔给制服了，于是分了几个人上前，准备将我们给捆起来。那些人小心翼翼地走过来，然而一道白影却超过了他们，朝着我狂奔而来。此人正是白露潭，她瞧见瘫倒在地的我，却没有瞧见可爱的朵朵，一边跑来一边骂道："那小贱人呢，在哪里？陆左，你今天要是不把她给我交出来，我就弄死你。"

这时头顶上破碎了大半的镜面上白光一闪，魅魔也砸落到了地板上，口中咳着血，瞧见白露潭和几名重要心腹毫不戒备地朝着我和杂毛小道走来，最近的白露潭都已经到了我的跟前，急迫地大声喊叫道："小心，他们还有战斗力！"

岂止是还有战斗力？老子的大剑如饥似渴，正期待着饱饮鲜血呢！

魅魔连声喊出，然而为时已晚，躺在一块羊绒毯上面的杂毛小道一掐剑诀，雷罚快若闪电朝着冲到面前的那几个人胸口射去。猝不及防之下，那些人都被这一剑穿透胸口没有了声息。我也跳起，鬼剑朝着白露潭的小腹插去。

啊——白露潭一声大叫，难以置信地瞧着自己的小腹，一双手紧紧抓住了我的胸口，不甘心地问："为什么？"

我皱着眉头说："呃，你嘴太脏了。"

第二十三章　鬼剑斩断魅魔臂

经过刚才的教训，我知道我们终究还是力有不逮，倘若让这里面的高手抱团将我们缠住，耗尽我们的力量，魅魔便能够很轻松地将我们给压制住。只有凭着破阵之时的那一股锐气冲杀，我们才有生存下来的机会。想到了这里，我一下子就冲入正在为千面镜魇阵念诵咒文的人群之中，鬼剑朝着这些人的要害刺去。比鬼剑更加厉害的是我的双手，上面所承载的力量不是寻常人物所能够抵挡的，稍微厉害的家伙或者还能够抵挡三两招，然而普通的成员，被我一掌拍在胸口，立刻就闭过气去。

我的这一番追逐，如同恶狼闯进了羊群里，这些家伙瞧见杀神一般的我，没有了一战的勇气，纷纷逃散。

"陆老魔！陆老魔！"有人发狂地喊着，朝着大厅的出口狂逃。

这外号叫得我好是舒爽，终于明白那些人为何会叫大师兄陈老魔了。原来被坏人畏惧，是一件这么享受的事情啊。

不过细细论述，我实在有些冤枉。虽然我刚才的气势的确有些凶残，但是除了那些反抗得最为激烈的家伙我才会直接封喉杀死之外，旁人我都只是将其敲晕过去，便是被我恨之入骨的白露潭，我也只是让她昏死。

我从来不是嗜杀之人，也不信奉暴力至上，对于我们养蛊人来说，手上沾了太多的鲜血，"孤、贫、夭"这三种宿命只会来得更加强烈。

不过我这当机立断的狠戾果决和疯狂杀戮，还是使得在场大部分的邪教成员都生不起与我直接交锋的心思。毕竟这里大部分成员都是女人，她们所学的都是床笫之间的魅惑之术，格斗交锋也偏重灵巧敏捷，心志并没有磨砺得如同岩石钢铁一般。她们顺风顺水自然无碍，但倘若是遭受到了我这般血腥恐怖的强手，立刻心理崩溃，纷纷逃散。恐惧是一种传染病，当它达到沸腾的时候，就不是人力所能控制的，即使她们的首领魅魔在此，也无济于事。

当大部分成员都开始发疯了一般朝着外面拥出的时候，魅魔并没有来得及去阻拦，因为这个时候，她所面对的是杂毛小道全力的攻击。

经过这一番交手，其实我和杂毛小道心里面都差不多能够明白这魅魔的实力——倘若是比上种种手段和名望、修为等综合实力，我们自然是远远不能匹敌这位成名已久的魔星，然而单纯谈论战斗力，其实我们双方的实力是差不多的。或者说，在这迎战的气势之上，我们还占据得有一些优势，那就是面对死亡，从来无所畏惧。我们经历的事情实在太多，回回都从生死边缘走过，见多了，便也不是那么害怕了。我们左道强就强在这一股子光棍气势上面，光脚不怕穿鞋的，在实力远远不如人家的时候，用脑袋战斗，从气势上压倒对方。

因为经过了之前的破阵，杂毛小道全身的劲力其实也有些枯竭，那飞剑软绵绵，并不得法，然而为了配合我，他依旧咬着牙顶了上来，与魅魔交手。

魅魔其实也不好过，瞧见我如猛虎入羊群，在自己心腹骨干之中大肆砍杀，不由得心急如焚，自己又被杂毛小道赖皮缠住，只有高声吩咐手下的高手以及摇摇欲坠的笈多大师，上前来拦我，如此一分神，倒也没有能够压制住杂毛小道。

将最主要的一堆人砍跑，我筋骨松散，全身疲倦欲死，然而前面突然又多了几名高手，其中还有笈多老和尚这种精通瑜伽心灵修行之术的大师，不禁有些绝望之感。不过战斗进行到了这里，双方比拼的，都不过是意志，谁能够咬着牙坚持到最后不倒下，谁便能够活下来。我长吸了一个口气，感觉肺叶舒张，气海之中枯竭的阴阳鱼气旋又生起了几分气力，鬼剑在朵朵的支撑下自动格挡，总算没有被这一波反扑打垮。

事实上我一旦咬牙坚持下来，过了那股浑身疲倦欲死的状态，立刻又有新力生出，怒目圆睁，将一名四十多岁的肥胖妇人一脚踹飞出去，鬼剑一抖，朝着这印度老僧的胸口刺去。

我这边疲惫不堪，笈多大师也是疼了一晚上，剧烈的疼痛分去了他大部分的心神，再也没有将我制服的气力。瞧见我一剑刺来，他不但没有往后退开，而是直接迎着剑锋让鬼剑穿过自己的胸膛，然后运用起自己最为得意的瑜伽修行之法，将所有肌肉的力量都集中在伤口上，将鬼剑给紧紧夹住，让我不得抽回。接着，他那枯瘦的双手掐住我的脖子，脸上露出最为愤怒的表情，口中大声叫道："夺去我男人的尊严，你很得意吗？来吧，让死亡来洗刷你身上的罪恶吧！阿弥陀佛。"

我这一路砍杀得顺风顺水，却不曾想遭受过最痛苦伤势的印度老僧，居然强忍到了现在，在瞬间爆发，采取了以命搏命的方式，将局势一下子反转。我此刻脖子被掐，另有两个高手瞅准机会，手持利刃朝着我这儿猛扑而来。

在我即将被两把短刀刺中背脊的时候，杂毛小道也面临了最大的危机，他刺向魅魔胸口的飞剑竟然被那女人使了手段给转移到我这里来。手中飞剑失去控制，杂毛小道的精神陡然一松，却见魅魔的两根彩绸朝着他袭来。

匆匆一瞥，我瞧见雷罚朝着这边射来，双腿朝着面前这老和尚的腰间一缠，顺势跌倒在地，避开了杂毛小道的雷罚，也避开了那两人的攻击。

我与笈多大师在地上不断翻滚，我总算是借助了重心的不断转移，挣脱了老和尚拼死力的这一掐，终于呼吸到了新鲜空气。然而，精通瑜伽术的笈多大师最不怕的便是贴身缠斗，在反应过来之后，浑身如同八爪鱼将我给死死勒住，张开嘴巴朝着我的喉咙咬来。

我和笈多在地上奋力搏斗，那两个尾随而来的灵修会骨干手持尖刀，冲到了近前，这两人一男一女，长得都是奇形怪状，一时间难以言叙，瞧见我被印度老僧死死压制，那男的不由得一阵欢喜，举着刀就朝着我的大腿根部捅来。

我奋力一滚，却动弹不得，唯有将大腿处的肌肉紧紧绷起，少受些伤害。

然而就在此刻，一道白光乍现，朵朵适时从鬼剑里挣脱出来，一把抓住那短刃，张口便朝着手腕咬下去。一口鲜血下了肚，朵朵满面青狞，而那个被咬中手的男子深受鬼寒，直接瘫倒在地；另外一个女的一声叫唤，头也不回地朝着出口跑去。

老和尚笈多被朵朵突然的冒出吓了一大跳，下意识地想要站起来，而角力已久，等待多时的我一个屈膝，正好顶到了他的伤口处，积蓄已久的疼痛瞬间爆发，双眼一翻，昏死过去。

我跌跌撞撞地爬起来，瞧见杂毛小道给魅魔捆得如同粽子，慌忙将鬼剑从笈多大师的胸口拔出，拼尽全力飞身朝魅魔冲去。那女人早有感应，扭头过来，将左手伸出，一道彩绸准备飞出。

一道蓝光从头顶处破碎的镜子里笼罩在魅魔身上，她的动作顿时一僵，鬼剑及时到达，唰的一剑，血光飙射，半边臂膀应声而落。

第二十四章　猛虎反被恶狗欺

啊！魅魔惨叫一声，彩绸舞动，遮住我的视线，然后飞快地朝着后面退去；而我则眼睁睁地瞧着一道通体幽蓝的倩影朝着胸口扑来。瞧见这倩影隐没了怀揣着的震镜，我这才反应过来，没想到真正左右战场的，不是我，也不是杂毛小道，竟然是人妻镜灵。

我正恍惚之间，听到杂毛小道大声叫道："小毒物，你愣着干吗？要么给我松绑，要么去追魅魔啊，那娘们跑了。"

跑了？我回头一瞧，但见出口处白影闪动，却是魅魔冲出了此处大厅。

魅魔被我卸下来的左臂正躺在血泊中，手掌上面还拉扯着几根彩绸，将杂毛小道给捆缚着。我鬼剑一出，想要斩断这彩绸，然而这东西似乎加了些料，竟然切不断，没办法，我只有蹲身下来，给杂毛小道解开。

一被放出，杂毛小道立刻跃起，手往虚空一抓，大叫一声："雷罚！"那飞剑立刻乖乖地从黑暗中射了过来，杂毛小道边朝出口冲去，边朝着我大声喊道："小毒物，别让魅魔跑了，不然咱们今天可算是白跑一趟了。"

我回头瞧了一眼满地的狼藉，招呼朵朵一声，跟了上去。

我们两个一路奔走，然而因为在解开彩绸时耽搁了些时间，此刻竟然捕捉不到魅魔的身影。沿路一片混乱，到处都是散落的衣物和皮鞋、包包，这些东西倘若放在灯光华美的柜台或者展会上，几乎是普通人一年的收入，然而此刻却只是一堆垃圾。

看不见目标，但是杂毛小道凭着一身灵觉，带着我朝大门冲去。

当我们一脚踹开这处建筑的出口大门时，却意外地听到警铃声从远处传来，十来辆警车开来，有几辆已然停在前方不远处，远处黑影幢幢，瞧这打扮，应该是出特勤的特警，或者是武警之类的。

最先到达的那辆警车瞧见我和杂毛小道提剑冲出，一身鲜血淋漓，气势凛然，吓了一大跳，一个大甩尾，在前方平台上停下，门开，蹿出几个便衣来，双手扶枪，使劲喊道："警察！放下武器，原地蹲下！"

瞧着这长枪短炮，我一阵怒气，回望四处，并没有发现魅魔的身影，知道是跟丢了。我们也不敢跟这帮激动到家的警察直接顶上，倘若哪个小年轻一紧张，一梭子弹射过来，只怕没有准备的我也扛不住。我和杂毛小道靠墙而立，将手中武器小心放下，然后冲着前方大声喊道："自己人！"

"什么自己人，给我蹲下！"这时有一个威严的中年警察从另外一辆车上匆匆下来，冲到我们面前，一脚踢在我的膝盖内侧，想让我就势跪倒在地。然而此人一肚子板油，这点软绵绵的气力，哪里能够对我起到作用，我一动不动，倒是他吃不住劲儿，像踹到了厚重的石墙上一般，后退了几步，一屁股跌坐在地上，气愤地喊道："嘿哟喂，还挺硬！"

这人手上没有枪，只有警棍，回头招呼几个浑身酒气的警察，大声喊道："将这两个嫌犯给我制服，还反了他！"

几个人听了命令，朝着我们围了上来，我有些诧异，什么情况啊这是？

这些警察凭空就冒了出来，而且一堆人看着好像不是一个系统的，到底是谁报的警？

不过不管是谁，我怎么可能让警察像制服小混混一样给搞在地上？瞧见这几个刚刚从酒席上撤下来的警察冲上前来，我和杂毛小道一左一右，伸手一拉一带，这几个人立刻下盘不稳，悬空飞起，吧唧一声，屁股摔成了八瓣。

瞧见我们反抗，那个满脸威严的中年警察扯着脖子大叫："袭警啊，袭警啊……"

后面十来个冲上前的警察将枪举了起来，纷纷对准我们的眉心，厉声警告道："别动，蹲下！"

被这般一打扰，别说魅魔，便是那些杂鱼，说不定都跑得没踪影了。我一肚子郁闷，杂毛小道则表情轻松地说道："真的是自己人，别紧张！"那个中年警察回头看了一下周遭的同事，厉声喝道："自己人？好啊，拿证件出来啊，没有的话给我们蹲下，还敢袭警？信不信把你当场给击毙了？"

证件？这玩意儿从上头发下来，我就没有带在身边过，哪里有这玩意儿？

我环顾一周，瞧见远处匆匆走来一伙中山服男子，为首的一个戴着黑框眼镜的中年男子正是前几日一起开研讨会时认识的特勤局同事，于是高声招呼他道："王副局，这里！"

那黑框眼镜是当地有关部门的领导，瞧见我的招呼，三步并作两步冲上前来，诧异地问："陆左，你怎么会出现在这儿？"

我也奇怪，说："你们又是怎么过来的？"

瞧见我跟黑框眼镜认识，周围这些警察都傻了眼，那个十分嚣张的中年警察二话不说，直接就缩到了人群后面去。这时车上走下一个肩上有花的警司来，问黑框眼镜："王局长，你们认识？"

黑框眼镜对我的情况不是很了解，不过还是给旁人介绍："这是我们部门的高级专员，别误会啊。你们还不放下枪？"

将左右持枪的警察都打发走之后，黑框眼镜告诉我，说他接到东南局赵助理打来的电话，才通知各部门封锁这里的，匆忙之间，就叫了当地的公共安全机关协助，刚才他们在外围清理人员，没有及时赶过来，结果闹了误会。

老赵打的电话？他是怎么知道的？我满脑子疑问，不过还是将事情草草地跟黑框眼镜解释了一下。这时杂毛小道突然拍了拍我的肩膀，朝着刚才一开始就不分青红皂白纠缠我们的威严中年警察指了指，我眯着眼睛一看——他脖子上的吻痕和匆匆穿上的警服，这是闹哪样？

想起刚才被他阻拦，导致魅魔逃遁的事情，我不由得一肚子的火，指着他问道："这个家伙是什么单位的？"

旁边那个警司告诉我，说是当地派出所的所长，接警后立刻赶过来的。

我一听，直接冲上前去，拉着他的领口问道："保护伞是吧？你以为你掩护魅魔离开了，她会念着你的好吗？我告诉你，你死定了！"那个中年警察大声喊道："怎么回事？我不知道你说什么，我是接到通知之后才赶过来的！"他还在这儿狡辩，我一咬牙，直接将他的皮带一抽，那裤子扒下，露出了会所专用的底裤来。大家都是聪明人，瞧见这，那个警司脸色立刻变得十分难看，叫来旁边的警察，将这个满头大汗的败类给铐起来，拖了下去。

我不再理会这跳梁小丑，拉着一脸歉意的黑框眼镜，跟他讲起了发生的事情，让他指挥这里的人，对灵修会进行全面追捕。黑框眼镜说他在外围已经抓捕了一部分，正朝着这边赶呢。

当下我们也没有再多说什么，我和杂毛小道将地上的剑捡起来，开始在会所里四处搜寻，又从黑暗中抓出了好几个没有来得及逃离的灵修会成员，然而再也没有瞧见比较有价值的目标。

返回会所前面的时候，虎皮猫大人从天而降，告诉我们道："别找了，人家大部队早就从地道里面跑了，现在哪里还有影子？"瞧见这肥厮，杂毛小道一脸郁闷，指着它大声骂道："连把剑都看不住，你这肥母鸡都干吗去了？"

听得杂毛小道的指责，虎皮猫大人也是气势汹汹，大骂道："你们两个傻瓜！要是没有大人我运筹帷幄，及时找来这么多警察，你以为你们两个冒冒失失的傻瓜能够这么悠闲？"

得，我说赵兴瑞怎么会知道得这么清楚，原来是虎皮猫大人给他通知了啊。

虽说魅魔逃脱，但是至少全能灵修会被捣坏大半，今天也算是战果赫赫，我们不再纠结。返回了原地，瞧见二楼失火，慌忙走过去瞧，一问旁人，才得知文件室刚才突然失火了，现在正在救火呢。听到这个消息，我一拍大腿，啊，那里面应该存放着很多参与全能灵修会活动的学员资料，想想那些从监控室转存出来的影像，如果能够挖掘出来，牵连的人只怕会很广，影响已经达到了让人侧目的程度。然而实在没有想到，不到十分钟的时间，留在暗处的家伙居然拼死将证据给摧毁了，实在是让人惋惜啊。

我和杂毛小道冲上楼去，找到了黑框眼镜，问王副局，有没有瞧见除了我们之外，其他的特勤局成员？

我想问的是罗金龙那小子，他这一次绝对是来了的，只不过从头到尾都没有露面，不知道是隐藏在了幕后，还是在大厅中，而我们却没有发现。

黑框眼镜摇头说没有。他们赶来的时候，那些参与聚会的学员早就已经疏散离开了这里；他刚才得到汇报，说包括会所的工作人员，总共有 80 多人落网，不过经初步鉴定，这里面有一大半都只是最普通的工作人员，能够了解内情的可能只有二十几人。他还告诉我们，他现在正在请求有关部门进行协助，争取获得更加辉煌的战果。

第二十五章　那往事只能回味

到场的警察很多，现场很混乱，而且各个部门的配合也不是很默契，在黑框眼镜费力的协调下才勉强运转着。当然，这跟事情发生的突然性也有些关系。

在经过了那个派出所所长事件之后，我总感觉内部有奸细，特别是刚才档案室骤然失火，这一定是内贼在作祟。想到这里，我便对刚才在里面被我制服的一干灵修会骨干有些不放心，特别是白露潭，这一回倘若再让这个女人给跑了，那可真的就闹了笑话。

黑框眼镜叫来了好几辆救护车，十几个白衣天使正在警察们的监视下，给昏迷在里面的所有伤者做急救，一具又一具的担架被推出去，紧张而忙碌；有一个医生正靠着墙给医院打电话："……这里伤者的病情十分复杂，请通知在家的主治大夫做好准备，能救几个救几个——太血腥了！"

他说得很对，的确很血腥。刚才性命威胁，为了保住小命，以及保持震慑效果，杀戮在所难免，所以什么头颅啊、断肢啊都是常有之事，一番屠宰场的做派，寻常的凶杀现场跟这里比起来，简直就是小儿科。我刚才过来的时候，有好几个小护士正扶着墙在吐呢，哇啦哇啦的声音不绝于耳。

我和杂毛小道拎着剑走回大厅，里面乱糟糟的。我四处找寻白露潭，瞧见有人推着担架车出去，便拨开旁人，察看这担架上面的伤者模样，然而我找了一圈，并没有瞧见那个女人。我抓住正在勘测现场的一个中山装，问他有没有瞧见一个身穿白衣、脸上被毁了容的女人。他摇了摇头，说他进来后就没有瞧见被毁了容的女人。

听到这个消息，我的心情一阵沉重。魅魔与我其实并无多大冲突，她跑了自有大师兄烦恼，但是白露潭，且不说她之前对我的栽赃陷害，便是刚才骂朵朵的那几句话，我便要让她这辈子都处于无尽的悔恨之中。然而怎么我们出去抓几个人的功夫，她就不见了呢？

虎皮猫大人刚才说魅魔从地道里面溜走，难道白露潭搭了顺风车，跟着逃脱生天了？我这边皱着眉头，旁边的朵朵却拉着我的裤脚说，陆左哥哥，你是在找那个嘴巴好臭的阿姨吗？

听到朵朵这般说，我心中一动，蹲下身来问她是否知道。这小丫头点了点头说，跟我来吧。

我让杂毛小道留在场中跟黑框眼镜交涉，然后跟着朵朵朝侧门一直走，走到了之前的更衣室，左边是男，右边是女，朵朵直接推开右边的门走了进去。与男室这边一样，女更衣间也是一面镜墙长廊，朵朵带着我走到一个隔间前面，指着镜面说道："陆左哥哥，她身上有我留下的气息，就在里面了。"

我伸手推了一把，里面反锁了，不过这并不是问题，微微一蓄力，我大脚朝着那镜门踹去，里面传来一阵剧烈的响动，整扇门都给我踹飞。

隔间里，一个上身赤裸的女人仰躺在地上，胸口的伤口已经被草草处理过，她微微地哭泣着，乌黑的头发散落一地。瞧这一张血肉模糊、如同鬼怪的脸容，可不就是之前被我一剑捅晕的白露潭吗？此刻的白露潭像一条大白蛆，目光呆滞，根本没有察觉到我们进来，双目无神地盯着天花板，口中喃喃自语。我从旁边扯了一条浴巾，披在白露潭的身上，侧耳倾听，原来她在反复地念叨着："连神都抛弃了我吗？连神都抛弃了我……"

这场面有些儿童不宜，我让朵朵去找人过来，朵朵乖乖地点头，正准备离去，躺在地上的白露潭突然一把抓住我的右手，眼睛里面透露出了惊恐，悲伤地问道："陆左，为什么，为什么？我一直小心翼翼地过活着，可为什么我会是这样的下场？"

原来还有意识啊，我以为是受不了打击，真疯了呢。

我盯着她一双晦暗的眼睛，轻声叹息道："你就没有觉得，自己从一开始，就走错路了吗？"

"走错路，有吗？我只不过是遵循着趋利避害的原则而已，黄鹏飞的舅舅是名门大派的话事人，当初他们说让你来担这个黑锅，如果我不答应他们的要求，我就会很惨的，会被贬到穷乡僻壤去，甚至还有生命之危——我穷怕了，不想过那样的生活，这难道有错吗？后来因为陈老魔介入，他们没有实现自己的诺言，反而要让我永远闭嘴，这时是刘姐救了我，知恩图报，难道这也有错吗？我在全能灵修会里，陪所有有需要的男人睡觉，可我从来没有伤害过任何人，善良得跟圣女一样，难道这也有错？"白露潭一连串的自白说完，精神也有些崩溃了，神经质地质问我道："可是为什么？为什么我感受不到山神的意志和力量了？难道它也嫌弃我被毁容了吗？"

白露潭挥舞着双手，将她曲致玲珑的上半身给暴露出来，虽然小腹处有渗血的伤口，但是胸口的一对大白兔倒是十分夺人眼球。我将毛巾再次给她盖上，想了想，告诉她："可能……山神爷也觉得你身子太脏了吧！"

白露潭听到我这丝毫不留情面的话，浑身一震，如遭雷轰，一双晶莹的眼睛立刻变得水汪汪的，大滴大滴的眼泪顺着眼角流了下来，积累在她脸上的伤口处。泪水有盐分，积累在伤口上十分疼痛，她脸上的肌肉一抽一抽，显然是十分难受。

过了好一会儿，她突然从悲伤中惊醒过来，伸出手，紧紧揪着我的胳膊，可怜兮兮地哀求道："陆左，我们是同学，我们是生死与共的战友，我不会计较被朵朵毁容的事情，你就放过我好吗？我什么都没有了，但是还有足够多的钱，只要能够离开这里，我就去韩国整容，到时候我隐姓埋名，什么特勤局、什么灵修会、什么邪灵教，这些统统都不管了，好不好？求求你，放了我吧！"

白露潭哀声恳求着，让我有一种看《还珠格格》中最悲情的紫薇格格，那种苦情范儿的即视感。这女人真的有金马影后的超人演技，无论是迷茫、疯狂、绝望还是可怜、悲伤，都能演绎得入骨三分，让人心中情不自禁地生出几许怜意来。

面对白露潭的苦苦哀求，我也是一副极为动容的样子，点头说道："跳出五行外，不在三界中。这真的是一个十分好的想法啊，不管怎么讲，你如果能够有这样的结局，我也是蛮祝福你的。不过小白，你到现在都还没有告诉我，当初到底是谁让你作的伪证，告诉我好吗？告诉我，我便放你走！"

"是谁很重要吗？"白露潭到底还是没有疯狂，她死死守着这份底线。然而我却很坚定地点了点头，说，你只要说出来，我便放你离去。

她张了张嘴，却还是没有说出口，而是小心地征询道："你就不怕我骗你？"

我一笑，淡定地说道："你应该能够明白的，这个世界上能够骗得过我的人并不多，恰好你也不是其中的那一个。"白露潭张了张嘴，然而那名字都到了嘴边，却最终还是没有出口，她低垂着头，说道："不行，他（她）太神通广大，要是知道我背叛了他（她），我会死得很惨的。"

白露潭拼死也不肯说，我也没有再威胁她。这时朵朵已经喊了人过来，那些人将她的双手给铐起来，然后七手八脚地将她给抬上了担架。我抓住旁边的那个中山装，死死盯着他的眼睛，肃声说道："她是极为重要的证人，千万不能让她有事，也不能让她逃脱，一旦出了变故，我唯你是问，懂不懂？"

那人其实也不知道我的身份，但是瞧见我与黑框眼镜极为熟络，也不敢得罪，恭恭敬敬地点头说："领导放心，我们一定抽调精锐，贴身保护，不会出现任何变故的，您放心。"

我点了点头，然后凝望着白露潭，轻声说道："你已经做了很多事情，事实证明都是错的。希望这次，你也不要后悔。"我说完，便没有再理会这个眼界太窄的女人——其实答案并不重要，只是看到这样一个可怜的女人就此沉沦，我心中难免有一些悲伤。

有的事情，永远也不能回头了。

我和杂毛小道没有再参与抓捕工作，在大厅里搜寻了一会儿后，将我们的东西给收拾好，然后找了间浴室，将身上的血污和伤口清理干净。

刚刚坐回车里，我的手机便丁零零响起来，打开一看，哇嚓咧，居然有二十来个未接电话。此刻打过来的，是大师兄私人的电话号码。

第二十六章　暗战处处阻挠生

电话一接通，大师兄立刻把我和杂毛小道给狂批了一顿。

他批评我们，说我们总是喜欢讲个人主义、英雄主义和冒险主义，一点儿组织纪律性和危机意识都没有，要不是有人及时把消息汇报到他这儿来，不但会让那些人跑得远远，一点儿证据都没有，就连我们自身的生命安全，都保障不了，后果不堪设想。

大师兄在电话那头对杂毛小道咆哮，语气激烈，不过越是如此，越说明他对我们的关心，我们也不恼，只是嘿嘿地笑。骂完这些，大师兄自己也乐了，说："你们两个家伙倒也真能惹事，才离开没几天的工夫，又弄出这么多事端来。我刚才接到王琪宇的汇报，这次居然把魅魔给招惹出来了，什么个情况啊？"

杂毛小道对这个大师兄还有些童年的阴影，十分敬畏，于是老老实实地说道："魅魔啊，被小毒物把半边臂膀都给卸下来了……"他挑了些黑框眼镜不知道的东西，将整个事情的来龙去脉给大致说了一遍。

大师兄听到我们在最后居然被一个小警察给拦住了的事情，不由得叹气道："我之所以会被派到东南这边来，中央也是有意图的，具体的事情也不跟你们说了，反正很多事情，我也举步维艰，所以有时候才需要你们两个帮我冲锋陷阵。这种情况会慢慢好转。陆左这次又立了大功，想来许老那边的进度会快上很多，到时候你们两个人行事，就会方便一些。"

我们又谈了一下罗金龙，大师兄的语气开始变得有些凝重了，问抓到在场证据了没有。

我们告诉他没有，当时的场面实在是太混乱了，而那个家伙小心翼翼，根本就没有露面，所以罗金龙在全能灵修会中到底扮演什么角色，谁也不知道。大师兄沉吟，说罗金龙这个小子表面上看着轻狂骄躁，不过倒是跟他老子学了不少东西，也是个难对付的家伙啊。

我们说是啊，这闹腾一晚上，他都没有漏一点消息出来，不管怎么说，都是一个阴沉的人。

这时电话那头传来了嘈杂声，过了十几秒钟，大师兄告诉我们，说他找的专机已经就位了，现在立刻乘飞机，带队返回三佳，虽然魅魔和一大部分成员逃离了，但是她们并没有离开南海岛，后续的抓捕工作，其实还是可以做文章的。他让我们两人先找地方休息，注意安全，明天碰面再细聊。

与大师兄通完话之后，我和杂毛小道开车返回了落脚的旅店，有虎皮猫大人和朵朵在旁边放哨，睡得倒也香甜。

一夜无梦，次日清晨，我们接到老赵电话，匆匆洗漱过后，被人接到了大师兄在三佳的临时办公室，也是整治全能灵修会的专案指挥中心。我们到达的时候，瞧见长桌两旁一排排的电脑和忙碌奔走的工作人员，以及大屏幕上跳跃的电子信号，感觉非常有模有样。然而走进大师兄办公室的隔间，却发现他正深深陷在真皮靠椅里，脸容被窗帘的阴影遮蔽，眼睛眯着，显得十分疲倦。赵兴瑞领着我们进来，轻轻敲了一下门，说，陈局，陆左和萧道长来了。大师兄这才打起精神，直起身来，招呼我们坐下，然后叫老赵去泡三杯咖啡过来。

杂毛小道最了解自家师兄，瞧见大师兄一脸疲倦之色，于是问，是不是案情进展得不顺利？

大师兄摇摇头，说没有，昨天夜里又捣毁了全能灵修会的两个临时窝点，虽然没有抓到魅魔，但逮捕了十来人。杂毛小道嘿嘿笑，说这是好事啊，怎么瞧你还一副闷闷不乐的样子？

大师兄站起身来，舒展了一下筋骨，脸色有些阴霾地说道："从我飞机落地的那一分钟起，指挥部就接到了二十来个求情电话，从基层到中央，来自不同地方、不同部门，而指挥中心做事，也受到了不同程度的阻挠和掣肘，这一次明明可以将魅魔抓捕归案的，结果这样一拖延，却成了幻影……"

想起昨日在大厅中参加灵修会的那些学员，大师兄所遇到的阻拦，应该就是来自这些家伙吧。

我说："这些人还真的是着急啊，这种事情就像屎，寻常人沾都不敢沾，他们怎么都变成了狗，屁颠屁颠地跑过来舔，这是什么道理？"大师兄叹息，说没有证据——毕竟我们还是要照章办事，最主要的证据都被他们给销毁了，莫须有的罪名是拿不下他们的。

杂毛小道摸摸鼻子，说，人证呢？

大师兄点头，说他手下的团队正在对那些受伤不重的嫌疑犯进行连夜审讯，不过反馈过来的情况并不乐观，大部分都表示自己并不知情，只是会所的工作人员。很多女的说自己是某模特公司的，只承认在进行灵修，却不承认是组织方，至于被指认头目的，要么逃走，要么死伤。这些人经过全能灵修会的洗脑，有着很强的警戒心和防范心理，所以想要定罪，还是有一些难度。

当然，收获也还算是巨大，现在就看案件的进展，倘若能够将那些暗中下绊子的人挖出来，这一次的战绩，绝对比上一次闵魔覆灭要大上许多，甚至还能够一举挖掘并击溃很多隐藏在人民内部的蛀虫。

大师兄先前疲惫，也只是被那些内部的蛀虫给恶心到了，此刻说起案件的进展，就变得意气风发起来，言语之间也充满了激情。谈完这些，我和杂毛小道便被大师兄安排了差事，加入了此番案件的侦查支援工作。如此忙忙碌碌小半个月，一直到2011年的1月中旬，整个案子方才落下帷幕，我们也终于得闲了些。

经过这半个月的奋战，我们顺藤摸瓜，总共捣毁全能灵修会分布在南海岛三佳、海口的八个窝点。顺藤摸瓜，南方省南方市、鹏市、洪山、江城等地相继都有窝点被查处，全能灵修会骨干成员共计四十八名被抓捕归案，各地涉案的官员也被掌握了大量证据，准备移交纪委和检察机关。

当然，案件并没有我们看到的那么简单，因为涉及很多事情和领域，里面的关系如同蜘蛛网一般，如何把握，真的让人头疼。有的关系，就是大师兄也觉得棘手。案情到了尾声，我们便跟大师兄告辞，退出专案组，准备返回东官。

在机场等待登机的时候，我们凑巧碰到了准备返回广南的罗金龙。这小子当天有不在场证据，那个妈妈桑戴菲随着魅魔逃离了，没人指证他，故而躲过这一劫。他这些天也被大师兄拉进了专案组，不过属于另外一个小队，跟我们碰面的机会并不多。此刻见到我们拖着行李从他身边路过，他颇为识趣地站起来，跟我们打招呼。

杂毛小道瞥了一眼罗金龙和他旁边的几个同伴，毫不留情地说道："罗金龙，别以为你这次能够躲过，下一次还能够这么幸运。你有本事永远猫着身子，藏在黑暗里坑队友，要不然，只要露出半点马脚，我都会让你死得很有型。"

这个帅气的年轻人摸了摸鼻子，淡然说道："我不知道你在说什么，萧道长，我们之间是有误会，但是凡事都需要证据，你如果随意威胁一名秘密战线的在职成员，这事情可是很严重的。"

"很严重？"杂毛小道眉头一挑，看着颇为得意的罗金龙，突然伸手将这小子的脖子给揪起来，肃声说道，"别得意，总有一天，你会哭得很凄惨的！"杂毛小道力大，罗金龙的脸一下子就涨得通红，他旁边几位同伴围上来质询，周围的群众纷纷侧目，场面有些紧张。

杂毛小道松开罗金龙，给他整理了一下衣领，然后又拍了拍他的脸，这才与我扬长而去。

我们走到登机口办理手续，罗金龙的人在后面嚷嚷几句，却没有追上来。我踢了杂毛小道一脚，问他为何要惹恼罗金龙这种小人，这样言语交锋，不管胜负都没有啥用处，反倒平添许多麻烦。

杂毛小道一脸坏笑："罗金龙这人，自觉有些谋略，做事不留口舌，不过终究是年少气盛，想要他主动露出马脚，只有让他愤怒，当愤怒到达临界值，冲昏了头脑，才会做出傻事来，到时候我们才能够抓他马脚——至于麻烦，咱们还怕麻烦吗？"

杂毛小道这般说，我也只有苦笑，这家伙的心思，还真的可怕。

当天回到了东官，接近年末，于是准备了过年休息的相关事宜，我和杂毛小道都要回家，张艾妮回苏北，小俊回豫南，简四则跟林齐鸣那厮去鲁东过年，好在老万是本地人，便让他和四娘子在此留守看家。

年关将近，过年的气氛开始浓烈，这天，我突然接到大师兄的一个电话，说白露潭在转送白城子监狱的途中，畏罪自杀了。

　　听到这个消息，我愣了半天，最后悠悠一声长叹。

第三十五卷　洞庭龙宫

第一章　年味儿

自从在更衣间里面与白露潭最后的一次谈话中，她对那些躲在幕后的操纵者还流露出了一丝期冀和希望之后，我便感觉到这个既可恨又可怜的女人，死路已定了。对于那些人来说，对白露潭的期待也就只剩下了闭上嘴巴。她到那个时候还没有明白自己的死局，那如今这个情况，也怪不了谁了。

我曾经想挽救她，但是我明白，她是用生命在作死，既如此，天王老子也救不了她。

那个愚蠢又幼稚的女人暂且不提，说到过年，虽然2010年我和杂毛小道都不在茅晋事务所，但是没有太影响事务所的红火，于是我让财务简四做了一套方案，将大家的年终奖都提高了两倍，准备让所有人都过一个肥年。方案很快就得到了顾老板和李家湖的批复，我名下也分到了一笔不菲的分红。

月末，在向升任东官局座的破烂掌柜报备之后，我和杂毛小道暂别，各自回家过年。他乘坐的是飞机，同行的还有虎皮猫大人，而我则与在洪山开苗疆餐房的曾经合伙人阿东相约一起拼车回家。

经过这两年的发展，苗疆餐房也已经做成了洪山市内比较有特色的美食去处，阿东上次还跟我说准备张罗着再多开几家分店，这一次见了面，我才知道他已经在市区和小榄那儿开了两家连锁店，生意都做得不错，多多少少也是小有身家。这一回，他更是买了一辆四十来万的城市越野车，准备衣锦还乡了。

阿东这人跟我一样，是个比较有眼光而且重情义的人，他知道自己虽然在老家人的眼中是个成功人士，但是跟我比起来，却远远不如，我们的关系便如同以前的我和顾老板一般，有什么问题他都喜欢咨询我，对我的意见也颇为尊重。

一路上我和阿东轮流开车，同行的还有他老婆和三岁大的孩子，那小孩儿肥嘟嘟的脸蛋儿特别好玩。不知不觉过了广南，从湘湖省的靖州路过，便到了十万大山的门户，也就是我的老家晋平。

我父母习惯不了南方省的现代生活，早几个月便已经返回了老家。我担心我的身份会让他们受到无谓的牵连，总是劝他们隐居到黔阳去，然而我父母却舍不得离开大敦子镇这个从小习惯的老家，那山那水，那些熟络的亲戚朋友，都已经融入了灵魂之中，哪里能轻易舍弃？于是我也没有办法，只有由着他们的心意。

　　我返回晋平是在腊月下旬，阿东送我回家的时候，屋前屋后、邻里隔壁都在熏腊肉、做血豆腐、打粑粑、煮油茶和炸豆腐丸子……颇为热闹，空气中洋溢着食物浓浓的香味。面对邻居乡亲热情的招呼，常年漂泊在外的我总觉得特别的亲切温暖。

　　阿东是个细心的朋友，在后备箱里面准备了好多小礼物，给这些乡亲分发。都不是什么贵重之物，但是看见他们把礼物捧在手里时脸上露出来的那种单纯的快乐，真的是比金子还要珍贵。

　　将行李帮我放好，我父母笑吟吟地招呼阿东一家人进来喝茶水。如此忙碌一番，阿东返回了镇外不远的省屯村，而我则洗漱一番，撸着袖子帮忙打粑粑。

　　很多长在城市的朋友可能不知道我们过年时吃的年糕是怎么来的，这东西首先得用当年的新鲜糯米蒸熟，然后将其倾倒在涂覆着植物油的木槽中，由两个壮汉用大头木槌轮番捶打至黏稠膏状，这时再由妇人将其捏成圆球，静置成饼状，待其晒干，便储存起来，随时可吃。

　　这过年粑粑是糯米做成，祖上传言可以防蛊驱毒、祭祖祈福，所以早些年家家户户过年都要打，在我童年的记忆里，总有一起热闹打年糕、吃粑粑的场面。

　　不过打粑粑是一件很累的活计，现在好多年轻人都出外打工，过年不回，市面上又有物美价廉的机制年糕，所以做的人也逐渐少了。我也算是赶得巧，所以帮着邻居家大爷捶打年糕，那力气大得跟打桩机一样，旁人看了都笑我父母，说瞧这架势，你家左右不像是在外面做大老板的，倒像是运动员一样。我父母不是虚荣的性子，也在旁边附和，说："他呀，一天到晚忙忙碌碌不见踪影，尽干些不着调的事情，我们也管不着他呢。"

　　不过他们在人前随意说我，当回到家里吃晚饭的时候，却是一边给我挟着大块油乎乎的腊肉，一边则关切地问我的近况如何。南方一行，他们大约也知道了我是公家人的情况，我便顺着嘴说了些寻常的事情，也不敢让他们担心。

　　我父亲是个闷葫芦，只管在旁边给我挟菜，我母亲倒是唠叨得不行，不断给我摆门子，说给国家办事呢，要认真一点，不要偷奸耍滑，到时候耽误了大事，那可不好。她是经历过那个特殊时代的老人了，脑子里面总是有着对国家浓浓的爱戴和敬意。我也只是点头，说我做得很不错，最近上头还准备给我升大官呢。听我这般吹嘘，我母亲不信，拿筷子敲我头，笑着说，这孩子，满嘴跑火车，就没有一个正型。

　　唠叨完工作上面的事情，又说起个人情况。我母亲说："武大的一个人了，连个正经结婚的对象都没有，真不嫌丢人。以前那个漂亮得跟仙女一样的女警察，好好的一个女孩子你给弄没了，说过年带一个女朋友回来，去年没回家，今年还是没有，你到底有没有？没有的话，妈就给你找了。刚才隔壁王姨还找我说起这事儿，说她娘家有好几个侄女，年纪都合适，说你要乐意，就领来家里看看。我寻思着你好歹也是公家人了，那几个初中毕业就出去打工的妹儿也就算了，倒是有一个在读大学的女娃娃，虽然长得一般，不过人家好歹是高学历啊……"

得，我母亲一旦开启唠叨模式，我顿时就头大，感觉面对着威震东南亚的许先生，当时的痛苦也不过如此。

我母亲惦记着我的终身大事，但我那闷不吭声的父亲倒是惦记起了朵朵和小妖来，说："你认的那两个干妹妹呢，怎么没有跟你一起回来？"

说到这儿，我才想起来，小妖还在呼噜呼噜睡大觉，朵朵给我忘在了槐木牌中。当时也不敢多讲，只说在阿东家呢，过明天我再领回来。

我父亲特别喜欢小孩儿，尤其是像朵朵这种又乖巧又漂亮的，十分牵挂；听到这话儿，他脸上都乐开了花。我父母并不傻，应该知道朵朵和小妖的来历不同寻常，不过有的事情，他们都放在心里，也不问，感觉当作寻常人相处，反而会更加愉快。

接下来的日子，我在家里悠闲地过年，整日陪着父母，应付着名目繁多的相亲见面，闲着没事便去找老江、阿东等几个幼时的朋友喝酒聊天，到了晚上，我盘腿在床上修行功法，审查自身的实力，督促朵朵的功课，每天倒也充实，想着便这样一直过下去也挺好。

初一初二几天都是走亲戚，叔伯婶子、舅舅大姨，这一圈跑下来，钱花了不少，腿也都要跑断，实在是让人后怕。然后是给所有认识的朋友发信息或者打电话拜年。打给杂毛小道的时候，话都没说几句，那边便给虎皮猫大人抢过去，跟朵朵聊到手机没电。

年初三，杨宇和马海波得知我回家来了，相约过来找我喝酒，也没有去县城的大酒店，就在镇子里找了家专门经营狗肉火锅的铺子，三个人围成一桌，热火朝天地吃了起来。我们也是好久没有见面，谈起自己现在的境况，彼此都有些唏嘘。那火锅红油滚冒，白色的葱根、青色的生菜，狗肉香气四溢，还有那些桌子上的小凉菜，吃得倒也爽利。这人一高兴，便容易喝多，马海波喝上了头，便拉着我的手感慨："陆左啊，可惜了啊。"我是千杯不醉，不过喝得正酣，感觉浑身涨得发热，摇晃着海碗里那农家自酿的苞谷酒，说："老马，什么意思？"马海波一脸通红，酒气熏熏地拍着我的肩膀说："陆左，真可惜，以前你和黄菲，多好的一对儿，现如今却分东离西，唉……"马海波的一声长叹，让我的心情郁积起来，凝望杯中酒，一口饮尽，感觉嘴里面十分苦涩。我品完酒，抬起头来，问他们有没有黄菲的消息，两人都摇头，说年前还有些联系，后来就少了，再后来就没有了消息。

这顿酒从下午四点一直喝到了小店打烊，酒逢知己千杯少，马海波和杨宇当晚喝得酩酊大醉，说了好多胡话。次日有个高中同学结婚，我也被通知到了，于是坐他们的车去县城。

婚宴设在下午五点，天阴阴的，还下着雨，我闲着无事，心思混乱，带着朵朵想去一下黄老牙家看看，然而到了地方才知道，这家人已经搬走了。

第二章　真龙现

黄老牙是在半年前搬走的。自从中了罗二妹的血咒之后，他身体一直不好，虽然给我解除了，但终究虚弱，于是这几年陆续变卖了晋平所有的产业，搬到黔阳养病去了。

从邻居口中得知这个消息，我当时就有些发愣，不知道说什么好。

说实话，对于黄老牙一家，我一直怀揣着十分复杂的感情。最开始认识黄老牙，我还为王宝松打抱不平，觉得这样的老板实在是太为富不仁了，然而当我遇到了朵朵，被她悲惨的遭遇所打动，感觉罗二妹所做的事情实在太过分。其实双方都是可怜人，唯一让人气愤的便是那些迷惑人心的矮骡子。随着我与朵朵的感情越加深刻，我便对黄老牙多了一些好感，而且他还是黄菲的大伯，虽然我并不喜欢黄老牙的老婆和小舅子，但他们终究还是朵朵的亲人——即便是生前的。

这栋小楼是不动产，算是祖屋，所以黄老牙没有卖，留在这儿放着。我生怕这邻居认出我旁边撑小伞的小女孩就是隔壁黄老牙家那个可爱的小女儿，于是也没有多说，牵着朵朵离开了。

小雨淅淅沥沥落个不停，我牵着朵朵的手，沿着清水江河畔长廊缓慢地走着，忍不住低头瞧去，这个向来阳光可爱的小萝莉沉默不语，长长的睫毛上面一层雾气，显得有些湿润。我找了河边一处石头，顾不得上面潮湿，直接坐上去，然后将朵朵抱在怀里，问她道："朵朵，你记起以前的事情了吗？"

朵朵点头说："嗯，自从干娘给我醍醐灌顶之后，我就全都想起来了。"

"啊？"听到朵朵的回答，我有些诧异，没想到在那个时候，朵朵便已经摆脱了混混沌沌，通晓了生前身后的所有事情了。真没想到，在她这个小小的脑袋里面，竟然能够掩藏这么久的时间。我瞬间便感觉这个小女孩长大了许多。

从惊诧中回过神来，我捏着她有些发尖的下巴，说："那你现在想他们吗？"

朵朵沉默了一下，突然抬起头来，弯弯的睫毛忽眨忽眨，认真地点了点头说："有时候想，不过大部分时间却不怎么想。"我有些惊讶这回答，说，为什么啊？

朵朵学我，摸着鼻子说道："生和死是两个不同的概念，这个跟出家是一样的——这个太复杂，我也不知道怎么跟陆左哥哥你形容。我脱离了肉身，对于他们来说，我已经死去了，而对于你和小妖姐姐、小肥肥、杂毛叔叔和臭屁猫大人来说，我才是真正存在这个世间。我如果现在出现在他们面前，只会给他们带来困扰，而不是惊喜，所以……"

听到朵朵说出这极为懂事的话语，我不由得鼻头一酸，紧紧抱着这个可怜的小萝莉。

有的时候我感觉她太黏我了，总也长不大，然而回过头来再看看，朵朵或许并不是我的全部，但是对于朵朵来说，我以及身边的这些小伙伴们，才是她永远的依靠，以及存在的所有意义啊。想到这里，我不由得思绪万千，颇多感慨，紧紧抱着朵朵，在这凄冷的冬雨中默不作声。

下午参加朋友婚礼，无外乎吃吃喝喝。自毕业之后，大家天各一方，除了相互攀比，倒也没有其他话题，总也聊不到一块儿来。饭后还要去歌舞厅，我便不再参与了，回到了在新街的房子。

瞧见朵朵有点儿郁郁寡欢，我知道肥虫子和小妖相继沉眠，她多少有些寂寞，思绪一转，拍了拍朵朵的脸，说："陆左哥哥带你回以前的家去玩儿，好不？"

听到我的话，朵朵十分开心，拍着手说好哇。我们收拾好东西，便离开这冷清的房子，朝着河边街走去。路程不远，很快就到了朵朵家，那锁对于朵朵来说实在没有什么意义，很快我们就进了屋子里。

朵朵拉着我的手，欢快地在房子里走来走去，唧唧咕咕地介绍着以前的生活，还跑到自己房间，翻出好多玩具和练习本来。我在屋子里悄无声息地走着，一切布置跟当年黄菲领我来这儿的时候一般，不过物是人非，让人颇多感慨。

玩闹了一阵子，欢快的朵朵最后停住了，默不作声。我走过去一看，却是一张全家福。

看着全家福里那个萌娃小公主，那一家幸福快乐的人儿，再看看朵朵，这娃儿泪流满面。

我们在黄老牙的宅子里住了一晚，次日我又与马海波核实王宝松的治疗费用问题，得知黄老牙离开的时候，已经给他交足了十年的费用，如此最好。我在县城待了一天，走亲访友，晚饭是在小叔家吃的，苗家特制香腊肉，新杀的老母鸡，都是我婶子特意弄的，好是将我热情地款待了一番。

我与小叔喝着酒，婶子便拉着我堂弟，说起小华毕业实习的事情，说我本事大，让我帮着给联络一下。

我堂弟小华虽说也上了一个大学，不过属于二本偏下的学校，饭前我还跟他聊了一下，特意问了学习的情况，他说得支支吾吾的，反倒是跟我谈泡妞和玩 DOTA 的时候，眉飞色舞。小婧跟我说过，她哥之前交的一个女朋友，花钱大手大脚，坑了他很多钱，后来另攀高枝，跟他分手了，然后小华开始迷恋上了网络游戏，学习一年挂好几科，属于被大学上了的那种学生。

小华这人随我婶的性子，比较势利，而且为人比较孤傲，以前觉得自己是大学生，不怎么看得起我，后来我帮过小叔家几次之后，他转变了看法，但也不怎么想搭理我，总觉得我"小人得志"了。这会儿听我婶子在饭桌上谈及，他也不说话，只是在旁边扒着饭，拿眼角瞅我。

突然被婶子将了一军，我有些猝不及防。小叔见我有些尴尬，借着酒劲训斥自己老婆："好端端地吃饭，讲这些干么子？小华读了这几年大学，连个实习单位都找不到，这瘪犊子岂不是白花老子这么多钱了？"

我婶子也不是一个善茬，张嘴就回，好是一通闹，一来二去，饭都吃不成。我便劝他们，说别吵了，我对小华也不是很了解，到时候再看看吧。我婶子直接把我高高架起来，说："陆左，还是你会说话，能办事儿，不像你叔，就是个死脑筋，在林业局待了一辈子，到死也就是个守林子的死货。你连公安局的局长都认识呢，办这事情，还不是分分钟的事情，你说是吧？"

这顿饭做得不错，但气氛尴尬，吃得颇不合我的胃口，我没有多待，早早地就告辞了。

小婧来送我，走了一段路，见我默不作声，便用一双明亮的眼睛望我，说："左哥，你是不是觉得我妈很烦啊？"

我摇摇头说："没有啊，你怎么会有这种想法？"

小婧垂头丧气地说："我有时候感觉我妈太过分了，总是让我们家的事情来麻烦你，我都有些不好意思了。"

我笑了笑，说："都是亲戚，谁还没有个难处，对吧？而且你妈再怎么不对，这花的心思，其实都是为了你们兄妹俩，可怜天下父母心，你要懂得体谅和感恩。便比如我，我记得我小的时候在河里游泳溺水了，还是你爸爸把我给救出来的，这恩情，我可得记一辈子，是不？"

小婧点头，脸突然红了，说："是啊，我的命也是你救的呢，我也会记一辈子的。"

大年初五，我在县城东市场里包了一辆车，去了一趟青山界。

其实我一直都想独自来一趟，再去瞧一瞧耶朗最神秘的中央祭殿，或许还会有不一样的发现。然而当我进山的时候，却被告知整个青山界都给封山封林了，色盖村往西十几里，都属于军事禁区。

这并不是阻拦我的理由，我轻身混入林中，然而越走越糊涂，没多时便发现居然迷了路，根本就找不到原来的方位了。我只好用十二法门推算了一番，才发现这个青山界跟巴东黑竹沟一样，也变成了一个天然的迷踪大阵了。如此便也没有什么好查探的了，我返回青蒙乡，乘车返回家中。

正月初八，我在新乡的那个二姨回来了，我跟着母亲那边的亲戚去给外婆龙老兰上坟，不过没有回敦寨祖屋。不知道为什么，对于外婆生活过一辈子的那个地方，我总有一种心悸的感觉。

我本以为能够在家过完正月十五呢，结果没两天我便接到杂毛小道的电话，他告诉我洞庭湖那条真龙又出现了。

第三章　八百里洞庭

真龙？

我问杂毛小道这消息源于何处，他说从他大伯萧应忠那儿所得。去年年末闹出来的真龙事件，使得许多名山观寺以及江湖门派都前往洞庭查探，然而几个月搜寻无望，大部分人都返回了驻地。有钱没钱，回家过年。唯独有一个慈元阁的坐阁道人没走。

此人装作一游方郎中，整日掐算，然后在岳阳、汨罗、湘阴、望城、益阳、沅江、汉寿、常德、津市、安乡和南县等县市四处游走，找寻蛛丝马迹。此人是个极有耐心的修行者，皇天不负有心人，终于在大年三十那天晚上，他一个人在洞庭湖入江口的江边夜宿，吃着香脆方便面，正独自惆怅感伤之时，瞧见一丝金光乍现于天际。

他抬头，朦朦胧胧地瞧见一条长须、四足、腥味浓烈、鳞片满身的蛇身之物从附近村庄蹿跃而出，时而悬空，时而贴地，朝着江中投去。此人本事有限，只敢远远瞧着，待那东西游回湖中之时，方才敢靠近一观，瞧那痕迹和气息，似乎不是寻常妖物，而似真龙。

一番思虑之后，他扛着游走江湖的算命旗幡往回走，在草丛中捡到了几块粗粝的鳞片，宛若婴儿手掌宽大，又走访附近村庄，听到哭骂声，一打听，才得知有几户人家丢了猪牛不等，所幸没有人员受伤。

这人仗着自己游方道人的打扮，对这些惊慌的村民好一番安抚，然后打听消息，根据村民们一言半语的描述，越发觉得刚才所见，应该就是真龙无疑。

他告诉村民们，说这是江边吃人的水鬼成了精，只怕要为祸村中，当晚便开坛作法，帮村民祛除霉运，兴旺家小，最后嘱托天机不可泄漏，此事万万不能告知别人，否则便会有无妄之灾。安抚了仓皇失措的村民之后，这慈元阁的坐阁道人便传消息回到了总阁，请坐家的长辈都出来，准备在这一片湖域找寻真龙巢穴。

然而他做事周密，却万万没想到家中出了内贼，不知怎么的就将消息给扩散了，一定范围的圈内人都知晓了，这会儿正摩拳擦掌地前往洞庭湖，准备在新年讨个头彩呢。

杂毛小道跟我说，他准备跟他小叔一起前往，问我要不要过来。

我说这是自然，何必多问？他在电话那头嘿嘿一笑，说那好，我现在就乘机去长沙，你怎么过来？我说我坐火车，应该会慢一些。两人商定了汇合的时间和地点，到时候碰面细谈。

我在接完杂毛小道的电话之后便开始收拾行李，然后与父母告别。儿行千里母担忧，我老娘瞧见我没有待多久便又要离开，不由得揸起了眼泪来，瞧得我一阵心酸。不过她也只是一时感触，并没有说什么，抹干眼泪，帮着我收拾行李。

阿东接到消息，开车过来送我去怀化火车站。临上车前，我母亲还拎着两挂腊肉和一大包酸菜，问我要不要带过去。我苦笑，说我要去洞庭湖那边儿，又不回东官，哪里用得着这个。我母亲便不高兴了，暗自揸着眼泪。阿东笑嘻嘻地接过来说："孃孃，拿给我吧，到时候我过去南方，直接带给阿左就好。"此行离别，颇有伤感，自不必言，我在路上与所有来不及当面告别的老家朋友打了电话，杨宇、马海波都吵吵嚷嚷，说还准备等我走的时候摆顿送行酒呢，这下可泡了汤。

一路周转，我终于在次日凌晨到达位于洞庭湖东的岳阳。

洞庭湖古称云梦、九江和重湖，是我国第二大淡水湖，南纳湘、资、沅、澧四水汇入，北由东面的岳阳城陵矶注入长江，号称"八百里洞庭"，风光绮丽，浩瀚迂回，山峦突兀，湖外有湖，湖内有山，浩浩荡荡不可言。

古之云梦泽，至如今都还有"神仙洞府"的传闻，林林总总的民间传闻也多，寻常听闻最多的是洞庭龙女和水猴子的故事，这些素材当地农村许多年逾古稀的老人，肚子里都有一大堆，并不算稀奇，而当日我们乘火车北上金陵，听闻的三个故事里面，便有 1998 年发洪水，冲出一条龙尸的传闻。

我赶的是晚班过路车，下火车的时候是凌晨五点多，随着人流走出车站，瞧见附近的早餐店业已开门，于是随便找了家馆子，点了碗湘辣排骨粉，又点了碟椒盐馓子。那碗粉端上来的时候，火红色的油汤看得人胃口大开，辣香扑鼻，忍不住大快朵颐。吃完之后，浑身热气洋溢，嘴里面都能够喷火，多少也将这二月的深寒给祛除了些。

我来的时候已经用电话联系过，知道杂毛小道和小叔萧应武已经提前到达，于是在填饱肚子后，准备去他们落脚的地方找寻。不过天蒙蒙亮，路上的出租车并不多，我也不急，提着行李顺着大致的方向慢慢走着，也算是用脚来丈量这座陌生的城市。

这是一座很美丽的城市，路边有好多栀子树，高楼大厦也有，旧式的建筑也多，充满了人文气息，在这样初醒的清晨，看着街上那些辛苦的环卫工人做着清洁工作，我感觉有一种特别的美好。走了差不多一个小时，天终于大亮，路上的行人和车流开始多了起来，听着周围那些腔调古怪、语速颇快的方言，感觉新的一天又开始了。

我走到了一处城市广场，兜里面的电话响起，嗡嗡嗡地震动，正是杂毛小道打了过来，问我在哪儿呢。我拦住一个路人问清楚之后，把路标说给他听，杂毛小道也不熟悉，回头问了一下小叔，然后说太远了，让我自己打车到他那儿去。

我拦了一辆出租车，按照杂毛小道说的地址找过去，却是一处比较偏僻的旧城区，落脚点也不是什么高档酒店，而是一处类似于招待所之类的小旅馆。

下了车，我正四处观察呢，头顶一道黑影掠过，却是虎皮猫大人飞了过来，高声喊道:"小毒物,你忒慢了。我媳妇儿呢,我媳妇儿呢?"

杂毛小道从旁边走了过来,拍着我的肩膀,后面还跟着一人,是好久没有见面的小叔萧应武。小叔见到我十分高兴,过来帮我拎行李,说:"陆左,等你一会儿了,来,先把东西放好,然后我们去吃早餐。"

我瞧见小叔伸手过来拿行李,左手灵活,不由得惊讶地说:"呀,小叔,你的手……"

听到我的话,小叔将左手伸到我的面前来,捏了捏拳头,发出一阵爆响,拉着我说道:"这义肢真的很不错,经过移植和适应性训练之后,跟真手几乎没有什么区别。听小明说这手还是你托了关系,找你在总局的那个师叔祖要的名额,小叔还真得好好谢你呢。"

我摆摆手说:"小叔你说哪门子见外的话,我也就使顺嘴一提,真正出力的还是大师兄,看的也是老萧的面子,跟我倒是没有多大关系的。"

我们在门前这一番客气,杂毛小道耐不住性子,拉着我们上了楼。

在旅馆房间里放下行李,我瞧着这简陋的环境,疑惑地问杂毛小道:"老萧,不是刚刚发了年底分红么,不至于住这么差的地方吧?"杂毛小道没说话,小叔倒是开了口:"我们这次来呢,是非官方的,住大酒店呢条件好是好,但容易遇到熟人。大家都是为了一个目的过来的,你有我没有,到时候肯定又是一番龙争虎斗,还不如低调一些,也不会成为众矢之的,你说是不是?"

我举起大拇哥儿说:"小叔考虑事情就是周全,这龙涎水可是连大内都眼巴巴瞅着的。倘若这回真的让俺们得了手,众目睽睽之下,说不定连洞庭湖都出不去。"

如此商量一番,我问起接下来我们该干吗去。杂毛小道说我们什么也干不了,据说那个慈元阁的坐阁道人掌握了一些关于真龙的线索,估计要等他们大队人马赶到,我们跟在后面,或许还得趁乱,方能摸到些甜头吃。

杂毛小道想了一下,说:"今天下午在岳阳楼附近,听说一场讲数,关于崂山和龙虎山天师道的冲突,我们不妨去看一看。"

我点头,说好,看看热闹也是应当的。

吃完早餐准备上路,杂毛小道掏出三张人皮面具来,说是大师兄给的。我们三人换了面目之后,前往岳阳楼。

第四章　奇人荟萃

当今庙堂之上，修行者的势力相互制衡，实力最大的自然是"大内侍卫"，这些人有着最坚定的信仰和理想，维持有关部门最基本的格调和规则，代表人物有许映愚以及其他我不知晓的人物。而其余的，则是后来陆续出仕的各门派、宗族的代言人，例如大师兄之于茅山，赵承风至于天师道，里面派别林立，千奇百怪，我知道的也不多。

据我所知，天师道自古以来都是敬奉正统的，虽然在 1949 年前有分支随着国民党迁移到宝岛，或者如同北宗罗恩平去了海外，但一向作为中流砥柱的龙虎山，却总是能够紧跟着中枢的脚步，故而在庙堂上势力颇大，与茅山旗鼓相当，不分伯仲。至于崂山，虽然在全国道教理事协会中也有那么一席之地，但是除了鲁东等地，他们的影响力倒也不算大。综上所述，这两者争执起来，明面上看，崂山倒是略处于下风。

关于两者的争执，我听杂毛小道讲，起因不过就是些口舌之争，然后双方忍耐不住动了手，结果都伤了人，于是就把事情给闹大了。

其实说句实话，这龙虎山与崂山虽然同为道门，却早有宿怨，远些时候不提，单说当年为那十大高手的名次高低，门下弟子便闹过几次。这修得道、养得真的高明之辈，自然不会为俗世名利去撕破脸皮，但是许多刚刚入得门道、心浮气躁的子弟却不在少数，如此拌嘴磨皮，事儿说多了便有了火气，故而争论不休，纷争从来没有断绝。

我、杂毛小道和三叔都换了面目，在湖畔下了船，故作悠闲地朝着岳阳楼景区走去。

说到岳阳楼，许多朋友可能犹记得语文课本里范仲淹老先生那篇脍炙人口的《岳阳楼记》，倘若哪位朋友有兴趣回顾全文，当能够从里面找到关于此间美景的描述。

两派约定讲数的酒楼，仿那岳阳楼般建于湖畔，雕梁画栋，古色古香，看上去十分富丽堂皇，气度俨然。我们走到门口，有工作人员来拦住，十分恭敬地鞠躬道歉，说这里已经被人包场了，暂时不接待临时游客，倘若是喜欢本店的菜肴，还请明天再光临，如有不便之处，还望海涵。

到底是大门派，端的是大手笔。小叔朝着里间朗声喊道："这崂山、天师道开门迎客，有请各路的江湖朋友来捧场，共观讲数，现如今却拦着我们，这是什么道理？"里间走出两个身穿常服，却挽着道髻的男子来，瞧见我们三人虽然面容寻常，身后却皆背负着百宝囊，里面长条状的东西，应该是宝剑一类，知道是同道中人，于是上前来，那个稍微年长的男子拱手问道："在下是龙虎山天师道殷鼎将，不知三位是何方朋友？"

我打量这男子，想起当初在影潭有过一面之缘，算是龙虎山实力比较强悍的弟子，不过彼此并不熟络。

小叔这人走过南闯过北，一生漂泊，见过大场面，见殷鼎将探查底细，也不编撰也不细言，只是拿言语激他："我们不过是这湖畔深处的渔家，每日打鱼换顿酒钱。在鱼市上听闻道上的朋友说你们这儿有些事情，便过来见识些场面，做个见证。你们若是欢迎，我们就顺便混一顿酒饭吃；若是不喜，我们自行离去便是，日后江湖再见，也不敢多说半句不是。"

听得这番半真半假的话语，殷鼎将打量了一眼黄脸微须的小叔，没有多作思考，拱手说道："这位老兄多虑了，我们这儿开门迎客，请的便是四方豪杰，您能赏这脸，我们求都求不来，且进去，莫耽误了此间风光。一会儿倘若论起公义来，还请几位多多支持则个。"

小叔哂然一拱手，说："咱们都是帮理不帮亲的，也不能说吃你一顿饭就屁股坐歪了，但是倘若你们有理，那我自然会帮你说几句"。

那殷鼎将拱手谢过，我们便大摇大摆地进了酒楼，在服务生的引领下直上三楼。走入其中，颇为宽敞，可以直接瞧见那浩渺烟波的洞庭湖景。楼上已有了二十几个人，三五成群，倒也热闹。

我们来得早，便挑了一处靠湖的桌子落座。桌上备得有茶水鲜果、瓜子点心，任君取用。小叔端着架子，颇为矜持，而我和杂毛小道没有太客气，直接抓起来就往嘴里塞去。

原来只是为了填肚子，哪想到这四碟分别是香煎糍粑、米面发糕、南瓜饼、麻仁粑，都是有名的小吃，吃起来颇为爽口，不一会儿便全部下了肚皮，引得旁人侧目。杂毛小道却不管，抓起旁边服务员的手，让她依着原样，再上一轮。

湘妹子水灵漂亮，服务员尤其如此，那皮肤跟牛奶一样莹白细腻，杂毛小道这一抓倒是心神荡漾，舍不得放手。给小叔瞪了一眼，这才故作正经地放开。

杂毛小道带的这人皮面具倒是不错，高仓健那种铁汉柔情式的，人家服务员倒也没有多在意，微微一笑，说好的，这就去拿。

我默不作声地打量四周，发现在座的都有些功底。我前两个月曾听杂毛小道谈及，当时汇聚在这洞庭一带的江湖人士如过江之鲫，那些平日里小隐陵薮、大隐朝市，寻常根本就不得见的修行者，不经意便瞧见一两个，像是过来开年会的一般。

坐在这酒楼之上，遥目能观湖中风景，心情不错。类似的讲数我们在东官也经历过几次，不过每次都是我来当主角，殚精竭虑地想着应对策略，患得患失，远不如这酱油党来得舒爽。

龙虎山有了青虚和罗金龙，再加上阴恻恻的笑面虎袖手双城赵承风，我自然没有什么好感；至于崂山，当日无尘子那一瞥让我极为不痛快。所以打个难分难休，那是最好。看热闹不嫌事大，杂毛小道也是这般的心思，他茅山与川中的青城蜀山交好，但与这龙虎山、崂山大概也是为了争雄的缘故，向来不睦。

我们伸着脖子瞧看，突然小叔扯了一下我的袖子，低声说道："慈元阁的人来了。"

我抬头看去，却见一个剑眉星目、面如冠玉、鼻若悬胆，挺拔的身子上穿着高档手工西服的年轻男子，在两名中年人的陪同下走上三楼。这年轻男子表情谦恭，满面春风，人面颇广，不断跟认识的人拱手招呼，一副很吃得开的风范。

瞧见他，小叔凝眉说道："怎么他们的少东家也来了？"

我上次听到"慈元阁"这个名字，只以为是一个简单的派别，现在见小叔有些严肃，便问，这慈元阁到底是干吗的？小叔说："这慈元阁倒也算不上什么厉害的高门大派，不过若说做生意，倒属于一绝。具体业务跟你们那个风水事务所差不多，不过做得大，还涉及什么吉祥物、符箓之类的东西。顶有钱的主儿。坊间传闻他们跟天山神池宫似乎还有些关系，但具体的谁也不知道。"

杂毛小道指着那三人的脖子左侧，上面隐约纹得有一朵紫荆花，说："这就是慈元阁的标志。本来还以为他们会悄悄地跟着那个坐馆道人去湖中寻那真龙，却不承想他们居然高调露面了。显然是知道消息已经传出来了。不过他们来此观讲数，到底在打着什么主意呢？"

我琢磨了一下，说："莫不是调虎离山，使那明修栈道，暗度陈仓之计？"

小叔点头说很有可能。

我们三人在这儿议论，那少东家已经坐定，旁边有些性子急的，直接就围上去问好，顺便旁敲侧击，准备套弄些底细出来。不过那少东家是个圆滑的生意人，话里面尽是忽悠，我凝神听了一会，便不再管。

时间未到，正主都不露面，酒楼却越发热闹起来。这时又来了一个邋里邋遢的游方术士，挂一根洛半仙的旗幡，背着算命百宝囊，戴着一副老旧的墨镜，颤颤巍巍地走到场中，耳朵耸动一番，然后径直朝着我们这边走来。

这一个桌子多了一人，说话便非常不方便。眼看着他要往我们这桌上凑过来，我伸手拦住他，沉声说道："老先生，这里有人，还请另外找位置，谢谢。"

那人唇上有须，微微一翘说道："想赶瞎子走，哪里有这样的道理？小茅崽，当年你格老子的跟着咱屁颠颠儿的，这会儿倒是长本事了？"

第五章　灵识对峙

这老瞎子的脾气和口气都蛮大的。然而杂毛小道却连忙起身来迎他，躬身笑道："洛老哥，多年不见了，你倒是变了很多。小弟这乍一下儿，还真的有点不敢认了呢，哈哈。"他将瞎子手上的家当给归拢好，放在一边，然后斟上茶，给我们介绍道："小毒物、小叔，这位老先生是我当年流浪江湖时的忘年交，姓洛，名博延，是铁齿神算刘的开山大弟子。那年我被逐出了山门，心死如灰，是他带着我闯荡了两个月，也是他给找的铁齿神算刘，将我这一身命格勘破，我这才没有在这十年的漂泊中迷失方向，落魄成为一个没出息的江湖汉子。"

哦，原来是郭一指的大师兄啊！我一边给这位爷道歉，一边打量他那破旧的墨镜后面，到底有没有一双犀利的眼睛。

郭一指往日爱装瞎子，然而他大师兄却是真瞎，见我怀疑，直接将墨镜取下来，露出了一双肉皮结痂的眼部，嘿嘿一笑，露出了一口雪白的牙，说："你们别奇怪，我的眼睛是真的瞧不见，所以也不要客气，直接叫我洛瞎子就行了，反正小茅崽当年也是这么叫我的。"

杂毛小道赔着笑，说："当年不懂事，怎么顺口怎么喊，现在哪里还敢这么不知深浅？说句老实话，就冲您当年为求道艺、自毁双目的那股狠劲儿，我也不能这么称呼您。"

洛瞎子叹了一口气，一副忆往昔峥嵘岁月稠的感慨状，然后胡子一抖，摆摆手，谦虚地说："那都是年轻时候的事情了，做不得数。再说了，我这流年断月、梅花断命、寻龙点穴以及摸骨寻脉断生机的手段，都是些文戏，跟你们这些武夫子可比不得。"

杂毛小道满口奉承："哪里哪里，您老这才是老成谋国之术，乃万人敌的法子，现在刘师可不是也已经入了大内，谋算国运了吗？对了，我听郭一指说您已经跟随刘师一起入了阁，大内行走，为何会出现在这儿，难道？"

杂毛小道语音拖长，想要问他是否奉了上头的旨意，前来查探消息，而洛瞎子却摆手说："非也非也，你可都想错了。其实呢，也就是我这人早年行犯了些因果，结果近年来修为一直没有寸进，便立下大宏誓，一定要行那济癫和尚之法，游走红尘，为万人趋利避害，解脱苦困，于是浪荡天涯，走哪算哪。结果不知不觉便来到这洞庭湖边，暗有所感，掐指一算，却道是有老友在此，方才过来一见而已。"

听洛瞎子此言，当真是位红尘奇人，我们都拱手敬叹，不断称赞。

谈话间，听到楼梯有声音传来，抬头一看，却是五个身穿黑色常服的道人。其中一人胳膊上面缠着绷带，吊在胸口，另外一个脑袋包得严实，瞧着伤口在左耳，应该是给人削掉的。这两人垂头丧气，而领着头儿的三个中年道人却是气咻咻，走上楼来之后，直接奔向中间空着的桌子前坐下。瞧着他们胸口处隐约有一块黑色牌子，我便知道这五人乃崂山派的修行道人。

这算是正主，另一方龙虎山也跟随在后面走了上来，为首者除了老道殷鼎将之外，还有一个与他修为差不多的矮个儿道士，另外四人皆作寻常打扮，显然大家将这场子包下，也是有不想将事情闹大的想法。

不过让我心中一跳的事情发生了，跟随着这六个龙虎山天师道的道人一同出现的，居然还有罗金龙这个小子。瞧见他，我和杂毛小道不由得对视一眼，这还真是人生何处不相逢啊。没想到在三佳分别没有多久，这个小子又跑到这儿来插一腿了，实在是让人欢喜。那罗金龙却也没有张扬，左右瞧看了一番，朝着慈元阁的少东家那儿走去，显然两人是认识的。

双方到齐，便开始摆事实讲道理。崂山这边将两个斗殴的当事人直接从医院里拉了过来，不过别看龙虎山这儿一个受伤的人都没有，但是那伤其实还在医院里面急救呢。这场闹剧都是小辈弄出来的，殷鼎将和他旁边那个矮胖老者罗鼎全这两个鼎字辈的师叔们并没有参与；同样，崂山派领头的那个老者此番前来，也只是门下弟子出头。

江湖人虽然修的是那清静无为的道，但，是人就有一口气，特别是身上有些本事的，故而双方一激动便是言语交锋，继之以拳打脚踢枪来剑往。

场中除了当事者双方，围了三十来人，倘若说个个本事了得，这自然是吹牛皮，但至少有一半的人，都是有些本事的，不过并没有让我们眼前一亮，或者能够感到威胁的大拿，便是殷鼎将、罗鼎全这样龙虎山二代弟子翘楚的鼎字辈高手，在我们眼里，也不值一晒。不知不觉间，我们的眼界竟然已经到达了这个地步，回头想一想，难免有些自得。

杂毛小道并不在意场中的争斗，而是在与那洛瞎子低声交谈着这些年的经历。不过在这个地方，他也不会提太多，匆匆说起，不深不浅，不至于暴露我们的身份。那个洛瞎子是个妙人，言语模棱两可，我感觉杂毛小道当年街头行骗、忽悠旁人的本事，说不得就是跟此老学的。

虽说是讲数，相互对喷也不是个事儿，到了最后，还是要看手头的实力，所以双方长辈都出言约定，论起了道行修行来。

说到这里，我倒是有些兴奋，咱们今天过来，除了打探消息之外，无外乎就是瞅瞅这点乐子，于是打起了精神，准备瞧看他们到底是个什么手段比试。很快，他们就谈妥了法子，居然并不是我所喜欢的全武行，而是灵识对峙。

所谓灵识对峙，也就是拼精神意志，双方不断给对方施加精神压力，在那难以言喻的炁场之中，将自己的炁压迫对方，形成一种意志上的压倒性，如果达到一定程度的话，倘若被压方不活动一下身体，活络精血，只怕就会有某些危险，甚至直接就假死过去。其实这种事情在古时候也有，算是道士修者之间的比斗中，比较文雅的一种。当年吴承恩写《西游记》，说唐僧在车迟国中与那虎力大仙比坐禅，便是从此法中来；不过唐僧虽然佛法精深，却吃不透其中奥妙，只以为能坐定便可，后来吴承恩安排孙猴儿上去捣乱，倒也是合乎此间原理。

这是题外话。崂山和龙虎山说妥了此番比斗之法，立刻各派出一名资历差不离的门下弟子上前，各据一张八仙桌，相隔不过两米，对视而坐，凝目皱眉，却是立刻对上了精神。

两人相对枯坐，外行人看着自然是十分枯燥无味，然而能够用神念触摸到那炁场变化的人士，却能够立刻感受到其中的强弱变化，此消彼长，此长彼又消，来来去去，其中的精彩倒是真心好看，将我们这桌所有人的注意力，都给深深吸引其中。

双方所挑的弟子辈分差不多，实力旗鼓相当，一时半会倒也瞧不出什么胜负来。

我起初还仔细地感受着空间中炁场的变化，然而一分钟之后，杂毛小道碰了一下我，说："小毒物，左边靠窗的方向，那两个人老是不经意地瞧着你，这是何道理？"

我用余光扫过去，却见在窗边坐着两个男子，模样皆十分普通，刚才我粗略看一眼也没怎么注意，此番一打量，见这两人面目生硬，显然是蒙上了人皮面具，只是他们的面具比我们这杨操祖传的手艺颇有些差距。这两个人中个子偏矮的一个，感觉十分敏锐，感觉到我的注意力瞟过去，立刻收回了目光。我皱着眉头，正想细看时，却听到旁边洛瞎子低声叹道："哦，这龙虎山要输了。"

第六章　湖中救人

洛瞎子话音一落，便见龙虎山那名弟子头颅一震，"啊"的一声跌下了桌子。

他下来的姿势也是比较奇特，身子前倾，竟然是以头触地，脑瓜子妥妥地砸在了地板上，"咚"的一声响，清脆至极，全身不断抽搐，手脚的筋收缩，口吐白沫。

殷鼎将也没有想到会是这个情况，探头过来一瞧，见这名弟子眉心略黑，嘴唇发紫，有一点受了寒毒的迹象，不由疑虑地摸着下巴，皱眉不已。而旁边的年轻弟子却毫不客气地朝着那个获胜的破口大骂道："你使诈是吧，这哪里是灵识对峙，简直就是下毒！"

瞧见地上的这名弟子连呼吸都开始不畅起来，旁边的罗鼎全也不由得皱起眉头，指着崂山领头的那个道人喝问道："白格勒，你这是什么意思，你门下弟子修炼的，到底是什么魔功？"

获胜的一方自然是颇为得意，面对龙虎山的指责，白格勒长老摸着微须含笑说道："道便是道，无所谓正，也无所谓邪，而在于使用者本身。按你这么说，你们龙虎山天师道整日吸精双修，可不是最大的淫邪之辈？真的猛士，要敢于直面惨淡的人生，敢于正视淋漓的鲜血。输了不要紧，但是倘若是想靠狡辩就将这场子找回来，莫不是想让在场的诸位江湖朋友，笑掉大牙？"

殷鼎将是龙虎山此行的带头大哥，听得崂山白格勒这般说话，甚至还拿自家修行的功法来说事儿，再好的脾气也忍不下了，他皱着眉头反驳："话可不是这么说的。白道友，我们事先说好是灵识对峙，然而你门下弟子却用上了邪灵教红尘冰魔功，暗地里坏了规矩。我们两派这冲突事小，但是牵扯上了那万恶的邪灵教，那可就是大事情了。"

白格勒也不怯，笑道："这门法子是我师兄无尘真人当年惩戒邪教的时候，留下来的战利品，看着也有些用处，便赏给了门下弟子，你少给我们泼脏水。说到邪灵教，谁不知道，当年你龙虎山跟他们却是牵扯不清，十二魔星中的秦鲁海，说起来还是张天师的师叔，此话不假吧？"

这两人你来我往，唇枪舌剑，相互之间揭老底，一时间不分上下。突然有人喊了一声："快看，湖边有古怪呢！"

离我们十几米的湖面上，那里本来有一艘渔船，上面有两人，一个戴斗笠雨蓑的老渔翁，还有一个如花似玉的渔家少女，如此画面自然是极富诗意的美景，然而此刻那渔船就在我们站起来的瞬间，被某种东西从水底下使了气力，给直接打翻了。

天寒地冻，湖面虽然没有结冰，但也寒冷刺骨。见湖面上翻船，湖中的人有性命之危，许多人便坐不住了。罗金龙、慈元阁少东家，还有几个场中之人，霍然起身，二话不说便把身上厚重的衣服一脱，一个箭步，人便从三楼的窗口往外跃下。

　　我们所在的这处酒楼，小半是临湖而建，从窗口跃下，自然就是跳到了湖水里。这么冷的湖水，想想都直打哆嗦，敢于第一时间站出来的，倒是颇让人心生敬意，即使是罗金龙，在这一会儿，也让我不由得在心中暗暗点了一个赞。

　　当我也准备跳下去救人的时候，小叔却是一把拉住了我，低声说道："少安毋躁！"我有些诧异，见杂毛小道给我使眼色，却是刚才一直在扫量我们的那两个人也站了起来。我匆匆一瞥，高个儿的那个男子好雄壮的胸肌，就在那一瞬间，他竟然不经意间流露出让人心悸的实力来。

　　我手捂住了心脏，暗道乖乖，这种实力，竟然不比一流高手差几分，能够比得上我们所遇到的那些十二魔星或者同等级别高手的实力。这般的高手跑到这儿来蒙头遮面，到底是为了哪般？

　　大多数人都围到窗边来，朝着湖面上瞧去。那打翻的渔船在湖面上折腾了一下，开始往下沉。渔船上的祖孙俩都是识得水性的人，在度过最开始的慌乱之后，将身上外衣脱下，朝湖边游了过来，罗金龙和慈元阁少东家等人也朝着那边接应过去。

　　这时，那个正在奋力往前划水的渔翁仿佛被什么东西给拉住了，猛然往下一沉，湖面上起了水旋子，竟然直接就沉入湖底去了。

　　有古怪！

　　瞧见这情况，慈元阁少东家一个猛子扎了下去，酒楼上的人也顾不得龙虎山和崂山的纷争，纷纷往楼下跑去。杂毛小道要照顾洛瞎子，我便站了起来，跟着人群往楼下跑去，准备出一分力，怎么着也不能够淹死人。

　　然而我挤到楼梯口的时候，腰间突然有一只手摸了过来。我立刻就感觉到了，左右也不会重蹈当日在金陵那神偷猴三儿的覆辙，于是伸手过去抓。入手处是一只滑腻白皙的小手儿，我抬头一看，正是刚才披着人皮面具打量我们的二人组中矮个儿的那个。摸到这手，我便立刻知道是个雌儿，正待抓紧，却见那人横了我一眼，身子竟然如同滑鱼，在人群中左扭右扭不见了踪影。

　　人命关天，我也懒得理这个小贼，冲出酒楼，来到了湖边。却见老头已经被那个少东家给救了出来，正在往岸边拖呢。有认识那少东家的，问到底是怎么回事。那少东家高声答应，说是个成了精的水猴子。

　　光天化日之下，居然敢当着这么多人的面谋害这湖上的乡亲？听到那少东家的答话，立刻有人义愤填膺。

　　这翻船的一老一少，慈元阁少东家带着那老渔翁，而渔家女则被另外一个人给拉着，朝着这湖边刚刚出发去接应的船游来。另外三人则根本不惧那寻常人极其害怕的水猴子，就地搜寻起来。说来也是迅疾，当慈元阁少东家将老渔翁推上接应船只时，他的一个同伴已经找到了那个胆大包天的水猴子，直接跟那水鬼厮打起来。

所谓水猴子，其实跟水鬼、河童等物差不多，都是积怨颇深的鬼灵沉积在水中数年，然后依托某些尸体成灵，最喜欢做的事情便是找替死鬼，将那些在水上讨生活的渔家或者入水游泳者拖入水中。据说它们跟幽府签有协议，能够从这些人的死亡中，获取足够的力量，变得越来越强大。更有甚者，直接成蛟化龙，成为一方水神，颇为风光。此物在战乱之时最是猖獗，到了和平时期，能够谋害的人命太少，于是也少有传闻。这一只倒也罕见，想来应该是冬天游泳的人少，找不到替死鬼，所以铤而走险，一定要弄死一两个，方才能交差。

当然，这些都是坊间传闻，作不得准。不过这东西在水里面的力道十分大，水性不强的人，即便是修行者，对它也是无可奈何的。敢第一时间跳下水，并且与这水猴子对峙的，都是颇有自信之人。一番厮打之后，那慈元阁少东家的同伴紧紧将这水猴子给抓住，不让它逃走。

罗金龙和另外一个修行者也赶到了厮打现场，三人齐心协力将那水猴子给制服。罗金龙是个狠角色，将中指屈起，照着那黑乎乎、湿淋淋的东西脑袋使劲儿捶打了几下，立刻一大片黑红色的鲜血溢了出来。水猴子挣扎了一番，最后四肢一蹬，死了过去。

然而当三人拖着水猴子尸身，准备往回游的时候，殷鼎将突然指着水里面大声喊道："金龙，快回来，快！你们身后有东西，那水猴子根本就不是掀翻渔船的真凶！"

第七章　一字剑

听到殷鼎将的提醒，罗金龙浑身一震，双手奋力划动，朝着岸边飞快游来。另外两人则犹豫了一下，其中慈元阁的那个中年人更是回过头去，打算瞧看一下。

此番前来洞庭湖寻找真龙的，都是些水性不错的汉子，他这反应也不奇怪，想来是对自己的水性极为自信。然而他刚刚一回头，却见一张血盆大口朝着自己的脖子咬来，顿时吓得魂飞魄散，回身猛游。

"蛟，是湖蛟！"

岸上的人都瞧得清清楚楚，这一直潜伏在水中的凶兽，竟然是一条超过八米长的巨蛟。这畜生浑身滑溜，呈赤红色，脑袋长得跟莽山烙铁头蛇有些相似，眼睛凸起，长颚翘鼻，锥形尖牙锋芒毕现，两肋处还有短而粗的利爪，整体看有点儿像那快要灭绝的扬子鳄。

这样一个东西从水里突然蹿出来，可是将所有人都吓了一跳。罗金龙和另外一个人游得快些，避过了攻击，然而落在最后的那名慈元阁中年人却是遭了祸害，在一阵潜游之后浮出，被那畜生一口咬中了脖子。

那湖蛟将中年人咬死之后拖入了浑浊的湖水中，巨大的尾巴在湖面上拍打出波浪，一大片红色血液晕染开来，将这个寒冬的傍晚瞬间给蒙上了一层晦暗的颜色。

没有人想到在这场集会时，竟然有这样一头畜生在此为祸。慈元阁少东家和另外一人已经将那翻船的祖孙两人都扶上了船，靠在岸边，而罗金龙和另外一个人也已翻身上了龙虎山罗鼎全驾驶的小舟，正奋力地朝着岸边划来。那慈元阁少东家瞧见自己的人遭了害，朝着湖中大声喊着那人的名字，旁边另外一个同伴则拼命地将他给拉离水边。

罗鼎全运桨如飞，小船眼瞅着即将靠岸。然而刚刚那头逞凶的湖蛟并没有罢手，小船瞬间又被掀翻，恶蛟朝着落水的罗金龙咬来。

罗鼎全飞出三把红缨飞刀，射中了湖蛟的脖子。那红缨飞刀其实是有讲究和门道的，一扎入湖蛟滑腻的脖子，立刻爆起一团火焰，淡蓝色，不断跳跃，发出滋滋的响声来。不过这飞刀只能够阻止一时，当那条人腰粗的湖蛟硬凭着蛮力扛住，张嘴咬来的时候，水中的罗金龙毫无办法，只有闭上眼睛，等待被咬中。

然而就在此刻，空中响起了一道炸雷，轰隆一声响，一道碧绿剑光从西而来，径直朝着那湖蛟的七寸处射去。

能够成蛟的精怪自然是对天地杀场最为敏感的畜生，它在第一时间感受到了危险，浑身筋骨收缩，咔咔响动，竟放弃了即将到口的罗金龙，低下身子，钻回湖水里面，长尾一摆，搅浑湖水，再也瞧不清。

且不谈那湖蛟精明撤离，但见那一道碧绿剑光自西而来，风吹雷动，一道劲风将所有人面皮上的汗毛都给吹得竖起，然后直入那湖水里。不过这剑光相隔太远了，到底还是落了空，只是将那湖水给搅得更加浑浊。承载那道剑光的，是一把表面如珊瑚一般莹润的石质短剑，一入水中，立即灵动地飞出湖面。一道黑色身影横跨几十米，脚踩那短剑，几个身形变换，在湖畔上空游走几圈，那柄绿色短剑也数次插入湖水里面，最远的一次直入湖中上百米，然而皆没有收获。

随着湖蛟的气息消失在洞庭湖水深处，这道黑色身影也没有继续深入，他到底不是御剑飞行的地仙人物，所倚仗的不过是借力滑翔的功夫，并不具备长途奔袭的手段，于是翻身回来落在湖畔，眉头一扬，朝着我们这一圈人瞧了过来。

我凝目观察此人，发现是个容貌极丑的老者，个儿不高，鼻孔外翻，牙齿微龅，一脸的麻子，稀疏的头发，面容呈现出营养不良的枯黄色，正常人的长相若评六分，他至多有两分。然而这丑男人一露面，龙虎山的殷鼎将、罗鼎全和崂山的白格勒等几个颇有些年岁的长辈便纷纷朝着他拱手，说，原来是黄晨曲君前辈，失敬失敬。

我瞧见这一堆人都对着那丑老头儿毕恭毕敬，诚惶诚恐，不由得诧异，碰了碰杂毛小道说，这位谁啊？

杂毛小道脸色微变，低声说道："一字剑黄晨曲君，跟我师父齐名的十大高手之一，也是唯一一个没有师门传承和门派的独行侠。相传以前是一个在锦官城第一国营肉联厂里面的杀猪匠，杀了二十年猪，每天都是白刀子进红刀子出，杀猪向来只有一刀。后来不知道被哪个江湖奇人看中，学得一身业技，并传承了碧绿珊瑚一字剑，这剑本来是消亡已久的南海派镇派之宝，现在到了他的手上。此人出道之后做了很多惊天动地的大事。为人正派，但是比较霸道，名声并不是很佳。"

我讶然，低声问道："黄晨曲君，好奇怪的名字，那这人的实力？"

小叔在旁边接着道："很多人都不喜欢他，却又不得不正视他的实力。能够位列十大高手，你可以想一想，这人得有多厉害。"

世间厉害的角色多如繁星，没有人敢说自己是天下第一，独孤求败。有的绝世高手或许转头就死于一次感冒，有的强者摔一跤也能躺半年，世间的奇迹总是不会少，我们面前这一位拥有惊人飞剑技艺的高手便是其中一名。没有人知道他是如何从一个杀猪匠变成拥有现在这江湖地位的顶尖高手的，但是我们知道的是，凭着他这一身本事，大部分人就得乖乖地尊重他。

尊重他，便是尊重实力，尊重我们为之自豪的力量。那十大高手的名头是如此耀眼，以至于现场之人无论出身和门派，纷纷低头恭身问候。

然而这个一字剑果然如同杂毛小道所说的一般，脾气当真是臭，面对着一众人等在这儿恭恭敬敬地问候着，他只是眉头一掀，哼声说道："这湖蛟已成了气候，逃走了也不稀奇，不过我一定会宰了它，将那筋给抽出来的。我昨日到了岳阳，瞧见这大湖里面暗流汹涌，想来是有些情况，不过我也好奇，你们这些人汇聚于此处，可是为了那真龙之说？"

面对着这个丑老头儿的问话，殷鼎将和白格勒等能够站在台前、说得上话的人都拱手点头说，前辈说得是，晚辈们此番前来，的确是为了那百年难遇的真龙。

这真龙一身是宝，筋骨皮肉都是上好的制器材料，而它的精魄则是最好的炼魂之物，君不见那身受重伤的陶晋鸿，不也是因为得了黄山龙蟒的好处，现如今据说已经成就地仙之位，凌驾于十大高手之上。面对这样的诱惑，蠢蠢欲动的修行者多之又多，反倒是像我们这种奔着龙涎液而来的人，并不算多。

面对龙虎山、崂山等人的回答，老者眉头一皱，然后双目如电，逼视着场中所有的人，淡淡地说道："呃，都回去吧，这条龙我要了。"

黄晨曲君轻描淡写地说了一句，场中所有人都不由得抬起了头来，殷鼎将顾不上这前辈的威严，愤愤不平地回应道："前辈，这所谓天材地宝，有德者居之，鹿死谁手，各凭机缘。您这一句话，倒是让我们这些辛苦找寻的人情何以堪啊？"

旁人也是纷纷抱怨。一字剑长吟一声，笑道："你们都以为我要抢宝，殊不知我在救你们的性命。既然都不听我的话，心不甘情不愿的，那么也就罢了，倘若到时候见了面，休怪我不讲情面。"说罢，碧绿色的剑光忽闪，再无影踪。

经过这番打岔，所有人都收起各自的心思，收惊的收惊，收尸的收尸，各回各家，各找各妈。我凝望湖中，问杂毛小道，刚才那条，是传说中的真龙吗？杂毛小道回答说不是，连鳞甲都没有。我点头，捏了捏还有些脂粉的手指头，说，你猜刚才那俩人是谁？

杂毛小道嘿嘿一笑，说："我哪能不知道。还别说，这一回来洞庭湖，可真的是热闹了。"

第八章　压力来了

热闹过后，一干江湖人等各自散离。那两名易容者，早已不见了影踪。

经过这一档子事情，崂山和龙虎山两边都没有了一决雌雄的心思，双方各自商议一番之后，本着和平友好的外交原则，相互拱手致意，那一副其乐融融的场景让人误以为他们好得跟同穿一条连裆裤一般。

唯一让人有些伤感的，是慈元阁的那名中年男子，被打捞上来的时候，他半边脑袋都没有了，浑身尽是又深又重的咬痕，皮肉给冰寒的湖水泡得发白，模样那叫一个惨。好在那条作恶的湖蛟没有将其一口吞入腹中，好歹留了一具尸体。

那酒楼倒也十分机灵，立刻弄来了些干燥柔软的毛巾，还熬煮了滚烫的姜汤，给跳下湖里去的那些人服用，并且领着他们去洗热水澡，十分周到。那对渔家祖孙冻得发晕，此刻强忍着寒冷，坚持过来给那位死去的慈元阁修行者磕头谢恩。瞧见这幅场景，我不由得想起了前些日子社会舆论对于大学生跳进粪坑中救老人，结果自己被淹死的讨论。很多价值观比较功利的人认为一名大学生，要比那农家老人对社会的贡献大，然而他们却没有想到，同样是生命，双方都有着同样的价值，唯一能够区别的，那就是救人的，比较伟大。

我们默默地朝着那名死去的中年人鞠躬。慈元阁的少东家显然心情不是很好，含泪抱拳说了几句场面话之后，带着尸体开车离去——黑色大奔，果然是好有钱的土豪。

此番讲数，虎头蛇尾，不过能够瞧见那湖蛟出水，也算没白来一次。那酒楼的点心填不饱我们饿了一天的肚子，杂毛小道与洛瞎子重逢，自然要喝顿小酒，以示热络，于是我们在附近找了一家酒店，开了一个包厢，然后点了些当地有名的菜肴，用起晚餐来。

前番忌惮外人在场，杂毛小道不便跟洛瞎子谈及太多，现在只有我们四人，说话没有了那么多顾忌，杂毛小道跟洛瞎子坦白说此番前来，的确也是为了那真龙，不过我们并不贪图那真龙的任何物件，只是为了救治三叔的病，想找到真龙盘踞的巢穴中那万年生聚的龙涎液而已。

洛瞎子跟小叔不熟，不过认识三叔，一番问询之后，他摸着颔下胡须，点头叹息道："刚才在楼上之时，我还想劝你们，这真龙乃是天地孕育的灵秀之物，是集大气运于一身的吉祥瑞兆，轻易不要对其下杀心，要不然天机莫测，气运逆转，说不得便立刻倒了霉，死在这洞庭湖中。现在听你们这么一说，我倒是放了心，不过你们此行依旧危险。那龙涎水通筋活络，蕴积华灵，普通人一滴便可益寿延年，修行者得了，全身的奇经八脉、大小周天立刻畅通无阻，也是许多人追逐之物……罢了，左右无事，我帮你们算一卦吧！"洛瞎子从身边百宝囊中掏出了两片凹形龟壳，几把碎米，口中作祷告状，好是一番祈愿。过了一会儿，把碎米往龟壳里面一撒，然后将龟壳不断旋转，手指飞速掐动，一袋烟的功夫之后收定，停下所有的动作，默默心算着。

我瞧他这门手法有点儿像祝巫卜卦，不过似乎纯熟许多，想来这铁齿神算刘的门下，自然着有着独门的手艺。

过了两分钟，这瞎子咧嘴笑了，环顾一圈，说："在座三位都是圈内人，也懂得许多老朽不明之事，你们且瞧瞧这卦象，到底是什么意思？"

杂毛小道凝目一观，猜疑地问："是不是'见龙在田，利见大人'？"

那洛瞎子点头说："是，又不是。此番希望犹在，多加努力，或许能够达成目标。然而这一路颇多艰险，各种丝线缠绕，宛如乱麻，使得你们此行如同行走于悬空之绳，稍不留意，便有跌落万丈深渊的危险，倘若没有一刀斩断乱麻的锋锐，最好还是远远逃离的好。"

话说到这儿，我们便知道洛瞎子有规劝我们离开的意思。不过三叔病情危急，箭在弦上，不得不发，我们断没有因为些许危险就抽身离开的道理。于是拱手道谢，再不多说这个话题。

此时菜肴陆续上来，什么干炸鳅鱼、罐焖八仙、龟羊汤、桂花蹄筋……一干色香味俱全的地道湘湖菜上桌。我们吃得爽利，可惜这洛瞎子却是个吃素的居士，只是就着些青菜豆腐，匆匆用完餐后，也不久留，扛着旗幡离开。

望着这个佝偻的背影消失在夜色中，我抹了一把嘴上的油，跟杂毛小道说道："老萧，你这个忘年交，屁股似乎坐得有点歪啊？"

杂毛小道皱着眉头，点头说："溥天之下，莫非王土；率土之滨，莫非王臣。你的就是我的，我的还是我的，公有制惯了，难免觉得天下所有的好东西都是自己的。"小叔的眉头从洛瞎子离开之后就一直没有舒展过，这会儿也只是点头长叹，说："算了，别说了，毕竟咱也都算是一边，惹不起我们总躲得起吧，尽量别招惹便是了。"

剩下饭菜颇多，我们也不浪费，叫服务员打了包，要了些泡过了的茶叶渣，又去旁边便利店买了包瓜子，然后返回。

回来没二十分钟，出去打探了一天消息的虎皮猫大人也赶了回来。朵朵这边小心地给它伺候着吃喝，虎皮猫大人抖了抖羽毛上的寒霜，告诉我们，这一天逛下来，倒也没有发现什么有用的线索，只是发现这大湖之中颇有些古怪，湖面波澜不惊，而湖底则是暗流涌动，越往深处，越让人感觉不对劲。

我们把今日发生的事情给它听，大人嗑着瓜子，点头说："对了，那寻常都少有见到的水猴子公然出现，袭击生灵，而那湖蛟想来也是长年居于洞庭湖的深处，今朝却给逼到了近岸，如此看来，它是给驱逐出自己的地盘了。"

到底是谁，能将那种水行精怪逼得四处流窜？

如此想想，只怕这真龙在洞庭一带活动的消息，应该是确凿无疑了。想到这里，我们感觉这一天的收获还是蛮大的，不但了解了参与此事的各路豪雄都有哪些，而且还大致确认了真龙的存在。

夜深了，小叔因为新装的左臂还在适应期，故而早早睡去；朵朵在我旁边盘坐练功；我和杂毛小道毫无睡意，在这条件简陋的招待所里谈话，说起了洛瞎子刚才的话语，虽然他话中有话，另有含义，但其实也颇有道理。

想这龙虎山、崂山、慈元阁等一干江湖门派，各路散人如同过江之鲫，还有那天下十大高手的一字剑、邪灵教妖人，诸番人等，一时间风云雷动，究竟谁能够吃得干的、谁能够捞得稀的、谁陪着太子读书、谁又是赔了夫人又折兵？这一切错综复杂的关系，将这本来就波诡云谲的洞庭湖，给搅和得浑浊至极，果真让人惆怅啊。

杂毛小道盘坐在床上，将雷罚平放于腿上，那雷罚的剑锋之上，隐隐有光芒流溢。我问他，这雷罚瞧着似乎越来越厉害了，怎么回事？

杂毛小道像抚摸爱人一般地摩挲着雷罚剑身，点了点头说，杀的厉害角色多了，心便有所悟，剑也有所进，这个是理所当然的事情。

说到这儿，他突然问我要震镜一观。我掏出那面铜镜给他，杂毛小道摸了一下自己往日的作品，手指顺着破地狱咒的符文游动，突然发癫，说让我照他一下。我疑惑，说这玩意儿只针对邪恶力量，别的什么，甭管是照人照猫还是照狗，都没有用。

杂毛小道不管，偏让我试，我便举起震镜，朝着杂毛小道兜头照去，蓝光笼罩，杂毛小道的脸色变幻莫测。我收起震镜，问他如何？杂毛小道举起一只手指："一秒多钟，瞬间酥麻，真气行运不得——你的镜灵显然已经修为大进，可以照人了。"

听得杂毛这般说，我不由得心中大喜，仔细回想，应该是在三佳破魅魔镜阵之时，人妻镜灵吞噬了许多镜魇所致。杂毛小道的修为算是比较高深了，倘若旁人，说不定效果更久。

这件事情让我欢喜，心中的烦恼也一扫而空。第二日清晨起床，洗漱完毕，出门准备买些早餐。刚刚到一楼门口，瞧见一个年轻男子正在冲着我露出六颗洁白牙齿，盈盈而笑。

第九章　我和洛小北的一次约会

这人正是昨日酒楼之上摸我腰间的家伙，我心中一惊，转身靠墙，快速朝着四周望去，炁场全开，感受着随时都有可能发生的危险。说实话，在那一刻我的心脏都要跳出来了。杂毛小道这找的什么破地方，还说隐秘，结果转天别人就找上门来了。

瞧见我这般紧张，那个假小子笑得更欢了，径直走到我面前来跟我打招呼："嗨，早啊，陆左！"这声音清脆婉转，不是鲁东那东夷迷幻杀戮阵中的小妖女洛小北又是谁？

这小魔女一声自然亲切的早安，将我弄得有些懵。我捏着鼻子回应："早……呃，你怎么过来了？"

洛小北耸耸肩膀说："我外婆是湘湖人啊，我是来这边过年的，这有什么奇怪的吗？"

飞快地感应了一遍周围，我并没有发现什么埋伏，或者异常的地方，这才放下心来，笑道："我的意思是，你是怎么找到我这儿来的？还有，你能不能把你这张假得让人作呕的人皮面具给撕了，或者闭嘴，别用这娃娃音说话，这种不和谐的场景，你知道有多膈应人吗？"

洛小北噗嗤一笑，手往脸上一抹，便露出了俏丽精致的真容来，肌肤滑腻似雪，眉目如黛，红唇一点，端的是一个让怪叔叔垂涎的青春美少女，花样小萝莉。她长长地吸了一口气，说："啊，真不错，好放松啊。你的建议不错，我也觉得戴着一张呆板大叔的脸孔，着实让人难受。而且我告诉你哟，这面具做得也差，不比你们的精致，昨天我瞧了半天，到后来逼你出手的时候，才最终确认是你和那杂毛道士来了。呃，你不要一副神戒备、像看到恐龙的表情好不好？我过来找你，不过是想让你请我吃早餐而已。"

我对这个小魔女的手段心有余悸，在她的面前我总有一种深深的屈辱感，觉得自己的智商被这个喜怒无常的美少女给直接碾压，憋屈得很；要是有可能，我恨不得将这妹子直接给赶跑，也远远好过被她随意玩弄。

面对她热情而友好的提议，我冷着脸回复道："我们好像并不是朋友，所以有什么事情，你直接说便是了，不用绕这么多圈子。"听得我这绝情冰冷的话语，我面前这美少女立刻一副委屈的模样，哽咽着说道："你、你这个负心的男人，人家的初吻都被你夺走了，你还这样子对人家，你……"

得，这女人一旦施展起小手段来，还真的是让人头疼。这招待所一楼门廊并不算大，坐在柜台后面低头算账的老板娘听到了我们后面一截对话，不由得侧目瞧过来，一副义愤填膺的模样，倘若我要再说出什么别的话语，只怕这老板娘就要上来帮腔了。

哭笑不得的我左右瞧了一下，再次确认没有什么危险，而且对付洛小北，在修为上我还是有些自信的。再说她此番前来，必然是有些重要事情，我听一听她的说辞也无妨，所以也不再摆出拒人于千里之外的模样，点了点头说："好，隔壁有家牛肉粉，味道还是不错的，走吧。"

听到我说了这话，洛小北立刻抹干眼泪，一脸的笑容，伸手过来将我的胳膊挽起，喜气洋洋地说道："我就知道陆左哥你对小北最心软了。好的，你说吃什么那就吃什么，我都不挑！"

她倒是毫不客气，直接就与我挽起手来，让我觉得颇有些不习惯。不过还好，倘若是别的女人，我多少会有些尴尬，但是洛小北这般挽着，胳膊上感觉跟平常无异，让我也自然些了。于是在老板娘诧异的目光护送下，我们走出了招待所。

出了门，我才记得给杂毛小道打电话，说我去吃早餐，要不要给他打包。

杂毛小道昨天养剑至深夜，清晨睡得有些迷糊，问我怎么这么早，一个人吗？我说不，跟一个小美女。他问，朵朵？我说不是，就是昨天酒楼上面遇到的那个……杂毛小道听懂了我的话，沉默了两秒钟之后突然骂了我一句："你大爷的，真禽兽啊，那飞机场妹子成年了吗？"

我赶紧挂了电话，瞧见洛小北松开了我的胳膊，一脸寒霜。

我知道她定是听到了杂毛小道的话语，脑子一转，也批判道："那个杂毛道士就是个色狼，只喜欢你姐姐那种丰满型的女子。不过他却不知道，这人有百般好，花有千样红，各有各的好，你不要理他啊！"洛小北听了我的补救，终于没有将我划到杂毛小道那一类去，而是嘟着嘴说道："那个杂毛道士，真不是个好东西，枉我还总跟老姐提起他呢。哼，死色狼。"

到了早餐店，落座之后，点了餐，我便直接问道："小北，说实话，我们现在与邪灵教已经是势不两立了，你还过来找我，到底什么事情？"

经过我对杂毛小道审美观的一番批判之后，洛小北与我亲切许多，翻眼反驳道："我姐是邪灵教的人，我又不是。小佛爷请了我几回，我都给否了，所以你不要以为我在给你设陷阱。今天过来呢，只是跟你叙叙旧而已。"

叙旧才怪，这个洛小北看外貌那叫一个清纯可爱，然而吃过无数苦头的我却知道这小妮子根本就是属莲藕的，心眼多得我都数不过来。见她不说真话，我心中默默合计着。待老板将那香气四溢的牛肉粉端上桌来，便也不客气，呼噜呼噜地吃着，不一会儿便吃完了，然后拿纸巾擦嘴。看着洛小北一根一根地挑着，慢条斯理地吃着。她是北方人，到底不适应这种辣椒油铺满整碗的牛肉粉，不断地皱着眉头。我也不说话，就看着。

吃了小半碗，她吃不下了，我便结了账，说，如果没有什么事，我回去睡个回笼觉了。到了这时，洛小北终于开口："我是背着我姐姐过来找你的，真有事。我们找一个安静的地方聊吧。"

几分钟之后，附近的小公园内，林深幽幽，我和洛小北缓缓走在这落叶铺垫的小道上，她告诉我，她之所以过来找我，是想与我合作，一起将小佛爷给赶出邪灵教。

听到她这话，我当时就吓了一大跳，诧异地说："这怎么可能，整个邪灵教都听从那掌教元帅的招呼，我和你合作，就能够将小佛爷给赶出邪灵教，异想天开吧？"

洛小北噘着嘴，莹白的小脸上满是不屑，说："没胆鬼，你不去做，怎么知道做不了呢？"

我有些好奇，说："那你倒是给我讲一讲，我们该怎么去做？"

洛小北瞧见我点头了，十分高兴，拍着手说道："很简单啊，那个农民企业家的心思黑得很，明里面从那个兄弟会手上拿钱，发展自己的势力，暗地里却根本不会配合他们净化人类的计划，而是想要将这世界毁灭——其实这两种我都不喜欢，现在活得挺自在的，干吗要没事找事啊？我想好了，我们只要搜集到足够的证据，能证明小佛爷其心不轨，然后将这些交给他的外国合作者，到时候那头金融怪兽就会抛弃、翻脸，甚至直接干掉他，而我外公又有很多旧部和支持者，到时候我们就可以翻盘了。怎么样，敢不敢干？"

听到这么多秘辛和洛小北的 A 计划，我摸了摸鼻子，心中震撼，嘴上却说道："是啊，邪灵教易主，你老姐成了掌教元帅，这是好事。不过关我什么事情，我又有什么好处？"

我这般说，倒是将洛小北给问住了，她一愣神，眼波流转，小心翼翼地试探道："好处啊？要不然，你看本姑娘花容月貌、清纯可人，不如我嫁给你吧，好不好？"

我万万没有想到，这妮子居然直接来了这么猛的一句话，连忙摇头说："算了，算了，我可惹不起。"

洛小北气得哇哇大叫，冲上来踹我。我们笑闹一番，我看了一下手表，跟她说道："提议很动人，不过说实话，我就是个很平凡的普通人，拯救世界和平的责任轮不到我头上来，所以，抱歉了。"

我转身离去，洛小北在我后面咬牙切齿地喊道："要不是这世界上能够打败他的人，只有你，你以为我愿意来找你啊？你这个懦夫！混蛋！"

听得洛小北一连串的骂声，我头也不回，快步走开。突然感觉到身后一道疾风，一闪身，回手一捉，却是一把锋利的飞刀。抓着这把飞刀，我有些恼了，横眉看去，却见洛小北恨恨说道："不合作，那么以后就是敌人，别让我再看到你！"这句话一说完，她闪身朝树林中跑去，不一会儿便不见了。

我有些发愣，不知道这个小姐此番前来，到底为了何事，示威吗？正愣着神，结果我握刀的手开始发麻了，一股黑气蔓延，虽然迅速被我体内的金蚕蛊气息吞没，但是我的脸在那一刻还是黑了起来——这小妮子翻脸还真的是跟翻书一样，居然在飞刀上面下了毒！

第十章　小村，灵棚，粉蒸肉

返回住处，我告诉小叔和杂毛小道，说这里不安全了，我们需要赶紧转移。

小叔问这是为何。我便将刚才在楼下碰到洛小北并且与她的一番交谈给他们说了。

虽然我只说了大概，但杂毛小道这猴儿精的家伙还是闻到了其中的重点，笑道："小毒物，虽然我纵横花丛，但是不得不佩服，对于十八岁以下的女孩子，你的魅力真的要比我高太多。难道是你脸上这道疤，让你更加具备硬汉气质吗？说说吧，人家都找上门来了，你到底是怎么打算的？"

我耸了耸肩膀说："人家自个儿的内斗，拉我去做枪靶子，你说我乐意吗？"

小叔在旁边有点奇怪地说道："为何不乐意？堡垒往往都是从内部攻破的，要想灭亡邪灵教，挑动他们的内斗，这是一个很好的主意啊！"

我说："可是我为什么要灭亡邪灵教呢？那是大师兄的事情啊！"

小叔："……"。

既然事情已经到了现在这般地步，我们立刻退了房间，离开了这家招待所，换了另外一处落脚。到了下午，我接到林齐鸣的电话，他告诉我，有消息说慈元阁的那名坐阁道人出现在云溪区一带村落里，想来应该是根据手上的鳞甲，推算出了真龙大致的方位。

我表示了感谢，并让他继续跟进，有任何消息都要主动汇报。听到这话儿，林齐鸣破口大骂："有没有人性啊？天天通过猫儿支使我！老子现在在度假，知道不？而且老是这么越级调查，总有一天我会被查处的！"听到他的抱怨，我嘿嘿一笑，说："老林，谁敢查你？你直接报许老的名号，相信就不会有麻烦了。"

林齐鸣在电话那头闷了半天，终于憋出一句话来："行，你牛。看来我就是个做小弟的命，陈老大走了，轮到你狗东西来使唤了。"

虽然林齐鸣在电话里喜欢唧唧歪歪，但是做事情却很踏实，提供的消息也很准确。当天下午我们便赶到了云溪区，虎皮猫大人展翅高飞，围着四周旋转一圈，回来的时候，跟我们说的确感觉到一股很威严恐怖的气息残留。

这偌大洞庭湖，八百里方圆，牵涉几十个县市，想要确定位置，实在太难了。林齐鸣此番情报，给我们省了许多气力。

我们三人在虎皮猫大人的指引下，避开大路，沿着乡间小路行走。这出了城，两边的景色便有些萧瑟，落叶堆积，寒霜凝结，不知不觉，天色便昏暗下来。我们来到一处偏离公路的小村庄，不过那虎皮猫大人颇为不靠谱，之前还不时下来给我们作指引，这会儿居然半天不见踪影了。

我们三人抬头望天，突然杂毛小道凝目，指着北斗星方向喊道："那是啥玩意儿？"

只见一道翼展四米的黑影在天际掠过，飞入了左边的山林，隐没在薄薄的雾霭中。我们的心不由得揪了起来，虽然我们无数次领略到那头体型肥硕的鸟儿身上的神奇之处，然而那道黑影似乎也不是寻常鹰鹫，虎皮猫大人倘若有个什么闪失，我们还真的担待不得。但我们也没有任何办法，毕竟谁也飞不上那高空，助它一臂之力。

将视线收回来，杂毛小道吸了吸鼻子，说，小毒物，你有没有闻到什么味道？

我深吸了一口气，感觉到有一股子浓郁的尸气传入鼻中，眉头一皱，说，这村子是死了人吗？

小叔点头说，应该是吧，你们没有听到远处那村子里，有哀乐传来吗？我抬头瞧了眼两里地外的那个小村子，又看了看附近的天色，出言说道："天色已晚，我们总是要找个地方歇歇脚的。老萧，你一会儿扮上道士模样，说不定还能从主家讨一碗酒来喝。"

虽然这一下午的路途并不算太累，但是没有人愿意大冬天的晚上在外面餐风饮露，找一处落脚的地方休息，那是正理。杂毛小道和小叔都点头说是，自当如此。于是先不管虎皮猫大人那个卖骚的肥母鸡，朝着村子里走去。

这个村子依山靠湖，并不算大，一眼望去也就二三十户人家。走近了看，大多数房子都是破破烂烂的，都上了些年岁，没有什么好看的。不过值得一提的，就是从村口岔到湖边，那儿有一个小庙，小两间平房，屋顶有尖，跟寻常土房子有所不同。

我们顺着这村子的烂路往里走，村口几家都黑乎乎的，只有往里走，中间办丧事的那家灯火敞亮，显然村子里大部分人都去了那儿。

不知道怎么回事，一进村子我就感觉有些压抑，如芒在背，总感觉哪里不自在。突然，我心中一动，猛然回头，朝着村口第一家瞧去，但见窗户后面有一张惨白的小孩的脸，一双黝黑的眼睛，正直勾勾地瞧着我们呢，待与我的目光相撞，立刻回避，仓皇地逃入黑暗中。

我心中感觉更是不祥，回头跟身旁两人说道："老萧、小叔，这个村子有些古怪啊，我总感觉瘆得慌。"小叔点了点头说，看来不止是我一个人有这种感觉，这个村子死气浓重，并非只有那户办丧事的死人所发出来的。

这时天上开始下起了毛毛雨，淋在身上，寒风一吹，冷得人直打哆嗦。

杂毛小道艺高人胆大，催促我们快走，是神是鬼，走过去瞧一瞧便是啦，怕什么呢？

我心想也是，便不再多言，继续往前面走去。快走到搭着灵棚的那人家时，猛然看见黑漆漆的路边坐着一个老头儿。瞧见我们三个外乡人深一脚浅一脚地走过来，老头儿突然咧嘴笑了，嘿嘿地说道："我家的粉蒸肉蛮好吃的，你要不要尝一尝啊？"

杂毛小道应声道："是不是啊？超度完你们再吃一下看。"

那老头儿一听这话，身形一晃，竟然就消失不见了，而我们的耳边还有一声不甘愿的吼叫："滚开，老汉我不想走，你们这些外乡人，赶紧滚蛋！"

听到这咆哮，我幡然醒悟，这老头儿身形恍惚，可不就是一缕魂魄牵挂吗？

我在第一时间里竟然没有瞧出来，这到底是怎么回事？

我抿着嘴，跟着杂毛小道、小叔快速跑到搭在院子里的灵棚旁边。这时外面的雨开始大了起来，雨点噼里啪啦地击打在灵棚顶处的三色塑料布上，雨沫飞扬。这灵棚里面，正中放着一口棺材，旁边有五六个敲木鱼、吹唢呐的草台班子，前面有三张麻将桌，十来个人正打得热火朝天，在角落有一台二十五寸的大彩电，顶上有台DVD，正放着周星驰的电影《百变星君》，四五个熊孩子围着火盆，看得正乐。

见我们三个人从外面跑进来，打麻将的人都停住了，一个四十多岁的汉子站了起来招呼我们，问干吗的。

杂毛小道上去一顿忽悠，说我们刚才在村口见到这死者的魂魄了，并不安息，所以进来察看一番，如有可能，也可以帮忙超度。

那农家汉子将信将疑，告诉我们，说他老爹死后，他也是按照礼数，风光大葬，花了不少钱呢。这明天就要下葬，怎么可能不安息？杂毛小道一通说，有理有据，颇为神棍。然而旁边却有人催促，说莫理这几个骗子，赶紧过来打麻将。

听得这话，那汉子便让我们一边待着去，不要来烦他。

吃了闭门羹的杂毛小道一脸郁闷，回望过来，小叔上前讨话，说："这外面雨大，能不能借宿一夜？"

那汉子刚才被同桌取笑了，这会儿也是有气无处撒，不耐烦地喊道："滚一边儿去，再吵吵，信不信我把你们和我爹一起给埋了？"

得，碰到这样的主家，真的是没有半点道理好讲。于是我们转头出了灵棚。刚走几步，听到后面有人叫，回头看去，却是一个老实巴交的妇女，端着一个盖着白纸的海碗过来，还塞了一把伞给我们，低声说道："我家男人刚死了爹，心里烦闷，性子又急，你们千万别见怪。这里有些吃的，不多，将就着填饱肚子。顺着这条路往下走，湖边有座龙王庙，你们去那里避雨好了。"

她匆匆说着话，灵棚里传来汉子的呼喊："常昭君，你又拿老子的钱去做人情？赶紧回来，信不信我打断你的腿？"那妇人推了我们一把，匆匆返回去。我捧着手上这海碗，苦笑，说走吧，咱们可真够倒霉的。

来到龙王庙，刚一进去，便瞧见里面竟然有火堆。这里居然也有人在？

第十一章　荒村钓鱼

那龙王庙年久失修，透过漏风的窗棂，有火光闪动，应该是有人在里面。我们直接推开两扇庙门走进去，里面正中生有一堆篝火，旁边一个满脸焦黑的流浪汉正蹲在地上烤火。他穿着一件到处是洞的破棉袄，腿上穿着一条脏兮兮的灰秋裤，一双大头皮鞋开了口，也不知道是从哪儿捡来的。整体上来看，除了那一脸的胡子之外，他的造型倒有些像犀利哥。

流浪汉颇有些警戒地瞧着我们，目光中有一种领地被侵犯的愤然。我瞧见了篝火旁边摆着一个陶罐，里面油光闪闪，隐约有很大一片肥肉，想来是从刚才办丧事的那一家讨来的。

龙王庙并不大，两间平房，主间靠墙有座破雕像，供奉神龛，其他便什么也没有了；侧间想来是以前庙祝休息的场所。不过这儿真的是太老了，好几处漏雨，滴滴答答作响。

我们走进来，与这流浪汉打招呼，他畏惧地往后缩了缩，嘴里面含糊不清地说了句什么。靠近火堆的时候，我被流浪汉身上积年的尘垢臭气给熏得差一点儿就要吐出来，不过强忍住了。流浪汉望着我手上捧着的大海碗，我掀开盖在上面的白纸，是一大碗饭，上面铺着又肥又油的粉蒸肉。

想起刚才的事情，我没有什么胃口，杂毛小道和小叔也都摇了摇头，表示不用。于是我便将这海碗放在了流浪汉身前的地上，说给你吃吧。

这肥腻的肉对我们来说是一种负担，然而对那长期营养不良的流浪汉，却是一种至美的享受，三口两口，便吃掉了一大条肥肉，咂巴着嘴唇，回味着那蒸得烂熟的肥肉融化在嘴里的美好感觉。

我们在火堆边找了一块干燥的地方，盘腿坐下，烘烤着被雨淋湿的衣服，开始谈刚才的事情。

小叔说刚才见到的那个鬼魂还真的有些奇怪，突然间就出现了，好像不是自然形成的。

杂毛小道点头说："又不是怨死，心中无碍，哪里还会留在人间？总感觉好像有人在刻意操纵一样。"

我说："那灵棚里面的人的确有些不对劲。我现在回想起来了，那些人的表情好像都比较僵冷。大人就别说了，就是看录像的那几个小孩，笑也都有在笑，不过怎么感觉好像哭一样，悲兮兮，怪瘆人的。"

流浪汉突然抬起头来，含糊不清地插嘴说道："格老子的，老子下午去讨口吃食，结果被那几个穿长袍的家伙踢得直摔跟头，一通喝骂。最后莫得办法了，只有捞些剩下的潲水吃，狗东西。"

长袍？灵棚里面哪里有穿长袍的人啊？

我本来没怎么在意这流浪汉的话，然而听到这很突兀的一句，不由得心中一跳。杂毛小道转过头去问那流浪汉："什么样子的长袍？"

"黑色的袍子，上面是乱七八糟的鬼画符，头上还戴个帽子。有个老太婆凶得很，骂我，说要命就快滚，我、我……"他指手画脚地正说着话，突然喉咙里面传来了一阵古怪的声音，不住反胃，想吐又吐不出来，接着双眼翻白，直接凸出来，满脸狰狞，吓人得紧。

他把手往嘴里面伸去，下一秒，居然从喉咙里面拉出一大串血糊糊的内脏来，恶心得很。我们三人都站了起来，往后退开，我刚要出手制止，那流浪汉口中咕哝一句，就栽倒在了火堆里，死去。

这变故吓了我们一跳，直到流浪汉死去我们才反应过来。瞧见那火焰将流浪汉的头发一下子给烧没，开始将他身上那件油腻腻的棉衣烧着的时候，杂毛小道想将他从火堆里面掀开来。他刚刚伸出手，我突然心中一跳，阻止了他，而是由我将这流浪汉拖出门外，让他身上的火焰在大雨中被浇灭。

我回到庙中，杂毛小道和小叔都围上来，问我怎么回事。

我冲到散乱一片的火堆旁边，低头检查那一大碗肥肉，闻了一下，感觉有一股腥臊的气息直钻鼻中，不由得苦笑，说这碗肉里面有毒。杂毛小道和小叔都惊讶了，说不会吧，难道那些人认识我们，这才想要谋害我等？我摇头，表示不知道。

这肉里的毒我是认识的，十二法门上有记载，名曰"蜈蚣丹汞"，寻常的蜈蚣咬伤并不会这么快致死，这毒其实说来也简单，就是用富含砷和水银的丹汞矿物喂养花背蜈蚣，小心养到半年，然后将其研磨成粉即可。这蜈蚣丹汞是一种快速杀人的手段，发作速度是砒霜的十倍。

实在没想到，一个不留神，竟然给那看似老实厚道的妇人给骗了，差一点上了当。

听我这般说起，杂毛小道一脸后怕，依照这发作速度，我可能仅仅只是烧口，而他和小叔真有可能要交代在这破地方了。小叔突然说道："现在想起来，那个老头儿的鬼魂说不定还是为了我们好，才会出言提醒我们的。"

我们点头说是。只是有一点疑惑，他们倘若邀我们进屋吃饭，下手的机会更多，为何一副急着赶我们走的样子呢？

我们百思不得其解。不过这时最重要的便是赶紧离开龙王庙，从敌人的眼皮底下消失，让他们抓不住我们的踪迹。商议完毕，我们从行李里翻出雨衣，在门口张望一番，感觉没有什么人注意之后，冲进大雨中，沿着侧面道路离开。

冲入滂沱大雨之中，寒气陡然升起，我开启了天吴珠的避水效用，然而这玩意儿形成的圈子外围有微微黄光，在黑暗中就像一道靶子。杂毛小道捅了捅我的腰说算了，咱们咬牙忍忍，也是无妨的。

我便将天吴珠收起来。与杂毛小道和小叔一起摸回去，准备去找那家人算账。

之前我们客气，那是因为以为这些都是普通人。能够用得起蜈蚣丹汞的人家，显然就没有那么寻常，更何况他们刚刚还想将我们给毒死。

走过了一两户人家，走在前面的小叔突然停止脚步，挥手示意不要再前进了。

小叔问杂毛小道："你看出来了吗？"

杂毛小道点头说："终于明白为何隔老远就能够闻到一大股尸气了，原来死的并不是那一家人，而是这村子家家都死了人，二十四尸化灵阵，这尸气被人生生凝练成了龙息，这是打算做什么勾当呢？"

小叔说："他们应该是在钓鱼，不过显然我们还不够资格吃这鱼饵，所以草草地将我们给打发了。我们先不要急着过去，先躲起来，观察一下再说。"

我们就近找了一户人家，让朵朵将门打开，然后悄悄摸进去。

一进里面，一股浓郁的尸气袭来，房梁正中，悬挂着一具尸体，是个年轻的妇人，四肢下垂，头发凌乱，将面目遮盖，只露出猩红的长舌来，分外恐怖。小叔过去查看了一下，说死了差不多三天，现在应该是阴气最浓郁的时辰。

时间一点一滴地过去，外面依旧大雨如瀑，窗外除了噼里啪啦的雨声，便只有不远处灵棚中悲戚肃穆的哀乐。我们三人轮流休息，尽量让自己身体处于最巅峰的状态。

晚上十点钟，倚在窗边的小叔轻声说道："有人从灵棚里出来了，朝着龙王庙那边走去，应该是想查探一下我们是否已经死了。"杂毛小道一声冷哼："这会儿才想起来，是太忙了，还是太不把我们当一回事儿？"

我们都涌到窗边朝外边瞧，却见一个穿着蓑衣的黑影脚步飞快地朝龙王庙奔去，我们的目光一直跟随着他，然而他突然一闪身，隐入了黑暗中。我心中一惊，难道这人感应到我们的注视了吗？

不过我很快就否定了自己的这个猜测，因为我瞧见一列队伍出现在村头。

这一列队伍有七八个人，为首的一个穿着厚厚的雨衣斗篷，将头遮得严严实实，然而即便这样，我还是能够透过昏黄的路灯，瞧见他那英俊帅气的脸——慈元阁少东家。

他们，难道就是这诡异渔村所等待的大鱼吗？

第十二章　慈元阁落难村中

眼瞧着慈元阁少东家一行人朝这个湖边的小渔村走来，我和杂毛小道面面相觑，不知道如何是好。经历了那天湖边的救人事件，对于这个陌生的慈元阁，我心中多少也有一丝好感，这便是得道多助、失道寡助；我想即便是坏人，在情感上也会喜欢好人多一些。我想到两种可能，其一是他们也如我一般，望气而来，误入此处，其二便是与这里主持者是一伙的，前来汇合。

两种可能都有，让我们不敢妄动，唯有默默观察。

跟随慈元阁少东家的都是身手不错的高手，他们先是在村头那家的院子外停留了一会儿，四处张望一番，最后也如同我们一般，朝村子中间那灯火通明的灵棚走去。

这时我听到我们头顶上有瓦砾在响，不用想，应该就是刚才准备去龙王庙的那个人。

我们不敢发出动静，将呼吸放缓，尽量收敛气息。不过那个人并没有在此久留，而是从房顶上飞快踩过，返回去报信了。

那人并没有上前迎接，看来慈元阁一行也是不速之客。

小叔回头低喝了一声走，我们三个加上朵朵，便顺着墙角溜出，朝灵棚那边摸过去。灵棚里依旧和我们离开的时候一般，打牌的打牌、看录像的看录像、吹哀乐的吹哀乐，没有一个人疲倦停歇。至于那台二十五寸彩电，放的依然是星爷的《百变星君》，都不知道这是第几遍。

当时的情形是如此的怪异，瞧见慈元阁一行人一边抖落身上的雨水，一边跟那个蛮横的汉子交涉，我有一种电影倒带的错觉，把自己给代入了其中。

与我们一样，慈元阁少东家得到的回答依旧是不行，不能够留在这儿借宿，即使拍出了好厚一沓钱来，得到的回应依然是不可以。

这公子哥儿虽然也能够将架子拉低，客客气气地说话，但是倘若有人想跟他比蛮横，甚至想要骑到他头上来拉屎拉尿，人家却没有咱这等的好脾气。只见慈元阁少东家眉头稍微那么一皱，旁边一个身材像大猩猩一般的随从立刻发了火，冲到麻将桌旁，粗如大腿般的手臂放力一砸，整张桌子立刻轰碎，上面的麻将散落一地。

然而诡异的事情发生了，那些桌子被拆了的村民们根本不介意这事儿，依旧如刚才一般，兴高采烈地在空气中抹着牌，你碰我胡，不亦乐乎，旁边围观的人也在叽叽喳喳说着话，聊着家长里短，让人凭空生出错觉，以为那麻将桌还在呢，只是自己眼花而已。

我们瞧着这番诡异的场景，也有些发憷。正疑惑间，突然我听到旁边的屋子里传来嘎嘎的响声，透过窗户往里面望，悬挂在房梁上的那一具尸体突然活动起来，一双手开始攀上了捆住自己脖子的绳索，不断地摇晃着，试图从上面跳下来。

同样的声音从好多房子里传出来，随着那些尸体的晃荡，咯吱咯吱的声音到处响着。我瞧见隔壁房子里吊着的那具尸体转过身来，一双翻白泛红的血眼直勾勾地瞧向我，眼珠子一动也不动。

我盯着它，它盯着我，我又盯着它，突然间它咧嘴一笑，露出一口血牙，双目中一亮，竟然爆发出一团黑暗的光芒。

黑暗的光，是什么样子？这个很难解释，反正我当时就感觉眼睛一阵火辣辣，刺眼得很，劲风扑面而来。

不管是什么，我恶魔巫手点燃，朝前抓去。

当我睁开眼睛，发现抓了一个空，那黑光竟然是从尸体中提炼出来的恶灵，刚一扑出来，便被旁边给我打伞的朵朵给迎了上去。

朵朵是谁？百年罕见的鬼妖之躯，修习《鬼道真解》和青木乙罡之法门，癸水体质，还是藏密鬼妖的传人，对付这刚刚生出的恶灵，即便是在阵法之中，也不会浪费什么气力，挥手一抓，便将这恶灵拿下，三揉两抓，轻轻一拍，便湮灭不见。

我们这边轻松解决，慈元阁众人却遭受到极为恐怖的袭击——超过二十道鬼影在空中凝练成了一道光芒，将整个渔村映照得一片阴森恐怖：就在慈元阁诸人退到灵棚之外的时候，那些热火朝天打着麻将的村民猛然扭过头来，死死地盯着这八个人，缓缓站起身，集聚在一块儿。

这大人小孩约三十人，朝着前方伸出手，面目狰狞地大声骂道："狗东西，你这个打短命的死家伙……"骂声此起彼伏，不过对象却不是慈元阁诸人，小丽、二幺、钟麻子，都是些寻常路人名号，他们却越骂越兴奋。有人开始高声叫骂了起来："打死你个狗东西，你他娘个老扒灰！"

"杨小舟，你去年摸了我媳妇咪咪一下，你以为老子没看到？"

"何秋月，老子追你追了八年，你为哪样就是看不上我，却嫁给一个瘸子？"

"蒿利兴，你是不是又跟老师打我小报告了？"

平心而论，这些突然间发狂的村民一点儿战斗力都没有，别说三十个，就是来三百个，慈元阁众人也不会畏惧，然而他们并没有冲上前与这些村民拼成一团，而是缓慢撤离，不与这些村民接触。

他们几人很快就退到了我们前面。那天酒楼上见过的中年人大声喊道："少东家，我们还击吧，把他们敲晕，再查找是谁在后面催眠了他们。"那少东家摇头说："不行。你们下手都重，岂不是有危险？"

慈不掌兵，危机面前如此优柔寡断，不是什么好事。祸事很快就出现了。当我们所有人的注意力都集中在灵棚前奔出来的那一伙中了幻觉的村民之时，一道身影从屋顶落下，一刀斩在一名慈元阁弟子头上。

那潜藏在暗处的敌人竟然如此凶残，让我们有些心惊。此刻，各处屋头之上，有血色大旗招展，一列列身穿黑甲的持矛武士从巷道中钻出来。这些黑甲黑盔的武士并不是人类，而是符兵，瞧着那些颇有些年月的贴符盔甲，不知道是从哪个王侯的墓冢之中挖掘得来。

这些被炼制过的黑甲武士战力颇强，踏着灵活的步子冲到近前，不断地出矛收矛，移形换位，层层叠叠，如同一支训练有素的军队。慈元阁来人皆是高手，然而在一名弟兄骤然死亡的阴影下，心志被夺，一时间慌了神，左冲右突，队伍便有些分散。

虽然那些符兵单个拎出来并不算什么，然而一旦凝结成一股团队，却能够发挥出不俗的力量来。很快又有两人凄惨哀号，给黑甲符兵捅翻在地。

转眼间慈元阁便只剩下了五个人。对头在这儿布下的实力实在可怖。即便是我们冲上去，倘若这般源源不绝的符兵涌上来，我们也只有一个死字。

要不要救慈元阁几人？自然要帮。

怎么帮？各个击破。

我们商议好了这两个问题，小叔去寻找那个撒符兵之人，杂毛小道藏在暗处狙击那个高来高去的刀客或者其他高手，朵朵迎击头顶那些恶灵，至于我，只有卖些苦力气，直接冲破敌人那汹涌的黑甲符兵阵列了。

我将鬼剑抽出，面对着前面汹涌的黑甲符兵，一顿足便冲进阵中，厉喝道："鬼剑，破阵！"

第十三章　雨夜破阵现故人

虽千万人，吾亦往矣！

这不是一种文艺腔，而是一种蔑视一切强敌的卓然自信。已经杀戮三人的黑甲符兵，并没有给我太多的压力，一入战圈，便如猛虎闯入羊群，鬼剑上下翻飞，如翻江倒海。

我此番凶猛，其实也是有讲究的。黑甲符兵乃炼制之后的凶灵，鬼剑却为槐树精怪塑身，专职吸灵，所以那剑锋一沾及盔甲里面的灵物，便疯狂摄取；至于盔甲，又脆又硬，但有胆敢反抗拼搏者，我由上而下一剑破过，黑甲符兵烟消云散。

雨夜中，一道黑影从暗处冲出，左冲右突，却并非生死挣扎；剑法谈不上精妙，但是大开大阖之处，莫有能够抵挡者。慈元阁剩下几人趁这机会聚拢在一起，围成一圈。其中一人朝着我拱手，高声喊道："在下慈元阁掌柜田磊，敢问来的是哪位高人？"

我朝慈元阁诸人一笑道："不要问我是谁，我的名字叫雷锋！"

这个段子平日里作为调侃极为管用，然而在这生死存亡之际，慈元阁五人没有一个能够笑得出来，苦着脸、咬着牙承受一波又一波的长矛袭击。那个慈元阁少东家使的也是剑，一把寒铁剑颇为凌厉，手段也了得。不过面对潮水一般的黑甲符兵也有些应接不暇。他有些慌神，见我过来，竟然开口问道："雷锋同志，你可知道这些东西，是怎么弄出来的吗？"

"炼出来的呗！"我并没有加入慈元阁五人抵抗团，而是一直在外围游走。听得我的回答，少东家没有说什么，他旁边那个女子却是十分不满意，她见我年纪不大，却如此牛烘烘，心中固有的骄横之态立刻浮现，哼道："瞧你这么厉害，这些铁头人都不是你一合之将，莫非就是在此炼就邪术的妖人？快快放了我们，要不然，我叫我爹地……啊！"

这番问责在一声尖厉的惨叫中结束，我伸出鬼剑，将向她袭去的那头黑甲符兵给击杀。透过飘泼大雨，我发现这是个唇红齿白的娇俏小娘子，年纪不大，身材高挑，一双眼睛晶莹透亮，有点儿电影明星的感觉。

不得不说，我这个人还是蛮有绅士风度的，瞧见对方是个美女，也就不再计较她这仓皇之下的口无遮拦，冷声哼道："嘿嘿，要不是前几日，瞧见你慈元阁有人为了救那湖中老翁而失去了性命，你以为我会管你们这等屁事吗？"

那少东家一边拼力抵抗，一边朝着我恭声喊道："这位雷锋同志，小妹年幼无知，冲撞了您，我代她向您道歉，说声对不起。只是，我们现在，该怎么办啊？"

我长剑一指，冷声喝道："杀！"此言一出，我身子立刻化作一条蛟龙，扑入了黑甲符兵之海中，奋力扑杀。

这些黑甲符兵虽然进退有度，秩序鲜明，战阵得法，然而当我以一种无可抵御的姿态强行冲入时，却并不能够阻挡我前进的脚步。一时间鬼剑翻飞，不知道取了多少符兵的性命。

如此看来，不用多久我倒也可以破阵了，然而坐镇此间的幕后操纵者当然不会任我在这儿逞威风。一声凌厉哨响划天而过，朝我心窝子射来，是那个藏身于暗处的刀客出手了。不过这又如何，我岂能怕了那藏头露尾之辈？当下鬼剑一甩，斩出一片空隙，然后鬼剑回转，与那哨声交击在一块儿。

叮！从剑上传来的触感是一把刀，然而这刀在瞬间又失去了踪影。我抬头看去，哪里还有人？我心中顿时有些凝重，倘若这刀客是坦克型的冲锋战士，与我对拼气力，我最是不怕，然而他这般灵巧多变，露面只为一击，一击不成即遁走，那我就有些防不胜防了。我听那慈元阁少东家惊叫道："五行遁术？"

所谓五行遁术，是道家一种空间腾挪法门。古之"五行"学说，就如同今天的数学、物理、化学一样，是中国古代先贤从事各种研究的工具与方法，无论道家、医家、兵家、儒家、史家、杂家还是历算家，都必须精通"五行"，而道家在运用方面则走得比较远。

我听闻在元朝末年，还专门有一个道家分支，名号曰"五行门"，竟能和天师道、茅山等高门大派分庭抗礼，只可惜后来给朱元璋剿除，余者皆入了民间组织白莲教。白莲教后来经过清末民初年间的沈老总整合，并入了邪灵教——莫非在这里布阵的，是邪灵教中人？

一想到这儿，我的恼恨顿时起，鬼剑之上气势不断凝聚，呼地斩出一剑，将我前方数头黑甲符兵给尽数斩倒。

然而就在那些魁梧的符兵倒地的一刹那，一道身影从符兵之后冲出，手中雪亮的刀花朝着我的下盘袭来。我有些猝不及防，鬼剑横扫，挡住这锋芒毕露的一剑。然而就在这一刻那人左手一挥，竟然又有一把黑色的长剑，朝着我的腹部捅来。

这算是刀剑双绝吗？

真是一个极有意思的对手。我微微一笑，运足气力，与这个家伙连拼了三招，在第四招的时候他竟然又倏地不见，下一秒，我感觉身后传来一道凌厉的刀风，下意识地回剑一挡，却发觉还有一剑悄然无声地朝着我的心窝子捅来。

这一剑简直就是神来之笔，我根本无法避开，不得已，只有移动身形，用胸口震镜挡住了这毒蛇一击。当！那剑尖蕴含着巨大的力道，气息一吐，我便朝着后面跌去。

此人剑技精湛，一招得手，立刻化作一道龙卷风，朝着我席卷而来。所幸我后面正是慈元阁数人，这时拼力上前，替我挡住了那名诡异刀客的攻击。我被刚才骂我的那个女孩儿接住，感觉香风一阵，似麝似兰。翻身下来，鬼剑立刻发了狠，朝着前方的家伙一剑斩去。

那人被慈元阁的人抵挡住，分不开身，而我这一击又迅又疾，根本闪避不开。我感觉鬼剑已然将此人给齐腰斩断，正要得意，却见刚刚一剑斩断的，哪里是那个神秘刀客，这分明就是一个纸糊的娃娃呀。

好厉害的手段，此人倘若正面拼斗，自然不是我的对手，然而从交手的这几个回合来看，却也实在值得尊重。

果然，下一秒，那个家伙出现在隔壁的屋顶上，长刀斜放在背上，抱剑而立。这时，从灵棚处传来呜呜的声音，那些黑甲符兵潮水一般往后退开，空出了一大块平地来。

那些陷入幻觉的村民已停止了所有动作，像牵线木偶一样僵立着；人群后面走出一个颤颤巍巍的黑袍老太，白纱蒙脸，面目不清，旁边还有四个如流浪汉所说的黑袍人，静静蠢立在雨中，凝望着我。

一声苍老而低沉的声音从灵棚处传了出来："迷途的不速之客，这里不是你们待的地方，速速离去吧，不然我们就要进行最后的审决了。"

瞧见身子不断抖动的黑袍老太，我总有一种熟悉感，正要说话，旁边的田掌柜高兴地直点头，说好，前辈，我们这就离去。他却是个实用主义者，一心牵挂自家少东家的安危，这般的血仇也能够忍得下来。这时，我的脑海突然浮现一人，一步踏前，高声喝道："居然是你？"

第十四章　句容萧家，萧应武

　　小老太太拄着拐杖，也不理我，颤颤巍巍地朝着慈元阁几人道："老婆子我今天在这个鬼地方摆道场，做把戏，却不想竟引来这几拨同道中人，触动机关。手下人擅作主张动了手，实在是抱歉得很。不过事情既然已经这样了，我也不想说什么。依照我们的能力，杀人灭口也是极其简单的事情，然而上天有好生之德，趁着我们的上头还没有到，老婆子也发发善心，放你们离去。两分钟，退出村去，我们不会追究你们；否则，直接发动符兵，将尔等剁成肉末！"

　　田掌柜唯唯诺诺地道歉，说这便离开，不敢再打扰了。慈元阁少东家却放不下刚刚死去的三名部下，一双喷火的眼睛直视着那穿黑袍的老婆子，不肯离去。

　　我将鬼剑收拢，朝着黑袍老太说道："客海玲，客老太太，鄷都鬼城一别，我们又有好久没见了，怪想念的。没想到离开了慧明大师，你倒是又焕发出了第二春，竟然拉扯出这么大的场面来。呃，不对啊，不对！你应该没这个能耐，那我倒是要问一问，你究竟是投靠了哪个主子？"

　　客老太将脸上白纱一揭毫不客气地说道："陆左，本来我准备此番结束之后，再去找你麻烦的，没想到你竟然找上门来了，果真是皇天不负有心人，我今天倒是要给我家姐姐，报仇雪恨了！"

　　我手中的鬼剑来回晃动，时刻警惕着，嘴上却恶意地笑了起来："我们也算是老相识了，不妨给你交个底，你女儿贾微是被当时前去剿灭矮骡子的武警战士小周给亲手杀了的，后来小周遭到你们的构陷入狱，辗转之下，加入了邪灵教。邪灵教和鬼面袍哥会同气连枝，所以说来说去，倒是成了你们自家人的内务，跟我真的是没有什么关系。"

　　"巧舌如簧！"客老太舞动着手上的拐杖，激愤地大声喝道："刘子涵那贱人包庇周笑宇那小子，这件事我自然是要管的。不过倘若不是你，我女儿哪里会死在那个深不见底的黑洞之中？所以你且留下来受死吧！"

　　见这高高在上的态度，我不由得冷笑，傲然说道："十年河东，十年河西。你当真以为我还和往年一样，只是一个随你们摆布的小学员吗？客海玲，我看你也实在是太过自大了！"

　　听得我这一番傲气之言，客海玲平静地仰首看天，淡淡地说道："陆左，我知道你现在的名头十分厉害，作为近年来名声最盛的几位年轻高手之一，你现在的实力已经远远超过了我。不过你以为在这儿的，仅仅只有我一人吗？实话告诉你，你错了，我们这儿，能够秒杀你的角色，大有人在！"

客海玲说得这般自信，倒是让我的心头蒙上了一层阴影。我的脑海里飞快转动，突然心中一动，指着客老太说道："这里还是邪灵教？"

是啦，是啦，能够闹出这番动静、下如此狠手的，也就只有邪灵教这个吸附在底层民众身上的恶瘤。倘若是这样，那么里面的确有威胁到我们的高手。

客海玲朝着慈元阁诸人厉声喝道："邪灵教在此办事，你们还不退开，小心连方鸿谨都受到牵连！"

此言一出，连那少东家都有些犹豫了，正准备在田掌柜几人的拉扯中离开，而这时他小妹却回过头，朝着我期盼地望来，一双眸子里满是一闪一闪的小星星："你、你就是那个'此身出苗疆、平地起惊雷'，屡破重案，单掌逼退茅山长老的金蚕蛊王，刀疤怪客陆左？"

那妹子一脸崇拜的兴奋，好似演唱会现场见到了自己心仪已久的大明星，而听到这一系列头衔，我也有些懵——这到底是咋回事？哥不在江湖，怎么江湖还有哥的传说呢？

我摸着左脸的刀疤，说呢，应该就是我吧。

虽然"刀疤怪客"这个名头，实在有些武侠小说里反面龙套角色的风格，但是被这样一个长得还算漂亮的妹子这般崇拜着，我的心中多少也有些飘飘然。然而一听到我肯定的回答，那妹子便兴奋地喊道："都说孟不离焦、焦不离孟，左道从来不分离，那么茅山三杰里面的雷罚飞剑萧克明呢，在哪里？在哪里？"

这妹子的兴奋瞬间将这凝重的场面弄得颇为尴尬。客老太一脸怒容，发布了最后的通牒："你们，要么走，要么死！"

此言一出，那妹子顿时噤声，不敢多言。然而慈元阁少东家知晓了前来帮助他们的竟然是陆左，却是豪气大发，高声喊道："我们岂能丢下前来帮助我们的江湖朋友，丢下同伴的尸体，独自苟活？不管你是谁，不管你背后到底站着哪个，我都想告诉你，欠债还钱，杀人偿命，纳命来！"

少东家将剑指向客老太，义正辞严地说着，他旁边的几个掌柜见头儿主意已决，也都脸色凝重地转过身来，严阵以待。客老太的脸色终于变了，扭曲狰狞，厉声喊道："好、好、好，本来还打算放你们一条生路，既然都想死，那我也不拦着了。"

她将拐杖往头上一举，大声呼喊道："四相海，出来送他们上路！"

此言一出，她旁边那四个身穿黑袍的男子便涌到她的前方，振臂一呼，旁边那些僵立的村民脸色一变，立刻变得无端凶狠，朝着我们这边涌来，那些静止的黑甲符兵也随着一声哨声吹起，朝着我们这边直扑。

看到那些面目狰狞的村民，我的心中一跳，忍不住想要骂娘了。同样的场景，当日在酆都鬼城地下龙哥的地盘中这老乞婆也弄过一次，她总喜欢用那些无辜者的鲜血和性命，来扰乱对手的心智，倘若因为仁慈而下不了狠手，就很容易被她趁乱施展手段，下了黑手。

　　不过让我头疼的事情也偏偏如此，望着那些仅仅只是受到迷惑的无辜村民，我还真的下不去手。

　　客老太瞧见我们缓步后退，颇为得意，说："陆左，你终究还是要死在我的手里。我那九泉之下的微儿，也终于可以安息了啊。"

　　然而她并没有得意多久，围堵在这条路口的百来号黑甲符兵突然僵硬住了，下一秒钟，全部垮落下来，头盔四处滚，了无生机。

　　这围绕在周围，给予我们巨大压力的黑甲符兵就这样一片接着一片地垮落，使得整个空间的气氛顿时轻松许多，客老太仓皇地朝着灵棚旁边的房子喊去："刘霄青，你个龟儿子在搞么子呢，还不赶快让它们站起来？"

　　从那房间里走出一个白霜染鬓的劲装中年人来，右手挽剑，左手则提着一个黑乎乎的人头，直接扔掷在客老太面前，寒声说道："刘霄青这个玩弄明器的土夫子，居然也被你们给拉拢了，可惜老子当年还跟他有些交情呢。"那中年人感叹着，掏出一道玄黄色令旗擦手。客老太则是一脸的惊恐，左右回望，厉声喊道："你是何人，怎么突然出现在这里？"

　　大雨滂沱，将所有人给淋得视野朦胧，中年男人将手中的雷击枣木剑轻轻一挽，左手捏得骨骼咔咔作响，平静地说道："句容萧家，萧应武！"

第十五章　诡异的蓑衣人

萧家先祖当年位列茅山长老之位，而后隐退天王镇，开枝散叶，成就了句容萧家之名。萧老爷子是句容萧家的中兴之辈，年轻时闯下了偌大名头，一身业技，一门四郎，除了杂毛小道的父亲实力不显之外，其余皆是实力卓著之辈。大伯在西北局身居要职，三叔、小叔的实力也有目共睹，在苏南苏北，是极有名的宗族。

小叔虽然当年左臂缺失，然而这些年来发奋图强，实力却是不断精进。客老太瞧见小叔提剑而来，不由得眉头微皱，低声喝骂道："好一个多管闲事的土贼，你们这些人，可真的是不知好歹，一会儿杨大人来了，你们就等着受死吧！"

身边最为倚仗的东西给人破了，客老太不再逞强，一个晃身，朝着旁边逃开。

杀人行凶，事了拂衣去。我们哪里能够让她这般的潇洒？立刻冲上前去，准备围追堵截，把她给拿下。我们刚刚奔走几步，那些犹自沉浸在幻觉中的村民却是不管不顾，朝着我们这边冲来，我避开两个抄着条凳砸来的汉子，却没注意脚被几个小萝卜头给抱住。小叔则因为我们支援不及，独自面对客老太以及四相海的攻击，这五人扑上，气势汹汹，小叔阻拦不住，客老太等人去意匆匆，也不再为难小叔。

小叔被逼至灵棚边缘，黑暗中突然冲出一道黑影，手中寒光一亮，朝着他的后心刺去。

"小叔，小心身后！"我气劲一震，将几个小孩逼开，不过还是来不及救援，惟有大声提醒。小叔猝不及防，回剑勉强来挡。眼瞧着那人将要刺入小叔身后，一道金光朝着那名身具五行遁术的袭击者手腕射去。

蛰伏许久的杂毛小道终于忍不住出了手。偷袭者也是个高手，身手宛如鬼魅，敏捷至极，一感知到雷罚将至，身子便微微一晃，人已经脱离了雷罚的攻击，隐没旁处。

我奋力脱离这些村民的围攻，回头吩咐慈元阁少东家，让他们管住这些村民。当我到达灵棚的时候，客老太等人已经不见踪影，只瞧见一道诡异的黑影时隐时现，忽左忽右地不断闪现，正在跟杂毛小道和小叔纠缠，不让他们冲入后院拿人。

是想要拼死断后，然后凭借自己的五行遁术最后撤离吗？

瞧见这人倚仗着自己身手敏捷，和诡异莫测的五行遁术十足的卖骚，我脑海中飞速模拟，根据那炁场的感应变化，预判着此人的落脚点……三、二、一——对了，对了，就是这里！

我掏出震镜，凌空一照，口中高呼曰："无量天尊！"

引导秘咒一出口，一大蓬瓦蓝瓦蓝的光芒立刻照在那男子身上，只见他当下一僵，根本动弹不得，趁着这功夫，杂毛小道雷罚脱手，射过他的小腹处，炸出一蓬脓汁浆液来，与此同时，小叔也错步跟上，手朝着那摇摇欲坠的家伙腰间一抹，掏出一个锦绣罗彩袋，收入手中。

直到这时，那人方才"啊"的一声惨叫，瘫倒在地。

我立刻朝着屋子后院冲过去，追杀客老太。来到后院，不见几人踪影，我跳上墙头，四处望去，只可惜这茫茫雨夜，没有瞧见半分踪影，唯见小村的各处屋顶墙头，都有古怪的纸花和幡旗在飘扬，在这样的雨夜中，猎猎作响，让人心中郁积，一时间不知如何是好。

我正惆怅，听见杂毛小道在呼唤我："小毒物，过这里来看！"

杂毛小道小心翼翼地在院角的一口古井旁，探头望去。我心中疑惑，要知道南方水系发达，一般多为敞口井或者压水井，而且这村子就临着湖边，怎么会有这么一口古法深井呢？

我走到杂毛小道旁边，瞧见井口挂着几缕布条，跟客老太身边那四个黑袍人的衣服材质差不多，我问："他们从这里逃遁了吗？"

杂毛小道抓着一根布条，沉着脸说道："应该是。他们在此布阵，所为的绝对不是你我，或者慈元阁诸人。事实上这村子的阵法依然还在运转，他们没走，只是暂避我们的锋芒而已。我可以预料得到，还会有高手前来，而听他们的口气，似乎应该能够胜过我们。"

我头有些晕，甩了甩头上的雨水，问我们接下来应该怎么办？

杂毛小道抬头看天，但见我们头顶之上，二三十条孤魂萦绕，不断旋转，将整个村庄蒙上了一层古怪的气息，这气息并不似鬼气阴森，反而透露出一股威严和庄重。杂毛小道沉吟一番，指着村庄旁边的那座土山说道："二月榆落，魁临于卯；八月麦生，天罡据酉。此处依山靠水，山河走势颇有龙冢之相，今朝又被这些家伙弄出这一番造型和布置，我估计他们所为的，应该也是那头传得沸沸扬扬的真龙。如此说来，倒是与我们的目的一样。且不管，刚才那个家伙虽然被雷罚穿腹，不过我留了手，应该还没死，我们先回去盘问一番，再作打算。"

我指了指脚下这黑黢黢不见底的深井，说这儿怎么办？

杂毛小道一笑，跑到院墙旁边，一脚踹塌，填井。杂毛小道在搬砖石，我瞧见院子角落有一块磨石，大概有好几百斤，于是鼓足气力搬起，将井口盖住，也算是封住了出口。

忙完这些，我们返回前院。慈元阁诸人已经将那些被迷幻住的村民镇住，村民们七零八落地躺倒在地上，昏迷不醒。慈元阁五人正费力将村民转移到灵棚下。我们现在没有时间将他们救醒，要等事后再说。

我们没有在灵棚里面找到小叔和那名被杂毛小道给捅穿腹部的五行遁术者。什么情况？杂毛小道瞧见那个少东家的妹子兴高采烈地迎了上来，皱眉问道："这位姑娘，有没有看到我小叔？"那妹子并没有回答杂毛小道的问题，而是略有些失望地问杂毛小道："你就是雷罚飞剑萧克明啊？"

一番激战，又被瓢泼大雨浇在头上，此刻的杂毛小道一副落汤鸡模样，绝对谈不上帅气。然而杂毛小道此刻哪里有闲情逸致管这女孩儿心思，皱眉点头说："是我，请问你有没有看到我小叔，就是刚才那个两鬓发白的中年人？"

那妹子摇头说不知道，没注意。她的回答让我们略有郁闷，这时少东家主动走过来，说："你小叔他刚才追那个蓑衣人去了，很快，一下子就消失了，我们根本来不及追……我叫方志龙，见过两位大侠。"

我们点点头，不过现在也没有心情跟他寒暄，正准备出去寻找，瞧见小叔从村子后面缓缓走了过来，立刻迎上去。小叔孤单一人，不见那个蓑衣人。杂毛小道问怎么回事？小叔苦笑："本以为他中了你一记飞剑，再厉害的角色也要躺卧不起，却没想到那家伙竟然是一头死物。在你们跑去后院后，竟然一跃而起逃向了村后。我追了一程，怕有埋伏，只有回来了。"

我和杂毛小道面面相觑，那个会五行遁术的家伙，竟然是头死物？

第十六章　合作之议

刚才我还在猜想客老太手底下怎么会出现这么一位精通五行遁术的高手，神出鬼没的，让我们几个都有些措手不及，却不曾想到这家伙居然是一头死物。

所谓死物，有很多种类别，僵尸、幽灵、魔怪、鬼魂……一切已经失去生命、不该存在于这个世界上的东西，都属这类。它们违逆了天道至理而苟存于世，每日都要受到阴风洗涤，倘若不得法门遏制，长此以往，必将会变成一头没有自我意识、只知杀戮的恐怖之物。

这蓑衣人显然属于一个经受过炼制的例外。这样一个身形如电、刀剑双绝还精通诡诈之术的对手，的确令我们不得不重视。

虽然那个东西逃走了有些遗憾，不过瞧见小叔没事，我们也算是松了一口气。安慰小叔说无妨，些许小物，不过是费些气力而已，现在的重点在于，要搞清楚邪灵教之人，到底想在这儿搞些什么事情。

我们回身，抱拳向慈元阁少东家问好。慈元阁已经收拾好了同伴的尸首，见我们过来寒暄，都纷纷拱手，互道久仰。

我们三人刚才展现了超卓的实力，有这样的表现在前，慈元阁几人都颇为礼貌，前辈长大侠短叫得亲热。不过这个时候可不是聊天摆龙门阵的时机，杂毛小道单刀直入地问道："少东家，田掌柜，你们瞧瞧这四周和头顶，危险并没有消除。时间紧迫，所以我需要了解你们此番前来，究竟是怎么回事——可说便说，如果不能说，千万不要拿妄语来诓我们，误人误己。"

见杂毛小道说得凝重，慈元阁几人对视一眼，田掌柜不动声色地点了点头，那少东家便有了决断，说道："几位都是江湖中享誉盛名之辈，而且此事也被传得沸沸扬扬，我们也不敢诓骗，坦白说了便是。我阁佟掌柜前几日在这附近寻龙，得了两片真龙鳞甲。而后到长沙请了位高人帮着算算，最后得了用法。此番倾巢而来，也是出动了大量高手。前几日我奉父亲之命，留在市里吸引江湖中人的目光，而今天则乔装打扮，前来与我父亲汇合。然而没想到，刚才手下望错了气，误入此地，竟然遭了祸害，实在是无妄之灾啊，唉。"

小叔也坦言说道："实不相瞒，我们这一次前来呢，其实也是为了那真龙。不过我们所求的，是那真龙阁所的龙涎液，用来治病救人，至于其他，倒也没有企图。如果大家能够合作，各取所需，那是最好不过的。"

"龙涎液？跟我们推测的那个瞎子，他不是也要吗？"少东家的那个妹子听到小叔这么说，不由得脱口而出。瞧见自家妹子把自己家底给囫囵个儿地往外倒腾，少东家也是哭笑不得，拱手跟我们介绍说："这是小妹方怡，打小就没有吃过什么苦头，所以性子也就怪了一些，还请三位见谅。"

我们都摇头笑，说无妨，瞧着就是个天真烂漫的小姑娘。

少东家接着我们刚才的话茬，说："两方各有目的，分则两伤合则两利。小弟私以为此法可行。不过至于到底可不可以，小弟也作不了主，只有禀报父亲才能够最终拍板。还请几位见谅。"

我们笑，说自当如此，不必客气。

小叔说："这合作事宜，先不用着急。唯今之计，最重要的还是要弄清楚，这邪灵教到底在这儿搞了什么鬼？要不然命都没有了，所有的一切都是白谈。"

大家都点头。田掌柜捻须，沉声说道："从目前我们所遇到的情况来看，事情其实并不复杂。邪灵教妖人在此残忍杀害无辜村民，布此大阵，化尸显龙，然后又意图将我们给轰走，很明显，他们应该是想将那条在这左右活动的真龙，给吸引到这儿来。"

"真龙？"我试探性地问道。

田掌柜很肯定地点头说："对，就是真龙。可以很肯定地告诉你们，到目前为止，那条真龙就是在这附近的区域活动，经过推导和计算，我们猜想这条真龙只怕是快寿终正寝了，正在寻找埋藏自己的龙冢。以期长眠之后，精血气形化作龙脉，护佑一方风调雨顺、平静安宁——这种神兽一般都会这么做。也正因为如此，我们中华民族，才会将自己称为'龙的传人'"！

"竟然会如此？"听到慈元阁的说法，我不由得深深吸了一口气，如此说来，这真龙还的确是一种值得人敬畏的生物。

田掌柜见我有些不信，不由得谈兴大发，说："这真龙早年并不是罕有之物，古时候天地之间灵气充裕，处处都有。只可惜后来开天辟地龙凤劫，大部分都被杀死，镇压在山脉之中，化作龙脉灵气。你们所寻的龙涎液，终归结底也是真龙灵气所化，实为龙冢之地。

"相传这真龙并非三界之物，也非西方传闻中那喷火带翅的蜥蜴恶龙，而是苍茫宇宙，玄黄天地中的一种灵属，只可惜后来灵气凋零，不再得闻。我们寻它，也并非想要将其杀害，剥皮抽筋拆骨头，只是需要一点儿真龙微须，古书《太上洞渊神咒经》曾提及能治难症，我们大掌柜的母亲得了顽疾，药石无效，这才起了心思，前来寻龙。"

田掌柜谈龙，古往今来，前前后后，滔滔不绝。不过我们却没有心思听完，小叔把背囊从肩上卸下来，掏出一个包袱，扔给杂毛小道，说："既然他们有信心能够引来真龙，那我们干脆直接在此设阵，化被动为主动，让这里变成我们的主场便是。"

杂毛小道问："这是准备布'火离七截阵'吗？"

小叔从百宝囊中拿出符箓、红线、幡布、铃铛、红烛香线、兽骨等一干布阵工具，说你可还记得？

杂毛小道说这乃小技，我怎么不会？

说完，叔侄俩探讨了一番布阵范围和个中的讲究，然后拿着家传的红铜罗盘勘探位置。这两人都是老手，并不需要旁人帮忙。慈元阁得知我们准备留在此地，也没有了去意，一堆人围在一起仔细商谈。

众人各自找事，我巡视一圈并没有什么发现，只是将墙头屋后的令旗给摘下来，收拢在手上。返回灵棚的时候，杂毛小道和小叔已经布置妥当，见我回来，便与我商议说："敌在暗，我在明，这样最是吃亏。现在阵法既然已经布置齐整，那我们便各自遁去，收敛气息，也防止邪灵教高手呼啸前来将我们包饺子一锅端了。"

我点头同意，与慈元阁诸人分头藏身。少东家的妹子一定要跟着杂毛小道，而少东家则跟着我。我们刚刚藏好便听到一种古怪的声音从村口传来。

第十七章　贵客驾到

村口这时传来一种古怪声音，细细一听，有些像长蛇游动贴地而来的声响。

听到这声音，我们所有人的心脏都不由自主地提了起来，来的那东西倘若是真龙，必然能够感知到地面上任何的动静，一旦我们随意走动，它必然仓皇逃离，远走湖中。

这想法使得我们都不敢动弹，我早已开启了遁世环，将气息收敛，心中多少也有些忐忑。这真龙一身是宝不假，但倘若真的当它是那案板上任人宰割的肥肉，那就异想天开了。

龙是什么？它首先是一种祥瑞之物，其次还是一种极为恐怖的图腾生物，且不说它传说中那种行云布雨的本事，单说它本身的体形和力量，都不是我等凡人所能够想象的。

那村口的东西将至未至，正等得着急，头顶上突然传来瓦片轻微的响动声——莫非是那道黑影返回来了吗？

这时从屋顶跃下来两道身影，悄无声息地走到我们的窗边，背部紧紧靠着墙壁。一个熟悉的声音响起："姐，怎么回事？客海玲他们不在，鱼头会的人也不在，地上倒着一堆根本动弹不得的破烂符兵，这里到底发生了什么事情？"

是洛小北。没想到她们也参与进来了，那么旁边那个被叫做"姐"的女子，应该就是邪灵教右使洛飞雨吧？

果然，洛小北这边话音一落，旁边那个女子便低声回答道："这里刚才应该是发生了一场火拼，客海玲和鱼头帮的人不敌，逃遁了。不过看天上那阵法依然还在继续，说明他们并没有离开，而是转入了暗处。唉，客海玲这个老太婆自从男人死了之后，性子实在是太偏激了，手段血腥，竟然将这整个村子的人都杀害大半。这事情一旦暴露出来，只怕我们又要受到官面上的镇压了！"

"小佛爷不是一直说么，一旦他的计划成功，所有的阻力将不再是问题，到那个时候，天下间就再也没有谁能够阻止他了，他便是行走在人间的王，想要做什么，便能够做什么。些许性命，些许荣辱得失，又算得了什么呢？"洛小北不无调侃地说道。

听得自家妹子这般说起，玲珑剔透的洛右使自然知道她是在说反话。说："小北，我知道你想要说什么、干什么。只不过现在天时地利人和，一样都不在我们这边，所以你万事都要小心，也不要胡乱表达自己的意见，小心隔墙有耳。你知道的，佛爷堂的势力越来越大，小佛爷对一应教务基本上都能够一言而决。姐姐现在在教中的日子也很难过，真正出了事情，我也帮不了你。"

洛右使说话来语重心长，而洛小北也知道厉害，不再多言，只是撒娇一般地说道："哎哟，姐，我知道啦，你最近越来越像老妈了，啰嗦！嗯，现在到底什么个情况，不是说新入教的杨供奉也要过来么，怎么到现在也没有见到他的身影？"

洛右使黯然说道："谁知道？这客海玲是杨供奉的心腹，此番洞庭湖的整个计划，也是他提出来的，他应该不会把这件事情搞砸的。至于我们，来走一个过场便是了，只要不让别人瞧见我们心中的芥蒂，一切和和气气，那就最好。"

洛小北一肚子气没处发，不由得使劲儿踢了一下墙。这妮子力气甚大，整面墙都仿佛要塌了一般，吓了我一大跳。正心惊胆战间，洛小北说话了："那个杨供奉仗着自己的江湖地位高，修为厉害，屡次想要将姐姐你这右使之位弄下来。咱何必帮他，照我说，直接回去便是了，何必要装着这一副其乐融融的场景，说来谁信？"

洛飞雨又是一声叹息，那叹息里藏着满满的无奈，说："杨供奉要的可不是我这有名无实的位置，左使甚至掌教元帅，才是他的目标。"

洛小北嘿嘿笑，说："也不知道小佛爷怎么想的，竟然引狼入室，总有一天他会吃亏的。对了，姐，你和小佛爷的婚事有进展没？要不然你嫁给他吧，到那个时候你就是佛嫂了，咱们一家人，妥妥的嫡系了，何必像现在这般害怕？"

洛飞雨断然否决："小北，不许再说了。我与小佛爷，绝对不可能的。"

"这件事情外公在世的时候就说起了，为什么你一直拖着不肯答应？按理说，抛开心计长相不算，小佛爷也是个顶天立地的大豪杰，也没有委屈你啊？难道……难道你真的喜欢茅山的那个杂毛臭道士？"洛小北发出了狐狸一般的笑声，颇多调侃，不过洛飞雨却是无比严肃，咬牙切齿地说道："那两个人，也不是什么好货色，倘若再碰到他们，我一定要让他们饮恨在我的剑下。"

洛飞雨的口气十分严肃，然而我莫名地却感受到了不一样的味道，颇有些怪怪的。说到这儿，洛小北也有些疑惑，说："姐，我在岳阳城里，私底下见到了他们两个，那个臭陆左，茅坑石头一样的臭脾气，不过修为好像变得厉害了很多，让我都感觉到害怕呢。你说这洞庭湖上下，前来凑热闹的人多得如过江之鲫，但是真正能够将客海玲他们逼走的，却没有几人，难道今天晚上这场面，他们也有参与？"

洛飞雨忍不住笑了："也有可能哟，说不定他们两人正在对面看着我们呢……对面真有人！"

洛飞雨发现对面的土房子里有人影晃过，她毫不犹豫，手果断一抬，秀女飞剑便朝对面射去。秀女剑在空中划过，很快，一道女生的尖叫和玻璃破碎声从对面传来，洛飞雨和洛小北两人如飞朝那边扑去。

在屋子里蹲了半天墙角也不敢动弹的我和慈元阁少东家终于站了起来，方志龙拉着我的胳膊，紧张地说道："陆大哥，刚才那声音是我妹。"

惹事的自然是他妹，要不然依杂毛小道的修为，哪里能够这么轻易就被洛飞雨发现，那姑娘只怕是听人议论我们两个，忍不住探头想看看洛氏姐妹长得到底好不好看。

秀女飞剑击破了玻璃之后，房间里传来一阵叮叮响，是杂毛小道出手用雷罚与其交锋对峙。

雷罚和秀女虽然早已相识，彼此飞剑交手却是头一回。一方是流传的古剑，一方是新晋的法器，一时间叮叮当当，打得颇为热闹。土屋中空间太小施展不开，杂毛小道一脚踹开大门冲出来，雷罚一个旋转，将秀女剑给甩向了夜空。

瞧见屋子里冲出来的竟然是杂毛小道，洛飞雨颇有些惊讶，手一招，秀女剑飞回手中，秀眉一蹙，沉声喊道："竟然是你？"杂毛小道笑着打招呼道："飞雨妹子，多日不见，近来可好？"

洛小北瞧见从屋子里面跟着出来的方怡，眉头一挑，说："哎哟，几天不见，又把到一个小妹妹。我说道士哥哥，你这泡妹子的手段不错啊？"

洛飞雨面无表情地冷声哼道："之前分别时说过，再次见面，依然是敌人，生死相见，来吧，动手！"她说得决绝，手呈剑指，准备冲上来。而就在这时，有一道颀长的黑影突然从小巷子中蹿出，浑身腥气浓烈，信子长长，朝着灵棚处的那一堆昏迷的村民游去。

邪灵教一直等待的贵客，终于出现了！

第十八章　悲愤欲绝的湖泥地龙

瞧见那条准备去吞噬灵棚村民的顾长黑影，我眉头一皱，心中立刻了然——这不是真龙。

何谓真龙形象？头似牛，角似鹿，眼似虾，耳似象，腹似蛇，鳞似鱼，爪似凤，掌似虎，是也。其背有八十一鳞，具九九阳数；其声如戛铜盘。口旁有须髯，颔下有明珠，喉下有逆鳞。而那条从黑暗中钻出来的，身长三丈，浑身有如穿山甲之鳞甲，尽是污垢，头似鼠，身下百足，外形简直就像一条放大版的蜈蚣，或者马陆。

这畜生浑身土黄泛黑，爬动时地上的沙石淅淅沥沥地响动，有点儿沙漏的声音，然而速度极快，泥浆飞溅间，已然冲到了灵棚跟前，将刚才散落前方的麻将桌给一下掀翻，张开三瓣相连的丑恶嘴唇，准备咬吃里面的村民。

蓦地，一白一黄两道光划空而过，朝着这长虫的身上刺去。

长虫身上的鳞甲都有巴掌一般大，又硬又韧，飞剑全力施展，竟然扎不透。不过它还是受到了惊吓，放弃了即将到嘴的食物，转身，前端昂起，老鼠一般的脑袋上面有三双泛着绿光的眼睛，阴晴不定地凝视着面前这两位发剑的男女。

"湖泥地龙？"

我旁边的慈元阁少东家瞧见那长虫，不由得一声惊呼。我问他说你识得这玩意儿？

少东家点了点头："我在家传古籍中曾经看过绘图。这东西是一种史前巨虫，常年生活在大江大湖下面的淤泥中，以鱼虾为生，虽生于水，但为土属，更是精通火性。以前古人见了，只以为龙，便以'地龙'称之，后来发现有异，又加了前缀辨别。这畜生还是极为厉害的妖物，浑身铁甲，精通五行之三，一旦发起狂来，少有人能够对付。"

我说这东西既然是史前之物，怎么还能够留到现在呢？

慈元阁少东家说："洞庭湖乃古之云梦泽，广阔接近千里，在大湖深处，潜藏着许多上古异种。它的存在并不算稀奇，更加珍惜的物种也有的是。奇怪就奇怪在前几日的湖蛟，今天的湖泥地龙，这些东西平日里都只会缩在自己的领地，从来都不会上岸取食。现在却纷纷临岸，只怕事有蹊跷啊？"

听他这般说，我想起当日在藏地听闻那剑脊鳄龙也是洞庭湖云梦泽中镇压水眼之物。洞庭湖有水道直通天下水脉，故而现身天湖之中，最后身受屠戮，落了个拆骨扒皮的下场，便是杂毛小道的雷罚剑里，也有此物精血——莫非那剑脊鳄龙，也与此有关？

这些旧事且不谈。那湖泥地龙昂扬上身，与杂毛小道和洛飞雨对峙。杂毛小道并不在乎这条面目丑恶的长虫，而是朝着洛飞雨冷声哼道："真好笑啊，都已经将这村子杀得血流成河了，想不到你居然还会顾忌这些无辜村民的性命？你刚才为何要回转长剑，直接朝着我心窝子刺来便是，那岂不就是一了百了了吗？"

洛飞雨面皮红红，但洛飞雨性子骄傲，自然也不屑于跟杂毛小道解释什么，长剑陡转，竟然真的就朝着面前这道人刺去。

杂毛小道的飞剑之技，最初是从洛飞雨这边偷学得来，洛飞雨这边一出剑，杂毛小道便能够预防，一个铁板桥躲过，翻身又与洛飞雨对拼几招，一来一往，气势都颇为凶狠，生死之间性命反转，不知道有几多危险。

这两人一搏命，我们没看懂，那湖泥地龙也没有瞧明白，不知道这对奇怪的男女到底在做啥。它全身戒备，连脖子上面的鳞甲都立了起来，结果半天竟然根本没有自己什么事儿，于是转过头去，再次张嘴朝地上昏迷的村民咬去。

泥湖地龙正流着口水准备大快朵颐，结果叮、叮两声，脖子上面又中两剑。这畜生连忙将脖子一缩，愤怒地长嘶一声，回头一看，瞧见这对狗男女居然在自己就食的那一瞬间，对自己又下了黑手。我藏身在对面的土屋里，隔着窗户瞧见了那头泥湖地龙猛然回头来时，那狰狞扭曲的面容，三对六只泛着绿光的眼睛里，写满了悲愤。

我猜想那畜生心里，必然是憋屈到了极点。

果然，它不再理会灵棚里的美食，尾巴一拍，朝着杂毛小道和洛飞雨冲去。这泥湖地龙身长三丈，腰围如橡木酒桶粗细，浑身鳞甲坚韧，一旦发起狂来，那真的是坦克一般，势不可挡。

杂毛小道和洛飞雨都不敢撄起锋芒，纷纷闪开。洛小北和方怡，则一追一赶，朝着我们这边跑来。慈元阁少东家瞧见自家妹子被洛小北追得四处跑，便也坐不住了，转身朝着门口冲去："陆哥，我得救我妹子！"

我从窗户往外瞧，那方怡并不是洛小北的对手，给逼得没头苍蝇一般逃。不过洛小北并没有起杀心，而是在戏耍，将慈元阁这小公主给吓得哇啦哇啦地大叫："哥，哥，救我。"

方志龙从屋子里冲出，手中一把寒铁青锋，与洛小北接上了手，两人拼斗几招过后，方志龙被洛小北一脚踹开，滚落在泥地中。瞧见面前这狼狈的两兄妹，洛小北一脸傲气，说这一对狗男女，实力不咋样，倒是挺情深意切的。

我缓缓走出来，咳了咳，纠正她的话："人家是兄妹，可不是别的什么，你最好先调查清楚，再说话。"

洛小北见我从土屋子里走出来，恨声说果然你也在，你们来这里干吗？

我回过身子将大门踢开，指着里面吊在梁上被风吹得直晃悠的尸体，沉着脸厉声喝道："你看看自己做的恶事，便知道我们过来做什么了。"

洛小北视线瞄到了那具垂落四肢的尸体上，那是一个年过古稀的老人，长年艰苦的农活和水上作业，让他整个人显得十分苍老，一头白发，眼睛充血凸起，脸上是大块大块的尸斑，滴滴答答的尸液滴落下来，让人心中既害怕，又心生怜意。

瞧见这场景，洛小北的语气也软了一些，弱弱地解释道："我跟你说过，我不是邪灵教的人，这些都是客海玲做的，跟我们两个是没有关系的。"

我呵呵一笑："没关系？好一个没关系，那你们还出现在这里，对我们刀剑相向干什么？做就做了，何必遮遮掩掩。洛小北，你这样子，我很瞧不起你！"

听到我在这儿冷笑，洛小北俏脸憋得通红，沉默了几秒钟之后，终于爆发，指着我的鼻子骂道："是啊，我虚伪！不过你不是很厉害吗？你这么有正义感，干吗不救他们？就知道怪我，就知道怪我！我上次跟你说的事情，你一口就拒绝了，现在又知道来装道德崇高的正义人士了？当初你干吗畏畏缩缩，事不关己呢？你这个混蛋！"

洛小北一边骂一边哭，委屈的眼泪在眼眶里面打转转，瞧得旁边的慈元阁少东家和他妹子有些发愣，不知道刚才这个如狼似虎的凶狠小婆娘，怎么突然就变得委屈满满了。

我被洛小北一通骂，也感觉有些耳朵热。小人物便是这样，遇见不平事就愤愤不已，然而事到临头又只知道躲避。正心中惭愧，突然听到杂毛小道和洛飞雨几乎同时喊道："躲开！"我抬起头，瞧见那头湖泥地龙舞动着上百条小短腿，正飞速朝着我们这边扑来。

邪灵教在此布阵，是为了吸引真龙前来，谁知李逵变成了李鬼。不过这李鬼却也不是什么好对付的东西，全身甲胄，刀枪不入，又有一身蛮力，这般高速冲来，我们哪里能够扛得动它的撞击，唯有抽身后撤，朝着房子旁边绕去。

我、洛小北和方氏兄妹都朝着旁边跃开，那畜生也蠢，直接撞进了屋子里，浑身一摆动，那小三间的屋子顿时轰隆一阵响，垮塌下来。

我支使慈元阁少东家和他妹子赶紧离开，也顾不得与洛小北磨嘴皮子，抽出鬼剑，朝着那露在外面的长尾斩去。我全力施展，然而锋锐之极的鬼剑砍在上面，却被崩了回来，我双臂一阵酥麻。

这时，一个阴恻恻的声音在空中响起："等闲变却故人心，却道故人心易变——没想到啊，在这洞庭湖边的小村子里，我们竟然还能够相见。天意啊，天意！"

第十九章　飞雨远离，好戏开场

这天色黯淡，唯有灵棚处有百瓦灯泡照耀。不远处的屋顶上一位青衣道人卓然而立。这人身形清瘦，白发苍苍，颇似神仙人物，只可惜脸上一片烧伤，脸面几乎挤成一团，不能仔细描绘，实在如索魂恶鬼一般恐怖。

听到这熟悉的声音，杂毛小道不由诧异叫道："杨知修，你竟然没死？"

当日杨知修逃入后山，陶晋鸿搜寻一番而不得，我们只以为此人死了，或者在某个未知空间中飘荡，却没想到这人居然再现江湖，而且还是这样一番姿态。瞧着他接近毁容的外表，想来在逃离茅山的那段时间里，他是遭了不少的罪。

洛小北和洛飞雨刚才对话里面的杨供奉，莫非便是此人？原来杨知修消失无踪，却是投靠了邪灵教。

面对着杂毛小道，杨知修发出了桀桀的怪笑声，用一种极为沧桑的语气缓缓说道："是啊，当年那个骄傲而意气风发的杨知修，的确已经死了。他死在了茅山后院的森林里。而我，不过是一个从幽府返回的恶鬼而已。萧克明，陆左，后来的每个日夜我都在思考，我究竟是为什么会变成这个鬼样子，是因为符钧那个二五仔，还是因为陈志程这个老谋深算的家伙呢？后来我想明白了，是因为你们两个。就是你们，让我从掌管天下间最顶级道门的话事人位置，沦落到现在这般寄人篱下。所以很长一段时间里，我一直在想象着我们重逢时的场景，那该是一个什么样的状况？然而实在没想到，它居然是在今天！"

杨知修说是惊讶，其实显得平淡。不过我心中清楚，他越是如此，说明他心中的恨意越浓厚，只怕一会儿便你死我活，没有其他路可选。

杂毛小道将雷罚收拢在手上，说："我的杨师叔，真正让你沦落到今天这个地步的并不是我们，而是你自己心中的欲望，你的野心太大了——是它，将你自己给吞没了。"

杂毛小道针针见血，而杨知修却并不与我们逞这口舌之快。拍拍手，客老太领着手下四相海出现在他下方的巷子里，在另外一处土屋的屋脊上面，那个蓑衣人抱剑而立，遥遥锁住了村口的方向。

洛飞雨洛小北，杨知修客老太和蓑衣人，竟然将我们牢牢锁住，没有逃脱的空隙。瞧着正在土屋里扑腾的湖泥地龙，杨知修说道："可惜了，竟然勾引来这么一个东西，白杀了那么多人。不过世间难有万全之事，你们两个误打误撞地闯到这里来，倒也是意外之喜，免得我白跑一趟。"

说完了这么多话，他像是刚看到洛飞雨，朝着洛飞雨拱手问好，说属下不知右使大人大驾光临，来晚了一步，还请原谅，多多包涵。

洛飞雨抱剑而立，带着小北远远站着，平静地说道："杨供奉是江湖上的老前辈，地位高、修为深厚，现在又投入了我们厄德勒，成为小佛爷麾下一员。大家都是教内的兄弟姐妹，无须多礼。我今天也只是接到了帖子，来瞧一瞧，既然你在这儿坐镇了，来的又不是真龙，本座在这里也帮不上什么忙，那便先告辞了。"

两人彼此客气，也不过是做些表面文章，实际上彼此看对方都不顺眼。洛飞雨说走就走，根本不理会谁，直接掉头转入黑暗中。杨知修自视甚高，见洛飞雨离开，却并不阻止。

那湖泥地龙终于从土屋的瓦砾中冲了出来，三双眼睛忽眨忽眨，没瞧见洛飞雨，却瞧见了杂毛小道还在旁边，对于此人的愤恨已经充斥在它的脑袋中，当下鼓动上百条腿足，朝着杂毛小道爬来。

这畜生爬得飞快，转瞬即至。杂毛小道正全神戒备杨知修，身后仿佛有眼，这湖泥地龙一蹿出，他便腾空而起，躲开了这长虫头颅巨腭的钳击，直接落在那粗壮的长虫身上，双腿夹住。

被杂毛小道这么一压，湖泥地龙立刻原地打滚，想要将杂毛小道给碾压住。杂毛小道左右跳跃，避开这畜生暴烈的反击。

杂毛小道有意引导地龙朝杨知修立足的土屋滚去，几秒钟之后，又一栋房子垮塌下来。砖石瓦砾簌簌落下，杨知修不见影踪。客老太身形一晃，直接跳上灵棚顶，双手从怀间掏弄出骨灰粉末，里面掺有朱砂若干，朝着四周洒去，口中不断念叨着，摇头晃脑。

她此番动作，显然是想要引发那法阵之威，先将湖泥地龙这最不可预料的变数，给控制住。变故若消，那杨知修，这儿还有谁能够逃脱得了他的魔爪呢？

我们当下往湖边且战且退，想依靠天吴珠逃入湖中。不过即便是要逃，也要打过才行，要不然依着杨知修的性子和他对我们的了解，怎么可能让我们安然撤到湖边去？

我朝着慈元阁诸人大声喊道："对手来头太大，你们先撤！"

少东家并不拖泥带水，朝着我拱手，脸色凝重地道了一声保重，拉着自家妹子便跑。然而他们刚走几步，封堵村口那条路的蓑衣人手中长剑劈出，朝着这两人剑剑直指要害。

慈元阁少东家自然不是他的对手，几下便给劈砍得跌倒在泥浆之中。

他虽然实力不济，却是个仁厚兄长，跌在地上之后，自知必死，竟然一个翻身将自家妹子死死护着。少东家的这行为让我感动，当下不作犹豫，脚步疾奔，鬼剑递出，将那凶狠一击给接了下来。双剑交击，剑刃黏在一块较力，我感觉到一股阴霾之气顺着剑刃飞速传递过来，我半边手臂微麻。

这死物的实力出乎意料的强，我起了几分争胜之心，左手把持住鬼剑，恶魔巫手激发，巫力顺着鬼剑蔓延过去。

我们两个在僵持，慈元阁少东家将自家妹子推开，从怀中掏出一个如意金锁，猛咬舌尖，含着一口血喷了上去。

那如意金锁是一个了不得的法宝，血光临体，立刻一片金光闪耀，辉煌得宛若佛光降临，将这角落照得透亮。被这光芒照上，蓑衣人有些抵受不住，仿佛置身于烈日之下，浑身黑烟滚滚，他脸上蒙住的一层面罩也在分离，露出了一张让我诧异万分的脸来。

"黄鹏飞？"

我失声痛叫道，脑子一片空白，万万没想到这凶恶的蓑衣人，竟然是在鬼城丰都死在我手下的黄鹏飞。他竟然修成了这等本事？我正兀自诧异，这时后方传来了小叔铿锵有力的呼喊："火离七截阵，七龙夺嫡，起！"

第二十章　且接我一剑

小叔一声喊叫，七条火龙立刻从阵中凭空升起，朝着客老太和她手下的四相海缠去。此乃火离七截阵的真义，截生截死，凭空生出七份离火，凝结成火龙之状。

为何是七条，为何又是火龙呢？那可要追溯到通微显化真人，也就是邋遢道人张三丰身上。

蓑衣人竟然是黄鹏飞这件事也并非没有蛛丝马迹——据闻黄鹏飞被客老太收了魂，重新凝练，而客老太又成了黄鹏飞舅舅杨知修的手下。对于自家唯一的后辈，杨知修自然是悉心栽培，即便这外甥已为鬼。

黄鹏飞被慈元阁少东家如意金锁的佛光照耀，稍微一顿，待回复神志，瞧见我趁机递去鬼剑，准备将他杀于此处，却也有些恐惧，身形一晃，人便沉入了泥地之中，不见了影踪。

如此鬼魅，最适合与他交手的应该是小妖或者朵朵这般灵体。不过小妖沉睡，而朵朵的战斗经验实在太弱，我担心其有事，所以没有追击。扭过头去，瞧见平地上两道不断纠缠的身影如鬼魅，奔东走西。是杨知修出了手，正与杂毛小道较力。

杨知修的手段厉害恐怖，当日单手接鬼剑的超卓风姿，至今回想起来我都有些心悸，虽然我们从南洋回返，实力已更上层楼，但是对上杨知修这样的绝顶高手，我到底还是有些发怵。不过还是那句老话，人死鸟朝上，不死万万年。他杨知修也不是铁打钢铸的，老子未必要怕他。心念一动，我双足蹬地，朝着战团冲去。

杂毛小道已经跟杨知修交手了好几个回合。到底还是太年轻了，杂毛小道只是勉力阻挡。杨知修这会儿手上多了一根半米长的雕玉短杖。这短杖是旧时官家用来开路祭祀的那种仪仗，微微作了缩小，材质是鹅黄凝玉，里面悬空，雕刻着数条首尾相连的狰狞蟠龙，活灵活现，实乃大家手法。这东西贯足了气劲之后，坚硬如钢，与雷罚相拼，不时传来金石之声。

我杀入战阵，瞧见杂毛小道有些吃不住劲，左手往怀里一摸，作势朝着杨知修撒去，口中高叫道："看我的，二十四日子午断肠蛊！"

听得这般响当当的名号，杨知修当即变了颜色，后跃一丈，手中短杖前端爆发出一道光芒，如《星球大战》中西斯武士的激光剑一般，凝练成一道气剑，在身前不断旋转。

肥虫子此时仍在沉眠，我这会儿只是借着它的余威，吓唬一下杨知修而已。不过还别说，真的挺管用，我这番郑重其事地喊起，杨知修倒也有些惧怕，主动回撤，等了几秒钟方才发现不对，恼怒地恨声说道："小子，你耍我？"

我左手虚扣，笑道："倒也不是耍你，只是知道你身手敏捷，我这一掷肯定扔不到你的身上，所以落了个空子。你若不信，现在再来试一试。这断肠蛊经过我精心炼制，保证你心如刀绞，肠如虫噬，菊花朵朵开……"

杨知修沉默半分钟，突然仰天哈哈大笑，眼泪都呛了出来，说："陆左啊陆左，吹牛都不打草稿。谁不知道，你除了有只金蚕蛊厉害之外，还有别的什么手段吗？我感应了半天，没有发现金蚕蛊的半点儿气息，而你又这般样子，岂不是在直接告诉我，它根本就是沉睡了，或者脱离了你的掌控？蛊师、养蛊人，没有了蛊，你以为你能算是什么？"

杨知修说得我好不羞恼，那十二法门上育蛊的手法何止百种，只可惜我心有顾忌，所以没有练得。此番倘若能够活着回去，我定当捡一两样，来镇住场子才行。

杨知修此言一收，便冲上前来。此人静立如山，退则如风，一旦前冲，则是山呼海啸。我持着鬼剑迎上，与那短杖交击，一股恐怖的气力便冲击而来，仿佛那东风重型卡车，不，简直就是火车头！

我扛不住力，急步朝后退开，左手作势又是一甩，然而杨知修夷然不惧，身上一道黄光闪耀，朝着我悍然冲来。

我，竟然挡不住杨知修的一击？

我心中又羞又恼，当下那苗疆边民的心气激发，怒目圆睁，将小腹之中的阴阳鱼气旋催发到极致，扬起鬼剑，再次朝前劈去。杨知修本以为自己先声夺人，一招便能够夺我心志，却不料我挨过这一击，反而冲将上来，倒也有些惊讶，与我再次对撞在一起。

叮——我感觉手几乎都要断掉了，不过却硬挨着只退了三步，而那杨知修没料到我竟然还能够绝地反击，凭空爆发出如此力道来，一个措手不及，竟然也退了两步。

两步过后，杨知修稳住身子，脸上一片白一片青，难以置信地瞧着持剑而立的我，缓缓说道："没想到你现在如此厉害，竟然能挡住我的全力一击？"

我瞧见杨知修这像吃了苍蝇的表情，心中也多了几分畅意，笑道："世间想不到的事情多的是，比如你今天，说不定就要死在我的剑下！"

我的话音刚落，杨知修身后边传来一声古怪的嗥叫。他回头，却见那湖泥地龙已然瓦砾之中爬出，并不管在灵棚处交手的众人，奋不顾身地朝着杨知修冲了过来。杨知修一身惊人修为，但到底还是肉体凡胎。他冷言哼道："好你个长虫一条，我还待了结了他们，再来收拾你。既然你一心求死，就不要怪我不客气，尝一尝我的屠龙之术吧！"

杨知修转身迎着湖泥地龙冲去，接近时，高高跃起，手中短杖之上再次有剑气激发，朝着地龙身上刺去，朝着它身上连扎了三四下。

湖泥地龙被杨知修激发剑气扎了好几下，能够挡得住我们轮番攻击的坚韧鳞甲却一下破了防，绿色的汁液飚射出来，顿时就疼得嗷嗷直叫，满地翻滚，长尾拍打地面，将整个区域轰打得震天响。

杨知修一击得手，也不与这畜生纠缠，身子腾空而起，朝着客老太那边喊道："客海玲，还不发动大阵，将这畜生的气场镇住？"

所谓地龙，身子连接大地，生机强烈，只要不离地，断不会消了气力，唯有断绝联系，方才好杀。然而他这边一吩咐，客老太那边却没有响应。杨知修诧异，却见小叔领着慈元阁三位掌柜，正在七条火龙的帮助下，与客老太、四相海斗得如火如荼。

往日有传言说慧明和尚外表威严，然而惧内，客老太的修为可比他要厉害许多，这话不真不假，然而也侧面证明了客老太的修为那是极高的。她身旁的四相海，是邪灵教分支鱼头帮的高手，按理说对付小叔等人并不困难。不过现在的情况却是小叔等人占了上风，所有的一切，都是因为小叔身处火离七截阵内。

瞧见那边的战况，杨知修眉头一皱，准备田忌赛马，身形如雁，朝着阵中小叔飞去。灵棚那儿没有人能够抵受得住杨知修，即便是小叔也不行。我们绕开湖泥地龙，朝着灵棚飞奔，杂毛小道将雷罚一扬，射向杨知修。

奔袭中的杨知修双手一抓，两条火龙便飞向他处，一捏，立刻湮灭，随后他挥手，朝着飞剑拍去，不屑地笑道："飞剑乃小技，你以为能够难得倒我？"

这时天空上突然传来一阵炸响，一个声音狂放地笑道："飞剑是小技吗？那你接我一剑看看！"

第二十一章　一战

这声冷傲的声音凭空响起，随后则是炸雷一声，一道电蛇在天际划过。杨知修气势一顿，脚步骤停，抬首望天，一点星芒仿佛从九天之外落下，一眨眼的工夫，便飞到了杨知修头顶处。

这飞剑仿佛从异次元空间中生出，一片碧绿，短短的剑身之上承载了难以想象的力量。这是九天之上垂直落下来的重力势能，经过不断的地球引力累积，已经增加到了难以想象的高度。

轰！

杨知修身形似弓，一涨一缩，飞到了十米开外去。在他闪开的一刹那，刚才立足的地方，爆发了极为恐怖的爆炸声响。我只感觉前面一阵气浪翻腾，耳朵嗡嗡嗡直响，无数碎石和泥巴溅起，朝着天空和四面八方飞去。

泥巴还好，那些碎石承载着恐怖的力量，簌簌击打在附近的土屋上，离得最近的一栋房子霍然垮塌而下。至此，村中段这边，除了办丧事的那家，竟然没有一处地方安稳，皆在这一番拼斗中垮塌完毕。

我扑倒在地，待那些石子稍微落完，翻身爬起来一瞧，忍不住喊出声来——啊，刚才发出响声的爆炸中心，竟然出现了一个直径三米的深坑，里面黑乎乎的，还有缕缕青烟缓慢冒出来。这巨大的威力不但将我给吓到了，便是在灵棚附近奋力拼斗的小叔和客老太双方众人也吓得浑身发麻。

我的目光四处搜寻，首先瞧见的是杨知修，这个疯子单腿立在不远处的一根电线杆子上。这种电线杆子跟我们寻常瞧见的那种水泥电杆儿不一样，是用松木制作的，表皮发青发黑，颇为老旧。这种东西是上个世纪七八十年代的产物，稍微正常一点的地方早已弃用，它上面的木头尖儿经过这么些年的风吹雨打，早已腐朽不堪，然而杨知修却能够稳稳立在上面。他的身形是那么的宁静，仿佛就是长在电线杆子上面一般。而他的脸色却又极为难看，双目不断扫视，准备从黑暗中找到发出那一剑的幕后凶手来。我与杂毛小道目光对视，他没有说话，张了张嘴，我瞧见那嘴型，能够勉强读出三个字来——一字剑。

一字剑黄晨曲君居然在这个危机时刻赶来了。此人的来意到底是为了什么呢？

黑暗中传来了方怡兴奋的喊叫声："黄伯伯，是你吗？快点来救救我们啊，这里有好多坏人！"听到这妹子的喊声，我不由得诧异，难道这一字剑是慈元阁重金聘请前来帮助降龙的高人？

144

在方怡兴奋的喊叫声中，黑暗中浮现出一个矮小的身影，在泥泞的道路中，他走得有些迟缓，一步一步走到场中深坑之前，俯身从里面拿出了一把碧绿色的石头小剑来，然后咳了咳，望着头顶上面鹤立鸡群的杨知修，面露讽刺之色笑道："杨大掌门，好久没见了，怎么去韩国整容……呃，你这是毁容了吧？"

杨知修一直紧紧盯着一字剑，脸色冷冷，哼声说道："黄晨曲老儿，你怎么会出现在这里？"

"叫我黄晨曲君，知道吗？"

面对着一字剑暴跳如雷的反应，杨知修桀桀怪笑道："不过就是个杀猪匠出身的卑贱夯货，何必装得有模有样的呢？你以为在自个儿名字后面加一个'君'字，你就变成贵族了？一字剑，我在这里有私仇处理，你若是识趣，自己离开，不要打扰我！"

杨知修并不与一字剑客气，态度恶劣，这话入了黄晨曲君的耳朵里，是真的受刺激了，说："你是个什么东西，不过是被陶晋鸿赶出门的恶狗而已，还当自己是那高高在上的茅山话事人？"

"是不是，这个无需争论。黄丑儿，别人敬你一身本事，将你列入什么十大高手行列，但是你自己也明白自个儿是个什么成色。别以为你拿了一把剑就可以晃来晃去，今天你倘若是真的冲撞了我，信不信我灭你满门？"杨知修这话儿，我倒是有些不懂了。一字剑刚才那一剑，实力有目共睹，杨知修这不是在拉仇恨吗？

黄晨曲君回答："呵呵，杨知修，我知道你多年来一直觊觎我身上这十大高手的名头，觉得我不配。不如我们打一场，是输是赢，以后江湖上也有人可知。"

杨知修答道："正有此意，来吧！"

话音一落，这两人便交上了手。那一字剑将手中石剑一掷，人便腾空而起，脚踏飞剑，朝着杨知修飞去；杨知修将手中的玉质短杖往空中一抛，那短杖之上精雕细琢的蟠龙竟然显了形，将这短杖给托起，化作一件大棒，长约七八米，隔空打来。

一字剑飞在半空，瞧见这大棒砸下，不由得大喊一声："咦，二郎化神杖？当年灌江口王家一门十二口的灭门惨案，竟然是你做的？"

他口中惊呼着，手上却半点都不含糊，一个翻身，脚底下那碧绿石剑朝着前方一搅，大棒立刻被搅成粉碎。然而飞剑上的力道也最后丧失，坠落在地。杨知修待一字剑立足未稳，接过落下来的玉质短杖，朝着一字剑砸下来，口中说，是我又如何？

一字剑与杨知修在地上瞬间交手好几个回合，一黑一青两道影子在不断变换身位，我们凭借着炁场感应，勉强捕捉到两人的身形，修行稍微低下者，瞧一会儿，便会感觉到眼晕。

交手中，两人都陷入了沉默，用尽每一分心思来应付对方的攻击，也打起每一分精神，朝对手进行最致命的进攻。我瞧见那把石质飞剑在空中盘旋平刺，忽左忽右，神出鬼没，有时连起来如同一连串残影，有时又如凭空出现。即使我没耍过飞剑，也知道这一字剑的飞剑功夫已至化境。

何谓"化",那即是千变万化、随心所欲,近乎道,近乎自然之法,任何本已会的,未学但见过的,或未见过但多次听说已稍有领悟的功法、招式和技能,都可以信手拈来、随心所欲。

一字剑厉害如斯,然而在杨知修面前,却宛如逆水行舟,泥潭步行,一气呵成的剑法受到了最大的克制,出剑受制、回剑受制、奔走闪避也受制。交手不多时,两人火星撞地球,轰然对拼,然后退后,相互间隔十来米,终于停歇下来。

这是一场宛如艺术一般的交手,这是一场让人震撼惊心的战斗。

直到两人收手之时,我愣没有瞧出谁胜谁负来。

整个场中的人都被震撼住了,没有一个人开口。死一样的沉默过后,一字剑终于缓缓转过身来,在他的身前有一道狰狞的伤口,胸口不断起伏,他咬着牙,摇头叹息道:"唉,想不到你竟是那个在江湖中掀起腥风血雨的恶面人。这些年,你究竟作了多少恶事,才变得如此厉害?"

杨知修也咳出了一口血,不过精神却旺盛了许多,平静地说道:"强者之路,唯有踏平一个又一个的山头,才能成功。我若心不狠,早就死在茅山后院了。死在我手上的人,我早已记不得模样,我只有变得更强,才能对得起他们的死去!"

这个伪善的家伙抬起手中的二郎化神杖,正要对一字剑进行最后的裁决,这时一道巨大的黑影出现在杨知修身后,一口咬在了他的头上。

第二十二章　世界上的悲伤都是一样的

我在缅甸曾经瞧见过蟒蛇吞兽，别说是一个人，便是一头牛，都能够依靠口腔强大的伸缩性，将其直接纳入腹腔之中，这头湖泥地龙也是如此。这畜生极为记仇，之前杂毛小道戳了它几剑，即便是未破防，也是穷追猛打，此番杨知修将它身上刺出了好几道口子，自然更是忌恨。趁两人一番惊天动地的拼斗之后，终于出了口。

一咬即中，竟然将杨知修的上半身给吞入嘴中。

这突然的变故让我们所有人都有些措手不及。因为刚才的战斗实在是太激烈、太精彩了，以至于大家都忘记了那个只知道撞垮房屋的主，注意力都集中在了两位顶尖高手的对决之上，没有人知道这头湖泥地龙是如何从瓦砾中爬出，又如何避开杨知修的注意，悄无声息地出现在他的身后，暴起袭击的。

那一刻，几乎所有的人都惊呆了，唯有一道黑影子，在湖泥地龙正准备将肠道中的肌肉不断收缩，使得这个让自己受伤的家伙完全无法动弹，给绞杀于腹中之时，倏地出现在它的旁边，一刀、一剑，双双插了它刚才被杨知修戳出来的伤口处。

湖泥地龙嘴中咬着一整个人，受痛之后也呼喊不得，唯有使劲儿翻滚，然而它究竟没有成功，因为在它嘴中的食物并没有死去，而是死死地钉在了地上，正在奋力反抗，使得它也动弹不得。

杨知修与湖泥地龙在较力，竟然旗鼓相当，不分胜负，只是在僵持着。

这个茅山叛逆果然好神通，不过他之所以能够有现在的修为，只怕除了当了这么多年的茅山话事人，能够得到诸多便利之外，还与他长久以来隐蔽身份巧取豪夺的手段有关，比如他手上的那根宝贝，听得一字剑说起，和那什么灌江口王家一门十二口灭门惨案有关。也不知道这个外表伪善、心中罪恶滔天的家伙手上，到底有多少血腥。

正道修行极为艰险，一步一个脚印，故而年轻的高手极稀少，年长的也不多见，但是邪派魔道，少年高手却是层出不穷，关键就在于一个"偏"字。剑走偏锋，巧取豪夺，原始的累积总是要践踏在别人的尸体之上，必然充满了血腥，这样得来的本事易于速成。不过天道昭昭，一直在我们每一个人的头顶照耀。养蛊人的三结局"孤、贫、夭"，其他行当未必没有类似说法。邪道之人要么走火入魔，要么突然惨死，有几人能够安然终老？

这些且不谈。瞧见这场景，一字剑不屑于趁火打劫，只是从怀中掏出一个白玉瓶，往自己嘴中倒着丹丸，气行于身，岿然不动，抓紧这机会疗伤。他是高人风范，而我却根本不会顾忌太多。这是机会，连天下十大高手的一字剑都干不过杨知修，现在这老家伙遭困，我哪里能够放过？当下身子一动，鬼剑倒提，人便朝着前方冲去。与我一起冲出的还有杂毛小道，比他更快的，则是雷罚。

雷罚最先到达，但是这飞剑却被刚刚袭击了湖泥地龙的黄鹏飞给拦住了，这家伙悍不畏死，伸出手中长剑，咬牙顶住了雷罚的愤然一击。

黄鹏飞即便是受过无数秘法炼制，实力比生前厉害了一大截，而且如同真人一般，但终究还是一头死物，雷罚上蕴含着九天之上存于桃木芯里面的雷意，那种雷意至刚至阳，却不是他这样的家伙能够抵御的。挡住杂毛小道这一剑，黄鹏飞人便朝着后面飞去，浑身冒着滚滚黑烟，却是被雷罚电得神魂紊乱。

这情况，果然如同朵朵以前所说，生死之间有大恐怖，此身一死，从身体到灵魂，其实都已经有了很大的不同。往日的黄鹏飞贪婪胆小，自私浅薄，倘若碰见这般的事情，早就有多远跑多远了，然而此时为了自家老舅，竟然舍命相抵，让人感叹。

不过欣赏归欣赏，作为敌人，我的敬意便是赐予他真正的死亡，烟消云散才是对他最大的尊重。当下我一个箭步冲上旁边，黄鹏飞落下的那处出现了一个小小的身影，伸出一双如藕手臂，朝着他的身上轻轻一拍，把他拍向我的剑口。

高手交手，天时地利与人和，契合到了最精妙的境界，往往只需要一招。鬼剑穿过了黄鹏飞的胸膛，而他手中的剑与长刀，离我的喉口和心脏位置，只有一指之长，便再难寸进一步。黄鹏那模糊的脸缓抬起来，凝目紧紧盯着我，勉强说出一句话来："怎么又是你，我不服啊？"

我将鬼剑缓缓拔出，面无表情地说道："一个人还要杀两遍，我找谁说理去？"

愤怒不甘的黄鹏飞没有再说出第二句话。鬼剑宛如抽水机，将这凝练已久的凶魂给不断拉扯到剑身之内，然后开始将这力量筛选度化，只余下一具僵硬的尸体摔倒在地。

就在我将黄鹏飞杀死的那当口，听见杂毛小道发出了一声惨叫。我剑转身，发现那头湖泥地龙的头颅已被撕裂，一道黑影正朝着我冲来。接着我的眼前一花，感觉胸口中了一掌，人便朝着天上飞去。当我从空中跌落下来，在泥地里滚上了几圈的时候，瞧见杨知修一身鲜血，跪倒在地上，将那具蓑衣人的尸体扶起来，脸色铁青地望着。

那具尸体少了黄鹏飞的恶灵依附，早已不再是他的模样，而是一张没有眼睛、鼻子和嘴巴的平坦面孔，宛如没有雕刻过的木偶。

杨知修凝望着这具尸体喃喃自语："鹏飞是我的亲外甥，他从小就很乖，受了欺负之后只知道哭，不会打架，也不会骂人，可怜兮兮；他长得可爱，嘴也甜，就像一块儿糖，跟他在一起，让人心中如蜜。我一生未婚，没有儿子，在我的心里，他就是我的儿子。当年他死了，我几乎发狂。后来我从茅山叛出，第一件事情就是找到拥有鹏飞残魂的客海玲，将变成鬼的鹏飞重新度化。我希望有一天，能够让他借尸还魂，重新苏醒过来……"

说着说着，杨知修轻轻拍出一掌，那具尸体给震得碎成了十几块冷冰冰的肉块，因为死了太久，没有一点儿鲜血溅出。他站了起来厉声喝道："我以为我能够让他恢复人身，然而你们却毁了我所有的希望！那么，你们所有人，都给他陪葬吧。"

杨知修双手朝着天空举起来，头顶上那不断旋转的亡灵停止了转动，村庄四周开始有黑色的光幕升起，将这空间给切割成一个鸟笼一般的形状。雨幕顿收，接着天摇地动，那些房子开始摇晃起来，地也在抖动，我们仿佛身处于一个火山口。

二十四尸化灵阵，杨知修开始亲自操弄起这原本用来对付真龙的阵法。受了内伤的一字剑浑身一震，朝着左右大声喊道："各位，阻止他，不能够让他将这大阵全部发动，要不然我们所有人都得死！"

说完，朝着杨知修冲去，然而刚刚走出几步，人便突然出现在了几十米之外，奋然掷出的飞剑，也给转移到了另外的地方去。我们所有人都奋不顾身地冲上前，我瞧见杨知修脸色苍白，一边冲一边大喊："他也扛不住，是个纸老虎，冲啊！"

然而我们所有人都如同一字剑一般，遇到了鬼打墙。

这个时候，笼形天幕上出现了一道肥硕的身影，将那黑暗给撕裂出一个口子，杂毛小道仰首望天，瞧见了裂缝之外一道游离而过的剑光。

然后，他举起了雷罚。

第二十三章　正版神剑引雷术

"三清祖师在上，三茅师祖返世，神符命汝，常川听从。敢有违者，雷斧不容。急急如律令，敕！"

天空上那裂缝被一道金黄色的叉形闪电给瞬间撑大，连成一片，接着气运上承九天，密密麻麻的电网将整个天空撑得一片星宇明朗，所有的暮色一下尽扫，整个天地都呈现出一副狰狞的明亮之色，宛如白昼。

那种明亮，让我在那一刻甚至能看到场中每一个人的表情，或惊讶，或诧异，或呆愣，或振奋，不过更多的，则是深深的恐惧。天地之威，非人力所能企及，故而自然之道，从来都是至高大道。下一秒钟，密布电网中那四五十道雷电，已然凝结成一道螺旋形的粗长电光，依着某人心意，朝着双手指天、呈现出一株避雷针造型的杨知修，垂直落了下来。

轰隆隆！

整个天地几乎都在那一瞬间被压缩，我的耳边突然有巨大的雷声爆起，响彻全世界，那一刻我的小脑失衡，给震得摔翻倒地，感觉天在颤抖，地也在颤抖，浑身的汗毛根根竖直朝上，全身僵直发麻。

我感觉整个脑海一片嗡嗡嗡，响得难受。而下一秒，一道绚丽而刺目的光芒从杨知修立足之地凭空生了出来，我下意识地闭上眼睛，但也阻止不了这种光线侵袭，眼睛忍不住地往外冒着热泪。而即便有了泪水的浸润，我也是难受得不行，忍不住在泥地里翻滚嘶吼，好像下意识地想要避开头顶上那些落下来的雷电。

滚了十几秒，我的意识终于开始回复过来，感觉视网膜上面停滞的光芒也开始趋于黯淡，这才勉力睁开眼，流着泪四处打量一番，然后朝着杨知修那边儿望去——我看见了一个人，一个全身漆黑的人形焦炭，黑乎乎，身上的衣物早已被电压给分解，整个人仿佛凝结在了地上，变成了一座炭黑色的雕像，惟有冒出来的缕缕青烟，显示着此人之前还拥有着生命。

杨知修死了吗？

我勉强站起身来，深吸了一口雷电之后富含电离子的空气，感知到整个炁场都被这一场震撼的雷电给轰得支离破碎。我望着头顶上飘落下来的雨丝，心中犹在后怕，这就是茅山压箱底的掌门秘技，真正的神剑引雷术吗？

我下意识地望向场中傲然站立的杂毛小道，瞧见这厮其实也并不好过，虽然勉强站立，然而腿肚子却一直在发抖，显然也是有些透支过度，然后被自己这手段给吓到了。

不过这厮是装波伊界的高端大拿，即使如此也不跌份。脸色肃然地瞧着前方，一言不发，光线照射在他消瘦的侧脸，嘴唇紧抿，将他那冷峻而又坚毅的一面给彻底表现出来，迷得在我旁边几米远、趴在泥潭中的慈元阁小公主方怡一脸花痴，口中喃喃地说道："好帅哟，太帅了啦……"

不止这一个人赞叹。场中除了杂毛小道之外，唯一站着的是那天下正道十大高手之一的黄晨曲君。这个丑老头一脸震惊地瞧着杂毛小道，口中也忍不住说起："天，这是茅山的神剑引雷术吗？这，你到底是什么人，陶晋鸿跟你，又有什么关系？"

一字剑到底还是江湖前辈，长辈问话，杂毛小道终于把思绪收回来了，拱手回道："陶晋鸿正是小子恩师。茅山门下萧克明，拜见黄老前辈！"

"萧克明？萧……克明，"黄晨曲君在口中缓慢念读着，突然想起来："最近声名鹊起的年轻高手里，旁门左道，那个雷罚飞剑，说的便是你吧？"

萧克明一脸尴尬，说何时有了这个说法，我倒是不知道的。

这时我也走到身前来，拱手朝一字剑问好，说："晚辈陆左，拜见黄老前辈。"一字剑瞧见浑身泥乎乎的我，又瞧了我脸上的刀疤，点头，说："焦不离孟，孟不离焦，你便是那刀疤怪客陆左啦。"

我心中一边对那个给我乱起外号的闲汉骂娘，一边也硬着头皮应下，犹不甘心地说道："这江湖人扬名立万，怎么不能自己取外号？也不知道是谁给我取的这名字，咱有疤那是不假，我也认了，但是这怪客……怎么听，都像是电视剧里过几集就要死的小人物啊。"

一字剑听我说得有趣，也露出了微微笑容，说："这江湖人，好叫便是了。比如我叫一字剑，就是因为我以前刚学会使弄飞剑的时候，从来都是直来直往，不会转弯，便被人嘲弄说起。当时气愤，现在想想，也不过就是一个名头而已。"

江湖传闻这一字剑或许是年轻时杀猪杀得太多，一身杀气，是个冷面人，却不承想对我们倒是笑容满面，想必与杂毛小道刚才那一招引雷有关。在这样的实力面前，装酷还不如平等沟通来得有效，故而和我小时候的初中数学老师一般，和蔼可亲。什么样的人有什么样的圈子，有时你觉得他高高在上，但其实他和普通人，也没有什么区别。

三人寒暄几句，便朝着静立场中那具焦黑如炭的尸体走去。

这尸体方圆三米之内，土地一片焦黑，脚踩上去，宛如岩石一般结实。尸体依旧冒着青烟，散发出一股肉香和焦臭混合的古怪气味，让人肚子里的酸水忍不住翻腾，想要吐出一点什么来。我们三人围着这具尸体绕了一圈，一字剑脸色凝重地说道："这个，恐怕不是杨知修吧？"

的确如一字剑所说，站在我们面前的这具炭尸，整个人的面目和皮肤都被强大的雷电劈得不成模样，黑黢黢一团，脸上的五官都融在了一起，整个人也缩水了几十公分，不管怎么瞧，也瞧不出这人生前便是让我们所有人都恐惧到极点的杨知修。

我试图找寻一些证据来证实这具焦尸便是杨知修，然而左右找了一圈，也没有发现他从灌江口王家那里夺来的二郎化神杖。

杨知修生死不知，这让我们有些沮丧，不过其他人却并不知晓，慈元阁少东家和他妹子围了上来，恭敬地与一字剑见礼，都叫黄伯伯。一字剑微微点了一下头说："你们迷路了，你父亲拜托我过来找你们，还好没有出事，要不然我可没有脸去见老友。"

方怡明媚的眼光落在杂毛小道的脸上，充满崇拜地说道："我们今天多亏了萧大哥，要不然可真就要给那个姓杨的恶人给害了呢。"

一字剑点头说："的确如此，这一次要不是克明小友出手，动用茅山秘技，引发天雷，只怕便是我，也逃不过一死。"

杂毛小道赶忙谦虚："诸位谬赞了。要不是大家齐心协力，我哪里有这时间引发咒诀？此事无需多提，各尽职责才是。"听得杂毛小道这般谦虚，几人更是盛赞。一字剑看着杂毛小道，说品德修行，皆为上上人选，看来茅山昌盛的命运，又可延续百年了。

这几人在这儿花花轿子相互抬着，我的注意力则集中在旁边的那条湖泥地龙身上。这条上古遗种已然死去了，它的头颅被杨知修愤然撕裂，不过将它生机彻底湮灭的，却是杂毛小道刚才引发的天雷。虽然杂毛小道刚那一道螺旋落雷是垂直朝着杨知修去的，然而这湖泥地龙全身亦是一片焦黑，那些鳞甲全数反转，露出了里面足有七成熟的肉来。

这地龙属昆虫科，腹腔中空，表皮的肉肥厚，瞧着颇为诱人。我瞧着这副场景，心中有些疑惑，这湖泥地龙的生命力极为强悍，要不然也不能活得这么长久，而且据闻也能控火，怎么劈向杨知修的天雷，竟然也落了部分在它身上？

杂毛小道瞧见我脸色凝重，凑过来，也陷入了沉思。

一字剑瞧见这地龙，却是满心欢喜，用那碧绿色的石质短剑将其下颌剖开，掏出一串如同葡萄一般的珠子来，十来颗，花花绿绿的，上面黏液裹覆，看着极为恶心，却有芬芳香味传出。一字剑跟我们介绍道："这活了无数年头的湖泥地龙一身是宝，最大的好处便是它颔下这串珠子，是其力量的源泉。红色乃火，提高抗性；黄的乃土，增强体质；白色是水，能够熟络水性，入水不沉。克明小友，此战你厥功至伟，由你来分配吧。"

第二十四章　走投无路

杂毛小道听得一字剑这般说，拱手说道："黄老前辈，既然如此，我这里倒是有一个不情之请。"

一字剑问："喔，有什么事，尽请道来。"

杂毛小道恭声说道："这条湖泥地龙本来一直生活在大泽深处，或许还能多活几百年，只可惜因缘变故，竟然遭此劫难。此番它并没有作恶过甚，反而在刚才还有解救我们的功劳，晚辈不忍它曝尸荒野，拆骨扒筋。所以想跟前辈求个情，这些龙珠晚辈和同伴一个也不要，只求让它入土为安，也算是我还了它一份人情。"

听得杂毛小道这般说，一字剑的脸一直绷着，过了一会儿，他突然哈哈一笑说："果然，能够有如此修为，你倒是一个让人敬佩的少年。好吧，我同意你的请求，这条湖泥地龙我本待弄些骨剑和贴身护甲，看在你的面子，我不动了。至于这三色龙珠，便也没有你的份，我留来作人情，分给他们几个晚辈吧。"

一字剑指了指旁边的慈元阁少东家和小公主，那少东家拱手说道："这地龙倒也是个可怜角色，志龙也不忍吃它身上之物。"

方怡依附自家哥哥的意见，捏着鼻子说道："唔，对啊，好恶心呢，谁敢吃它？"

瞧见两兄妹这样一副表情，黄晨曲君挑出一颗白色清亮的珠子，往嘴中一送，轻轻一含，那珠子便化作一道汁液，流入喉中，他长长地呼出一口浊气，笑道："小怡子，你别看它模样不怎么样，但却是积蓄了千年的日月精华，不但对你的修为大有裨益，而且这水性珠子一经服用，你入水便如那湖中之鱼，来去自如，最为珍贵。一会儿回去，我清洗干净，给你熬汤喝掉，你看可好？"

听黄晨曲君这般说，方怡终究被这神奇功效给诱惑了，点了点头，说好啊，若是如此，捏着鼻子喝一回，也可以。黄晨曲君又扭头瞧方志龙，他依旧摇头，说不喝。方怡瞧见自家顽固的哥哥，哼声指责道："你呀你，就是个段誉的性子，软蛋儿！"

我们这边商量妥当，右边突然传来一阵嘈杂之声。灵棚那边的人都已陆续醒来。客老太这人最厉害的本事就是见风使舵，瞧见情况不对，转身便飞奔，然而小叔却拦在了她的前面，不让她再次逃离。世间最愚蠢的事情莫过于纵虎归山，我们自然不会犯这种错误。

战胜了杨知修，我们所有人精神大振，脚步如风，把客老太等给围在了小巷口。

客老太自知必死，却又心存侥幸，朝着黄晨曲君说道："小黄，我是你三嫂子啊。你还记得不，当年中秋你还来我们家吃过饭，叫老贾三哥呢？你放过三嫂子吧，啊，看在老贾在天之灵的分上？"

本来一字剑还只是配合着我们前来围住，听得客海玲这般说起，脸色不由得冷峻起来。

任何高手，在未成名的时候都有一段屌丝岁月。有的人把这当成财富，比如我，可以毫无顾忌地与众人分享。有人却当作耻辱。黄晨曲君改名，忌讳旁人说起他在肉联厂当杀猪匠的经历，显然是不喜欢那一段低人一等的岁月。今天被客海玲揭起旧日伤疤，不由得有些恼怒，脸色铁青地缓声说道："什么三哥三嫂，老子可认不得。"

客海玲听得一字剑这般说起，自知失言，惶然无措地瞄向我，激动地说道："陆左，陆左，你就放过我吧。虽然大家彼此之间都有些误会，但是我们却一点儿仇都没有。而且老贾当年在集训营里，还给你当过总教官，教了你许多本事。一日为师，终身为父，你可不能弑杀师母啊？"

杂毛小道听客海玲这般语无伦次信口雌黄作可怜巴巴状，不由得笑了，朝着我喊道："嘿，小毒物，你师母这般说，你什么意见？"

我指着那些从垮塌灵棚的塑料布中爬起来的许多村民，一脸严肃地对客海玲说道："饶不饶你，我们说了都不算，要问一问那些被你夺去了亲人性命的村民，看看他们会不会饶过你？"

客海玲瞧见我眼中的决绝，眼睛眯了起来，有一种与她刚才语调不符的尖厉之声从喉咙里发出来："呵呵呵，你们以为这样就可以拿捏住我了？既然不给我留下一条生路，那就拉一个人，跟我一起上路吧！"

此言方落，客海玲的身子便化作一道幻影朝着我这儿杀来。

我见她色厉内荏，鬼剑一抖，朝着这老妇人的周身罩去。然而我一剑却是落了个空，刺中的只是一道黑影，仅仅只是一头凝练出来的厉鬼。客海玲是选择了与她毫无瓜葛的小叔作为突围方向。小叔在苏北苏南一带，也是有数的高手，但与我们几人比起来，实力稍显薄弱，因此被客海玲当作了软柿子。

然而，小叔果真是软柿子吗？

面对这妇人的垂死挣扎，小叔不急不缓，将手中的雷击枣木剑朝客老太的腿部刺去，想通过剑上雷意，将其逼开。雷击枣木剑并未镀上类似精金的物质，并不锋利，然而一旦灌足力量，便能够化作一把有强大攻击力的武器，比寻常铁剑更利。

客老太知道自己回避一下，时间就会延迟，当下也是发了狠，竟然不闪不避，手中一把金刚剪，朝着小叔的手臂上扎去。

两人撞在一起，客老太的左腿中了一剑，鲜血飚射，小叔的左手则给那金刚剪给咬合着，死死卡住。

客老太手中这金刚剪光芒闪烁，显然也是一件了不得的法器。在她的想法中，小叔的手臂自然是一剪而断，接着这个帅气的中年人便会因为剧痛而跌倒在地，身后至少要留一人照顾，而她便可遁入黑暗，借由暗道离开。

不过，这手臂怎么回事，忒硬了吧？小叔不但没有倒下，被金刚剪咬合住的左手居然还能够活动，反手一把将其手腕抓住，五指之上仿佛有千钧之力。客海玲身形稍微一停滞，后背便疼了，低头一看，只见胸前露出了两把剑尖。鲜血从剑尖流出来，她全身的力量和修为，都随着这鲜血流逝，脚下一软，便跪倒在地上。她脑子里只有一件事情未明白，反手抓住小叔，忍着疼痛，拼尽最后的力气问道："为什么？我的双龙金刚剪锋利至极，寻常手臂一剪即断，难道你练了金钟罩铁布衫？"

小叔将金刚剪给取下来收入怀中，活动了一下左手，将破口处给她看，说："喏，这手是假的，里面灌了钢，你怎么能够剪得断？"

客老太听了，双目瞪得滚圆，死不瞑目啊！

客老太既死，我们肃清余敌，但鱼头帮四相海中，只瞧见了三个，另外一个，我们怎么搜都不见人影。

第二十五章　慈元阁阁主

我们走到灵棚那儿，刚才被催眠了的村民陆续都醒了过来，都瞧见了刚才杂毛小道引雷的场景，吓得哆嗦直抖。

杂毛小道和慈元阁少东家在前边安抚村民，让他们不要惊慌失措。杂毛小道口才极佳，而且他刚才引雷的那一刹那，实在是太夺人心了，于是在一番宣讲之后，被吓得直哆嗦的村民们终于回到了现实。有的高声痛哭，有的则跪倒在地，也有许多人奔回家，想要亲眼验证一下自家人的死讯。

那些被吊在房梁之上的死尸，它们的魂魄已然被天打五雷轰，魂飞魄散，留下的尸体也是有剧毒的。慈元阁三个幸存的掌柜也没有闲着，带着村民将那些死尸给妥善处理，避免二次传染。

一字剑言出必行，湖泥地龙的身躯丝毫不动，找了十多个村中壮劳力，来到村边靠山的凹地挖出一道深坑。我们和慈元阁等人将那头湖泥地龙给抬到深坑里去，杂毛小道燃符祈愿，行了一番道场，也算是将这畜生给超度了。

掩埋后，我们告诫这些村民，此为龙，有了它坐镇村中，自可庇护村中安宁，风调雨顺。倘若有谁起了贪心，或者口风不严，遗漏了消息出去，掘了土，以后村中还要遇到一次大灾祸，到时没有一人能够逃脱得过，整个村子也将不复存在。

我们说得严重，那些受尽了惊吓的村民无不点头纷纷。

一切完毕，我摸出防水布里面的手机，发现并无信号，客海玲等人早已将村中电话线给剪断，与外界失去联络。我请村长派两名青壮，到最近的村庄去找电话报警。我还给了他们赵兴瑞的电话。

大雨收敛，唯有微微毛雨飘扬。我、杂毛小道、小叔、一字剑和慈元阁诸人站在湖泥地龙墓前。方怡问黄晨曲君："黄伯伯，我父亲在哪儿？"

一字剑眼神扫量我们，沉吟一番，然后说就在这附近。

我们没说话，方志龙禀告一字剑说想带着我们一起前去见他父亲，洽谈合作事宜。听少东家这般说起，一字剑的眉头又是一皱，回望旁边的田掌柜。田掌柜知道这杀猪匠误会了，于是言明了先前的商谈协议，说我们此番前来所求的不过是那龙涎液，并非要与他们抢夺真龙。

一字剑低头想了一会儿，说那便一同前去会面，看方老友如何分说。

大雨过后道路泥泞，行走不畅，何况还要背着三具死在邪灵教手上的尸体，十分艰难。行了几里路，一字剑让我们沿着湖边前行，倘若看到水面上有灯光亮起，便停住，而他则前去通知慈元阁的大部队过来接应。

三名死者中的女性是方怡的伙伴，要搁在古代也就是丫鬟的角色。瞧见这死去的伙伴，方怡没有纠缠杂毛小道的心思，陪在背着那可怜女孩的田掌柜身旁，垂泪。

走了一个多钟头，前面有人喊了一声："灯、灯，湖上有灯！"

那是一艘长船，既不是寻常渔民的那种渔船，也不是铁壳机动的湖艇，更不是寻常用来运输沙石的水泥船，而有些像是古代的那种大船，高高的船舷，船面上还有舱室，侧面伸出四只船桨，上面还有帆，颇为奇特。

瞧见这船，少东家兴奋地说道："啊呀，我父亲将常德老翁手里的宝贝都给弄来了，事情就顺了！"

田掌柜从怀中拿出一支胡哨，吹了三长两短的哨声，那船便朝着这岸边靠来。靠近了些，方怡兴奋地冲向湖边，大声喊道："爹地，是我，方怡，我们在这里呢！"

大船靠不了岸，那边放过来两艘小艇，不一会儿便划到了近前。领先的一艘小艇上站着的自然是一字剑黄晨曲君，稍后一艘则站着一个梳大背头的矮肥中年人。小艇还没有着岸，方怡便朝着那个矮肥中年人扑了过去，放声大哭道："爹地，呜呜，月月死了，李欣儒的俞越和两位掌柜的也遭了谋害，他们被坏人给害死了。"

这女孩哭得雨打梨花，那个矮肥中年人好是一番安慰，最后才苦笑说道："早跟你说了，这一次来十分危险，九死一生，让你别来，你偏来，看看，知道厉害了吧？"

方怡猛地摇头，说不，你和哥哥都来了，我怎么好在家里待着呢？

这中年人便是慈元阁的掌舵人方鸿谨了，作为最会赚钱的修行门派首脑，他颇有些商人气质，行事十分周到。安慰了一番自家女儿，转过头来向我们拱手问好道："三位便是萧应武、萧克明叔侄，以及陆左兄弟吧。我刚才听黄兄说过了，是你们救了我慈元阁诸位掌柜和我的一对儿女，这情份我记下了，以后定当重报！"

方鸿谨发出爽朗的笑声，过来与我们握手。他的手掌宽厚温软，与我紧紧相握，还摇了一摇，瞧着十分热情。

小叔是长辈，自然由他来答话。一番寒暄之后，小叔便提出了之前的话题，说我们此番前来洞庭湖，便是为了那龙涎液，如果大家目标差不多，不如合作，获谋共赢，阁主你觉得如何？

第二十六章　寻龙号

慈元阁阁主方鸿谨是个一团和气的油滑商人，寒暄说话时，好是一番花团锦簇，让人自动忽略掉他的江湖身份，然而当他略一严肃，凝目打量我们的时候，我却能够感受到在这肥胖的躯体里，藏着一头恐怖的野兽，以及恐怖的力量。

这是一个极为厉害的人，很多人都只记得慈元阁会做生意，但是却忘记了，能够在风波险恶的商场上立下足来，并且长足发展，这些人都是靠着什么样的实力。

本来我瞧见慈元阁少东家和几个掌柜的实力并不算突出，以为慈元阁实力不过尔尔，但是瞧见了方鸿谨这气派，才知道我刚才的估计大有出入。心中无鬼，我们都坦然面对着方鸿谨的扫量。

很快，他笑了起来，说："我刚才已经听黄大先生说起此事，三位的修为都是一流，能够得到你们的襄助，我自然没有什么可以拒绝的。不过还是有一份担心，那便是我们此番前来，准备充裕，计划是将那真龙引诱而出，并不一定会前往湖底龙巢。若是如此，未必能够得到你们所需要的龙涎液。而若没有酬谢三位的重礼，我心不安，也有些不敢生出劳驾诸位的想法。"

小叔点了点头说："我们前来洞庭寻龙，消息闭塞，左右也是虚耗。倘若能够与你们一起，得到些真龙踪迹，不管结局如何，都不会烦扰到你们的计划。"

见我们说得诚恳，慈元阁阁主哈哈一笑："能够得到三位襄助，鸿谨自该高兴才是，不过双方合作，丑话可要说在前头。我这里有三点要求，如果你们都能够应允，那么我们立刻携手上船，共赴大泽深处；倘若不行，大家一拍两散，日后江湖相见，我还记你们一份情谊。"

小叔拱手，说还请指教。

方鸿谨伸出三个手指说："其一，上得船，这船如何走如何停，如何追寻踪迹，都需要听我们的，不得擅自行动，也更不能妄加指责。"小叔点头，说这是自然。

方鸿谨满意地笑了，收回一根手指，说："这其二，如果碰到危险，不可妄自奔逃、扰乱士气，需得同进同退，风雨同舟才行。"小叔说："我们这些人，只要认定了伙计，自然不会做那种背弃同伴、贪生怕死的勾当，要是怕死，何必不远千里地跑到这里来，受这风吹雨打呢？"

慈元阁阁主拱手，说："三位勇武，我已经听黄大先生转述，这里说最后一个事情。倘若此行碰到旁的门派，发生了冲突，如果与你们有旧，还请提前告知，这样对双方都有好处，免得最后刀兵相向了。"

小叔这会儿愣住了，回过头来看我们，杂毛小道上前一步说："方阁主，我们与旁人倒无甚恩怨，只与邪灵教有些许仇隙，不过他们与你，似乎也是如此。这里我可以向你保证，倘若是碰到亲近的人，我们自然当劝，劝无用，我们则回避；但倘若是碰到了仇怨，自然是一起并肩子上，不多半点儿犹豫，你说可好？"

方鸿谨听了，抚掌大笑，连道了三声好，说本来还担心此行高手不足，有了三位，当真是天衣无缝了。

他笑完，躬身请我们上船："三位先生，请！"

方鸿谨先前考较我们时语气严肃，此时却又是恭恭谨谨，当真是一个八面玲珑的角色。乘着小艇，我们来到湖中大船，这木船比我想象的更加大一些，宛若楼船，船头有一个兽首，是麒麟模样。

这船除了骨架，基本上都用油浸抛光的天然老杉木打造。我目光巡视一周，并没有瞧见任何现代化的电子仪器，便是刚才所见的那十几盏灯，也都是煤气灯，而非电灯。

众人陆续上船，然后将两艘小艇吊上来，绑在船侧。慈元阁阁主见我们三人皆是一副好奇模样，便笑着问："你们是不是很奇怪？为何这船上一点儿电子设备都没有，我为何没有租用现代轮船，或者直接搞一艘游艇，或者退役炮艇过来呢？"

我们点头说是，又不是没有钱，何必搞得这样简陋？

方鸿谨哈哈一笑，指着这船上物件说："你们别看这船模样不济，我谋夺过来，颇费了些心思。按理说，弄一艘现代化大船过来，并不是难事，然而我们不是来度假的，而是寻龙，有这电子设备和燃油发动机在，八辈子都别想看着半点儿龙影。即便是出现了，哪怕是军舰也免不得一翻，谁也不是过来送死的，对不对？所以我才从常德老翁手上软磨硬泡，弄了这艘'寻龙号'来。"

听着慈元阁阁主这般扬扬得意，我们都有些心中痒痒，问这船有什么奇特的地方吗？

"自然有！"既然都在同一条船上了，方鸿谨便也没有卖关子，说起此船的利害之处来。

这寻龙号原本为常德一个吴姓老头所有。老头在江湖上名声不显，来头却颇大，是失传久已的墨家子弟。他家世代造船，先祖曾是元末义军陈友谅的水军督造官，造的船，船上都可跑马，纵横淮泗鄱阳。后来陈友谅败于朱元璋之手，他的先祖和彭和尚一同退隐，世代依旧造船，传承着墨家精妙的手艺。

这船是吴老头倾尽毕生心血所造，船上的每一块船板，每一根铁钉和每一处结构，都经过他亲手制作。船身外表与寻常无异，但是结构却采用了墨家古法，内壁纹绘符文，鬼神不侵，无论风浪多大而不得倒，是乘风破浪的绝佳利器。

既然名曰"寻龙号"，那船上自然少不了许多布置，对此慈元阁阁主并没有向我们和盘托出。除了在船舱底部划桨的八位力士，还有二十四人，有的是慈元阁本阁中的修行者，有的则是高价请来的供奉，大多都熟识水性，其中不乏高手。

这里面，便有先前那名获得龙鳞的坐馆道人，本名唤作刘永湘，是个沉闷之人，猫在暗处不说话。

船上所有人加起来有四十二个，慈元阁此番，可谓倾巢而出，志在必得。

彼此见过面，谈了一会儿，我们因为当天又是战斗，又是赶路，十分疲惫，便早早歇息。

船上不比陆地。外面的雨小了一些，舱房里潮气颇重，又摇摇晃晃的，并不好睡。我睡得迷迷糊糊，不知道过了多久，突然听到船头传来一阵急促的脚步声，夹杂着喊叫声，我立刻直起身子来，瞧见小叔和杂毛小道都已经蹲在门前，从门口的缝隙往外看。

"怎么回事？"

我朝着两人问道。小叔说："刚才好像遇到了一支船队，有三艘。慈元阁的人熄了灯，躲入附近的芦苇荡中，那船队也有些忌惮，远远地绕开了，并没有靠上来。"

我问也是木船吗？小叔答是，想来也是前来寻龙的，不过不知道是不是熟人。

龙灵之属，对现代设备最是不喜，所以我们在慈元阁的人监督下，早已将身上所有的电子设备都丢掉了。我们又没有手表，故而连时间都不知道，外面黑麻麻的，大概三四更天的样子。

慈元阁的人并没有过来叫醒我们，显然他们并不打算跟那支船队照面。我等了十多分钟，感觉四下寂静，困意又浮上了心头，先前和杨知修拼得太厉害了，我只想着赶紧睡上一觉，将精神给养足了，明天不至于萎靡不振，于是闭上眼睛继续休息。

大概过了半个多小时，又听到一声奇怪动静从西面传来。紧接着一阵急促的脚步声响起，我们舱室的门被人敲响，来人焦急地喊道："陆先生、两位萧先生，阁主有紧急要事相商，请三位到前舱一叙。"

第二十七章　相请不如偶遇

杂毛小道回应了一声，说马上到。

我们三人到了前舱，掀开厚厚的遮光布帘，里面长桌上摆着一张巨大的水势分布图，一盏煤气灯，慈元阁阁主父子、田掌柜和焦、朱、刘三位坐馆道人正在灯前讲解事情，一字剑却不见踪影。

见我们走进舱来，阁主招呼我们坐下，然后也没有多废话，由田掌柜介绍："我们这次过来，是用那真龙鳞甲作为气息追寻的，一直都在按计划航行，刚才碰到了和我们同样目的的船队，为了避免内耗，我们避开了他们，暂且潜藏于此处。"

少东家接着说："就在刚才，从西边传来消息，说那些人遭到了袭击，一艘船沉入湖底，一艘船仓皇逃向了北面的鹿岛，另外一艘慌不择路朝着我们这边行来。差不多十分钟，那船便会过来了。黄大先生已经过去查探情况，不知道那袭击的家伙跟着的是哪一艘，但倘若朝着我们这边行来的这一艘，我们还是要早做准备才好。"

他们应该是已经有过商量的，待将事情交代清楚，都朝着我们看来，杂毛小道问袭击他们的，是什么东西？

"不知道，是从水中钻出来的，将整艘船给缠绕住，然后囵囵个儿地给弄翻了，接着便是鲜血将湖面给染红，一大片。我个人感觉应该也是跟湖泥地龙一样，潜藏在大泽深处静养的遗种，不过这些家伙频频出击，袭击船只，实在让人费解啊！"方志龙不无担忧地说着。

其实他说的也不是没有道理，这天地间自有文字记载以来，万物之灵从来便是人类，那些传说中的高强异类，要么被人类奉为神灵，要么就被直接诛杀，几乎没有能够猖獗在现实世界中的。

那些暴躁好杀的上古遗种虽然厉害非凡，然而人类从来都不是吃素的，别说是陶晋鸿那般的地仙，便是我和杂毛小道，死在我们手底下的怪物，也已数不过来。所以一直存活至今的，要么就是一直困守于一个地方不作动弹，要么就是生性温和，少有兴风作浪，伤及无辜。天道质朴，善者生，恶者死，从来都是正理。

大致了解清楚之后，杂毛小道面露微笑说："诸位莫慌，倘若仅仅如此，我手中这把剑足以应付，并不会有什么问题的。"方志龙见识过杂毛小道那茅山正统的神剑引雷术，对他是信心满满，拍手说道："萧大哥你既然能够出手，那么我们便没有什么担忧了。我们现在此静等，一会儿倘若有所动静，便将其驱赶离去。"

方鸿谨霍然站起，吩咐手下各自行事。我们走到船头，迎着凛冽的寒风，朝着前方望去。

在我们睡下的小半夜里，寻龙号已经驶进了大湖深处。四下黑寂，头顶上乌云沉沉，连星星都没有，让人颇为憋闷。船上经过大雨洗礼，有些湿滑，旁边有几个慈元阁的人穿上了厚重的潜水服，准备潜下去瞧一瞧地形，绘测一番周围。

过了差不多一刻钟，前面的薄雾中突然出现了一丝光，过了一会儿亮了许多，一道黑沉沉的身影从远处奋力游来，朝着我们刚才前来的方向进发。

小叔突然想起了什么，回头问田掌柜："这船上面，知道都有些谁吗？"

田掌柜说："刚才黄大先生瞧了一眼，说有可能是龙虎山的那些道士。"

龙虎山的臭道士吗？

听到这话儿，我和杂毛小道两个人的眼珠子不由得亮了起来，互看一眼，忍不住嘿嘿地笑。田掌柜顿时有些发毛，说两位什么意思，怎么笑得这么阴啊？

很阴吗？我下意识地摸了摸自己的下巴，强忍着将脸上的笑容给收敛起来——实在没想到啊，上次我们刚在三佳机场撂了狠话，这会儿竟然就有机会实践了。还真的是天理昭昭，报应不爽啊。罗金龙，这回看你还怎么耍弄那心眼儿？

我们安静等待着。不多时，那艘木船便朝着这边驶来。那船忒小，几乎只有我们这边的一半，不过速度快，似乎装了备用螺旋桨，几乎是在水面飞驰。慈元阁阁主布置妥当，这时从前舱走出来，侧耳听闻那静谧夜中发动机突突的声响，说："这些家伙到底还是心存侥幸了，被追得狼狈逃窜，是咎由自取。"

不过那船似乎并没有受到什么追击，只是仓皇逃离那处地点而已，临靠到这边芦苇荡的时候，速度稍微减缓，调转船头朝着我们藏身的这边行来。

田掌柜瞧见了，不由得皱起眉头说，难道我们被发现了？

阁主沉静地摇头说："应该没有。许是他们瞧见这处是个比较绝妙的藏身之处，想要先躲藏起来，等待天明。"田掌柜不无担心地说道："他们的船身左舷有些受损。一会儿若是相见了，龙虎山上的道人修为都是极高的，只怕会生起杀人夺船的心思……"

阁主冷声哼道："来的若是朋友，我们有美酒。若是豺狼，我们有猎枪。一会近了你来喊话，倘若他们有异动，我们又有何惧？"他话儿说到一半，回过头来瞧我们："三位，不知道你们意下如何？"

猛虎在侧，即便是慈元阁阁主，难免也有些顾忌。

说到底，我们终究还是不稳定因素。没有一字剑压场，不免有客大欺主的嫌疑。小叔自然知道我们与龙虎山的恩怨，点了点头说："方阁主，同舟共济，自然同气连枝，一会儿你只管吩咐便是，我们没有疑义。"

得到了小叔的保证，阁主的表情轻松了许多，吩咐下去，下面的"水鬼儿"也爬了回来，全员戒备着。前面的小船驶入芦苇丛中，我们这边全船熄灯，倘若不注意，说不得就会一头撞上来。田掌柜气沉丹田，朝着前方喊道："前面的朋友且停下，慈元阁在此驻船，莫再靠近，不然就要撞上了。"

田掌柜这一声喊中气十足，对面立刻有了反应，停住了，接着亮起了灯。四五个青衣道人矗立船头，当头一个正是酒楼之上讲数的二代真传弟子殷鼎将殷天师，朝着这边遥遥拱手，高声喊道："不知道是慈元阁哪位掌柜的在此？我是天师道龙虎山善扬真人门下殷鼎将，正在被湖中水怪追逐，还望借过水道，好逃脱离去。"

灯光亮起，我瞧见在几名青衣道人身后站着的，正是罗金龙那个花花公子。此时的他早已不复年会时的潇洒，黑发湿漉漉的，也不知道是跌落了水，还是被炸起的水花浇到了头，正一脸戾气地朝着这边望来。

田掌柜回头与慈元阁阁主商量一番，然后答话道："这里是我慈元阁的大当家在此，既然是被湖怪追杀，我们这里给你作指引，你们且先离去。"

慈元阁这边打着灯给龙虎山的小船指路，而对面则一声感谢，朝着这边继续行来。

很快，两艘船缓慢接近，彼此都能够瞧清楚对方脸上的喜怒哀乐，我和杂毛小道先一步退入阴影之中，不与罗金龙照面，免得凭生许多事端。双方都全神戒备地接近着。殷鼎将朗声劝道："各位，湖中不比陆上，追逐在我们身后的那畜生十分凶猛，我劝各位还是尽早离开才好。"

田掌柜道："你们且过去，我们锚都已经下了，还有几个小时便天明，不必如此麻烦。"

突然对面船上传来了一个苍老的声音："呃，方道友。既然撞上了，怎么不请老朽去你船上坐坐啊？"

第二十八章　船翻人未亡

对方船舱中缓缓走出一个躬腰拄拐的老道人。头上裹着青色方士巾，一身洗得发白的灰色道袍，面相如猴，眉高目深，一字眉下双瞳交叠，湖风一吹，将他三缕胡须和苍白头发吹得散乱，一副萧瑟之景——是望月真人。

望月真人何许人也？茅山李道子故后，除却天山神池宫和东海蓬莱这般传说中的修行圣地，可称为制符大宗师之名者，便只有这个眼有双瞳的老道人。他是国宝一般的人物，江湖上对他的尊重，更甚于他那个列入天下正道十大高手的师兄善扬真人。

慈元阁除了为普通人提供时运与流年剖析、吉祥物制作，还会为修行者提供称手的玩意儿。每年四月和十月都会进行一次业内拍卖，涉及的生意颇多，跟望月真人这种顶级符箓生产商，自然也算得上熟识。所以望月真人这一喊，慈元阁阁主便再也坐不住了，起身出舱，在众人簇拥之下站到船舷侧边来。

他朝着下方的望月真人拱手，说："自前年无锡交易会一别，已两载有余，真人一向可好啊？"

望月真人抬头说道："鸿谨，我还不错。不过现在有些难处，还请你一定相帮才是。"阁主笑容满面，说但有所求，尽请说来一听。

望月真人咳了咳，说："我这小船颠簸，晃来晃去的有些晕船了，能不能借你的大船歇息一下，安养至天明？"慈元阁阁主"呃"了一声，刻意停顿几秒钟之后才说："好，还想跟真人一叙离别之情，就是怕真人行路匆匆，才不敢打扰。既然如此，且上来便是，我这里有上好的西湖龙井，我们不妨一起在这黑夜即将落幕之际，品茶观日出。"

不料望月真人回身一指身边的几位门下弟子说："我这艘小船上有十三名乘员，除了临时雇的船夫，包括我在内，共有八名龙虎山道人，想一并上船歇歇脚，不知道鸿谨你可准得？"

面对望月真人步步相逼，慈元阁阁主皱着眉头思考一番，拱手说道："若搁在平日里，真人所言，莫不是该应允的。不过我们此次出湖，在于祭奠告礼，刀兵皆不敢加。我看真人船上的诸位天师身上都有灵气韵动，法器加身，唯恐惊扰了先灵，所以有些彷徨。倘若诸位肯将身上的东西卸在船上，我便没有什么顾虑。在舱中摆上一桌湖鲜，款待诸位。"

他这话说得清楚明白，上船可以，不过都得将手里面的活计卸下来，不然这茫茫大湖中，你们杀人夺船，我找谁说理去？望月真人听到慈元阁阁主的这番话，脸色数变，不悦地假笑了起来："看来鸿谨你是不欢迎我们啊。既然如此，那我们便不讨没趣了，自己离开吧……"他说完，袖子一甩，人便返回了舱中。慈元阁阁主满面微笑，拱手相送。

龙虎山诸人朝着芦苇荡的深处行去。过了这一片，是一个只有几十步的湖中山丘，上了那儿，依船上这几人的手段，未必会怕那湖中的水怪。

我们目送着龙虎山一行人从寻龙号船旁驶过，没出二十米，便听到右边的芦苇荡中传来一阵植株折断的声响，感觉到一股气息朝着那小船侵袭而去。

不等我们示警，龙虎山之人便已经反应过来。几人站在船上，绞动强弩，嗖嗖的控弦之声便传入我们的耳中。那弩箭的箭头之上涂有朱砂红磷，一旦射出立刻化作一团烈火，入水都没有立即熄灭，将整个水底照得通透，便瞧见是一条长约三丈的颀长黑影，头上一点闪烁，身子一搅，将整个湖底弄得浑浊，立刻又是一片黑暗。

龙虎山诸人在小艇两侧全神戒备，执锐以待，罗鼎全一身黑色水靠，手执两把分水刺跳入湖底，在下面照应着。然而那黑影一闪即逝，竟不见了影踪。那边船上四处查探，又是点灯，又是祭神，忙得不亦乐乎。我们这边也有些紧张，几个掌柜在船头船尾呼喝着，左右还下了四根重锚，稳定住船身，不让那东西有可乘之机。

短暂的沉默之后，我感觉眼角一跳，只见龙虎山等人所乘坐的小船突然间遭受重击，猛然朝着左边侧翻过去。

好一个畜生，竟然这般厉害，知道那些人在船上，伤不得一个，便索性将其乘坐的船只掀翻。

带船进湖，未思胜，先虑败，考虑不周全，即便是龙虎山群雄济济，也逃不脱这般下场。这也正是我们要依附慈元阁的缘由。湖中那黑影偷袭成功，将船给弄翻，许多人都跌入冰冷的湖水中，冻得直发抖，奋力挣扎。

那黑影开始不慌不忙地享受起盛宴来，碰到软柿子便一口咬死，碰到硬茬就略过不计，如此翻江倒海一番，龙虎山雇佣来划船的渔夫已被尽数咬死，只留下那八个龙虎山道人，翻身攀上了正在逐渐往下沉去的船身。

我瞧见罗金龙那个小子也跟着攀上船面，气得暗暗骂了一声娘，这湖底水怪倒是个欺软怕硬的孬货，尽知道欺负些没有反抗力的无辜渔夫，倘若它将罗金龙这个小子给咬死去，我们岂不是省了许多力气？

慈元阁阁主坐在船尾，将这一切瞧得清楚，眉头皱成了"川"字，凝神想了好一会儿，右手一挥，吩咐手下道："救人！"

江湖自有江湖的道理。虽然众人并不喜欢龙虎山，不过见死不救，下井投石这种事情，但凡有点儿节操的修行者都不会做的。因为我们除了要面对实质上的敌我，还会遇到心中那头恶魔。

佛陀问，如何能降伏心魔？此番倘若袖手旁观，像慈元阁阁主这般有志在修行道路上行走更远的人物，必然会心有挂碍，有愧疚感，等他冲击更高境界的时候，这心魔便会纷呈而来。还不如雪中送炭，将他们给救起来。

大掌柜一发话，旁边的田掌柜立刻朝着那边高声喊道："诸位且莫心慌，我们这就来救人！"

慈元阁麾下众人训练有素，船尾立刻涌出八个壮汉，手上拿着婴儿手臂般粗细的绳索，朝着二十多米远的木船抛去。这些绳索的顶端都有铁质小爪，扔过去结结实实地勾在对面的船身上，这边的汉子将其绞在磐台石座中，一用力，绳索绷直，在双方之间搭出了八道间隔半米的绳桥来。龙虎山众道人赶忙冲上了绳道。

诸位别以为修行者个个都是飞檐走壁的角色。术业有专攻，走这绳索，差一点的角色还不如一个训练有素的杂技演员。这绷直的索道之上，能够飞奔而来的只有望月真人、殷鼎将、罗鼎全和罗金龙四个。其余四人，才走出几米，人便一歪，失去了平衡跌下来，双手抱住绳索，倒吊着爬来。

几人走，几人爬，有快也有慢，好在总共有八根索道，并没有争抢的场面出现。

两船相隔并不算远，绳索相连，修为高强的望月真人脚尖轻点，人便呼掠而至。他双脚一落船舷，回转身子，从旁边壮汉手上夺过一根绳索，奋力一抖，绳索末端勾住木船的铁爪脱落下来，吊坠在绳索上的那个人被望月真人轻轻一拉，便直接给拽到了船上。

此法有效，不过需要极大的臂力和技巧。望月真人的目光落在了一脚踏空、失去平衡的罗金龙身上，准备再次如法炮制，将这个小子给拽上大船。

然而当他的双手抓住了罗金龙攀附的那根绳索时，浑浊的湖面突然一阵搅动，一条浑身赤红的长虫从湖水中蹿起，朝着悬空的罗金龙咬去。

啊，是那头作恶的湖蛟！

第二十九章　农夫与蛇

湖蛟为何偏偏去就去咬那罗金龙呢？

倒不是他与湖蛟有仇隙，而是因为他腰间鼓鼓囊囊，不时还有宝光浮现，那湖蛟就是靠着这气息，估摸着是个大人物，所以才出口便想将其咬死。眼看自己即将葬身蛟口，罗金龙也是好本事，身子凭空一缩，倒翻了一个跟头，避开湖蛟的撕咬，望月真人也是极为老练，把握时机，绳子一抖，要将罗金龙拉到大船上来。

不过那湖蛟却不是寻常水兽，一咬不中，还有后招。蛟尾轻轻一拍，身子横空移了几米，又一口咬在了罗金龙的腰间。

到底还是望月真人的出手快了几分，湖蛟仅仅只咬中了罗金龙的衣物，并没有咬到肉。望月真人奋力一扯，一道撕裂的声音传来，罗金龙腰间那包囊和半条裤子给湖蛟吞入了嘴中去，人则下身赤条条地摔落到了甲板上。

咚、咚，又是两声响，段鼎将和罗鼎双双跳上甲板。这时湖蛟已将八根绳索咬断，然后朝着跌落在湖水中的那三个龙虎山道士咬去。

水下搏击，是这些龙虎山弟子的软肋，三两下，便有两个弟子给咬中，发着撕心裂肺的声音，那双手还兀自在水面上挥舞着，哭叫着救命；有一个水性比较好一些，拼命朝着寻龙号游来。

湖蛟正对付那两个奋力挣扎的龙虎山道士，给了他机会。他很快便游到了近前来，甲板上人赶忙将软梯丢下去，试图将那人给拉上来。

那人有些慌张，抓了几下都没有抓到晃悠的软梯。罗鼎全急得朝他大喊："王瑞尼，王师弟，抓住了啊，你抓紧了，我们这就把你拉上来。"

那人稍微一定神，终于抓到软梯，慈元阁弟子便开始奋力往上拉。罗鼎全瞧着着急，一把将这人推开，气沉丹田，奋力一拉，却发现王瑞尼身子沉重如山，根本就拉不起来。

下面黑乎乎的，那力道与他僵持了几秒，突然传来一声凄厉的叫喊，软梯那头一松，罗鼎全猛一发力把王瑞尼拉上甲板。罗鼎全听王瑞尼叫得凄惨异常，仔细一看，不由得倒吸一口凉气——这师弟上半身犹在，但是自腰间以下的下半身，已不见踪影。

古代刑罚中最重为凌迟，次为车裂，再则即是腰斩，一般在刀口抹上桐油，一刀两断之后，犯人甚至还可以活两三个时辰，瞧着自己的身体变成两截，血流不止，那叫一个惨。王瑞尼此刻与腰斩无异，那种巨大的痛苦使得他根本就忍耐不住，本能地放声大叫。

据说地狱恐怖，很重要的一个因素便是死者痛苦的惨叫声。这动静声声入耳，旁人莫不感同身受，鸡皮疙瘩一层一层地泛起。罗鼎全瞧着王瑞尼竟然是这般模样，也不由得发愣，后退一步背靠着船舱，浑身冷汗流了下来。

望月真人铁青着脸冲了过来，对着这个打滚哭嚎的弟子，俯身一掌，一阵骨头碎裂之声响起，帮王瑞尼解脱了痛苦。

接着，望月真人用刚才咬断的绳索草草捆了尸体往船下一扔。尸体在水面漂浮几秒钟，被那物咬中，朝着下方沉去。望月真人身子一弓，抓着一根绳索就跳下船去。

老道大战湖蛟，这戏码绝对好看。我和杂毛小道随着人群往船舷这边靠，伸头一望，并没有见到望月真人的身影，只瞧见水底有两团幽蓝火焰，居然入水而不熄，冉冉燃烧着。水面上除了鲜血，还有一层又一层的油脂扩散，显然在刚才的交手中，望月真人占了上风，伤到了湖蛟。

这也就是在水下，倘若是在陆地上，望月真人想对付这头湖蛟，自然有一万种方法，哪里会惧怕这畜生？

我们正四处搜寻望月真人，头顶上面黑影一晃，落地无声，唯有水花四溅，却是望月真人返回了船上。只见他一身湿淋淋，指间还有一张尚未燃尽的纸符，上面燃烧的火焰与水里面的一模一样，都是瓦蓝瓦蓝的。

慈元阁阁主见望月真人脸色严肃，便迎上去拱手问道："真人，那畜生可曾被降服？"

望月真人并没有给好脸色，冷冷地回答道："中了我两张降神嗜杀咒符，神魂大伤，左侧腰部也被剐了几块肉下来。不过要说降服，那还早，你这里要多做准备，这畜生记仇得很，只怕对这大船也有了想法，准备掀翻开去呢。"

慈元阁阁主胸有成竹，听了望月真人的警告，一笑，说："它要是就此遁去还好，倘若想要过来对我的寻龙号搞事，只怕它会后悔的。"

阁主这边说着，手下掌柜都分散开去，有的在船头船尾查探，有的则直接下了船舱。我和杂毛小道向船尾跑去。

刚刚走到船尾，便听到有人说那东西缠住了我们的尾舵，准备弄碎裂呢。听闻这个消息，正在船尾照应的田掌柜不惊反笑，朝着舱中大声喊道："老刘，尾舵！"

里面似乎隐约应了一声晓得了，接着我听到一阵轰隆的响声，好像利器砍在了骨头上面。探头一看，船尾光明大放，一道幽幽神光笼罩，大股大股的血飙射出来。旁边有个伙计抬头一看，大声喊道："缚龙链已经缠住了那东西，准备绞杀！"

田掌柜将大半个身子伸出船舷，大声招呼道："别太着急，慢慢来……哎！我说你急着去投胎啊，早了，溜了吧？"

田掌柜一脸惋惜。我瞧见那条湖蛟从船底钻出来，赤红色的身子上面伤口遍布，仓皇地朝着后面逃去。一直在关注事态进展的望月真人瞧见那湖蛟摇摇晃晃地朝着湖水深处潜去，大声吩咐道："船调头，追上去！"

　　他喊得热烈，这船却是一动也没动，这才想起来这不是自己的船。望月真人扭过头来，盯着慈元阁阁主商量道："调过船头追上去。那条湖蛟受了重伤，根本就跑不了多远了，如果这一次机会错过，它以后会变得更强大的。快，不然就来不及了。"

　　望月真人在龙虎山惯于发号施令，这一番商量也似命令一般。慈元阁阁主摸了摸下巴，并没有答应，只是简单地说了一句话："这船，是我的船。"

　　他这话显然是对望月真人以及其余龙虎山人极为的不满。望月真人死死盯住阁主，脸色变得铁青，语气森寒地说道："它是你的船。不过我这点面子，你也不肯给吗？"

　　阁主回了两个字："不给！"

第三十章　仇人见面

望月真人的脸瞬间血红血红。

望月真人有他愤怒的理由。湖蛟刚刚咬死了他龙虎山三名弟子，之前还将他们出湖寻龙的船队给搅得一团混乱，这仇怨比海还深。此刻见到有诛杀湖蛟的机会，岂能错过。然而慈元阁阁主竟然不听他的招呼，延误了时机，这对于发号施令惯了的他来说，怎么能够忍？

然而对慈元阁阁主来说，凭什么望月真人吩咐了，他便要照做？他救了人，这已经是善行，然而望月真人在这里指手画脚，一副把别人当作自家奴仆的高高在上，谁也不犯贱，为何要理会？有本事、有能耐，直接跳到那冰凉湖水里报仇便是。

江湖人，你给我面子，我才会给你面子。不然，玩蛋儿去。

僵持中，湖蛟借着周遭芦苇荡的掩护，早已消失得无影无踪。罗金龙看着湖蛟消失，禀报道：“师叔，那蛟跑了！”双方人都在眼瞪眼，彼此无言，罗金龙这一声打破了沉默。望月真人头也不回，怒声骂道：“禁声！胡咧咧什么，我难道是瞎子吗？”

他虽然是在骂罗金龙，然而眼睛却死死盯着慈元阁阁主，唾沫星子都喷到了对方脸上，摆明着是在指桑骂槐。阁主再好的脾气，此刻脸上也浮现愠色。

不过望月真人并没有理会慈元阁阁主的不悦，紧紧盯着对方的眼睛缓缓说道：“方鸿谨，你的船好，常德墨家的宝贝，让人羡慕。不过你知道么，倘若刚才你答应将我们转移上你的船上，那么现在水里泡着的那八个人，就用不着死了。本来这件事情我也不打算与你计较，但是你太轻狂了。你知道？倘若你能够下令，让这船衔尾追击，将那条湖蛟给拿下，到时候少不得你的好处。可是你居然说不行？那好，我现在倒是想问一问你，水里那八条人命，你倒是有个什么说法给我？”

面对着望月真人的质问，慈元阁阁主啼笑皆非，摇头说道：“真人，我敬你是江湖前辈，毕恭毕敬，也是为了日后好再相见。不过你也不能不讲理啊？你们被那湖蛟纠缠，是因为进入这片湖区，带了不该带的东西，与我何干？这些人的确可以不用死，但是你们坚持不放弃武力，他们都是死于你自己的固执，与我何干？我慈元阁不忍你龙虎山众人葬身鱼腹，施予援手，救了你们五人，谁知道换来的不是感激，反而是诘问，我倒也想问一问你，天下间，哪里会有这般的道理？”

望月真人见阁主字字针锋相对，一点儿也不示弱，于是退后一步，四周打量了一下，眼神变得格外严厉，说道：“所谓道理，不过就是公说公有理，婆说婆有理。我真的没空来与你争口舌。事到如今，我只问你一句话，这八个人的性命，你到底怎么给我交代？"

龙虎山殷鼎将、罗鼎全都是虎狼之辈，罗金龙是善扬真人的得意门生，最后一个青衣道人不知姓名，却是望月真人第一个选择救起之人，想来应该也是有一定本事的，四人簇拥在望月真人身后，面色严肃，早已剑拔弩张。

当然，他们四人不算什么，这个胡乱挽着一个道髻的邋遢道人，方才是真正的威胁。

我曾听闻，能够与茅山分庭抗礼的龙虎山，实力最为卓著者是善扬真人，其次便是望月真人，掌教真人张天师只能居第三。可想而知望月真人的实力。

也只有这般的高手，方才会有无视慈元阁整整一船人，质问阁主的底气。然而望月真人气势凌人，阁主却没有半分惧怕。瞳孔骤然收缩，里面迸发出碎玻璃一般的光芒来，从牙齿里一个字一个字地问道："你要我如何交代？"

望月真人没有说话，回头瞧了一眼，他看的是罗金龙。这小子倒也真是个机灵角色，知道自家师叔碍于身份，做不出强取豪夺的事情，那便只有让自己来开口了。于是上前一步，肃声说道："死者已矣，说再多的漂亮话，都挽不回他们的性命，也消解不了我们悲恸的心情。此刻我门中之人，还有许多在对面水域漂泊无依，我看你们这船颇大，不如便抵押给我们，让我们用这船，去解救更多同门的性命，也好让死者的在天之灵，得以安慰。"

这小子不愧是个官二代，夺人船只是先站在道义的制高点上，脸皮厚得都没有红一下。田掌柜顿时就恶心得听不下去了，指着这个家伙的鼻子骂道："谁裤裆没拉好，漏出你这么个玩意儿来？这种白眼狼的话儿，你也好意思说出口。我们辛辛苦苦将你们救上来，你们不但不感激，居然还想要谋夺我们的船？"

被田掌柜的这番话骂得狗血淋头，罗金龙既不羞也不恼，而是朝着望月真人拱手问道："师叔，你觉得金龙此番说法，可是在理？"

望月真人抚须说："不错，金龙你的意见倒是蛮有建设性的。"

听着这两人一唱一和，阁主的脸色开始凝重起来。一字剑不在，面对望月真人这种顶级道门中的高手，他也感觉到有些吃力。一旦面前这几个道士耍起流氓来，下了狠手，即使纠集众人将其扑杀了，只怕这船上受到波及死伤的，可不止一两个。

杂毛小道拍了拍我的肩膀，大步走上前去，朗声说道："望月前辈，话可不是这么说的。阁主没有下令追击，一来是的确不便，二来是因为先前为了防止湖中水兽作恶，下了四根重锚，短暂之间是移动不得的。所以即使追，也耽搁时间，赶之不及了。"

望月真人瞧见杂毛小道和我，眉头不由皱得紧紧的："是、你、们？"

有人修道，到了至深处，心中只有天下大道，上体天心，下明至理；有人修道，却怨结不消，变得格外小心眼。望月真人上次在青虚一案便想趁着四下无人之机，将我们杀人灭口，以泄私愤，后来因为来了人，爱惜羽毛，所以才没得手。此间再次瞧见我们，脸上的肌肉都一阵扭曲，牙齿咬得格格直响。

可是，恨归恨，现在的我们可不是当年那两个他可以随意轰杀的吴下阿蒙。杂毛小道装作全然不知，说："我们啊，劳烦您关心，我们也就是半路遇上了，方阁主这人也是好客，非要拉着我们前来观赏这洞庭湖的'洞庭秋月'、'江天暮雪'。还说过冬的湖鱼最是肥美，一定要尝一尝，所以也就厚着脸皮跟过来了。"

他闲扯一通，然后才说："呃，说正事。情况呢其实也并不复杂，对于发生在贵门身上的遭遇，我也表示遗憾。不过遗憾归遗憾，您望月真人誉满天下，我和我很多的小伙伴们都以能够拥有一张你的符箓为荣，像你这样偶像级的人物，没有必要为了些许小事撕破脸皮，让旁人构陷于你，泼那些个脏水吧？"

杂毛小道这一番言语又捧又打，弄得望月真人脸色铁青，给架得半天也说不出话来。

他拉不下脸皮，罗金龙正要分说，我上前朝着这小子说道："罗金龙，身为公职人员，一言一行都关系到国家的形象。你刚才那一番话实在是太过分了，立身、立言、立行，请自重！"

听到我的告诫，罗金龙露出了几分轻狂，哼声说道："少吓唬人，等你们能够出得了洞庭湖，再来教育我吧！"

他这句话说得有些凶相毕露了。船顶上却传来一声幽幽的叹息："好大的口气啊，可是果真如此么，少年？"

第三十一章　望月遁走

罗金龙仰头，见到一道黑影孤单矗立在桅杆顶上，黑暗中一对眼睛宛若灯光，散发着幽寒的光亮，看得人心中直发虚。

罗金龙一声喝骂："哪里来的家伙，在上头装神弄鬼？有本事你下来，让爷们瞧瞧你是什么货色？你以为我会怕……"他的话还没有说完，便感觉全身骤然一阵冰寒，望月真人将他猛然一拉，跌落在地上，感觉左耳火辣辣的，伸手一摸，耳朵没了。

好快的剑！

这种恐怖，是罗金龙这辈子都没有遇见过的。他遍体生凉，也不知道喊痛，都不知道自己是怎么爬起来的，只听到望月真人的声音朦朦胧胧地传到自己右耳里："堂堂十大高手，鬼鬼祟祟，竟然还欺负一个小孩。黄晨曲君，你也不怕传出去被人笑话！"

黄晨曲君？

罗金龙混乱的脑海里终于恢复了一丝清明，难以置信地抬头去看那道卓立的黑影，想到当日在岳阳楼旁的凛然一剑，心中止不住地后怕。

听得望月真人的嘲讽，一字剑笑了，说："我不藏起来，怎么能够看到你刚才那一番精彩的表演呢？望月，你没事吧，这么多年的道法经文，都修到了狗肚子里面去了？来来来，你若是修为没有寸进，不如学我，浪迹江湖，四海为家，在红尘俗世中打几个滚儿，翻几个跟头，说不定还能够有所顿悟，羽化登仙，哈哈哈……"

一字剑笑得恣意，然而龙虎山诸人却脸色都有些不好。他们刚才登船，瞧见这船上除了慈元阁阁主为难缠之外，其余几个掌柜，与自己也只是五五之数，而他们这方有望月真人，反客为主，将这艘大船夺将过来，似乎并不是什么难事。

然而风云陡变。先是我和杂毛小道冒了出来，现在一字剑却又冒了出来——好吧，现在看来不是己方可以夺船，反而是给慈元阁包了饺子。望月真人瞧着桅杆上的黄晨曲君，又瞧了瞧围将上来的我、杂毛小道和小叔以及慈元阁四大掌柜，脸色变得十分难看，望着慈元阁阁主，咬牙切齿地问道："方鸿谨，你这是什么意思？"

慈元阁阁主摇了摇头说："没什么意思啊？真人，既然上得船来，天色未明，不如到我的房间里去，冲一壶龙井，我们一起等待这初生的朝阳吧？"

到底是江湖上成名的角儿，望月真人终究还是有一些廉耻之心，摇头说："不用了，我们一行还有许多人犹在水中挣扎，等待援救。既然那湖蛟已受重伤，兴不起风浪，而你又不肯借船，那么我们也不久留了。烦请阁主借我们一艘小艇，让我们自行离开便是了。"

方鸿谨捻须沉默了片刻，缓缓说道："我们这艘船上，小艇只有三只，仅仅只够船上众人逃生之用，并没有节余。不过既然真人开口了，我不敢藏私，也不敢拒绝，只是刚才真人所说的那八人血债，要算到我头上的这个说法，我该如何与你交代呢？"

阁主不依不饶，非要望月真人给一个说法才行。望月真人那厚厚的橘子皮脸浮现了一丝恼意——慈元阁阁主这是要逼望月自己打脸啊，然而在这般重重威逼之下，他却又不得不说话，不然那后果，很严重。

短暂的死寂之后，他喉咙里发出了艰涩的声音："刚才只是玩笑话而已。我很感激阁主在我龙虎山危急时刻伸出了援手，这种恩情，望月自然会记得的。"

说完这话，望月真人的脸变得通红。阁主哈哈大笑："真人说笑了。见死不救，不是我们慈元阁的风格。开门做生意，我们所求的，不过就是一个平安稳定而已。这么多年，也多亏了江湖朋友给面子，才勉强生存下来。我们慈元阁今年十月会在魔都举办交易会，到时候真人一定要提供些符箓，帮衬着撑撑场面才是啊？"

望月真人点头说那是自然。

田掌柜使唤伙计将小艇放下，五名龙虎山道人一秒钟也不多停留，头也不回地朝着芦苇荡深处划去。

瞧这些人消失在薄雾中，田掌柜疑惑地问道："大掌柜，为何不……"

他的话没有说完，不过余味却已经表明得清清楚楚：龙虎山一行心中已然忌恨我们，为何不顺势将他们给灭了，免得以后多生祸端？说实话，其实刚才我都已经准备出手了，但是想起先前的承诺，这艘船里只能有一个声音，于是没有发表意见。

当然，望月真人也的确厉害，我们昨天夜里已经和杨知修大战一回，旧伤未好，再打一架也有些勉强。

听得手下这番疑问，阁主平静地跟我们分析："不动手，我有三点考虑。其一，龙虎山诸人实力并不弱，望月除了黄大先生，也没有谁能够有信心对他压制抗衡，他若发起狂来，在座的各位难保周全。"

他稍一停顿，说："其二，每个门派对于信息都有秘法传递，像望月这样的高手，即便是死，也能够将消息传递回去。慈元阁开门做生意，没有必要跟龙虎山这样的顶级道门结下这样的梁子。最后，我实在找不出一战的理由，没有利益，只有后患，又不是小孩子，不至于一冲突就拔刀相向。"

方鸿谨在慈元阁一言九鼎，这一番话其实只是对我们和黄晨曲君的解释。

看得出来，他从头到尾都是一个典型的商人，也是一个成熟的领导人，绝对不会为了意气之争而动怒。当然，这也最符合所有人的利益。一字剑从桅杆上跳下来，如同鹅毛一般轻飘飘地落在我们面前，说："你的决定是对的。刚才我看了一下，善扬那个老匹夫好像也在这洞庭湖中，真的打起来，我不是他对手。"

这个家伙虽然傲气，但是话说得实诚。听到这个消息，阁主微微一诧异，眼睛一转，目光瞧到了杂毛小道的身上，说："萧道长，看来陶掌门成就地仙，的确给了龙虎山太大的压力。"

我们都嘿嘿笑，没有多言。

风波过去，天色已明。田掌柜指挥手下过去打捞那几个无辜渔夫的尸体，并且潜入水下，看看那艘沉船里是否还有些能用的东西。有人开始整理甲板，阁主请我们三人与黄晨曲君一起去船顶房间里喝茶。

喝茶不是目的。简单落座，阁主清了清嗓子问我们是不是跟龙虎山有过冲突？

杂毛小道点头，将当年我们与望月真人得意弟子青虚之事，稍微提了一下。阁主点头说："难怪。青虚以前也是个多产的制符师，后来杳无音讯，竟然是跟邪灵教勾连而失了性命，实在是让人惊讶。"龙虎山也有势力在国家机构，这青虚之事乃丑闻，适当掩盖一下，旁人不知，这也是意料之中的事情，不过慈元阁一向消息灵通，却未必没有知晓。

阁主与我们谈及今日之事，说真龙一出，四方云动，便是连善扬、望月这样久居山中的顶级高手都出动了，只怕此行颇为艰险啊。

一字剑安慰他，说事情的成败，到底还是看因缘，洛大师既然已经说了那话，你也无需担心。

聊了一会儿，天色大亮，日光从湖面跳出，染得金黄一片，冬日的太阳让人特别心旷神怡。大家一夜未歇，于是告辞回房。窗户上一阵扑棱，是肥母鸡回来了。

第三十二章　荡舟湖上

肥鸟儿颇为疲累。昨日它似乎还跟空中一头黑影有过交锋，此后又将杨知修阵法遮蔽的天幕撕开，花了许多气力，而它却并没有停歇，马不停蹄循着湖泥地龙的来路搜查了一番之后方才回来。

它瞧见我们带回来的雨前龙井，不由得喜笑颜开，说你们这些家伙，倒也不算是没有良心，居然还知道给大人我准备茶叶，也不枉大人我这一般折腾辛苦。

隔墙有耳，大人拿眼睛瞅杂毛小道，老萧立刻明白了，从怀中摸出一张静心神符加强版，手中做着手势，我们很配合地打起了鼾声，继而转小，然后细若游丝，一张符纸燃完，杂毛小道已经完成一个隔滤声音的空间屏障。

此番与慈元阁合作，正如他们把寻龙诸事作了隐瞒一般，我们也无意将自己的小秘密与其分享。

大人在矮桌上走来走去，跟我们说道："情况不妙啊……"

虎皮猫大人这几天在洞庭湖中巡视，发现有一个现象特别诡异，在洞庭湖深处，有黑光隐约透出。这可不是什么好事，此乃大凶之兆。这几天我们也能够瞧出一些预兆，那些频繁袭击岸边的水兽，都是久潜大泽的凶物，本来与世无争，然而却在这几天忘了本性，反遭灭亡。

事情到了这个地步，便不是我们所能够掌控的了。虎皮猫大人说自己以前曾经来过洞庭湖，不过因为走了一趟阴，到底还是有些记忆缺失，怎么都想不起来。说完现状，它指点了我们修行疗伤的手法之后，窝在角落昏沉睡去。

午间时分，我依稀听闻一阵婉转悠扬的歌声从船头传来："天上没有乌云盖，为什么不见幺妹来，百花开呀等你采，难道你也不喜爱……"

此乃上个世纪四十年代的民间小调，听着婉转悦耳，让人心中抒怀。

一曲听毕，我的睡意已去，左右瞧了一下，发现舱房里面就只剩下了我一个，连虎皮猫大人都不见了踪影。洗漱过后，我来到船头，发现刚才唱歌的是慈元阁的小公主方怡。经过一夜休整，她白衬衫牛仔裤，扎着简单马尾辫，淡妆薄施，显得格外的精神和漂亮。她旁边的是杂毛小道和一字剑，这两人聊着天，兴高采烈。

我走过去打招呼，稍微寒暄之后，发现他们的话题竟然是飞剑。

所谓术业有专攻，江湖之上玩剑的人很多，玩飞剑的少，而玩得最好的，莫过于当今天下十大高手中的一字剑黄晨曲君。杨知修当日曾说飞剑之道乃小技，那是因为真正修行到一定境界的人，飞花摘叶，皆能伤人，然而真正能够达到那个程度的，天下间有几人？

南宋末年，是飞剑最为辉煌的时候，后来蒙古入侵，制剑之道失传。在明末清初时复兴过一次，但最终还是被清政府给打压下去，至今能会的人罕有，都是些古物传承，黄晨曲君手上这把碧绿石剑也是先人传承下来的。据闻这石剑材质特殊，乃女娲补天遗留下来的五彩神石所练，不过到底是不是，这就仁者见仁、智者见智了。

黄晨曲君练了一辈子的剑，自然是个中的行家里手。杂毛小道于飞剑之道只能算入门，于是虚心求教。一字剑多少点拨了一番，"唯能极于情，方能极于剑"，这话让杂毛小道获益匪浅，忍不住解开雷罚演练起来。

我们聚在船头说话，旁边有人在捞湖鲜。湖鲜最美应该在秋高气爽的季节。鱼儿准备过冬，最美味不过，不过现在在湖上，活杀现吃，倒也有十分野趣。

我跟慈元阁几位掌柜聊了一阵。他们普遍抱怨最近的生意不太好做，倒不是说市场不济，恰恰相反，人们的需求量越来越大了，只是好货太少。望月真人为人虽然不咋地，但是制作的符箓那是一等一的好，这样的人为何要出来晃悠，在龙虎山多画一些符，才是正理。

说到制符，我不由得想起了杂毛小道。这些年来，每逢初一十五的晚上，只要无事，便会画符，勤练不辍，一直坚持着。听得他们的抱怨，我都有点开始犹豫起来，要不要给杂毛小道招揽些生意呢？

黄晨曲君与杂毛小道聊得热乎，闻到后厨传来的一丝香味，方怡来船头，邀我们去前厅用餐。

前厅只有一桌席面，能够上得了席的，也就慈元阁的一干高层外加一字剑和我们三人。虽然是在船上，但慈元阁到底是土豪世家。有钱人就是不一样，花雕硬木桌上八碟八盏，主菜分别是封缸酒蒸毛脚蟹、青峰凤尾虾、浓汤鲃婆子、竹笋烧昂公、煎烹翘嘴鳊、剁椒鲶娃郎、痴鱼炒粉丝和汽锅团鱼，皆选湖鲜上品，精心烹调，香气浓烈，鲜嫩诱人。

这鱼肉细嫩柔白、蟹膏肥糯，青虾丰腴饱满、甲鱼体肥汤鲜，旁配时令小蔬数份，黄酒佐之，吃得那叫一个鲜字，差一点儿就要将舌头吞了下去。

我忍不住夸这船上厨子的手艺，慈元阁少东家告诉我，这一桌席面，都是他妹子弄出来的，寻常他们也吃不着，也不知道她今天是来了哪门子雅兴，竟然还肯露一手。

瞧着方怡一副小厨娘的打扮，我们都有些诧异，本以为这姑娘是个千金娇小姐，居然还能下得了厨房。这味道，别说是我们，便是阁主也吃得停不了嘴来。他听得众人纷纷夸赞自家女儿，不由得眼睛眯起，老怀大慰，说这女子本事并不算大，做饭倒是个天才，可不知道便宜了哪个臭男人，有这等口福。

这话说得方怡一阵羞，一边朝着慈元阁阁主撒娇不依，一边拿眼角余光瞧杂毛小道，却瞧见这个道人正在跟一只肥满的毛脚蟹较劲，吃得一脸蟹膏。

菜一道一道地上，小厨娘忙得脚不沾地。最后，端上来一个陶罐，是秘制鸡汤，香味尤其浓烈，让人食指大动，忍不住仰头，往里瞧去。

这道菜端上来的时候，连阁主都站了起来。方怡笑吟吟地与众人说，这汤是好汤，放了特别的佐料，你们猜猜是什么？

我闻了一下，除了那浓烈的鸡肉香味之外，还有一股子说不出来的古怪香气，脑子一转，说莫非里面放了昨夜那湖泥地龙的龙珠？方怡有些诧异，一字剑却点头，说此番进湖，未必大家都通水性，于是熬煮了两颗水性珠在汤中，大家万一落水，也不会像龙虎山道人一般束手无策。

众人大喜，伸碗来接方怡分出的鸡汤。然而轮到杂毛小道，他却伸手挡住，淡然地说道："我就算了。"

第三十三章　太极晕起

小公主天资聪颖，擅长厨艺，但鲜有下厨做饭的兴致，便是她老爹也难得饱过口福。今天她之所以这般积极，明眼人都瞧得出来，这是冲着杂毛小道。

小女孩儿最崇拜英雄。杂毛小道这两年声名鹊起，耍得一手好剑，特别是昨夜那一手风骚的神剑引雷术，简直就是帅爆了，连一字剑都平辈论交。

杂毛小道伸手这么一挡，有些生硬，方怡会错了意，好是着急，不由得眼圈一红，问是不是觉得不好喝？

杂毛小道摇头说："大小姐厨艺惊艳绝伦，简直可以称得上是一门艺术。你没看到我们几个人的吃相有多难看，就像乡下来的土贼，舌头差点儿都吞进了肚子吗？"

他说得有趣，方怡心情好了些，问那为何不喝这汤呢？是抓的走地鸡，真的很补呢。

她说得急迫。杂毛小道说："这汤好虽好，但功效终究有限，太多人分喝了，效果不强。这里面放的龙珠昨日我们已经言明不要，男子汉大丈夫，一言既出、驷马难追，丁是丁、卯是卯，从来不会失言，便也不想占这便宜了。"

瞧见杂毛小道分得这般清，方怡眼圈儿红红，阁主说道："萧道长何必客气，如今我们已经在同一条船上了，都是一家人，分这些东西，倒显得太生分了。"杂毛小道依旧摇头不肯喝，我们也只得跟着不喝。慈元阁少东家知道这鸡汤里面放了龙珠，也不肯喝，说他也不能误了自己的言行。

如此推托一番，方怡发了脾气，说爱喝就喝，不喝拉倒，于是把这汤给几个掌柜的分了，还恨恨地骂道："有本事，这些菜都别吃了！"

杂毛小道是个疲赖性子，刻意猛挟了几筷子到碗里面来，说："这可不行，那汤珍贵，我舍不得喝，但是这些菜却都是美味，我可停不下来啊。"他吃得狼吞虎咽，差一点儿都噎着了，方怡瞧见杂毛小道这满嘴流油的脸，不由好笑，扔给他一张餐巾纸，说："得了，你还是把脸给擦擦吧，不够了再做，后厨食材多得是，没有人跟你抢。"

中餐完毕，沏上茶。阁主不无担心地询问我们，说昨夜与杨知修那背信弃义的恶魔拼斗，留下来的伤势可曾好了一些？其实除了最后与杨知修对拼受了些内伤，我们只是有些脱力，稍加休息也就无事。不过过了怕被慈元阁随意差来遣去，杂毛小道还是说好了一点，不过连番大战，多少也有些勉力，还需要多休息才是。

我也点头，说昨天之战，黄大先生出力最多，受的伤也极重，不知道现在可曾好了一些？

黄晨曲君点了点头，说不过就是些互震之后的损伤而已，山人自有办法，大家无需担心。他说得轻巧，然而仔细回想一下，他昨日与杨知修交手之后的那惨白脸庞，便知道他应该还是受了比较重的伤害，至于现在已经恢复多少，那就不得而知了。

大家转而议论接下来的追踪方向。作为最先发现真龙的人，坐馆道人刘永湘这两日一直待在一个独立的房间里，依靠龙鳞与真龙的那一丝联系，给寻龙号提供方向。他告诉我们不远了，说不定今天夜里，就能够赶到真龙落脚之处。

一条大泽湖蛟便能够将强大的龙虎山追得到处奔逃，倘若是遇到真龙，我们能够降服得住吗？

对于这个问题，阁主并没有太多的担心。真龙归到底还是一头生物，而非我们臆想之中的神灵。只要是生物，便会有缺点和弱势。他们此行前来，做了许多准备，可以说寻龙号就是为了捕捉真龙而制作的。舱底还有一位没有露过面的供奉，姓魏，祖上乃唐朝魏征，家传一套降龙之法。

说到这儿，少东家笑着说道："再说了，我们所要的不过就是一点儿龙须，那玩意儿就像我们的头发，断一点儿还可以长，真龙未必不会答应啊，是吧……"

他这般说着，旁边诸人也点头应着，刘永湘的笑容有些不自然，嘴角呈三十度上翘。

大家聊了一会儿，便返回了房间，养精蓄锐。

所谓周天运行，它可以说是一种物质上的移动，也可以说是一种精神意念的修行。当你全身心投入其中的时候，便会发现时间变得匆匆。常人只以为修行枯燥无味，但很多修行者喜欢隐居在山间，辟谷和闭关，这都是因为修行所带来的喜悦，是一种不一样的满足感。

不知不觉已经到了傍晚，船依旧还在行驶。我是被方怡的声音吵醒的，她给我们熬了补元气的药汤，正在跟杂毛小道说着话呢，见我醒来，问我要不要也喝一点儿？

我闻那中药汤里有一股芬芳，想来船上懂医的不少，肯定喝不死人，于是要了一碗来。喝一口，发现里面放了冰糖，倒也不是很难喝，于是一碗喝完又要了一碗，当做凉茶。

方怡是个自来熟的妹子，缠着杂毛小道说我们的经历。于是杂毛小道便胡乱吹嘘起来，我听得有些晕，又怕方怡找我求证，我嘴笨露了馅，于是抹了一把脸，走出舱房。

这时天色已晚，夕阳在远山缓慢下沉，将湖面映得一片金红。我们周边开始起雾，朦朦胧胧。湖上行船，最怕这种白雾，倘若是瞧不清楚，碰上暗石或者搁浅，到时候极为麻烦。于是下意识地朝船船舱走去。

方怡正从我们房间出来，小脸红红，瞧见我望她，一跺脚，朝着前甲板跑去。

我有些发愣，瞧见杂毛小道也跟了出来，一副志得意满的模样，刚要问什么个情况，杂毛小道却先露出了惊讶之色，指着我的身后问道："啊，这是什么东西？"

我回头一看，船头所朝方向，迷雾中凭空现出一处岛屿来，呈品字状。满岛的苍翠，峭崖上有一处处洞穴石窟，在湖中之岛的上空，有五圈浓浅色系各不同的颜色，浓淡浅深，璀璨夺目，有如日之周围，发生重轮之势，一圈之外，复套一圈，形形有极，星星有晕，模样十分奇特，让人心中免不得生出许多疑端来。

瞧见那东西，我眉头皱起，脑海里不断地回忆起平生所学，就在我即将呼之欲出的时候，杂毛小道却先我一步，将其说出了口："太极晕！"

我真的有些想不到，这周遭浓雾弥漫，航向偏移，常人哪能寻得此处，而我们在一阵恍惚间，竟然凭借着几片龙鳞，寻到了这里来。幸福来得太快，着实让人有些惊讶，这景象不但我们瞧见了，整条船的人都不由得欢呼起来，舱下力士更是奋力，鼓动船桨，朝着那品字形的岛屿行去。

众人兴奋得难以自已，船头望风的田掌柜突然回过头来告诉我们："好像有人提前登岛了！"

第三十四章　登岛寻尸

田掌柜一声招呼，所有人都涌上前来，顺着他指的方向瞧去，湖岛左边有一处炊烟袅袅升起，顺着风向朝这边吹来，不知道是不是心理作用，我隐约间还能够闻到烤肉的气味。

有人捷足先登了，这是一个坏消息。因为倘若无人，我们只管上去，慢慢摸索便是，预想中的敌手，也不过是一条计划中的真龙而已。但现在确定有人，这鸟不拉屎的地方不会有岛民居住，那么能够比我们先到的，自然是比较难缠的角色，倘若发生起冲突来，变故就会颇多。

阁主吩咐舵手靠岸，找一个可以停靠的地方，先落下脚来再说。小叔有些疑惑，说这洞庭湖上的湖岛都是有数的，我怎么不记得还有这般形状的岛屿呢？

旁边的焦掌柜说："龙穴之属，自然能够转折光线，空间走移。要是人人可见，只怕早就给人挖了一个底朝天了。此番倘若不是那真龙找寻龙冢，露了踪迹，只怕再过一百年，这里也不会有人。

他这话颇为自得。我细细一嚼，感觉这意思仿佛是倘若没有慈元阁，我们便寻不到此处。

说句老实话，有虎皮猫大人在，我们并不会忧愁那龙穴难寻，只不过有这便利，也不会拒绝而已。当然，这只是焦掌柜个人的看法，我也不作计较，往前走了一步，听得阁主正吩咐刘掌柜，说去试试，看看能够联络外界不？

刘掌柜折回舱房里，过了半分钟后又出来，摇头说不行。

我们此番前来，知道大部分电子设备都会引起真龙的厌恶和不满，于是都在上船前就做了处理，刘承湘的联络手法应该不是现代通讯手段，不过依然没有能够成功，这表明我们的前方有着未知的危险，那是一个与外界隔绝的地方。

船在白雾中小心行驶，阁主将大家聚在甲板上训话。这程序很传统，无外乎是前方危险，让所有人务必小心，然后又谈到重赏，所有参与此事的人，日后都会有一笔功劳。阁主的口才极好，一番演讲下来，说得众人热血沸腾，恨不得立刻登岛，建功立业。

浓雾只是一段范围，当船行过之后，前面顿时一清，周遭豁然开朗，岛屿就在跟前。岛上植株茂密，天空飞鸟盘旋，发出阵阵啼鸣。

寻龙号船身颇大，不能直接靠岸，在离岛左侧一里左右的地方下了锚，这岛颇大，一眼不能尽收。中间的山颇高，山峰陡峭，刚才从那边行驶过来的时候，瞧见悬崖上有许多孔洞，有风吹过时，发出呜呜的声音来，让人感觉颇有些诡异。之所以在左侧下锚，是因为我们瞧见那炊烟是从左侧小树林前方传出来的，这会儿我们有船有人，实力强壮，不必鬼鬼祟祟。决定由少东家和我、杂毛小道带三人，焦田两位掌柜带四人，以及黄晨曲君，各乘小艇登岛，先摸清情况，再作打算。

正准备登船，方怡闹着要随兄一起登岛。

登岛查探有一定的危险性，倘若不是为了鼓舞士气，都不舍得方志龙去，哪里还会让最为宝贝的方怡离船？然而那小公主一旦闹将起来，的确是让人头疼，阁主最没办法的也就是这个小公主，如此纠缠几分钟，慈元阁阁主都准备板脸了。杂毛小道怕耽搁时辰，也上前一步劝道："大小姐，这登岛上岸的都是些粗活，便让我们男人来干吧。你不妨在船上备好晚餐，也好让我们有干劲，想着快些回来，尝你做的饭食呢。"

阁主费尽唇舌，最终还抵不过杂毛小道这三言两语，方怡满心欢喜地答应了，说那你们自己可得小心一点儿，昨天捉到一个大团鱼，我一会儿把它给炖了，给你们都补补身子。

离岸一里水路，并不远，船划到一半路程，一字剑突然睁开眼睛，身子一挺，人如大鸟，向岛上飞去。

这一招颇为厉害，御空飞行，妥妥的装波伊架势，看来他是准备单独行动了。不过也是，作为江湖上鼎鼎有名的顶级高手，倘若上了岛还与我们依偎在一起，像个保姆，那的确是跌份了。

我终于能够理解，为毛虎皮猫大人总喜欢玩失踪，敢情高手都这德性。

几分钟后，小艇到达湖岛边缘。和海岛有些不一样，这岛屿虽大，但是并没有沙滩，只是一小截鹅卵石滩涂，往里走便是植株茂盛的草地。留两人在这里看守小艇，其余两队十人便朝着之前冒烟的地方摸去。

走了将近百米，前面有一个小山坡，那是一片郁郁葱葱的水杉林子，坡脚一片草地茵绿，发出炊烟的篝火便在那儿，不过一同闯入我们眼帘的，还有好几具尸体。

瞧见死了人，所有人都防备起来，小心翼翼地朝着篝火靠近。走到近前，发现这些人都已经死透，总共四人，一个灰衣道士，三个黑袍人，散落在篝火左右，血已经半凝固了，周围脚印杂乱。我见这黑袍显得有些眼熟，蹲身翻了翻，跟昨夜那鱼头帮四相海所穿的一般无二。我将其胸口的领子揭开，往下一拉，便瞧见他们胸膛上，都纹有一条活灵活现的胖头鱼。

鱼头帮是洞庭湖渔民组成的秘密社团，最早出现于明朝末年，一开始是为了抗击官府、土豪劣绅的盘剥和鱼捐，是穷苦人出身，不过后来因为几次围剿，被白莲教渗透掌握，渐渐变成了白莲教的分支。民国初年时沈老总整合各地洪门、白莲教、青帮、哥老会、袍哥会等团体，便将纵横洞庭湖东西的鱼头帮，如鬼面袍哥会一般，单独立帐，也算是邪灵教一支，听调不听宣。

杂毛小道将那具趴在火堆旁边的灰衣道士翻转过来，惊讶地说道："竟然是他？"他手伸向了那人的脖子处，摸出一块符牌来，正是崂山弟子的铭牌标识。这人是我们在岳阳楼边的酒楼上见过的，当时站在崂山长老白格勒旁边的一位。方志龙也凑过头来看，一声叹息，说这位是崂山白长老的弟子刘飞洋，是崂山风头最盛的二代弟子之一，没想到竟然死在了这里。

第三十五章　恩师法号无尘

我们有些忧虑，崂山和鱼头帮已先来一步，而且都已经开始火拼了，说明我们来晚了。

不过来得早，也并非什么好事。少东家左右瞧了一下，指着右边林子里的一条山道，说黄大先生好像朝着那边去了，我们跟过去吧？

我们商议一番，当下由焦、田两位掌柜率人在周围检查，并且负责回禀寻龙号，我们则跟随一字剑朝林中搜去。顺着林子往前走了百步，道左又伏卧着一具黑袍尸体，我们将其翻转过来，瞧见当胸中了一掌，整个胸腔都凹陷下去。

方志龙检查一番，回过头来与我们说："白格勒应该还没有这本事，这回来的莫非是崂山掌门无尘道长？"

这岛颇大，山势雄奇，里面植株茂密。走了一会儿，里面没有路了，有的只是兽径，一字剑的身影已便跟丢了。这才发觉树林颇密，行走艰难。虽然现在正是寒冬，然而进了岛来，却能够感受到一股暖暖春意，入目处尽是碧绿，除了寻常树木，更多的是竹林，碗口粗，竹节丛生，旁枝斜出，最是挠人。

走了不多时，前面突然响起淅淅之声，我们的心中警戒，缓慢靠近，这时头顶上突然掉下来一团黑影。杂毛小道背上的雷罚冲天而起，朝着这黑影斩去。

经过与一字剑的交流，杂毛小道对雷罚的驭使更进一步。伸手一抓，雷罚回转手中，剑身上挂着两截，定睛一看，头三角形、喙尖、浑身碧绿，唯有尾巴后面一节红，却是一条长长的竹叶青。

"岛上有蛇！"杂毛小道将这蛇给扔在一旁，朝着后面提醒。

听到这个消息，大家行路更加小心。竹叶青毒性剧烈，被咬一口，是件十分麻烦的事情。这林子常年没有外人打扰，暗处的蛇虫鼠蚁自然极多，不过好在金蚕蛊虽已沉眠，但是威势犹在，像刚才那条一般不长眼的长蛇倒也不多，大多朝着地下躲去。

我们走了一阵，方才越过了左边的山峰，来到一片洼地。这里是个芦苇荡，沼泽区，要到达岛屿的中心，还有一段脚程。

我们一路赶来，除了开始那一具尸体之外，并没有其他的发现，也不知道那些人到底钻到了哪儿去。这时太阳已经下山，天色渐黑，周遭的草丛中传来一片猫头鹰的啼叫，十分凄厉，再加上那些在暗处游动的蛇虫那淅沥沥的声音，少东家熬不住了，与我们商量说："两位大哥，现在天色已晚，摸黑赶路，不但瞧不分明，而且还容易中埋伏。不如我们且返回，明天再探，好不好？"

大家都同意返回，这时杂毛小道举起手说，静一静，你们有没有听到什么声音？我侧耳一听，发现下方的芦苇荡处，似乎有隐隐的人声传来，竟然是有人在叫救命。应该是有人在交手，间或还有嗷嗷的叫声传来，不似人言。

"水猴子？"

听到这声音，我和杂毛小道对视一眼，二话不说，操起家伙就朝下方的芦苇荡跑去。冲进芦苇丛，一个黑乎乎的身子便朝着我的脸门处扑来，朦朦胧胧的光线中，那货雪白的牙齿锃亮。

鬼剑上提，一刺一收，袭击我的这东西整个身子便趴到地上。我低头来看，这东西脸目似人又似猴，浑身是毛，青草绿，手长过膝，鬼剑之上蓝色鲜血流淌，一双红色的双眼死死地盯着我。

矮骡子？我有好久没有见过这东西了。这种山魈野怪是我最早接触这个神秘世界的引路人，与它们的恩怨长得可以写出一部书来。我最后一次见到矮骡子，是在青山界里，万万没想到，在这洞庭湖的岛屿中，我竟然还能够看到这种据闻能够游走在灵界边缘的怪兽。

不过现在可不是发愣的时候，前面一块平地上，一个灰衣道士正被十来头矮骡子围攻，好几头已经攀附在他的身上，张口咬去，那人被咬得发出凄厉的惨叫声。

铮！雷罚一声轻鸣，电射而出，朝着灰衣道人身上、腿上的那几个矮骡子射去。雷罚锋利，破空而出，三两剑，便将那几头矮骡子给戳死。

寻常凶物碰到这种棘手的对头，或许早就呼啸而逃了，然而矮骡子这种鬼东西最是悍勇和记仇，当下放开灰衣道士，朝着我们这边扑来。时至如今，矮骡子对我们来说早已构不成威胁，当下鬼剑扬起，一番砍瓜切菜。

我们下手快，等少东家和他两个护卫赶到，已是一地死尸，横七竖八地躺在芦苇中，蓝色鲜血洒落一地。

那个被围攻的灰衣道人忍着疼痛上来见礼："崂山门下宋小一，见过各位。救命之恩，难以回报，还请指教名号，以后好能够报答。"

杂毛小道上前说了我们的姓名，那人的眼睛一亮，恭敬地说道："原来是雷罚飞剑和疤脸怪客两位少年英雄。家师常说现在的修行界，一代不如一代，不过也总有异数，两位便是。十年、二十年之后的修行界当你们执牛耳。我当日不信，现在才算是真心实意地叹服了。"

这人说的话是在恭维，然而每次听到"疤脸怪客"的名号，我就忍不住郁闷。

我们给宋小一草草包扎一番，然后问他这是怎么回事。宋小一说他跟着门中长辈乘船来到这岛，与鱼头帮起了冲突，双方一番打斗，他师父率众追着鱼头帮杀去，而他则一脚踏空，掉进了沼泽，落了队伍，好不容易从泥潭爬出，却被这群突然冒出来的山魈缠上，杀了五六个，但终究寡不敌众，差一点就死在这里。

"你师父是谁？"杂毛小道插嘴问道。宋小一回答："恩师法号无尘！"

第三十六章　一地死尸

洞庭湖真龙消息传出，竟然引得一字剑、善扬真人和无尘道长这等高手前来，实在是让人惊叹。

宋小一身为无尘道长的徒弟，居然被一群矮骡子给咬伤，要么是师父不济，要么就是无尘道长不会教授徒弟。不过再怎么说，无尘道长的弟子，都是一个响当当的金字招牌。我们肃然起敬，拱手夸赞一番，然后问他接下来有什么打算。宋小一从怀里拿出一个白色瓷瓶，倒了两颗蓝色小药丸服用之后，精神好了许多，说他要去找大部队，问我们是否一同前往。

我们点头答应，打消了回返的计划，在宋小一的带领下，穿过芦苇荡，朝着对面山峰爬去。

崂山派行事细致，一路上不断留有记号，我们趁着天色未暗，鼓足一口气爬山。这岛屿颇大，山峰数十个，宋小一带着我们爬的是最高的一座，也是处于正中那座巍峨高峰。

此刻日头已经落下，但还有光线在，属于白天和黑夜的交界点，头上有旋绕着的隐约太极晕。瞧见那神奇的光线折射，我们仿佛瞧见了龙涎液在朝着自己招手，不由得干劲儿十足，朝着山上奋力爬去。

这座山峰比较奇特，让人感觉是凭空生出的。山脚下林多草密，藤蔓相连，而越往上爬，那突兀而出的大块石头便越发多了起来，数不胜数，拦在了我们前进的道路上，十分难行。这会儿就到了考较修行水准的时候了，练过山阁老遗留巫蛊上经，我对于脚下发力的手段已有小成；杂毛小道自有茅山传下的轻身功法，当日在香岛，两丈高墙也能攀上去；至于其余人就颇显得艰难，手脚并用，方能攀爬。

翻身爬上一块大石头，宋小一突然举手示意停下，然后盘腿而坐，双手在身周游绕，宛如蝴蝶翩翩起舞，十分柔媚。他的手势婉转如女人，然而身周却有阵阵血光溢出，想起当日龙虎山指责宋小一习练邪灵教魔功，现在看来，的确是有这么一回事。

我们瞧见宋小一盘腿闭目，知道他是在联络自家门派中人。我看着即将陷入黑暗中的大地，考虑了一下，认真地跟慈元阁少东家商量："志龙，此行凶险，我越琢磨越不对劲，只怕一会儿闹将起来，我和老萧也顾不得你，现在天色太晚，我建议你回去，明天再说；而我们这边，待有了结果，立刻带人回来，如何？"

少东家并不同意，说："行百里路半九十，马上就要到了，实在没有中途放弃的道理，陆哥你不用劝我，我自己的安危，自己负责便是了。"

我与杂毛小道都觉得危险，劝了他几句，不过少东家此时锐意进取，执意前往，我们并非慈元阁中人，劝得太过了，反倒会惹人疑虑，于是不劝，也算是尽了职责。

宋小一盘腿冥想超过两分钟，突然从地上一跃而起，朝着左边指道："我师父他们就在那儿！"

那边是一处矮峰，倘若我记忆不差的话，先前我们乘船而来，瞧见那有孔洞的山壁也在这一片，翻过那道山梁，下面则是浩荡洞庭湖，湖水拍打凹形口子，形成一个大漩涡。

宋小一说得很肯定。我们与那矮峰之间，隔着好长的距离，直接走是走不过去的，除非借助登山绳或者藤蔓，方才能够爬过去。杂毛小道说倘若他们真的在那里，这般走走停停地追杀，哪里有时间准备好绳索？

宋小一同意杂毛小道的说法，顺着道梁子左右找寻，突然一声欢呼，说这里有路。

我们跑到他的跟前，瞧见在侧边有一条天然的石拱桥，连接着我们这儿到对面的矮峰，因为隔着几块巨大石头，并且被一片垂落的藤蔓所遮掩，所以刚才看不到。

我们绕过这石头，来到这座天然拱桥前。正下方的几十米处有个水潭，旁边也有几块突兀的大石头，上面有一具尸体，摔得稀烂，血涂满石头，穿着和宋小一同样的灰色道袍。瞧见自家人的尸体，宋小一没有多说什么，脸色严肃，加速朝对面冲去。我们紧跟着他的背影冲过拱桥。

过了拱桥，又绕过了十来棵老松树，我们来到一处宽敞的岩石平台前。站在此处，对面是辽阔无际的湖面，我甚至看到了右侧的寻龙号，如同手掌一般大小，在远方停泊着。石台之上，七八个黑袍人的尸体横七竖八地散落各处，穿着灰色道袍的崂山道士也有两人，喉咙上都有一道婴儿口般大的剑痕，血早已流干。

瞧见这两人，宋小一冲上去跪倒在地，激动地哭喊道："阎旭师兄，陈信师兄……"

我们检查了一下鱼头帮这些人，少数受了剑伤，大部分则是被掌力直接震死。

方志龙蹲在一名衣袍为真丝、袖口纹黑龙的中年壮汉面前察看了一番，跟我们说："鱼头帮副帮主熊臣，垄断岳阳、常德、益阳、沅江等八个县市的水产市场，跟我们有过生意往来，疗伤上品丹药中的主材食尸金丝中华鲟鱼苗，只有他的养殖场能够提供，是当地一霸，叱咤风云的人物，没想到竟然死在了这里……"

宋小一大声喊了起来："师父，你在哪里？师父……"

他这般使劲儿喊着，声音洪亮，整个矮峰都能听到，然而却没有一个人回应。

宋小一无助地瞧着我们，说我师父到底在哪儿呢，我刚才明明感应到了他们啊？杂毛小道思虑一番，说不在峰上，便在峰下，说不定下到湖底去了。

我们走到悬崖边，往外面瞧，隔着百米的湖面上一片墨绿深沉，黑乎乎瞧不出什么模样。突然，一道灰色身影从崖壁被甩出来，呈抛物线朝着下方湖面掉落。

第三十七章　洞中战魔

"丁默师兄！"瞧见自家师兄突然从崖壁上飞出来，朝悬崖底下的湖面跌去，宋小一不由得一声大喊。

我们都有些惊讶。探出头去一看，这山壁中段有好多蜂窝状的空洞，最大的竟然比地下车库的敞口还宽。这些空洞我们之前在船上就有瞧见，风吹过时会发出呜咽之声，宛若鬼哭，让人听了毛骨悚然。崂山派道士为何要攀下山崖进洞，与他们交手的又是何人呢？

这些疑问让人抓狂，宋小一心忧师长，从随身背囊中掏出一圈造型奇特的登山绳，回头找可以捆系固定的地方。杂毛小道拦住了他，问："你想要干吗？"

宋小一找到一棵粗壮的松树，一边将绳子捆在上面，一边回答道："我师父在下面，我要下去！"

杂毛小道冷冷地笑着说："下去干吗，去送死？"

听到这话，宋小一的眉头立刻皱了起来，身子一直，声音低沉地说道："萧师兄，你救过我的命，小一心中感激不尽。不过你这般说话，却是为何？"我在旁边笑了，说还不是要救你的命？

救命？宋小一表示不解。杂毛小道说："给你泼一盆冷水而已。小一，刚才被轰到湖底的那个道人，跟你比起来，谁更厉害？"

"丁默师兄是白师叔最得意的真传弟子，而我只是一个入门不到五年的小学徒，自然是比不了的……"宋小一这人倒也坦诚，一句话说完，这才明白杂毛小道的言下之意，一时间脸涨得通红，在旁边支吾地说道："可是，可是……"

"可是他们在下面拼命，你在上面不好意思，对不对？"

杂毛小道哈哈一笑，我们顿时觉得宋小一颇有些可爱。瞧着他一脸焦急的模样，杂毛小道拍着我的肩膀说："行了，这绳子就交给我们吧，我们兄弟替你走一遭，保证比你下去管用。"

杂毛小道的豪气让宋小一动容了，一脸的感动。方志龙也想一同下去，被我拦住了，告诉他待在上面，一旦有任何情况，便发射之前阁主交给他的信号弹，将寻龙号召至此处，千万不要冒险。

杂毛小道早已顺着绳子荡下山崖，这功夫，旁边两个护卫也帮忙搭了一根登山绳，送到我手里。时间紧迫，我急速降落，赶上了杂毛小道，一起朝着中间那段洞口攀去。

三、二、一，我和杂毛小道稳定住身形，借着绳索的力量荡入崖壁中段的巨大敞口处，双脚一落地，一阵巨大的腥臭迎面扑来。这敞口一直深入山崖里间，离我们不远的地方有七八个道士，跟一大群黑乎乎的东西拼得正凶。

与崂山派交手的对象，并非我想象中的鱼头帮，而是一大堆面目丑恶狰狞的生物，这些生物大的如同巨象，小的宛若猎犬，有的威猛如虎，有的细滑如蛇，有的有两个头，有的有十多只脚……有人形的，有兽形的，千奇百怪，穷尽想象而难以辨识，让人心中震撼不已。

不对，不对，这些东西并非人间所有。

想到这里，我和杂毛小道的心思不由得都沉重起来。

平心而论，这些东西单体实力都不可怕，怕就怕那魔物如潮，斩不尽的头颅、流不尽的血，源源不断无休止，那么到最后，被耗死的就只有我们自己了。

我们下来的时候，崂山派已摇摇欲坠。这些崂山道士经过了这一路艰险追击，却不料竟然碰到了这样的景况，说不心慌那是假的，好在最前方一个身穿黄色道袍的矮个儿老头，一个人顶住了大部分压力，要是没有这中流砥柱，只怕他们随时都会溃散。

矮小老头儿自然就是位列天下十大高手的无尘道长。他匆匆回头一瞥，那一瞬间，我感觉自己好像在直视太阳，整个身子都仿佛灼烧起来。

他似乎认识我们，微微一瞥，感觉不会有什么恶意，便回过头去了。倒是那个白格勒长老不放心，抽身跳出来，朝着我们这边厉声喝道："你们是什么人？"他手上提着一根裹满鲜血的长符棍，头发散乱，气喘吁吁。

杂毛小道赶紧自报门户："茅山陶晋鸿门下萧克明，刚才在山下遇到贵派弟子宋小一，一路寻来，听得这方有些动静，便冒昧下来助拳！"

听他说得有鼻子有眼，白格勒皱了下眉头，想起来了："原来是你们两个，竟然也来到了这里，不过……我奉劝二位一句，这里有大量深渊魔物，太危险了，你们若是珍惜性命，还是赶紧逃离吧！"

这话说完，他便没有再理会我们，返身与周围道士结阵，共同抗御这些古怪魔物的侵袭。

白格勒此话说得匆匆，语气也有些生硬，不过我却能够感受到他的好意。这洞子不知道有多深，我瞧着在崂山派诸人面前堆积得足足有半人高的死尸，心中震撼，倘若是这般源源不绝，即便是神仙，只怕也得累死，多少还是要想一些法子才行。我和杂毛小道对视一眼，然后高声喊了起来："诸位前辈，我们来助你们了！"

这一声招呼响完，我和杂毛小道越过了那七名崂山道士勉强结出来的阵法，与无尘道长一般，抵在了魔物进攻的第一线。

崂山派诸人在此已经有一段时间，这般高强度的厮杀对抗，即便是铁打的汉子也扛不住，我们的介入使得魔物潮涌稍微一滞，无尘道长压力一减，不由得长舒了一口气，夸赞道："好小子，果然好胆色！"

　　一旦冲上前线，我便感受到了犹如山呼海啸一般的压力，魔物攻击凌厉，悍不畏死，根本就没有恐惧的概念，漫天黑影，让人透不过气来。不过这人便如弹簧，压力越大，反击之力便越大。我立刻驱动小腹气海中的阴阳鱼气旋，点燃恶魔巫手，鬼剑长了一倍，剑锋凌厉，所向披靡，少有能够阻挡我一剑者。

　　倘若说点燃鬼剑和恶魔巫手的我，是一把最锋利的矛，那么杂毛小道则是最坚固的盾。他也攻击，不过更多的时候，却让杀伤力更加强悍的我逞了风头，自己则主要斩杀那些威胁最甚的家伙，给我做护翼，任何有可能威胁到我的，都被一道飞剑给带走了性命。

　　我和杂毛小道生死与共好几年，早已达成了最熟络的默契，一旦开动起来，果真如同绞肉机，一时间竟然将无尘道长的风头都盖了过去。

第三十八章　魔焰势大

我和杂毛小道默契配合，如轧路机一般往前碾压，瞧得无尘道长和众崂山道士都有些惊呆了。随之而来的则是兴奋，无尘道长从怀中掏出一块瓦蓝玉圭，上面绘有八卦天机图，口中高声喊道："陆左小友，你们且坚持三两分钟，待我将这镇渊魔符引发，便可将诸般魔物给封印于此内！"

这话说完，他将瓦蓝玉圭往我们头顶上空一抛，整个空间立刻亮如白昼，所有的黑暗都被蓝光萦绕，有的魔物根本受不住这光线照射，身上开始冒出滚滚黑烟来，即便是能够抵御的，情绪也变得极为暴躁。

无尘道长好一番高人做派，旁若无人地念咒踏歌，脚踩七星罡斗，身上青蒙蒙光华陡现，仿佛一座火山蓄积能量。

正当我们满心欢喜以为胜利在望的时候，黑洞中冲出一道黑影。

首先领教到这黑影厉害的是我，黑影拍起一掌，正好打在了鬼剑侧边之上，我立刻有一种把握不住的错觉，鬼剑也差点儿跌落在地——好强悍的力量！

右手一荡开，我便中门大开，那黑影身高两米有余，当胸朝我打来一拳。我下意识地用恶魔巫手去抵住，两相接触，感觉对面传来一阵灼热，脚下便站不住了，人朝着后面跌落。

我在翻倒在地的当口，借着头顶瓦蓝玉圭的光明，瞧见这黑影竟然是一头人形魔物，长得颇像矮骡子的放大版，浑身绿毛，尖嘴猴腮，手长过膝，皮肤上面有沙塘桔一般大小的密集脓包，胸口和下体等主要部位都有兽骨遮护，独目，瞳孔是如昆虫一般的复眼，呈卵圆形，凶骇莫名。

杂毛小道从我的身侧接上，这东西与杂毛小道交手几个回合，一方攻势凶猛，一方浑圆无漏，呈现出纠缠僵持之势。

人形魔物并不恋战，身形一晃，朝着正在紧张念咒的无尘道长扑去。这魔物居然开了心智，杂毛小道和我措手不及，便让它钻了漏子，一下便扑到了无尘道长面前。老道并不停止嘴中的咒诀，手掌一翻，朝着这野猴子胸口的坚硬兽骨劈去。一掌劈出，风雷之声鼓动——咔嚓！一声让人牙酸的碎裂声响传来，那独目绿猴子胸口凹陷了下去。然而这独目绿猴子到底是通灵凶悍之物，一声惨烈嘶吼之后，不退反进，那过膝长手直接抱住了无尘道长，紧紧一搂，然后朝着身后翻滚而去。

"师父！"

"掌门师兄！"

我身后传来了一片惊呼之声，崂山道士瞧见自家掌门真人被独目绿猴子给拖进了黑暗深穴中去，不由得都慌了神。我们瞧见此景，也暗感不妙，这独目绿猴子应该是这群魔物的头儿，实力强悍，也极为聪明，竟然明白射人先射马的道理。

无尘道长真气鼓荡全身，一身业技通神，被这般近身缠击，自然不会束手无策，身子一左一右，稍微挪动一番，挣脱出那绿猴子的控制，向其全身拍出四五掌，每一掌皆有惊雷之势，但听那骨头碎裂之声如同火烧芝麻秆儿，噼里啪啦一通乱响，十分清脆悦耳。

眼瞧着那绿猴子即将惨死于无尘道长掌下，那凶物一直紧闭着的眼睛突然睁开，万千小眼组成的复眼往中间一凝聚，凭空生出无数虚无丝线来，将无尘道长的脖子连接，使得他的身子一僵，蓄不得气力，而在下一秒，深不见底的黑暗中突然冒出一只巨大而虚无的手臂来，一把抓住纠缠在一块儿的无尘道长和绿猴子，往深处拖去。

这什么情况？无尘道长竟然被一只手给直接抓没了？

这场景让所有人都惊呆了。然而我们惊讶，对手却并没有停歇，烦不胜烦地扑来。崂山道士心切掌门，一时间气势如虹，朝着洞穴深处反压了过去。

我活动了一下右臂，看着这外宽内窄、漏斗形状的石洞口，那源源不断涌出的各色魔物，在头顶依旧明亮辉煌的瓦蓝玉圭照耀下，显得格外丑恶。这种丑恶，是文字所不能描述的。瞧见这些见所未见、闻所未闻的魔物，我心中已然明了，这哪里是那啥龙穴，分明就是深渊裂缝，而这些丑恶之物，必然就是从另外一个世界遗漏而来。如是，此遭前来洞庭，只怕是凶多吉少了啊！

我和杂毛小道稍一松懈，崂山道士便有些撑不住了，不多时，便有连续两声惨叫，两位灰衣道人跌倒在地，受了伤。

无尘道长是救不出来了，只能期待他吉人天相，而我们却不得不考虑后路。我稍一思虑，朝着白格勒大声喊道："白长老，此地不宜久留，你们赶紧攀上山崖，我们来断后！"

一干崂山道士瞧见"义薄云天"的我们，不由感激得眼角噙泪，瞧着面前浩浩魔物，虽然悲愤，但到底没有丧失理智，知道事不可为，于是一声感谢，朝着洞口奔去。

崂山道士一撤离，我们所面临的压力顿时就大了几倍，不过值此关键时刻，也只有拼命抵挡。我正拼得勉力，听到杂毛小道高喊一声："他们走了，我们也撤！"我且战且退，即将退到洞口，突然一道绿影朝着我这边冲来。

杂毛小道在我旁边早有准备，抬手一剑，朝着那道绿影射去，却不想那家伙敏捷至极，身形微微一晃，便冲到了我的面前。这并非刚才那个独目绿猴子，虽为同类，但却有双眼，面目也更似人形，胸口处兽皮裹兜，鼓鼓囊囊，想来是头母猴子。

这母猴子比公猴更加暴躁，双手如花绽放，在我身前一阵拨动，竟然将我的鬼剑荡开，朝着我当胸一掌打来。事情发生得实在太快了，那母猴子力大无比，一掌击出，整个空间的气息都为之一凝，我避无可避，心中苦笑道："难道我陆左今天就要死在这儿了吗？"

第三十九章　小娘归来

就在我暗道"吾命休矣"的时候，胸口一道蓝光闪现，却是那震镜主动激发，朝着这凶戾母猴子兜头照来。此光凝聚了怒江峡谷中神秘的牛头之血，又吞噬了魅魔豢养的诸般镜魇，用那破地狱咒激发而出。母猴子被震，浑身僵直，瞳孔涣散。

高手较技，生死不过一瞬间。它这边稍一停顿，杂毛小道雷罚一剑递来，将其左手削得血肉模糊，接着它又中了我黄狗撒尿一弹腿，整个身子朝后方跌去。

借此机会，我们旋风般冲向洞口，抓住那下垂的绳索使劲一拽，上面立刻反应过来，将我们朝着上方猛力拉动。我和杂毛小道很快就翻身爬上悬崖，刚一落地，旁边等待已久的宋小一便冲上前来抓着我，问他师父怎么样了？

师父？现在只怕所有人都有危险了！

我不理他，反身朝着悬崖下看去，却见那头绿色母猴子正带着一大群长臂过膝的矮骡子朝上面爬来，在这些家伙的身后，是一大群短腿蜥蜴人和浑身是毛的长虫以及许多千奇百怪、类人类兽的魔物。

杂毛小道问那几个崂山道士，说到底怎么回事，这些魔物是怎么出现的？

白格勒告诉我们，说他们跟鱼头帮起了冲突之后，便一路追逃，后来鱼头帮的人仓皇逃到这里来，掌门师兄将鱼头帮的首脑给拍死，但那家伙却有个保命手段，生魂挣脱了肉体束缚，竟然朝着下方钻去。他们追着那生魂来到那悬壁孔洞中，瞧见只是一个很普通的洞穴，那首脑缩在角落，求他们饶命。无尘道长不依，非要超度，于是那生魂的面目便狰狞起来，说了些同归于尽的胡话，又引爆了自己。生魂爆炸，前方突然出现了一条深邃黑洞，无数的魔物冒出……

我问杂毛小道可有办法？

要说办法，杂毛小道是有的，便是用雷罚御使那九天之上的雷电。然而这雷罚不是寻常物件，并不能随时引，需要时间和修行积累。

没有了神剑引雷术，那就只有用土办法，如同守城一般，不让那些魔物爬上来。

如此商定，悬崖顶上，包括慈元阁、崂山在内的我们一行十三人，便在悬崖边分开距离，严阵以待，一旦有攀爬上来的，便毫不犹豫地一剑刺去，将其消灭。

守在崖头，居高临下，一开始战斗并不算太过激烈。我和杂毛小道居中策应，酣战一番之后，凝目扫描了好一会儿，却没有瞧见那头绿色母猴子的身影。这让我心头一跳，赶忙提醒众人，瞧见了绿色身影，便呼叫我们，千万要小心一些。

方志龙手上一把寒铁青锋，手起剑落，正杀得痛快，听到了不由得奇怪，说我们这般居高临下，有什么好需要注意的？

命运便是这般离奇，别人埋头猛干，不言不语，便也没有什么事，偏偏他插了这么一句嘴儿，却仿佛要给他好看一般，那头两米高的绿毛母猴子突然冲上悬崖来，挥手便是一掌。

少东家初生牛犊不怕虎，挺剑便刺，却不料那锋利的剑尖被这母猴子给一把抓着，不但根本转动不得，而且还被朝着悬崖边拉扯下去。少东家虎归虎，但到底还是晓得轻重好歹的，知道自己和这猴子力量上的差距实在太大，于是弃剑，抽身后退，一名慈元阁高手护翼上来，掩护少东家朝后退开。

这个高手叫做齐唯羽，是个爱笑的半老头儿，行事颇为精干，手头的功夫也不弱，所以才被慈元阁阁主安排来做这份差事。然而当他挡在了少东家前面，正准备一刀劈死这头绿毛猴子的时候，却瞧见自己的双手不知道什么时候，已经被那魁梧凶猛的魔物给抓住了，接下来的视野，便是一片血红的黑暗。

"啊！"

护卫齐唯羽被绿毛母猴子一把撕成两片。漫天的血雨中，少东家终于亲身体会到了什么叫做恐怖。

好好的寻龙，却冒出这一桩麻烦事情来，说实话，我的心情糟糕极了。即便如此，也唯有硬着头皮顶上去，与这绿毛猴子周旋。绿毛猴子身手实在太敏捷，力道让人难以匹敌，与其近身作战决不是明智的选择，于是将鬼剑激发得暴涨，拉开距离，用剑气与其拼斗，在爪场感应下，捕捉到它的身形，将其牢牢压制在崖边。

一边是方寸平地，一边是百丈深渊，战斗激烈得让人都喘不过气来。我到底没有绿毛母猴子灵活敏锐，屡屡出现破绽，差一点就成为下一具尸体。好在杂毛小道赶了过来，雷罚划出一道扇面，将这畜生的活动范围给直接限制住。

绿毛母猴子为魔物打开了缺口，我们终于抵挡不住了。白格勒朝着我们这边大声喊道："两位，事不可为，走吧，再不走，大家的性命可就真的要丢在这儿了！"

他说完，双手一扬，一道足有丈高的火焰腾然升起，将整个崖头给吞没在一片火海中。炎炎的火舌舔舐，将那些继续向上攀爬的魔物给燃成了一团团火焰。方志龙也将手中信号烟花朝着天空射出去。

我和杂毛小道两人一起拼命，终于将那头刚猛母汉子给逼退得翻落山崖。听得白格勒长老这一声招呼，也同意这说法，看来这里是守不住了。前面还有一个拱桥利于防守，实在不行，最后回到船上便是了。

如此一思量，我大声喊道："诸位先走，我们断后。"

慈元阁剩下的一名护卫如蒙大赦，顾不得同伴的尸体，一把抄住慈元阁少东家的胳膊，连拖带拽地驾着朝来路冲过去；崂山这边，白格勒安排门下受伤的道士先撤，他则与我们并肩站着，向火墙中不断抛洒一种焦臭的黑色灰末，但凡撒入其中，必定一股火舌喷出，将那些顶着火墙冲上来的魔物给灼烧而亡。

"走、走、走！"白长老似乎不愿意欠我们太多，催促着我们离开，他则用这火墙阻拦。

我和杂毛小道返身，绕过那几块硕大石头，朝着旁边天生的石头拱桥跑去。就在我们转身离开的几秒钟之后，突然一声惨呼，白格勒长老竟然从我们的身边划过，径直朝着拱桥下面的深涧跌去。

我们都已经冲上了石拱桥，不敢在这儿停留。一过去，我转身去看，便感觉胸口处受到沉重的一击，人腾空而起，瞧见三十来团火焰冲到了拱桥上，而对我出手的，依然是那头绿毛母猴子。

我并没感到胸口弄伤，相反，我胸口光华大亮，一股沁透人心的绿意充斥在视野里，照得我通体舒泰，刚才拼斗时产生的暗伤以及大量停滞在身体里面的肌酸，在这一刻竟然消失了许多。一个慵懒的清脆声音响起："唉哟，是谁打扰了小娘的清梦啊……"

第四十章　森林之怒

一张如花似玉的俏丽小脸出现在我面前，在我身上嗅了嗅，精致的瑶鼻皱了起来，突然笑了说："陆左，行啊你，连一个毛都没有蜕化完全的通臂猿猴都敢勾引，你都对这猴子做了什么？瞧瞧，人家都打上门来了吧？"

我瞧着面前这个美娇娘，不由得大喜过望，喊道："小妖，你醒了？"

小妖长长地伸了一个懒腰："啊，好舒服。一场人生一场梦，小娘我不过就是睡了一个晌午觉，怎么就变成了这个样子？唉，你们两个糙老爷们，整天就知道招蜂引蝶，还真的是不让人省心啊！"

这话儿还没有说完，一道绿影便出现在了小妖身后，张牙舞爪，我吓了一大跳，大声喊道："小妖，小心身后！"

小妖早已察觉，后发先至，回手一掌，与那母猴子对拼一记。

两掌交击，整个空间都为之一震，母猴子翻身朝后面跃开，而小妖则跌进了我的怀里，然后借力一翻，将我蹬倒在地，她自个儿反倒悬空浮起来，皱着眉头说道："这灵界往生河边红树林里的一方霸主通臂猿猴，怎么突然蹦出来了，这儿是哪里啊？"

"洞庭湖！嗨，小妖妹妹，好久不见了啊，越来越漂亮了，来，萧叔叔抱抱！"杂毛小道笑嘻嘻地凑了上来。他嘴上开着玩笑，手上却没有半点儿马虎，剑指勾动，天生石拱桥上面燃烧的火团没有一个能够冲将过来的，冲不到一半，便被雷罚挑断脚筋，直接跌落山崖去。

"抱你个头啊！"小妖并不理会这个想占便宜的怪叔叔，凝神看向如青蛙一般蹲在前方的绿毛母猴子，四目相对，眼神里充满了杀气，头一偏，低声轻语道："陆左，这些东西到底是从哪儿冒出来的啊？"

我苦笑："都是从对面悬崖内侧的洞中突然冒出来的，怎么，你认识这些东西？"

"矮骡子、恒河短鳄、软地沙虫、冥界狗头人……我的天，特别是那通臂猿猴，难道下面有空间裂缝么，竟然将这东西都给卷出来了？"

小妖这边惊讶地报出这些魔物的名号，我们心中又惊又疑，惊的是这些听都没有听说过的魔物，的确与我们不是一个世界的，疑的是这些东西小妖竟然都认得，那么她又是什么来历呢？

不待我多想，小妖指着那头杀气腾腾的母猴子，语气沉重地介绍道："通臂猿猴，这个你们或许还会有一些认识——在你们的神话故事里，它可是能与灵明石猴孙悟空、六耳猕猴齐名的灵界物种！"

通臂猿猴？

我心中一震，《西游记》中如来曾言："周天之内有五仙，乃天地神人鬼；有五虫，乃嬴鳞毛羽昆。非天非地非神非人非鬼，亦非嬴非鳞非毛非羽非昆者，又有四猴混世，不入十类之种。"这里面指的四猴，分别为灵明石猴、赤尻马猴、通臂猿猴和六耳猕猴，各有本事，单说这通臂猿猴，吴承恩的评语便是"拿日月，缩千山，辨休咎，乾坤摩弄"，一等一的大力金刚。

此乃神话，做不得准，也参考不得。然而小妖的话却让我三观尽毁，下意识地说道："这西游记中的事情，你不会想要告诉我都是真的吧？"

"那个自然有许多夸大之处，不过世界之辽阔广大，又岂是三言两语所能讲清？不过这通臂猿猴确有其种，它是灵界往生河红树林里的王者，呼啸山林之辈。当年悉达多显圣，神游灵界时曾被其所惊，降服了几个带回人间护法，作号古布贾，有搬山平地之能，不过因为性情实在太过暴躁，后来被放逐至荒蛮之地，不久便病死其中。它是金刚猿的先祖，而你那便宜师叔王洛和所弄的猿尸降，取材便是金刚猿……"

小妖娓娓道来，我心头震撼，难怪我感觉这头猴子难缠到了极点，原来竟然是能够载入神话传说和佛经中的大妖啊。

这时杂毛小道朝前方拱桥斩出一道虹光凝聚的破空斩，剑气纵横，空间扭曲，那些魔物竟然直接给吸入内里，不知所终。不过即便如此，依然抵不过这汹涌狂潮，于是朝我们招呼道："敌人凶猛，先退回船上去，要不然光这头猴子，就可能要了我们的性命！"

此话方落，绿毛母猴子仿佛能够通得人言，张开嘴露出一口森森白牙，喉咙里发出了让人毛骨悚然的尖啸之声，而手上则抓着一块篮球般大的碎石头，身子如同一颗炮弹，朝着我们这边冲来。

那绿毛母猴子虽然是那传说中的劳什子通臂猿猴，然而为了不让小妖看轻，我也是鼓足了全身气力，在阴阳鱼气旋的带动下，朝它奋力斩去。母猴子果真是狡猾之极，瞧见我手中那鬼剑陡然长出了好几尺，气焰飞涨，恐拼将不过，便朝着我这边扔掷石头过来。

我鬼剑一绞，把石头挑飞出去，然而这时母猴子一晃，朝着我心窝子捣出一拳，正好捣中了我胸口处的震镜。这般巨力轰击，我自然抵受不住，喉咙一甜，一口鲜血喷出，人朝着后方跌去。瞧见我被那母猴子施了诡计击落在地，小妖顿时就炸毛了，口中一声大喊："贱人，你竟敢打我家陆左？"

她身形一晃，便冲到了通臂猿猴的面前，抬腿便踢。这一方是高不过一米三四的美少女，细胳膊细腿，另一方则是两米巨兽，一身毛茸茸的蛮子肉。小妖浑然不惧，身上发出了微微的荧光，通体呈现出玲珑玉质，与那母猴子一白一绿，搅成了一团，打得难分难解，旁人插手不得。

这边打得狠厉，诸般魔物因为白格勒那一把火已经熄灭，终于形成了最汹涌的兽潮，先前在洞中瞧见的那些庞然大物也都攀爬上来，有的冲过石拱桥，有的挤不过，干脆翻身下了山涧，准备从下面再爬上来。

这般密密麻麻，瞧得我们心中一阵发麻，不由得想着："难道我们就这般的，要葬身于此处了吗？"

缠斗了好一会儿，小妖最终敌不过那头绿毛母猴子的恐怖力量，被一拳砸落在了我左边四五米处，瞧得我心中一疼，正想上前去扶她，却看见这小狐媚子举起了左手，对着天空伸出。

在她的手掌之上，有一颗硕大瑰丽的蓝宝石，发出了璀璨夺目的光芒来。小妖轻蔑地看着那头冲来的绿毛母猴子笑道："只知道卖死力气的夯货，你不知道小娘就是在等着你的这些杂鱼小伙伴儿都冲上来吗？哈哈哈，你以为小娘这些天是白睡的么，让你瞧一瞧小娘真正的厉害吧——森林之怒！"

小妖几乎是在嘶吼，她全身先是一片莹白如玉，瞬间就变成了如极品翡翠一般碧绿晶莹，然后所有的绿意都朝着手中那蓝宝石涌去，当所有的绿色都注入到了蓝宝石里，小妖则恢复了肉色之时，那头魁梧母猴子也终于腾空跳跃到了小妖的上方。

它那几乎成吨的体型倘若依势碾压下来，只怕没有什么谁能够抵御。然而就在那一刻，整个世界仿佛陷入了静止。很奇怪，时间仿佛都在这一刻停住了，似乎在等待着一个重要的时刻来临。

一股恐怖而充满生机的力量在脚底下颤抖，力量积蓄到了极致，终于在我们所有人的脑海中，同时响起了一道嫩芽钻出泥土的声音来："噗……"

这声音还在脑海里回荡，而小妖手中的那块晶莹剔透的蓝宝石宛若太阳，碧绿的光线以此为中心，向着四面八方扩散，与此同时，七八根满是荆棘的粗壮藤条从泥土中猛然窜出，那头还停滞在空中的凶恶母猴子被一下子紧紧攥住，化作一个巨大的藤茧。

就在这一刻，周遭的林木植株仿佛都疯狂起来，拼命摇动着枝条，无数手臂般粗壮的藤条从泥土中窜出，将那些来自不同世界的魔物给紧紧缠绕住，然后以无可抵御的力量猛然一勒，哗啦啦，血肉飞溅。

疯了，疯了，整片山头的森林，在这碧绿光芒的照耀下，发疯了！

第四十一章　美丑之间

　　整个山林的植物都疯了，这些宁静得让你根本感受不到它存在的植株，在被那蓝宝石激发出来的绿光照耀下，陡然间生机盎动，有的将深植在地下的根系拔出来，缠绕在离自己最近的魔物身上；有的无中生有，无数荆棘利刺生出地面，缠绕着不属于这个世界的东西；更有甚至，直接拔体而出，朝着这些魔物碾压过去。

　　我提着鬼剑，一脸诧异地望着周遭那些骤然活过来的丛林与藤蔓，一种不寒而栗的惊悸蔓延全身。我忍不住地发抖，想着这便是森林的力量，这便是生命的力量！

　　入目处，是无尽的植株和摇动挥舞的枝杈以及无数魔物的哀号惨叫，实在是让人整个心灵都臣服恐惧。如此之威，在我看来，已经不逊色于杂毛小道勾动九天之上的雷神之怒降下来的雷霆了。

　　一边至阳至刚，一边生命蓬勃，同样都是天地之威，生命之力，让人瞧见了，除了震撼，还是震撼。瞧见我看呆了，如同傻子一般，小妖往后跌下，被一团青草给托起来，她恨恨地朝我骂道："你这个大笨蛋，发什么呆呢？还不赶快将那臭猴子给收拾了？"

　　听小妖这般说，我确定那些绿色的滔天怒火并不会蔓延到我的身上，于是凝神静气，朝着那被绞成了藤茧的绿毛母猴子冲去。这玩意儿生命力十分顽强，全身给勒得骨节炸响，竟然还在奋力拼死挣扎，我瞅准它脖子间的一道空隙，将鬼剑缓缓刺入它的脖颈处，立刻有蓝色的鲜血飙射出来，将鬼剑给浸染。随着鬼剑的深入，那藤茧摇晃的动静越来越小，到了最后，当我将这头颅给割得只剩一层皮的时候，它这才一声悲鸣，奄然无息。

　　绿毛母猴子一死，诸多魔物大势已去，它们大多死于非命，稍微强悍一些的，身体也受到了牵绊，所面临的是我和杂毛小道轻松自在的补刀。

　　这工作虽然简单机械，但胜在安全。值得一提的是，这些魔物死后流出的鲜血，要么是蓝色的，要么便是黑色，如同石油一般，黏稠发亮，很少有红色的血液流出。

　　几分钟之后，暴走的疯狂森林终于安静下来，刚才仓皇逃下去的众人也回过神来，派了一个身手轻快的道士上来查探，瞧见这副场景，立刻兴奋起来，回去叫人了。

　　我们清理完石拱桥两边的魔物，桥下突然传来呼救声。我探头望去，黑蒙蒙的山涧旁俯卧着一个黑影子，听这声音，竟然是刚才被绿毛母猴子一掌打飞的崂山长老白格勒。他福大命大，竟然没死。撞晕之后，挂在了山壁的藤蔓之上，刚才那一番动静之后，悠悠苏醒过来。这个发现让人颇为振奋，我和杂毛小道七手八脚地将其拉了上来，瞧他一头的血，精神倒是颇好，只不过瞧见我们的眼神，那叫一个复杂。

被我们救上来的白格勒，言语间颇为恭敬，让人感觉有些不习惯，我好想跟他解释一下，弄出刚才那么大动静的可不是我们，而是我旁边这个小女孩子。说到小妖，这小狐媚子在一招完毕之后，耗力过度，精力就有些不济了。瞧着四周那东倒西歪、一地杂乱的草地林木，叹息了一声，叫住了我，说困了，她要睡一会儿。

她这话把我吓了一大跳，这妹子睡了好几个月刚醒，现在又要睡，我要到什么时候才能再见到她啊？不过好在她在钻入我胸前槐木牌之前，又说了一句话："吃饭的时候记得叫我啊，我饿得感觉都能够吃下一头牛了！"我终于放下了心，想着还好，还好。

小妖沉睡，先前仓皇逃往山下的崂山道士和慈元阁等人折返回来，那少东家一脸惊魂地瞧着正在与白格勒交谈的我，问刚才到底是怎么回事，刚才那些林木好像都疯掉了一般，吓得我们以为世界末日都要到了。

白格勒望着我和杂毛小道，张了张嘴不说话，而我则微笑，摇头说："这些别管，先找到那些还活着的，补刀杀死，不要给它们留下，平添后患。"

小妖一招"森林之怒"，将整个山头那些平静了无数个年头的林木植株激发，使得诸多从悬崖山壁中爬出的魔物都丧失了性命，但是许多生命力强悍一点儿的，仅仅只是失去了自由，倘若脱离了藤蔓的束缚，缓过一口气来，咬人依旧很疼，所以需要确定死亡。

经历过这一系列动人心魄的事件，这一干人惊魂未定，我这一吩咐，他们便散开各处，提着手中的武器，四处寻找。

行走在这躺满魔物尸体的战场中，我隐隐感觉到了一丝澎湃的气息在流转，无数微末的力量从那些死去的魔物身上浮离出，朝着我的双手汇聚，使得我全身都开始发热，心怦怦跳，仿佛喝醉了酒一般。

杂毛小道陪着我走过天生石拱桥，手势不断，指挥着雷罚刺向暂时下不去的深涧底下。湖风吹拂，呜呜作响，看见我脚步紊乱，呼吸粗重，便问我有没有事，别自个儿栽倒下去了。

我的情绪莫名高亢，一个纵身便越到了六米远的对面，一脚踢碎了头矮骡子的脑袋，感到一股游离的力量融入身体里，浑身舒爽，于是癫狂地大笑起来："醉卧沙场君莫笑，古今能有几人还？哈哈、哈哈……"

杂毛小道忍不住走来给了我一脚，说："瞧你这德性，不就是小妖醒过来了么，至于高兴成这样子吗？得了，有那小管家婆在，看看你以后得有多憋屈。"

我、杂毛小道朝着山崖这边走来，先前那十几棵大松树全部都倒卧在地，将30来头奇形怪状的魔物给碾成肉末，这崖口一片狼藉，也瞧不清楚先前的那几具尸体在何方。走到这儿，脚踩在倒卧的树干上面，闻到了清新的湖风，瞧着眼前这茫茫黑暗，这时我才从刚才那种力量摄取的迷醉中苏醒过来，感觉身旁有白光，却是朵朵，一脸天真地问我："陆左哥哥，你这是疯了吗？"

正在我无言以对的尴尬时刻，崂山长老白格勒走了过来，手提着一根符棍的他颇有些悟空的即视感，他忐忑地问我："你们能够返回下面，去救我们的掌门真人吗？"

瞧着刚才那般汹涌魔潮，鬼知道那洞子里面到底还隐藏着什么东西，我们此刻再下去，跟送死几乎没有什么区别。不过白格勒这般说也可理解。

我们没有说行不行，而是走到山崖旁，探头朝下方望去，山壁之上荆棘藤条密布，一个又一个的黑影像结茧一般的附在上面，没有动静，显然已经死透，而刚才我们逃出来的那个洞穴，依然还有着蓝光溢出，照亮了好大一片区域。

我舔了舔嘴唇，准备说几句场面话，然而这个时候下方突然蓝光大耀，一片光华从洞中溢出，并且有一阵风吹茅草的沙沙声响，我还没有反应过来，白格勒和旁边几个崂山道士都不由得一阵欢呼，大声喊道："镇渊魔符完成了，堵住了，堵住了！"

我分不清楚他们这所谓的"堵住了"，到底是什么意思，然而随着他们的欢呼，我们视野中那些魔物的尸体开始缓慢分解，化作了点点光芒，宛如那死去的灵魂，萤火虫一般地从四面八方汇聚而来，然后凝聚在我们前面的山崖，化作一大团旋绕不定的星河，场面之辉煌璀璨，让人震撼不已。

我实在不能够将那些魔物丑恶的脸孔，与这些如同精灵一般的瑰丽光粒联系到一起来，脸都僵住了。旁边的朵朵手一招，那旋转星河便分出一小部分光粒，围绕在她的身边旋转，快乐地跳着舞，有的甚至融入到了朵朵娇美的身子离去。

场面是如此恢宏壮观，然而没等我们瞧够，下一秒，这些光粒被下方的蓝光牵引收入洞中，崖口再次恢复到了一片黑暗中，只有在朵朵身周，还残留着数百颗黄豆大的光粒，围着她作旋转。

"银河、星空、引力夺取、围绕着太阳旋转的行星……天啊，美与丑的转变是如此和谐，完美得如同自然界的升华原理，这世间的一切，到底隐藏着多少奥妙，让我们去探索追寻？"慈元阁少东家方志龙在我旁边感叹着，然后目光瞧向了朵朵，亲切地问道："你就是朵朵吧，果然跟传说中的一般可爱！"

第四十二章　石壁上的人脸

十大高手果然名不虚传，没想到刚才费心供奉的那蓝色玉圭竟然会有这等能力，将空间裂缝中遗漏出来的诸般魔物都化作了灰尘粉末，单单这一手，也足以让我们心悦诚服。

世间没有侥幸，成功者自有其成功之道。

崂山诸人心忧无尘道长，纷纷翻身下了山崖，我们也跟着下去。崖壁中间的洞口，一干崂山道士正看着被无数荆棘刺藤封堵住的洞口，束手无策。这些刺藤足有人腿粗，上面尽是密密麻麻的木刺，又坚又韧，普通刀兵根本拿它无法。

这是小妖刚才的杰作。刚才挡住了朝着外界冲出的汹涌兽潮，此刻则挡住了崂山众人重回洞中的路途。瞧见我们，白格勒苦笑说："这可怎么办？我倒是能够用火烧，可是倘若掌门真人在里面，岂不是被熏死？"

我没有说话，心中好笑，以无尘道长的实力，他倘若在里面，何必劳烦外面的人来想办法？这时朵朵飘了下来，瞧见我们都被堵在外面，眼睛滴溜溜一转，挤到前面来，手摸在刺藤上，一股青木乙罡从她白嫩小手上荡漾而出，藤条像被人挠了痒痒一般，抖了抖，似乎还有笑声传出来，根根竖直坚硬的木刺立刻柔软下来，朝着两旁轻柔退开，露出了蓝光荧荧的洞子来。

杂毛小道一声口哨，第一个跃进了洞穴，我是第二个，顾不得旁人对朵朵的夸赞，四处张望。在那一刻，倘若不是我们头顶那依旧散发着蓝色光芒的玉圭存在，我几乎不敢相信，这便是我们刚才奋战许久的地方。

此刻的地上，没有堆积如山的尸体、没有扑面而来的臭气、没有鲜血、没有杀戮，我们离开前所有恐怖的一切都没有，只有一层又一层夜明砂和鸟粪。

"师父、师父……"

宽敞空旷的洞子里，宋小一和他师兄师叔的声音不断回荡，然而却没有回应。我随着众人走到了原先遍布魔物的角落，依旧没有瞧见什么，别说是无尘道长，便是一片碎布条都没有找到。

我望着前方深邃的洞穴想，难道那些魔物已经从这里退了回去？我正犹豫着，朵朵却先我一步，朝着前方飘去。我断不能让朵朵独自去冒险，于是快步上前，跟在了她的身后。这处悬崖间的洞穴颇大，但如同漏斗，越往里面走，道路便越小。我跟着朵朵转过了几个弯，外间那蓝色圭玉发出来的光芒已经照射不到这里，好在我身后几名崂山道士都带着强光电筒。

走了大约有五十米，朵朵突然停了下来，将手放在石壁上，东敲敲、西摸摸，似乎在找寻什么。我身后的宋小一焦急地问道："陆兄弟，我师父他到底去了哪儿？"白格勒长老带人朝着前面继续走去，没多久，大约十几秒钟，突然有人喊道："没路了。"

我跟着过去，发现道路已然走到了尽头，前方无路，不过岩壁上面好像刻着一些文字，时光久远，灯光黯淡，瞧着模糊不清。这时，我听到朵朵在远处"啊"的一声叫唤，心中一紧，转身便往回赶。

朵朵一脸惊讶地往后退，在她的对面，出现了一张诡异的人脸。

这是一张生长在岩壁之上的脸孔，离地两米，微微突出，瞧着年纪似乎二十来岁，长相跟我一般普通，只是那眉毛如剑，让人感觉英姿勃勃，有睥睨天下的豪气。他已然死去，身子给浇灌在岩石之中，此刻只不过露出了一张脸来而已。

不知道是不是如琥珀一般隔绝空气，使得他虽然不知道遇难多久，却恍如昨日，皮肤和肌理都没有腐烂的迹象。

按道理说，灼热的岩浆也会有腐蚀性，他的脸不可能保存得如此完整，然而眼下这诡异的情景却近在眼前，让我在震惊的同时，也不得不接受这现实。只是，我们刚才路过这里的时候，并没有这张脸，怎么突然间就出现了呢？

我将朵朵的手牵着，问怎么回事？

朵朵指着那张安详沉眠的脸说，刚才进来的时候，总感觉有人在看她，于是便直奔过来，在旁边找了一会儿，什么也没有发现，然而等我们朝前方走过去的时候，岩石脱落，这人的脸便露出来了，朝着她笑。

笑？我看着这了无声息的脸容，眼睛紧闭，安详宁静，哪里是在笑？

然而朵朵从不知道撒谎，她说这脸在笑，自然就真的在笑。那么，难道这人虽死，灵魂仍在，化作了鬼，或者僵尸？

我抬头看着这脸，越看越有一种熟悉的感觉，仿佛上辈子就认识，不过隔着毛玻璃看人，总明白得不透彻、不清晰。这时杂毛小道也走了过来，拔出雷罚在石壁上敲了敲，说："这岩石沉淀，得有百八十年的光景，他应该是上个世纪初的人。总感觉有些不对劲啊，这人怎么可能还能保持着这容貌呢，又不是水晶棺里，那时也没有龙虎山的那种技术啊？"

这岩洞着实古怪，先是大量深渊魔物冒出，接着那黑暗中伸出来的手竟然将十大高手中的无尘道长给直接抓至虚无中去，然后镇渊魔圭封印一切，现在却又冒出这么一张镶嵌在岩壁之上的人脸来，实在让人心中忐忑。

我们凝视着这张沉眠的脸孔，然而他真的死了，一点生机都没有，瞧不出个所以然来。我抽出鬼剑，锋利的剑刃在他的脸上划了一刀，脸皮坚如岩壁，好不容易开了个小口子，并没有鲜血流出，只是爬出了几个小黑点来。

我的精神高度集中，眯眼一瞧，是几只蜘蛛一般的微末虫子，瞧见那细如发丝的脚和身子，我仅仅发了一下呆，背脊一凉，想起了《镇压山峦十二法门》中的记载来："寿蛊，十大旁门奇蛊之一，用生长在南滇莫兰山一带的捕鸟蛛和红螯蛛杂交炼制而成，蛊母大若拳头，而蛊子呈现微末……将蛊母用麻黄一两、桂枝半斤、杏仁四十个炖服之后，吞千百子蛊入腹，可保百年寿元，无病无灾，青春久贮，然需生食蝇蛆，三天一勺，若久不进食，则恐会被子蛊分食内脏于一空……"

如果我猜得不错的话，从这人脸上伤口处爬出来的，正是十二法门中记载的寿蛊。

这种东西的制作过程，其实"育蛊"一节也有记录，不过我并没有隔三差五吃粪蛆的意志，所以从来没有深入研究，想不到使这张人脸死而不腐的，竟然就是它。

寿蛊并没有太大的攻击性，除了人体，对外界的适应力也差，我将这几只碾死之后，便没有再看到有爬出来的了。

能够炼得寿蛊的，一定是我们苗疆的养蛊人，而且是极厉害的前辈，我心中对这名有着卓绝意志的前辈充满敬仰，恭恭敬敬地后退三步，收起鬼剑，躬身说道："清水江流，敦寨苗蛊，末学后辈陆左，拜见前辈，此番冒失，冲撞了前辈，还请前辈海涵，日后出去了，初一十五，晚辈必定会奉上三炷香，香火悼念！"

虽然不知道这人是怎么死在此处的，不过死者为大，又是前辈高人，我这一番话说得倒也真诚，然而当我低下头去的时候，朵朵喊了起来："陆左哥哥，他又笑了！"

我猛抬头，瞧见这人的嘴角居然真的朝着上面翘起来，正心中震撼，从洞口方向突然传来一阵衣袂翻飞的声音，一道黑影正朝着这边疾奔过来。

杂毛小道一扬手中雷罚，厉喝道："是谁？"

第四十三章　豆腐脑儿

雷罚朝着那道黑影激射。

来人不甘示弱，一道锋芒闪现，与雷罚交锋，叮叮当当，金铁交击之声不绝于耳。几息之后，杂毛小道收手，朝着那道黑影恭敬地喊道："原来是黄大先生，我紧张了，失误、失误！"

迷瞪眼、蒜头鼻的黄晨曲君缓步走了过来，那把石制短剑如同游蛇一般溜入他的衣袖里，哈哈大笑道："克明小友举一反三的手段不错，这么快便能够将老头子的剑技学得有三分相像，害得我都差一点儿中招咯。"

我盯着石壁上那张诡异的脸，心里面一团乱麻，见一字剑前来，不由得好奇问道："您怎么来了，刚才去了哪儿，我们找了你好久？"黄晨曲君身后跟着慈元阁少东家，走过来帮着回答道："黄大先生刚才去了西边，并没有上这山上来，这会儿看到了我的信号弹，于是便折身返回来了。"

一字剑点了点头："龙虎山的人也来了。"

听到这句话，我呵呵一笑，现在可真的是热闹了。

龙虎山的人应该是尾随那头翻江弄海的湖蛟而来。这并不奇怪，毕竟有了邪灵教鱼头帮和崂山的人在前面，我甚至有一种恶意的猜想，莫非那真龙屡屡显露真迹，目的便是想要找些枪手来，帮它对付那些从时空裂缝中遗漏出来的深渊魔物？

黄晨曲君摸着下巴稀疏的胡子，指着外面，说志龙说得不清不楚，外面林子里的动静，到底是怎么回事？

杂毛小道便跟他解释了一番。听完，饶是一字剑这般的本事和见识，也不由得一脸讶然，连连赞叹称奇。白格勒这时上来与黄晨曲君见面，两人也算有些交情，白格勒便央求黄晨曲君："剑君，你有那通天的本事，可否帮着找寻一下我师兄的下落，不然我回去可跟无缺真人交不了差。"

黄晨曲君哈哈一笑，说老白你不必担忧。

这话未完，他腾空而起，将那悬空而立的蓝色玉圭拢于掌上，翻身下来，说："这镇渊魔圭乃无尘真人的压箱之物，养玉超过五十年。他倘若蒙难，只怕这玉便已然黯淡无光了，哪里会是这般耀眼？关心则乱，关心则乱了。"

听黄晨曲君说得有根有据，白格勒终于长舒了一口气，从一字剑手中接过玉圭，点头说："是，掌门师兄如此厉害，自然有逃生之术，说起来还是我们想得太多了。"这一句话说出来，他旁边四个崂山弟子也都长舒了一口气，阴霾消散，人也精神自在许多。

这时大家都发现了墙壁上面的这张脸，纷纷称奇，又听我说了寿蛊的神奇之处，更是讶然。虽然这张人脸有颇多神秘之处，不过到底已经死去，于是不管，问崂山等人那石壁上面写的都是什么？白格勒的脸色古怪，说不如你们亲自去看看吧？

走到了转角尽头，在数盏强光手电的照耀下，瞧见石壁上书写着："东南三岁丧父，五岁丧母，随叔父一起生活。幼时家贫，又非亲生，从未果腹，后来流浪人间，到了苗疆蒙贵人相救，方才得食。想我学苗蛊之道，一年入门，三年小成，二十岁时左右西东无敌手，三十岁登顶，北拒中原道门，南镇苗疆诸峒，天下间没有几人能超我，于是归乡，教徒育小。某日顿悟，明白自己肩头之责任，于是东奔西走，无一时敢懈怠，然而就在老子即将成功的时候，却要困死这里。命运啊命运，为何要这样捉弄我，别以为我会就这样屈辱地死去。等着我！"

这石壁上面的字迹因为时间实在太久，许多字都已经模糊了，然而大意便是如此，特别是最后那一段话，刻得慷慨激烈，劲气飞扬，直欲破壁而出。

瞧见这文字，我浑身都不由得一阵僵直。旁人或许会被这一段不文不白、无头无尾的文字弄得一头雾水，然而我却分明瞧了出来，这篇刻文的作者和我那本破书上的备注者，无论是口气还是笔迹，都是同一个人，那便是我的祖师爷洛十八洛东南是也。

巴颂告诉我洛十八死在了洞庭湖，带的三个徒弟只回来了一个，那便是我外婆的师父许邦贵；蛊丽妹告诉我洞庭湖中，或许会有我镇住肥虫子的法门，而洛十八就是在寻找这法门的时候死的；还有许映愚、许映智的话语，以及许多记忆中的碎片……

我心中猛跳，发疯一般地跑回刚才那石壁上的人脸前，死死地盯着他——这个人，莫非就是洛十八？

我瞧着这张英气的脸，心中的疑惑不断地发酵，然而片刻之后我又否定了这个观念，因为我想起了十二法门中关于寿蛊的备注，上面洛十八是这样写的："材料虽已充足，但是每天都要从粪坑里面刨蛆来吃，谁会干？"

一来年纪不对，二来洛十八何等高傲的人，岂能日日食粪，那么做这种事情的，自然是他那几个徒弟。关于陪着洛十八一起闯荡洞庭湖的三个徒弟，也就是我的师叔公们，我了解得并不多。当年犹在的人物，无论是许映智还是许映愚，都避而不谈。不过想来既然有许家兄弟这般超卓的师兄弟，其余的几个也不会弱到哪去。

照着岩壁上面的文字说来，这处洞穴似乎便是洛十八最后的葬身之地。当年的洛十八，以他骄傲的脾气，自然不会在石壁上面胡乱吹牛皮，他敢说天下没有几个人比他厉害，肯定不假，要不然打败苗疆十八峒的蛊丽妹也不会一招便败于他手。那么即便是以他这等的修为，也在此陨落，他到底是遭遇到了怎样的恐怖情况，方才会有这下场呢？

这时我又想到了之前骤然伸出来，抓住无尘道长的那只巨手，心中凛然。

既然有可能是我的师叔公，更加不能懈怠，我走到了那墙壁上面的脸面前，恭恭敬敬地跪下，磕了三个响头，然后将先前掉落的石块给封回去，这才依着黄晨曲君的建议，退出了山洞。

　　重回崖顶，恍然一梦。二月的洞庭湖天气寒冷，黄晨曲君告诉我们，在这样的夜里，下山的路只怕非常难走。想想也是，经过小妖刚才弄那一下，整个森林都一片混乱，摸黑下去，倘若没有一字剑这般的身手，说不定也得摔出个残疾。

　　当下商定，由一字剑去找寻龙号，派小艇过来接应。

　　我羡慕地瞧着黄晨曲君如一片落叶飘落湖面，然后隐没在黑暗中，心想着啥时候咱也能够有这般手段，那天下之大，还真的可以去得。一字剑去联络寻龙号，朵朵则拉着我，说小妖姐姐有吩咐，要监督我做一件事情。

　　什么事情？我被朵朵一路拉过了天生石拱桥，来到一处藤茧前面，她的纤纤素手往那里面一掏，捧出一大块豆腐脑儿一般的白色软体来，冲着我笑道："吃了它！"

第四十四章　庖丁解牛

我望着朵朵手上捧着那白花花的玩意儿，有些疑惑，走近一些，便感觉到一股腥甜的气息扑面而来，再瞧她手上还有血丝残留，这才晓得手上捧着的那一坨宛如豆腐脑儿的东西，竟然是猴脑。没错，这堆藤茧里面所包裹着的，正是刚才被我用鬼剑一点一点割死的绿毛母猴子，也便是小妖口中来自灵界往生河红树林中的王者，通臂猿猴。

小妖曾说当初悉达多从灵界带回了几头通臂猿猴来，当作佛教护法，想来这些东西定是实力到达了一定程度，便能够抵御住蓝色玉圭的屏障，不会被这世界所排斥。只不过它尸身不走，我便麻烦了，被朵朵用一双水汪汪的大眼睛盯着，非要逼着我将这既腥又膻的猴脑给整个儿吃掉，这简直是要我的老命。

就我而言，其实在刚才的战斗中，便已经认可了这绿毛母猴子智慧生物的身份，既然如此，又不是茹毛饮血的野人，这种行为跟吃人肉，有什么区别呢？

我忍不住肚子里的酸水，从本能上抗拒，然而朵朵此刻却化身成了一头小恶魔，嘿嘿一笑，说："陆左哥哥，小妖姐姐告诉我，她对你最近的行为十分不满意哦，如果你不吃了它，说不定你以后再也见不到她了。"

好吧。在我的心中，小妖是绝对不会害我的，要不然她也不会在我被这绿毛母猴子欺负的时候，不顾刚刚苏醒的虚弱，耗尽精力，发出这般恐怖的大招来。我思虑一番，终于从朵朵的手中接过这一坨又腥又臭的猴脑儿来。这东西十分细嫩，软软绵绵，朵朵在上面用了些手段，使得它不至于洒落出来。见我接了过去，这小妮子拍拍手掌，上面的鲜血和脑浆立刻消失不见，然后笑眯眯地瞧着我。

这是我第一次瞧见朵朵用一种戏谑的目光，盯着我瞧。恍惚间，我还产生了幻觉，以为这还是她双魂同体之时，小妖出现的情形。被一直崇拜的小萝莉这般看着，我终于有了些羞耻之心——人死鸟朝上，不死万万年，不过就是一坨脑浆水么，老子死都死过好多次，还怕这玩意儿？

如此一番热血思虑，我横下心来，将嘴巴凑过去，咕嘟咕嘟地喝了起来。

这不喝不要紧，一口下了肚子，哎呀喂，入口咸腥，然而一过喉咙，便有一股妙不可言的鲜味升腾而起，直冲我的天灵盖，而与此同时，一股热流从我的胃袋溢出，遍布全身，暖洋洋的，如同泡在了温泉里面一样。这味道难以言叙，我便也当作那猪八戒吃人参果儿，囫囵个儿吞下，当我全部都嚼裹完毕之后，看着双手之上的鲜血，才想起自己刚才到底在干吗。这一反应过来，顿时一股腥气从肚子里迅速窜出，止不住地打了一个嗝，随着这口腌臜气，有一种抑制不住的强烈呕吐感。

朵朵瞧见我这般模样，大声叫道："不要吐啊，吐了就前功尽弃了。"

这句话听得我泪流满面，这会儿杂毛小道也走了过来，瞧见朵朵遵着小妖的吩咐，将我弄得欲死欲活，不由得哈哈大笑，幸灾乐祸。他用雷罚将这藤茧劈弄出来，问朵朵小妖有没有交代其他的东西。

朵朵将食指放在唇中想了一会，这才想起来，说："对了，小妖姐姐说这臭猴子最值钱的就是脑子，其次就是一身筋骨和腰腹之间的皮毛，至于肉，臭烘烘，扔大街上都没有人要。她让你捡些关键部位来炼器，应该不错。"

杂毛小道搓着手说："我都已经想好了，这皮可以做两把剑鞘，我一把小毒物一把，筋给小妖当皮鞭，至于骨头，弄一个白骨大圣鞭给朵朵你玩玩，要不要得？"

朵朵皱着眉头摇头说不要，它好丑哦。

杂毛小道嘿嘿笑，说等我做好了，你就不会这样想了。说完这个，他又开始谋算起来："至于其他的，倒也不用浪费，上好的制符材料，我以前只用过龙骨，却不知道这传说中的通臂猿猴，能够有何等功效。"

杂毛小道兴高采烈地展望。当年他从香岛和合石坟山弄来一块龙骨，制成的符箓在湾浩广场大放异彩，拯救了我们所有人的性命。如今杂毛小道的制符之道早已今非昔比，虽然这猿骨不知道是否有那龙骨厉害，但胜在量多。

寻龙号开到，我们三人喜气洋洋地返回崖间，这才发现慈元阁当真是思虑周全，竟然还带了钢丝缆绳，根本不用小艇靠近崖底来接应，直接滑下去便是了。

寻龙号上，慈元阁阁主早已和一众留守成员在甲板上等待，他们在湖面上其实也瞧见了许多蹊跷，心中担忧不已，刚才黄晨曲君也是语焉不详，于是下来之后又是一番询问。

崂山此行死了三个，白格勒的弟子坠落湖中，掌门真人失踪，都是生死不知，诸位道长疲惫不堪。他们自己也有船，于是不愿留在寻龙号上，只请求派小艇将他们放回岛边即可。慈元阁阁主一律听从，并且告诉白格勒长老，说他们在岛左的那名弟子尸首已经收殓起来了，一会儿也给他们带回去。崂山诸人满口感激，不住赞叹，然后乘着夜色，返回了岛上。

送走了崂山一行，慈元阁阁主让我们先回房清洗，已准备好热水，洗漱完毕之后，来前厅用餐。我一身鲜血，早就想洗个热水澡，正想带着朵朵离开，这小可爱却被慈元阁少东家和小公主方怡给围了，好是一番热情招呼，瞧模样是走脱不得了，无奈之下，只有跟着杂毛小道回舱。

一进船舱，我胸前的槐木牌一片亮光升起，小妖打着呵欠走出来，懒腰一伸，一脸郁闷地喊道："有没有吃的啊？我感觉自己饿得都能吃下一整头牛！"

第四十五章　师从李道子

朵朵是鬼妖之体，餐风饮露，分食些轻灵之气，一百年都不会有饥饿感。然而麒麟胎身孕育出来的小妖，理论上虽然也不需要进食，对于那美食果腹，唇齿留香的美妙感觉，却不愿忘记，这既是一种生理上的需求，也是一种心理上的需求，这一点小妖跟常人几乎没有什么区别，故而长睡数月有余，难免会肚子咕咕。

小妖既然叫饿，我们便加快了速度，很快便洗完热水澡，换好衣服，来到前舱。

慈元阁少东家此刻正在跟留守诸人讲刚才的遭遇，峰回路转、抑扬顿挫，口沫飞溅间，仿佛有当年单田芳老师的风范，周围的听众也颇给面子，一阵又一阵的惊叹，那叫一个应者如潮。我们走进船舱的时候，众人纷纷上前来打招呼，言语之间，似乎更加热切了。

小妖不理这些家伙，径直走到花雕圆桌前，有气无力地喊道："陆左，我们啥时候吃饭啊，小娘我都要饿死了……"这小狐媚子即使耍性子都是那般可爱，慈元阁阁主瞧见了小妖，居然恭敬地问道："小姑娘，刚才山崖上面的那一场风波，可是你鼓弄出来的？"小妖扁着嘴，不管不顾，捂着咕咕叫的肚子，说我要饿死了。她不回答，然而慈元阁阁主何等厉害的眼光，听到小妖在这儿叫饿，便赶紧叫大家回到桌面上来，吩咐开席。

小妖不愿跟这一大堆成年人同桌，在旁边弄了一个小桌和朵朵一块吃。

菜肴依旧是慈元阁小公主、美厨娘方怡亲自下厨做的，花样繁多，味道鲜美自不必言，那一钵"霸王别姬"熬煮了三四个小时，开盖的时候，整个舱房都洋溢着腾腾的汤气和鲜味。让大战之后的我们，感动得泪水口水齐流。

大家都是修行中人，瞧见我们原本三个人，上了一回岛却变成了五个，眼力强的还能瞧个隐约大概，或者已有听闻，眼力弱的便是懵懵懂懂，不过都不会问，装作寻常。

方怡一开始瞧见小妖也是颇为惊讶，小妖不比朵朵，十二三岁的少女已经抽条儿了，长相精致漂亮，尤其是身材发育得比自己还好，大受威胁，不过后来瞧见小妖根本就只是黏我，而对她的目标顶多就叫一声"杂毛叔叔"，这才放下心来，也不上桌了，在旁边小桌子陪着这两个可爱女孩儿。

今天与宴的少了留守岸上的焦、田两位掌柜。大家宴前，先将杯中酒举起，祭奠一下在崖头救少东家被那绿毛母猴子杀害的齐唯羽，将酒洒落在地上。第二杯酒，慈元阁阁主建议敬我和杂毛小道。

对于少东家来说，我们的确有救命之恩，不过在我们看来，不过是求生之战而已。桌上的湖鲜菜肴洋溢着勾人食欲的香味，我们也不多推辞，一杯饮尽，然后开始专心吃菜。激烈的战斗是最损耗体力的，急需能量补充，所以我们也不客气，好是一番扫荡，吃了个半饱，这才稍微放慢筷子。席间黄晨曲君开始谈他在西岛边的发现——先前我们一同登岛，一字剑腾空飞走，我们只以为他提前上了山，却不料他直接绕过中岛，到了右面的西岛处。

那是一片占地颇广的水生树林，在那儿，一字剑遭遇了龙虎山的道士。

"善扬、望月，还有同辈三个师兄弟，下面二代弟子十个，三代弟子不计，他们这一次前来，看来是铁了心地要夺取真龙了！"黄晨曲君谈及龙虎山的阵容配置。没想到龙虎山居然下了这么大的血本，几乎将龙虎山天师道门给搬空了小半。其实这也可以理解，龙虎山与茅山这二十年来，从朝堂到江湖，一直都在争夺龙头老大的名头，如今陶晋鸿因黄山龙蟒成就了地仙，而善扬真人却没有，自然是紧张不已。

要知道，陶晋鸿这个地仙可不像青城、昆仑棱格勒峡谷以及其他几处地方那几个兵解而成的伪地仙一般不值钱，近百年来，除却那些遁世不出、生死不知的神秘圣地，如同陶晋鸿这般的有名有号的，天下就此独一份。

虽说成就了陆地神仙之位后，主要的对手已然不是人，而是天——上体天心，平静无为，终年遁化于尘世之外，寻常难有出世。但这玩意儿便如用作威慑的核武器，不一定要用，但一定要有。所以陶晋鸿出关，最为着急的，恐怕就是龙虎山了。

这个道理大家都懂，所以龙虎山的急迫我们也能够明白。不过明白归明白，但是倘若他们嫌我们是成功路上的绊脚石，想要将我们给一脚踢开，那就是另外一回事了。

慈元阁阁主在黄晨曲君说完之后，作了总结，说："陆地之上，我们肯定是弄不过龙虎山的，所以最好别招惹，实在不行，大家上船，扬帆远走，他未必能追得上来。"当下吩咐刘掌柜船上也要保持戒备，防止对方起了诡心，过来偷船。

说完这些，旁边的朱掌柜不经意地问起来："萧道长今天好像收了些好货，不知道能不能拿出来，给大家鉴赏一番啊？"

朱掌柜说的好货，自然就是通臂猿猴的一身筋骨皮肉。慈元阁的人又不是傻子，这么一大包东西送到船上来，他们怎么会不知晓？杂毛小道小口喝着鲜美的团鱼汤，听到这话，先是一愣，继而笑了："哦，对啦对啦，所谓横财，见者有份，我倒是忘了这个道理，一会儿朱掌柜随我回房，我分你三成，如何？"

按道理，这通臂猿猴是我和小妖合力斩杀的，战利品自然没有慈元阁的份，不过我们乘坐的毕竟是人家的船，这搭伙过日子，在人屋檐下，分他三成也还算合理。

瞧见杂毛小道这般说，慈元阁阁主在旁边微笑，摆手说："这可不行，东西是你们自己弄来的，我们哪有分享的资格？朱掌柜的意思是，这些东西不知道你们需要不需要，倘若用不着，你也知道，我们是一个商业机构，有专门的符箓师和制器师，可以帮忙代销，也可以高价收购——只要东西好，价格不是问题。"

慈元阁阁主这一番话说出来，我们便知道他的眼力极好，毕竟是常年跟这些材料打交道的商人，隔着袋子都瞧出了端倪，于是才有此问。

我们不知道慈元阁此番询问到底是有着什么样的目的，不过杂毛小道并不愿意出售这么好的材料，略一沉吟，缓慢地说道："符箓、制器之道，小弟倒也是略懂一二……"

"哦，这样啊……"慈元阁几个掌柜不以为然，敷衍地点了点头。

其实既入修行门中，有哪个不会些符文绘制的手法呢，便比如我，那诸番静心、养气的符咒，也能画上几张，保人平安富贵。然而各人天赋有限，能够在符箓这条路上走得更远的，却实在稀少之极。朱掌柜在慈元阁负责的正是符箓业务，最是上心，犹不死心地继续问道："萧道长既然懂行，便知道符箓师的稀少和难得，我们慈元阁有几位全国有名的大师，倒是可以给你介绍的。"

听得这人步步紧逼，杂毛小道略为有些不喜了，不动声色地喝汤。而我瞧在眼里，便淡淡地说道："无妨，老萧在符箓、制器上面的技法，师从的是茅山前辈李道子，自成一系，无需再参考旁人啦。"

我说得淡然，然而众人皆震惊了，朱掌柜手中的筷子甚至都掉了下来，一双眼睛瞪得滚圆。这尴尬的沉默足足持续了好几秒钟，空气里静得都能够听到针落的声音，慈元阁阁主最先回过神来，激动地喊道："你说的，可是人称符道最天才，天下第一符王的李道子、李真人？"

席间的气氛瞬间变为热烈，那些家伙的目光都仿佛看见了极品美女的色狼，色迷迷、火辣辣，杂毛小道也端着架子，淡淡地点头说是。

他的确定引发了慈元阁诸人一番如潮的马屁，这个崇敬地赞叹，那个又难以置信地猜测，慈元阁阁主也深情地回忆起了当年老阁主与李道子的交情，慈元阁当初便是得了李道子十张精品符箓压箱底，方才得以崛起的……

这一餐饭吃得颇为长久，席间慈元阁阁主缠着杂毛小道达成了供货协议，定时给他们提供一些符箓，他们这边重金收购。

饭后，一字剑登岛，去营地照应，我们则返回船舱。没过多久，虎皮猫大人也回来了。

第四十六章　暴风雨的前奏曲

虎皮猫大人与小妖好久没有见面了，不见挂念，一见面就掐，好是一通吵闹，不过肥母鸡最终还是敌不过自家大姨子，败下阵来，挂着免战牌，悻悻地叫嚷道："大人我只是太累了，懒得跟你这小娘皮计较而已，算了、算了。"

一番喧闹过后，虎皮猫大人一边吃着我们给它带的龙井茶叶，一边听我们给它叙述入夜的遭遇。完了之后，它点了点头，说如此说来，当年的洛十八，应该就是葬身此处了。洛十八葬身此处，这是肯定之事，只不过他到底是死于真龙之口，还是在那空间裂缝中与那些深渊魔物战死，这就只能是一个谜团了。

不过逝者已矣，虽然他或许是我的上一世，但是身为陆左，我并没有太多寻根究底的心思，于是便撇开不谈，论起了此次前来洞庭湖，最根本的目的来。

虎皮猫大人说道："龙涎液乃远古真龙血肉精华凝聚而成，生于地脉之间，少数涌现在地表之上的，早就在数千年前就给人探寻采集枯竭。不过这岛屿有那太极晕在，真龙之所已经确定无疑，那么说不定便能够在岛上，找寻得到。"

大人如此说了，那么接下来的几天，我们可能就要逛遍这座湖岛的每一寸土地，尽量将那珍贵稀有的龙涎液，给找出来。

众人集聚一堂，除了肥虫子，倒也都到了，小小舱房热闹无比。杂毛小道开始忙碌起来，准备趁着这一晚的宁静，赶制出些能够拿得出手的符箓来。

画符看似简单，其实颇为繁复，光准备工作便相当复杂。需要摆香案、上香、请神，事先净身、又净手、净口、净笔纸墨砚台，诸般敕咒祷告完毕之后，取笔一挥而就，喷上法水，再祷告，再顶礼、送神，缺一不可。

不过画符之道，在于沟通天地与神灵，在于诚信——诚则灵，天地动容，信则明，法力无边。

初学的画符者，需通过诸般繁复的仪式，来让自己全神贯注、心静如水，然而如杂毛小道这般能够凌空画符的高手，却无需那么复杂，而且材质是骨片，只需用趁手的刻刀依着这根骨头的特性，篆刻出适当的符文导槽，然后使用朱砂、兽血、净水、金碎等诸多混合之物，蘸满符笔，运力一笔画成，这便是所谓的"一点灵光即是符"中的先天符。

这里面涉及许多不可言喻的玄妙道理和古怪讲究，甚至还有传承自李道子的不传之秘，杂毛小道虽然不避讳我，但也没有跟我探究太多。我饶有兴致地瞧了一会儿，见他行动虽然不受打扰，但相当缓慢。难得这家伙如此跳脱的性子，竟然能够静下心来，跟个小姑娘刺绣一般精细。

杂毛小道忙忙碌碌，我们也不好吵他，于是约束了朵朵和小妖，大家都开始盘腿修炼起来，一时间房间里充满了各种气息，炁场潮汐叠加辉映，让人感觉振奋神奇。

盘腿坐在木床上，恰好在窗边，那弦月牙儿在中天高挂。我闭目，静静地行着周天之数，将被迫吞服下的猴脑儿消化，使得里面蕴含的精华和力量分解，为我所用。仔细算算，今天一战虽然艰辛，但是我却也有不少收获，撇开小妖醒转这事儿不说，就我个人修行而言，死去的那些魔物，身上游离出来的力量集附在了我的恶魔巫手之上，使得它变得更加强大。除此之外，猴脑并不好吃，但到底是能够写入佛经与传奇话本中的物事，随着周天运行，我能够感觉到那一股恐怖的力量已经缓缓沉淀在了我的气海之中，被那阴阳鱼气旋不断度化，相信假以时日，我的力量一定会更上一层楼的。

到了那时，嘿、嘿、嘿……

一夜无话。次日清晨我醒转过来，天色微亮，房中烛灯如豆，一地的骨渣沫子，微微昏黄的光芒照耀着杂毛小道那张坚毅而又专注的侧脸，一双眼睛炯炯有神，只是紧紧盯着自己手中的刻刀，一笔一画，是如此认真。

他的眼中只有刀，只有符文，那便是他的全世界。

我坐直身子，伸了一个懒腰，问他："一夜没睡？"

杂毛小道点了点头，目光不移地说道："嗯……中间打了几回瞌睡。在你左手边有三块骨符，分别刻得有落幡咒、九星神咒、杀鬼咒，用法你应该明了，收着吧，危急时刻就用，多少也能够增强一些战斗力。"

我点头，将这三块只有婴儿巴掌大的白骨拿起来，眯着眼睛瞧了一下，里面的符文流畅自然，结合着兽骨本身所蕴含的强悍力量，充满了神秘威力的气息，晶莹剔透，造型别致，仿佛艺术品一般。

收起猿骨符篆，我便出了门。湖风吹拂，金色的阳光逐渐生出，一片勃勃生机。

在我走向寻龙号前方甲板的时候，碰到了慈元阁小公主，她手上端着一个托盘，上面都是空茶盏，瞧见我，便过来道早安。我问她这么早就端茶送水，做什么？方怡打着哈欠，说她父亲、刘叔叔和魏道长三人在房间里观察寻龙仪，推算了一夜。她怕他们困倦，于是早些起来，熬煮了些参茶，送给他们养精神。

说罢，她想起来了，说路过我们房间的时候，瞧见里面的灯光好像始终亮着，是不是也熬夜了？

我伸了一个懒腰，说我呼噜呼噜睡得香，老萧倒是画了一晚上的符，请鬼请神，一夜忙碌，你若是还有参茶，一会儿给他留点。方怡"哎哟"一声，心疼得不行，非得立马就要送过去。我拦住她，说画符之事，最怕清静被扰，我还好，你若去了，他哪里还有心思？

我这话，这小妮子一下便听出了弦外之音，俏脸上泛起红晕，说是么，他的心会乱？

这事跟我半毛钱关系都没有，于是信口胡吹，说："那当然。他这一夜不休不眠，还不是为了讨你父亲欢心，好尽早交了差事？你若过去，他心思走移，那便什么活计都弄不成了。天还早，你先歇着，一会儿他完工了，再给他喝便是了。"

方怡听了我的话，欢天喜地地回房休息去了，而我则下意识地朝着慈元阁阁主的舱房瞧了一眼。

按理说，既然大家同舟共济，自然要开诚布公，相互之间没有距离，然而慈元阁阁主寻龙之事，从来都没有让我们参与，总是在舱房中密议，这里面若说没有猫腻，我还真的不信。从昨天慈元阁对待那袋子猿骨的态度也能够猜得出来，他们计划得如此周全，还请来了天下十大高手之一，所图的，未必只是那一缕龙须。入宝山而空手归，常年在商场上摸爬滚打的慈元阁阁主应该不会做这等蠢事。只是，瞒着我们，甚至好像连自家儿子都瞒住了，这就有些可疑了。

当然，屠不屠龙，与我无关。我装作不知，在船头甲板与值班水手招呼之后，自顾自地施展起固体之法来。一套固体之法下来，太阳升起，众人皆已起床，杂毛小道收拾完毕，喝了参茶之后精神抖擞，与我对练了一番搏击技，然后与慈元阁众人用过早餐。

末了，大家一起商量今日之事，决定分两拨人马，一拨由一字剑带领，与少东家一起，前去与龙虎山道人会晤，协商一下，看看能不能达到一致；另外一队，则有我和杂毛小道、坐阁道人刘永湘、田掌柜一起，开始搜寻龙穴。

至于阁主，还是坐镇船中，给大家守这退路。

正待分批乘小艇登岛的时候，对面突然传来了消息：岸上驻守的焦掌柜，失踪了。

第四十七章　比比？比比！

慈元阁阁主此行前来，客卿不计，总共带了四位能够独当一面的高手，分别是焦、朱、田三位掌柜和坐阁道人刘永湘。这些人在慈元阁中的地位颇高，属于股东高管，身上手段各异，都是直桥硬马的功夫，也正因为如此，他才会放心在岛上开辟出这样一个临时驻地来，两处援引。

按理说，岛上驻地有焦、田两位掌柜，又有黄晨曲君坐镇，自然是万无一失的，然而却出了这档子事情。我、杂毛小道、慈元阁少东家等人一起上船，朝着对面划过去，了解情况。

登岛之后，很快就来到营地，瞧见田掌柜正一脸阴霾地训斥着几个手下。

慈元阁少东家拦住田掌柜，问到底怎么回事？田掌柜告诉我们，说他和老焦分时值班，他上半夜，焦掌柜下半夜。他交班之后便睡下，醒来时却没有瞧见焦掌柜，便问手下，有人说是蹲草丛解手去了，有人说是去湖边查探，结果仔细一搜查，竟然都不在，却是失踪不见了。田掌柜寻不到人，心中惊慌，这才发信号告诉了寻龙号。

我有些奇怪，问黄大先生呢？黄晨曲君若是在，依他的修为，即便是睡着了，这营地周围的一草一木，莫不了然于胸，自然不会发生这般的情况。然而田掌柜却告诉我们，黄大先生在下半夜的时候也走了，不过他留了消息，说感应到了龙息，自个儿先查探去了。

黄晨曲君又是单独行动，想来是发生了什么事情。不过如此一来，原本防卫周密的营地就变得漏洞百出了。当然，像他这种高手的行踪，自然不是别人能够猜测的，那一字剑看的是慈元阁阁主的面子，但若想要人家凡事都谨遵指令，这就实在是太难为人了。

高手自然有高手的特权，田掌柜一番言语出来，大家也没有了声息，不敢抱怨，只是将这消息传递回寻龙号，然后在这营地周围寻找查探，试图找出一些蛛丝马迹来。

不过事情也真的是巧了，在营地后面一棵水生杉的旁边，我们发现了几道杂乱的脚印，经过辨认，确定是焦掌柜的。瞧那痕迹的方向，似乎是朝着密林深处跑去。焦掌柜为何会出现在这里，又为何连招呼也不打一声，便匆匆离去呢？

突发的变故打断了我们之前的计划。这时船上传来消息，告诉我们救人为紧，先查探一下，务必找到焦掌柜，活要见人，死要见尸。随着消息而来的还有坐阁道人刘永湘，他昨夜算真龙的具体位置，一夜未眠，一双眼睛熬得通红。这位坐阁道人是个痕迹学的高手，最擅长追踪寻迹，推测天机，与我们招呼一声之后，让田掌柜在此留守，而我们则朝着树林深处寻觅而去。刘永湘名不虚传，一路走走停停，竟然能够从细枝末节的地方找到踪迹，一路追逐下去。

走了一刻钟，我们穿过树林，来到了先前瞧见的那处洼地，望着遍布芦苇青草的水洼荡子，领头的刘永湘吸了吸鼻子，跑到我们跟前来，招呼道："萧道长，陆兄弟，你们有没有感觉，现在的情况有些不对劲啊？"

杂毛小道打着哈欠问怎么回事？

刘永湘说："这一路过来的痕迹有点太明显了。别说是我这种经过特殊训练、并且小有心得的家伙，便是那稍微细心点的人，都知道这路途如何走。但是我在想另外一个问题，那就是能够悄无声息引走焦掌柜的人，岂会这么不仔细，还留下这么多破绽来？"

我皱着眉头说："有没有一种可能，那就是焦掌柜自行前来，也没有注意到这些细节，所以才会如此呢？"

刘永湘摇头说："不对，早在水杉林子那边，老焦就已经被人制住了。我现在担心的事情是，这些痕迹其实就是一个局，我们这次跟踪而来，根本就是要被他牵着鼻子走，他想叫我们去哪儿，我们就只有去哪儿。要倘若真的如此，只怕我们此行就凶险了。"

刘永湘说得我们浇头一凉，将这整件事情从头到尾仔细一思量，果真有点儿这种意思。杂毛小道抬起头来问那坐阁道人："你刚才口中喃喃自语，念叨着龙虎山，到底是怎么回事？"

刘永湘从怀中掏出一截红线，摊开来给我们看，语气低沉地说道："刚才在老焦被制的现场，我找到了这个东西。这玩意儿是一节剑穗，这种打结的手法和红线的材质，应该是龙虎山独门所有，一开始我便有些认定了，这一次有可能是龙虎山下的手，不过越往这边走，越感觉不对，总感觉被人牵住了鼻子。"

我们点头，真相只有一个，但是往往最容易得到的，或许根本就是别人刻意设置好的，目的只怕也是想让我们与龙虎山火拼，他好坐收渔翁之利。那么，这个人到底是谁呢，是这岛上残余的鱼头帮成员，还是，匆匆告别的崂山派？

思绪被这么一番引导，我们开始疑神疑鬼起来，无数种可能浮现，但是却无法验证。正在我们进退难定的时候，对面的芦苇荡突然出现了一列人影，对面的人似乎也发现了我们，匆匆跑上前来，跑动中，似乎还有兵刃反光的锋寒。

这伙人气势十足，以最快的速度冲来，一时间脚步济济，芦苇秆子纷纷折断，最先映入我眼帘的是一个穿着玄黄道袍的邋遢老道士，青色绑腿，黑色布鞋，手中一把檀木龙拐，一副得道真人的打扮。

这仅仅只是一道影子，他骤然一现身，足尖尚未落地，口中便是一声暴喝："何方鼠辈，想要在这里埋伏我们，简直是痴心妄想！"

他手中檀木龙拐微微一震，上面黄光闪耀，朝着我们这边一甩，呼的一下，凭空便生出一道滚滚龙卷风，朝着我们吹来。老道士哈哈大笑，喝骂道："哼，就你们这些成色，也好意思来我们龙虎山面前捣乱，简直就是不要小命了！我……咦，是你们？"

老道士正是龙虎山名列第二位的望月真人，此番带队过来，却不料发现是我们，不由得将那罕有的一字眉皱起，声音越发地低沉了："我刚才还在猜测，究竟是哪方高人，竟然敢扯我龙虎山的胡须，从我们眼皮子底下劫人，是你们两个，我倒是不惊讶了。陆左、萧克明，念在陶掌门的面子上，只要你们能将人给我完好无损地交回来，我就不杀你们两个了。"

望月真人的话说得颇有大家气度，然而我们却有些愣住了，这到底是怎么回事，一见面，就找我们拿人呢？

那些龙虎山的道士奔来，将望月真人众星捧月地簇拥着，共有七个，除了矮胖子罗鼎全之外，我一个也不认识。瞧见我们并无反应，罗鼎全上前厉声大喝道："你们还不快把我罗师弟给交出来，当真是以为我龙虎山好欺负不成？"

刘永湘开口："诸位道兄，在下慈元阁坐阁道人刘永湘，我们前来此处，也是因为本阁有一位掌柜的离奇失踪，一路追寻而来。你们看一看，这里面，是不是有什么误会？"

"误会？什么误会？无非就是你们本待在此埋伏我们，现在瞧见我们望月师叔在，便怯了场而已。不用说这么多，我师叔也说了，交出罗师弟，便饶了你们的性命，要不然，"望月真人旁边一个满脸傲气的青年道人，一身光华洋溢，一看便是个高手，说出话来十分刻薄。我见他抢着话儿说，而望月真人却没有意见，想来此人的身份地位不低。我们心平气和，然而慈元阁少东家却气得不行，倔强地说道："你以为我们会怕你吗？你知道我旁边这位萧道长是谁吗？李道子你知道不知道？论起符来，天下间，谁能比得过他？"

此话望月真人听进耳中，是那么刺耳，当下盯着杂毛小道轻声说道："比比？"

杂毛小道沉默了三秒钟，点了点头："好，比比！"

第四十八章　一招轰杀

修行门内，江湖道上，倘若遇到了纷争纠葛，说一千道一万，千言万语汇聚成一句话，那便是拳头之下出真理。

百年前，清末民初，时局混乱，群雄辈出，可以说是继南宋以来最多英雄大拿的一个时代。那时道门旁门中的高手层出不穷，然而能够称得上一代传奇者，只有三人，一人善符、一人善阵、一人善蛊，茅山符王李道子之名，天下皆知。

他那登峰造极的制符技艺，是许多同行永远不可攀登的高峰，也是无数心高气傲的制符者，心中永远的痛。

那是一个最美好的时代，因为李道子。

那是一个最黑暗的时代，因为李道子。

十三年前，李道子在茅山后院羽化，代表着李道子时代的结束，从此再也没有一人，能够如他一般，坐上符王的位置，披靡天下。但是李道子故后，望月真人坐镇龙虎山，开堂授业，广收群徒，结交权贵，无论在朝在野都有着极高的声望，近年来隐隐有第一制符师之名。

按理说，望月真人是前辈，年纪一大把，杂毛小道是晚辈，前辈向晚辈挑战，这事情一般是不会发生的。但是他偏偏拉下了这脸儿来，杂毛小道就不得不应战。不为别的，只因为他是李道子的衣钵传人。

符王这个名头，自从诞生起，便只能是茅山的，旁人夺走了，便是茅山的耻辱，是李道子的耻辱。这，便是杂毛小道毫不犹豫点头答应的意义。

两人越众而出，各自站定之后，望月真人挂着手中的龙头拐，看着面前的小道，长长叹息："我与李道兄相交五十年，万万没有想到，竟然会与他的衣钵传人有今天这一场比较，世事难料，造化弄人啊。萧克明，道法比斗，险恶万分，稍不注意便会尸骨无存，你可想好了，要是后悔，现在还来得及！"

杂毛小道低眉垂目，整个人仿佛一棵树、一缕草、一块石头，瞬间便融入了天人之境中，只听他缓缓地说道："一头猛虎从草原离开，几只土狗对着它的背影狂吠，这也是世之常情。望月真人，既然说比，那么你便说说，比个什么？无论是刀枪剑戟、斧钺钩叉，还是鞭锏锤爪、镋棍槊棒，十八般武艺你只管挑出来，道爷专治各种不服，陪着你便是了。"

望月真人暗藏机锋，然而杂毛小道却是血淋淋地直接扇耳光，一点儿情面都没有留，直接痛斥面前这个邋遢老道，是只土狗。

221

饶是这老道一甲子的涵养，也被气得吹胡子瞪眼，满面通红，指着杂毛小道说道："好你个萧克明，本来我看你是小辈，想要饶过你，没想到你这尖牙利嘴，好脏的嘴儿。也好，有什么本事，你就通通使出来吧，老道我就替陶晋鸿和李道子，教育教育你这小辈！"

两人谈定这场比试的规则和范围，那便是荤素不忌，各安天命，生死勿论。如此，这可就是最惨烈的拼斗了，一般修行者若是没有血海深仇，是不会这般做的。

按说划下道来，自然就应该交锋，手底下见真章了，然而杂毛小道却如同一尊石佛雕像凝立场中，不悲不喜，仿佛超然物外，根本就不理会望月真人。而望月真人辈分高，自然没有抢先出手的道理。于是两个人僵立当场，互不理会，倒也稀奇。

望月真人摆了半天架子，瞧见面前这小辈居然眼皮半开半阖，仿佛沉睡过去，不由得怒意勃发，老脸都憋得通红。他旁边的罗鼎全瞧见这副模样，知道自家师叔的处境有些尴尬，于是出言挑衅道："姓萧的小子，你要战便战，装什么迷糊？"

我见龙虎山一干人气势汹汹，心生不平，于是冷声哼道："这比斗的时候，还有斗嘴这一说吗？要上便上，又不是亲嘴儿，还看谁的嘴皮子利索不成？"

望月真人朝着我严厉地望了一眼，寒声说道："好、好、好，现在的后生都这么生猛，倒真的是我们老家伙没有做好管教了。且让老道我刹一刹你们的威风，好让你们晓得，这人外有人，天外有天！"

望月真人将手中的檀木拐杖往旁边一放，从袖子里掏出一张坚硬的符纸片，食指和中指夹着，轻轻一抖，口中高声喝念道："功德金色光微微开，幽暗华池流真香，莲盖随云浮千斤重，元和常居十二楼！"

咒文一出，符箓便无火自燃起来，接着周遭的空气都仿佛被泼了火油，瞬间化作十二道火线，东南西北，上下左右，将二人囊括到了一个独立的空间中，边界有隐隐的火苗陡现即消，然而上面凝聚的热意，比昨夜崂山长老白格勒弄出来的那片火墙还要炙热。

刘永湘失声叫道："画地为牢！天啊，这不是失传已久的'破酆都离寒庭咒符'么，没想到竟然被他给拿来压箱底了。"刘永湘眼光极为厉害，见我诧异，便朗声解释道："此符据说是赐福镇宅圣君钟馗所制。初因那鬼灵飘逸，难以捉摸，便将其束缚在某境地，不得挣脱，后来被演绎加强，那边界之线也成了烈阳之火，一旦碰触便烈火焚烧，凶厉之极！此符咒的绘制方法早已失传，真人不愧是天下顶尖的符师！"

刘永湘唯恐杂毛小道吃亏，明面上是与我解释，暗里的意思则是提醒杂毛小道。

他眼中充满了担忧，而我瞧见纹丝不动的杂毛小道，却是满满的信心——无他，瞧这双方，一方心浮气躁，一方沉静如山，便可以知道。

一张破酆都离寒庭咒符燃尽，将两人与其余众人完全隔离开来，祛除了逃逸和旁人打搅的意外。望月真人一抖衣袖，缓步走上前来说道："小萧，莫以为你学了点符箓之道，便能够明了这里面的真谛。天地广博，世事奥妙，岂能是你这个浮躁的年纪，所能够理解的？你知道这世界的表面，知道暗底下的波涛吗？你知道灵界、冥界和深渊吗？知道生死之间的大恐怖吗？……什么都不知道，你怎么可能知道这些绘篆在符纸质上的图纹，到底代表着怎样的奥妙和规则？照猫画虎，也好意思跟我比较？"

他每说一句话，便走一步，每走一步，便甩出一张符箓，这些符箓材质不一，有的是粗糙的黄符纸，有的是名贵湖宣，有的是硬壳玉纸，也有丝帛、木牌、玉牌和骨牌不等，这些符箓的功效各有不同，没有一张落下，全部都悬空而立，静静地燃烧着。

一静自然有一动，望月真人每走一步，身后的脚印便更深一层，让人瞧见了，便感觉有一种让人畏惧的气势在凝聚。

杂毛小道依然没有动，只是微闭双目，仿佛已然睡了过去。瞧见自己的对手竟然是这般的状态，望月真人终于生气了，他在杂毛小道身前五米处停下，厉声大喝道："好你个不识趣的小子，你既然不珍惜性命，我便帮你了结了吧！"他口中高喝道："太上台星应变无停，驱邪缚魅保命护身，众星聚首听吾命，一点星芒天外来！急急如律令，敕！"

他双手结了一个亘古上元印，朝着杂毛小道平推而去。此咒一出，望月真人之前抛出的诸般符文在这一刻全部化作火焰腾空，纸符丝帛皆化青烟，金石之物碾碎粉末，迅速飞上了头顶，膨胀凝聚九次来回，片刻化作一道金光，朝杂毛小道射来。

这金光化形的一瞬间，我感觉周遭气场仿佛都被吸干抽空，所有人都感觉到天地之间略微一颤抖，接着便是炫目的光芒闪耀，下一秒，那金光射过了杂毛小道的身体，四十五度朝下，直接轰出了一个直径三米、深不见底的黝黑大洞来。

杂毛小道依然没动，被射穿的胸口，出现了一个头颅一般大的孔洞。

第四十九章　高手相较，从来一招

　　杂毛小道从头至尾都没有动过一下，即便是在望月真人集齐十来张符箓的威力，一起凝发，射穿他胸口的那一刻，他都没有动弹，也没呼过一声痛。

　　所有人都惊呆了，便是望月真人在那一刹那间也有些发愣。其实此番比试，倘若是双方各施绝技，望月真人将杂毛小道给杀了，旁人虽然也会说他不要脸，长辈欺负小辈，不过却也挑不出什么刺来，毕竟双方都同意了，已经有过约定；然而杂毛小道从头到尾都没有动弹，连反抗都没有，那他望月的罪过可就大了。这哪里是比试，分明是杀戮啊，有这样长辈欺负小辈的吗？若这样论起来，陶晋鸿也有了借口，下山来追杀望月，便是善扬真人在，也不能多说半句，要不然就顺带着一起灭了——地仙的确是得上体天心，下依人势，但并不代表好欺负，打不还手骂不还口，你还真的当人家是软柿子？

　　望月真人瞧着面前这茅山高足就这般地被自己轰杀，心中不由得生出了一丝悔意，一阵恍惚，忽然听到身后小天师一声大喊："师伯，小心身后。"

　　身后？

　　望月真人分了神，当感觉到身后劲风刮起的时候，朝前滑了几步，瞧见自己的袍子被一团幽蓝烈火给烧着了，那火焰冰冷森寒，竟然有着刺骨的凉意，烧在道袍上面还有几分曼陀罗花的清香。

　　往生冥火？

　　望月真人瞬间反应过来，当下全身一发劲，自家那套用天蚕冰丝织制的黄色道袍立刻碎成了无数块，朝着下方飞去。但见蓝色火焰飘飞，望月真人打量着自己织锦内服上面，还好没有沾染到那冥火，避免了火焰烧心的悲惨结局。这才抬起头来，却见杂毛小道出现在自己刚才出发的位置，双脚正好踩在了自己的脚印之上，微笑地看了过来。

　　而他的青衫，却完好如初。

　　"你没死？"望月真人回头瞧了一眼身后，在他符箓轰击出来的深坑旁边，哪里还有什么人影？

　　不知道为什么，瞧见杂毛小道活生生地站在自己面前，望月真人竟然没来由地感到一丝高兴，有种如释重负的感觉。

　　说到符箓，他到底是此中行家，稍微一扫量便已经明了："原来如此。你刚才站立的位置，是这洼地的山艮之位，天地定位，山泽通气，雷风相薄，你竟然利用这地形和某种符箓将自己的影像保存，身子却潜入视野之外的地方，欺骗了所有人，还让我平白浪费了这十数张珍贵符箓？"

杂毛小道潜忍爪牙、志在必得的一招，被龙虎山那傲气青年给喊破，却并不在意。束手而立，淡淡地说道："符文制器之法，并非孤立，我除了画符，对阵法也是略懂一二的。"

他说得淡然，然而旁人却有些抓狂了。能够在望月真人以及众人的眼皮子底下，一下子便选中了山川地势中的最佳处，并且凭手段欺骗了所有人，让望月真人将自己那些珍贵的符箓耗损在了一个幻影之上，这般的心机手段，还说略懂一二？

真正的大拿从来谦虚。要知道杂毛小道的阵法可是跟虎皮猫大人学的，而虎皮猫大人是何许人也？别看它现在天天跟俺们赖皮吵嘴，当年可是与李道子并肩的一代奇人，阵王屈阳是也。

果然，杂毛小道这淡淡的语气让望月真人一阵怒火憋着，指着自己被燃烧殆尽的衣裳，说这往生冥火，你又是如何弄出来的？

望月真人弃了手中的拐杖，杂毛小道也不用雷罚，手上滑落出两根洁白如玉的骨头棒子，上面文绘着繁复的符文，敲了敲，叮咚作响，说："昨夜赶工弄的。那冥火是用棒子里面的磷发出来的，可惜数量有限，要不然便可以把你整个人儿点成火把，照亮人间了。"

"好狠的心。"望月真人舔了舔嘴唇，杂毛小道笑了，说："你不狠？"

瞧见杂毛小道露了这两手，望月真人也终于认可了这个比自己小好几轮的小道士，有着与自己一战的资本，收敛起所有的轻松，凝重地说道："你手上的材料不错，也有举一反三的想法。不过你以为凭着这些，就能够击败我吗？呵呵呵，你还嫩着呢。"

望月收敛起了轻视，整个人便立刻变得如山一般的沉稳，他沉思了几秒钟，从怀中摸出了一只响箭一般的符箓来，口中默默祈祷一番，显得十分庄重。

"钉头七箭书？"刘永湘又叫了起来，朗声说道："难道这就是上古流传下来的钉头七箭书吗？"

何谓钉头七箭书？这个倒是不需要刘永湘解释。此物太过出名，相传为封神一战时的陆压道人（大日如来）所有。用时需立一营，营内一台，结一草人，身上书敌人姓名，头上一盏灯，足下一盏灯，脚步罡斗，书符结印焚化，一日三次拜礼，二十一日后，敌人的三魂七魄就会被拜散永不超生。

当然，此乃神话。真实的钉头七箭书出现在明朝宫中，为锦衣卫所有，是一种一旦发出就会必中敌人额头，驱散神魂的恐怖法器，与清廷的血滴子齐名。

杂毛小道的神情终于紧张起来，脚步前滑，朝着望月真人冲去。望月真人身后突然浮现出一头张牙舞爪的八臂金刚，头戴宝冠，赤裸上身，作愤怒相，手中八臂朝着杂毛小道这边甩出风雷火电等诸番神符来。

那些符箓花样繁复，弄出来的效果也炫人眼目，但是威力却并不算大。如那雷符，我亲眼瞧见过李道子的遗作，平地一声惊雷，白光耀体，那人就便成了焦炭，颇为霸道。

不过再怎么说，一时间光芒绚烂，热闹纷繁。杂毛小道将手上两根骨头棒子猛然一击，立刻有战场上的重鼓之声传出，音波鼓荡，红芒升腾，完全能够抵挡住那怒目金刚的符箓攻击。

所谓外行看热闹，内行看门道。我身边那些见识稍微短浅的慈元阁子弟瞧见双方旗鼓相当，光芒绚丽，不由得纷纷叫好助威。然而我却瞧见望月真人的响箭，依然凝聚着太多太多的黑光，凭空悬浮，一旦那响箭射出，只怕杂毛小道与怒目金刚打得再热闹，也逃不过身死魂消的下场。

看着望月真人的背影，我好几次都抓起了鬼剑，想要冲上去偷袭，然而此战事关杂毛小道以及茅山的荣誉，我要是乱来，不但帮不上忙，只怕还会让杂毛小道的名声扫地。

正在我纠结不休的那一刻，望月真人终于祭好了手中的响箭，哈哈一笑，朝着杂毛小道轻轻一推，口中大叫："萧克明！"

一声喝，那根纯黑色的响箭已然没有了实质，仿佛一件灵物，穿越了时空，径直朝着杂毛小道的眉心射去。时间不过一瞬，杂毛小道也知道避无可避，从随身百宝囊中掏出了四方骨块，往前一丢，口中快速念咒，凝化成一道骨质屏障，然后将那两根骨头棒子往前一架，化作第二道防线，最后，他一个铁板桥，弯了下去。

钉头七箭书的威名天下皆闻，岂能有那么好对付？

骨质屏障瞬间被破，接着那两根由通臂猿猴大腿骨制成的棒子也化作粉碎，纯黑响箭发出一声尖啸，直入杂毛小道下颚处。

叮！一声脆响，杂毛小道栽倒在地。就在我们以为他被钉头七箭书射得魂飞魄散的时刻，一道澎湃的光芒从他的脖子间闪出，所有人的眼睛都瞬间失明，一股巨大的冲击波将我们所有人的身体都吹得朝后滚去。

过了好一会儿，拼命揉眼窝子的我终于睁开眼，瞧见望月真人全身皆是血痕跪倒在地，在他的前方，是低头看着右手的杂毛小道。

第五十章　血玉破碎

　　天空之上有雷，轰隆隆、轰隆隆。刚才那一刻几乎所有人都如我一般滚倒在地，没有人知道到底发生了什么事情，只晓得闭眼之前，杂毛小道已经掐着脖子倒下了，而当我们恢复视线的时候，却又变成了望月真人跪倒在地，全身的衣物都被撕成了碎片，身后的怒目金刚也早已不见踪影，只剩下这萎靡不振的老道士，一脸不可置信地瞧着前方。

　　杂毛小道是场中唯一一站立着的人，不过他似乎愣住了，呆呆地瞧着自己的右手，在他的手上，我瞧见了几块碎玉和一根草草编制出来的红绳。这东西我自然认得，那便是杂毛小道出生之时，萧老爷子给他花费了三年工夫制作出来的本命血玉，这东西使得只有三岁的小杂毛便有一牛之力，端的是天王镇一霸，十里八乡没有敢欺负他的小朋友。

　　本命玉、本命玉，自然是与人一荣俱荣、一衰俱衰，算得上十分珍贵，然而此刻却是破碎了，拼都拼不起来。好在这东西并不像我的肥虫子一般，性命攸关，生死相依。

　　刚才那突然而来的冲击波使得场中一片混乱，围观者东倒西歪，那些芦苇植株也都朝着反方向倒伏。望月真人咳嗽了几下，吐出几口血，死死地盯着杂毛小道问："怎么可能，你脖子上的符箓到底是什么，怎么会如此厉害，不但连我的钉头七箭书都挡得住，还能爆出这么恐怖的力量来？"

　　杂毛小道似乎还在品尝血玉碎裂之后能量散发的余味，过了好久，才瞧着望月真人说道："正如你所说，人外有人，天外有天。我师叔祖常跟我说，'当你的心胸狭隘之时，眼中的视野只有小小的一片天，然而当你放下所有，站在山顶朝远望，便是一片豁然之景。空即是有，心态决定一切。'这句话，我一直铭记于心，不敢懈怠。"

　　杂毛小道的话语平淡无奇，不过却是寓意深远。望月真人瞧着面前这个傲然而立的茅山道士，再瞧瞧浑身鲜血淋漓的自己，不由得万千感慨。

　　一日之前，在没有瞧见一字剑的时候，他还有豪气能够灭尽寻龙号诸人，然而此时此刻，在公平对阵之中，在自己最为自傲的符箓之道上，被杂毛小道击败。这种打击对他来说，简直就是一场毁灭性的羞辱。

　　此刻望月真人符箓用尽，全身是伤，因为之前使用了破酆都离寒庭咒符，甚至都没有人能够进来支援他，只要杂毛小道想杀他，不过分分钟的事情。望月真人败了，彻彻底底。想到自己败在一个小辈的手上，他万念俱灰，心如灯灭，是将眼睛闭上，等待着死亡的到来。

杂毛小道却不理会他，将手中的碎玉小心收入怀中，朝着反方向走去。

感觉到杂毛小道离去，望月真人睁开眼睛，语气艰涩地喊道："你，为何不杀我？"

杂毛小道走到了那游离的火线前，手指轻轻挑动，地上一缕冥火缓缓升起，将这火线给点燃，两种火焰不断地跳跃绞缠，几秒钟之后，那被刘永湘形容得如同三昧真火般厉害的破酆都离寒庭咒符火，被解除。

杂毛小道朝着我这边缓步走来，头也不回地说道："中华道术源远流长，大道四九，各通彼岸，本来就没有孰高孰低之说。我炼就雷罚之时，曾感叹时代发展，致使此术消亡。此刻我若杀了你，又有多少源远流长的符箓之术将会消失。我并非饶你，而是饶那些前人智慧凝聚的结晶。李道子之所以能够成为一代符王，那是因为他的心境，融契自然，虽然符箓之效举世夸赞，但是一辈子都只吃素，不杀生，克己复礼，心性豁达。而你，呵呵，好自为之吧。"

听得杂毛小道的"呵呵"两声，望月真人难以置信地仰首望了一下东边的太阳，那温暖的阳光照得他眼泪都流了出来，他咳嗽几声，鲜血溢出嘴角，苦笑了一声，长叹道："枉我一辈子，都将李道子当作假想敌，时至如今，不但连他半分也及不上，便是他的衣钵传人，都远远强过于我。可叹、可惜啊。罢了，罢了，什么真龙复出，什么功名利禄，什么天下第一，这些浮云与我何干？回去吧，我从头到尾，都不过是一个活在自己世界里面的可怜虫而已。"

他这一声叹完，整个人反而轻松许多，从身后掏出一道符箓，将其捏破，顿时化作一道清光，消失无踪。

望月真人既去，龙虎山众人的气势低到了极点，刘永湘也不想与他们纠葛，上前一步拱手说道："各位道长，今天清晨，我们慈元阁也有一名掌柜失踪，行踪迹象，无不指向贵门。然而听你们说贵门也有人员失踪，如此看来，应该是有人在中间挑拨，使那栽赃陷害的粗糙伎俩……"

杂毛小道缓慢地朝着我走来，对我说："小毒物，我们走。"

我跟着杂毛小道往回路走，口中忍不住地夸赞道："老萧，你今天这一战可算是扬眉吐气了。望月何等骄傲的人物，竟然被你打成了狗，真真是人品爆发啊。不过，你什么时候这么厉害了，我怎么不知道？"

杂毛小道没有答话，等我们两个转过一道弯，消失在身后人的视野之外时，杂毛小道低声喊道："不知道扶我一把啊？"

这句话还没有说完，他身子便是一软，斜斜地朝着旁边跌落。我吓了一跳，眼疾手快，一把拉住，才没有让这位高手摔个四脚朝天。

将杂毛小道扶在路旁的草地坐下歇息，杂毛小道连吐了三口血，方才释缓。我问："什么情况啊这是？你刚才不是龙精虎猛的，将望月打得一点儿脾气都没有吗？

现在怎么就瘫软在地、浑身无力了啊？"

杂毛小道将嘴唇的血迹擦干，苦笑着说："小毒物，你自己平心而论，那望月的修为，到底有多厉害？"

我回想了一下说："应该不如杨知修，感觉跟你家茅山的传功长老在五五之间，但倘若用上诸般符箓，这种高富帅的配置一套下来，绝对超过邓长老。"杂毛小道说："别说这么多，小毒物你感觉你能及得过我邓师叔公？"

我想起即便是身中蛊毒，都还有惊天之威的茅山传功长老，摇了摇头，说明着搞，搞不过。

杂毛小道伸伸懒腰说："你弄不过，我就弄得过？这一次要不是我的这本命血玉，只怕你们给我收尸的机会都没有。"

我诧异说："不可能吧，你爷爷弄的这本命血玉，竟然这么厉害？不但挡住了那恐怖的钉头七箭书，还能够将望月伤成那副狗模样？"

杂毛小道脸上露出了崇敬的神色，缓缓说道："我爷爷自然没那本事，天下间能够有这本事的，只有符王李道子。我竟然不知道他在我的本命血玉中种下了虎贲气神智慧符，此符妙法解除诸冤业，智慧明净心神安，凝聚了他的一缕精血，可保我一次性命无忧——唉，十年前我倘若知道有这玩意儿，也不会让她惨死了。"

杂毛小道长叹一声，话题回转来："所以，刚才击败望月的，并不是我，而是我师叔公李道子。"

我恍然大悟。因为血玉之中爆发出来的力量，使得望月误会了自己远远不及杂毛小道，最后心如死灰，遁走远去。

我瞧着杂毛小道长长舒了一口气，便问："你也就是因为被那钉头七箭书的威势所伤，才没有来得及杀掉望月？"

杂毛小道摇头说："要杀望月，在他死志一起的时候我便可以下手了。不过不动手，一是因为善扬在旁，咱惹不起。其二，也真的是因为望月的一身本事，倘若用在正道上，其实也算是中原道门之幸。希望他在此战过后，能够幡然悔悟，不再参与江湖纷争。"

杂毛小道此言立意极高，而我却并不认同。谁还能指望狗改了吃屎的恶习？

歇息了一会儿，瞧见慈元阁诸人返回来，看模样，好像是谈妥了。

第五十一章　血债血偿

经过刚才那一战，慈元阁众人瞧杂毛小道的眼神，几乎与瞧黄晨曲君一样，炙热得几乎能够让雪融化。而且让人敬畏的是，杂毛小道的年纪，远远及不上那些江湖上成名已久的老家伙，而想到他的身份，他们几乎都已经把这个家伙当作了未来的茅山掌教。

如此这般，众人好是一番恭维，在我的几番催促之后，方才谈及后续，说龙虎山也有一个名叫罗金龙的弟子失踪，那弟子是张天师的亲戚，善扬真人的关门弟子，地位十分重要，所以才会由望月真人前来找寻，经过刘永湘与龙虎山的一番交涉之后，双方已经达成了共识。

这里面，一定是有人在暗处捣鬼，挑拨双方的关系，所以大家暂且先回去仔细调查。

莫名其妙打了一场架，然后折转回去，这本来并不是一件好事，然而因为刚才杂毛小道神勇地以符破符，大败望月真人，使得队伍中的士气高涨，归程竟然快了许多。

杂毛小道并不理会身后那些或好奇，或畏惧，或崇拜的目光，一边疾行，一边调养身息，尽量将自己的修为调息回来。

此战望月真人折损了许多珍贵符箓，以及自信，然而作为获胜方，杂毛小道也耗损了大半压箱底的骨符，以及佩戴了近三十年的本命血玉。特别是后者，虽然到了现在，对于他修行上的帮助已经不大，但是那种纪念意义，却是无可估量的。

当然，并不是说他没有收获，总结而言，他获得了一把锋利的双刃剑：名声。

我们返回营地，发现草地上聚集着一群人，似乎正在看着什么。田掌柜瞧见了我们，低声招呼，我跟杂毛小道快步走过去，瞧见地上躺着一具尸体，浑身湿淋淋的，面目模糊，却正是失踪不见的焦掌柜。

田掌柜跟我们解释："老焦的尸体是被黄大先生在湖边发现的，就在那片水杉林后面的石湾中。他在死之前遭受过虐刑，双手双脚被打断，眼睛被刺瞎，耳朵和鼻子被割下，喉咙里被灌了金水，胸口刺了四个字，血债血偿！"

好狠戾的手段。这般折磨焦掌柜，目的不外有二，一是刑逼招降，二是即便尸体被发现了，用那走阴勾灵之术，也查询不得凶手的真相。

大家都是修行中人，见多了各种惨绝人寰的手段，焦掌柜所承受的，不过是肉体上的刑罚而已，并不算稀奇，不过这样一个昨日还在与我们同一个桌子吃饭，交谈欢笑的人，现在却变成了一具被湖水泡得浮肿发臭的尸体，想想都接受不了。

在营地后边的一块大石头上，我瞧见了黄晨曲君的身影，他如乡间老农一般蹲坐在石头上，双手拢在袖子里，浑身湿淋淋，结成一缕一缕的头发散落下来，将他的眼睛给遮住，看不清是什么表情。

我拉着田掌柜的手，问他到底是怎么回事，有没有找到凶手？

田掌柜一脸沉痛，微微摇头说："没有。黄大先生在你们走了不久之后就回来了，得到了老焦失踪的消息后，仿佛想起了什么，疯一般地朝那边跑去，不多时，便将老焦的尸身带了回来，然后一言不发，在那块石头上一直蹲着。我已经叫人去通知阁主了，他应该马上就到。"

我点了点头，下意识地瞧了一字剑一眼。

这杀猪匠跟慈元阁阁主交情颇深，但是和下面几个掌柜的倒不能说有多熟。他此刻的情绪只怕更多的在于自责，毕竟以他天下十大高手的名头，居然还罩不住手下这方寸之间的营地。我多少也有些好奇，昨天半夜一字剑到底去了哪里？

不多时，慈元阁阁主亲自带着人登了岸，与他同行的还有小叔。阁主亲自过去与黄晨曲君交涉密谈，小叔过来找到我们低声问道："我刚才听方志龙说你们遇到了望月？"

我们把小叔拉到了一旁，将杂毛小道利用血符惊走了望月真人的首尾，给他悄悄讲明。

小叔听得一脑门子的冷汗，忍不住后怕："还好李道子当年作了布置，要没有他的神机妙算，只怕我就真的见不到你们两个了。"

我在旁边嘿嘿笑，说："小叔，我们遇到的事情太多了，哪一次不是半只脚踏到了生死河里？这也只能算是小场面而已。怪就只怪那望月对李道子的畏惧实在太深了，老萧稍微一撩拨，他便敏感得不行。"

小叔笑完，担忧地问杂毛小道伤势如何？

杂毛小道说："无妨，那钉头七箭书的确是一等一的杀人利器，不过大部分威力都被血玉吸收抵挡，我只是受到点波及而已，一开始气没顺过来，这会儿已没有大碍了。"

小叔说："你这回将望月打败了，是好事，也是坏事，这风头虽然有了，但实际上你却并没有撑起这名头的实力，血玉一碎，你再无傍身之技，日后得多加小心才是。"

小叔一番关切，杂毛小道也不敢辩驳，唯唯诺诺。我在旁边却笑了，说："小叔，你这可是小看了老萧了。倘若不用符箓，真正放开手来，只怕胜负也难定呢。老萧他一直都在努力，你不用担心。"小叔点头微笑说如此最好。

我们这边没谈完，田掌柜过来叫我们到营帐里说话。

帐篷里面只有几个主事者。见众人到齐，黄晨曲君咳了咳，然后就昨夜擅自离去作了检讨。旁边的慈元阁阁主连忙打圆场说："黄大先生昨夜巡查，碰到了一头罕有的灵物在周遭游荡，见猎心喜，为防惊扰，这才悄然而出。没想到那畜生带着黄大先生在岛上绕了一个圈，最后竟找了个洞钻进去，再难找寻。于是黄大先生思量着回来找工具，却不想被告知焦掌柜失踪了，这才知道是上了敌人调虎离山的当。"

这样一说，我们大概也都明了了事情的来龙去脉。我问："到底是什么灵物，竟然能够在黄大先生的追寻下逃脱？"

一字剑一脸遗憾地说道："龙象黄金鼠。这是一种罕有之物，敏捷如鼠，威猛如象，而它最大的本事，便在于寻宝，对于法器灵脉最是敏感不过，倘若能够将其豢养，那么对于修行者而言，最为珍惜的资源，也变得稀松寻常了……"

龙珠雷达啊？难怪一字剑会顾不得营地便追过去，要是我，说不定也会去追。

等等，龙象黄金鼠？

这样神奇的玩意儿在这关键时刻出现在岛上，并且还将一字剑耍得团团转……难道它属于岛上另外一股势力，也就是在暗处对我们虎视眈眈，并且挑拨离间的那一伙人？是啦，寻找真龙，自然离不开这样的灵物，而他们之所以不发动，就在于岛上有无尘、一字剑、善扬甚至望月这样天下一等一的高手，怕为他人做嫁衣裳。

是谁呢？仔细一思量，我们都得出了一个结论：鱼头帮以及它身后的邪灵教。

归根到底，我们还是绕不过这个笼罩在所有人头上的阴影。焦掌柜身上刺下的血字让我们清楚地认识到，无论杨知修是活是死，但是四相海、客海玲和黄鹏飞之死，已经引发了邪灵教的仇视，它们一定会像恶犬一般，在阴影中跟在我们的身后，见到机会就咬一口。

如此分析完毕，慈元阁阁主吩咐大家需得小心行事，正待讨论下一步计划，有人从外面冲进来，朝着众人大喊道："阁主，寻龙号被攻击了！"

第五十二章　鱼头帮主

慈元阁阁主一拍桌子，大声喝骂道："谁这么大的胆子？"

那人回禀："不知道啊。总共五艘龟甲船，突然从湖水中冒出来的，并不攻击，一直试图接近寻龙号，看样子是看上了我们的船，想要夺走它。"

说话间我们已经冲出了营帐，门口一堆人聚集着，见到主事者都冲了出来，七嘴八舌地汇报着各种情况。岛上的营帐离湖边并不远，冲上刚才一字剑蹲坐的大石头，便能够瞧见有五艘比重型卡车还要大一些的黑色龟甲船正围着寻龙号游弋。

这些龟甲船顶部覆铁甲，全身封闭，可以潜水。此刻龟甲中间打开一个口子，站出了两个身穿黑色水靠的执旗者，手中的令旗分作黄红蓝白、镶黄镶红镶蓝镶白八种颜色，不断地奋力摇晃着。

那令旗之上似乎有些许蹊跷，但此时效果未显。寻龙号并不与其接近，而是早早地起了锚，在外围游弋。那些黑色龟甲船看似沉重，然而速度却并不算慢，不断地调整方位，要将寻龙号控制住。

寻龙号只是寻常楼船，上面连螺旋桨都没有配备，但并不代表它没有攻击力。然而慈元阁阁主的脸色却严肃起来："来的是鱼头帮。那些黑背龟甲船是鱼头帮姚雪清的亲卫队，最擅长水面厮杀，跳帮夺船。寻龙号上除了老魏之外，没有其他镇得住场面的高手，速回，不然我们真的是有家难归了。"这话说完，他便化作一道黑影朝湖边掠去。

瞧见慈元阁阁主的速度，我和杂毛小道对视一眼，不愧是一阁之主，方鸿谨果然是一个深藏不露的高手。

阁主身形一动，其余人等便匆匆跟至湖边。冲到湖边滩涂上，我们并没有发现小艇，只见一片狼藉，两具死尸。原来敌人早就盯着这边了，趁着阁主离船，那边用黑背龟甲船围困寻龙号，这边则暗潜杀手夺船。慈元阁看守小艇的两名弟子连警报都来不及发出，便命陨于此。

瞧见自家子弟卧尸滩涂，血液浸润了潮湿的泥土，小艇则不见踪影，阁主脸色一片铁青。四顾而望，瞧见草丛转角处露出一艘小艇来，正是寻龙号配备的登陆船只。上面站着两个身穿黑色水靠、手提分水刺的鱼头帮成员，正奋力向中岛划去。

瞧见敌人踪影，田掌柜大喊一声，准备带人去将船追回，然而阁主却叫住了他："田磊，站住，那是诱饵。"

敌人行事，干脆利落，不留痕迹，怎么可能刚好让我们瞧见？这里面肯定有蹊跷。阁主眼光十分老辣，一眼便瞧出了不对劲，喝住田掌柜，然后说道："大家先别慌，不要捡了芝麻丢了西瓜。不管怎么样，寻龙号上有我们的诸多布置，老魏他应该可以撑一段时间，现在最要紧的事情是我们要回到船上去，有人在，就有寻龙号在，就没有人能够夺走它！"

此时寻龙号和鱼头帮的黑背龟甲船在离岸几里之外的湖面上纠缠，倘若没船，我们即便是游过去，只怕也要给鱼头帮这群天生就在水里面讨生活的家伙给中途截杀。不过好在我们这方还有一个顶级高手，黄晨曲君掏出了袖中石剑说道："我来试试吧！"

一字剑在湖边找了一截两米多长的树干，掂量了一下重量，然后朝着前方奋力一扔，人跟着前冲，朝着湖面奔去——飞剑、树干、轻身之法，一字剑凭着这三样东西在洞庭湖上，很快便朝着寻龙号行了上百米。

我们都松了一口气，悬起的心也放了下来。不管如何，只要黄晨曲君能够到达寻龙号，即便是鱼头帮能够跳帮上船，也要给碧绿石剑给挑翻到湖下去。如此一来，危机立解。方志龙瞧见自家老爹依旧愁眉不展，便疑惑地问他父亲怎么这样紧张，黄大先生不是过去了吗？

阁主摇了摇头说："志龙你太天真了。依照鱼头帮环环相扣、步步为营的谋算风格来看，你觉得他们会不知道黄大先生也在我们一方吗？你认为他们会没有准备吗？"

这两句话问得少东家一阵发愣。似乎为了印证阁主的话，湖面上一艘一直未动的黑背龟甲船上面，出现了一个肩宽腰窄长条腿儿的黑衣人，目光遥望快速接近的黄晨曲君，脚底的黑背龟甲船，也朝着一字剑迎了上去。

"果然，"阁主一声长叹，语气从来未有的低落，"鱼头帮总瓢把子，人称洞庭黑蛟的姚雪清，他也亲自来了！"

我问这人很厉害吗？难道连黄大先生都比得过？

阁主回过头来说："陆左，我听说你曾经跟茅山的水蛊长老徐修眉交过手，你觉得他如何？"

我没想到他竟然问起这话儿，思考了一番说："若在陆上，我不怕他，若在水里，他便是入水的龙，天下江河湖海，难觅对手。"慈元阁阁主没有说话了，倒是杂毛小道轻声说道："徐师叔在水里，一生只败过两次，最后一次你也知道，而第一次，就是败在洞庭黑蛟姚雪清之手。"

邪灵教果然是人才济济啊，这从未闻名的角色竟然也如此厉害，到底还让不让人活啊？

果然不愧是如鬼面袍哥会一般能够独立开账的分庐，看来鱼头帮并不比张大勇的鬼面袍哥会差上多少啊。

这时黄晨曲君已经与敌人接火了，最先出手的不是姚雪清。水中两头黑影猛然蹿出，一个扑向黄晨曲君脚下的枯树干，一个则挡住了他的去势。

这黑影竟然是两头稀有罕见的扬子鳄。通常来说这种世界上体型最细小的鳄鱼，脾气温顺得很，不会贸然伤人。然而这两头扬子鳄身长竟然近两米，想来应该是鱼头帮豢养的，无端凶猛，口中雪亮利齿乍现，呈现出野兽的狂暴形态来。

　　一字剑全身戒备，飞剑立刻朝着身前跳出来的那头黑影射去。碧绿石剑一入扬子鳄之腹，立刻就是一阵搅动，血沫飞溅。然而那畜生到底不是凡种，竟然去势不减，硬生生地扑到了树干之上。这时另外一头扬子鳄也抓住了那根浮木，张开短吻便啃，挡住了一字剑的前进之路。

　　一字剑将这两头扬子鳄给戳成筛子，却发现自己脚下的枯木早已分崩离析，再无立足之地。他虽然有凌空飞渡的本事，但此刻离寻龙号还有很长一段距离，他不敢如靶子一般飞跃。这时岸边传来了一声高喊："黄大先生，接住！"

　　这声音是杂毛小道发出来的，原来他瞧见姚雪清出现之后，早有预料水下有鬼，于是备好了另一节枯木，朝着湖中奋力一掷。

　　杂毛小道的臂力及不上黄晨曲君，枯木落水离一字剑还有好长一段距离，但总比落下水去要强上几分。于是一字剑抽身后撤，准备先回那根接应的枯木上。此时，站在黑背龟甲船上面的洞庭黑蛟突然冲起，朝着水中一跃，隐没在了湖水里。

　　只有一根枯木支撑的黄晨曲君能够突入龟甲船的包围圈，解救危难吗？危急时分，左边不远处突然出现了一条大船，有一人站在船头朝着我们高声大喊道："慈元阁的朋友，请上船来！"

第五十三章　水中激战

从东面驶来一艘中等风帆大船，船底平平，吃水极浅，在船头处站着一列灰衣道士，领头的正是崂山长老白格勒。

这船船底宽且平，却采用了人力螺旋桨，速度极快。

瞧见我们这边来了援兵，鱼头帮黑背龟甲船开始急了，有人在吟唱，拼命舞动的八色令旗开始有青烟冒了出来，在湖面上形成一大圈古怪的雾。

刚刚站住脚的黄晨曲君迎来了水下蛟龙姚雪清的首次攻击，一道冲天而起的水花在前方出现，浇得他一头冰冷湖水，一字剑手中的飞剑朝着下方刺去，却没有命中。

杂毛小道让人找来十来根枯木，叫我和他一同朝着一字剑方向扔掷，多少也能够让他有腾挪转移的空间。崂山派的船来得迅速，很快便靠近我们这边，从船上翻下两块架板，搭在浅浅的湖水中。我们一拥而上。慈元阁阁主朝着白格勒长老躬身致谢，白长老摆手说："我们也只是适逢其会而已，这也算是还了昨天的救命之恩，无需太过多礼，让俺们不好意思。"

当时的情况十分危急，赶忙调转船头，朝湖中驶去，与寻龙号会合。崂山船同样也没有现代的发动机设备，但是采用了人力船轮，再加上风帆一张，速度比寻龙号快许多，调转船头后，马力全开。

我们瞧着那四艘不断朝着寻龙号靠拢的黑背龟甲船，心中担忧，白格勒大声催促手下船工加快速度。船行至半程，田掌柜突然喊了一声："不对，姚雪清乘坐的那艘黑背龟甲船呢？"他的提醒让我们都想了起来，鱼头帮一开始上浮出现的是五艘黑背龟甲船。

那么，还有一艘去哪儿了呢？

很快我们便知道了。我们脚下的甲板突然一震，船面不稳，很多人猝不及防跌倒在甲板上。崂山船的船工大声报警："船下遭到袭击，船下遭到袭击！"

鱼头帮的黑背龟甲船全身封闭，顶上是铁壳，一旦潜入湖中，然后充气上浮，攻击普通的木船，是一等一的利器。崂山船对这自下而上的攻击根本没有防备，左右摇晃，竟然有要翻掉的危险。

事到如今，也只有拼命了。慈元阁阁主一声令下，田、朱、刘三位首领将外衣脱掉，露出里面贴身的鲨鱼水靠来，他们都服用过湖泥地龙的水珠熬汤，再加上本来的水性也不差，应有一拼之力。我也不再藏拙，直接跃入湖中。

开启了天吴珠，那冰冷的湖水便朝着两边划开，从中空出一个可供呼吸的空间来。我从来不打无把握之战，一拍胸口，朵朵和小妖从槐木牌中跳出。三言两语说清情况，便朝着下方潜去。朵朵爱水，在水中扑腾着高兴，双手一搅动，一片光华朝着前方照耀，十来颗小星星围绕着她旋转，照亮周边。

借着这光线，我瞧见在下方作乱的黑背龟甲船，有十个黑影从底下爬出，朝着我们这边游来。这些人早已习惯了水底昏暗，瞧见朵朵这一招光华闪亮，颇不适应。稍一停顿，立刻感觉到了我们的威胁，全部朝着我这边冲来。

鱼头帮最早是由那些抗击鱼捐的打鱼汉子纠集而成，几百年过去了，这水下的功夫那叫一个厉害，一个个宛如游鱼，灵活得很。不过这些把式，在拥有天吴珠的我面前，却算是倒了血霉。最快游到我面前的那个"水鬼"，是鱼头帮派出人员中最为厉害的，他手上握着一把精钢渔叉，自下而上，强憋了一口气，借着浮力，朝着我的下体撩来。

我这个人，平日里打架时最不喜被针对男人要害进攻，对碎蛋、掏鸟什么的，最是忌恨。瞧见这个家伙居然一上来就要叉我那儿，不由得勃然大怒，手一招，鬼剑便朝着那渔叉劈去。

第一剑，那人全身一震，手中的渔叉便掉落下来。第二剑，这一群人中最厉害的水鬼便头颅与身体分家，成了真正意义上的水鬼。到了此刻，他们才发现自己面对的不是豺狼，而是猛虎。不过鱼头帮的水鬼到底还是狠戾，不但没有退却，反而是越发凶猛。

我左朵朵、右小妖，身后还有三个慈元阁掌柜，哪里畏惧？当下挺身朝着对方杀去。

水下接战，与陆地有许多不同，攻击的方向简直就是三百六十度无死角，鱼头帮的水鬼们有的用吹箭，有的用分水刺，有的用鱼肠剑和渔叉，倘若是别人碰上，只怕立马就要被分尸当场了，然而遇到我他们就郁闷了。个个信心满满的水鬼游到近前，正要施展一番绝技，要么脑袋突然挨了一重拳，人便晕了，要么一阵凉意滑过，全身便僵直不动，而我却完全不受水中浮力的影响，大步进退，砍瓜劈菜一般地砍杀。

这是什么，送死吗？

鱼头帮的水鬼们在一个冲锋之后，这才明白自己根本就不是过来收割，而是在送人头。于是终于害怕了，纷纷朝着龟甲船躲去。然而他们游得再快，却快不过朵朵和小妖，三两下，意识便陷入了黑暗之中。

整整十二个水鬼，在不到两分钟的时间里，便已经被我们解决。我回头看了一下身后的战友，只见他们全部都将眼睛瞪得滚圆，一副痴呆的表情。

呃，他们应该是憋太久气的缘故吧？

水鬼全部清除，我们冲到那艘全身封闭的黑背龟甲船旁。这船并不理会我们，继续朝着上方的崂山船顶去。然而事情哪有这么好？我和田、朱、刘三位掌柜抓到了黑背龟甲船的棱角，左右打量一番，并没有瞧见入口。进不去，便阻止不了龟甲船阻挠崂山行船，三人一阵焦急，拿着手中短小精悍的利器凿船，却没有半分效果。

没有入口，便进不去吗？

我招呼一声，朵朵和小妖应了一下，朵朵顺着缝隙就潜入了船中，小妖则走暴力路线，三两拳就把船最为薄弱的侧舱弄出了一个大窟窿来，破口咕嘟咕嘟地往里面灌水。几秒钟之后，它便停止上浮，朝着湖底沉下去。

黑背龟甲船沉入湖底，我随着船一起下沉，守在破口，待里面的乘员仓皇逃出时，一剑一个，全部了结，才将朵朵收回，浮出了水面。

水下的黑背龟甲船被除，崂山船再无阻挠。快要接近寻龙号了，八旗阵中突然刮起一道龙卷风，将寻龙号吹得不断旋转，龙骨发出吱吱呀呀的响声来。

第五十四章　溃败的鱼头帮

此刻离我们最近的黑背龟甲船只有十几米远了，这距离在我们看来不过咫尺之间。杂毛小道一个箭步，顺着崂山船的冲势，朝最近一艘船背飞跃过去。

这黑背龟甲船浮在水面的只是一小部分，二三十个平方。两个正在奋力操纵龙卷风的旗手瞧见杂毛小道凌空跃来，不由得一声冷笑，一个稍矮的汉子将手中令旗往船背上面一插，从腰间摸出几把红缨飞镖，摆了一个花活儿，朝着空中的杂毛小道射来。

飞镖还没有射出一半，便被不知道从哪儿飞来的雷罚尽数接住。雷罚荡开飞镖，顺势朝着那人的心窝子戳去。

那人吓了一大跳，回身摸出两把片刀来抵挡，勉强守住了雷罚这随意一击。

抵挡飞剑，这可是不得了的事情，正得意间，他便感觉脚底一震，身后有声响传来，扭头一看，却是杂毛小道的一记冲天腿，硬生生地弹射至他的面门。结果这小子一句话都没有多说，便给踹下船去。

这时间实在是太快，另外一个根本反应不过来。见同伴落水，他只得把手中令旗当作武器，舞得好是一阵绚烂，朝着杂毛小道的面门扎来。

杂毛小道却并不理会，随手一剑，那人也步了同伴的后尘，跌落到了水里去。

杂毛小道收回雷罚，一剑斩断那根令旗。

旗杆被斩，便破了阵，那股龙卷风便消失了，寻龙号终于缓缓停歇下来。然而经过这一番转动，船上的人失去平衡，完全找不到北了，虽然没有人被甩飞出来，但大都晕了，趴在地上狂吐。这次倘若不是崂山派伸出了援手，只怕寻龙号就真的要给鱼头帮夺了。

崂山船继续朝寻龙号驶去。杂毛小道脚底下这艘黑背龟甲船里面紧紧锁住，根本就打不开来。船中人大约知道了上面的情况，已经开始往下沉去。倘若是让它潜入水底，只怕又是一场祸害。杂毛小道发了狠："啊"的一声厉喝，人腾空而起，双手紧握雷罚往下猛然一劈。

雷罚剑刃之上卷起了一道虹光，所过之处，无论是湖水，还是铁皮蒙住的船顶，都化作乌有。冰凉的湖水从顶端的破口处灌涌进去，咕噜咕噜一阵响，这会儿船算是真的沉下去了。杂毛小道接住他甩过去的一道绳索，朝崂山船上飞来。

就在杂毛小道登船的那一刻，寻龙号也被一艘黑背龟甲船给缠上，对方朝寻龙号射来四五根爪索，十来个身穿水靠的水鬼攀绳朝着几乎没有反抗之力的寻龙号爬上去。很快有人翻上了船头，朝着我们这边遥遥喊话："停止前进，不然我们就将这船给烧了，谁也得不到！"

白格勒瞧向慈元阁阁主，阁主平淡地说道："不理他，继续前进。"

见崂山船速度不减，喊话的人也毫不含糊，叫旁边的水鬼将背着的火油往船舱上泼，准备引燃寻龙号。此刻，一道墨绿色的身影从船舱中冲了出来，手中一道半截铁尺，将这几个水鬼打翻在地。而后便是一袭白衣，小公主方怡也冲了出来。

墨绿色身影是慈元阁魏先生，将身前三两个水鬼直接劈翻在地，不过他到底还是被转得头晕晕，被那个喊话者刺中一剑，翻倒在地。这时其他两艘黑背龟甲船也搭上了寻龙号，陆续有人从龟壳出来，准备登船。

倘若接舷战，那么吃亏的便是我们。这情况无论如何也不能发生，我瞧向小妖。小狐媚子伸了一个懒腰，说昨天吃了人家一顿饭，味道不错，那小妮子要是死了，只怕就没有这口福了，我这便去。

小妖化作一道弧线，朝着寻龙号飞去。一登船，拳打脚踢，鱼头帮众人仰马翻。三两个硬茬子立刻冲上来，将小妖给接住，且战且退。

有这一番拖延，崂山船终于接近了寻龙号。战斗在二十分钟之后结束。鱼头帮费尽心思、处心积虑而来，最终留下了三条沉船，一地浮尸，洞庭蛟龙仓促逃离。

在数次下水探寻，基本确定鱼头帮全部都已经撤离之后，众人重返甲板。慈元阁阁主带着手下，向崂山派一干道士郑重地鞠躬致谢，感激援手之情。双方好是一番推托，最后把话题扯到我们头上来，说来说去，这几天也多亏了我、杂毛小道两人，众人方才能够在这重重危机中，全身而退。

对于我和杂毛小道这几天展露出来的实力，慈元阁、崂山派都经历了从惊讶到麻木的过程。白格勒长老拉着我的手说："现在江湖中，谈及那些新晋的青年高手，个个都是极端厉害，然而若真的论起来，只怕都及不上你们咯。"

我们自然谦虚，说您谬赞了。我们算是哪根葱，捧杀了，捧杀了。

黄晨曲君说："你们还真的别谦虚。这天下，说大也大，说小呢，转来转去不过这个小圈子而已。莫说是那些年轻一辈的高手，再过几年，只怕我这样的老家伙，都要给你们让位置了。"

他这般一说，等于是承认了我们的实力与那天下十大高手的境界已相去不远了。能够得到一字剑的如此称赞，真的是破天荒。旁人更是赞词如潮，让我们好一番不自在。

阁主问白格勒长老他们是怎么知道我们有难的，白长老一声长叹说："此番前来洞庭，不但没有收获，还折损了许多人手，更主要的是掌门真人被卷入那深邃的黑洞，下落不明，生死不知。他们一合计，不管结果怎么样，先回去吧，至于是罚是杀，那也管不得了。返航途中，恰好遇见你们在战斗，于是过来帮手。"说完，崂山众人便离开了。

到了下午，方志龙过来找我，说刘掌柜和魏先生终于确定龙穴了，就在之前我们驻留的那悬崖之下。现在请我们去前舱议事。

第五十五章　两相对峙

魏先生戴着面具、身穿紧身黑袍，头发花白斑驳，大概五六十岁的模样。对于这样的神秘人物，我们自然是十分好奇。不过他一开始便言明，自己得过麻风病，所以脸上、皮肤十分丑陋，怕吓到别人，所以还是保持距离了。他的修为并不算高，还没有几个掌柜厉害，之所以被阁主请过来，是因为他对于真龙的了解。

据说此人是唐朝名相魏征的后裔，魏征据说也是一名极高明的术士，曾经亲手杀过一条在洛河中兴风作浪的龙。此事作为民间传说，后来还被编撰进了《西游记》。

魏先生家传一部《鉴龙十二章经》。当场给我们讲解了这些日子以来的推演和论断，最后将真龙之穴定在了那悬崖之下的深潭。

昨日从崖顶滑落之时，我随意瞄了一眼那潭底。因为水流被堵，那崖底下的深潭形成了一个顺时针的回流，中间有四五个漩涡，一般这种漩涡都会有吸力，人倘若水性不佳，入了其中，便会丢了性命。

此刻听魏先生讲起，原来这玩意儿叫做回龙吸水，是顺应真龙呼吸而成，时间久了，瞧见那漩涡的规律，便大体能够知晓龙穴里面的真龙情形。

寻龙号起锚扬帆，向悬崖处驶去。这段水路并不长，很快，寻龙号便停驻在山崖下方深潭不远处的湖面上。有了先前被袭击的经历，慈元阁谨慎了许多，下锚之后，往四周的湖面抛下一种钉得死死的木箱，如鞋盒般大。我问是什么，田掌柜告诉我说这是醒水铃，在布置齐整之后，水下但凡有些动静，船上就会知道。

我们集聚在船头，魏先生在甲板上放置了一张香案，上面火炉、香烛、祭品若干，手中拿着一个铜罐子，静立船头，内有几颗滚珠，不停地随着波涛摇动。

太阳西斜，一番净手焚香仪式之后，借着斜射的光线，他眯着眼睛朝回龙潭中的漩涡瞧去，不时在案台上面铺就的宣纸写写画画，勾勒出许多不知所谓的符号来。过了约摸一刻钟，突然魏先生把案台上的寻龙尺推开，将那画着无数乱符的宣纸一把点燃，扔入铜炉中，燃烧完毕，将里面的纸灰和滚珠倒出，啪地一掌将那象牙质地的滚珠拍得粉碎，然后一把抓住朝前一洒。

那些飞灰在船首扬起，被湖风一吹，在阳光的照耀下，竟然呈现出一头张牙舞爪、怒目圆睁的真龙模样来。

这情形足足持续了十几秒，然后风吹消散。魏先生激动得浑身颤抖，吐了一口血，旁人连忙扶住他，慈元阁阁主上前问怎么回事？

魏先生艰难地说道："是条真龙，享年三千二百六十一载，已至暮年。它的巢穴，应该就在下面，我确定无疑了。"

这话说完，周围众人一片喧哗，都激动不已。要知道，这真龙是我们华夏民族的图腾，传说之物，从来只有听闻，没有几人能够亲眼瞧见。此遭若是能够一观，便是死了都值得。然而就在这个时候，桅杆处有人高声示警，说有船过来了。

这话就仿佛一瓢凉水，径直浇在了我们的头顶。从西岛那边缓缓驶来一艘船，这船甚至还没有崂山船大，不过瞧见那船上的人，我们的心情立刻变得无比的坏。

名门正派，来者正是龙虎山天师道。

船虽小，里面的人却厉害，一字剑便说过，他这种闲散之人，是及不上善扬那个老妖怪的。龙虎山此行可以说是倾巢而出，倘若冲突起来，慈元阁完全不是对手。

龙虎山的船越来越近，阁主给大家鼓劲道："大家不要着急，龙虎山与我们也是有交情的，真龙难制，我们未必不能合作。而且即便是打，我们有寻龙号，有黄大先生，还有刚刚战胜了望月真人的茅山道长萧克明萧兄弟，还有我们每一个人，有这些，我们怕什么？我们已经失去了很多兄弟，付出太多太多，还需要害怕吗？"

阁主挥舞着手，慷慨激昂地演说着，他热烈的情绪感染了大家，所有人的心情都激动起来，再也没有了害怕。

龙虎山的船终于靠近了，两船相隔只有十米，彼此都能够看到对方脸上的表情。我并没有瞧见传说中的龙虎山第一高手善扬真人，站在船头的是殷鼎将，还有罗鼎全和今天早上瞧见的那个傲气青年，也就是小天师。

殷鼎将遥遥一拱手，喊道："龙虎山在此办事，请慈元阁的朋友让开路来。以后但凡有事相求，无不允之。"

他这话说得客气，其实霸道无比，竟然想直接赶我们走。

不过我们方才确定此处，怎么龙虎山就晓得了此处有真龙呢？

慈元阁由田掌柜回应，双方好是一番争执，却也彼此留有底线，并不拉破面皮。龙虎山到底还是名门正派，见寻龙号不退，他们也不硬来，只是说既然不给面子，那么也无妨，这份恩情，他龙虎山也记下了。

记下便记下，谁也不是吓唬长大的。

龙虎山船从寻龙号旁边而过，停靠在了相隔二十米的地方。对方船上有几个陌生的面孔，与小天师簇成一团，肆无忌惮地打量着寻龙号。他们的船头低，寻龙号的船舷高，不过这并不影响他们心理上那居高临下的优越感。

慈元阁几个话事人商议，让大家不要胡乱动弹。龙虎山既来，这第一口螃蟹便由他们来吃，至于会不会被夹住嘴唇，那就看他们的本事吧。龙虎山船底平，落锚之后，放下一艘小艇，朝着山崖下面的回龙潭划去。

这份张倒也不要紧，最可气的是，有人发现那艘小艇，居然就是我们上次送走望月真人一行那艘。

寻龙号一共带了三艘登岸小艇，两艘被鱼头帮给谋走了，还有一艘在龙虎山这儿，慈元阁此刻是一艘也没有。龙虎山有借无还的态度，还真的是让人暴跳。船上的人纷纷嚷了起来，阁主还是压制了众人的怨气，让大家稍等。

小艇上面一共五个人，皆身着水靠。靠近回龙潭边缘，发现水流旋转，那小艇不住打旋，有人用绳索在山壁和岸边作了结，固定住小艇之后，轮流翻身下水，在潭底寻摸。

如此来去了几轮，下去了十来个人，结果除了一个差点被水流给卷入其中之外，竟然没有半点儿有用的消息传来。时间不知不觉到了傍晚，寻龙号下了四根重锚，龙虎山一番折腾毫无收获，我们也不动，看着那美好的夕阳，一点一点沉落西山。

正当我即将入定之时，突然水面上传来一阵巨浪拍打的声音，有人在外面喊："湖蛟来了！"

我冲出房门一看，回龙潭边的小艇已经翻倒，那天夜里出现的湖蛟在湖面露出了一条尾巴，瞧那方向，正是朝着龙虎山船扑去。

瞧见这动静，不知道为什么，我竟然不厚道地笑了。

第五十六章　屠蛟食肉

这条赤红色的湖蛟与这群道士之间，不知道发生过什么事情，竟使得它不顾自身的安危，也要将龙虎山一干人尽数埋葬。又或者，它有守护龙穴的职责，故而对任何有可能惊扰龙穴的人物都怀着必杀的决心。

此前，湖蛟曾经将龙虎山的一条船掀翻，随后又追杀望月真人一行，展示出了它在湖水中天然的优势。然而它的再次出现并没有给龙虎山带来惊慌，我瞧见了龙虎山船上的人反而是欢呼雀跃起来。

如此看来，善扬真人之前应该没有跟随船队，而此刻，他在了。

湖蛟依然在进击，嘶吼起来，发出类似鸭子的叫声，嘎嘎嘎。空气中的气氛颇为凝重，当它即将撞到龙虎山船的时候，突然船上传来一股青蒙蒙的光圈，直接抵在船身与湖蛟额头硬角接触的地方。

咚……

一声低沉而悠扬、宛如敲响古刹铜钟的震荡波朝四周蔓延开去，远处平静的湖水被这声音给带动起来，四处回扬，而我们听在耳中，耳膜都要震破。那湖蛟似乎撞到了铁板，直接栽进水里。它乃是一方凶兽，纵横洞庭湖无数个年头，脾气火爆非常，看待人类也只停留在食物的初级阶段，哪里肯吃这亏？

这次湖蛟出现在了船尾，它的目标是我们碰过几面的傲气青年，也就是龙虎山的小天师。小天师毫不畏惧，手摸到了腰间的青锋剑，一步退后，继而箭步上前，一剑刺向湖蛟。

船上依然还是一道青光升起，湖蛟再次撞到铁板，小天师的剑将湖蛟颚下的鳞片擦出了一道火花。湖蛟没有再次下水的机会，蔑视是它最大的原罪，倔强是它此战身死的最终原因。下一刻，龙虎山船某个舱门打开，一道淡黄色的身影出现，手一扬，一道金光照耀在那湖蛟身上，将它给控制住，而后便是一道将近十米的白色朝笏凭空出现。是的，将近十米。这白色朝笏灰蒙蒙的，应该是意念聚化，重重地拍在湖蛟修长身子的中段，硕大的蛟身甚至来不及挣扎一下便朝着岸上摔去。

白色朝笏得势不饶人，又向跌到湖畔湿地上面的湖蛟砸下。

它拍蚊子一般，一下，两下，三下！

足足三下，白色朝笏才化作无数游动灵光消失于无形之中。湖蛟已经被拍得奄奄一息，蛟尾在半空中僵硬地支撑了一下，最后无力地垂落下来。

简直就是秒杀啊。

龙虎山船上好几个道士朝着湖岸跃去，小天师将剑从湖蛟的下颚缓缓刺入，结束了它的性命。击杀湖蛟的是一个满头黑发的矍铄老者，大局已定，谁也没有打一声招呼，便返回了船舱。

杂毛小道瞧见了整个过程，忍不住感叹道："天子笏。想不到果然是善扬来了，他的《录图真经》看样子是修到了大圆满境界，配合着道陵仙师御赐之物，这天下间能够敌他的，真的是不太多了。"

我问："这个家伙果真如此厉害？"

杂毛小道点了点头说："这是自然。十年前他与我师父两人的修为在伯仲之间。我师父闭了死关之后，正是因为他的存在，使得龙虎山的影响力隐隐超我茅山。要不然，你以为赵承风那个就知道拉扯些关系、攀龙附凤、两面三刀的家伙，是怎么能够跟我大师兄这样的人中龙凤，齐称黑手双城的？"

我说："呃，黑手双城不是大师兄的名号么，赵承风也叫这名？"

杂毛小道说："赵承风初进总局七处，便凭借着善扬真人的威名与大师兄并称黑手双城。结果后来大师兄说不屑与小人为伍，被人一传话，这两人便势不两立了，而赵承风也便被人改称为袖手双城了，长袖善舞，这名字颇适合赵承风，他倒也喜欢，便这样叫下来了。"

唉，不管是黑手还是袖手，比起我这坑爹的"疤脸怪客"，简直就是 VIP 待遇了。

就在我和杂毛小道谈论过往的时候，龙虎山船开始缓缓靠岸。此时天色已晚，他们并没有连夜探寻的意愿，就着湖畔搭了营台，在湖蛟死去的地方架起大锅，热腾腾的水煮起来，磨刀霍霍，将湖蛟给剖了。龙虎山道士对这头湖蛟有着刻骨铭心的恨意，小心翼翼地抽筋扒皮，放血解肉，那叫一个喜气洋洋，志得意满。

湖蛟一身都是宝。便是那肉，吃了都能够平添许多精神。在将其余的东西都处理干净之后，蛟肉切块丢进两口大锅里熬煮。煮得半熟，添加盐巴、野葱、湖虾和芦笋等湖中特产，那诱人的气味简直就是香飘十里，寻龙号上也能够闻到，让人忍不住吞咽口水，恨不得去讨要一口来吃。

当然，跟龙虎山讨吃食，这事情也就想想而已。慈元阁阁主低声问："魏先生，你觉得真龙还在巢穴里面吗？"

先前魏先生给我们讲真龙习性的时候，说过其喜静不喜动，要么潜于九幽之下，要么翔于九天之外。此刻龙虎山在湖边煮熬湖中同伴，它若在，只怕早就蹿出来了。在它心中，人类虽然是自己要守护的生灵，但是倘若胆敢有冒犯自己的，却不过是蝼蚁，随手灭了便是。便比如我们养小鸡，虽然也会顾全它的性命，但倘若有一两只特别暴躁的胆敢使幺蛾子，啄了咱，可不就是一脚踹飞？

魏先生说道："真龙之行，我们或许还能够从典籍和先人经验中得到传承，但是它的心中所想，谁能知晓？"说这话，那就是表示不知道了。这时，龙虎山那边有小艇划过来，似乎要与我们接触一番。

第五十七章　善扬真人

小艇上是殷鼎将，他攀着软梯上了寻龙号，与我们拱手致意，说善扬真人听说那日夜晚湖蛟追杀，是慈元阁阁主救了他们，所以特意邀请我们上岸一叙，喝口热乎的蛟龙汤。一来呢是要表达感激之情，二来呢，也是想与这边沟通一下，免得到时候起了冲突，平白浪费时机。

这话说得中规中矩，然而由于白天鱼头帮夺船之事，阁主却并不愿意离开寻龙号。然而他又不愿意放弃与龙虎山沟通的机会。正思忖着，方志龙自告奋勇地上前，说他愿意替父前去会见善扬真人。

按理说，让少东家代替会见并不是很好，阁主不出面，对善扬真人来说，实在是一件不尊重的事情。但殷鼎将似乎并不太介意，点头同意了。转过头来，瞧向杂毛小道和我，说道："对了，真人听说名声大噪的陆左、萧克明也在船上，所以让我请二位也上岸一叙。"

这话说完，我便明白了，原来所谓找慈元阁上岸会晤只是一个幌子，龙虎山的主要目的，从来都只是我们两个，准确地说是刚刚打败望月真人的杂毛小道。

听到了殷鼎将这话儿，船上陷入了一阵短暂的沉默。先前因为罗金龙失踪，杂毛小道刚和望月真人打了一架，凭借着李道子遗留下来的福泽，险胜望月真人，惊掉了所有人的眼珠子。所有人都以为杂毛小道是凭着自身实力赢过望月的，只有我和小叔晓得，杂毛小道只能胜这一次。

血玉既碎，那便没有下一次了。

我们上了岸，善扬真人倘若耍起了无赖，要在岸上下黑手弄死我们，只怕我们要遭大难。我瞧向杂毛小道。他眯着眼睛稍微一思忖，然后点了点头说："我也有许多日子没有见过真人容颜了，是该拜见一下了，容我回房收拾一番，以示尊重。"

我跟随着杂毛小道、小叔一同返回船舱，问杂毛小道为何要去参加那劳什子鸿门宴？

杂毛小道笑说："陆左，不要因为恐惧而逃避，越是害怕，越要面对。当然，你也别太担心了，善扬他好歹也是修行门中的前辈大拿，不会那么下作地偷袭下手的。只不过是想见见我们，看看什么成色而已。你表现得越淡定，他便越高看你一眼。"

我心中忍不住哼，想着你们这些带翅膀的家伙，个个都是背信弃义之徒，还好意思说？这念头一起来，我便自个儿笑了——我这是怎么了，竟然会有这种古怪的想法？

舱房里面，虎皮猫大人不见踪影，小叔拉着我们交代嘱咐了一番，然后送我们翻身下了船。乘着小艇，我、杂毛小道、慈元阁少东家和坐阁道人刘永湘很快便登了岸。岸边篝火鲜明，煮熟的蛟肉香气四溢，殷鼎将带着我们走到了帐篷外，禀告了一声之后，方才请我们进去。

帐篷很大，中间一个矮茶几，坐着一圈人正在就食，我们认识的只有罗鼎全和小天师，旁边的都是几个长老人物，至于望月这个老匹夫，却是没有瞧见。

帐篷中的高手云集，然而所有人的光芒都给坐在正中间那个虬髯客所遮掩。这是一个满脸虬髯的老者，头发乌黑，端端正正地挽成一个道髻，脸上的皮肤呈现出细腻而健康的红色，瞧不出年纪，但整体上看去，不像是焚香念咒的道士，反而像是个战阵上厮杀的汉子。他便是善扬真人丁荣涛，龙虎山第一高手。

此刻他并没有如旁人一般在啃蛟肉，而是眯着眼睛，平静地等待着我们的到来。当我们掀开门帘进来的时候，他睁眼朝着我们这边瞧来。他的目光并不锐利，温润而柔和，仿佛老爷爷慈祥的注视，然而却清冽如那山泉水，浸润我的心头，让我心中生不出半点隐瞒的念头，感觉自己一眼即被人看透一般。

帐篷内众人也都一齐瞧着我们。被一圈高手环视，压力感极大，方志龙忍不住颤抖起来。然而杂毛小道毫不怯场，朝着善扬真人拱手，朗声问好："真人好久不见。小子茅山陶师门下萧克明，给真人您请安问好了！"

场中所有人都寂静无声，仿佛都能够听到针落之声。短暂沉默过后，善扬真人哈哈一笑，脸上的胡须不断抖动："令师真是个会教徒弟的人。我说天下间谁在用符之上，还能够胜过望月？今日看到你的模样，的确是将你师叔公的本事学了不少。不错，不错，英雄出少年，长江后浪推前浪，像我们这样的老家伙，便都是被拍死在沙滩上的前浪了。"

杂毛小道躬身，再次拱手说道："真人这般说，晚辈可承受不起。折煞了，折煞了！"

善扬真人伸手说："坐下吧。来，寒夜漫漫，喝两口热汤，暖暖胃。"

龙虎山诸人给我们让出了四个位置，我们客气几句，便坐了下来。原先闻到那肉汤味，舌头都忍不住掉下来了，然而此刻瞧见摆在桌上的这一碗汤，里面拳头大的湖蛟肉上还有些血丝，显然经过这么久的熬煮，都煮得不透。龙虎山几人吃得津津有味，然而不知道怎么回事，我就是没有胃口，反而有一种想要吐的感觉。

瞧见我们几个不吃，罗鼎全解释道："这湖蛟的肉太多年了，积聚了它一身精华，非要大火熬煮上三天三夜，方能熟透。若要好味道，煮透了最好不过，但是想要对人体的好处，莫过于此时，这半熟而非熟之间，最是滋补，所以各位但吃无妨！"

说虽然是这么说，但是我们到底还是有些忌讳，客气几声，依旧是不吃。不吃便不吃，他们倒也没有生气，毕竟叫我们过来又不是真正的请客吃饭，而是谈事情。为了缓解尴尬，方志龙说怎么没见着望月真人呢？

这孩子到底不是个会说话的人，哪壶不开提哪壶，明明知道望月真人新败，最是颓丧，自然无脸前来参加会见。不过善扬真人却给了我们一个出乎意料的答案："那个老骞驴啊，他离开这里了，自个儿驾船出了岛，这会儿估计都已经在返程了吧？"

　　从言语中可以瞧出来，善扬真人对望月似乎有些不满意。善扬真人平静地说道："你们上午的事情，下面的人已经告诉过我了，你不必担心，既然你们已经解决了，那便没有后续事情，不必挂怀。今天叫你们来呢，主要是想问一问你们的意见，免得一会儿闹将起来，你们这边出现什么变故——对了，你们这次来洞庭湖，想来也是为了真龙吧？"

　　杂毛小道点头说："是的，不过我们所要的只是它居所中的龙涎液，也就是雨红玉髓，其余的，都不要。"

　　"他们不要，那就是你们要喽？"

　　明白了我们的目的，善扬真人立刻瞧向了慈元阁少东家和刘永湘，这两人点了点头，正想说什么，善扬真人突然笑了，说："你们凭什么呢？"

　　这话说得有些刺激，那少东家有点懵，然而刘永湘却不是个省油的灯，正想说话，突然帐篷外面一片喧闹，很快就有人禀报："真人，它来了！"

南无袈裟理科佛 著

金蚕往事

大结局
上
②

上海社会科学院出版社
SHANGHAI ACADEMY OF SOCIAL SCIENCES PRESS

第五十八章　战龙

这一声招呼如同号令,除了善扬真人,龙虎山诸人纷纷冲出营帐。老道瞧出了我们跃跃欲试的心情,含笑点了点头,邀我们同去瞧看。

还没有等我们掀开卷帘,就听到一声低沉绵长的恢宏吟啸。这吟啸声的每一个转音都是那么特别,重重击打在了我的心坎上,整个人都有跪下来朝拜的冲动。出来一望,一个巨大修长的黑影笼罩在岛屿之上,张牙舞爪,几乎遮阴了半边天空。

这黑影是如此巨大,半空中那一对碧绿色的眼珠子不断地转动,俯瞰着大地之上的所有生物,那清冽寒彻的目光宛如一盆冰水,将人从头顶直接泼到了脚板底,让人忍不住颤抖。

真龙!这绝对是真龙啊,甫一露面便有如此动静,这世间还有别的生物,有这般的恐怖威效吗?

我的心中惶恐,善扬真人却是一声狂笑,大声说道:"能大能小,能升能隐;大则兴云吐雾,小则隐介藏形;升则飞腾于宇宙之间,隐则潜伏于波涛之内。好一条天地真龙也,你终于出来了!"

我缓步后退,心中诧异非常——这善扬真人果真是好本事,这般威势笼罩天地的真龙,竟然还有信心面对,他到底是有着怎样的应对之策呢?

杂毛小道瞧见了我心中的担忧,拍了拍我的肩膀,平静地说道:"小毒物,别怕。这真龙乃上古遗种,与凡间所有的物质都不一样,并不适合现在的物理定理,在一定距离内,你离它越远,看到的形象便会越大,惟有站在它跟前时,才会发现它最真实的形态。"

我一愣,说:"这是什么道理,我们寻常不是离得越远,瞧见的东西越小吗?"

杂毛小道说:"我不知道怎么跟你解释。真龙它并非是这个世界上的生物,超脱于物外,存在于无数的世界里,只不过此时正好与我们的世界叠加而已,这岂是我们所能理解的?寻常蛟蟒,想要成为真龙,也许经受无数雷电劈砍,度尽无数劫难,方才能够升华成真龙,所谓跃过'龙门'。龙有千万种,只要能够成就这般形态的生物,皆可化龙。"

听得杂毛小道这一通玄奥的讲解,我反倒是更加迷糊了。跟着善扬真人冲到湖边,瞧见那头遮盖了整个岛屿和天空的黑影正在缩小,此刻仅仅只是盘踞在我们先前与深渊生物交战的山峰之上。黑云翻动,稍微近了,便能够瞧见它大概的面貌,果真是口旁有须髯,额下有明珠,喉下有逆鳞一处,巨鳞长须,腹白背黑,背上有鳍,头上耸起高高的双角，是那珊瑚的青灰色，少了些许仙气，多了许多真实，竟然与传说之中有七八分相同。这是一条黑龙，全身鳞甲如同墨水浸润。

它就这般盘踞在山峰上，瞧不出有多长。它眼睛死死地盯着龙虎山在湖边架起的两口大锅，声声嘶鸣。我被这情绪感染，心中生出一些悲怆之感来。然而还没等我仔细体会这龙吟之中蕴含的情感，便瞧见凭空探出一爪，捏住龙虎山的船。

它稍微一用力，偌大的船只立刻散成碎片，飞扬的碎木、断裂的人体和破碎的风帆伴随着惊恐的尖叫声，将湖面顿时变成了人间炼狱。善扬真人瞧见真龙出手，一下子就将他的船只弄碎，不由得怒发冲冠，大声喊道："孽畜大胆！"

此言一出，善扬真人袖口立刻飞出了一张青蒙蒙的赦令，朝着山峰之巅射去。赦令如同一道流星，冲入翻滚无定的黑云之中，然后亮起，将天地照得透亮，整个空间都充满了无数个道士持经念咒的冥冥之音。在这种音效的加持下，善扬真人身上的气息凝聚充足，从身体的三万六千穴窍之中，有源源不断的气息往外喷发，将他身上的黄色道袍给吹得猎猎鼓舞。

接着，他一步踏出，如登青云，朝着山峰之上行去。

善扬真人到底是成名已久的绝世高手，果真是通天彻地的好手段，仅仅一枚赦令便已经将真龙给镇住。其余龙虎山道士则纷纷跳入水中抢救落水的同门。

善扬真人似缓实快，很快便冲上了山峰。就在他即将使出手段之时，黑龙鼻孔抖动，两道黑炎烈火朝着善扬真人射来。真人也是好本事，将身上衣袍微微一抖，那灼热的黑炎如同浇了坚冰之上，发出了大量的白色蒸汽。

善扬真人再次施展出了龙虎山第一法器"天子笏"，手一抬，一方玉笏瞬间变得硕大无朋，朝着盘踞在山峰之上的黑龙砸去。

天子笏上集聚着龙虎山历代祖师、特别是得道成仙的张道陵留下的印记，如此一砸，力道万钧，那黑龙也不敢硬挡，颀长的身子在伸缩之间不见了影踪。天子笏落在山峰之上，砸得山峰碎裂，大块大块的石头滚跌下来，砸落在下方深潭处，轰隆隆直响。

真龙隐匿身形，战斗便就这般结束了吗？

自然不是。善扬真人一招落空，真龙再次从云雾中探出身子来，数丈长尾朝着悬停于空中的善扬真人拍去，其势凶猛，如有万钧。

善扬真人还不是地仙，自然不得凭空悬浮。他之所以能够腾空，是靠先前射出的那道赦令炁场牵引。此番真龙出击，天地炁场一片混乱，他自然也悬停不得，只有朝前飞跃，脚尖点在山崖上，然后回身避那一击滔天甩尾，人便跃上了真龙之身，力贯双手，一拳便打在了龙尾之上。

咚！

平地升腾鼓声，响彻天地，接着便是一声暴烈的嘶鸣。真龙吃痛，摇摆全身，收缩之间，便将善扬真人给送到了爪下……

一人一龙在湖上崖间不断纠缠，真龙凭借着自身的力量和天生的异禀，鬼出神没，然而善扬真人却不惧怕，如同一只苍蝇挑战猛虎，将真龙给搔弄得暴躁不已。

这情景便已经足够让人惊讶了，然而更加奇特的是，真龙因为完全违反空间定理的缘故，身形忽大忽小，时而巍峨如山峦，时而纤细如湖蛟，让人眼花缭乱，目不暇接，大脑根本就应付不来，甚至感觉眼睛都要瞎掉了，意识混乱。

正在我瞧得一头雾水的时候，杂毛小道伸出手掌挡在了我的眼前，说："第一次见到这东西，信息量太大，变化太快，你的心便乱了，很容易走火入魔，最好不要用肉眼去看，而是用心，用炁场去感受，这样得到的，才是最真实的东西。"

我听了这话，闭上双眼，便感受到本来占据上风的善扬真人此刻宛如风中的烛火，虽然闪耀着光芒，但终究还是不敌真龙这滔天的气场压制，随时都有熄灭的危险——天啊，竟然是这样的？

我心中诧异，猛然睁开眼睛，瞧见凭空生出的两只巨爪，朝着善扬真人抓去。

老道不躲不闪，浑身一震，羽衣上立刻飞出两头活灵活现的猛虎，将这巨爪给咬住，好是一番龙争虎斗。就在两者僵持不下的时候，远处的寻龙号上突然传来了一声呼喊："善扬真人，这般纠缠不休，倘若那真龙遁走，时机便逝去了。不如我们一起合作，共同御敌吧？"

这话是慈元阁阁主方鸿谨所言，语气温润平和。善扬真人稍微一思虑便点头说可以，还请道友出手相助。

这边一答应，寻龙号上立刻有一道烟花冲天而起，在真龙隐身藏着的云雾之中炸响，璀璨绚烂，细碎花火落满半空。真龙的身子立刻一麻，僵直不动，寻龙号船头处魏先生从怀中掏出一个木制的精巧机关，朝着半空中的真龙瞄准，噗的一声响，一道羽箭便朝着那真龙逆鳞处射去。

第五十九章　疯狂与清醒

世间没有绝对的强大，只有相对的克制。若说实力修为，魏先生或许不如我们厉害，但是对付龙来，他或许比善扬真人还要在行。

他射出的羽箭乃采用早已绝迹的迦楼罗，也就是大鹏金翅鸟的尾羽化石制作——关于此物的传说极多，最离谱的便是它乃一个吃货，食量极大，每天要吃掉一条大龙王和五百条龙。这当然是传说，然而迦楼罗克制真龙，却并不作假，故而这羽箭绝对是珍贵之物。

在借助了机关和烟花定形之后，大鹏羽箭射入了真龙的逆鳞。

何谓逆鳞？古人传言，真龙脖子下都会有巴掌大小的一块白色鳞片，呈月牙状。龙的血液都是从心脏的主血管涌出，再从白色鳞片这里分散到各支血管，是最为隐私和防范之处，也是真龙的致命之处，倘若被刺中，那便代表着此龙的死期不远。

魏先生射出这么一箭，便耗尽所有精力，浑身萎靡瘫软在地。随之而出的是一字剑黄晨曲君，他脚尖点地，冲天而起。我并没有瞧见那羽箭是否射入了真龙逆鳞，连一点反应时间都没有，便感觉到一阵撕天裂地的龙吟声，在整个空间里炸响。

吼、吼、吼！

平静的湖面突然变得无比凶猛，朝着岸上涌来，我们脚下的土地也开始变得动荡不安，树木纷纷倒斜下来。感觉整个岛屿都在颤抖，仿佛有一股巨力，要将这岛屿给一分为二。稍微适应了一点儿这天摇地晃的节奏，便听到天空一声炸响，轰隆隆，巨大的力道在整个天空中回荡不休，一道白色的光芒在头顶如炎日闪烁。与此同时，成千上万的剑气从虚无之中诞生，又朝着某一处尽头刺去，一往无前，有去无回。

我正要抬头看，杂毛小道抓着我的肩膀，往水中跳。下一秒，一片灼热的气息将这冰寒的湖水给煮得温热。潮水退下，我们站起来，来不及多瞧，头顶突然掉落下来一个黑影。我伸手将此人给接了下来，是一脸鲜血的一字剑，口中不断地吐着血沫子，似乎受了很重的伤。

黄晨曲君吐完口中血沫，长吸几口气，然后缓缓说道："真龙已经被我和善扬道友所伤，现在龟缩回巢。还需乘胜追击，方才奏效。要是等到它恢复过来，只怕所有人，都逃不过它狂躁的报复。只可惜我受了重伤，需要立刻调养生息，所以接下来的事情，就交给你们了。"

他勉强站起身来，并没有前往寻龙号，而是朝着后方的密林跑去。

一字剑的话语让我有些发愣，没想到在这短暂的时间里，他们竟然已经将真龙给重伤了，不过瞧他身上这伤势，想来自己也够呛。黄晨曲君如此，那善扬真人呢？

我看向杂毛小道，这家伙四处观察一番，说先回寻龙号，看看专业人士怎么说。

此刻潮水退去，龙虎山众人从水里冒了出来，四处打量，呼朋唤友，确定损伤。我们心里面乱糟糟的，总感觉做了错事。也不管这些家伙，找到了几块在水面上漂浮着的木板，借着这玩意儿朝远处的寻龙号划去。

因为事先就有所准备，所以在龙威降临之时，寻龙号虽然也受到了震荡，但终究没有太多损失。此刻起锚朝我们这边接应。上了船，慈元阁阁主便拉着我的手问刚才黄大先生都说了什么？

我把一字剑给我说的事情讲了一遍给他听，阁主听到了，兴奋得全身直颤抖，回头问魏先生道："那真龙逆鳞中了大鹏羽箭，一般能够坚持多久？"

魏先生也有些激动，稍微一思量，便回答说倘若射穿了逆鳞，多不过一个时辰，但是如果没有射穿，只怕三五天之后，它便能够恢复个大概。这话跟一字剑所说的差不多，阁主心中大定，振奋地喊道："兄弟们，经过这么久的等待，我们终于等来了这一天，这也许是世界上最后一条真龙了，倘若落在我慈元阁手上，飞黄腾达，指日可待，你们还要等吗？"

"不等了，杀龙、杀龙、杀龙！"

众人陷入了疯狂，大声地喊着，让我感觉到一股奇怪的陌生感。然而，一个不和谐的声音出现了："等等，父亲，你的意思，是我们要杀了这条真龙？"

说话的是方志龙："不对啊，父亲，我们不是只需要它的半截长须，给奶奶熬汤服用么，怎么突然就说要对它下手了？这可是龙啊，是我们中国人一直以来最崇敬的图腾，我们的守护神啊？"

阁主往日挺喜欢自家儿子的谦礼正义，此刻却头疼，强行辩驳道："志龙，这龙我们不要，必然会被龙虎山得去，到时候别说是一截小胡须，便是一根毛，只怕都没有了。所以无论我们出手不出手，它的结局都已经定了下来，还不如我们拿了呢，你说对不？"

方志龙倔强地说："父亲，这样是不对的！"

阁主不再和他理论，说道："本来也不打算让你入水，那你便和你田叔叔留在船上，看好寻龙号即可。记住，照顾好你妹子，给我们守住这唯一的退路，倘若是寻龙号丢了，那么我们所有人的性命，只怕都要交代在这里呢。"

方怡不乐意了，嘟囔着嘴说："不嘛，屠龙这么新奇好玩的事情，怎么不带上我呢？"

她闹着非要去。阁主虎着脸凶道："你跟你哥哥在船上好好待着便是了，要是再敢乱来，信不信我打断你的腿？"

交代完家事，慈元阁上下运转起来。左侧的船体突然裂开，出现了一个平台，上面竟然有三艘造型古怪的密封式潜水器，外面全部用橡胶封住，每艘可以容纳六人，分别由慈元阁阁主、魏先生、刘永湘带领，而田、朱两位掌柜则留守寻龙号上。

　　一切准备就绪，阁主这才想起了我们，回头望来，客套地问道："这每艘小鲟鱼上，还可以挤出一个位置，三位分散着挤一挤吧？"

　　他也算是瞧清楚了我们的实力，想要将我们拆开来。杂毛小道脸上洋溢着笑容，却一口回绝，说不用，我们几个的水性不错，在后面跟着便是。慈元阁阁主不再多言，吩咐手下进了那小鲟鱼之中，然后由田掌柜主持将那三艘潜水器都放入湖底。

　　下面一阵湖水搅动，田掌柜转头瞧向了我们，出言说道："三位……"这话儿还没有问完，早已收拾妥当的我、杂毛小道和小叔便朝他挥挥手，直接没入水中，留下一脸震惊的田掌柜和一片狼藉的湖面。

第六十章　暗河水道

到底是墨家传承，寻龙号附属的这三艘名曰"小鲟鱼"的潜水器，制作得十分精良，整体造型竟然和鱼类差不多，在水中活动方便，速度也极快，正飞快地朝着崖下水潭潜行而去。

慈元阁对我们隐瞒了太多，我们从一开始都不知道这玩意儿的存在，此刻乍见，多少也有些好奇，不知道它到底是依靠着什么原理在运行。不过小叔对天吴珠营造出来的气肺，更加惊诧，他虽然也听说过我们当日逃亡的经历，但毕竟没有亲身体验过，左摸摸右敲敲，像个小孩子。

水中一片混浊，看不清方向，我呼唤出了小妖和朵朵来，照亮前方。小妖极为敏感，皱着鼻子吸了吸水气，说刚才真龙出现了？

我跟小妖草草解释了一番，她点头说："真龙的确是一种神奇的物种，它们之中厉害的龙属，甚至可以凭借肉身横渡虚空，穿越茫茫宇宙，存在于不同的世界中，操纵时间和空间的法则。它是现在唯一知道还存在的多维生物，盛年时期的实力便是地仙都要恐惧，只可惜这一条已经到了暮年，没有了恐怖的脾气和实力，想的不过是找到一处合适的地方，迎接最神圣的死亡来临。"

小妖说什么，我们都听不懂，能与她对谈交流的怕只有虎皮猫大人，只可惜那肥鸟儿整天都在忙着自己的破事，早就不知道踪影了。

虎皮猫大人的神出鬼没，我们都已经习以为常，并不介意，然后谈及了慈元阁刚才的古怪。小叔提出来，说："慈元阁这些人，说到底，不过都是些做着正经生意的商人，按理说不会如此激进和疯狂。造成这幅局面的，除了方鸿谨的野心之外，还有一个人，特别值得注意。"

杂毛小道说："小叔，你说的，莫不是那个藏头蒙面的魏先生？"

小叔说："是。麻风病已经消失几十年了，你们可能都没有见过，但是我和你大师兄却都见过。这种病人的肌肉萎缩，是不可能完成他先前在船头寻龙的那一整套动作的。那么他为什么要撒谎呢？这是因为魏先生不愿意暴露出自己的真实面目。一般这种人都是心中有鬼，我怀疑便是他，一直在暗地里蛊惑着慈元阁阁主以及一众掌柜。他们才会如此急功近利，竟然顾不得眼前再明显不过的危险和心中最起码的道德。"

我不同意，说："方鸿谨纵横商海这么多年，怎么可能是一个听信他人、脑子一热的青愣子？再有了，即便方鸿谨发了疯，那黄晨曲君何等见识，为何也跟着来了？"

杂毛小道在旁边笑："一字剑不是也发现了蹊跷，直接遁入山林中去了吗？"

说到这里，我们基本上都确定了慈元阁这次有可能真的走了邪门，既然如此，再跟他们打交道的时候，我们还得多留点儿心眼才是。

我们很快便来到回龙潭，因为先前从崖顶跌落下来的石头在这儿累积，使得我们白天所看到的那些水涡都没有再见。三艘小鲟鱼在这些石头中灵巧地穿梭，忽上忽下，忽左忽右，我们跟着走，发现在靠近左边崖壁的地方，出现了一条朝着山崖深处行去的水道，就在前方。

我想起傍晚时龙虎山在回龙潭中来回查寻，并没有任何发现，而此刻却出现了这么一个幽深的水道，想来是那真龙逃遁的时候，匆匆忙忙间没有掩饰的结果。

魏先生手上有寻龙尺，循着水道往里潜行，小鲟鱼头部有青蒙蒙的光线射出来，照亮前路，水道里面全部都是水，两边有水草萦绕，像情人的手，不断地摇摆着。

我们悄无声息地在这蜿蜒的水道里缓慢爬行着，四周一片寂静。瞧着那水道越来越往下，我的心也不断下沉，总感觉有一种不祥的预感，笼罩在心头，所谓的宿命，总是不断地困扰着我——我会如同洛十八一般，死在这洞庭湖中吗？

小鲟鱼身形灵巧，行动时快时慢，我们也并不着急，让小鲟鱼在前面探索，只是遥遥跟着。其间岔道无数，杂毛小道不时回头瞧后面，我顺看过去，一片黑沉沉的，什么也没有发现。问他在看什么？他摇头，说不知道，但总感觉有什么东西在盯着我们，虎视眈眈的。

我说："你别吓我，我怎么什么都没有瞧见，难道是龙虎山的人也潜了进来，又或者是一直在旁边环伺的鱼头帮？"

杂毛小道摇摇头，说他就是有些心神不安。

瞧见杂毛小道这一般，我的心情便更加沉重起来。切莫以为这一切都只是心理因素，要知道人的修为一旦达到一定境界，就会根据一丝一缕的线索，抽丝剥茧，预感到未来即将发生的事情。讲穿了，就没啥神秘的。

果然，在我们潜行了一刻钟之后，事情发生了。前面的小鲟鱼突然加速，然后一片混浊，似乎在与什么东西纠缠起来。我感觉到了不对劲，操纵天吴珠上前，却见十来只黑影从前方的混浊中冲出，朝着我们这边张牙舞爪。

这些黑影没有一个身高超过一米五的，不过身手矫健，在水中如履平地，气势凶猛。当它们冲到了朵朵的照亮范围之中时，我们便瞧见了黑影子的真面目，竟然是一群丑恶狰狞的水鬼。民间传说的水鬼有许多种，有怨灵积聚而成，有尸体腐化寄生而成，也有天生邪恶异种的水生生物，我们面前这一堆便是第三种，是伙浑身毛茸茸的水猴子。

这玩意儿臂力无穷，最喜欢食生人魂魄，此刻呈扇形朝我们围攻过来。面对这些常人谈之色变的鬼物，我们并不惊慌，当下鬼剑、雷罚和雷击枣木剑三把剑亮出来，天吴珠所形成的肺泡立刻变成了一个大型刺猬。

水猴子攻击失利，抛下了四五具尸体之后，纷纷朝着四周逃散。小妖想去追击，我拦住了她。正小心地四处张望，杂毛小道突然低声喝道："小毒物，看左边！"

只见有十来条身长四五米的鳗鱼朝这边缓慢游来，我说不过就是几条稍微长了点儿的黄鳝鱼，瞧你吓成这个样子。

小叔也瞧见了，牙齿都在发抖，说："倘若我们都在岸上，自然不怕，可这是在水里面——你知道它们一旦朝我们进攻，那是一幅什么样的场面吗？"

我摇头说不知道，小叔跟我解释，说这些叫做魔鬼电鳗，尾部肌肉处有上十万枚如同电池一般的肌肉薄片组成，一旦串联起来激发，上万伏的高压，可以在一瞬间将我们的心脏击穿。

仿佛为了印证小叔的话，其中有一条魔鬼电鳗身上刺溜一下，开始闪烁璀璨的蓝光，我们虽然离得颇远，但还是能够过感觉到一阵酥麻之感传来。只这一下，我们便没有在此停留的心思，更不敢直冲上前，于是朝着后方退去。就在我们转身的那一下，魔鬼电鳗似乎也感应到了，身上的蓝光不断闪耀，朝着我们这边追来。

鬼知道这些电鳗是从哪里冒出来的，它们身上冒出来的电芒富有阳罡之气，便是小妖也有些畏惧，我们往回一阵猛蹿。回路的岔口实在太多，慌不择路之下一阵猛跑，跑了好长一段路程，亡命一般的狂奔，身后的魔鬼电鳗似乎也被我们甩开了一截路程。杂毛小道的声音在我的耳畔响起："呃，小毒物，我们似乎跑错路了……"

其实根本不用杂毛小道提醒，我已然知道，不晓得是在第三个还是第四个岔路口的时候，我转错了方向，此刻的我们，正身处于一个蜘蛛网一样破碎的迷宫处，走走停停，分不清路径。正当我们鼓起勇气回头之时，身后的黑暗中又传来了那要命的蓝色电芒，似乎还在接近之中。

那么，为了保住小命，只有埋头硬冲了。

这一回由小妖来领路，带着我们在黑暗的水道中不断游窜，尽量甩开身后那些恐怖的魔鬼电鳗。在十分钟之后，我们终于脱离了水道，出现在一个陌生的溶洞中。我突然发现这个地方除了我们几个人之外，还多了一艘角质状的小艇。

咦，这玩意儿怎么这么熟悉？

第六十一章　点点滴滴的秘闻

这是一艘半封闭式的角质小艇，表面的甲壳上渗有蓝幽幽的黏液，使这东西看起来不像是行水工具，而如同一具昆虫的尸体。

瞧见这东西，我的思绪不由得飞到了千里之外的高原。时光仿佛在倒流，我上一次见到这艘小艇的时候，仿佛也是在这样的情景，唯一不同的是那天湖如碗，而这洞庭湖则实在是太过于广阔。

杂毛小道警戒地朝四周打量，瞧见我们所处的地方是一个大型溶洞，四周都是突起的巨大石笋，与之相对的是由上而下垂落的石钟乳。看得出来，这里是水道的一个分岔口，洞庭湖在水量丰沛的时候，我们脚下的这溶洞便会被浸满，而此刻则露了出来，到处都是覆在岩壁上的绿藻和滑溜溜的青苔。

瞧见这角质小舟，我们都知道邪灵教的人就在这附近，也不敢发出太大的动静，在石钟乳嘀嗒嘀嗒的落水声中，悄无声息地走到了小艇旁边。瞧见里面并没有人，船身随着地下湖水，不断荡漾。

我正想上前，杂毛小道拉了我一把，低声说道："小心，这船上面有警报法阵，一旦触及，主人立刻就知道了，会很快赶过来的。"

商议了一会儿，我们决定朝着小舟对面的那条通道前进。说实话，来的只要不是太厉害的角色，凭着我们三人，还有小妖、朵朵，其实也没有多少人是对手。正当我们准备前进，突然有匆忙的脚步声传来，我立刻开启了遁世环，躲在石笋之后。

不到半分钟，通道中出来了一个瘦猴儿一般的男子。他四处打量一番，然后走到角质小艇之前，看了看小艇周围的布置，又看了看水里，皱着眉头，似乎在怀疑着什么。这时又走来两人，一男一女，男的朝着瘦猴儿喊道："水猴儿，你到底怎么回事？"

水猴儿抓了抓光溜溜的脑袋，回答说："没什么，刚才听到这边有水声，结果过来一看，却没有什么痕迹，想是这水道里面的什么东西误入了——这水里什么奇怪的东西都有，都是我太过小心了，疑神疑鬼，打扰了帮主和翟特使的谈话。"

那个女人说道："候供奉说笑了，非常时期，自应该小心才是，你做得没错，无须自责。"

听到这女人的声音，我回头来看杂毛小道，杂毛小道一脸吃惊。显然，他也是认出来了，说话的这男人，是鱼头帮帮主姚雪清，但是那女人，我们居然也是认得的。

她，便是我们第一次见到邪灵教右使洛飞雨之时，与之接头的佛爷堂密使翟丹枫，我们在湾浩广场的时候便与她打过交道，算得上是老熟人了。

　　这两人本来应该是在密议，既然来到这儿，两人懒得重新进洞，便继续刚才的话题："姚帮主，这真龙之事小佛爷十分重视，他本打算亲自前来的，只可惜这里有一位他的故人，不便见面，所以才托了我，带着小金子过来。一应计划，我们昨日也已经和苏参谋推敲完毕。但是我还想提醒你一句，小佛爷说了，鱼头帮是龙是虫，依旧是分舵独立，还是如同鬼面袍哥会一样接受整编，都看你们这一次的表现了，你自己可得多操点心。"

　　姚雪清苦笑："翟特使，巧妇难为无米之炊，你是贵人，可不知道俺们的辛苦。我这摊子大了，手下的领导干部各负责一摊子事情，好日子过久了，就都忘记了水里面的活计。人心散了，队伍就不好带。好不容易凑齐这五艘船，上百号人，结果到现在，船毁了三条，人折损了一半，旗下众将死的死伤的伤，连我的那左右手浪里翻云熊臣，都给崂山无尘老匹夫给弄死了。你说说，我这还不叫拼命吗？所以还请翟特使在小佛爷面前多美言几句，好知道我们下面这些做事的辛苦。"

　　鱼头帮帮主姚雪清那可是雄霸一方的人物，洞庭湖上下，他的一句话撂下来，可比金子还要值钱。然而此刻他在翟丹枫面前，完全没有洞庭黑蛟的霸气。

　　翟丹枫倒也知道抚恤这些下属，说："这是自然，此番真龙现迹，前来洞庭湖浑水摸鱼的江湖中人多如过江之鲫，数不胜数。高手也不少，光他们正道的十大高手，目前便来了三个，财帛动人心啊。我知道你带着鱼头帮与这些人周旋的辛苦，但是说句实话，姚帮主，我们厄德勒做事情，从来都是只问结果不问过程，做得好自然重重有赏，做得敷衍了事，也不要怪小佛爷心狠。这一次，上头派来的帮手不少吧，可是到现在，还是没有找到小佛爷想要的东西，你自己说说，你要是他，你该怎么办？"

　　姚雪清说："这事情说起来还真的要怪我。谁晓得那两个后生仔竟然如此凶猛，我好端端的夺船计划，竟然毁在了他们手里，搞得我现在人手不足，只有窝在这洞子里，等待老满子信号，才能行那最被动的渔翁得利。"

　　他摇头，捏着拳头说道："这一次，倘若老满子那里再出现什么变故，只怕到时候我真的只有提头来见了。不过你放心，我刚才吩咐了水猴儿，放出了蓄养的魔鬼电鳗，只要那两个家伙一入水道，必定电得他们一佛出世、二佛升天。"

　　翟丹枫说："姚帮主，你到底还是低估了那两人。萧克明是茅山地仙陶晋鸿的弟子，这自不必言，他旁边那个不显山不露水的陆左，你以为便是好对付的？"

　　姚雪清见翟丹枫说得严肃，诧异地反问："翟特使，不过就是个从苗疆里面来的乡下小子，连蛊毒都不太会用的养蛊人，值得你这么重视吗？"

　　翟丹枫担忧地说："想来你也是知道的，小佛爷乃十八轮回、转世重修的尊者。却不知道，这世间倘若真的有人能够成为小佛爷对手的话，那么这个人绝对不是陶晋鸿，不是黄天望，不是其他人，而是陆左！"

　　"怎么可能？"姚雪清大惊失色，"陆左这个小子虽然厉害，但连属下都自觉能有与他一拼之力，怎么可能跟这些巍峨如高山的人相比？怎么可能是小佛爷的对手呢？"

这世间可以拿猛虎、雄狮和猎豹来相互比较勇猛，却不会将一只土狗来与那些猛兽相提并论，在姚雪清心中，我甚至连土狗都比不上。

我们藏在石笋之后，也忍不住竖起耳朵，等待翟丹枫的解释。

翟丹枫说道："我也只是听小佛爷私底下谈及，至于为什么，他的解释是宿命。之所以跟你说起，是要提醒你，陆左不可小觑，不然，你终有一天会如同闵魔、张大勇一样，憋屈地死去。"

姚雪清疑惑，说："既然如此，那么小佛爷为何不在那小子成为真正的威胁之前，直接将他给弄死呢？如此一来，岂不是一了百了，再无牵挂？"

"谁都可以杀陆左，唯独小佛爷不行，这是刻在灵魂里面的印记。这里我提点你一句，以后你若有机会觐见小佛爷，此人的名字，你连提都不要提，知道吗？"

此言完毕，两人不再多谈，翟丹枫表示她要去与其他人会合。临别时嘱咐说一定要看好小金子，千万不要让那调皮鬼给走丢了。说到小金子，姚雪清突然说道："哎？这个小家伙刚才还在呢，现在跑到哪儿去了？"

他说这话的时候，我们躲在石笋后面的五人，正大眼瞪小眼地瞧着面前突然出现的一头金黄小肥鼠。

第六十二章　叛变带路党

这货耳大体肥，四肢略短，尾毛蓬松，背部有一块白色的线形图案，仿佛天然勾勒出来的鬼神符文，充满了诡异的神秘感。腹部及四肢内侧毛皆为金黄色，下颌为白色，一双眼睛如同最纯粹的黑宝石，闪耀着狡黠灵动的光芒，像松鼠，又不是松鼠。

它贼眉鼠眼，手上捧着一颗饱满榛子，朝着朵朵谄媚地笑，似乎想要给面前这个可爱小萝莉食用。这肥货不知道是打哪儿出来的，突然就出现在我们的视线中，腆着肚子，在我们面前走来走去，嘴上的胡须不断抖动，东嗅嗅西闻闻，一双小眼儿却不断地朝着我们手上、怀里的宝贝瞧着。

龙象黄金鼠？

难道这东西就是让一字剑追了大半晚上，翟丹枫从佛爷堂带过来的那头小畜生吗？这玩意儿据说对法器灵气之类最是敏感不过，难怪即便是有着遁世环的掩盖，我们也被它给找到了呢。

就这样，它看着我们，我们看着它，大眼瞪小眼。朵朵伸手过去接过黄金鼠手上的松子，上面还有啃齿印，左看看，右看看，不知道怎么下手。黄金鼠抓过来，放嘴里面一磕，然后将白白嫩嫩的松子放在毛茸茸的小爪子上，又递到了朵朵面前。

它的小爪子在朵朵手心挠了挠，这小萝莉微有些发痒，忍住笑，眼睛弯成了月牙儿，伸手将它抱在怀里，摸了摸尾巴，那小畜生十分享受地哼了哼。在石笋的外面，翟丹枫哈哈笑道："那个没心没肺的吃货，都给惯坏了，的确有些调皮，你不是有我给你的乐舞天铜铃吗？准备些榛子啊、松子等坚果食物，摇一摇，它便会循着香气跑过来了，不打紧。我约了人，要先走了，你仔细找找，那可是小佛爷的心肝宝贝呢，可万万不能丢了啊！"

此话说完，她朝着那边的通道喊了一声："苟乐乐，我们走！"那边有一个粗手粗脚的黑丫头，清脆地应了一声，然后跟着上了角质小艇。这小艇也是神奇，人上了船后自己覆盖，宛如活物，有古怪的滑腻触角自行封闭，扑通一声钻入湖水中，不多时便不见了踪影。

姚雪清站立在潭边，看着前方黑压压的那一片区域，直到波纹再也看不到，他依然没有动静。这时之前那个瘦猴儿男子像幽灵一般出现在他旁边，忿忿地说道："姚老大，不过就是个身无缚鸡之力的小娘们，您至于这般上赶着去贴那娘们儿的冷屁股吗？"

这人是他的心腹，说话直接，姚雪清过了好一会儿，才冷冷地说道："水猴儿，此番前来洞庭藏龙岛，熊臣死无全尸，帮中最精锐的子弟也死伤大半，你有什么看法？"

"毛看法！他鸡巴个小佛爷想要捞这真龙好处，自个儿却不出死力，派了个什么供奉护法特使一堆人来指手画脚。结果到了真正要出力的时候，那个痨病鬼供奉不见了人影，大波护法也躲得远远，最后还要用我们这些老兄弟的命来填！姚老大，这些可都是我鱼头帮的骨血啊，这样死了，他小佛爷不心疼，难道你也没有一点感觉？"

姚雪清的脸色越发阴郁，嘴唇颤抖，一字一句地说道："我不心疼？那些死去的兄弟，他们每一个人我都能够叫出他的名字，很多人第一次学深泳，都是我手把手带出来的，每死一个，我的心里面就好像有一把锥子扎进去一样，我能不心疼？"

他这般慷慨激昂地说着："可是，你晓得鬼面袍哥会的下场吗？自张大勇和罗青羽他们几个死了之后，整个鬼面袍哥会的产业都给佛爷堂接收了去。那些大难不死的袍哥到最后才发现，自己连居所都没有，要么做狗，四处咬人，要么就一夜回到1949年以前，居无定所。人在这个世界上，离得开吃喝拉撒、衣食住行这些吗？你自己想想，你忍心让自己的妻儿父母，跟着我们过那种苦日子吗？"

水猴儿气愤地说道："凭什么？这些产业都是我们一手一脚打拼出来的，他佛爷堂想回收就回收，想霸占就霸占，还有没有王法了？"

姚雪清道："凭什么？凭我们现在扛着的，是厄德勒这面大旗，凭的是我们前些天见到的那些深不可测的高手，凭他小佛爷举世无双的威名！"

水猴儿抓着自家帮主的手臂说："姚老大，论本事，你不输小佛爷座下那十二魔星，论财力，我们鱼头帮在四大外门中也是数一数二的。怕它个鸟。凭什么他小佛爷能够学蒋光头的驱狼吞虎之计，玩死我们？咱们却不能直接反他娘的，谁怕谁？"

听了得力干将说出了那般大逆不道的话，鱼头帮帮主沉默了三两秒钟之后，凝声说道："这话，以后不要再说。好了，你去将那小老鼠找来，我们先将龙穴找到，后面的事情，我再考虑考虑……"

然后有铜铃声响起，叮铃铃、叮铃铃，那充满韵律的声音在洞中回荡，然后缓缓消失于左侧通道尽头。

随着这两人离去，在石笋背后神经绷得紧紧的我们也长舒了一口气，低头来看这个腻在朵朵怀里卖萌的龙象黄金鼠。林子大了，什么鸟都有。邪灵教内部未必是铁板一块，小佛爷太过强势，步步紧逼，使得各个鸿庐和独立分会喘不过气来，竟然生出了这等心思。

我曾听方志龙说过，现今的鱼头帮其实大部分也已经洗白，屌丝变成高富帅，做的都是把持市场的垄断生意，日子好过得很。人富则胆小，既得利益者求的都是和谐稳定，犯不着跟着邪灵教一般，整天弄些反人类的邪恶玩意儿，来满足自己的黑暗心理。

且不谈心生异志的鱼头帮。我们围拢起来，蹲在地上瞧看腻在朵朵怀里面的这头黄金鼠，这可爱的小东西被人围观了，也不忭，而是唧唧、唧唧地叫唤着，竟然像是个鼻涕虫一样，非要黏在朵朵旁边。

任何东西，千万不能只看外表。这小畜生可是小佛爷的宝贝，天知道被训成了什么模样，要是它稍微有些神识，晓得我们跟它主人不对路，到时候把我们一卖，那可哭都没地方哭去。

小叔说："阿左，刚才那个女人好像说，这小东西能够找到龙巢？"

杂毛小道纠正，说是姚雪清说的。

小叔说："别管是谁说的。阿左，你能不能让朵朵跟它沟通一下，带我们去找到龙巢？这次前来洞庭湖，我们只是想找到那龙涎液，没承想碰到这么多事情，那些高来高去的人物，他们的目标是真龙，而真龙哪里有这般好摆弄？到时候肯定又是一番腥风血雨，我们不掺和，赶紧找到龙涎液走人才是。我在这里是长辈，要是大家真在这里殒命了，到了地下，都难跟老辈人交代的。"

我们都瞧向朵朵，这小萝莉在旁边听了个分明，揪着龙象黄金鼠颈后一撮毛，嘟声嘟气地问道："阿黄，听到我陆左哥哥的话没有，你要是懂事，带我们去找龙涎液，姐姐就给你找好吃的，要是不乖，那就、那就打你屁屁！"

那龙象黄金鼠瞪着一双亮晶晶的小眼睛，瞧着朵朵，然后点头，唧唧、唧唧。

朵朵回头冲我笑，说阿黄答应了。

瞧着这不靠谱的对话，我有点儿懵，说："朵朵，这小东西的名字好像叫小金子……"朵朵拼命摇头，说："谁说的啊，难听死了，阿黄多好啊，是不是，小妖姐姐？"小妖在旁边打着呵欠，眼睛斜了一眼鱼头帮消失的通道，说左右不过一盘菜，阿黄就阿黄吧。

她这漫不经心的话惹得那肥货龇牙一怒，雪亮的前槽牙露出来，害得朵朵好是一阵安抚，附在耳旁说了好一通悄悄话，这才罢休。

片刻之后，朵朵将那头痴肥的龙象黄金鼠往地上一扔，喊了声出发，换了门庭的小畜生立刻唧唧一声叫唤，朝着石笋间隙蹿去，我们便跟着走去。

一路追赶，越过石笋密集的大厅，从蜘蛛网一般的迷宫中走入，我们并没有与鱼头帮相遇，少了许多麻烦。龙象黄金鼠走走停停，瞧见它这番模样，倒真有点带路党的意思，我们多少也放宽了心，在后面跟随，然而我心中仍有疑惑，问杂毛小道，怎么好像在哪儿听过这小憨货的名声？

杂毛小道笑了笑说哪儿有，你想多了。

第六十三章　龙穴

这溶洞广阔，道路复杂，走了大半个时辰。龙象黄金鼠看着好像也并不知道路途，东嗅嗅西闻闻，蒲扇般的耳朵还不时张开收起，一路走走停停，着实浪费了不少时间，不过有一点多少也让人安心，我们一路行来，没有进过死胡同，说明这小畜生果然如传说中的一般，是个天生的寻宝大师。

路到尽头没有路，眼前是一道白花花的瀑布帘子，直挂在一道跨河的对面。跨河不宽，三四米，上面有断层，暗河的水在上面的落差中跌下来，轰隆作响，刚才在转角的时候还没有感觉到，现在过来，只觉得耳窝子嗡嗡嗡响个不停，瀑布跌落在跨河中，溅起许多碎末子水汽，白雾缭绕，如似仙境。

那肥硕的小畜生在跨河前停住了脚，回过身来蹿上了朵朵的怀抱中，一双黑珍珠一般的眼睛水汪汪的，直瞅着朵朵那天真无邪的脸，唧唧、唧唧地叫唤着。

这简单两句叫唤我们不明白，朵朵听懂了，兴奋地招呼我说陆左哥哥，到了，阿黄说这里就是我们要找的地方啦。

我和杂毛小道、小叔瞧着面前这道水帘子，眉头却不约而同地皱了起来。这里可不是西游记，我们面前的也不是水帘洞，透过水幕往里看，分明就是一整片实打实的山崖悬壁，哪里还有什么路可走？

事到临头，我到底还是有些心存侥幸，捡起一块海碗大的石块，朝着对面投掷过去。啪嚓一声响，石头径直跌落到了下面的跨河中去。杂毛小道皱眉，瞧着面前这条并不算宽阔的暗河小渠，说莫非又要走水路不成？

我不死心，呼唤他和小叔在面前这七八米见方的山壁上不断尝试，差不多两分钟的时间，最终确定，水帘后面果真没有通道。

我一肚子的火，小妖一声狞笑，将那头贼眉鼠眼、准备朝角落跑去的龙象黄金鼠揪起来。这憨货给小妖抓在手里，竟然比一般的家猫还要大，肚子里面可不知道有多少板油。小妖伸手就准备去拔这肥鼠儿的胡须，好让它吃吃教训才行。

朵朵见我们准备责罚阿黄，过来拦着，说："阿黄不会骗我的，陆左哥哥，我们要找的地方，真在这儿！"

朵朵的坚持让我们也变得谨慎了，小萝莉有一颗晶莹剔透的善心，也通物性，平日里招猫逗狗，对动物最是亲切不过，这也是龙象黄金鼠亲近她而非其他人的缘故。水帘子后面没有，不过其他地方，是不是可以再推敲呢？我们这般想着，视线不断在周围左右巡视，终于，小叔在靠左边的一处岩壁上面，瞧出了一些蹊跷。

这是一处短刀刻就的法阵推演算法，里面有诸多术语和图案，颇为玄奥，反正像我这样入门级水平的，是看得云山雾罩。从这石刻之上的青苔和印痕来看，差不离有上百年的光景了。这显然是人为的痕迹，既然有人来过这儿，说明这里并非如同我们所看到的一样。

杂毛小道学过半部《金篆玉函》，一双眼睛瞧着岩壁上面的石刻，手上不断地掐指推演，口中还不断地喃喃自语，精神极度亢奋："太厉害了，居然是这样的，真的是没有想到啊……"

大概持续了十分钟，他深深吸了一口气，感叹道："留下这石刻的家伙，真的是个学究天人的阵学高人啊。这么诡异蹊跷的入门之法，他竟然能够从蛛丝马迹之中，抽丝剥茧而出！"

我和小叔在旁边听他打了半天哑谜，早就有些不耐，看到他还在这儿卖萌，不由得大怒，我出一拳，小叔出一脚，将这个家伙教训了一番，问他怎么回事？杂毛小道说这东西讲不好讲，给你们做出来看看。

此言说罢，他左手伸出剑指，背上的雷罚立刻飞起来，在空中转了几个圈，直冲前方。所指的方向是杂毛小道精心算出来的，连出了七剑，暗合北斗七星之术，从头至尾，一气呵成。紧接着，咔嚓一声响动，那浑然天成的山壁突然从中间裂开，里面有白蒙蒙的光线朝着这边射来，让人眼睛下意识地闭上。

视线稍微恢复之后，我瞧见身前的山壁裂开了一个大口子，露出了一个热气腾腾的通道来，那龙象黄金鼠唧唧一声叫唤，后爪子一蹬，跃过面前暗河，朝着里面狂奔而去。

我推了推杂毛小道的胳膊，说什么个情况啊？

杂毛小道又仔细地看了一遍石壁上的推演画儿，跟我们解释道："这里是前面那处建筑的后门，是建造工匠留下来的逃生通道，因为要瞒过监工，所以弄得十分巧妙。此处本来是常年封闭的，可是在这石壁上面刻画的前辈是个经天纬地之才，竟然光凭着这河流和炁场的走向，推算出来这里面的布置。我刚才就是依照着他留下来的方法，才打开这儿的。"

里面的建筑？

瞧见杂毛小道跟着跨了进去，我按捺下心中的疑惑，也跳过前面的暗河，顺着山壁裂开来的缝隙往前走。这里依然还是一个通道，比先前的要窄许多，两边有滚滚的白色雾气缭绕，有一种蒸桑拿的错觉。小叔瞧见这情景说："这个地方的下面应该是有地热，将湖水熬成水蒸气，然后……驱动机关！"

往前走了十几米，踩着整齐的大理石，我们终于瞧出来了，此刻大家身处的不是天然而成的溶洞，而是某个地下陵穴，不过四周烟雾缭绕，可视距离不过三两米，让人看不到全部面目。

又走了十几米，前面开阔了一些，前方十米处有一道波光粼粼的小河，不宽，上面有五个精致的廊桥，瞧着倒也富丽堂皇，我们正想上前一瞧，突然廊桥后面探出一个硕大无朋的头颅来，狮目牛鼻木杈子角儿，鳞片覆体，长须着地，可不就是一条真龙吗？

第六十四章　真龙之疑

此间迷雾缭绕，陡然间冒出这么一个真龙头颅来，着实让人吓了好大一跳。我们全部都往后退开，执剑戒备着。

此番虽说是来寻龙的，但是真的要跟这传说之物交手较量，我们还真没有仔细思量过。一来龙是我们中华民族的图腾偶像，人家也没招惹咱，犯不着刀兵相见，生死相搏；二来真龙与寻常生物并无太多联系，我们最多也就是跟蛟蟒之类的凶物搏过命，要对付这般的上古遗种，还真的没有什么经验。

说到底，我们这次来，就想悄无声息地摸到真龙家里，偷点儿它并不需要的东西，但是小偷变成强盗，我们还真没有这个想法。事到如今，我们几个就像入室行窃，给主人抓个正着的小偷儿，当时就有些懵了。瞧着这硕大的龙头，一双眼睛瞪得跟铜铃一般巨大，两缕龙须无风自动，不由得心脏怦怦直跳。

正心思混乱间，听到杂毛小道嘿嘿贱笑了一番，搓着手，上前套近乎道："老龙大哥啊，那啥，我们这次过来呢，就是想弄点雨红玉髓去救命的。你看，初次见面，咱也不晓得规矩，你别发火啊，看看能不能商量一下，咱出钱出力，你就当可怜可怜咱，给俺们弄几滴就行了……"

这小子到底是街头算命练出来的脸皮，一开始还说得有些结巴，不知所云，结果一进入摆摊算命的忽悠模式之后，也不管人家听得懂听不懂，一套一套地说了出来。

然而到底是人龙殊途，杂毛小道吧唧吧唧说了一大通，结果我们面前那睁得比铜铃还要大的瞳孔不断凝聚，终于忍受不住杂毛小道的这番聒噪，张开嘴巴，一声闷雷一般的吼声便从无尽的虚空之中，轰然响了起来。

吼……

我感觉这地皮都要抖了三抖，滔天的气势将我们的头发吹成了上海滩发哥造型，恐惧不知不觉就充满了我们的心头，忍不住想要转身逃掉。

如此龙威，让人不可小觑，是走是留，是抽身远撤还是咬牙硬拼，如何抉择？这才是我们现在需要考虑的第一要务。我、杂毛小道和小叔三人虽然目光一直紧紧盯着真龙，但是彼此之间的眼神也一直在交流。

几秒钟之后，小叔毅然站到前面，挡住龙威的压制，朝着我们喊道："小明、阿左，我来挡住这真龙，你们循原路回去！"

他说得这般慷慨凛然，然而小妖却狐疑地问道："这……什么啊，就是真龙吗？"

小妖一说，旁边的朵朵也点了点头，呆呆地说道："嗯，不像啊？"

这两个宝贝一说话，虽然龙威如山，但是我们也都生出了疑心。的确，在我们面前这一头真龙，瞧模样跟画上的有七八成相似，但是跟我们在湖畔瞧见的那一头黑龙却有许多不同，无论是眼神还是头顶权角，都感觉有些稚嫩，没有崩天塌地的恐怖感，更加直接的证据是，这从云雾中冒出来的龙头，居然是青色的。

难道，有两条龙？这一条，是外面那条的老婆？

也不对啊，这头真龙从出现到此刻，龙头一直掩映在五条廊桥的迷雾后面，几乎没有多作动弹。一开始我们还以为它是在倾听杂毛小道的胡言乱语，懒得理会我们，但是到了现在，它除了用滔天的龙威在炁场上碾压我们，并无其他动作，这到底是为了哪般？

疑问上了心头，便不觉得面前这头真龙有多恐怖了。我们缓步走上前去，小心翼翼地逼近，目光一直与那头愤怒的巨龙对峙。结果出人意料，前方白色云雾一卷，将龙头给遮掩住，不见了踪影。

我们继续上前，来到五道廊桥之前观察。

廊桥通体采用洁白无瑕的汉白玉铸造，桥长五米，横跨弯河，造型古朴，扶栏处有简单的刻纹，整体看上去，宛如一条卧龙。廊桥下并非普通沟渠，而是一条波光荡漾的银带，仔细一看，竟然是灌注得满满当当的液态水银。

水银在自然界中的分布颇少，它可以在常温下蒸发，故而常见于硫化汞的矿石之中，最早是由古代方士提炼朱汞时发现，最是稀少不过，能够灌注满这河渠，建造这处建筑的人，可谓是富可敌国。

水银虽有剧毒，然而却是很不错的灵力附着物，对于尸体保存也极为有效。秦始皇之前的诸多王侯便有在墓葬之中灌注水银的传统，著名的齐桓公，也就是演义中常说的公子小白，墓中便有水银化池。

瞧见这么一条水银河，我们第一反应是惊奇，而后下意识地捂住口鼻，防止汞蒸气遗漏，成了无辜死者。稍走近些，杂毛小道说这五道廊桥上面有布置，在这水银沟渠上面布置了阵法，使其不能溢出。

如此最好。我们走到居中的廊桥前面，瞧见在每一架廊桥前方都有一个铭牌，上面篆刻得有苍劲古老的篆文，我们不认识，小叔倒是连蒙带猜的一一念了出来："金、木、水、火、土！"

呃，这么说，是五行的节奏吗？

此处看似平静，然而危险四伏。不过到了此处，基本上也算是离我们的目的，只有一步之遥了，我们万万没有放弃的道理，于是都瞧向了杂毛小道。

杂毛小道颇通阵法，算半个大师。瞧着面前的水银河渠和汉白玉廊桥，他从随身百宝囊中摸出红铜罗盘来，估摸着推演了一番，说道："这布置我曾听虎皮猫大人说起过，叫做生死河，这边是生，那边是死，一入其中，生死便不由自己掌控。五座桥，暗合五行之术，这是星相卜筮之士最擅长的做派，每座桥都会有凶险，有的可生，有的可死……"

原来是这生死河屏蔽了那头真龙，那么此番我们即便是能够过去，只怕就要直面那头真龙了。

我们此行的意志极为坚定，不作他想。我舔了舔嘴唇，说那我们走哪条？

杂毛小道苦笑，说我也不知道会发生什么情况，这事儿只能凭直觉，要不，让朵朵或者小妖来选？

他这般说，倒是提供给我们一条思路，转头瞧向这两个小家伙，她们倒也不含糊，一个指东，一个指西，按照小叔的解读，朵朵选了"水"，而小妖则选了"木"。这也是应有之事，毕竟她们两个对自己所选，都有心得。

我们稍微一思量，觉得小妖先前使弄出来那森林之怒非常厉害，也算是能独当一面，便由她领着走上了木之廊桥。

我们在这边许多担忧，然而小妖却并不害怕。身上发出青朦朦的光华，飘上廊桥。廊桥对面突然一阵红芒闪耀，朝着小妖射来。红芒总共三道，甚为恐怖，小妖身上的光华抵挡了两道后，有些摇摇欲坠。我在她身后忍不住伸手护住小妖，感觉左手一阵酥麻，半边身子都僵了。还没有反应过来，那红芒已消失不见，接着听到咔嚓两声响，附着在那廊桥之上的光华逐渐收敛起来。

跟在我身后的杂毛小道有些意外地说道："咦，大门洞开，这是唱空城计吗？"

第六十五章　东祭殿

所有的雾霾以此水银沟渠为界，一过廊桥，周遭豁然一清，不再朦胧。在我们面前的可不是一处小溶洞，放眼过去，除了黑朦朦看得不甚清楚的角落，竟然无比广阔，比一处足可容纳下三两个足球场的大型体育馆，还要庞大。

在我们面前，几如巨柱的钟乳石笋从下方生长，支撑住这空旷的空间，在石笋之上有晶晶亮的清冷光芒，不知道是法阵还是别的什么缘故，竟然将此处照亮，高阔的地方离地足有十数丈，矮的也有三四丈，中间高两侧低，呈现出一个倒扣碗般的形状来。

如此的空间，半是天然，半有人力雕琢。在我们的脚下，至少有长几百米、宽十米的白色条石板朝前蔓延，汇聚在中间的地方是个宽阔的平台广场，也就比东官第一人民广场小一点儿。条板石道两旁，是大片错落分布的石笋和钟乳石，之外还有大块的巨石，上面修筑有亭台楼阁，款式十分古旧，吊挂着石制宫灯，不过里面已无光亮。

广场正中间，有一个占地颇广的五米高台，光线隐约，瞧不太仔细，看样子似乎是个祭台，旁边似乎还有水道深潭。

石道两旁，有许多宫殿规制的石灯、石鼎、礼制之物以及好多石质雕像，风格古朴简约，大气凛然。

见到此情此景，杂毛小道和我面面相觑，不约而同地说道："东祭殿！"

是的，同样的建筑风格、石灯石鼎之类的祭祀物件我们见过了太多，敢情这北、中、南、西四大耶朗祭殿都闯过了，我们竟然还要走上这么一遭。不过瞧这处的规模，竟然比最庞大的中祭殿还要宽广许多。此处乃洞庭深处，千年前的云梦泽更是如海广阔，想来在这腹地里弄出这一番动静来，不知道花掉了多少人力物力和财力。

冥冥之中，自有定数。如今，我所有的祭殿都走过了一遭，宿命将结束了吗？

我心里面乱糟糟的，小叔却并没有心理障碍，正在四处寻找刚才那头青龙，那可是我们进来这儿最直接的威胁。然而哪里还有青龙的半点儿影子？我们的心中不安，分散开来，一边用脚轻轻地试探脚下坚固的方块条石，一边四处扫量着。

小妖从我的旁边飘过，我拉住了她，问有没有见到刚才带着我们进来的那只肥硕的小畜生？小妖说刚才那肥厮偷偷地往回溜走了。——看来，那龙象黄金鼠给我们带路不假，但是却未必不是存着让我们破阵的意思，要不然，我们未必这么巧能够听到姚雪清和翟丹枫的对话。

当务之急，我们得在那头神秘青龙的眼皮子底下，赶快找到龙涎液。

"搜一下吧！"小叔招呼我们道。我们点了点头，朝着两旁的石笋林子里搜去，试图先将那头有可能潜藏在里面的青龙给找出来。其实这事儿很好做，真龙到底也是长虫之属，身上有很浓烈的腥气，这种腥气是让人难以忘怀的，它可以被当做是一种地盘的象征，也足以显露踪迹。

几分钟之后，小叔在左边的一个垫满草梗的凹地旁朝我们呼唤，我们都赶过去，低头一瞧，瞧见几个南瓜大的白色卵，其中有一个已破了壳，碎成几瓣，旁边还有一些干涸发黑的液体痕迹，另外两个看着完好无损，然而小叔掂量起来却发现都是空的。

这个世界上，到底有什么动物能够生出这么大的蛋儿来？难道刚才露面的那条青龙，并不是外面受伤逃遁的黑龙之妻，而是它的后代小孩儿？呃，那啥，谁能告诉我，真龙到底是靠什么方式繁衍后代的啊？

不管如何，瞧见了这窝蛋壳，杂毛小道长舒了一口气，告诉我们："这个世界上没有人知道真龙这神物到底是怎么回事，倘若这蛋壳不是人特意布置的话，那么刚才那条真龙或许并没有我们想象中的那般可怕。我们暂且先放下心，专心寻找雨红玉髓便是了。"

事情就这么愉快地决定了。我们四散开来，杂毛小道用的是家传红铜罗盘，小叔自有一套甄辨查询的方法，至于我，就是由着性子随便乱逛了。

当然，说放心那是假的，我让灵觉最为敏感的朵朵和小妖飞在空中巡视，但凡发现有异常的地方，便大声示警。

所谓雨红玉髓，也就是通常所说的龙涎液，这玩意儿据说是从石笋的心脉中冒出来的，而那石笋大约也是有些玉质的，要不然不可能叫做什么玉髓。凭着这层理解，我沿路搜来，首先用炁场巡视，查找道路两侧的石笋，除了碳酸氢钙的成分之外，是否还有别的玉质成分。据说这些石笋每百年方才长一厘米，而我旁边这些，差不离都比我还高一个头儿，长成这般模样，可不知道要花多少万年的时光呢。

如此仔细搜寻着，大约过了一刻钟的样子，突然传来了小叔的一声大叫。我们相隔不远，当我提着鬼剑赶到时，瞧见小叔挥舞着那把六转雷击枣木剑，正朝着面前一根石笋戳去，剑刃和石笋发出了沉闷的碰撞声，石笋上面有一个拳头大的孔洞，里面黑黢黢的，不知道是什么。

我问小叔怎么回事，他告诉我说刚才瞧见一道白色的影子从他的旁边掠过，下意识地挥剑刺去，却见那白影子钻入这洞里面去了。

啊，这样啊？我瞧着那孔洞，想来不过是条四脚蛇或者别的东西吧，大惊小怪了。

我和小叔盯着那石笋中间的孔洞瞧了一下，那边传来了杂毛小道的问候，小叔回应说没事的，就碰到个小东西。杂毛小道让我们到中间去，有个很重要的东西，让我们来瞧一瞧。

　　我们很快就到了近前，瞧见杂毛小道紧张地站在一具石碑之前，指着前面让我看。

　　石碑前半躺着一个人，衣服很破旧，脸色苍白，浑身亮晶晶的，我与他的目光一对上，突然脑袋里轰的一声炸响，全身一阵痉挛，脑海里面一片空白，大叫一声："是他……"

第六十六章　洛十八的尸身

我一句话没有说完，人便朝着后面倒去。意识停顿了好一会儿，才感觉自己被人扶了起来，迷迷糊糊的，人中穴被猛地一阵掐，一只手在我的面前不断地挥舞着，耳边朦朦胧胧地传来一阵急喊："陆左，回来，你快回来呀……"

我犹豫着，感觉那手像彩旗，不断在面前晃悠，飘飘渺渺，恍恍惚惚，让人无法把握。不知道过了多久，我终于突破了那道屏障，啊的一声大叫，整个人弹起来，双手挥舞，像个溺水者一样使劲儿地喘息着，舌头都伸出了嘴巴。

"定！"

我的眉心处被一根灼热的手指顶住，双眼不由自主地盯着那根手指，接着一阵又一阵富有韵律的声音在我的耳旁响了起来，随着这柔和的声音，我深呼吸，不断地吸气呼气，终于将这种诡异到了极点的情绪给摒弃出心外，回过神来，却见杂毛小道朝着我微笑。

我朝他点了点头，他问我怎么样，好一点儿没有？我说刚才发了魔怔，现在回过神来了。小叔过来拍了拍我的肩膀，递了一块参片，让我放在舌下含着，免得又给丢了魂儿。我依着做，下意识地摸了一把额头上的汗，然后朝着石碑这边转过头来。依然还是这个人——或者说这具尸体，这是一具男性尸体，中年，有着孔武坚毅的脸容，颔下微须，一双眼睛瞪得滚圆，里面透露着不屈的意志，时隔多年，依然栩栩如生。

在他的头顶上面有一根巨大的钟乳石，那石头的顶端有个凹口，里面滴落的并不是溶洞水，而是一种如同松香一般的透明胶质，这种胶质隔很久才会滴落一滴，日积月累，竟然将我们面前的这一具尸体给包裹成了一团琥珀，最终保存到了现在。

杂毛小道见我一脸惊恐，用胳膊拐了拐我的手问：认识？

我点头说："呃，对，洛十八啊。"

听到我这般说，杂毛小道差一点儿将舌头都给嚼到了，大声喊道："不是吧，这位仁兄就是传说中的大神洛十八、洛大大？"他毫不掩饰对洛十八的崇拜，一双眼睛瞪得硕大，里面有七分的惊讶和两分的怀疑，以及一分我也确定不了的情绪。瞧见他这般模样，我倒是笑了，说："对，他就是洛十八。虽然我从来没有见过他，也没有听别人说起过，但他好歹也算是我的前世，我只瞧一眼，便什么都知道了。"

"你都知道了？"小叔的脸色变得十分严肃，紧紧抓着我的肩胛骨，"你都知道了什么？"

我瞧见他一脸的紧张，有点儿莫名其妙，说："我除了知道他是洛十八的尸身，还能知道是什么？这种感觉很难跟你们表达，就像是照镜子，不管里面的那个人长什么样，反正你就有一种感觉——哦，里面这个猪头就是我自己啊，真难看。"

我见当时的气氛有些尴尬，于是开着玩笑，然而见到杂毛小道和小叔却并没有附和着笑，不由得也跟着紧张了起来。说刚才到底是怎么回事，瞧着你们两个这样子，我自己都有些瘆的慌？

杂毛小道用一种很奇怪的声音说道："小毒物，我说了你可别害怕啊？"

我点头，说有话就说，有屁就放。杂毛小道沉默了三秒钟，告诉我："刚才你和这尸体对视的时候，冲上去跟他嘴对嘴地亲了一口，我感觉有一股东西流到了你的身体里，接着你的瞳孔瞬间变得极黑，胡言乱语，差不多过了两三秒钟，才被我掐着人中唤醒过来。"

我说怎么可能，我刚才不是朝着后面倒下的吗？

我发现他们依旧没有笑，回头问旁边的朵朵，说真的像他说的一样？

朵朵点头，说陆左哥哥，刚才看到你在一瞬间，变得好陌生、好可怕啊……我听到朵朵说了这话，突然感觉到他们对我好像都有些陌生了，不知道自己刚才到底发生了什么事情，难道是洛十八的残魂，进入了我的体内，准备跟我争夺身体的操控权了吗？

不过也不对啊，之前的种种迹象和蚩丽妹的话语都证明了我就是洛十八的转世啊，都转世了，还有什么残魂？

那么，不是残魂又是什么？

如此一纠结，我的头便疼得厉害。说："你们不会觉得我被邪魔侵体，准备把我给了结了吧？"杂毛小道大概是瞧出了我的不安，上前搂住了我的肩膀，说："都几年的老兄弟了，我会害你？即便是我要害你，朵朵会害你吗？小妖会害你吗？怪只怪你刚才那一下，弄得我们大家都心慌意乱，乱了手脚而已。现在细想起来，应该对你的神志没有什么影响，出去了再看吧，先找到龙涎液。"

杂毛小道和小叔好言宽慰，朵朵和小妖也拉着我的手说了几句安慰人的话，而我还是有些懵，就好比一个四肢健全、身体健康的人突然被当做绝症病人对待了，怎么说都有些不适应，为此我还猛地掐了一下自己的胳膊，哎呀，疼！

看来真的不是做梦啊，可是为什么会变成这样呢？

我还在迷糊着。不过时间实在太紧张了，我们身处祭殿之中，门户大开之后，鬼知道那头可恶的龙象黄金鼠什么时候会带着邪灵教的人过来。而且更加让人着急的是，在石碑的后面，大殿的中央，围绕着高高祭台旁边的水渠宽阔而深不见底，周遭的石板上有活物长期滑动的痕迹，斜对面的一根石笋上还传来了一股浓烈的腥气，想来这里就是那条黑龙盘踞的所在。

这两方任何之一，一旦出现在大殿之中，对我们来说都不是好事。

我们根本没办法关闭入口，邪灵教来了，要么打，要么跑，还真的阻止不了人家。

杂毛小道和小叔已开始继续找寻龙涎液。我抬头望着头顶那钟乳石往下滴落胶质液体，好久才一滴。洛十八的尸身，经过长年累月的积累，已经形成一个秤砣或者鸭梨一般的形状，全身看不出哪儿受了伤，鬼知道他是怎么死去的。不过作为我的祖师爷，又是我的前世，我要不要将他给挪一个位置，好生安葬了呢？

我怀着这样的心思伸手去抓了一把，发现这胶质化的洛十八足有千斤，不花费一些气力，还真的难以搬动。

突然，祭台对面传来了打斗声，拳风腿影，十分激烈。这祭台宽约上百平方米，下宽上窄，台阶高高，不便上去，我于是快速绕过去，看见两道银亮的身影正在朝着小叔展开攻击。

小叔手中一把雷击枣木剑，舞动如风，剑影漫天，挡住这阵攻击。我稍微一打量，却吓了一大跳，敢情这银色身影虽然呈现人形，却并非人类，而是从水银河渠里面爬出来的守护灵体。前头说过，水银这种物质最为神秘，是金属也是液体，容易承载许多玄妙之事，此刻这朝小叔猛攻的两个，双手如刀，攻势如潮，凝聚了祭殿的守护英灵，着实难缠。

水银人形劈在石阶上时立刻一道深刻的口子，而小叔雷击枣木剑还击回去，却只斩下几滴水银落地。杂毛小道冲过来抵挡两记之后，知道不可硬拼，于是招呼小叔朝后面退，然后朝我喊道："小毒物，还记得我教给你的杀鬼咒符吗？"

杂毛小道当日得了通臂猿猴的尸骨，一夜不眠，弄出一堆骨符来，给了我三块。听得他说起，我大声说晓得，从百宝囊中摸出了那块洁白如玉的杀鬼咒符，点了三点，按照方法朝前施放，一阵波纹游绕过后，那两个水银英灵便化作一摊银亮如水的液珠，在长条石上面滚动。

看着地上这摊痕迹，我们知道在这大殿之中必然有某个东西在暗中窥视，到底是谁呢？

杂毛小道一个箭步冲上了祭台。我也跟着冲了上去，瞧见祭台正中央，是一樽硕大的石质棺椁。

第六十七章　妖花与正主

瞧着这齐人高的石制棺椁，我的心怦怦跳个不停。杂毛小道从怀中取出一把朱砂研磨的沙砾，朝着上方轻轻一撒，那粉末如同飘扬的精灵，被棺椁散发出来的炁场隐隐勾勒出一连串诡异而神秘的符文来。

我们走过了四个祭殿，大约能够瞧出这些符文都是古耶朗祭祀时采用的神秘语言，此番被杂毛小道勾勒出来，便开始不断转动，显示出此间依然还有法阵在维持着。

在祭台正上方的岩壁上，有一个巨大的石头眼球，主体为天然构造，旁边用青黛的颜色勾勒而成，瞳孔的位置是空的，不知道从哪儿取了光，照射下来，阴森森的。

"湖底溶洞，大阵锁阴，空间之眼，天然的养尸地。小毒物，这棺椁里面会不会也躺着你千年前发达时留下来的部下，就跟龙哥和大熊哥一般的老僵尸啊？"杂毛小道击节赞叹道。而我则死死盯着头顶那比整个祭台还要大的石头眼球，没有说话。不知道为什么，我总感觉那儿并不简单，似乎蕴藏着许多让人恐惧和害怕的东西。

"打开看看吧。"

既然进到了这里来，自然没有空手而归的道理。龙涎液一时半会找寻不到，不如打开这棺椁，瞧瞧里面到底有什么蹊跷，说不定还能找到刚才指使那水银护灵来袭杀我们的元凶。小叔这般建议。

杂毛小道纵身一跃跳上了棺顶，打量一番，说这棺盖并没有钉死，是可以活动的。

既如此，那么便掀开一角来。一是透气，让里面有可能存在的尸气挥发，二来倘若里面果真有大粽子，也好有个缓冲的时间。时至今日，寻常僵尸我们也并没有太放在心头，但既然是在古耶朗东祭殿中，倘若是个千年老尸，要没交情，只怕我们也只有逃跑的份儿。

杂毛小道腾身而起，一脚便将扣压在棺椁上面那沉重的千斤棺盖给踢开了一角，露出了一道裂缝来。棺椁打开，我并没有闻到预想之中的熏臭尸气，反而有一点儿淡淡的香味，于是也跳上去，借着头顶那清冷光线，蹲在边沿上朝里看。棺椁里面并没有躺着什么尸体，倒是瞧见了诸如铜镜、石质花簪、象牙梳和一堆宝石饰物，除此之外，还有一个有点儿像法器一般的小手杖和彩羽华冠。

瞧见这一众物件，我们心中生疑，想将这棺材盖子多掀开来一点，好一窥全貌。当我的手抓住石棺盖儿边缘时，里面突然有一物蹿出，朝着我的手腕咬去。

我当时也是小心翼翼，见机不对，立刻松手。手腕避过了，人被那里面的东西给一下拍飞。这力道甚大，我直接跌落到了祭台下方的水潭中去。

围着祭台旁边的潭水足有四米深，我一入水中，立即发觉不对，水里竟然有一物紧紧束住了我双足脚踝，把我奋力往水下拖，力量之大。我身怀天吴珠，自然不会任那偷袭者摆布，当下拔出鬼剑朝着脚下疾砍，同时看看到底是何物在埋伏。

一瞧，竟然并非活物，而是一根如鞭藤茎，婴儿臂粗，上面间隔有密刺，正挽着我往黑咕隆咚的水底里拖拽。

鬼剑砍在藤茎上，一股剧痛从我的脚踝中蹿起，疼得我差一点儿要喊出来。那古怪藤茎颇为坚韧，又是在水底，以鬼剑之锋锐，也拿它无办法。

我身子朝潭底急速滑落，心中也急，强催天吴珠，使其往上浮动，两相僵持三两秒，小妖赶到，纤纤素手划过，藤茎立刻断开，飘射出乳白色的汁液来。

我双脚得脱，立刻朝上方浮去，在小妖的带动下，跃上了祭台下方的平地。回头瞧，却见小妖双手在胸前蝴蝶一般翻舞，指尖散发出墨绿色的光芒，落向了湖面，安抚那受创暴怒的藤茎。这时杂毛小道和小叔都已经翻下了祭台，朝我冲来："小毒物，怎么样？"

我摇头说无事，视线却被祭台那樽棺椁给吸引，只见在开口处，有一朵极漂亮的花儿顶破棺盖生长出来，那花朵呈现出最瑰丽的殷红色，娇嫩的花瓣有脸盆大，巨大的一朵如同华盖，将整个祭台中间罩住。

这巨花让我心中惊悸，瞧着花朵旁边那些不断游弋摇晃的枝条，拉着杂毛小道问到底怎么回事？杂毛小道苦笑说："原以为那棺椁里面没有尸体，却不料整个祭台都给那一粒种子蚀穿，长成了这副模样来。我们刚才差点儿被那花朵给吞下去，好不容易逃了下来，也不知道怎么回事呢。"

小妖安抚好水底藤茎之后，竟然呆呆地看着棺椁中长出来的巨花，一双眼睛里面隐有泪光。我见小妖这般失态，有些惊讶。杂毛小道悄声说道："小毒物，这花儿，看着是不是有点儿眼熟？"

岂止眼熟，这朵巨大的花儿，可不就是传说中生长在三生河边的修罗彼岸花吗？只不过比起我们当日在江城野驴岛上花房所见，这一朵花儿更加纯粹，更加久远，也更加强大，有着让人说不出来的恐怖之感。杂毛小道见我不说话，于是腾出手来往怀里摸，口中喃喃说道："哎呀，不就是一朵妖花儿嘛，吓唬谁呢，待小爷点一把火，直接给你烧成灰烬！"

他这般装腔作势让小妖勃然大怒，一闪身，移到我们面前来，伸手护住祭台上那朵张牙舞爪的巨大妖花，咬着牙齿大声叫道："不准！谁动手，小娘跟他拼命！"

杂毛小道笑了："哎哟，小妖，这是你的熟人啊。那最好，你能不能帮我们问一下，那龙涎液在哪儿啊，不需多，有两滴就好。"

小妖眼神闪烁，迟疑了一会儿，摇头说："不行，我只能让它不伤害你们，不能吩咐它做别的事情。"杂毛小道苦着脸说，"小姑奶奶，我们屁股后面都快要冒烟儿了，随时都可能有人闯进来，你就开开恩，让它帮个忙呗。"

小妖在确定杂毛小道没有伤害那妖花之意后，飞临上空，开始与其交涉起来。杂毛小道靠近我低声说道："嘿，小毒物，这花儿不简单。别看它就这么一小朵儿，从刚才展露出来的焘场来看，它应该是已经凿穿了那石棺和祭台，根须直接扎在了更深的地下，即便是烧了上面的花瓣，只要根系不除，便永恒存在。彼岸花又名摩诃曼珠沙华，能够沟通三界，恢复死者生前的记忆，它出现在这儿，含义很深啊。"

杂毛小道的话让我心中震撼，正欲上前催促小妖，突然旁边凭空探出一爪，抓着小叔的肩膀，撞飞许多零碎石器，朝着右边的石笋林中拉去。这爪子无色无味，小叔没有反应及时，一下就给抓住，人很快就脱离了我们的视线。

这突然的变故让我们再也没有心情去理会祭台之上的修罗彼岸妖花，朝着小叔消失的地方冲去。杂毛小道离得近些，跟着冲进了石笋林中。当我冲到近前时，小叔已然顶住了透明巨爪的力道，正在用左臂与其较力，双脚紧紧钉在地上不动弹。杂毛小道雷罚射空，双手也搭在那透明巨爪上，大声骂道："哪里来的小人，偷偷摸摸的，算个什么玩意儿？"

他们两人将这透明巨爪搭住，我点燃恶魔巫手拍上去，一股巨大的意念立刻顺着我的双手蔓延过来，我感觉到这透明巨爪是被某一种东西控制的，下意识抬头朝着斜上方的一处钟乳石瞧去，却见一道细小如鞭的黑影正遥遥瞧向这边，笼罩在整个空间之中的那股威势正是以此物为中心。

瞧见了捣乱的正主儿，我毫不犹豫掏出震镜，口中高呼："无量天尊！"

第六十八章　降龙

一道蓝光从光滑的镜面上出现，朝着那黑影射去。那黑影一开始没有反应，当蓝光临体的时候，终于感到了威胁，身子一扭，想朝旁边闪去。然而它再快也不可能快过光速，被一大蓬蓝光给咬到。然而让我惊诧的事情发生了，可以定住大部分活物的蓝光竟然对这黑影根本就没有效用。那东西稍微摇了一摇尾巴，腾身飞在空中，也不再藏头露尾，而是大大方方地出现在了我们面前。

然后我们瞧见了，这是一条真龙，一条血统纯正的青色真龙。

确切地说，这是一条不到半米长，身子跟铅笔差不多粗的小龙。这条龙的模样跟我们刚才在五行廊桥之外瞧见的一模一样，只不过小了无数倍。它的身上依然散发着凝重而恐怖的龙威，然而瞧着现在这副样子，我心里面除了好笑，还是只剩下好笑——这哪里是龙，简直就是一根粗麻绳儿！

世界上，怎么会有这么萌的真龙啊？我和杂毛小道、小叔，还有朵朵对视了一秒钟，然后哄然大笑，感觉到不可思议的滑稽。这时候我方才想起杂毛小道先前在湖畔对我说起的话，那真龙是与这个世界上任何物种都不同的生物，它到底有多大，只有你站在它跟前儿方才会有最真切的感受。

我们的笑声引起了这条小龙的不快，它的胡须微微一动，鼻孔微掀，一股黑烟冒出，两道炎热红艳的火蛇朝笑得最贱的杂毛小道身上喷去。

杂毛小道雷罚一动，将那两束火焰凝聚成一道，然后从容地在怀里掏出一块洁白无瑕的锁骨抵住红焰。三五秒钟之后，一块凝结如玉的钙质玉牌跌落在了杂毛小道的手上，似乎很烫，他连抛了两三下，然后放在眼前观察，一脸的满意："这块落幡咒符是我目前最得意的作品，可惜一直没有合适的火力，能够将那通天彻地的符文给凝结进去。现在终于完美了！"

通臂猿猴并非寻常生物，这种来自灵界的传奇生物，本身的抗火能力是极强大的，即便是身死，骨头也能够抗得过那灼热无比的龙息焰火，此刻被杂毛小道这般一弄，简直就是强上加强，完美了。

炼成这样得意的符篆，杂毛小道心情大佳，一边给我使眼色，一边开始跟半空中这条小龙套近乎："嘿，小青青，其实你知道么，我们可不是擅闯你家的哦，你知道我旁边这家伙吗？这个地方其实是耶朗的东祭殿，我这哥们以前是整个耶朗大联盟的扛把子，说起来，这里可要算是他老家。如此论来，这个地方的土地证还真的有点儿复杂。不过我们过来呢，也不是想要赶你走，只是想找一个东西救人，雨红玉髓你知道伐？它也叫做龙涎液，只要你找到给我们，我们立马就走，也不再追究你强占强住的事情……"

可以确信，真龙还真的是一种智慧生物，它几乎是很认真地听完杂毛小道这一番废话，最后终于不耐烦了，我似乎感觉它眼中熊熊燃烧的怒火都能够将我们给烧着，探出前爪，朝杂毛小道拍来。依旧是凭空而出的透明巨爪，这一回可是一对儿，直接就把面前的这个话痨给扑倒在地。

作为真龙，即便是这么小的一条，它也有着足够的力量，杂毛小道给一下子按倒在地，根本就没有办法爬起来，他所面临的是一张巨嘴，朝着自己的脖子咬来。小叔一直在高度戒备着，当下将雷击枣木剑抵住龙嘴，催发里面的雷意，立刻有几道蓝色电芒从剑身蔓延开来，将那透明的气息给电得一阵紊乱。

同时，我见小青龙一动手，立刻将鬼剑激发，朝着半空中那麻绳儿般的真体斩去。

就在杂毛小道和小叔与那透明的巨爪和嘴巴较劲儿的时候，我不出意料地又一次斩空。这条真龙虽然年幼，但到底是神秘之物，完全无视我们这界的空间定律，无论是震镜还是鬼剑，我诸般手段对它都没有效用。这事实让我有些沮丧，难道我们就要被这一条其貌不扬的小麻绳儿给活活玩死吗？

朵朵突然出现在小青龙的身后，双腿交叠，左手放在了胸口心脏位置，右手呈爪状，仿佛抓着一个钵盂，朝着那小麻绳儿遥遥罩去，也不触及，粉嫩的小嘴不断地念叨着："达摩多罗尊者，如是我闻……"

朵朵结的应该是鬼妖婆婆教她的一种特殊印法，空间中顿时凝聚出一丝奇怪的念力，对于我们并无大碍，然而蔓延到小青龙身上时，它像水中发丝一般摇动的身躯突然一僵。

降龙罗汉咒，一举成功。

但这仅仅只是拖延了片刻。它突然张嘴一声长啸，身躯一阵乱晃，整个空间似乎都在抖动。杂毛小道见此，一声冷哼道："小龙，你真的有那么厉害，那么不可战胜吗？"他伸出手，手上是刚才借助龙炎练就而成的落幡神符，意念抵达，立刻闪耀出了绚烂得如若太阳的光芒。杂毛小道对于符箓的操控已经得心应手，这光芒并不会损伤朵朵半分，全部都集中在小青龙的身上："幡悬宝号普利，无边诸神卫护，天罪消愆，经完幡落，云旆回天，各遵法旨，不得稽延，急急如玉皇上帝律令！"

与小青龙凭空生出来的巨爪一般，应和着杂毛小道的咒文，诸天之上垂落下了无尽连绵的旗幡，这些幡上纹绘着诸多飞禽神兽，上面凝聚着恐怖的力量，它们或者是神祇，或者是暗物质，或者是我们所不能理解的存在方式，这些且不论，我只瞧见无尽的力量绵延而来，压在小青龙身上。

小青龙落到地上。经受杂毛小道突然的打击，它终于扛不住那种恐怖的力量，最终跌倒在地。然而落幡神符的威能并没有消逝，持续不断地拍打在小青龙身上。它到底还是缺少战斗经验，被杂毛小道弄翻在地，压得死死的。

杂毛小道喜出望外，朝着后方一声大喊道："小妖，借你的九尾缚妖索一用！"后方飞来一根白色丝线缠绕的绳索，杂毛小道口念真诀，朝着小青龙一指，九尾缚妖索三两下就将这小东西给捆得严严实实。

想起之前瞧见的那蛋壳，我突然想，这条十分难缠的小东西，刚孵出来不久吧？倘若真的如是，那盛年真龙的恐怖，可实在是太让人害怕了。

九尾缚妖索有一桩好处，便是被捆之物，挣扎得越厉害，便勒得越紧，很多不晓得的，到最后直接就给勒死了。所以在蹦跶了差不多十分钟之后，小青龙终于歇了下来，不再挣扎。杂毛小道手拽着九尾缚妖索，朝着小青龙严厉说道："我知道你能够听懂人话，那么我告诉你，现在情况很危急，倘若你不把雨红玉髓给我，不但你，就连你的……呃，你的妈咪也会大麻烦的。合作点，大家互惠互利，行不行？"

或许是杂毛小道的话语打动了它，它终于点头，不再闹腾。杂毛小道大喜过望，想着有小地头蛇引路，我们很快便能够拿到龙涎液了。正当我们准备走出石笋区，来路一阵脚步响，廊桥处突然出现了一伙人，正朝着中间祭台赶来。

第六十九章　邪灵来客

瞧见这几道黑影，我们的心顿时就提了起来，这洞庭湖深处的龙岛之上，有着许多我们惹不起的大人物。黑影一出现，我几乎是下意识地开启了遁世环。

从廊桥到中间祭台足有几百米，我们所处的这石笋林，又是在隐蔽处，那些人一时半会未必找得到。杂毛小道这会儿正在给小青龙做思想工作，告诉它我们是好人，不会伤害它，而那些强盗，杀人放火，无恶不作，那才是真真的坏蛋，就是他们，在外面打它的妈咪呢。

我也不知道杂毛小道凭啥认为之前瞧见的那条黑色真龙就是母的，至少在我看来，瞧不出一点儿女性的美感。这小青龙倒也不是傻瓜蛋儿，它虽然被九尾缚妖索给紧紧捆着，牵在朵朵手里，然而依旧可以漂浮，眼睛里面浮现出莫名的情绪来，飘到我们的面前，来嗅。

它就像一条小哈巴狗儿一样，从我的头上游过，在我的肩膀上爬了一下，嗅我脖子，之后又去闻杂毛小道和小叔。我一开始不知道它在闻什么，过了一会儿终于想明白了，它是在闻我们身上的气味，到底有没有沾染到黑色真龙，甚至是那湖蛟和湖泥地龙的气息。

它虽然不能够与我们沟通，但终究还是一种智慧生物，知道通过什么方法来分辨良善。

想到这儿，我感到一阵万幸。我们之前有机会分食湖泥地龙，也可以从那头湖蛟身上分一杯羹汤，然而却被杂毛小道给拦住了没有下口，多少也算是仁义。

杂毛小道的远见救了我们。在短暂而漫长的考察之后，小青龙似乎认可了他的说法，一双眼睛瞧着我们，不知道为什么，我似乎能够从它的目光中，瞧出一丝意识，好像是说："好吧，我们做好朋友，彼此不互相伤害……"

总之小青龙表达出了它的善意，我们还心存疑虑，然而心地善良的朵朵没有再用九尾缚妖索为难它，她伸出手缓缓地摸了摸那麻绳儿小巧的一对犄角，指间似乎还有降龙真言的力量残留，然而小青龙很享受，眼睛眯着，抖了抖，身上的绳索松开了，也没有发狂，而是在朵朵的身边蹭了蹭，朝着杂毛小道咧了一会嘴，表达它无惧这个臭道士的高傲。

时间紧迫，我的注意力已经不再聚集在小青龙的身上，和小叔他们将身形藏好，小心地朝对面瞧去。来者正是邪灵教的人，为首者是鱼头帮主姚雪清以及他的左右手水猴儿，除此之外，还有八个穿着单薄衣衫的帮众，皆眉目高深，太阳穴微凸，一副高手模样。在姚雪清的旁边，是一个穿着黑色西装的男子，戴着精致的金丝眼镜。此人正是在茅山内乱时出现过的佛爷堂特使苏参谋。

小佛爷对此次行动极为重视，不但将自己最信任的手下翟丹枫派来，连堪称智近乎妖的苏参谋都给拉来了。这一伙人冲到祭台前方十几米处，只瞧见高台之上不断挥舞的修罗彼岸妖花，再瞧瞧旁边，一地水渍，人影无踪。

这情景让他们惊讶，姚雪清大声喊道："陆左、萧克明，出来吧！我知道你们在这儿，何必偷偷摸摸地藏起来呢？是男人，就站出来，与我大战三百回合！"

我有点儿奇怪，姚雪清哪里来的信心，敢跟我们正面交锋？这里可不是水下，上了岸的洞庭蛟龙，也有那么威猛吗？

是水猴儿这些鱼头帮精锐给了他信心，还是旁边那个战斗力根本不值一提的苏参谋，或者是……他还有别的底牌？我们默不作声，差不多半分钟之后，空中突然落下来一道倩影："他们应该没有想到我们会跟在后面，如此迅速，应该是没有藏起来的道理，瞧这祭台上妖花张扬，潭中水波荡漾，说不定与这妖花战斗的时候，水遁了！"

我只瞧了那道倩影一眼，便立刻低下了头去，不敢再看，杂毛小道也低下头来，眼中尽是惊骇之色。来人竟然是邪灵教右护法洛飞雨，此人擅长蛛丝攀附墙体，不知道什么时候进来的。我们万万没想到这个女人也登了岛。

洛飞雨落在姚帮主的面前，手一挥，一个毛茸茸的身影出现在了她的掌心。她的脸上露出了迷人的笑容，说道："小金子最擅长追踪形迹，龙宫这么大，且让它慢慢搜寻对方身影，其他的莫管，我们先办小佛爷交代的事情。"

洛飞雨手中的那坨毛茸茸的东西，正是之前将我们领到此处的龙象黄金鼠。这个一脸萌态的小畜生，是邪灵教的卧底，先前我们只当它天真可爱，没有什么小心思，而且当时也是无头苍蝇一般，所以便随着它来到了龙宫之前。杂毛小道参透石壁上的符文，从水帘之中破开出口，而我则莫名其妙地打破了五行廊桥的限制，闯入宫中，现如今想起来，却是给邪灵教当了开路先锋。想到此处，我将它红烧了的心思都有。

洛飞雨一声口哨，龙象黄金鼠便从她手掌上跳下来，朝着道路左边的石笋林子蹿去。我们不知道遁世环能不能遮掩住我们的气息，不让龙象黄金鼠找到，但想来希望不大，于是都捏紧了手中的武器，时刻准备战斗。

邪灵教诸人走到祭台前方，仔细打量从石棺中伸出来的修罗彼岸妖花。瞧着这大如华盖的红艳花朵，姚帮主忍不住感叹说："果真是传说中的龙宫，这花儿听说只在三界黄泉路上盛开，人间少有得闻。现如今见了，果真是举世罕见，让人大开眼界啊。"

洛飞雨说道："这东西剧毒。最大的用处不过是用来恢复人前世的记忆，对修为增长无益。"

相比于修罗彼岸妖花，洛飞雨对躺坐在石碑前方的洛十八尸身似乎更感兴趣一些，她若有所思地瞧着已经被胶质溶液裹覆成了琥珀的洛十八，一双美目不断转动。姚雪清瞧见了，也奇怪这龙宫中为何会出现这么一个人形琥珀，不由得问道："右使，你认识这个人？"

洛飞雨的脸显得十分古怪，嘴角抽动了一下，没有说话，而是看向苏参谋。苏参谋指着这尸身恭声说道："姚帮主，这是小佛爷指定要的东西，一会还请几位帮中兄弟搭一把手，把他给抬到船上，小佛爷有大用处。"

姚雪清见他客气，微笑着点了点头，侧头吩咐水猴儿一声，然后再次问道："右使，苏参谋，我们此进水底龙宫，最重要的事情便是擒拿真龙，不知道要做些什么布置，敬请吩咐。"

洛飞雨与苏参谋商议："苏参谋，要想谋龙，这祭台必须清扫，不然无法行事。我们是不是趁着真龙被慈元阁那伙笨蛋牵制的时机，先将这祸患给铲除掉？"

苏参谋凝望了一下台上，从怀中抽出了一个碧绿色的竹筒，点头说好，烧了它吧。

第七十章　阴谋浮现

我们有见过红色的、白色的火焰，也有蓝色的和黄色的，甚至还有如杂毛小道之前弄出来的黑色幽火，但是有谁见过碧绿的火焰呢？

我们知道，火焰的颜色与温度有关，有时候也与燃烧的物质有关，比如中学实验课时燃烧的镁，就是白色，甲烷和一氧化碳是蓝色，然而当苏参谋将那碧绿色的竹筒拧开，一朵璀璨如翡翠一般的火焰从里面升起，迎风便涨了一倍，从他的手上缓缓飞出来，吹一口气，朝着祭台晃晃悠悠地飞去。

这火焰虽然涨了一倍，然而看着依旧还是十分弱小，仿佛风一吹就要熄灭一样。然而我却有一种直觉，仿佛它已经在祭台之上掀起了滔天的火焰，四周变成了一片火海。

每一个从佛爷堂出来的人物，都有着自己独到的地方，有着常人所不能及的能力。苏参谋以参谋为名，自然是智谋深远之辈，但他的修为并不算高。然而修为不高，并不代表他不可怕，很多蛊师比普通人还要虚弱无力，但是谁也不能够否认他们是一伙绝对可怕的家伙。苏参谋就是这样，他燃起的这一朵绿色火焰，让场中的所有人，包括鱼头帮帮主在内，都惊呆了。

我想到小妖那么护着那花儿，便忍不住要站起来，准备冲上去将那绿火给扑灭。而就在这时，祭台下方突然有两道水柱冲天而起，直接浇在绿色火焰上。倘若是普通火焰，恐怕已被浇灭了，然而它却根本没有熄灭，反而将水柱给蒸发得热气腾腾，白雾四散，整个祭台都笼罩在了一片雾气缭绕之中。

神奇的火焰，虽然没有被水柱浇灭，却还是改变了先前飘去的方向，随着这冲起来的水柱蔓延下去。经过它的融合，那水柱仿佛变成了汽油，轰然一阵燃烧，朝着下方蔓延，在水面上漂浮荡漾了三两秒，这才熄灭。在它消逝的那一刻，从潭水之中冒出了一截木质的船头来。

瞧见自己蒙小佛爷恩赐的千年菁木绿火意外熄灭，苏参谋再深的城府，此刻也忍不住骂了一声娘，怒目瞧向水柱的源头。一艘如同鱼儿一般的蒙皮小艇，跃出水面，半截摔在条石板上，半截浸泡在水里。狭小的船舱之中似乎在打斗，不断地动摇，支点转换，在一次颤抖之后，终于稳定了下来。

这是慈元阁的小鲟鱼，我们瞧见它突然从深潭中冒出来，心中惊讶，想不到这水潭竟然是通向外界湖底的。

来不及多作思量，小鲟鱼的头部突然被打开，里面冒出滚滚黑烟，一个身影从里面跳出来。当他双脚一落地，四五根之前缠住我的那种带刺藤茎便从水里蹿出来，将艇身卷住往水潭里面拖拽。

原来如此。想来那真龙出入此中的通道便是这水潭中的水道，而负责镇守这水道进出的，便是那朵神秘的修罗彼岸妖花。杂毛小道说它露出来的只是冰山一角，真正恐怖的是其根系，邪灵教应该是没有把握从妖花把守的水道中进来，所以才会花费那么大的气力，将我们骗来。

慈元阁的小鲟鱼里面可容纳成员六人，到底发生了什么，使得只有一个人逃了出来？那个人，到底是谁呢？

我们见到一个将身子笼罩在袍子里面，脸上戴着面具的家伙。瞧见这人，姚雪清意外地喊道："老满子，你怎么来了？"这人正是慈元阁阁主方鸿谨的座上客，自称是唐朝名相魏征后人的魏先生。

此人果然是邪灵教的内奸。慈元阁一个正正经经做生意的团体，此刻损兵折将，死了不知道多少阁中栋梁，做了多少有违天和的事情，终归到底，都是由于此人的蛊惑，将有些野心的方鸿谨哄得团团转。刚才小鲟鱼里面的动静，想来应该是他在处理同船之人。

瞧见这人从地上爬起来，我双拳捏得紧紧，恨不得立刻跳出来，一剑将他给捅死。然而一只手抓在了我的肩膀上，我回过头来，瞧见杂毛小道微微地摇了摇头。

此时此刻，我们必须忍耐，要看看敌人的罐子里，到底卖着什么药。

魏先生连滚带爬地站起来，瞧见了面前的一干人等，不由得十分诧异，说这是什么地方，你们怎么会在这儿？水猴儿在旁边解释说："这里是那真龙栖息的洞庭龙宫。我们刚才依着苏参谋的绝顶妙计，借着两个傻瓜的势，进了来，正准备布置屠龙大阵呢，结果你就闯了进来……呃，忘了给你介绍，这个是我们厄德勒的右使，洛飞雨洛护法，这个是佛爷堂的特使，苏先生。"

水猴儿是个人精，瞧见洛飞雨面无表情，而苏参谋因为刚才火焰湮灭铁着脸生闷气，便出言寒暄打圆场："两位领导，这是魏满魏先生，他是我们鱼头帮的首席智囊，精通屠龙之术。我们这一次的前期准备，就是他给策划的！"

旁边姚帮主也点头，说老满子的祖上是唐朝名相魏征，家传屠龙术，要不是他运筹帷幄，说通慈元阁谋得那墨家寻龙号，只怕这一次我们的屠龙方案，未必能够成功。

这两人一唱一和，总算将我们心中的疑惑给解释清楚。原来这魏先生竟然是鱼头帮的白纸扇，所以才会这般歹毒，这样也解释了为何明明最隐秘的行程，邪灵教却先我们一步到达。不过他为什么要拉慈元阁入伙，那寻龙号到底有什么奇特之处，那所谓的屠龙计划又是什么呢？最关键的是，先前鱼头帮谋夺寻龙号，这个魏先生到底扮演了一个什么样的角色呢？

这些都是我们猜测不到的。一直很安静的小青龙瞧见这个家伙，突然怒目圆睁，一副十分仇视的模样。好在在朵朵的安抚下，并没有立刻爆发出来。

经过水猴儿的介绍，双方不冷不热地寒暄几句，看得出来，双方都不是很热切。魏先生解释起自己为何出现在这里："我们追踪那受伤的真龙，一开始还盯得上，结果后来就失去了踪影。我推算出真龙的大概方向，于是在水网密布的地方与方鸿谨那老家伙分兵。不承想那真龙并没有跑，而是拼着重伤去追方鸿谨的船队了。我回头找，七窜八窜，结果找到这里来，感觉龙气旺盛，便上来了。却突然接到方鸿谨求救，说被真龙袭击了，船里的手下让我回去救，于是发生了冲突……"

他说得详细，苏参谋却感觉到不可思议，诧异地说道："冒昧地问一下，怎么在你眼里，真龙就那么不堪一击？"

魏先生听出了苏参谋语气里面的不屑，嘴角一抽，微微笑道："在很多人的眼里，真龙是不可战胜的，它的对手只有像善扬那样的十大高手。然而在我的眼中，它至多只是一种比较稀少的生灵而已，我手上掌握着至少六种家传屠龙术，很多方法都是不传之秘，所以别人怕，我不怕！"

这话儿听起来有些像是吹牛，然而他说得那般自信，让人忍不住去相信。

苏参谋不置可否，开始议论如何对付修罗彼岸花。他本来打算一把火将这妖花烧掉，然而此刻手上却没有了强有力的手段，于是犯愁。姚雪清献策，说他手下备有魔鬼墨鱼肠液，腐蚀性堪比王水，泼上去，效果一样。

我们所有人的注意力都瞧向场中，不料脚底下出现了一个金色的肥影儿，一双玻璃珠子似的小眼睛，正直愣愣地瞧着我们。欢快地叫唤着："唧唧、唧唧……"

第七十一章　见利起意

这头挺着肥硕肚皮的小畜生，一双黑眼珠子在眼眶里滴溜溜地转动，说不出来的可爱。然而此刻在我们的眼中却是如此的可憎。

"唧唧、唧唧"的叫唤声，在这空旷的洞中显得尤其刺耳。还没等我们反应，小青龙已先发制人，探出一爪。

龙象黄金鼠也不是寻常货色，它瞧见小青龙一爪探出，也知道厉害，往后一蹿，使劲儿吸一口气，把自己撑得足足扩大了两三倍，短胳膊往前一挥。

能以龙象命名，这憨货自有一股子傻气力，最难得的事情是它很明显灵识已开，知进退，明事理，晓得实力衡量，它既然敢与小青龙交锋，自然是有所凭恃的。

小青龙瞧见这小肥鼠非但没有跑，而是像吹气球一般变大，最是气不过，直接上前拍击，朵朵也双手结印，准备给这头肥鼠儿吃点苦头。

既然无法继续掩藏，我和杂毛小道提剑从石笋林冲出。鱼头帮众人听到龙象黄金鼠的警讯，也抄起手中的分水刺或者鱼头叉，朝着我们这边扑来。我这边冲出，正好与一个壮汉撞上，这个大块头使的是一根桨铁船桨，然而撞到了我却算是他倒霉。我的鬼剑早已酝酿完毕，见桨铁船桨飞来，一剑对斩上去。双方对撞，鬼剑剑尖擦着这大个儿的鼻尖掠过。杂毛小道趁着那人身体失衡，飞起一脚，将这人踹得身子飞起，向身后一堆鱼头帮众砸去。

对方聚拢过来，认真打量我们，鱼头帮主阴沉着脸说道："原来是你们这两个小子，我还以为你们都跑到水里去了，却不承想当了小人，偷偷地躲了起来，不敢露面。"

杂毛小道将雷罚甩出了一朵剑花，笑道："所谓小人，说得可不就是你们这些偷偷摸摸、耍尽心机的不速之客吗？你也好意思来说我，真的是老得拿屁股当作了脸皮呢！"

他说得不客气，姚雪清却哈哈笑了起来，傲然说道："难道你左道的名声，就是靠嘴皮子闯出来的？今朝若是有时间，我自然可以让老满子陪你们聊上个三天三夜，不过我们都是大忙人，便不陪你了。来，亮家伙吧！"

杂毛小道却并不理他，扭头瞧向洛飞雨，故作亲热地打招呼："飞雨，真巧啊，我们又见面了，真的是人生何处不相逢啊。对了，怎么没有见小北啊，好久没有见了，怪想她的。"

杂毛小道这一番亲密无间的老友作派，让洛飞雨旁边的人一阵侧目，便是我，都有点儿吓尿的感觉——难不成我上次私会洛小北的时候，这厮也与我一般，跟这个大咪咪有什么奸情不成？

然而瞧见洛飞雨蹙起的蛾眉，我便知道这杂毛道士又在满口跑火车了。此乃离间计，敌众我寡，如果不能够将其分化，让他们相互之间产生疑心也是好的。

果然，杂毛小道的话起了作用。苏参谋一双眼睛眯成了细线，鱼头帮诸人下意识地离洛飞雨远一些。不过对于这种伎俩，洛飞雨却并不害怕，凝望杂毛小道，淡淡说道："萧道长，别来无恙，我瞧见你身上龙气盎然，难道你是准备和那真龙一方，与我们为敌不成？"

小青龙、朵朵在石笋林中与龙象黄金鼠酣战，虽然被我和杂毛小道给隔挡住，但是依旧瞒不过面前的这些人，当瞧见那麻绳儿一般的小青龙在空中穿梭的身影，邪灵教一干人的呼吸都粗重了几分，此刻听到洛飞雨这般问起，他们的眼睛里都不可抑制地散发出了杀气。

魏先生瞧着空中不断变换身形的小青龙，激动得浑身颤抖，面具下面肌肉一阵抽动，颤音说道："自古以来，真龙现世，要么成年，要么便是蛟蟒渡劫而化，无人知道这真龙生育之过程，也从未有瞧见过这般形态的真龙，倘若是能够将其收服，这天下之大，皆可去得了！"

杂毛小道单剑前指，淡然说道："龙乃中华之图腾，吾乃中华儿女，自当护卫。你们这些不知道尊敬祖宗的家伙倘若想要对付它，那么就先过我这一关吧！"

杂毛小道说得正气凛然，不但邪灵教懵懂了，便是我也愣住了神。先前他可没有这般卫道士，那真龙是死是活，与我们没有半分关系，怎么此刻变得如此坚决了呢？回头一瞧那条小青龙，我不禁笑了，这家伙一副道貌岸然的可爱模样，敢情是演来给那麻绳儿看的。

只是，这演技是不是有点儿太过了？

不过这小子的禀性也就我能了解一二，旁人听了这慷慨激昂的话语，只以为这人的脑袋给门挤了，疯狗一样多管闲事。

洛飞雨听到，说了句："既如此，受死吧！"此言一落，她手中的秀女剑已朝杂毛小道的胸前刺去。

洛飞雨的身手是何等了得。瞧见这一剑飞来，原本吊儿郎当的杂毛小道脸色立刻变得无比凝重，伸出雷罚一绞，化解了这凌厉一击，退出了三四步。

我正待上前相帮，姚雪清狰笑道："都说你陆左厉害，我倒要看看，是不是真的有这本事！"然而我们两个还没有交上手，突然听到洛飞雨失声喊道："原来伦珠虹化的能量，竟然被你得到了？"

第七十二章　敌众我寡

身陷邪灵教重围，杂毛小道想着速战速决，故而一上来便将雷罚之中的虹光能量激发，一记破空斩，试图将洛飞雨解决，再赶来助我。

虚空斩临体，避无可避，洛飞雨双手结印，人影恍惚，竟然通过槐木替身之法，躲过了这一记杀招。瞧见自己的替身槐木消失于半空之中，她这才抹去一头冷汗，瞧出了个中蹊跷，出言点破。

当日在藏边，杂毛小道与洛飞雨之间的差距好像还是遥不可及，然而经历过了这么多事情，重归山门之后的杂毛小道实力飞涨。一时间与洛飞雨化作两道幻影，雷罚与秀女剑叮当作响，剑风凌厉，周遭皆是深刻石印子，没有人胆敢靠上前去，唯恐殃及池鱼。

这两人话说得似乎都很决绝，出手也都是招招致命，甚至有同归于尽的倾向，然而在我看来，却有一种琴瑟和鸣的古怪感觉。

不过此时，我已经没有更多的精力去关注杂毛小道与洛飞雨，姚雪清冲到了我的面前，双手各执一把二尺长的黑铁分水刺。

这老鱼头常年在水下浸泡，早已习惯了水下暗流涌动的阻力，身法最是灵活不过。如今上了岸，速度更是成倍增长。迎面与我鬼剑相击之后，脚步一转，踏了道家迷踪步，人竟然出现在我的身后，分水刺轻颤，朝着我的心脏和下阴两处扎来，快捷无比。

我感觉身后有危险，但并不回去击挡，而是快步向前，向正准备朝祭台上激射毒液的两个鱼头帮众冲去。

人走箭步，身形如龙，我最擅长的本事就是破阵，以气海之中不断旋绕的阴阳鱼旋为驱动，以无坚不摧的鬼剑为锋锐，冲锋，冲锋！

那两名鱼头帮众根本没有想到正在与自家帮主纠缠的我会朝他们袭杀，仓猝之下，鬼剑划过，一只断臂飞起，魔鬼墨鱼肠液洒落地上，顿时一阵黑烟冒起，下方的石板给蚀穿数寸。

姚雪清见到帮众被我斩断手臂，气得哇哇大叫，恨声说道："陆左你这黄口小儿，我要将你撕碎了喂鱼，死无葬身之地！"

这老鱼头身形灵活，殊不知我得到山阁老洞底留书修炼行气奇门，练就了铁脚板、神足通。一路冲撞，哪儿人多，便朝着哪里猛冲，实力强悍一点的我就一剑逼开，实力稍弱的我便穷追不舍，非要卸下三两块零件。方才罢休。

猛虎冲狼群，一阵鸡飞狗跳，鱼头帮众人被冲得七零八落，溃不成军，我心中大乐。群战之中，最怕的就是对方进退有序，张弛有度。因此我才一开始就拼了老命，疯狂追杀，就是要让敌人的士气受挫，不由自主地产生恐惧感。只可惜在姚雪清如附骨之疽一般贴身纠缠之下，我终究还是没能斩杀一人。

我在这边猛冲，旁边突然响起一声聒噪："姚帮主，务必全力擒杀此人。现在就已经如此，倘若真的让他成了气候，只怕以后大家的日子都不好过！"原来是苏参谋瞧见姚雪清与我一追一逃，忍不住出言催促。

老鱼头有苦难言，他虽然精于腾挪位移，身形敏捷，但冲刺却实在跟不上。苏参谋突然出声，我的心中却作了计较，佛爷堂人出来的人，位高权重，将这样的人物给制住，说不定情况会有转机。思虑一起，我调转脚步朝苏参谋杀去。

苏参谋前面有两个鱼头帮众，我急速催动阴阳鱼气旋，左脚阴、右脚阳，气布于身，以两个斜侧贴地低角度的闪避绕过这两人出现在苏参谋身后两米处，鬼剑翻转用剑面朝着他的双腿拍去，准备生擒此人。

眼看就要得手，却不料苏参谋从怀中虚抓一把，朝着我的面门甩来。那东西一出手，便是一大团红云，里面腥臭无比。我鬼剑闪电回防，逼开红云。这哪里是红云，分明就是由无数带翅虫瘿组成的云雾。

虫瘿术来自于南洋巫术，其实与蛊毒也有关系。我肺都气炸了，这个小子居然用我赖以扬名的东西来欺辱我。肥虫子虽然陷入沉睡，然而我却并不恐惧，将存留在体内的肥虫子气息催动，虫瘿便当吓得魂飞魄散，没有了方向，仓皇之间竟然有大部分都笼罩在了苏参谋的头上、脖子上。

苏参谋立刻感到了钻心入肺的疼痛，强忍着不吭声，手往怀里面掏去。他怀中必然有控制这些虫瘿的东西，我哪里能够让他得手。鬼剑一抖，长出几分，正好刺中慌乱的苏参谋。

我只刺了一剑，然后回身抵挡老鱼头状若疯虎的连绵攻击，心中轻叹，看来胁持的方案是完成不下去了。

果然，三两秒钟之后，苏参谋跪在地上，以头触地，乌黑的血液从七窍之中流出，看模样是救不成了。他人虽死，那虫瘿犹在，这些失控的小虫子把鱼头帮一伙当成猎物，魏先生手上抖落一团火焰，将其全数烧灭。

我与姚雪清硬对硬地拼斗几个回合，他眼神凶恶地看着我说道："居然敢当着我的面杀人，你这是在找死！"

我嗤之以鼻。这时，角落处传来了一道有气无力的声音："这么久，都杀不死一个人。唉，看来我不得不出手了啊！洛右使，你和姚帮主对付陆左，萧克明就由我来杀吧。"

这话说着，一个浑身焦黑的人，缓缓朝着场中踱来。

第七十三章　群雄毕至

这人的脸上尽是癞疱、脓包和疤痕，黄色、白色的脓液和黑红色的血痂堆积在一起，让人瞧见了，感觉跟那厉鬼也没有什么差别。当他从黑暗中缓慢走出来的时候，所有人的心魂，都为他所牵引住了。

正在与洛飞雨激烈交锋的杂毛小道听到这话，脸上露出了厌恶的神色："哼，原以为你会潜伏起来，养上一段时间的伤，却不承想你竟然这么急躁，体内的伤势都没有压制住，便急吼吼地来了。杨知修，自从你当上了话事人开始，就变得急功近利，离玄门大道越来越远了。难怪我师父最为遗憾的事情便是让你坐上话事人的位置，要不然，说不定你现在的修为应该都已接近人杰巅峰了。"

来人正是杨知修，此前他在湖边荒村被落雷轰击，留下一具焦黑的尸体，我们当时就怀疑他行了狸猫换太子之计，现在看来，这老小子还真的是属猫的，九条命来着。

听见杂毛小道提及陶晋鸿，杨知修恨声说道："陶晋鸿那老匹夫，除了会说些道貌岸然的话语，哄骗无知之徒，他还会些什么？他若不是得了那黄山龙蟒的内丹护体，哪里能够成就此刻的地仙之位？这真龙现世的时机，百年难得，我若得了道，何必与你们这些无知的后辈纠缠？今天我先杀了你这小子，等我吞服了真龙内丹，成就无上法门，到时候再将你师父也打落凡尘，与你同归幽府！"

杨知修此人习的虽然是茅山道术，然而我们从尘清真人口中得知他之所以能够在十年后超越一众茅山长老，成为巅峰，却是修炼了"天地真魔"。

此法来源于深渊恶魔，是一种凝体练魄的修补之法，身体如同蟑螂一般，恢复最快，虽然不知道他恢复了几成修为，但是瞧他胜券在握的模样，着实让我心头沉重。

杨知修的出现将场中的平衡打破。洛飞雨撇下杂毛小道朝我这边攻来。姚雪清也跨步抢攻，朝着我的下盘扫来。

对上这两个人任何一个，我都欠些火候，两个人一起上，我便只有一个败退的结果。鬼剑左格右挡，我心头发苦，刚才还大杀四方，此刻便成了过街的老鼠。

我这边节节败退，一路从场中退到了边缘，又从边缘跑到了祭台之下，正在我准备狠心翻身下潭之时，台上突然传来了一声呼喊："陆左笨蛋，你还不上来？"

祭台之上突然露出了一张宜喜宜嗔的明艳小脸，可不就是一直藏身不见的小妖吗？听得她的吩咐，我不再思量，一个箭步冲过了短桥和台阶，朝着台上跑去。洛飞雨见机不对，秀女剑脱手朝着我的后心窝子飞来，我早有防备，回剑来挡，然而那秀女剑却并没有与我的鬼剑交击，而是被高台之上垂落下来的一根荆棘刺藤卷起，朝着上方拉去。

洛飞雨对飞剑的控制颇有心得，那刺藤刚有动作，她便感应到了危险，手一勾，便将秀女剑召回，没有让它陷落在修罗彼岸妖花布置出来的藤幕之中。

我冲上祭台方才发现小妖其实哪儿都没有去，而是躲进了那樽齐人高的石头棺枢里面，这里面的妖花对于我们来说是一凶物，然而与她却相处无碍，此番我冲将上来，却也没有朝我攻击。

我这边刚刚上台，另外一边也有一道人影冲了上来。

是小叔。在他身后的台下，则停留着鱼头帮的两位高手水猴儿和魏先生，虎视眈眈。小叔虽然勇武，但是却并不能够在这种交锋中讨得好处。不过他到底是极为聪明之人，瞧见小妖控制住了这高台妖花，与其在石笋林中穿梭，还不如上来与我们汇合，于是趁着慌乱上来。

就在小叔登上高台之时，朵朵和小青龙也飞了过来，九尾缚妖索在朵朵的手上，末端处，晃晃悠悠吊着一头西瓜大的肥老鼠，却正是那头油滑奸诈的龙象黄金鼠。经过一番酣战，这两个小家伙相互配合，终于将这小畜生捕获在手。

朵朵和小妖曾经一体同存，两人有着旁人难以理解的默契，所以九尾缚妖索的用法她也是知道的，这东西连接神经，稍微一扯动，那头小畜生便唧唧、唧唧一阵乱叫，颇为解恨。我们全部上了高台，邪灵教忌惮妖花，暂时停手，而杂毛小道却给杨知修给缠住。

此刻的杨知修虽然没有荒村雨夜之时那般凌厉凶悍，然而相差其实也不远，这使得杂毛小道疲于应付，手忙脚乱。不过好在杨知修太过于骄傲自负，孤芳自赏，洛飞雨和姚雪清都不喜，也没有上前相帮。

我见杂毛小道的雷罚不断颤抖，被杨知修手中的二郎化神杖给击得难以为继，忍不住想冲下平台相援。这时，我们视线的尽头又出现了一伙人，从五行桥上汹涌而至，青衣翻飞之间，竟有一股磅礴气概。

杨知修眼观六路，耳听八方，瞧见又来一伙人，为防万一，与杂毛小道对拼一记之后，人便飘飞上了一根垂落的钟乳石，离地五米，整个身子附在了上面，朝着这群不速之客看去。

杂毛小道则朝着祭台冲来，我伸手将他给抄起。手扶在其背后，居然都是那油津津的汗水，仿佛从水里面捞出来的，胸口拉风箱一般地剧烈颤动，显然是有些脱力了。

我将杂毛小道扶在台阶上坐着，然后朝着来人瞧去。那一伙人都是道士打扮，七八人，为首者正是那满脸虬髯、长相粗豪的龙虎山天师道第一高手善扬真人。

我摇头叹息，屠龙一战，他们趁着真龙已至暮年，而且还因为产子传承而力弱，将其重伤。在真龙逃逸之后，果然还是不肯罢休，硬是追到了人家老窝里来。

善扬真人修为极高，此刻可说是冠绝全场，只可惜屠龙一役也受了些伤。一进来，环顾四望，视线最终落在了祭台之下的那个人形琥珀上。

"洛十八？没想到啊，一世豪杰，竟然泯没于此处，可惜，可惜！"善扬真人是认得洛十八的，他摇头叹息着，带着人，缓步走到了近前来。邪灵教诸人围在苏参谋的尸身旁边，聚拢成一团，皆有敌意地瞧着这群新来的不速之客。

真龙只有一条，想要分一杯羹的人却有这么多。

善扬真人的视线从洛十八的尸身之上收回来，瞧向杨知修，很客气地抱拳打招呼："杨道友，我们也是相隔多年没见，却不想竟然变成了这副模样，到底发生了什么事情，可以跟贫道说一说吗？"

茅山惊变，乃绝密之事，对外公开的说法是说杨知修被出关的陶晋鸿责罚，看守后山门，不得出世。善扬真人知道一些，但所知不多，故而才有这么一问。

杨知修被善扬真人戳到痛处，也不气恼，笑道："前尘往事几多休，何必再提？真人可是想要谋夺那真龙之体？"善扬真人坦诚地点头，说然也。杨知修手一扬，朝着我们这边指来："找他们要吧！"

善扬真人这才仔细打量我们，瞧见跟在朵朵身边的小青龙，不由得大吃一惊："不会吧，它怎么变得这般小了？"

第七十四章　有意联合

小青龙长不过半米，麻绳儿一般粗细，虽然长相模样都与真龙无异，但是在窝里面的鸡崽子和翱翔于九天之上的雄鹰，到底不同。善扬真人起先误会这小青龙就是刚才被自己击伤的黑色真龙，再一番仔细端详之后，忍不住笑出声来："妙、妙、妙！"

他一声长叹："这天地之间竟然如此神奇，造化弄人啊，我竟然能够在有生之年，这么短暂的时间里，一连瞧见两条真龙，幸哉，幸哉！"

这老道士瞧向小青龙的目光中，充满了赤裸裸的拥有欲，根本没有一点儿得道高人的矜持。欣赏好久，这才发现了我们以及在祭台之上的修罗彼岸妖花，摸着胡子，有些疑惑地问道："陆左，小萧，你们这是为何，怎么会站上那祭台，并且与妖花、青龙为伍呢，难道是在除道卫魔？"

面对着善扬真人的强词夺理，小妖忍不住了，叉着腰大骂道："好你个是非不分的牛鼻子老道，把你那利欲熏心的狗眼睛给睁开来，仔细一看，谁才是魔？谁才是恶！"

龙虎山道士听着刺耳，纷纷上前喝骂道："妖孽住嘴，再猖狂，小心撕碎你的嘴巴皮子！"

"小贱人，休得无礼！"

善扬真人抬头扬眉，一道锋锐的精神涟漪波动过来，小妖被震撼得浑身僵直，连退了三两步，给朵朵扶住，一脸的苍白和不可思议。

瞧见小妖受了欺负，我冲上去，双手结不动明王印，硬生生地挡住了老道的精神冲击，说道："善扬真人，这小女孩儿是我的朋友，你要是有什么气，可以直接撒到我的头上来。"

善扬真人似笑非笑地瞧着我说道："哦，原来是陆左小哥的朋友啊，这不怪你。我呢，就是想问一句，这条小青龙，可是你的？"

我摇头说："不敢。我们虽然进来最早，但也不能说此间之物都归我们所有。这小青龙与我们拼斗一场，然后彼此心服口服，与我们成为朋友。至于所谓的邪魔外道，我很想提醒您一句，在你旁边的这些人，那个貌美而波大的年轻女人，她是邪灵教右使，秃顶儿老头是邪灵教下属的鱼头帮主，而在上面扮蝙蝠侠的杨知修，现在可不是什么茅山话事人，而是邪灵教的高级供奉！"

我换了一口气，又说道："作为全国道教协会的副理事长，你应该知道谁是敌人，谁是朋友。"

"哦，是这样啊？"善扬真人仿佛刚刚认识面前这些人物，恍然大悟。停顿了一下，然后望着我淡淡说道："那么，你是……"

"国家特勤局东南总局副巡视员，陆左！"为了避免被轻视，我便干脆将那个还没有被任命的头衔给抬出来，铿锵有力地说道："全国道教协会也是特勤局下属的社会机构，真人，这般论起来，我和你倒也论得上是同事。"

瞧见我这般拿大义压人，龙虎山一干人等脸上皆现怒色，善扬真人沉吟着："呃，没想到啊，这么年轻就是副厅级了，前途无量啊。"

附在钟乳石上的杨知修哈哈一笑，说："江湖事，江湖了，这是历来的行事规矩。陆左你倒是耍了小聪明，只可惜，哼，要给自己带来杀身之祸了啊。"

杨知修的话并没有影响善扬真人的沉默，他依然没有说话。姚雪清却说了起来："此番大家能够相聚于这云梦泽大湖深处，在这样奇迹一般的龙宫会首，连那条真龙的影子都还没有摸着呢，何必自相残杀，斗个你死我活呢？此处的秘密和宝贝甚多，无论拿到什么，都是一场收获，不如我们放下争端，先齐心合力将那真龙擒杀，再以出力多少来分割。"

杨知修点头说："所谓合则两利，分则两败，世事莫不是这个道理。我们之间并没有深仇大恨，虽然身处不同阵营，但那也是凡间之事，大家分完，出去之后，各安天命，总好过如地上端坐的这位朋友一般，默默无闻地埋尸此处，对不对？"

此番前来龙岛的四股势力，崂山派最早与邪灵教刀兵相向，无尘真人生死不知，鱼头帮则折损了一个副帮主；慈元阁被鱼头帮争船，死伤无数；唯有龙虎山，除了丢失了一个罗金龙之外，就没有什么仇怨，在利益面前放下争端，这也不是不可能的事情。

善扬真人面无表情，默然不语，瞧不出他的意思，罗鼎全等一班子弟却都心动了，交头接耳，议论不休。

这时杂毛小道已经行气完毕，站起来，嘴唇不动，一声细不可闻的轻语在我耳边响起："小毒物，善扬真人最爱面子，一生不甘人下，对于真龙是志在必得，所以这青龙我们可能保不了了。不过即便如此，也不能够让他们得了便宜，它生于斯、长于斯，龙宫庞大，自有躲避之处，一会儿你让它自行逃逸，不要给人抓着了。"

这话吩咐完毕，杂毛小道从高台上缓步走下，朗声说道："善扬真人，我们此番前来龙宫，所为的并非真龙，而是找有可能生在此处的雨红玉髓，用来救家叔性命，至于别的什么，并无渴求。我下山之前，陶师曾对我讲，这天下间的得道之人，真人您便算一个，品质高洁，值得信任，只要你能够保证杨知修这茅山叛徒和邪灵教一应人等不会伤害我们，此战我们决不阻挠，仅作壁上观，如何？"

他上前与龙虎山诸人去讲条件，而我则悄悄地去知会小青龙。

杂毛小道是陶晋鸿的徒弟，本身的实力也十分卓绝，他的话善扬真人必须认真对待，考虑了一番道："如此也好，此处既然已经超脱于世外，那么我们是应该放下争端和故怨，同舟共济才是。你三叔的事情我也听说过，已经拖了很久，再不治疗，只怕也没有几年好活了，你若只想寻找雨红玉髓，战龙结束，我自当派诸弟子与你在这龙宫之中，翻遍尺寸，一同寻找。"

杂毛小道又是一阵感激，辘辘话儿颠倒着说，善扬真人也温言回应，然后与杨知修谈。双方说得气氛正好，善扬真人突然眉头一竖，厉声喊道："小东西，想跑？给我留下来吧！"

他伸手向虚空一抓，一股气劲冲出，这时小青龙也凭空生出一只透明巨爪，与其拼斗。那透明巨爪到底还是没有善扬真人的修为强大，一击即溃，随即一抹青色钻入了右边钟乳石的侧面，不见踪影。

善扬真人勃然大怒，狂吼一声："竖子误我！"话音在半空震荡，人已飞临钟乳石前，一掌拍去，坚硬的钟乳石从中断开，化作碎末，然而在这碎石之中，哪里还能够瞧得见小青龙那麻绳儿一般的踪影。善扬真人朝着一脸惊诧的杂毛小道怒斥道："声东击西，你在骗我？"

杂毛小道故作惶恐之色，摇手说："怎么可能，小子诚心诚意与您商议，定是那小畜生听懂了我们之间的话语，自己逃跑。它仅仅只是与我们亲近而已，短暂时间里，我们哪里能够控制于它？"

杂毛小道这般分说，善扬真人的脸上阴晴不定，随时都有可能翻脸，旁边突然站出一人，笑道："这龙宫说小不小，说大也不算大。前辈放心，对付真龙，小老儿倒是有些法子！"

魏先生越众而出，从怀中掏出一卷羊皮纸铺在地上，往上面撒了一把瘪谷和黑芝麻，再放上一粒黄豆，口中念念有词。

瞧见那瘪谷和黑芝麻在他的持诵下化作高低不平的地势，那颗黄豆滚动不已，我和杂毛小道对视一眼：这魏先生当真是有两把刷子，竟然能够以此法探测小青龙的方位，倘若是让他谋算到，只怕小青龙是逃不过此劫的。

就在我们提心吊胆的时候，廊桥之上突然又冲来一人，浑身鲜血淋漓，朝着善扬真人大喊："师父，救我！"

第七十五章　绿脸儿姑娘

变故陡生。那人上身赤裸，一脸的血肉模糊，穿着便于在水中潜行的贴身皮裤，正朝这边奋力跑来。在他的身后，有几个与鱼头帮帮众也在跟着奔跑，不过瞧那模样，并不是在追他，同样也是逃命。

他们的身后，黑乎乎的，雾气朦胧，什么也瞧不到。

这个人声音有些耳熟，正疑惑间，听见善扬真人问道："金龙？他不是失踪了么，怎么会出现在这里？"

原来这个突然冲出来鬼喊鬼叫的家伙，竟然是龙虎山的花花公子罗金龙。善扬真人吩咐罗鼎全去接应。然而当罗鼎全正待出发时，我们瞧见了一副极为血腥的场景——罗金龙的头颅突然冲天而起，而他的身体却还是依着冲势，愣是跑了十几米才跌倒在地。

我一直瞧着罗金龙，这个花花大少的意识至少在头颅离开脖子的半分钟之内，都没有消散。他瞧见自己没有头颅的身体在奋力前冲，脸上的肌肉扭曲，眼眸子里充满了惊讶、恐惧和难以置信，流露出了许多难以言叙的情绪来。我听说人在死前的那短短十几秒，会回忆起自己一生中许多不同的场景，不知道罗金龙会否如此，但是可以肯定的是，这个含着金钥匙长大的小子，在自家师父善扬真人面前给人杀死了，憋屈至极。

瞧见这番变故，善扬真人也是难以置信，双眼饱含怒火，几乎要凸出眼眶来，片刻之后，朝着罗鼎全大声喊道："收魂！"这吩咐一出，他的身影已出现在百米开外，朝着五行廊桥冲了过去。

一道曼妙身影在逃亡的人群中游走，杀人宛若艺术，从容不迫。我远远地看着，那道身影是一个妙龄女子，只是长得有些古怪，一头齐腰的银白长发，也不束，直接披散着，脸色浅绿，嘴唇乌紫，十指尖锐，虽然穿着青丝长袍，却感觉不似人类。

眼睁睁地瞧着自家徒弟惨死，这种羞辱对于善扬真人来说，那是不可以接受的。在善扬真人朝着廊桥飞速狂奔的那一刻，凶手并没有逃离，而是从容不迫地在奔逃的五个人的身边游走，唰唰唰，又是几道血柱冲天而起，尸身砰砰倒地。

我心中估量，按照她这身手，罗金龙等人其实早就应该一命呜呼了，只不过她是想要杀人立威，只是在后面驱赶，所以才让他们活到了此时此刻。

那么她到底是因为什么，才会下如此狠手呢？

来不及多想，善扬真人冲到已绿脸女子身前站定，双手一翻，朝着前方平推出去。此掌集聚了老道近百年的修为，瞧着仿佛缓慢，然而却如惊涛拍岸，有如山峦倾倒之势。倘若面对的是寻常人，只怕要给这恐怖的压力给碾压得七窍流血、骨头碎裂。然而他的对手，能够谈笑间连杀数人的绿脸少女，是普通人吗？

只见绿脸女子冷冷一笑，脸上的肌肉生硬地抽动着，人影一晃，退到了桥上去，双手一挥，先前被我解除的禁制再次腾现，有黄、青、白、红、黑五色神光，分别从五座廊桥上冒出来，集聚在女子身上，接着她也是手结法印，平平一推。

两人的动作都是那么缓慢，像是老头儿老太太公园搭手，然而在我们的眼中，却是火星撞地球，恢宏得让人难以言叙。

两道劲气终于撞到了一起——轰！

整个洞庭龙宫一震，地皮都在抖三抖。绿脸女子朝着后面飘飞，隐没在浓雾之中，善扬真人也朝着后面连退十几步才稳住了身形。

因为背对着，我瞧不见善扬真人脸上的表情，想来应该是极为恼怒。但见他的长袖一扬，先前用来打龙的天子笏出手，朝着那中段狭窄的五行廊桥撞去。

天子笏可长可短，可大可小，连真龙都承受不住，然而它往前飞掠的时候，五道光华腾起，将其抵在了桥外十米处，不得再进。

善扬真人心知不妙，正欲变招，不料在廊桥之间那层薄薄的法阵破碎，一股热流从桥底滑过，河渠之中填得满满的水银顿时如同煮沸一般，表面翻滚不止，银色蒸气升腾，朝着龙宫之内蔓延而来。

瞧见此景，善扬真人吓了一大跳，再掐咒诀，驱使天子笏朝前撞击数次，然而每一次皆被那五色神光洗刷，阻挡在十米之外。他越撞得急切，河渠之上的银色水气便越发浓烈，朝着这边缓缓逼来。善扬真人见势不妙，将天子笏收回，竟然黯淡无光，显然已受了重创。

他回身朝大家喊道："这边的路途被堵，河里面的水银蒸发，瞧那分量，只怕充斥整个龙宫，也有可能了！"

我们听到善扬真人这般说，不由得都慌乱起来。有些常识的人都清楚，汞蒸气有剧毒，一旦进入人体超过一定比例，便是修为达到善扬真人这般的境界，只要还是肉体凡胎，那便逃脱不了死亡。换一句话来说，不管那个绿脸女子到底是何方人物，她刚才所做的举动，其实就是将我们给关在了毒气室里面。

没人愿意死，特别是在这样传说中的宝山里死去。龙虎山和鱼头帮诸人议论纷纷。洛飞雨瞧了台上一眼，手指一抬，一道蛛丝粘起，人就飞上了一根巨大钟乳石，三下两下便隐没在了黑暗中。与她一般的还有杨知修，那汞蒸气蔓延过来还有一段时间，此刻前去寻找出路，说不定还有机会。

时间紧迫，巨大危机来临，所有人都放下了仇怨，朝着四周去找寻出路。姚雪清瞧了一眼水潭上飘荡的木船碎片，向我们招呼道："陆左，这水道也是一条出路，你们能否控制住修罗彼岸妖花，让我们通行？"

我望着头顶上不断摇晃，随时都有可能挂落下来的荆棘刺藤，苦笑着说道："姚帮主，我若说可以，你信吗？"

　　谁都知道我们也是刚刚进来，哪里有时间跟这妖花攀扯交情？姚雪清考虑了三秒钟，朝着石笋林中寻去。如此一阵慌乱，众人四散，大殿顿时一空，小叔也是忧心忡忡，拉着我们说道："我们要不要也去找一找？"

　　杂毛小道朝我怀里看了一眼，一阵奸笑："那绿脸儿姑娘，难道是上天派下来的吗？"

第七十六章　雨红玉髓

身处于洞庭龙宫中的其他势力皆惊惶，我们却并不紧张。其一，是朵朵为鬼妖之体，小妖为灵胎孕育，皆不受其扰。二则天吴珠能避水，能够在周围开辟出一处可供呼吸的气场来，能排斥水，自然也能够排斥汞蒸气，到时候只要将天吴珠激发，我们根本不会受损。

杂毛小道也是想通此节，才会说出这话来。刚才洛飞雨意味深长地看了我们一眼，说不定也是有所猜测。

我们此刻立于不败之地，开始想起寻找龙涎液的事情来。瞧见场中人散去，只剩寥寥几个，我问朵朵，说那小青龙跟你最是熟稔，你能联系到它帮我们找雨红玉髓吗？

朵朵此刻正在教训那肥头大耳的龙象黄金鼠。这小畜生被九尾缚妖索给捆住之后，一开始还不断挣扎，此刻终于消停了，认命一般，可怜兮兮地望着朵朵，唧唧、唧唧地叫唤。朵朵发了狠，气愤地骂道："这该死的小畜生，一身肥腩，看着就不像是好东西。非要将它使唤得没了肚子，才消了我们心头的气。"

即便这肥老鼠诓骗我们，差一点儿将我们置于死地，她都没有夺其性命的想法。朵朵就是这样善良。

这肥鼠儿是小佛爷宠物，拿捏在手总比直接杀了好。朵朵教训完龙象黄金鼠，这才回答我的话："小青它跑得没有影儿了，我也没办法啊。"

这时一直伏地测算的魏先生终于抬起头来。在经过了大量的诵祝之后，他的精神状态都有些癫狂了，目光随着羊皮纸上被无形之力牵动的小黄豆而不断移动，然后伸手一指，哈哈大笑："它在那儿！"

这时在大殿正中祭台周围的人并不多，魏先生算一个，罗鼎全和一个挂了彩的龙虎山弟子算两个，还有那个断手的鱼头帮众以及照顾他的两人，其余的人都散落各处尝试着去找逃生通道。

魏先生从囊中摸出一个小葫芦，葫口朝着自己所指之处一对，口中高念道："真龙现身罢！"此言一出，葫芦里面射出一道银光，直冲前方一处根部约四人合抱的钟乳石射去。

那钟乳石岩好巧不巧，正对着洛十八尸身。银毫飞射，如银月弯刃，将顶端那三米多给切割下来。这钟乳石倘若毫无遮挡地砸落下来，只怕下方那尊栩栩如生的尸体便要给砸成肉泥了。

我已经从多方验证，得知洛十八便是自己的前世。虽然心中总感觉有些怪怪的，不能够与他产生太多的亲近感，然而我终究不能忍受这一代豪杰给砸成烂肉。当下从高台上一跃而下，抢在巨石砸落下来之前将洛十八的尸身抱住，滚落到一边儿去。我正伏地等待飞溅的碎石砸落在身背之上，却感觉四周一片寂静，根本就没有我预料之中碎石飞溅的情况。

　　回头一看，却见洛十八盘坐的地方冒出了一股气息，将那巨石给平缓托起。有一块拳头大的凸起，先前正好被洛十八坐在屁股下面，此刻尸身被我搬开了，下面便有冉冉的气息升起，与此同时还有一道浓艳如火的颜色缓缓溢出。

　　魏先生的确有门道，钟乳石尖砸落的一瞬间，果然有一道青色细影从其间射出，正是消失无踪的小青龙。这麻绳儿是个暴躁脾气，伸手便朝着这个戴着面具的瘦老头儿抓去，魏先生早有准备，他的屠龙之术在心中默练了成百上千遍，早已熟络无比，几乎是本能地挥出一张浸满蛋清、尽是腥臭的皮毡子来。

　　那足以能够在坚硬地板上犁出一寸深印记的透明巨爪，竟然穿不透那张破皮毡子。抵住了这一击之后，魏先生又从怀中取出一包特制的姜黄粉朝天洒去。

　　这一人一龙斗得激烈，而我的心思则全部都给洛十八原来盘坐着的那块拳头大石头给吸引了，连滚带爬冲过去。还未到跟前，便感觉到一股沁人心肺的丝滑甜意在鼻间升起。旁边一道身影掠过，却是杂毛小道。他也从高台上跃了下来，蹲身来瞧，只见这拳头大的石头主体呈现出通透晶莹的玉质来，在最中间有一个指头大的窝口，说句不雅的话，其形状有点像是男子那活儿。

　　这个指头般大的窝口中有红艳如火的氤氲，这不是水汽所化，而是宝光凝聚而成。窝口处的液体表面呈现出瑰丽红艳的至纯颜色，下方隐隐莹白如浆，我和杂毛小道大喜，这东西，有九成九便是我们踏遍千山万水费尽千辛万苦所要找寻的龙涎液，也就是雨红玉髓了。

　　时间紧迫，来不及再仔细打量，我从怀中摸出了一个白色瓷瓶来。这瓷瓶还是当日蛊丽妹赠药所留，有保鲜存真的效用。龙涎液在石凹中，取用不便，杂毛小道在旁边看得着急，用雷罚在旁边划出一道口子来，我用瓷瓶在下面接，龙涎液举世罕有，比水黏稠，比油不黏，一滴一滴圆滚滚，可值千金，即便是在这龙宫之地，也是稀罕。当我接了十滴，那凹口也就变得干燥，再难有一滴滚落出来。

　　我凝目一瞧，这灵物一接触空气，便如朱砂一般红艳，惟有里面透露出凝白如玉的芯子来，当真不愧为"雨红玉髓"之名。

　　将盛有十滴雨红玉髓的瓷瓶用软木塞封紧，又取蜡封好，我将它贴身放入怀中，这才有时间抬头去瞧场中战况。那头让我和杂毛小道都颇为头疼的小青龙，此刻却被魏先生制得服服帖帖，游弋不停的身子竟然有些僵直，让人惊讶。

　　当我瞧见那魏先生又从怀中摸出一条黑色打龙鞭来，准备将小青龙擒住时，杂毛小道终于忍不住了，雷罚一转，朝着魏先生射去。

叮！

一道青锋袭来，针尖对麦芒，将杂毛小道的蓄势一击挡住。魏先生感受到了杂毛小道的剑意，吓得慌了手脚，往后退开，这让小青龙得了喘息之机，再次遁入黑暗之中。

杂毛小道脸色阴沉地瞧着回转场中的洛飞雨："飞雨，你真的要与我为敌吗？"他这话说得颇有内涵。洛飞雨俏丽美艳的脸庞被垂落下来的青丝遮挡，看不清表情，说："陆左，你当我们都是傻瓜吗？"

第七十七章　请君入瓮

洛飞雨自然不是傻瓜。在邪灵教里面，她算是与我们打交道最多的人物，还曾在鲁东泰西的地下仙府有过一段患难与共的情谊，自然晓得我天吴珠的秘密。除此之外，让龙象黄金鼠诓我们做炮灰，这计策虽然有苏参谋运筹帷幄，但未必没有洛飞雨的功劳。所以她也知道倘若要走出此困境，只怕还需由我来破阵。只不过她刚才一言不发地离开，而此刻又折转回来，不知道是何缘故。

我往后退开一点，接近祭台边缘，冷声说道："洛右使，你刚才不是去找通道了么，怎么又返回来了？"

洛飞雨停在我们面前十米处，并未去瞧旁边的其他人，指着朵朵手上那头肥硕小畜生说道："这头黄金鼠是小佛爷的心爱之物，它落在了你们手上，若有个什么闪失，谁也担待不起，把它还我，我们这次就算两清了。"

我看了一眼朵朵手上那头被抓着毛茸茸大尾巴的金黄色肥鼠儿，抿着嘴，没有说话。

天吴珠范围有限，将我、杂毛小道和小叔几人罩住已是极限，救不了太多的人。如果洛飞雨将这情况点破出来，只怕不出十息，我们若不答应，就要给围攻而死。想到这里，我也无可奈何，沉声问道："放，自然也是可以放的，但是你会放过我们吗？"

洛飞雨见我的口气有所松动，立即出言承诺道："我不卖你，你也别卖我。将你们手上的黄金鼠交还给我，我立即走开，不参与你们之间的冲突。"

我和杂毛小道对视一眼，虽然被要挟不爽，但是到目前为止，洛飞雨在邪灵教之中倒也能算是一个出淤泥而不染的人物，说话的信誉也高。再说我们留着这头肥老鼠也没有什么用，毕竟不会为我所用，只是平添仇恨。如此一思量，我便一挥手，让朵朵将手上那龙象黄金鼠给放开。

朵朵收起九尾缚妖索，那龙象黄金鼠便如一道金光，朝着洛飞雨怀中扑去，将那女人颇成规模的胸部撞得颤颤巍巍，还委屈地唧唧叫唤。

我们不知道洛飞雨所谓的走开是何意。她将龙象黄金鼠抱在身前仔细打量一番，发觉无恙，一声唿哨吹起，然后朝着小妖拱手说道："小妖妹妹，你能够知会一下这朵妖花，暂且不要为难我的手下吗？"

我们不解其意，回头看向盘坐在那华盖一般的花朵下面的小妖。这小狐媚子皱着眉头说道："我当是谁这么不要命，原来是你的部下啊。"她也没有多言语，五六秒钟之后，祭台下面的深潭一阵水花翻滚，有一物从里面冒出，好像一条巨大的青石斑鱼。

瞧见这东西，我们都颇为惊讶，没想到洛飞雨竟然提前安排了退路。那从水潭中钻出来如同活物一般的东西，正是先前佛爷堂翟丹枫的水中座驾，出水时还颇为防范，瞧见妖花并没有为难，那女人立刻打开角质状的舱门，朝着洛飞雨招呼。

这变故发生的时间太短，好些人没有反应过来。洛飞雨也是分秒必争，将地上苏参谋尸体勾起来朝着船上扔去，然后纵身上了船。旁人来不及阻拦，唯有魏先生大声呼喊道："右使，你不等我们鱼头帮的众兄弟了吗？"

洛飞雨一言不发，直接将舱门给反扣住，潜入水底离去。

小艇从潭水中冒出来，又复离开，自然瞒不过旁人。最先赶来的是姚雪清，他瞧见这副场景，不由气得火冒三丈，箭步冲到潭边厉声喝骂道："好你个小婊子，我看在王公的面子上敬你几分，却没想你竟然连同舟共济的勇气都没有，自个儿逃了，让我们这些苦哈哈来拼命，早知道如此，老子何必来掺和这趟浑水？"

善扬真人也一脸阴霾地从石笋林中走了过来，瞧了一眼半空悬立的钟乳石尖，眼睛几乎眯成了一条线，里面有如碎玻璃渣滓一般的锋利光芒流露出来。

他走到自家留守子弟前面，吸了吸鼻子，问什么味道。罗鼎全当时将一切都看在了眼里，附耳说了一番，善扬真人便瞧向我："大家都在找出路，你们倒是悠闲，竟然还占了如此好处。"

我只是满脸堆笑地说道："托前辈洪福，竟然找到了那救治的药引子，运气，运气……"

朵朵放走龙象黄金鼠之后，遵着我的意思，将洛十八的尸身给扶上了祭台。面对善扬真人的不满，我也只当作不知。瞧见他一脸晦气，便知道这龙宫虽大，但是出路却并不多，他们想来是碰了壁，根本无法找到出路。

善扬真人瞧见前来接应洛飞雨的那艘妖船翻身入了水潭，这才想起那终日跟湖水打交道的姚雪清来，认真问道："姚帮主，从这水潭遁出的方法，是否可行？"

善扬真人的气场十分强大，便是姚雪清这般的人物也不敢怠慢，沉声说道："通应该是通的，只不过这大殿中人，有几个可以凫水几公里游出河道去？"

这暗河与暗河之间的区别也是极大的，有我们先前进来时水位不显、可供浮出水面呼吸的半开放式暗河，也有如同水管子一般封闭式的，除了气韵悠长如善扬真人、杨知修以及姚雪清和几个帮中高手，此处有几人能往？

除此之外，在这口子里还有妖花恐怖的根系拦截，更何况那头受伤黑龙不知去处，倘若是在那水道中遇到，到了那个时候，只怕除了闭目受戮之外，再无他途。

想及此处，姚雪清心中越发生出了许多浓烈的恨意。

不过他倒也不会被这怒火冲昏头脑，旁边还有一位是刚从水道过来的，他便征求魏先生意见。老头告诉大家一个雪上加霜的消息："从水中过来时，狭长之处怕有数里地，这还不论。我感觉那头黑龙似乎在有意引导我们前来，它若是将慈元阁的人分而化之，悉数绞杀了，此刻只怕就在水下，等待着收割我们这些人的性命呢。"

"你是说，刚才那个绿脸女子和那头真龙是一伙的？"罗鼎全失声问道。

听得魏先生此言，场中诸人都没有了刚开始进来的喜悦了——敢情自己这般幸运，能入龙宫一观，竟然是被人"请君入瓮"了。

人因绝望而多急智，姚雪清眉头皱如沟壑，突然一下就想明白了，指着我，大声喊道："对了，对了，先前苏参谋曾经提起过，这龙宫之中，必然有机关限制，能破解的只有陆左。刚才我们从那五座石桥过来，畅通无阻，此刻虽然被那女人封闭，但是你一定有办法的，对不对？"

听闻此言，所有人都像是抓住最后一根稻草的溺水者，齐刷刷地瞧向我，罗鼎全也在善扬真人耳旁轻声低语道："刚才逃走的那个女人，似乎有他的把柄，使得他将手上擒获的龙象黄金鼠，原封不动地归还，想来就是此事。"

善扬真人听完汇报，不动声色地瞧了我一眼，微微笑道："陆左，这一屋子人的性命可都掌握在你的手里了，你怎么说？"

第七十八章　被迫低头

到底是跟陶晋鸿同辈的道门高人，即使到了这危急关头，善扬真人说起话来也是冠冕堂皇，滴水不漏。不过他这边淡淡说着话，那一双黑亮的眸子却在剧烈收缩，而手上则不停地摩挲着那方天子笏，给我的感觉是，倘若耍了一个滑头，敷衍推诿，他便会直接一笏砸来。

如今，邪灵教与我们本来便是死敌，倘若善扬真人也对我们起了杀心，我们只怕难逃死路一条。面对着善扬真人的恐怖压力，我在迟钝了两秒钟之后，也没有与杂毛小道眼神交流，便直接爽快地拱手说道："前辈既然吩咐了，那我便试试吧。"

廊桥处的那个绿脸女子是敌是友犹未得知，此时上前破阵，其实是冒着巨大的风险。她可是一位能够和善扬真人分庭抗礼的奇人，虽然看模样似乎还是借助了龙宫诸多阵法的布置。不过我心中总是藏着些不一样的期冀，有着这份希望，那么前去破阵，就反而可能变成了一场机遇。

毕竟在这儿等死，也不是正途，因为倘若逃生无望，杨知修等必定会拼了老命与我们谋个同归于尽，真到了那个时候，反而不划算。

听得我的允诺，周围的人都松了一口气，善扬真人则意味深长地看了我一眼，客气地说了一句话："陆左，不错，我龙虎山会记住这份情的。"

我望着前面一片闪烁着银色光芒的迷雾，深吸了一口气，招呼祭台之上的小妖、朵朵和小叔过来，一同前往。朵朵和小叔依言走下了台阶，小妖则犹豫了一下，听得我在催促，不耐烦地喊道："急什么急，小娘有事，一会儿再来。"

我瞧见她似乎打算从那妖花之中取些什么东西，看到那刚才袭击我的凶悍妖花此刻与小妖相处无害，刚才也间接帮助了我们，成了屏障，于是放心，带着一干人准备朝着蒙眬的水银雾气中行去。

我刚刚走了几步，突然姚雪清凝重地呼喊道："等等，且慢走！"

我奇怪地回过头来，瞧见这老鱼头朝着龙虎山一众人等拱手，出言协商道："是否要留一人，在这边等待？"

姚雪清这一句话说得我杀心顿起。

我恨意勃发，语气就有些不善了，寒声问道："原来姚帮主是怕我们自己跑了啊？不如这样，我们在此守候，就由你们鱼头帮的众位兄弟去破阵吧，我在这里静候佳音便是了。"

姚雪清也不恼，默然不语。倒是他旁边的水猴儿干笑着说道："我们这些整日在水里面讨生活的苦哈哈，哪里懂个什么破阵的法子呢，陆左你说笑了。不过我水猴儿是个粗人，说的也都是些糙话，毕竟咱们刚才还打生打死，要说你有机会坑我们还不做，我再蠢也不会信啊，对不对？我们这些打鱼的，命贱，但龙虎山的列位真人都是得道修士，你好歹也要给大家吃颗定心丸，不然谁放心你走？"

瞧见善扬真人若有所思地点头，我便知道事情坏了，既然他们起了疑心，不留人在这里，只怕我们是走不脱的。不过我还是想做最后的努力，辩解道："若想破阵，我这左右都需要有帮助和谋算，不可或缺，要是破不了阵，那可怎么办？"

魏先生嗤笑道："真当我们是三岁小孩了？你左道形影不离，相熟默契，这个我们自然都晓得。但是萧家小叔想来应该也帮不上什么忙，你这边还是硬要带走，这怎么能够让我们放下心来呢？"

魏先生一针见血，善扬真人的眉头在这一会儿开始皱了起来，罗鼎全也附和道："前方水银蒸发，迷雾连绵，常人若吸多了，只怕活不长久。你们两人修为高深，不惧这个，不如留着萧家小叔与我们一起，你们速去破阵，若通了，我们这边就一鼓作气冲过去，应该也不用多长时间。"

旁人纷纷附和。正纠结间，小叔突然哈哈一笑，拍了拍我和杂毛小道的肩膀，洒脱地说道："大家说得也不是没有道理，前去破阵，我左右也是个拖累，不如留在后方偷偷偷懒，也好省些气力，一会儿好逃命。就这样吧，你们先去。"

他转过身来，别人瞧不见他脸上的表情，然而我们却瞧了个清楚明白，瞧见他用唇语说出"快走，别管我"的时候，我的心突然一下被揪住了，疼得厉害。我们此番前来洞庭湖，是为了久病不愈的三叔，但也不能因为救三叔，而将小叔给折在这儿。我脑子里面乱乱的，而杂毛小道似乎想通了什么，笑道："这话儿也说得在理，时间紧迫，那我们就不要再磨磨蹭蹭了，浪费时间呢。"

他朝着龙虎山和鱼头帮诸人拱手道别，拉着我朝来路缓步走去。

善扬真人的修为惊人，而且杨知修那个家伙也像一条毒蛇一般，不知道在哪儿潜伏着呢，所以我也不好跟他沟通什么，只是朝五行廊桥那边行走着。这区域大概有上百米，那水银蒸气不知道怎么回事，竟然起了雾，似乎还有些金属的反光。

这东西有毒，一旦融入人体，会造成头痛、恶心、呕吐、腹痛、乏力、全身酸痛、寒战以及精神异常等状况，像这般浓度的，只怕分分秒秒都会有死亡的危险。

不过有天吴珠，我们倒也不是很惧怕，悄不作声地将其开启出来。果然，龙哥送给我的这颗珠子相当有效，立刻从里面产生出排斥的炁场，将这雾气给逼开到两旁去。我们走入汞蒸气中，很快便来到五行廊桥前。我回忆起先前进来时，走的是"木"，然后射来一道光，我挡住了，然后它就破解了。

我犹豫了几秒钟，虽然不希望把鱼头帮那一伙人放出去，但是我们此刻已经找到了龙涎液，而小叔又押在了那里，自然不能意气用事。于是朝木桥那边走去，准备故技重施，打开此处通道。

正当我准备上桥，一道绿影飞出来，二话不说，朝着我当胸一掌拍来，我挡住，结果身子飞起。我瞧见那女人双手翻飞，一股巨大的雾气被她卷起，朝着场中央吹去。

第七十九章　白光

我身在空中，瞧见周身的白雾稍微凝聚之后，呈现出化为五条粗大的雾龙，朝着大殿正中的祭台蔓延，想起在那儿留作人质的小叔，我的心中不由大急。

后背落地，我第一时间就翻身而起，瞧见杂毛小道屏着气息，与那绿脸女子交手三两回合，却并不占上风，那个女人的力量和气场实在是恐怖到了极点。所幸她似乎并没有与我们交手的兴趣，手如莲花展开，在杂毛小道的胸前遥遥地虚印一掌，老萧便如同断了线的风筝朝着我这边斜斜飞来。我前走两步，伸手扶住杂毛小道的身子，问："怎么样，能冲过去吗？"

雷罚围绕着杂毛小道的身边飞舞，他心有余悸地摇头说道："完全不行，力量根本不是一个等级。而且她对于术法的理解也实在是太玄妙了，每一招一式都能够料敌先机，引天地之灵气而施为，这样子的人物，我们不拼命，根本弄不倒！"

听杂毛小道这般说，我知道他也是有保留的，若真的生死相搏，豁出小命，我们两个人不顾伤亡地各自施展绝技，说不定还能够冲将出去。然而那女人根本就没有与我们拼斗的心思，而是直接将水银蒸气朝着场中吹起，加速毒气的蔓延。

心忧小叔，我们哪里能够在这里舍生忘死地战斗？难道我们有必要在这儿为给别人开路而拼命不成？姚雪清万万没有想到，当他提议将小叔给押下来当作人质的时候，我们已然没有了拼命的心思。

绿脸女子守在五行廊桥之前，并不追击我们。河渠的水银翻滚间，那些密度最浓的汞蒸气围绕在她的身周，使得她那柔美的身躯忽隐忽现，隐隐之间能瞧见一袭青衣，还有那一抹绿色的脸孔。她并不怕那些汞蒸气的侵袭，在她的身后似乎有几台鼓风机，几道白色线条向祭台蔓延而去。

我瞧见小叔跟随着慌乱的众人朝着旁边退开，于是返身折回，朝着小叔大声招呼。

善扬真人见到我们折返回来，脸色变得有些难看，他没说话，倒是罗鼎全责问道："为何回来了？"

杂毛小道指着尽头处的那一道绿影，毫不客气地对善扬真人说道："真人，那女子的实力你也是清楚的，我们若不回来，只怕你现在见到的就是两具尸体了。破阵求生，并不是我们两个人的事情，这场中能够胜过那女人的，你一个，姚帮主一个，还有不知影踪的杨知修也算一个，我们实在抵不住她的攻击。所以要么两位与我们一齐冲阵，要么我们就守在这儿，等待汞蒸气慢慢填满这整个大殿。"

善扬真人刚才也是瞧见了我们与绿脸女子交手的情形，稍微犹豫了一两秒钟，然后朝着鱼头帮帮主出言相商道："姚帮主，小萧说得也有几分道理，危急关头，我们还是应该同舟共济才对，不如我们两个上前去牵制住那个恶女人吧？"

姚雪清的脸色数变，终于还是点头同意了。回头跟魏先生和水猴儿交代几句之后，抖落一对黑铁分水刺，和善扬真人一起朝着桥那头冲击而去。

瞧见这两大巨头都动了，我们准备带着小叔，再次前往冲阵。然而魏先生、水猴儿和罗鼎全都拦在了我们面前，面色严肃，指着小叔说道："不行，萧家小叔不能走！"

听到这话儿，我脖子都气歪了。抄起鬼剑，厉声说道："你们两家的长辈都在前方。有他们在，你们还担心我们私自跑掉吗？"水猴儿嘻嘻笑着说道："他们不担心，但是我们担心。谁的命也是命，不能说咱的就贱过别人几分，是吧？萧家小叔在这儿，我们不用担心自己变成弃子，但若是他不在？"

他半截话儿都没有说完，不过我已明白了他的心思，却是连自家帮主都不放心，生怕我们几个冲到桥前的人在破阵之后就直接跑掉。

罗鼎全也搭腔，说水猴儿兄弟说得极是，既然都落了难，自然应该同舟共济，这才是真理，我师伯都已经前往了，还请大家不要再耽搁时间。

此刻善扬真人和姚雪清已然和绿脸女子交上了手，双方正打得激烈。我转过头来，准备问一下杂毛小道的意见，却瞧见他眼中的那一抹狠戾之色。

我心一惊，难道他准备用强的？

的确，在我们面前拦着的这一伙人虽然也都是精英好手，然而与我们终究还是有一些差距，我们若是强冲，他们没有一个人能够拦得住。然而打完熊孩子，还有家长，前面那两个人我们真的应付不了。

我正想劝杂毛小道别冲动，他却突然笑了，说："要不然这样吧，我们全部冲过去，一鼓作气地碾压，这汞蒸气虽然有毒，但是并不是即刻致命的。只要我们硬着头皮挨过了，出去之后，运气排毒，多喝几杯热牛奶，也就没关系了。你们说是不是这个道理？"

这家伙的口气似乎在跟人商量，而我则疑惑无比。以我对杂毛小道的了解，想必他似乎看到了什么端倪，才会这般拖延时间。

就在龙虎山和鱼头帮的一干人正在考虑这个提议的可行性之时，我突然感觉到身后有白光一亮，接着便听到一声凄厉的惨叫。我转过身去，那叫声也正好戛然而止，出现在我面前的，是一个全身上下呈现出银白色光芒的人形雕塑，而在前一秒，这雕塑还是鱼头帮的一名精锐帮众，大活人。

哪儿来的光？到底发生了什么事情？

大家都有些不知所措。雕塑旁边的鱼头帮成员伸手碰触了一下同伴，发现这人浑身凝聚如铁，皮肤僵硬，已经没有了气息，早已经失去了生命迹象。

"头上，头上的那只眼睛睁开来了！"

突然有人喊了起来，只见那巨大的石头瞳孔中间突然有一道光芒凝聚，下一秒，一个鱼头帮帮众被那道白光给照耀到了。我们这会儿可以用肉眼瞧见，几乎是在一两秒的时间里，从上到下，原本鲜活的人体在瞬间仿佛镀上了一层水银，接着失去活力，变成了一具雕像。无论是表情还是神态，都是那么的惟妙惟肖，如同文艺复兴时期的大师作品。

天啊，头顶上面的那只石眼，竟然在汞蒸气的配合下，可以将人给瞬间石化！

想通了此节，所有人的心脏都仿佛打进了一千毫升的鸡血，没有人再理会小叔是否要留在这里当人质的问题，一哄而散。那石眼几乎每隔两秒钟就朝着下方射来一道迅疾的白光，几乎没有人能够避开，十几秒钟就已经有六个人凝成了雕像。其余人都朝着周边的石笋林中跑去，避免被波及。

好机会，我招呼着小叔过来与我们汇合，正犹豫着是先躲起来，还是朝着前方的雾气直冲，突然间一阵白光闪耀，我感觉一道寒彻骨髓的光芒，正笼罩在了我的头上。

啊——

第八十章　天地真魔

白光临体，我脑子里一片苍白，心拔凉拔凉，以为自己就要交代在这儿了。然而待那阵凉意过后，我睁开眼睛，瞧见自己竟然没事。我对白光免疫？我当时就是一愣。杂毛小道把我猛一拽，在我的耳根子边上大声喊道："你怕个啥？这白光只会对那吸入水银蒸气的人产生光合作用，你一口气息都没有吸到，怕啥呢？"杂毛小道这句话将我的魂儿给招了回来。

这龙宫之中的布置当真是恐怖，从五行廊桥到水银河渠，再到那石眼以及祭台之上的石棺妖花，诸如此类的种种布置，一旦发动起来，闯入这里的人，都要遭殃。

我没事，但刚才杂毛小道和小叔似乎也吸了两口，这白光倘若落在了他们身上，只怕也会发生效用。我不敢赌。瞧见五行廊桥处打斗得好是凶猛，想着得快些逃离此处才行，于是和杂毛小道朝那边狂奔。

此处既然为耶朗祭殿，那么对我来说，应该不会形成太大的阻碍，事到如今，我也只能硬着头皮闯了。我和杂毛小道、小叔汇合，朝着廊桥处冲出百步，快要抵达善扬真人、姚雪清和绿脸女子的拼斗范围时，突然前方的条石一阵颤抖，平白竖起了一堵近十米的围墙，将道路堵住。消失好久的杨知修，竟然出现在这道条石围墙之上。他浑不顾身边的水银雾气，静静地平伸出左手，说道："拿来！"

我朝着他刚才飞掠而来的地方瞧去，那是一处建在巨石之上的亭台楼阁，这突然隆起的条石围墙，说不定就是上面的机关布置。我不解其意，喊道："杨知修，大家都等着我们破阵呢，你这是什么意思？"

杨知修嘴角抽动了一下，似乎在冷笑，又或者别的什么，不过他伸出来的手却没有收回去，缓缓说道："刚才从洛十八屁股下面摸出来的龙涎液，我要了，给我！不然，死！"

他的一双眼睛眯成了剑，印在那一张毁容了的脸上，惨白的牙咧开，显得格外阴森恐怖。原来我们刚才所做的一切，都被他瞧在了眼里，此刻却是趁机讨要起我们的战利品来。龙涎液是用来救三叔命的，所求极难，我们奔波忙碌许久，费尽了心神，哪能给这家伙给要了去？我和杂毛小道对视了一眼，一人一剑，便朝着杨知修袭去。

杂毛小道在杨知修面前不敢玩飞剑，生怕雷罚被这家伙拿捏住，于是直接用上了蕴涵其间的虹光能量，抬手便是一斩。杨知修一开始并不在意，当杂毛小道一剑劈出的刹那，他的眉头一阵猛跳，知道不妙，身子微微一晃，侧移两米，偏头一看，自己刚才身处的地方，连条石带着半空中，出现了一道长达三米的虚空裂缝，此刻还幽幽散着余光，仿佛直接斩破了虚空。

"虚空斩？"杨知修一脸冷汗，喃喃说道："这武技巅峰的传说之技，你竟然能够达到了？"他的话儿还没有说完，迎面又刺来一道两米长的黑色剑芒。这剑芒几乎是贴着他的身子下方而来，由下往上地反撩。杨知修这时才从刚才的那一惊中回过神来，甩开衣袖，双手一翻，直接捏住了鬼剑的剑尖，使其不得动弹。那手上套着一双银丝手套。

我这劲气催发的鬼剑总共分为两个部分，一部分是槐木实体，还有一部分是由鬼剑所斩杀吸收的怨灵组成的黑雾，凝若实质，通常在我激发之时，几乎没有人能够捕捉到那实质黑雾的本质，只以为鬼剑骤然涨了一倍。此刻杨知修一出手，便抓住了槐木剑尖，那凝若实质的黑雾，竟然斩不断他手上的银丝手套。

高手便是高手，总能够在瞬间就把握到事情的本质和弱点。

然而我的剑势甚猛，杨知修虽然抓住了我手中鬼剑，却还是被我逼得脚步不稳，连连后退。他一脸惊容地瞧着我们，说道："别人总以为你们是运气，殊不知在不知不觉间，你们竟然已经有了这么厉害的实力。这样的人物，倘若不制止，不出十年，必定又是一个陶晋鸿啊。只不过……神话，就到今天终结了吧！"

杨知修与我们几番战斗，十分明白我们的进步有多么的恐怖。他杀心顿起，不再讲究什么前辈风度，一心想将我们击毙当场，不留后患。他左手朝着我这边一拍，将我连人带剑给逼退回去，然后左手指尖在胸口一划，抓出了一个古怪的伤口来。

伤口飙血，立刻渗透了他胸前的衣襟，呈现出一个黑红色的神秘图案，像紫荆花，又似某种符文。他通过自残所弄出来的神秘图纹有着一股说不出来的凶厉，我瞧了一眼，立刻感觉心头被套上了一副无形的枷锁，沉甸甸的，当我再次催动起小腹间那道阴阳鱼气旋之时，竟然有一股滞涩之意。

"天地真魔，魔域纵横！"

杨知修的嘴唇瞬间变得紫黑带血，整个人的气质一下子变得十分古怪，一双眸子从黑色变成了琥珀的黄色，里面有无数灵气凝结消散，仿佛正在孕育着滔天波浪，凶光毕露。

"杨供奉，我们的兄弟死得太多了，先等一等，待我们冲破这桥阵再说吧！"正在杨知修入魔的那一刻，姚雪清突然从前线折回来，朝着变得十分恐怖的杨知修声嘶力竭地大声喊道："给我们鱼头帮，留一点儿骨血吧！"

"滚！"

杨知修脸上突然浮现出许多青紫色的血管，就像蚯蚓一样在他露出体外的皮肤之间爬行，空气似乎在那一刻给抽光了，杨知修一口气吸入，迸发出一声惊天呐喊，真正入了魔。他再也不管与姚雪清的情谊，一挥手，那个能够比拟十二魔星的老鱼头猝不及防被拍飞到几十米开外去。

我们都有些吃惊，然而几乎没有停顿，杨知修的身影如同一道流光，出现在杂毛小道的左侧，也不用插在腰间的二郎化神杖，一掌拍来，强悍无比。

他如此托大，杂毛小道也有些恼怒了，雷罚一转，朝着杨知修的手臂削来。雷罚上镀有精金，这一剑若砍实了，不说卸掉一只胳膊，少不得伤些皮肉。然而杨知修根本就不闪不避，雷罚剑刃直接切在了杨知修的手臂上，但奇迹出现了——雷罚仿佛砍在了钢板上，难以寸进，相反的，杨知修一双胳膊散着黑雾，将杂毛小道砸得朝石墙飞去。

杂毛小道这回可真的吃了大亏，头朝着石墙撞去，还好一道白影掠过，是行动最为迅捷的朵朵将他的身子托起，才免遭横祸。

杨知修脸上的血管继续游走着，鼻子里满是粗气，脚一蹬地，又朝着杂毛小道扑去，要赶尽杀绝。我瞧着他这番模样，心中巨震，鬼剑前引，拦住了他的去路，左手也从怀里摸了出来，口中高声叫喊道："幡悬宝号，普利无边，诸神卫护，天罪消愆，经完幡落，云旆回天，各遵法旨，不得稽延——急急如玉皇上帝律令！"

这一串落幡神咒喝念出口，我已然将杂毛小道先前给我的那块落幡神符捏碎。

第八十一章　神使鬼差

轰——神符破碎。在我和杨知修所处的这一片区域里面，整个世界都仿佛上下颠倒，乾坤走移，有无数透明的旗幡从九天之上垂落而来，一股山呼海啸的能量风暴出现，冲着杨知修吹去！

所谓符箓，它的威力跟符箓的材质和制符者的手段有着至关重要的关系，尤其是制符者，因为材质只是决定容积，而制符者才是真正决定这符箓里面装载的到底是什么。

我虽然跟杂毛小道形影不离，却不知道他在符箓上的造诣到底有多强了，然而瞧见他能够在隐隐有天下第一符师之名的望月真人面前还不卑不亢，不落下风，便知道手上这块用通臂猿猴骨骼所制的落幡神符，许是能有些用处。

果然，被我这落幡神符冲击，杨知修周身凝聚的黑色魔气消散了许多，然而他脸上的笑容却并没有收敛，人成倾角斜立，头发被猎猎劲风吹得散乱。突然，他一抬手，无数的黑气从地上浮出，集聚在他的双手指间，他整个人开始发生变化，身体如同水银一般的波光粼粼，冒着黑雾。一股沧桑而沙哑的念诵声从四面八方集聚而来——那声音并非佛诵一般宁神静心，而是充满了张狂、不甘和愤怒，像是地狱里不屈的呐喊。

杂毛小道大叫一声，不好，这家伙入魔了，天地真魔。

这个世界上的力量其实是没有属性的，只不过大家所修的道、所拜的神不同，所以才会有所不同，比如杂毛小道他们这一派，终极目标就是成仙；和尚光头们则憧憬着觉，顿悟成佛；至于我，貌似在五瘟神尊之前，大都是些巫族大圣，也被说是魔。

然而魔与魔是不同的，杨知修此刻他从虚空深渊摄取力量，固然能够将自己的修为在短暂时间内提升至常人难以企及的巅峰高度，举手便杀人，然而却已经是走火入魔，心性被杀戮和暴戾所污染，完全没有自己的本我意识，只有毁灭和自我毁灭。这样的情况是被所有人给抵制的，毕竟这世界虽然有着各种各样的不足，但是我们终究还是要生活在里面。

杨知修若成魔，以他的实力，只怕没有几个人能够阻挡他。当无边黑雾蔓延而来的时候，落幡神符集聚的诸多透明旗幡被雾气吞噬，十不存一。杨知修的瞳孔由黄转红，红得似火，比最艳丽的朱砂还要深几分。

然后，他抬起头来，瞧向了我。

杨知修还是以前的杨知修，只不过身上多了一层朦胧的黑气，当他这一眼瞧来的时候，我的心神都免不住剧烈颤抖，感觉被一盆冰水从头淋到了脚底。

当我的心脏跳动第二次的时候，杨知修身形一晃已然冲到了我的面前，抬手朝着我的脖子砍了过来。很简单的动作，却有一股山峦倾压下来的气势。我一声大叫，收身下蹲，回身飞踹，这一招"黄狗撒尿"也是发挥到了极致。然而当我的脚尖传来厚实的触感时，突然间有一种被高速火车给撞上的无力感。接着，浑身一麻，半边身子僵住，难以动弹，右胳膊一阵剧痛，鬼剑飞跌开去，而我的整个人，被杨知修举了起来。

杨知修牢牢地抓着我，发出了恐怖的大笑声："哈哈，去死吧！"一股撕裂性的巨大力量贯注我的全身，一边往脚、一边往头，竟然是准备将我给生生撕开。

我浑身发寒。然而越是到了这种时刻，我却突然有了明悟，脑海里面出现了《镇压山峦十二法门》固体一篇中的某一段晦涩难懂的文字：欲压山，吾则化身为山，欲填海，吾倾身至海，凝化之，意念为坚……

我下意识地跟着念诵起来，仿佛有数十万灵魂与我共鸣，无数的声音叠加成了声音的海洋。我感觉在这样的共振中，自己的每一块肌肉、每一条经脉都在这震撼颤抖之中蠕动，灵魂都仿佛活跃了数分，有一种超脱肉体全新审视自己的古怪感觉。

心念如山，身体便如山峦一般沉重。杨知修本意要将我撕成两截，第一下发力没有结果，于是一顿足准备再来，却发现连将我举起来都有一些困难了，不得不将我朝着前方的那道石壁上猛然掷去。

轰！一声巨响，我自己还没什么感觉，挨着我的那道石壁便如同水豆腐一般，被砸得稀烂，露出了偌大的一个口子来。

此刻的我，全身血液细胞都被一股莫名其妙的力量驱使，有如喝醉酒一般的兴奋，身上好像流出了血，但也无碍，浑然不顾，一个鲤鱼打挺便翻身爬了起来，瞧见不远处浑身黑雾裹挟着的杨知修，浑然不惧，发出一声我也不知道意思的怪啸，人便冲将出去，与冲过来的杨知修撞在一起。

结果不出意料，杨知修并不能与我凝重的身形抗衡，斜斜地飞了出去。正当我准备乘胜追击，却发现双脚一阵迟滞，如陷泥浆，根本迈不开步。哼，小把戏而已！我随手结了一个内狮子印，气运于身，源源不断的力量从未知的空间中传来。印法结完，我再次迈开双脚，一步、两步、三步……我脚步坚定地朝着前方迈去。而在我对面两丈远的地方，一脸诡异青紫的杨知修正在胸前结出一个怪异的手势，当他双手抵住的时候，凭空出现了一座两米多高的巨大门户。

"小毒物，走！快走啊……"

我似乎听到杂毛小道在叫我，然而我的脑海里尽是《镇压山峦十二法门》中嗡嗡禅唱而出的漫天法门。我扭过头去，看见一脸鲜血的杂毛小道朝我呼喊，嘴巴张合，似乎在朝我说些什么，然而却根本听不清楚。

"咦，这个小道士是谁？""哦，他是我这一世最好的朋友啊！"我的脑海里似乎有许许多多的声音在不断说着话，有的在放声嘶吼、有的在娓娓细语、有的在哭泣、有的在高歌，弄得我的脑子乱哄哄的，视线漫无目的地四处游荡。突然瞧见前方开启的那扇门中，探出一双巨大的手掌来。

这只手可真大啊，它上面覆盖着巨大的角质皮和乌黑发亮的毛发。每一根毛发，都有我的鬼剑那么粗，而这只巨手，似乎想要将我给抓在手心里面。

它到底有多大啊？我瞧着覆压下来的手掌纹路，认真地思考这个问题。

我正神游天外，一道虹光呈偃月状从我身边划过。杂毛小道全力打出一记虚空斩，将那手掌斩出一道缝隙之后，跌跌撞撞跑到我身边，拉扯着我的袖子，大声喊道："快走啊！"

这一句话还没有说完，巨手已经抵临我的上空，五指虚抓朝着我罩来，离我仅仅只有四五米。"死了，没想到我要死在这儿啊！"杂毛小道一声悲鸣。这时我突然感觉到心腹之间，有一物正在迅速觉醒，胃部舒张，然后顺着食道，朝着嘴爬来。

我轻笑了一声说："无妨，它抓得走无尘道长，却抓不走我的。"

这一句话说完，我的喉头一阵蠕动，一道黄灿灿的光芒迸射出来。

第八十二章　肥虫弑主

一道金光朝巨手飞去，并非不自量力，巨手在往下压了三两米之后，竟然停顿住了，被那道金光死死顶住。

我双眼满含泪水，这哪里是什么金光，分明就是南疆吞噬魔罗之后便一直处于沉眠状态的本命金蚕蛊，肥虫子大人。在这最危险的时刻，它终于回归了！

经过了这一段时间，我们周身的雾气开始变得格外浓厚，让我瞧不清肥虫子的模样。然而此时此刻，它小小的身躯，硬生生地顶住了倾天而下的巨大手掌。这手掌在此之前，曾经将崂山派的掌教真人无尘道长给拉入深渊，此刻它竟然退缩了，一点一点被那一脸萌态的肥虫子给往回逼退而去。

"我要一步一步往上爬，小小的天有大大的梦想……"

瞧见那一点倔强朝上的金光，我不由自主地想到了那一首奋斗不息的《蜗牛》，泪水将我的眼眶润湿，意识渐渐地回转到了我的身体里。

僵持仅仅持续了十秒钟，而我仿佛过了整整一个世纪。下一刻，那只难以形容的巨大手臂突然丧失了生气，那充满力量的皮肤肌理迅速衰败，那些密集如林的黑毛迅速枯萎，它开始动了，像被烫了一般，退回去。

蚍蜉撼大树，最后的赢家居然是蚍蜉，这结果实在是太让人意外了，所有瞧见的人都大跌眼镜。

那只巨手有些气急败坏地缩回了那座巨门之中，它在收回去的时候，朝着自己的召唤者遥遥拍了一掌。杨知修身上的衣物开始燃烧起来，整个人都陷入了一团青色烈焰之中，头发冲天竖起，仿佛火焰晃动。

杨知修瞧见我口中吐出来的这物竟然将自己费尽千辛万苦召唤而出的恐怖巨手给挡了回去，又惊又怒，此刻他虽然一脸戾气，但还没有迷失意识，桀桀怪笑道："好啊，你竟然连它也给挡了回去，真的是让人吃惊啊。只不过，你以为我的手段就只有这一些吗？"

他怪笑着，烈焰中，身躯开始吹气一般鼓了起来，面目混沌不堪，那些蚯蚓一般的血管开始高速游动。我瞧见他这异变，知道不能让他再这样继续下去，一声大喝，挥拳朝着杨知修砸去。

此刻我还沉浸在刚才那种玄妙的境界之中，便感觉面前的这个男人并没有那么可怕，一拳砸中杨知修的身躯，一声闷雷般的响声轰鸣。我拳头处传来一阵炙热，却发现这个家伙根本就不知道疼。我抬头一看，这人竟然涨到三米多高了，俯身一挥拳头朝着我的脑袋砸来。

我来不及躲避，唯有伸手抵住这一击。那力量从我的身体往下传递，石板竟然蜘蛛网一般的碎裂开来。我感受到了巨大的压力，感觉天都要塌下来了一般。

"肥虫子！"我下意识地喊了一声。金光再次点亮，朝着这边飞来。杨知修的身躯异常庞大，另一只手掌不断挥动，凭空黑火浮现，化作十七八条火舌朝着肥虫子的身子舔舐而去。肥虫子并不停顿，直往前冲，此刻它光华收敛，然而那些黑色火舌但凡沾到它的身上，立刻熄灭。

肥虫子以利箭一般的速度朝着杨知修的胸口钻去，这时杨知修胸口突然冒出一双肉眼，黏糊糊的眼球里，射出了一道黑暗光芒，径直照在了肥虫子的身上。那光芒没有太多的力量，然而就是这么一瞥，肥虫子的身体却僵直不动，凝在了当场。

这个时候我才瞧清楚了肥虫子的模样，与我最开始瞧见它的时候几乎一模一样，肥嘟嘟的一条蚕蛹儿，身上无数栩栩如生的眼睛都收敛进了它的肉皮褶子里面去了。然后我瞧见了它那一双黑豆子眼睛，和当初一样，充满着诡异的邪恶。这邪恶蔓延开来，对接上了杨知修诡异的笑容。我心中不由得有些茫然。难道肥虫子此番不知道转了几次出来，竟然变得更加邪恶，连我也压制不住了，这弱点竟然被杨知修给利用上了吗？这个家伙不是入魔了么，怎么思维会变得如此的机敏？

我的身子还在一点一点地往下沉，双足几乎都陷入了石板之中。杨知修的力量已经大到了恐怖状态。刚才这个家伙已经将杂毛小道和小叔给整治得没有了还手之力，而朵朵被他那魔气给逼得根本靠近不过来。

杨知修胸口浮现出来的那一只眼睛朝着肥虫子射出一道光芒之后，我便已经感知不到肥虫子的意识了，虽然它依然还在我的视线范围之内。当我瞧着这条小肥虫子的时候，心里面感受到的是一股深深的、深深的寒意。

"倘若你不能够掌控它，那便下来陪我吧。"

我盯着肥虫子那一双黑豆子眼睛，不由得想起了我外婆临死前交代我的话，蛊丽妹也曾经说过，若想要控制住我身体里面的本命金蚕蛊，或许能够在洞庭湖中找寻到答案——当年的洛十八，也就是在寻求压制本命金蚕蛊办法的过程中死去的。

我……要怎么镇压它？

我盯着肥虫子，它盯着我，我盯着它，许久，我们依旧没有达成默契。它突然一抖身子，朝着我射过来。它这一射，没有任何善意。我的心中一跳，难道这个小东西，准备弑主了吗？笨蛋啊，我们的性命相连，你若弑主，自己也会挂的啊！我心中急躁，突然想通：杨知修入魔，可不就是走的自我毁灭的路吗？

我忍不住闭上了眼睛，想着此生莫非休矣了？我不甘心！下一秒，迅速睁开眼睛来。视网膜上出现了两道光，一道青光，抵住了暴起弑主的肥虫子，还有一道白光，从后面远远的天空降临，径直射在了已经足足有四米高的杨知修头顶上。

下一秒，杨知修的上半身，都被镀上了一层水银。

第八十三章　知修败亡

对于力量的掌握和感悟到达了一定程度的修行者，都会或多或少地明白一个道理，那就是人体作为一个容器，容量终究是有限的。人力有时尽，真正要做到能够以一当百的强大，那便需要善于借助人体之外，其他的神秘力量。

比如符箓之道，比如借助天地或者信仰之力，比如通过功法改造……

如果懂得发现，其实我们身边的很多东西，都有着极强大的力量，当它积蓄到一起的时候，所体现出的力量，不可思议。风雨雷电，莫不如是。

作为一个到达了顶级高手行列的修行者，杨知修便极善于利用这些神秘力量。他通过魔功改造了自己的身体，容量急剧增加，刚才他为了维持这庞大躯体的需求，一口气，几乎将我们身周的所有空气，都吸入体内。然而问题在于，这些空气里面，除了氧气之外，还有大量的水银蒸气。正是这高浓度聚集的水银蒸气，使得那只巨大石眼，注意到了他。

白光兜体而来，然而杨知修极为恐怖，他竟然能够扛住这瞬间的石化，在上半身都浮现出了银亮的金属色后，还保持着对我的绝对压力，使我根本就动弹不得。

从杨知修胸口的那只肉眼瞳孔中冒出的如同浆汁一般的黏稠黑雾，向上翻涌，以杨知修的身体为战场，与朝下蔓延的银色光芒奋力拼斗起来。

这场不见硝烟的战斗异常惨烈，一厘米一厘米地拉锯。而在另一边，我瞧见了那道青光，正是此间龙宫的主人小青龙。此刻它宝相庄严，与一身金黄的肥虫子遥遥相对，两种势不两立的颜色在咫尺之间，也拼力较量起来。

这两物本来都不是凡品，肥虫子乃蛊中之王，顶着偌大的名头，此刻不知道是四转还是几转金身的它是那么的恐怖，连我都隐隐有些畏惧；然而小青龙作为龙属，那可是能够沟通天地，连通三界的异种。

我仅仅瞥了一眼便发现，当小青龙双眼圆睁之时，散发出来的强大龙威甚至能够隐隐克制住肥虫子此刻的黑暗属性——难道说，蛊丽妹所说的，能够压制住肥虫子凶性的洞庭湖之物，便是这真龙？

我来不及多想。成了天地真魔之后的杨知修，实在是太恐怖了，恐怖得仿佛就是一座随时都可能爆发的活火山，连那巨大石眼连续打来的几束白光，都不能够将他给石化。没有人能够预料得到接下来要发生的事情。我的心中悲鸣，难道，这个家伙真的要无敌了吗？

就在我们都即将陷入绝境的时候，一道身影从石墙那头飞跃过来，伸出一只细嫩的小手，径直印在了杨知修的胸口。

已经没有了人类模样的杨知修，全身都是活动沸腾的血肉，胸口处的那只肉眼上移半分，浮现了一张满是利齿的大嘴，一口便将来人的整只手臂给吞进了胸口。

此刻的杨知修足有四米高。我感觉到自己的双肩上突然多了一双脚，是来援之人站在了我的身上，将我作为支撑点，全力激发。

我的双足深陷进了石板之中，那坚硬的条石此刻似乎柔软得难以蓄力。承受了双重压力的我再也抬不起头来，只感觉整个天地都倒塌下来压在了我的身上。

我想起先前顿悟的那道法门，立刻提起一口气，观想峰峦如聚的山川，让自己变得如同巍峨高山一般沉重。当意识终于积蓄起来的时候，我终于没有了随时都有可能面临死亡的感觉，反而能够感受到站在我双肩之上的那个人，与我似乎隐隐有着一些亲近，从上而下，有一道维护我身体免于崩溃的和缓之力，源源不断地涌下来。

五息之后，再一波白光降临，我的身子再度一沉，膝盖几乎都陷入了石板之下。然后一阵巨大的震力出现，只见杨知修的巨大身子被摔飞出去，在地上拖曳了十几米，最后停在了一个佝偻的身影之前。

那人手中是一把造型古怪的剪刀，正朝着杨知修完全石化了的脖子奋力剪去。一道金光闪过，剪刀迸发出一龙一凤的灵体之光，杨知修的头颅被轻易地剪了下来。

在那一刻，出现了短暂的宁静，而在下一秒，杨知修魔躯积蓄的庞大能量终于找到了宣泄的口子，里面黑色的魔气如同最爆裂的炸药，将他残破的身子给撑得巨大，滚若圆球——不好！我下意识地从地下将身子给拔出来，也顾不得一身的伤痛，瞧见肥虫子和小青龙还在凌空对峙，直接左手一个、右手一个，抓着就朝着杂毛小道的方向冲去。

然而我并没有冲出几步，便感觉一道狂暴到了极点的气浪轰然拍打在我的背上。当我被推到了半空中时，耳朵里才传来连续的闷雷声："砰、砰、砰！"此刻的我全身都是伤痕，然而心中却更加痛，充满了悲伤，因为这会儿我终于反应过来，刚才那个将杨知修头颅剪下来的人，可不就是一直没有什么存在感的小叔吗？

那么近的距离，他恐怕……

没等我想太多，宛如流星一般的我下一秒便猛然撞到石壁上。呃……这一会儿的石壁再没有之前的那般柔软，撞得我双眼一阵黑，血气翻腾，一口老血便喷了出来。

所幸，这一口郁积之血吐出来之后，之前被杨知修一直施压凝结的经脉终于活络起来。我手撑着地勉强扶墙站起，感觉手心有异常，展开来看，发现双手空空，什么东西都没有。难道我刚才抓到的是幻象，还是我已经出现了幻觉？

我全身上下无一处不酸疼难当，思维一片混乱。终于想起来打量四周，突然感觉到头上一阵摇晃，抬头一看，是一根五六米长的钟乳石根基动摇，要跌落下来。

这根石柱足有千斤，倘若砸中，只怕我不死也残废。当下赶紧朝着旁边奋力跑动几步，然后一扑。当身子与冰冷的地面全部接触的时候，飞溅的碎石块簌簌扑打在我的身上。

然而此刻我完全感觉不到，因为在我的视线里，同样的一根钟乳石从天而降，砸落在五行廊桥的左边一座，将其砸断，有大量的石块跌落在水银沟渠里面，水（银）花飞溅——隔断两处的法阵终于露出了缺口。

有好几道身影朝着那缺口冲了出去。与此同时，杨知修魔体爆炸之后产生的威力也终于蔓延到了整个洞庭龙宫之中，就仿佛一个熊孩子将炮仗扔进了充满易燃气体的地窖中产生的连带效应。

大殿要塌了！

我感觉整个空间都在颤抖，头顶上那密密麻麻的漂亮钟乳石此刻变成了催命的利器，不断地摇晃砸落。我所处的这个位置靠近五行廊桥，穿过了那道缺口，朝着外面跟跄奔去。跑了十几米，觉得这边通道的结构勉强还算稳定，回过头来，想去感应失去联系的小伙伴们。突然从身后钻出一个黑影来，一把拉住了我的手，附在我的耳朵边上大声喊道："走，快走！"

第八十四章　双双服药

我的手被猛然一拽，下意识地往回拉，结果那人根本收不住劲儿，踉跄地朝着我这边倒来，两个人滚地葫芦一般地跌倒在地。我这才发现拉我的人是杂毛小道，心中充满惊喜，说你怎么逃出来了？

杂毛小道也受了重伤，一脸的血，勉强爬起来说道："杨知修那老匹夫实在太厉害了。我刚才尝试引雷，结果没有成功，末了还被他趁机轰击了一回。倘若不是朵朵，只怕我已经变成一摊肉泥了。"

我抬头看见朵朵，问小叔呢、小妖呢？朵朵哭着摇头说："不知道，我就找到了杂毛叔叔，其他人没有找到，里面太乱了。"

杂毛小道这个时候变得无比的冷静，说："小毒物，先逃出这里，别的先不管，要不然，大伙儿都没命了！"

仿佛是要验证他这一句话，我们这边通道上面的岩壁也开始走移起来，两股巨大的力量在拼命挤压，大块大块的石头在我们身后砸落下来。我知道不能够再停留下去了，勉强挣扎起来朝着外面跑。

很快，我们冲到了水帘处，我开启天吴珠，准备循着原路返回。杂毛小道拉住了我，指了指我胸口的瓷瓶，低声说道："走水路！"

我们身上有龙涎液的消息已经被杨知修点了出来，这东西从价值上来讲，并不逊色于真龙身上的任何东西，善扬真人和姚雪清不可能不知晓。我们倘若循着陆路逃奔，要是被他们给堵住了，只怕连给三叔治病的那一滴都保不住。

想到这里，我带着杂毛小道和朵朵跳进了水道，顺着水流往下漂去。曲曲折折，游了差不多两里地的样子，周围的震动终于消停了一些，没有随时塌陷的动静。这时候我也已经有些油尽灯枯的感觉，就连驱动天吴珠的气力都没有了。好在暗道很快就过去，上方也变得开阔，水势减缓，前方有一块稍微突出于河道的岩石平台，不大，但足够驻留，我便在这里停留不走了。

在朵朵的帮助下，我勉强爬上了那石块，感觉扑通扑通跳个不停的心脏也终于舒缓了一些。

过了好一会儿，我终于感觉有了些力气，舔了舔嘴唇，说道："老萧，刚才杀杨知修的，好像是小叔啊。"

黑暗中，我感觉杂毛小道似乎点了点头，表示知道这回事，但依旧没有说话。

我继续说："杨知修身死，魔体爆炸，威力甚至引发了龙宫里面蓄积的力量，将整个祭殿都弄垮了，小叔就在旁边，只怕受不住。"我说着，感觉喉咙是那么的干涩，最后一句话都说不出声音来。

杂毛小道依旧没有说话，然而呼吸却沉重了几分，我一开始还以为他是悲痛过度，然而朵朵叫了一声。我勉强爬起来，只见杂毛小道口中溢着血沫子，竟然是进气少、出气多，脸色惨白如纸。

我不知道他到底受了什么伤，但此刻他这副模样，想来刚才也是在强撑着，现在却是绷不住了。瞧见杂毛小道这一副垂危的模样，我顿时就慌了，手忙脚乱了一会儿才深呼吸，静下心来，先清理了他口中的秽物，然后搭在杂毛小道的手腕，把了一会儿脉，发现他气血阻滞阳气不畅，脉沉有力为里实，脏腑虚弱，阳虚气陷，却是给杨知修弄岔了气，走火入魔。

这种情况可是最危险的，倘若那股乱气凝结在他的心脏部位，将全身供血给彻底打乱，只怕杂毛小道活不过一盏茶的工夫。瞧见杂毛小道的脸色忽白忽红，一会儿冷一会儿热，痛苦不堪，我突然想到胸前这瓶龙涎液。这玩意儿的功效，可不就是活血清淤，打通滞涩经脉的吗？

一想到这里，我也是病急乱投医，顾不得许多，直接将其掏了出来。将瓷瓶放在手心处，我让朵朵帮我注意周遭情况，然后小心地打开橡木塞，里面立刻有一股浓郁的腥甜之味传了出来，在我的鼻翼之间徘徊。

我将杂毛小道的脑袋枕在腿上，小心翼翼地抖落了一滴到他的口中。这雨红玉髓便是那所谓的琼浆玉液，密度颇高，虽为液体，一滴便是一滴。从瓶口落下之时还呈现出乳白中略带微黄的颜色，而下滑至口中，便是一抹嫣红入喉，化作一束津液，流入人心肺之间。

这东西的功效是如此的神速，在我将木塞封上的时候，便听到杂毛小道浑身的骨骼在喀嚓作响，脖子上的青筋浮现出来，蚯蚓一般，倒和杨知修入魔的形象有几分相似，不过显得柔和。过了好一会儿，他长长吐了一口浊气，睁开了一双有如婴儿般明亮黝黑的眼睛，叹息道："老子差一点就挂了，还好。"杂毛小道坐直起来，活动了一下身子，筋骨啪啪作响，再次深深吸了一口气，吐出一团黑色的黏液，里面似乎还有金属的反光，想来是将吸入的水银蒸气给逼出来了。

我见他无恙，紧张的心也舒缓了许多，这时才感觉到疲惫一阵接着一阵席卷过来。

这一夜所受的伤难以尽言。杂毛小道见我这一副萎靡不振的模样，劝我也服用一滴雨红玉髓，打通滞涩的经脉，养好伤势。毕竟如果在这个关头掉链子，基本上也算是离死不远。他还告诉我，说瞧见小叔借用客老太那把龙凤剪，关键时刻幻化出来的龙凤合灵给了他一定的护翼，或许还能生还呢。

听到这个好消息，我也不再客气，直接吞服了一滴。

雨红玉髓入口，先是冰凉，然后便是一片灼热贯体，将我小腹之中的阴阳鱼气旋撑大了一小半，然后驱使这股力道朝全身各处未通或者因伤滞涩的经脉推动而去。我躺在湿漉漉的石板上，仿佛浸泡在温泉水里，快活得忍不住哼出了声来。

经过龙涎液洗骨伐髓，疏通经脉，我吐了两口黑血，总算是缓过气来。捏着拳头，感觉力量重新回到身上，检查了一下身上，这才发现鬼剑给我丢在了洞庭龙宫里去。

然而更加让人担忧的，是生死未卜的小叔和小妖。刚才一阵混乱，洞穴塌方，我们走得又惶急，一时间丢了音讯。不过好在我与小妖之间，若有若无也有些联系，闭目测算，总算能够晓得她也无碍。

龙涎液虽是灵药，但毕竟不是仙丹，还做不到药到病除。我和杂毛小道身上的伤势一时半会也不会彻底好转，好歹已是缓过了一口气来，正要商量接下来的事情，突然隐隐听到有人争吵的声音，混杂着水流从下游传来。

那儿是一处拐角浅滩，似乎还有船艇的身影。我们默不作声，再次潜入水中，不动声色地摸去，找了一个隐蔽的地方遮住身形。再探头一看，见是魏先生狼狈地侧躺在地下，在他的面前站着的是慈元阁阁主方鸿谨。

此刻的方鸿谨，跟出发前那意气风发的模样截然不同，一身湿漉漉的，左手似乎还受了伤，用一根皮带吊着。在他旁边则是手持双刀的坐馆道人刘永湘，正愤怒地喝骂着地上这个家伙。

我左右打量一番，除了三个慈元阁弟子和一艘搁浅的小鲟鱼之外，再无他人，想来这魏先生也是大难不死，逃了出来，却不料兜兜转转，竟然撞到了慈元阁阁主的手里。我不知道先前在水中发生了什么事情，但慈元阁显然是已然知道了魏先生的身份，刘永湘手持利刃，顶在魏先生胸口，就准备给他剖开膛了。

阁主嘴唇颤抖着问道："你的谋算，我已经清楚了，但我最后问你一句，真龙在哪儿？"

魏先生看来已经被用过刑了，手脚筋皆被慈元阁挑断，无力地躺在地上，发出了夜枭一般的诡异笑声来："事到如今，你还念着真龙？那好，你对我也算是有恩，不妨告诉你，就在你后面！"

第八十五章　真龙你好

阁主下意识地回头，除了黑暗，什么也瞧不着。以为这个家伙还在消遣自己，不由得恼羞成怒，一步踏前，便有一根两寸金铁滑落在手，蹲身下来仔细查看魏先生那张被水浸泡得发白肿胀的面具。

他越想越气，倘若不是这个家伙整日前来游说自己，他哪里会舍下偌大身家，来这洞庭湖深处掺和这档子凶险之事？当日只道得了真龙之躯，慈元阁便能飞黄腾达，成为数一数二的名门。而如今，手下大将折损，门人死了无数，而那真龙却根本抵御不得，反而被当作了猎物。

方鸿谨咬着牙，脸色狰狞，几乎是一字一句地问道："你不是说真龙没有几口气了吗？你不是说只要用了你的配方，它就会给迷晕毒死吗？你不是说这东西唾手可得吗？现在呢，你的所有办法都没有效果，你的屠龙术呢，使出来啊？"

魏先生四肢被残，躺在地上，哈哈一笑，却扯到了新添的伤口，不由得一阵龇牙咧嘴。然而越是疼痛，越难掩他的笑意："我身上的本事，岂是你们这些家伙所能了解的？今天你们若没有伤害我，我四肢健全，或许大家还能够逃脱一命。但是到了现在这副模样，那么我们就只有一同赴死的缘分了。你回头看看吧，它会来给我报仇。这一辈子，虽然没有杀过一条龙，但是死在真龙的手里面，我也不算是白活了一场！"

他说得轻巧。然而阁主却是恼羞成怒，伸手将魏先生脸上的面具给拉扯下来。

然而，瞧见了魏先生的真面目，方鸿谨却是一愣，失声大喊道："天啊，居然是你？怎么可能？"

因为隔得比较远，慈元阁弟子打着的灯光又颇为黯淡，从我这个角度看过去，只能够瞧见一片白腻的肌肤，似乎并不是男子所有——怎么回事，难道那个秃顶猥琐的丑恶老头，竟然是一个女人？

刘永湘看了，不由得勃然大怒，恨声骂道："竟然是你这个贱人！没想到，你竟然瞒住我们所有人。老阁主对你有抚养之恩，你竟然恩将仇报，还装起了魏家老二来！真正的魏老二呢，到底被你藏到哪儿去了？"

这坐阁道人似乎还有好多话要问，然而魏先生用女声愤怒骂道："慈元阁本来就是我外公家的产业，被你方家夺了，难道我就不能报仇吗？"

这声音里面充满了愤怒和不屈，当她还准备再说些什么的时候，阁主根本没有再多言，击出一掌，直接将这个女人给拍死。

人体的头颅是十分坚固的，阁主一掌过后，那女人半边脑袋都塌陷下去，显示出阁主的身手出人意料的高。

这一场变故不但让我们这些局外人惊讶，便是刘永湘和三名门人，都愣在了当场。阁主瞧见周围几人一脸惊诧，知道自己这匆忙杀人的心思太急，有些过了，于是开口解释道："这贱人害得我们死伤无数子弟，此刻又在妖言惑众，不除掉不足以……"

他的话说到一半就止住了，发现周围之人所惊讶的，并非自己突然杀人的行为，而是……霍然一回头，方鸿谨瞧见搁在浅滩旁边的那艘小鲟鱼被一道黑影给勾甩飞出去，而后，黑暗中突然亮起了两盏血红色的光，幽幽地看着自己。想起刚才魏先生所说的话，方鸿谨这才晓得她所言非虚，那真龙还真的就在他们的身后。

我们这一刻也是诧异万分，虽然刚才感觉到水流的变化，似乎有什么东西在接近，然而我却是万万没有想到，竟然是那头与善扬真人斗得两败俱伤之后重伤逃遁的黑龙。经历了龙宫的一应事情，收获了龙涎液的我们几乎都忘记了它，没想到它竟然还在水道里面巡视，准备收割这些对它身体心存贪念的人们。

黑暗中冒出来一双红色的眼睛，灯笼一般大小，慈元阁门人下意识地将手中的电筒照去，瞧见那龙头可比动车头一般大小，树杈子一般的犄角和下垂的眼皮耷拉着，两缕龙须垂落，龙头鳞甲犹在，然而却显得十分干涩，虽然我并没有瞧见过它的同类，但是比起一身朝气的小青龙，我还是能够感受到它这庞大身体里面，几乎如同风中烛光的虚弱。

骤然瞧见这条黑色真龙，阁主先是惊讶，而后又大喜，顾不得满手的血腥，一把拉住了刘永湘的手，大声喊道："刘道长，拿降龙杵，只要打中它的逆鳞，这龙便再也没有还手之力了！"

他是那么兴奋，以致刘永湘被他摇得几乎要散架。然而相对于阁主的兴奋，旁边四人却是一阵脸色惨白，三名慈元阁门人忍不住心中的恐惧，小心翼翼地往后面挪动身子，刘永湘则吓得把手中的拂尘掉落在地上，颓然说道："阁主，你大概是忘了，李双双这贱人给的降龙杵，下来的时候落在了小鲟鱼上面。"

听到刘永湘这话，三位慈元阁门人拔腿就跑。然而真龙哪里会再让他们给跑了，鼻孔处突然一阵异动，两道红色的炽焰冲出来，横跨几十米，将这三人给化作了三团奔跑的火焰。几秒钟之后，三具活生生的人体给焚烧成了灰烬，冷风一吹，灰飞烟灭。

我不知道在真龙的心中，人类对于它来说到底是怎样的存在。但是换位思考一下，如果我有这样的实力，对于胆敢冒犯我的小蚂蚁，我也从来不会心慈手软。真龙接下来的反应也符合我的猜测，它没有一点儿与慈元阁阁主、刘永湘沟通的欲望，将头一仰，从喉咙深处发出了一声威严到了极点的吟声。这声音让人浑身战栗，就在这两人正准备反击时，龙头蹿出，一口便将这两人给吞入腹中。

真龙吞云吐雾，吸收日月之精华，修行千年万载，然而却并不代表它不会吃人。

还是那句话，莫惹它，不然会很后悔的。

我和杂毛小道藏身在冰冷的湖水中，吓得胆寒。虽然没有交过手，但是我估计方鸿谨的修为差不多与姚雪清一般，而且他手中应该是还有许多手段，然而方鸿谨死得是如此的干脆简单。我看得直发抖，手中暗扣遁世环，遮掩起自己的气息，心中默默祈祷着："千万别看见我们，千万别看见我们……"

然而事情就是这么背，越是担心，事情却越是发生了。我只感觉到自己的身子正在升高，缓慢地脱离水面，然后缓缓平移到了慈元阁一帮人所待的浅滩上。我往下瞧了一眼，我们是被真龙尾巴给平托了起来。

我全身的肌肉一紧，正想从龙身之上跃下来，然而肩膀却给杂毛小道一搭，这家伙一脸紧张地低声说道："别、别动，小毒物，静观其变吧，别惊动了它，我们又没有冒犯它的地方，说、说不定不会把我们怎么样呢。"

杂毛小道说这话的时候，心里面也发虚，我瞧见他表面镇定，而一双脚却抖个不停。唯一没有惊慌的倒是朵朵，她趴在龙尾之上，好奇地抚摸着巴掌大的龙鳞，缓缓抚摸，仿佛瞧见了什么好玩的东西。

一阵移动，我们终于被放置到了这真龙的头前。

我深深吸了几口气，想着即便是死，也要死得有尊严，于是猛然一抬头。咦，我看见了一道熟悉的身影，正傲然屹立在龙头的犄角之上。

那家伙怎么会在这儿？

第八十六章　主心骨儿

我一屁股坐在地上，杂毛小道更是激动，指着站在龙犄角上的虎皮猫大人那厮大声叫道："什么个情况啊这是？"

朵朵抚摸着真龙湿漉漉的鳞甲，抬起头来喊道："对呀对呀，臭屁猫大人，到底是怎么回事啊，你和阿龙叔怎么混到一起去了啊？"朵朵是个天真烂漫的性子，取的名字古怪稀奇，面对着真龙这威寒如海的气息，她也不怕，一脸笑颜地朝着在上方摆酷的虎皮猫大人喊道。

虎皮猫大人被自家小媳妇儿喊得心痒痒，再也绷不住了，抖了抖一身的水珠子，摇摇晃晃地从真龙犄角上飘飞下来，嘿嘿笑道："我先前脑子不是坏过么，愣是没有想起来，它是我的老伙伴了，当年要是没有能够自由穿梭三界的它，我哪里能够从幽府重返人间？"

我知道这真龙是友非敌之后，胸膛不再怦怦乱跳，勉强爬起来，感觉身子正顺着它的呼吸在上下起伏。这感觉使得我最真切地感受到自己与真龙似乎有连为一体的那种默契，但是瞧见费力扇着翅膀的虎皮猫大人，便是气不打一处来，伸手想把它的翅膀给揪住："你这个家伙，敢情还有这一手，干吗不早说啊？早说了，雨红玉髓只要一滴，完了咱就不掺和这些鬼把戏了，弄得现在……"

虎皮猫大人也挺冤枉的，捏着嗓子大声喊道："你以为我想啊，要不是掉进这洞子里面来，我下辈子都想不起那段时间的事情。真以为我是诓你们呢，我至于吗？"

我们这儿吵闹着，那头黑色真龙眼睛眨了一眨，然后伸过头来，硕大的鼻孔靠近我们的身前，似乎在嗅我们。虎皮猫大人先前还颇为轻松，瞧见真龙这副模样，也慌了，挡在我们的面前，笑道："黑龙哥啊，黑龙哥，那啥，这几个人呢是小弟我的朋友，跟那几个杂毛道士不是一块儿的。给小弟我一个面子，要没啥事儿呢，那就饶过他们一条小命儿吧，好不好？"

真龙似乎没有听到虎皮猫大人的招呼，摇动尾翼，将我们给送到鼻孔下来闻。

虎皮猫大人瞧见自己说话不管用，有些郁闷，低声朝着我们问道："嘿、嘿，怎么回事？告诉你，先前碰到的那湖泥地龙和湖蛟，都是这哥们的小弟，你们若是做了啥事儿，自己坦白交代，人家啥都明白着呢，争取宽大处理就是了。"

我瞧见那真龙眼睛里面流露出来的疑惑，想起虎皮猫大人说的那两个小弟，我和杂毛小道除了之前自卫时与湖蛟交过手之外，倒也没有什么冲突，耸耸肩头说没有，哪能呢。

虎皮猫大人不相信，说："没有才怪呢。它都活了几千年，比人还要精，有啥事就交代，能大事化小小事化了那是最好的，别瞒着，它最不喜欢躲躲闪闪的小人。"

虎皮猫大人这边使着脸色，杂毛小道倒是想起来一事儿，说："我们刚才在龙宫里面，倒是和一条跟它一样的小青龙交过手。不过后来我们谈开了，化解了恩怨，后来还是我和小毒物两个人齐心协力，才阻止了善扬那老杂毛对小青龙下手的心思，论起来，也没有仇怨啊。"

杂毛小道说完，突然瞧见一条门板大的软舌朝着自己身子舔来，这软舌不知道有多长，深红色，上面还有许多肉色的倒刺，此刻倒是柔软得很，里面不知道含着多少真正的龙涎，将杂毛小道整个人给抹得湿淋淋的，一脑门子油亮亮的口水。这一舔弄得杂毛小道吓了一大跳，差一点就准备拔剑了，好在他到底还是有些胆识，瞧见那肉刺并没有硬起来，知道那黑龙只是因为杂毛小道身上有小青龙的气息，才用这种方式在示好。

不过说句实话，这真龙刚才活活生吞下了两个人，先前还不知道吃了多少人，身上有着浓烈的腥气，这口水的味道的确是让人不敢恭维，杂毛小道经过这么一舔，跟那从粪坑里面捞出来的味道，基本上也没有多大的区别了。当然，作为一种荣耀，这也是世所罕有的，像杂毛小道这种境界的人自然也不会太在意这气味，只是拿眼睛瞟我，期待着我跟他一样，享受享受。

我就站在杂毛小道的旁边，闻到这股浓烈的腥气，差一点没有熏得背过气去，等杂毛小道给舔得里外一遍黏糊糊，晶晶亮，然后真龙朝着我瞧来之时，我下意识地往后闪。

真龙盯着我，不知道怎么回事，它的眼睛由成千上万粒的复眼骤然收缩凝聚，化作了一个点，凝聚在了我的胸腹之间。短暂停顿了三五秒钟之后，它额下的两缕长须垂落下来，仿佛被风吹过一般，滑过我的脸，在我的手心来回划了几道，痒痒的，又有些火辣辣的，好像出了血。我因为不了解这真龙大哥的脾气，也不敢看，只是拿眼睛瞅虎皮猫大人，想问它到底什么情况。然而突然之间，真龙一张嘴，吐出了一颗拳头大的透明珠子来。那珠子之上，附得有七彩毫光，散发出了强大的生命能量，我眼瞅着这珠子围绕着我和杂毛小道转了三圈，似乎就小了一层。

真龙吐出来的珠子，想来是它修行千年的内丹。最后停留在了我的双手前。不知道怎么回事，我去摸了一下，结果刚刚抬起手来，一触及，立刻感觉到火一样的烫，啊的大叫了一声，结果身子一颤儿，腾云驾了雾，人便被从龙尾之上甩到了水里面。寒水一激，我立刻醒转，瞧见杂毛小道也给甩飞下来，在我旁边扑了个狗啃屎，不过他倒没有着急，而是失心疯一般哈哈大笑，在浅滩的水上蹦来蹦去，快活得像个小孩儿。

空中回荡着真龙悠长清越的吟声，下一秒，我瞧见这大家伙在空中翻了几个身子，龙头再次潜入水中，水中的流向几次变换，然后水位急涨急落，不多时，便也龙影无踪了。

这情形让我有些摸不着头脑，不晓得到底发生了什么事情。我冲过去拉住又笑又跳的杂毛小道，将他给拉扯上了岸，准备扇他几个耳光，让他清醒一番。他跳开了去，指着我说道："小毒物你别趁乱动手啊，你这要扇我几个耳刮子，小心我扇回来！"

我瞧见他神志还在，顿时就放心了，喊道："到底怎么回事，这黑龙大哥是不是怪我胡乱摸了它的内丹？难道这内丹和俺们的那啥一样，都是不能让人摸的？要是，直接说一声就是了，干吗招呼也不打一声，就跑了啊？"

我头顶上哈哈大笑，却是虎皮猫大人这肥厮，它居然没有走。

我问它笑个屁？虎皮猫大人一副摇头晃脑、孺子不可教也的古怪模样，也不说，让我看看自己的手掌。我这才意识到有不对，举手一瞧，这才发现双手的手心处，就在恶魔巫手的两个符文旁边，又添了两个古怪的符文，左手是一条张牙舞爪、腾空而起的蟠龙，而右手，则是一条深潜入渊的螭龙。

这两条龙纤细如同小虫儿，只是一道灰黑色的符号，仿佛笔墨绘制上去的，然而当我用心去瞧的时候，却发现竟然有着比海洋还要宽阔的意识在里面。我的心神不定，仅瞧了一眼，便赶紧抬起头来，生怕瞧久了，自己的心神就完全陷入里面。我问这是什么？虎皮猫大人哈哈大笑，说有了这东西，你以后便不用怕小肥肥反噬了。

我听到了，更加郁闷，抱怨道："我现在倒是不担心它反噬了。我现在连那个家伙在哪里，都不晓得了。"虎皮猫大人听我说得这般伤心，落在旁边朵朵的手臂上，问到底是怎么回事。我和杂毛小道走上了浅滩石岸边来，将先前在洞庭龙宫里面发生的事情，都一一跟它讲了明白，听得虎皮猫大人连连感叹："发生了这么多精彩的事情，大人我竟然没有在场？"

杂毛小道郁闷得都快要跳了，说："你还有闲心关心这些屁事情，我小叔还扔在里面呢，生死不知，我们现在都不知道怎么办呢。"

虎皮猫大人眼睛珠子一转溜，嘎嘎一声大笑，说："我以前给应武那小子算过命，他命硬，能活百岁呢。走走，我带你们去找他！"

第八十七章　夜能视物，误指他途

虎皮猫大人这肥厮向来都是满口胡言，无论是敌是友，都会一通好骗，而且在关键时刻还总掉链子，无影无踪，最不靠谱。不过不知道怎么回事，大家在最迷茫的时候，想到的第一个人，总是它。至于原因，我想大概是它总一副天塌下来当被盖的豁达派头，让人安心吧。

真龙遁走，不知缘由，虎皮猫大人不说，我们也无从知晓，只有打量身周四处。

这里是一处浅滩，旁边流水潺潺，脚底下都是水流蚀刻的岩石，不过地方并不大，原本挤着六个人，然而此刻地上只剩下"魏先生"的尸体。我蹲身下来打量，魏先生虽然半边脑壳被拍碎，然而从完好无损的这半边脸孔来看，琼鼻红唇，轮廓柔美，却是一位明媚美丽的女人。

相比于我，杂毛小道的搜查要严格许多，他将这位化名魏先生的李双双女士衣服揭开，在怀中摸出一些零零碎碎的东西还有一份绘有图案的羊皮纸。

我们端详了一番，发现这羊皮纸上面描绘的图形，隐约间和这龙岛之下的溶洞群落大致相似，只是有些细节对不上。

虎皮猫大人挤过身子来瞧，端详了一番，不断点头，说绘图之人应该是来过这儿的，所描述的倒也不差。

我眯着眼睛，瞧着地上这羊皮纸，一开始还没有什么，过了一会儿，这才想起来，不对啊，刚才我们能瞧物，是借着慈元阁弟子手中的手电或者那真龙发出来的微微光芒，而此刻光源早已消散，怎么我还能够瞧得如此清楚？

我转而四处打量，视野中虽然依旧黯淡，然而却能够瞧得分厘不差，此刻的我可是没有借助朵朵的鬼眼呢！我这般四处打量，心中震撼，顾不得杂毛小道身上的熏臭，拉着他提起此事，杂毛小道表示不知，但他也是刚刚发现自己能暗中视物。

我们这边惊喜，虎皮猫大人却是不屑一顾，说真龙的好处，你们就才发现了这细枝末节，实在是太愚钝了。它让杂毛小道先不要着急小叔的安危，先盘腿而坐，用劲气将真龙涂覆在他身上的口水蒸发吸收，这是莫大的好处。而它则对照着这羊皮纸，先测算一下应武那小子到底在哪儿。

杂毛小道盘坐，运起了茅山真诀，一盏茶的工夫行了两个周天。霍然站立，一双眼睛竟然有如电射，灼灼生光，壮志豪情满怀，放声大笑三声，胸中的一口浊气终于全部排出，再无颜色。

虎皮猫大人瞧见了，拍打着翅膀说道："怎么样？小杂毛。真正得道的真龙，和那些鸡犬升天的长虫有区别吧？陶晋鸿那老狐狸最知谋算，故而这一次根本就没有过来凑趣，大概也是算得有这一遭。你茅山先后两人因龙而成。陶晋鸿成就地仙之位后，就要山中潜修，不理世事了，说不得要将你推到前台来呢。"

虎皮猫大人的意思是说杂毛小道有可能成为新一届的茅山掌教。杂毛小道这当事人对此有些不耐烦，嚷嚷道："别提这一茬。老子和小毒物开开心心闯江湖，有钱吃肉，也有钱喝花酒，几多开心。为毛要跑到那座宫里面，天天供奉那几个连我都不是很熟的先师仙尊啊？"

杂毛小道这般说，倒是没有隐瞒我陶晋鸿确实有这个打算的事情。不过这事，我可不好往里掺和。于是催问大人推算好了没有，小叔和小妖到底在哪儿？

虎皮猫大人飞落在羊皮纸上，沉稳地说道："他们应该在一起！"

接下来我们开启天吴珠再次入水。这回有了虎皮猫大人这头识途老马，我们走得不再迷茫，在密集的岔道中左转右转，过了好一会儿，虎皮猫大人一声令下，我们上浮，出现在一个工字形的浅滩旁。远远瞧见有火光，于是缓慢摸了过去。结果还没等我们走上几步，前方一道黑影翻飞，从拐角处冲到了我们的面前来。

我感觉自己被一股强大的气息锁定，抬头看去，竟然是先前和绿脸女子斗得颇为惨烈的善扬真人。这龙虎山第一高手衣衫破败，身上还有好几处伤口，显得颇些狼狈，瞧见了我们，也大为惊讶，喊道："竟然是你们？"

在瞧见善扬真人的那一瞬间，我还真的有给吓到。毕竟这些大人物里，我们最怕的就是善扬真人这种根本让人难以战胜的对手。不过我这边震惊，杂毛小道倒是不慌不忙地作揖寒暄，问了声好。我这才想起来，我们与善扬真人在明面上并没有翻脸，双方还是保持着同为正道同僚的礼貌。

火光那儿有几个人，躺在地上的那一个，竟然就是小叔。在他旁边或蹲或立的三个人中，除了矮胖子罗鼎全都是生面孔，想来应该是龙虎山在外面接应的人员。

那火光跳跃中，小叔躺在石头上面生死不明，而他的剑却被一个挽着道髻的白发老者拿在手里细细把玩着。这情形让我疑惑。杂毛小道与善扬真人寒暄几句之后，便径直冲过去，喊了一声小叔。

善扬真人没有阻拦，我和朵朵、虎皮猫大人也快步过去。杂毛小道蹲下身来推了小叔一把，小叔呻吟了一声，但是并没有睁开眼皮。有动静，说明并没有死，这一声让我们的心情立刻由阴转晴。善扬真人见杂毛小道给小叔把脉，说道："他只不过是受了些冲击力，魔气临体。不过他倒是十分幸运，关键时刻被挡了一下，没有立刻身亡。现在既然能够活下来，出去之后静养三五个月，调养气息，便又能活蹦乱跳了。"

听到善扬真人的话，杂毛小道站起来朝他躬身一揖，恭敬地说道："多谢真人对我小叔的活命之恩。"

然而善扬真人却侧过身子，不肯受这一礼，说道："这可当不起。我连自家儿郎都照顾不周全。能够从龙宫回来的，也就只有鼎全一人，哪里顾得上他？救他的另有其人，也就是你们自家的那个小妖精，是她将你小叔抢出了通道口，一路带到了这儿来的，我们可不敢居功。"

呃，竟然是小妖吗？

不过杂毛小道还是客客气气地说道："那也要感谢真人在此照顾。"龙虎山此番死了许多人，善扬真人的心情自然不大好，只是冷淡地点了点头。我心忧那小狐媚子，问道："那小妖现在在哪儿呢？"

罗鼎全中了毒，脸色乌黑，不过还是能够说话，告诉我小妖将萧应武放置此处后，就返回去找我们了，至于现在，他也不是很清楚。他的话还没有说完，善扬真人吸了吸鼻子，一把抓着杂毛小道胸前衣襟，激动地说道："你们刚才遇到真龙了？"杂毛小道这一身浓烈的腥气，一时半会也洗脱不得，所以善扬真人闻见了，我们也并不惊讶。杂毛小道早就备好腹稿，点头说："是。刚才在那边与真龙有过照面，它已经将慈元阁阁主和一干手下吞噬。也瞧见了我们，不过却并没有灭掉我们的心思，想来应该是因为我们对它没有什么杀心吧？"

这解释也是如实所说，然而听在了善扬真人的耳中，却有另外一番味道。他一脸激动，双手都在颤抖，轻轻喃语："不对，它发了狂，怎么可能放过你们呢？哦，对了，它一定是身受重伤，无力再与你们纠缠了。一定是这样，要不然它哪里会这般善良？"

善扬真人仿佛输钱的赌徒，一把抓住杂毛小道，厉声问道："它刚才在哪里出没？"

杂毛小道也是个坏得流脓的角色，指了一个相反的方向。善扬深信不疑，招呼旁边三个门人，便要匆匆前去屠龙。他们正准备离开，杂毛小道突然拉住了那个白发老道士，沉静地说道："前辈，剑！"

第八十八章　丑媳妇总要见公婆

六转雷击枣木剑是一件了不得的法器，原本为三叔所有，这一回因为要来洞庭湖寻找龙涎液，才给小叔带了过来。这东西对于萧家是一件很珍贵的东西，也是三叔一生所伴，自然没有让这个龙虎山老道士顺手牵羊的道理，故而杂毛小道也顾不得善扬真人在场，毫不留情地出言讨要。

那个白发老道应该也是与善扬、望月同辈的长老人物，不过名声不显，我们也不认识。这人瞧着劲气内敛，不寡不淡，却是个真正的大高手。给杂毛小道这一拦着，他有些诧异，将这把枣木剑执在身前，皱着眉头，轻轻一吹，枣木剑上有嗡嗡声响长鸣。听着这奇异声响，他面色肃然地反问道："你说什么？"

白发老道的目光锋利如刀，然而刚刚经过了真龙洗礼的杂毛小道浑然不惧，不卑不亢地恭声说道："前辈手中的这把枣木剑，是在下三叔所有，花费了二十年的养剑时光，方才略有锋芒。它对于我萧家来说，十分重要，这一次被我小叔从家中带出来，也是不能胡乱丢失的。"

白发老道额头青筋直跳，紧紧捏着剑柄不说话，用眼角余光去扫量自家师兄，里面有凶光，仿佛只要善扬真人一点头，他便准备下辣手。然而善扬真人心急讨龙，并没有支持他这强取豪夺的行为，说道："吉方，这剑是人家的，你喜欢，别人若肯借，你拿去玩几个月也无妨。若是不给面子，赏完了还给别人就是，何必多言？"

善扬真人这话儿说得模棱两可，细细一琢磨，倒也有些威逼的劲头。然而它龙虎山的面子在我们这儿却是不值几毛钱的。杂毛小道依然伸出手，一脸讨好地笑着说："吉方真人，这剑对于我萧家十分重要，借是肯定借不得的。不过我看你也是爱剑之人，晚辈又恰恰擅长于制剑之道，哪日若得了好材料，定当罄尽全力，做出一把合乎您心意的木剑，送至龙虎山。"

听得杂毛小道这般不给面子，那白发老道一声冷哼，手一甩，雷击枣木剑从他手上飞出，射入小叔身旁的岩石上，剑尖入石一寸，尾端颤颤悠悠直晃动，显示出了他高深的修为和精妙的用剑技巧。

将剑扔出之后，这长老冷冷说道："只不过瞧着有些新奇而已，你当真以为我想要占你家的东西？要说制器，我家望月师兄天下无双，又何必来要你那残破手艺呢？哼。"

他这一声冷哼，人已冲出数十米。善扬真人回头深深地瞧了我们一眼，也没多言，带着门人离开了。我捂嘴笑，瞧见他们消失的背影，心里面的话终于没有憋住，嘿嘿笑道："他难道不知道，自己嘴里面那天下无双的望月师兄，好像刚刚败在了你手里吗？"

虎皮猫大人和朵朵也在旁边哈哈大笑，越发觉得这件事情有趣。

杂毛小道倒也不是第一次被人看轻了，瞧见善扬真人一行人到底还是顾着正道中人的脸面，没有强夺，也长长地舒了一口气，蹲身下来仔细查看小叔的伤情。我们两个一巫一道，多少都懂些医术，检查了一番，发现小叔的外伤并不严重，正如善扬真人所言，是因为处于杨知修殉爆的中心，所以即使有龙凤剪灵庇护，也受了非常重的内伤。

不过养上三五个月这事儿，倒也不用。因为我怀中有一瓶疗伤圣药，原汁原味，纯天然无添加，反正还剩八滴，多得很，给小叔用一滴缓解伤情，也好赶紧逃出这复杂的湖底。

当然，这个地方处于地下通道的主干处，人来人往，或许会碰上敌手，并不安全，我们得另外换一个地方。如此商议一番，我在旁边的石壁上面刻下了几句晦涩难懂的话语，这话语取自朵朵所习的《鬼道真解》，再加上我手书的笔迹小妖也熟悉，她若回返，应该就能知道我们来过这里和我们的去向。

杂毛小道将昏迷的小叔小心背在身上，由虎皮猫大人领路，转了几个弯口，来到我们先前偷听姚雪清与洛飞雨谈话的那处遍布石笋的开阔空间。到了这里，我们沿着边儿走，找了一个偏僻的角落。杂毛小道将小叔的身子给放平，而我则取出了一滴珍贵异常的雨红玉髓，滴入了小叔干涸的嘴里。

和我们服用的情形不一样，此刻小叔完全处于昏迷状态，生命垂危，根本就没有意识，也行不了气。好在杂毛小道与小叔所习的功法是同源同宗，于是在旁边助他行气，催动雨红玉髓的效用挥发，使得小叔能够尽早恢复意识。

我也不闲着，让虎皮猫大人陪着朵朵在旁边警戒，而我则盘腿而坐，眼观鼻、鼻观心，心则观想小妖的形象，试图与其联系上来。然而我努力许久，还是没有成功。

所谓修行，一在身，二在心。所谓身，体现于与人交手接战时的战力；而心，则说的是对这个世界更深层次的理解和体验。很多修行已至巅峰的得道之人，如蛊丽妹，竟能徘徊于不同的世界，陶晋鸿也能如此，至于虎皮猫大人，它也能够站在巅峰的高度看待世间的一切，推算天机，这便是入灵、入道、入法。此乃天道，我隐隐有所觉，却并不得法，反不如小妖、朵朵这些非人类的小家伙理解透彻。

过了好一会儿，我听到一阵剧烈的咳嗽声，是小叔苏醒过来了。悠悠醒来的小叔瞧见我和杂毛小道虽然衣衫不整、一身狼狈，但却神采奕奕，激动得抓着我们的手，紧紧不肯放松，让我感受到小叔对我们深深的关切之情。三言两语，叙述完分离之后的情形，小叔长叹一口气，直将胸口浊气给吐了出来，精神振奋一些，说如此说来，在此番来寻龙的诸多势力之中，倒是我们获利最多，受损最少了。

说到受损，其实也还是有的。此刻小妖离散，肥虫子无踪，而我最得力的武器鬼剑也掉落在了倒塌的龙宫里面，着实可惜。不过比起崂山、慈元阁、鱼头帮和龙虎山等一帮偷鸡不成蚀把米的苦主，比起我们所经历的那些惊涛骇浪而言，又实在是微不足道，也的确值得高兴一场。

我不动声色地收敛着肥虫子失踪的惆怅，说还好小叔当时眼疾手快，一剪便将杨知修那老魔头给斩首了，要不然事情到底会变成一个什么样的境地，谁也不晓得呢。

服用过雨红玉髓的小叔开始能够渐渐将自己的伤势压制，翻身坐起来，听得我的恭维，也只是苦笑，说："你们当真以为我有那般神勇？再说了，即便我有斩杀杨知修的心思，也未必能够降服从客老太那儿夺来的龙凤寒钢剪啊？"

客老太能够在西南兴风作浪，屡次逃脱特勤局的追捕，自然是一个极有本事的女人，要不然也不会被杨知修招揽，充当爪牙。这龙凤剪是她看家的把式，便如同我怀中的震镜，早已和主人的心血意志牵连，并不是谁喊一声"无量天尊"，便能够胡乱使用的。

听小叔这般说，我们便晓得这里面有内情，忙问当时到底是怎么回事？

小叔告诉我们，他当时瞧见我有被杨知修击杀的趋势，连冲了两回，都被杨知修给荡开去，也受了些伤。当他准备再次冲击的时候，一股阴寒入体，浑身便仿佛被人控制，请神上身了一般，还没多想，便瞧见杨知修朝着自己的脚下摔来……

小叔说自己被附了体，也由不得我们不相信，因为当时他实在是太神勇了，让人感觉古怪，这么解释，倒行得通。不过到底是谁来附体呢？我们这边猜测着，虎皮猫大人却是嘎嘎大笑说："这个还要猜？还不就是小毒物以前留在这儿的残兵败将，也就是跟黑龙哥比邻而居的那个脾气暴躁的恶婆娘呢。"它这一句话都还没有说完，就仿佛踩到了钉子一般，跳脚朝着我们头顶飞去，支吾不敢言。

虎皮猫大人这反应让我们有些惊讶，顺着它的目光朝着暗处看去，见有一道婀娜曼妙的身影从石笋林后缓缓走了出来。因为雨红玉髓的关系，我能够在极暗的光线中瞧见来人模样，正是先前跟杨知修、姚雪清恶斗的那个绿脸女子。

第八十九章　穿越千年的爱恋

倘若不是虎皮猫大人提起，我绝对不会相信我面前的这个绿脸女子，会跟鬼城龙哥、缅北大熊哥和那头青山界飞尸一般，都是两千年前的耶朗遗民。

与龙哥他们那一副稍显恐怖的僵尸模样不同，绿脸女子虽然皮肤稍微有些淡淡的绿意，穿的也是绿衫襦裙，但总体而言，跟一个正常的女子几乎没有什么区别，而她的眉目和眼神之间，似乎还颇为柔美，颇有几分漂亮女性的姿色。

这样的女子，竟然也活了几千年，这种离奇的事情，它可能存在吗？

我的心中充满疑惑，然而那女子却在恍惚之间出现在我们面前五步远的地方。这么近的距离，倘若要是心存恶意而出手，她凭借龙宫布置和力扛姚雪清善扬真人攻击的修为和手段，只怕我们很难保全性命。

不过还好她只是轻轻挥了挥手，将虎皮猫大人给一把甩飞，然后凝目注视着我。迎着这绿脸女子考较一般的目光，我也不好露出怯意，出言招呼道："呃，你好。我是苗疆清水江流的陆左，他是茅山门下的萧克明，不知道姑娘你如何称呼？"

绿脸女子的脸上浮现出了一丝细微不可见的失望，红唇间噙着苦笑，微微叹息道："多久了？"

乍听此言，我有些摸不着头脑，问："什么多久？现在是公元 2011 年……"

我们相隔不远，我甚至都能够闻到绿脸女子身上的气味，并没有僵尸的那种腐臭，反而有一种类似于草本植物的天然清香。越是如此，我越忐忑，想着这尊大神到底是何方高人，过来找到我们，又是有着什么目的？

从出现到现在，绿脸女子的脸上就一直充斥着苦笑，瞧见我这般反问，脸上那悲哀的神色更浓了，长长一声叹息，没有再说话。而是平伸右手，微微一勾，我胸口便有一物蠕动，从怀里滑出，径直飘到了她的手心里。

绿脸女子凝望着手心处这颗闪耀着柔和光华的天吴珠，而我则不敢动弹，只是瞧着她呈现出淡绿色的手掌，竟然能够感受到她身上那股与小妖相差不远的本源气息。

过了好一会儿，她才抬起头来，淡淡说道："你见过龙侍卫了？"

她这一句话让我震骇，提到了鬼城龙刺，显然她也是看守耶朗祭殿的守卫人物，只不过，她为何与其他人都不相同呢？我下意识地点了点头。绿脸女子已经走到了我的面前，我的眼睛一花，她的左手已经贴到了我的额头上。

这手粗糙，宛如粗粝树干，但是却有一股清凉芬芳的气息从她的手上传递过来，游遍了我的全身。杂毛小道和朵朵侧立在旁，也没有干扰，只是看着。面对着这样的千年老怪物，我自然也是不敢动弹，任她处置。差不多十几息的工夫，她收回了左手，然后有些惊讶地问道："除了龙刺，你还与玉妃见过面了？"

"呃，玉妃是？"

我并不确定绿脸女子所说的玉妃，会不会就是那头被火娃焚身的青山界女尸，于是问了一句。然而这话儿都还没有说完，便被一股磅礴的力量猛然一撞，身子朝着后面飞去，后背心重重撞在了石壁之上，血气翻腾，眼冒金星，一口老血便忍不住吐了出来。

朵朵瞧见我挨了揍，闷不吭声地卷起袖子准备上前帮忙，旁边的杂毛小道却晓得这里面的利害关系，一把拉住这即将暴走的小萝莉，低声劝道："哎哟，我的小姑奶奶哎，你可就别添乱了。"

我眼前一阵黑，缓了一口气，睁开眼睛，映入眼帘的是这女人一脸的悲伤。听她轻叹道："千年的等待换来的，难道就是相逢对面不相识吗？玉妃啊玉妃，当年的你容貌冠绝天下，本可以在昭华未逝之前，留下传奇在人间，遁入轮回。然而你可曾想过，当你忍受了千年的寂寞，自己的情郎却根本就认不出在这具腐朽的尸体里面，藏着的是他当年最挚爱的灵魂吗？"

我双手撑在地上，听得绿脸女子娓娓道来，想起了当日在藏地，青山界飞尸临死之前对我所说的那一句话："王……"

那个时候的她，还只是一具面目丑恶的僵尸，然而当她呼喊出那一句话来的时候，我心中最柔软的地方却被触动。当时未曾细思量，此刻心弦被拨动，却不由得神伤，一股难以言叙的情绪弥漫上心头，不知不觉地就泪流满面，情难自己。

见我也未反驳，只是流泪不已，绿脸女子悲伤稍减，然而仍旧心存怨念："到底还是他的转世，到底还懂流泪，不过依旧还是一个狠心肠的人物，竟然舍得让自己最爱的女人来入药，而龙刺那条忠狗居然还无心无肺地执行了下来。"

我的心中悲伤，然而听到绿脸女子骂起了我最尊敬的龙哥，也不由得生出几分怒意，调整情绪，沉声说道："小爱也是爱，大爱也是爱，在你的眼中，只有玉妃的孤苦，却不知道经过十九世轮回折磨的王，他需要付出多少常人不知的苦痛。你也理解不了，他心中装载的，不仅仅只有儿女之情，还有这整个天下，还有这天下间无数的生命，所有美好的东西。"

听到我突然变得这么沉稳，从容不迫，绿脸女子收敛起了那黯然的神伤，凝望着我的脸，缓声问道："你是？"

我也不知道哪儿来的勇气，面对着这神仙一般的人物，竟然还保持着居高临下的态度，平静说道："我还是我，苗疆陆左。他并没有醒过来，或者说我并没有醒过来，也不知道自己的使命是什么。只不过我去过了耶朗大联盟的五处大殿，大抵也知道了当年到底发生了什么事情。"

我深呼一口气，盯着她的双眸说道："对于我来说，不管怎么样，王都是值得敬佩的——很多人选择了死去，遁入轮回，然而唯有他，还有你们能够有勇气，选择直面这一切。王不曾悔，龙刺不曾悔，南征大将军熊蛮子也不曾后悔，我想便是玉妃，她应该也无悔的吧。而你呢，千年之后的你，现在后悔了吗？"

听得我这般问起，绿脸女子浑身一震，抬起头来，喃喃念道："无悔，我后悔了吗？"

她陷入了沉默，我们也不多言。过了一会儿，绿脸女子这才说道："苗历轮回，不过二十。你确实比洛十八要牙尖嘴利。千年等待，只为今朝，你放心，既然龙刺、熊蛮子、玉妃和武陵王都不舍不弃，不管怎么样，我都不会违背自己的使命。不然，我这千百年来的坚持，岂不是没有意义了吗？"

她说完这话，将手上的天吴珠抛起，然后看向我说："当初龙刺将这珠子给你的时候，是怎么说的？"

我想起了当日情形，说："龙哥说这珠子借给我两年，到时候要记得还给他。只不过当时山脉塌陷，我再也找不到西祭殿入口了。"

绿脸女子笑了笑说："龙刺当年是耶朗第一近身高手，胜在武力，却没想到这老疙瘩上千年过去了，竟然比我还知谋算。这珠子你也别费力还给他了。他的意思，想来应该是将这天吴珠还给我。这珠子是当年王赐予我之物，后来辗转流落到了他手里，现在倒也算是物归原主了。"

这天吴珠对于我来说十分重要，纵横湖海，可都得靠它。然而面对绿脸女子的强索，我却也不敢多言，唯有苦笑着答应。绿脸女子收起天吴珠，抬头瞧了一眼岩顶，说道："龙宫既毁，东祭殿也要受害沉落湖底，山体走移，龙岛只怕也难再现于湖面。你们快走吧，不然恐怕就要陷于此处了。"

我和杂毛小道面面相觑，不由觉得头大如麻。我们赖以从水下遁走的天吴珠给这绿脸女人收走了，这可怎么出去啊？然而那女人却并不管我们这些，继续说道："时间未至，我还需镇守洞眼，就不再与你多言了。还有一年之期，希望到时候再见到你，你，能够喊出我的名字。"

此话说完，这绿脸女人的身子向后飘飞，消失于黑暗中。此刻，从洞穴深处突然传来一声惊天地的响动，轰隆隆，轰隆隆，整个天地都开始摇晃起来，我若不是扶着石壁，只怕连站立都不稳。

我、小叔和杂毛小道瞧着那不断荡起涟漪的水面，苦笑不已。

天地之间的震动越来越响了，倘若再这般拖延下去，只怕我们就要活埋此间，怎么办？我们都看向了虎皮猫大人，而这肥厮却催促我们道："我带朵朵逃命，你们三个，自个儿游出去吧！"这话儿说完，它竟然抓着朵朵朝上空飞去，而我们则唯有硬着头皮，跳入水中。

第九十章　螳螂捕蝉

朝阳从湖面尽头跃起，将烟波浩渺的水面染得金光闪耀，驱散了无数薄纱迷雾。从湖水中潜出来的我、杂毛小道和小叔三人瞧见这轮冉冉升起的旭日，心中激动不已。

曾几何时，我们都以为自己再也见不到它了。

不知道有多少人埋骨于此，然而我们终究属于幸运者行列，没有将自己的性命留在这洞庭湖深处。贪婪地呼吸着晨间湖面上清新的氧气，我四肢舒展，漂浮在水面上，让那荡漾碧波承托着我的身体，使疲倦欲死的身子得以缓解。

我们当初硬着头皮跳入水中，直以为自己铁定游不出那狭长的水道，然而让我惊讶的是，在调节过自己习惯性的身体机能之后，大家都发现了一件事情，那就是除了通过口鼻呼吸之外，我们还能够通过皮肤来摄取水中的氧气以保证正常的新陈代谢和血液运转，维持身体的机能。

这其实是一件很简单的道理，修行者体内自有一口气，当修行到了一定的境界，让自己的身体达到无漏状态，旧气消逝，新气复生，如此源源不断，生生不息，怎么会怕在水中窒息而亡呢？这道理，常年在水里面讨生活的鱼头帮那一干"水鬼"都晓得，而能够做到极致者，譬如姚雪清，或者茅山的水蚤长老徐修眉，能够在水中待上个几天几夜都不用浮上水面来透一口气，也就是明了这内中的法门。

人类在远古时期是从海洋走向陆地的，虽然经过了无数万年的进化，但是这天分还是留在骨子里面的。不过我们三人之所以能够体悟到这法门，除了因为被逼到了绝境，还有一个很重要的原因，则可能是雨红玉髓的关系。龙涎液的功效便是疏通筋脉，将全身三万六千穴窍打开来，扩展容积。当周身穴窍都苏醒过来之后，水中呼吸也便不再是什么难事了，那绿脸女子也大概是看通此点，才将我手中的天吴珠给拿走的。

说实话，虽然这绿脸女子跟我似乎有一点儿关系，而且洞庭龙宫沉入水中，她这也是急需。但是天吴珠被她给拿走，我心中多少还是有些难舍。好在这一番畅游下来，慢慢掌握这水中潜游的窍门，我多少也能够释怀了一些。

浮出水面，天已大亮，回头瞧，那山字形的龙岛已消失无踪，偌大的湖面茫茫如野，什么也瞧不见，倘若不是胸口这瓶雨红玉髓在，我都还以为自己做了一个漫长的梦。

我们三人浮出水面之后，稍微打量了一下四周，便再也没有气力再关心其他事情，只是让自己的身子漂浮在湖面上，彻底地歇一口气。这般漂在湖面上，也不言语，意识处于半清醒半迷糊的状态，不知不觉就过了好久。当我耳朵边传来人声呼喊的时候，见到一艘大船缓缓行来，船头上有人在朝着我们呼喊。

我抬头瞧了一眼，不由得苦笑。我们三人呈现出一个"品"字形，在湖面上随波逐流，衣服破烂不堪，远远瞧来，就好像三具死尸。听到这声音，杂毛小道也从半梦半醒之中清醒过来，举目望去，不由得惊喜地喊道："是寻龙号啊。"

我们此番之所以在这儿"挺尸"良久，一来是休息养气，二来也是因为没有落脚的地方，否则谁会想在这湖面一直飘下去呢？

瞧见寻龙号巨大的船身，我们不再停留，朝着那艘奋力游去，不多时便已经到了船下，瞧见了田掌柜、朱掌柜、少东家和方怡等几张熟悉的面孔。

上面在确认了我们的身份之后，扔下来软梯。我们依次爬上了寻龙号的甲板，田掌柜招呼人抱了三床棉被过来，待我们稍微擦干身子之后，请我们到船舱，还端来了热茶。相比田掌柜的周到，方家兄妹却是十分关心自家老爹的安危，待我们缓过一口气来，便拉着我们问起一同进入到龙穴里面众人的情况。

三两口热茶下肚，一股暖流慢慢游遍全身。杂毛小道便将魏先生其实是一个叫做李双双的女子装扮，而那女人的身份，却是鱼头帮白纸扇这件事情仔细道来。听到这个消息，方家兄妹大为震惊，田掌柜瞪起一双硕大的眼睛，不敢相信。

少东家并不关心那劳什子白纸扇，一直追问自家父亲和一众慈元阁弟兄的现状。他们期待着从我们嘴里说出一个好消息，然而我却只能告诉他们，那三艘小鲟鱼中，一艘里面的人员全部给魏先生杀害，而阁主方鸿谨，则在诛杀了魏先生之后，连同刘永湘一起被真龙给吞噬了。

听到这个消息，少东家一屁股坐在椅子上，泪水夺眶而出，而方怡则发疯一般摇头大叫："不可能，不可能，我爹地怎么会死呢？"瞧见方怡一副受不了打击的模样，我们好意劝她，然而她却哭泣地拉着杂毛小道，责问说为什么没有保护好她的父亲？

这话儿问得我们无语以对。且不说我们根本就没有义务为方鸿谨的生死负责，即便是我们当时想要救他，那也得黑龙大哥同意才行啊。便是我们，这也是人家看在虎皮猫大人的面子，以及我们对它没有什么坏心思的分上，才放过我们的，我们拿什么，去救慈元阁阁主？

方鸿谨，其实最终还是死于自己的野心，谁也救不了他。

方怡哭闹得瘫倒在地，被人扶回了船舱。少东家则与田掌柜、朱掌柜陪着我们，仔细了解昨夜的情形。方志龙为人虽然迂腐，但这些年还是经了不少事，比方怡自然要懂事许多，突逢大变，他还是能够稳住心神。

我们没有瞒他，将昨夜的情形大致说了个清楚。当得知了这里面竟然有这么多势力博弈，而内中又是如此凶险时，田掌柜一声长叹，说他们昨夜在外面停泊驻守，到了拂晓时分，感觉天摇地晃，湖水晃动，那偌大一片岛屿竟然沉落下去，这才慌张扬帆逃离。途中瞧见了一艘小鲟鱼的残骸，里面的人已经死透，心中也是有了准备，只不过不愿离去。却不料事情竟然会这么惨，连阁主他老人家都已经逝去了。

小叔问那个李双双到底是什么人物？

田、朱两位掌柜对视一眼，目光交流一番之后，田掌柜苦笑说道："此时涉及我慈元阁一些过往的破事，倒也没有人愿意提起。"

隐私难言，我们也不再多提。正说着话，突然船头有人大喊，说水底里好像有东西。听得此言，我们都坐不住了，冲上前舱去看。行船的人告诉我们，说离这儿几里水路的地方，有某物在跟着这寻龙号。慈元阁众人又恐又惊，不敢停留，扬帆，奋力朝着归路返航。差不多过了那雾区的时候，甲板上有人在大叫，喧闹异常。

我们皆上前去看，远远瞧见一道朦胧身影，却是那头黑龙，在远方遥遥看着我们。当黑龙身影从雾中浮现出的时候，一阵又一阵响彻天地的清越龙吟声传来，慈元阁众人惊悸万分，只以为这真龙是想过来报复，赶尽杀绝。这会儿一字剑早已跟他们分道扬镳，没有高手镇场，上下一阵忙乱。而我、杂毛小道和小叔三人却站在船头，瞧着那孤独的身影，心中满是悲伤，缓缓挥手作别。

寻龙号扬帆划桨，全力驶出这一片水域，见那真龙并没有追来，这才松了一口气。我们搏杀一夜，也是困倦之极，便返回船舱休息，并等待虎皮猫大人归来。

寻龙号全力航行，不知不觉出了洞庭湖深处。我困倦欲死，睡得迷迷糊糊，突然听到有嗡嗡嗡的声音从头顶传来，过了一会儿，又有扩音器的声音，等我意识醒转过来的时候，发现寻龙号已停住了。

我起身，瞧见窗外竟然有军绿色的武装直升机飞过，人顿时就清醒了几分，跑到另外一侧，瞧见有好几艘现代船只围着寻龙号，上面站着身穿制服的军人，一艘现代巡逻艇正靠在了寻龙号旁边，有人搭着跳板走了过来。

我瞧着领头一人有些眼熟，盯着他那墨镜看了老半天，这才想起来，朝着旁边杂毛小道低声道："这不是洛瞎子吗？"

第九十一章　人生无外乎就是妥协二字

寻龙号被团团围住，被勒令接受检查。不多时，便有两个全副武装的军人过来敲门，请我们到船头去。

我们跟着这两个兵哥哥来到船头甲板处，瞧见寻龙号船上所有人都集中在了这儿，不过他们并没有遭受什么粗暴的检查，只是齐排站着。洛瞎子正在与田掌柜交谈，谈得还算愉快。在他旁边站着一个身穿灰色中山装的青年，看着好像特勤局的同事。

瞧见我们过来，那个中山装在洛瞎子耳旁低语两句，这铁齿神算刘的大徒弟便没有再与慈元阁诸人多谈，而是笑容满面地朝着我们这边迎了过来，与我们握手寒暄。自岳阳楼一别，虽然时间不久，但是恍如隔世。大家见面倒也热切，洛瞎子亲切热情地称呼杂毛小道和小叔原来的名号，却叫我陆左同志，这称呼让我有些别扭，再看周边这些一脸冷肃的军人，我心中不由多了几分不祥之感。

那中山装跟着洛瞎子过来，他便帮我们介绍，说这是中央派来的陈超同志。陈超为人沉稳，依次跟我们握手，说了些久仰久仰的客套话，不过在和我握手的时候，语气却又加强了几分。陈超需要安抚慈元阁一干人等，打完招呼便离开了，洛瞎子却无心应付，拉着我们来到船左舷，感叹一声道："我当时让你们别来这儿，没想到你们到底还是闯了进来。哎，果真跟刘师卦算的结果一模一样啊。"

杂毛小道跟洛瞎子是朋友，向来熟络，也没有太多可讲究的，眯眼睛去瞧头上那两架分明是从野战部队调过来的武装直升机，皱眉问道："洛老哥，这么大的阵仗，到底是怎么回事啊？你可得给小弟这里透个底，要不然我们可虚慌。"

洛瞎子扶了扶那老墨镜，说："你们还记得入湖的时候，在南庙村发生的那起多人死亡命案吗？"

我们点头，洛瞎子说的是我们进湖前在那湖边小村邪灵教杀人布阵、引龙来袭之事，一村几十口的命案，自然是天大的事情，当时我们走得匆忙，只是将赵兴瑞的号码给村民留下，让他们联系特勤局来处理，却没想到弄出这么大动静。

洛瞎子继续说道："这事情上面震怒，要求彻查，陈超同志就是中央派下来专门督察此案的，而我恰好也在这附近，就给拉过来办事了。这事情据村民说你们也有参与，之前正四处派人寻你们呢，没想到竟然在这儿碰到了。"

入湖之后，风云变幻，与此案相关的所有人，客老太、黄鹏飞以及鱼头帮的四相海都已经被我们当场斩杀，最大的幕后黑手杨知修也已经伏诛，差不多也算是了结。

这事情并无需隐瞒，杂毛小道便将事情的来龙去脉给洛瞎子粗略提及。洛瞎子听了几句，立刻脸色大变，让我们先停住，问能不能让中央的陈超同志过来旁听，并请随行的专案组来做一下笔录。我们并不拒绝，便就地作了笔录，慈元阁少东家、方怡还有田掌柜在荒村血案的时候也都在场，也各做了一份。

给我做笔录的是一个三十来岁的中年人，一脸沉稳。因为事先表明了身份，他并没有把我当作犯人来审问，一问一答间，多少也有些客气。我了解到他是湘湖省特勤局的人，给紧急抽调过来配合的，多少也算是同行。

做完笔录签完名，洛瞎子回了一趟这一行中最大的船上，过了十几分钟才折返回来。

这个时候寻龙号上面的军人都已经撤了回去，只有中央那个陈超同志还在船上。折回来的洛瞎子脸色不太好，拉着我们来到船尾，干咳几声，张了张嘴，却又没有说话。他这副模样让我们的心都提了起来，杂毛小道问道："洛老哥，有事说事，这样欲言又止的模样，逗我们呢？"

见杂毛小道不耐烦，洛瞎子沉默了几秒钟，这才语气干涩地问道："小萧，我问你，你们这次前往洞庭湖深处，是不是取到了龙涎液？"

洛瞎子这一问，杂毛小道的脸色僵硬，缓缓变得铁青。过了好一会儿，他才吸了一下鼻子，冷声笑道："得了如何，没得那又如何？"

在老友面前，杂毛小道不屑于说假话，而洛瞎子与杂毛小道早年知交，一听便知道我们身上有龙涎液，也顾不得老萧的语气，焦急地问道："你们是在哪儿找到的，有坐标吗？还有，总共找到几滴，在哪里？"

我不满地插嘴说道："洛老哥，位置我自然可以指给你们。不过你刚才也知道了，那洞庭湖深处的龙岛现在已经沉入了湖底，外面又有迷阵布置，现代设备根本进不去。你们若有兴趣找，便去，只不过倘若找寻不到，也不要怨我们。至于龙涎液有几滴，天材地宝，能者居之，这事情你就不必多问了吧？"

洛瞎子苦笑，说事情并没有这么简单，你们知道那边船上，到底有谁在吗？

我们都不愿理会他，不过小叔老成持重，问是谁？洛瞎子舔了舔嘴唇，说："告诉我你们身上有龙涎液的，是黄公。"小叔大惊失色，说是大内第一高手黄天望吗？洛瞎子叹气，说大势所趋，不能阻止，我觉得你们还是尽量多谈一些条件吧，要不然闹翻了，大家的脸上都不好看。

我们都陷入了沉默，旁边突然有人朗声说道："船尾风光无限好，几位好兴致啊，可否容在下来说两句呢？"

陈超从拐角处走了过来，看着沉默的我们，微微笑道："黄师自北而来，日夜兼程，然而却还是让诸位抢了先，左道果真如江湖传说的那般厉害。不过呢，有句老话说得好，命里有时终须有，命里无时莫强求。这话呢，延博兄已经跟你们说了许多，我也不多讲了，只是恳求三位能够将龙涎液留下来，莫让我们为难。当然，组织绝对不会让立功的同志受委屈的，我们一定会以别的方式，给你们补偿的。"

陈超一脸真诚，而在我们的眼中却是那么的可恶，气得我准备回手去摸鬼剑，将这厮给砍成两半。当手落到了空处后，我这才想明白，什么南庙村血案专案组，这飞机舰船的，原来都是为了龙涎液而来。我在这儿气愤不已，杂毛小道却反应过来了，拍了拍我的肩膀，然后平静说道："这龙涎液，我们总共取了七滴，留一滴给我三叔治病，其余的你们可以都带走，但是有一句丑话，我要说在前头。"

杂毛小道的爽快让洛瞎子颇为诧异，然而陈超却是难掩失望之色，皱着眉头看了洛瞎子一眼，下意识地说道："怎么可能这么少呢？"杂毛小道不怒反笑了，凝望着这中山装，嘿嘿笑道："是少，你若有本事，那儿有一瓢一瓢的，自己去舀就是了，也省得来谋算我们这些，好不好？"

感受到杂毛小道这灿烂笑容下面的冰冷，洛瞎子知道这小友是发了真火，忙拉着他劝解，陈超也知道自己失言，连声抱歉，然后说你们有什么要求，但请直言，无须顾忌。

杂毛小道伸出两根手指，逐一说道："两点。第一点，为了取这龙涎液，我兄弟叔侄三人历尽生死，重伤垂危，这功劳，怎么补偿呢上面自己看，但绝对不能欺上瞒下，将我们的功劳给抹去了，让你还有黄天望给占去。"

贪夺争功，这事情古往今来都有，未必不会发生，我们千辛万苦，却给他人做嫁衣裳，这事情可不行。陈超听见杂毛小道对大内第一高手直呼其名，言语不敬，眉头一皱，不过也不多言，点头说好。

"二，我们取了龙涎液，这事儿很多人都知道，为了防止别人像你们这样，也找过来，我要你们立刻散发消息，说东西我们已经上供了，让他们别来找俺麻烦。"

怀璧有罪，我们不想惹那风雨，这风险自然得由上面承担，陈超也表示理解，点头同意。

事情到了这步，我们终于还是想通了，胳膊拧不过大腿。再说了，多余的龙涎液我们要了也没用，反而是麻烦，不如拿来换场功劳。这一点想通了，于是很快便开始交接，我们仅留了一滴，其余的则都让陈超用一排看着非常高科技的金属试管给装走，临了还放入了导弹都轰不穿的保险箱里去。

洛瞎子准备回船了，问我们要不要一起走，杂毛小道眯着眼睛看着天边，那儿有一个黑点。他说不用了，我们自个儿回家。洛瞎子叹了一口气，往回走去。瞧见这一票人准备离开，我想起一事，冲到船栏边，朝着对面喊道："这大湖里面，有邪灵教的右使、鱼头帮帮主还有一堆邪恶的罪犯，有劳诸位了。"

看着这一艘艘现代船艇离开，我们恍然若失，有种说不出来的感觉，还好头顶上那一道肥硕的黑影返回来，让我们的心情好转了许多。与慈元阁诸人草草聊了几句，我返回船舱，却吓了一跳，这虎皮猫大人不但将朵朵带了回来，还出人意料地带回了两个小祖宗。

第九十二章　三叔康复

盘坐在船舱的小床上面，我看着面前这个相互撕咬着的圆环，有些傻眼。这圆环的构成很奇特，小半边是淡淡的黄金色，肥嘟嘟；那半边则是青绿色，苍劲别致，一身鳞甲。这两者自然是肥虫子和小青龙首尾相连，你咬着我，我咬着你，谁也不肯松口，于是给虎皮猫大人带了回来。

这两个家伙累得虎皮猫大人直喘，瞧见我们，破口大骂："你们没事跑那么远干吗？大人我追得累死，肉都减了好几斤。"

我不理会虎皮猫大人，仔细盯着肥虫子，瞧见它貌似回到了初始的模样，不晓得为何会变成这样子。我盯着它，它那黑豆子眼睛也瞧着我，从前那种熟悉的亲近感就在这对视中，缓慢地恢复过来。我打了一个响指，喊松嘴，肥虫子乖乖地松开了嘴巴，然后朝我委屈地叫唤道："啾啾、啾啾……"这小家伙终于肯听我的话了，我长舒了一口气，晓得黑龙附在我双手之上的烙印，总算是暂且制住了它心中那狂暴的魔性。

肥虫子服了软，我们便瞧向了还死死咬着肥虫子的小青龙。杂毛小道蹲在地上笑，说："大人，先前那龙跟了我们几里路，我还以为是送咱呢，却没想到竟然是你把人家的孩子给拐带出来了。"

虎皮猫大人"呸"了他一口，倒也没有再爆粗话，而是用罕见的忧伤语调说道："黑龙哥大限将至，就等着遁入山脉消亡，唯一担心的就是自家闺女，这不让我带着小青龙出来历练历练吗？我找到它的时候，正跟你家小肥肥掐着呢，我就给带回来了。"

啊，没想到这条麻绳儿一般的小青龙，居然还是位小龙女？

这话儿把所有人都惊到了，纷纷上前来围观。小青龙见肥虫子松嘴投降了，也没有再跟这咬不烂嚼不透的牛皮糖较劲，转头朝着围拢过来的我们咧嘴，凶相毕露。这是小青龙对付陌生人的示威手段，我们并不在意。朵朵上前一把抱住小青龙，摸着它柔嫩的犄角，有些不相信地问道："臭屁猫大人，你说的是真的啊，小青青会一直跟着我们吗？"

小青龙能对其他人恶狠狠，唯独拿朵朵没有办法，给抚摸了两三下，绷紧的身子就软了下来，打了几个喷嚏，眼睛眯了起来。

虎皮猫大人说不是，它看了一眼闭着眼睛享受朵朵摩挲的小青龙，压低声音说道："真龙是一种奇特的生物，它们是时间和空间的旅行者，灵魂在这个世间消逝，还会在另外一个世界重生，而死亡对于它们来说，是一种神圣的升华仪式。这过程秘而不宣，就连自己最亲的子女都不能接触，小青龙刚刚孵出来没多久，龙宫又被淹了，跟黑龙哥一起的那个恶婆娘脾气怪得很，它放心不下，所以就托我照顾一段时间。"

杂毛小道说："哦，原来是这么回事啊。不过，黑龙哥是哪里来的信心和勇气，竟然敢让你这么不靠谱的家伙，来照顾小青龙啊？"

我们都嘿嘿笑，虎皮猫大人怒了，说："好处都让你们拿了，还唧唧歪歪说个啥？大人我忙得很，你们几个家伙就给我多照看着点儿，不就行了？"我们这才反应过来，敢情杂毛小道被舔了一身湿淋淋，我双手多出了两个鬼画符，还有那围着我们转了两圈的炽热内丹，竟然是照顾这小青龙的保护费啊？

说到那个绿脸女子，这里还有许多疑点，比如她为何活了千年而身体不腐，龙哥、大熊哥说话都是意念传达，惟有她能够开口说话，而为什么这东祭殿又和龙宫两位一体？

这些对于我们来说都是不解之谜，然而虎皮猫大人却能够了解其中含义，它告诉我们："那恶婆娘脾气挺坏，但本事却是一等一的厉害，早在临死之前就寻来了一颗修罗彼岸花的种子，种在祭台石棺下。千年时光，她已经将生长出来的妖花凝练成了自己的法外化身，从修罗彼岸妖花之中摄取养分，来保持自己的本我实体，所以你们瞧她的皮肤，是不是有一点儿绿色？"

虎皮猫大人在这儿絮絮叨叨，我却是大为惊讶说："若是这样，那同为修罗彼岸花出身的小妖，跟这绿脸女子，又是个什么样的关系呢？"

这人还真的经不住念叨，正在我猜想小妖和那朵生长在石棺之中的修罗彼岸花之间的关系时，突然有一物从窗口射入，杂毛小道反应机敏，顺手一抄，将这东西拿在手中，不由得大声叫道："鬼剑？"

我顾不上看鬼剑，朝着窗户边跑去，结果一道黑影划过，一记飞脚，朝着我的胸口踹来。这熟悉的气息迎面而来，我也不抵抗，任踢任打，一把就将这道俏丽的身影给抱住，高兴地大喊道："小妖，你去哪儿了，我们担心死你了！"眼泪都流了下来。

来人自然是小妖，这小狐媚子一副兴师问罪的恼怒模样，结果被我厚着脸皮一把抱住，怒气顿时就消了七分，俏脸红红，奋力将我推开，叉着小蛮腰，娇嗔地骂道："你们这些个没有良心的，也不说找找我，要不是我循着味儿追赶过来，你们是不是就准备不管我，甩开小娘子啊？"还没等她骂得兴起，朵朵、肥虫子便扑了上来，将小妖给黏住，让她满腹的怨气都化为乌有。

此番总算是得了龙涎液，一家人又在此大团圆，自然是十分让人高兴的事情。只可惜寻龙号上，慈元阁众人等都是愁云惨淡。

船朝着西边一路航行，到了下午便能够瞧见湖岸。我们就此作别，方志龙和几个掌柜的也没有挽留我们，便是那个对杂毛小道心生爱慕之意的小公主方怡，此刻也因为父亲的亡故而悲痛欲绝。

我们下了船，沿着湖边走了半个小时，才知道身处华容县。怀中只有一滴龙涎液，唯恐再生事端，我们连夜找了一辆车赶回句容天王镇。

次日中午抵达萧家。先前有通过电话，萧老爷子、三叔、姜宝、小莫丹和杂毛小道的家人都在村口等待，远远瞧见坐在轮椅上两鬓斑白的三叔，我不由得紧紧握住了手中的瓷瓶，心中感慨万千。

两年多了，我们终于实现了当初的诺言，帮三叔找来了龙涎液。

车子直接驶入了萧家大院。萧家老爷子人老成精，早已在大院周围布置了红绳香烛，隔阻妖邪，此时进来又有冉冉檀香升起，祈福祝愿。服用一事，并不用我们操心，将装着龙涎液的瓷瓶接过后，三叔、萧老爷子和虎皮猫大人便进了房间，我们则在外面等待。

三叔受困久矣，龙涎液能不能治好，谁的心中也没有底。如此忐忑许久，那门突然吱呀一声开启，一个身材高大的身影扶着门框，缓步走出来，却正是先前坐在轮椅上面的三叔。此刻的三叔脸色红润，双目宛如婴儿一般乌黑明亮，双拳紧握，脸上有难掩的激动。瞧见三叔能够站起来了，所有人都忍不住欢呼雀跃。我们走上前去，三叔一把将我和杂毛小道抱住，热泪盈眶，激动得话都说不出来。

不过这两年下来的修心，他倒也坦然许多。我瞧着三叔两鬓斑白的头发，还有他那沉稳凝练的眼神，心想着遭此劫难，对于三叔来说，未必就是一件不幸之事。我甚至有一种预感，在以后的日子里，三叔在修行的道路上，在萧家人里面，除了杂毛小道，或许就属他能够走得更高、更远。

我们在萧家待了好几天，除了陪几位长辈闲聊，我也趁机总结了一下自己在洞庭之行的收获，其间杂毛小道上了一趟山，而小青龙、小肥虫和两个朵朵这些小伙伴们也需要在一起磨合。

在句容一直待到了三月初。大师兄那边传来消息，说我那副巡视员的级别已经审批下来，让我南方去受职。而杂毛小道也下了山，我们两个与萧老爷子、三叔、小叔等人作别，又去见了郭一指，这才返回南方市。

见了大师兄后，返回东官。没几天四娘子就与我们辞行，说要回缅北去过寒食节，我见杂毛小道没有挽留，便也允了。四娘子这段时间负责了许多业务，交接时好是一阵忙乱。一天中午，我接到了一个来自日本的电话。此后，我们东渡扶桑数日。在此不录。

第三十六卷　蛊师的自我修养

第一章　收购毒蝎养殖场

从日本回来，我们享受到了最特别的待遇，一下飞机便给拉到了医院，做了套全身检查，在结果无恙之后，我被直接拉到大师兄的办公室里。局长助理赵兴瑞全程陪伴，堪称尽职尽责，不过问他什么事情，却都摇头，直说不知道。

大师兄让老赵给我们沏杯茶，然后出去时把门带上，等这办公室里面只剩下我、杂毛小道和他三个人的时候，他才脸色严肃地问道："陆左，小明，你们两个老实告诉我，当初你们从洞庭湖里面返转回来，除了龙涎液之外，有没有还带了什么东西出来？"

我一听这话，暗道不好，敢情大师兄问的，竟然是小青龙的事情。

大师兄瞧见我和杂毛小道脸上都有反抗情绪，他叹了一口气，罕有地摸出了一根烟来，烟不贵，几块钱的红双喜，点燃后，在袅袅的蓝色烟雾中，他缓缓说道："你们两个去了日本之后，善扬真人也带着剩余的龙虎山道人从洞庭深处出来，在他的叙述里，洞庭龙宫之中，除了那条已经将整个龙岛沉入湖底深处的黑龙之外，还有一条刚刚孵化的幼小青龙。"

吐了一口烟圈，他又说："这件事情引起了上面很大的兴趣，现在正在立项，明面上是挖掘洞庭湖深处的宝贵资源，实际上就是冲着那小青龙去的。不承想你们在日本的时候放出来了，所以现在，上面已经认定那小青龙给你们拿走了，准备让你们回来之后，带着它去北京呢。"

办公室的门这时候被敲响，传来了尹悦的声音："老大，别抽烟了，你不知道自个儿肺不好啊？真以为还是当年啊？"

尹悦神出鬼没，大师兄咳了咳，赶忙把烟给掐灭了，朝着外面喊道："行了行了，我在跟陆左和小明谈事情呢，别偷听啊？"尹悦在外面说谁愿意听你们那破玩意儿啊，我路过而已。

经过这一打岔，大师兄费力营造起来的严肃气氛都给冲淡了，杂毛小道便笑了，说："大师兄，不知道上面发话的那位，到底什么来头，不过麻烦你传个话，他要看的话，自个儿来。"

大师兄也笑了，说人家好歹是老同志嘛，你怎么着也要照顾一下别人的情绪不是？

杂毛小道指着我说："看到这兄弟没有？一个人，单枪匹马，日本四百多名千挑万选出来的猛男都倒在了他的兜裆布下，猛不猛？日本神道教排名第三的人物，天选神女，是他的马子。还有，大师兄你再看看我手中的剑"——他将雷罚抽出，弹了弹上面那条栩栩如生的龙纹——"看到没？那位领导也想看龙，想不劳而获，那好，自个儿去洞庭湖底深处摸鱼去，想拿'官大一级压死人'的这东西来我这，谁在乎？"

"好了，好了！你们在日本的辉煌战绩，我耳朵听得都起老茧了！"

大师兄挥挥手，告诉我们："这件事情呢，就到我这儿为止了，上面自然由我去应付。不过之所以提及呢，是想告诉你们，财不露白。现在很多人都盯着你们了，就比如善扬，洞庭一行，他龙虎山损兵折将，结果啥好处都没捞着，指不定多恨你们呢。这段时间呢，你们自己悠着点。"

大师兄的屁股始终都是坐在我们这一边，这是一件让人安心的事情。不过他的提醒也对，我们此刻虽然已经有一定实力了，毕竟不如那成名已久的十大高手牌子那般响亮，倘若真碰到一些利欲熏心的家伙，到时候一旦狗急跳墙，整日鬼鬼祟祟，只怕也是难有安生日子。

将我们好是一番敲打，大师兄谈及最近的事情，告诉我们这边地界儿还算太平，邪灵教经过屡次的挫败，现在正在潜伏期，他不忙，晚上约我们一同吃饭。

大师兄这种恨不得一分钟掰成两半花的工作狂也有了时间，说明最近还真的是有些平静。

当晚，大师兄叫了在东南局一些相熟的朋友一起吃饭，来的有赵秘书、破烂掌柜、董仲明、尹悦、余佳源等人，也算是给我们办了一场庆功宴，庆祝我们从日本平安回来。

大伙儿久别重逢，喝得高兴，酒水不断。虽然都是修行者，但多少也有了些醉意，我上厕所的时候碰到老赵在吐。这个家伙当初行走西南的时候，酒水不沾，是酒量最差的一个，我们两个在洗手间里面放水，他拉着我的手，告诉我，说陈老大这边说得风轻云淡，其实为了保我们，可是顶住了巨大压力——现在有些老东西真的是太膨胀了，总是以为一个行政命令，就能够将人给管得死死。

听到老赵在这边倒苦水，我知道我们真的是欠了大师兄很多人情。

是夜，赵兴瑞、掌柜的和余家源，酩酊大醉。我虽然不知道最近到底发生了什么事情，但也能够感受到他们这些人心头，有着很沉重的压力。

我们在南方市待了几日，茅山那边传来消息，说掌教真人让杂毛小道回山一趟，老萧不敢耽误，赶紧就回了金陵，而我则谢绝了大师兄的邀请，返回久别的东官。

我曾经在这座城市混迹多年，那里有我许多熟人和朋友，还有一个曾经法人写着我名字的风水事务所。这个事务所我曾经倾尽全力，而它也在这个城市里力压几个顶尖的风水公司，成了行业翘楚，然而没有了杂毛小道，没有了雪瑞，我的心里面空荡荡的，没有心思来打理。

茅晋事务所现在的台柱子是张艾妮，还请了两个风水师帮忙看着，另外小俊和老万也出师了，勉强能够应付些客户，并不用我多操心，于是我的心思就有了变化。

这几年我一直都在奔波忙碌，此刻终于闲暇下来，翻看起山阁老的两部著述，《正统巫藏——携自然论述巫蛊上经》与《镇压山峦十二法门》，这是我敦寨苗蛊的看家法门，读多了，我越发地感觉到自己作为一个养蛊人，除了肥虫子之外，手上竟然没有一点儿关于巫蛊的手段，实在有愧于这个名号，也难怪被别人瞧不起。

我准备弄些东西来研究研究，看看能不能让自己变得更加强大。

当然，之所以会这么做，多少也跟无聊有关。回来之后，小妖一直都没有给我好脸色看，而朵朵总是向着自家姐姐，肥虫子又似乎到了青春期，躁动不安，几个小家伙没有一个省心的。所幸的是，小青龙跟着虎皮猫大人一起去了句容，要不然更是闹腾。

我从朋友那边得知郊区有一家蝎子养殖场因为生意不好，准备转让，场地规模什么的都不错，而且价格也挺合适。我这些年来办事务所的分红，再加上先前工业园附近的房子卖了得的钱，凑一凑刚好够，于是就通过中间人将养殖场的老板约过来见面，谈转让的事情。没想到竟然是事务所以前的一个客户，算是熟人，于是他给了一个良心价，而我则一口答应下来，便连他养殖场那些卖不掉的蝎子，都一齐盘了下来。

为这件事情我忙忙碌碌一直到了五月初，终于拥有了一家专门用来培养毒蝎的养殖场。这仅仅只是开始，以后它不单只是养蝎子，还会有更多的毒物，以及蛊。顺便多说一句，这个毒蝎养殖，便是我出道的时候，经常带肥虫子来吃的那一家。

人生真是奇妙啊。

第二章　炼蛊概论

　　毒蝎养殖场位于东官市的郊区，靠近会州，比较偏僻，周围除了我之前去过的度假山庄和几个电子厂之外，也没有什么像样的企业，居民也少，不过倒是有许多山林，苍翠养眼。

　　养殖场之所以能够落到我的手里，其实也是有些凑巧。这家毒蝎养殖场是专门给江城的几家生物制药和化妆品公司提供活体，那几家公司相继在最近的 ISO 年审时被查出问题，故而蝎子大量囤积在蝎舍里，出现了财政问题，所以才急于脱手。

　　这是那个老板给我的解释，听着似乎有道理，但我却觉得这里面另有隐情，不过我也没有多问。

　　这个养殖场有三个毒蝎池，分别是幼虫池、成虫池和交配池，这是大池，中间有通道相连，还有好多附属的配套设施，麻雀虽小，五脏俱全。养殖场有八个工人，分别负责喂食、培育、温湿度调控、挑选装箱以及采购等工作，都是比较有经验的老员工，可惜我接手过来的时候，肯留下来的只有三个本地人，其他几位都辞工不干了。

　　不干的我也不留，留下来的我直接把工资涨了一大截。当然，这工资也不是白加的，我以前干过管理，自然知道白给饼吃那过犹不及的道理，定了三个月的试用期，如果干得不能让我满意，我会毫不客气地请他们卷铺盖走人。

　　因为我准备将这养殖场弄成我培养蛊虫的场所，也不打算做生意，参与其间的人越少越好，于是也没有再准备招人，留这三个工人负责采购和喂食即可，其余的我都可以自己干，连保安都不用请，将勤俭节约艰苦朴素的作风发扬到极致。

　　与原养殖场的老板交接完毕之后，我便从雪瑞家搬了出来，正式入住养殖场。对于我的决定，肥虫子自然是一万分的赞成，而小妖却有些不愿意，毕竟原来的住处可是她当年花了好长时间布置的。不过她最后还是拗不过我，在发了一通脾气之后，终于认清现实，直接上淘宝里面寻摸，准备改造我们在养殖场的住地。

　　住处是一栋小楼，一楼作仓库，二楼是员工宿舍。三个员工都是本地人，不住这儿，所以除了留一间用作值夜班的休息室外，其余几间便都由着我们改动。

　　小妖是一个天生的设计师，自己动手，开展了轰轰烈烈的改造运动。我大概巡视了一下养殖场，将肥虫子放出来，让它将那些老弱病残先给淘汰一批，帮我省点饲料钱。

　　肥虫子一入毒蝎养殖场，简直就是耗子掉进了米缸里，敞开来吃，黑豆子眼睛里满是幸福的泪水，每每都撑得走不动路。当然，它也不是白吃，除了要帮我调教那些毒蝎的凶性之外，还兼任养殖场的保安大队长兼副大队长兼小队长兼全体队员，直接向我负责，坚决不让一条毒蝎外逃，也不让一个小偷进来。

三个员工年岁都挺大了，有家有口，文化程度也不高，都是老实人，我将他们的工资几乎翻倍，那积极性不是一般的高，然而我却什么也不让他们多做。反倒是他们看着我的两个"小孩"在小楼里面敲敲打打，心里过意不去，想去帮忙。不过，他们不仅被告知不用帮助，还被告知在这里做，最重要的是嘴严，不该看的别看、不该说的别说，要不然别说工资加倍，连人都不能在这儿待了。

所有人都忙，唯独我最闲，买了把摇椅，每天就找一片树荫，便能待上一天，连饭都不用吃。当然，我并不是提前过上了幸福的退休生活，而是在研究各类蛊毒的制法。

所谓蛊虫的制作，说简单也简单，说复杂也复杂。这蛊，说白了其实就是一种人工培育的毒虫，是劳动人民以古已有之的巫术为基础，结合各类毒虫的生物习性，最终弄出来的一种东西。它可以是生物体，也可以只是一种剧毒之物。

蛊毒先不论，蛊虫如同鸦片一样，最初的时候是用来治病救人的。古人尝试着弄出一种能够进入人体、又可以受人控制的小虫子，来代替药力，治疗那些重病垂危、金石无效的病人。也的确有一些伟大的蛊师做到了这一点，并且开山立派，传承下来。然而随着蛊毒的利用和发现，人们发现，这东西用来害人，高效、隐蔽和简单易得，似乎更加有用。

制蛊的成本并不算高，在物资不发达的古代，它便成为弱者最强有力的武器。翻开蛊毒分布的版图，我们可以发现，越是穷困潦倒、越是偏僻的山区，越是容易有蛊毒的传说。由此可见，蛊毒真的不是一种能入流的东西，它更多的时候，扮演的是一种体现弱者尊严的角色。

对于我来说，炼制那种害人的毒药，实在是没什么挑战性，也没有必要，我需要做的，是弄一些可以防身，并且在关键时刻能够威胁敌手的蛊毒，然而这种程度的东西炼制实在是太麻烦了。十年为蛊，百年为惑，我身怀金蚕蛊，再去花费十年甚至更长的时光，再弄一个柔弱的蛊虫来，有点脱裤子放屁的节奏，所以还不如多实验、多练手，通晓这些东西的炼法，解破即可。

制蛊，很多人都晓得是将各式毒虫放入瓮中，不放食物，令其自相残杀，剩者为王。然而这里面的讲究和说法却十分复杂，何时放置、选用何物、时间多久、后续如何、天时地利、季节时令……所有的一切都有章法，胡乱一气的结果从来都只是两手空空，什么也得不到。

除此之外，我还需要弄一尊五瘟神像，此乃炼蛊的必备之物，大抵也是一种意念的转移，个中玄妙，不足为外人言。

时间慢慢地过去，虽然著名的雕刻大师杂毛小道没有归队，但是在朵朵的帮助下，我终于还是用一整块木头，将那五瘟神像给雕刻出来，拿一匹红绸盖着，供奉在工作间的正中央。这工作间是以前存放成品毒蝎的仓库，现在给改造成了一个祭堂。

五瘟神像落成之后，还需要开光请灵。熟读《镇压山峦十二法门》的我自然不会求别人，仍是自力更生，纳得肥虫子入体，盘坐在雕像前面，持经入定，恭请瘟灵。这一请便入了夜，到了子时三刻的时候，我感觉到那鎏金木雕之内有穴窍疏通，上引星空，便晓得这算是开了光。

疲惫不堪的我朝着那神像恭恭敬敬拜了三下，然后站起身子来，到几个蝎池边去巡视。才走了几处，便闻到一股滑腻的气味。我快步走到幼虫池边，借着黯淡的灯光看见一条赤红色的长蛇正在池中飞快游动着。

第三章　二春和小红

长蛇滑过池壁，张开嘴巴，朝着那些只有尾指大的透明幼蝎咬去，一口一个，吃得不亦乐乎。

瞧见这赤色的长蛇，我却感觉这东西着实有些奇怪。要知道这蝎池为了防止蝎子逃脱伤人，采取了许多防范手段，这东西却不知道从哪儿怎么就溜过来了。

我抱着胳膊，仔细观察这条长蛇，它身体纤长，脑袋呈三角形，一身细鳞，那一双小眼睛微微发出红宝石一般的光芒，如通人性，但这并不是最奇怪的，真正让我惊讶的，是它的背上，居然还长了两块肉瘤子，细看好像一对折起来的肉翅。

长翅膀的蛇？这东西倒是稀罕。

长蛇像君王巡视自己的领地，在蝎池中游走，见到喜欢的便一口吃掉。不过它似乎感受到了我的注视，将脑袋转了过来，与我的目光对视，只一眼，它的眼神里面立刻露出了无比的凶戾来，舌头一吐，上半身便直了起来，背上那两块肉瘤子还真的如我所推测的一般，迅速展开，朝我这边激射过来。

这么凶悍？

我没有慌张，安静地等它飞到我的身前，倏然出手，一把抓住这条半米多的长虫。这东西入手滑腻，上面尽是些猩红的不知名液体。被我一把抓住，回身便来咬我的手。我哪里能够让它伤到，恶魔巫手一激发，那凶蛇便没有了劲儿，软绵绵地耷拉下来。

我瞧这凶蛇颇有些异相，便没有伤它性命的心思，只是将它的七寸给掐着，让它不得动弹，在附近找了个水龙头洗了洗手和它的身子，然后提着去找小妖，想问她认识不认识这带翅膀的蛇类。

小妖在日本受了些伤，对修行格外上心。我找到她的时候，这小狐媚子正带着朵朵一起，对着月亮吞吐光华。瞧见我手上的长蛇，她捏着鼻子，说你手上什么味道啊，怎么这么难闻？

我便将刚才的事情说给她听。小妖从窗边飘过来，打量了一番，不由得哈哈大笑，说还真的是这玩意儿，我都以为它灭绝了呢。听到这话，我不由得一阵激动，说难道，我捡到宝了？

小妖捂着嘴笑，说："对啊，你捡到宝了。这东西叫做翼蛇，是五千万年前，生活在白垩纪末期的那羽蛇神翼龙变种，有大有小，大的呢足有三四丈，小的只有一两尺，形如长蛇，背有双翼，山海经里面对它也有提及，是种食腐生物，剧毒。这东西以前很多，被人驯养来伤人，现在却很少见了，偶尔有一两条躲在深山大泽里面的，成了精怪，也被人误认为龙属。"

听小妖这么说，我不由得一阵激动，说这人有时候还真得靠运气，没想到盘了一个养殖场，居然还碰到这样的宝贝。

小妖说："这长虫想必是存在冻土里面的卵，给翻挖出来后自己觅食，才成长至今。不过你可知道它觅食的对象是什么吗？"

我摇头，表示不知道。小妖缓缓说道："刚才我闻了一下，便晓得了，它应该是用天葵喂养长大的……"

所谓天葵，指的是女子的经血。若是如此，便说明这翼蛇并非野物，而是有人饲养的。

谈到此处，我不由得想起了王姗情的情蛊，那玩意儿跟这东西喂养的方法很像，当然，这半米长的翼蛇自然也放不进去那里去。我没心思理会小妖的幸灾乐祸，想着到底要怎么处理这条凶蛇。

按理说既然在我养殖场抓到了，自然是任我处置。但是偷嘴之类的事情我以前也没少做，别人倘若把肥虫子抓了，准备灭掉，我说不得也要拼了性命——己所不欲，勿施于人。我总是要给人家机会的，于是叫朵朵帮我找来一个篓子，将这翼蛇给装了进去，让肥虫子好生看守，并警告它，倘若是敢监守自盗了，我少不得要修理它一番。

办完这事儿，我特意在养殖场外面巡视了两圈，并没有发现任何异动，于是也就没有再多生事端，回屋睡觉。

此事过了两天，皆无动静，到了第三天清晨，我听到有隐隐的竹哨声响起，忽左忽右，便知道那翼蛇的主人许是着急了，找过来了。我当作不知，该干吗干吗，只是让肥虫子提高警惕，有任何情况都向我报告。结果到了晚上十一点，肥虫子突然出现在我面前，啾啾地叫唤。

我知道有情况了，便跟着它朝小楼外面走去。瞧见在幼蝎池一个配种箱旁边，蹲着一个肥硕的身影，抱着头，一动也不敢动，旁边有个姑奶奶正地训斥着那人呢。

我走过去，小妖伸了一下懒腰，说原以为是什么厉害角色，结果就是一小鱼小虾，顶没意思的，你继续问吧，我回房间去睡觉了。

这小狐媚子的装修大计已经结束，她将自己的房间装扮得跟丛林仙境一般，而我那里则什么也没搞，寒酸极了。然后她以男女有别为由，把朵朵拉到了她的房间，就留肥虫子陪着我。

我打量地上那个黑影，却见是一个体重肯定超过一百八的年轻姑娘，穿着隔壁电子厂的蓝色工装，正浑身发抖地蹲着，显然是刚才给小妖吓到了。我让她抬起头来，五官倒挺不错，但是因为太肥了，一拉伸，结果就有些变形，瞧着年纪不大，才二十吧。

我冷着脸问了她几句话，她倒也合作，自知败在了行家的手里，竹筒倒豆子一般将自己的家底交代出来。

原来这个小胖妞叫做王二春，籍贯黔省，苗岭雷公山附近的山里人，说起来也算是我的老乡。她家里穷，初中没毕业就辍学了，搁家里面种了几年地，后来那几垄地也养活不了人，就跟着老乡来到南方，先是在长安镇那边的服装厂里面做事，后来又到这边的电子厂，做了一年多，她这面相瞧着大，但年纪也才刚满十九。

很普通的经历，在我的家乡，很多年轻人都是这样，从山窝窝里出来之后，宁可到处漂流，出卖自己廉价的劳动力，也不愿意回家种田过苦日子。

我沉声问道："二春，你今天来这里做什么我也是晓得的，就想问你，你养那条翼蛇，是想要做啥子哟？"

听到我的问题，小胖妞浑身一哆嗦，抬起头来，弱弱地说道："老板，除了放小红过来偷吃蝎子，我可是啥坏事都没有干过呢，你不会要抓我去派出所吧？"听到她的话，我不由觉得好笑，说我问你养那翼蛇做啥子，你扯别的做哪样？

小胖妞舔了舔嘴唇，瞧了我一眼，又低下头来，不好意思地说道："我想做粘粘药。"

粘粘药是我们那边的土话，其实也就是草鬼婆炼制的情蛊——世上的情蛊有很多种，并非都如王姗情的鼻涕虫一般。我倒是有些奇怪了，问她难道是草鬼婆？

小胖妞告诉我说她不是，但她阿婆是，所以也就晓得了。她本来没想过要做情蛊的，不过她从小到大这么多年，就没有一个喜欢她的男孩儿，特别是她越来越肥了之后，便连一个愿意跟她谈朋友的对象都没有了，去年她在路边的茅房里面发现了这条翼蛇，于是起了心思，就把它养起来，准备以后炼成情蛊。不过她养这蛇，真的没有害过任何人。

王二春拼命地表明自己的清白，瞧着她那真挚的模样，我有些心酸。

说实话，很多人都会羡慕养蛊人，但谁能够理解一个真正养蛊人的辛酸。如果不能像王麻子那般起些罪恶的想法，大部分养蛊人都是清贫度日。听完小胖妞的陈述，我也没有当场拍板，让她先回去，等我打听清楚她的底细之后，再作决断。

看着那小胖妞千恩万谢地出了门，我想找老万或者小俊过来，帮我调查一下王二春的话到底是真是假，倘若是真，我倒可以帮她一把，招进养殖场里面来，也免得在流水线里面那么累。

夜太深，我没有打扰老万他们，想着明天再说。没想到第二天早上我还没有打电话，便接到老万打来的电话，告诉我一个坏消息，说事务所出事了——小俊中毒，而张艾妮则被掳走了。

第四章　鲜血大字

自从收购了毒蝎养殖场，我便没怎么管事务所那边的事情，而杂毛小道这次返回山门，几个月都没有音讯，所以事务所现在基本上都是由张艾妮在打理。骤然听闻这个消息，我下意识地认为是有竞争对手在捣乱，让老万别急，跟我好好说一下，到底发生了什么事情。

老万说他也不清楚，今天早上来上班的时候，便发现小俊躺在办公室的地上，全身紫黑，而艾妮的办公室里面则一团乱，却又人影无踪，墙壁上面用血写了四个大字"血债血偿"；他询问了大厦保安，也确定艾妮来公司了，但是现在电话又打不通。

听到老万的汇报，我立刻带上肥虫子，驱车赶往第一国际。

养殖场离城区较远，路上又有些堵车，我赶到茅晋事务所已经是一个多小时以后了，事务所里大部分人都在，财务猫儿则和前台送小俊去了医院。市局已经接到电话，由曹彦君带队过来，正在事务所里调查取证。

我与大家打过招呼后，跟着曹彦君走到张艾妮的办公室。这办公室是杂毛小道原来用的那间，因为我们不怎么在这里，所以就给了她用。走进办公室里间，只见雪白的墙壁上被人用鲜血写了歪歪扭扭的四个大字"血债血偿"，那字虽丑，但张牙舞爪，将其蕴含的霸气狰狞显露无遗。

我盯了那血色大字好几秒钟，这才转过头来问曹彦君："老曹，有什么发现没，这事情是谁干的？"

曹彦君回答："目前还没有确认。我们问询了很多人，也查了事务所相关楼层的监控摄像，发现在同一时段里都失效了，而你们事务所的员工，朱俊和张艾妮恰好也是在那一段时间遭受袭击的。可以肯定，出手的人很专业，而且还是一个高手，出手干净利落，雷厉风行，没有留下一点儿线索。"

他说了一堆话，然后转折道："不过这里面有很多疑点。从现场看，朱俊是被一下就给打倒了的，以凶手的能力，明明能够将他杀死，为何还要多此一举下毒呢？而凶手掳走张艾妮又是什么用意，难道是讨要赎金，但是这个动机与他在墙壁上面题的字又相违背了……陆左，坦白来说，我所能做的，只有联合警察，对张艾妮进行全城搜查了。"

我点头，对方既然敢找上门来，自然没有那么好查，不过曹彦君说的疑点，倒是值得注意。

我来到大厅，对在场的事务所工作人员好言宽慰几句，让大家安心工作，其他的事情我会处理的。这时我的电话响起来了，是在医院的财务猫儿，她说医院检查，小俊的身体里出现了大面积组织坏死，现在已经束手无策了，问我怎么办？

电话那头有猫儿的哭声，我安慰了她几句，然后带着老万赶往医院。

医院离第一国际并不远，十几分钟就到了。我走进病房，瞧见病床上面的小俊一脸紫黑，气息有一阵没一阵，情况不妙。大夫告诉我说，他这种情形十分奇怪，医院做了血检和透视，结果吓人一跳，他好像得了消失很久的血吸虫病，现在院方正在召集相关的专家进行会诊呢。

我点了点头，叫猫儿和前台陪着医生出去，我想跟小俊单独待一会儿。

猫儿做了茅晋事务所的财务这么久，自然知道自家老板的本事厉害，二话不说，拉着旁人便离开了。我坐在小俊的旁边，看着这个前盗墓团伙的成员，摸了摸他的额头，滚烫得吓人——他是被人下蛊了，身子之所以会如此烫，应该是身体里面的白细胞和吞噬巨细胞在做排斥反应吧。

我的手掌在他的额头上摩挲一阵，对应着这些天来的读书心得，大概知道是中了蜣螂蛊。这是一种以屎壳郎为主药，配上蜈蚣、小蛇、蚂蚁、蝉、蚯蚓、蛐蛊和人体头发，研磨成粉，不断祭炼而成的蛊毒，用时先在手掌上面抹上一层豆油，然后再撒上蜣螂蛊，与人对阵的时候，倘若拍在敌人身上，那药力一透，对方便会立刻昏厥过去。中蛊者浑身呈现紫黑色，呼吸不畅，胸腹绞痛，肿胀如瓮，浑身宛如被万箭所刺，疼痛七日方才死亡，是一种极为恶毒和速效的蛊毒。

这是一种折磨人的手段。但是我并不认为凶手会留下一个活口来，只是因为嫌麻烦，没有再多抹一刀。如果我猜得没错，他更多的是为了示威，或者别的什么。

不管怎么样，我都要救下小俊，毕竟他自从加入茅晋事务所，在我这里一直都鞍前马后，任劳任怨，我不能抛弃他不管。

这蜣螂蛊倘若存在人体超过三个小时，便能够以人体大肠部位的粪便为培养基，进行大量的自我繁殖，然后化作屎壳郎一般的小虫子，吞噬肌肉和肠壁，让人痛不欲生。我想了想，让猫儿去附近买几箱纯牛奶来，然后把病房门反锁，唤出金蚕蛊，让它直接进入小俊体内，将集聚在他胸口病灶里的蛊毒，给全部吸食出来。

这蛊毒对于人来说是穿肠毒药，但肥虫子却是甘之如饴，兴高采烈地钻进了小俊的胸口，开始吸食起里面的毒素来。

我坐在床边等，好一会儿，小俊的脸色从吓人的紫黑色渐渐变淡，心跳也平缓下来。这时猫儿将纯牛奶给买了回来，我搬到病床前，将包装解开，直接一瓶一瓶地往小俊的脸上、身上浇。

牛奶性温、发黏，能溶寒毒。乳白色的液体淋在小俊身上，立刻开始发黄发黑，并且散发出一股又酸又臭的古怪味道来，把人熏得脑袋直发晕。

过了一刻钟，肥虫子从小俊的体内钻了出来，瞧它一副懒洋洋的模样，显然是已经将小俊体内的蜣螂蛊给吸食完毕，至于小俊被弄得元气大伤的身体，那就只有慢慢地调养了。肥虫子返回我的体内，我感知到了一股陌生的气息，心中一惊，想了一下，可能是还没有消化那蜣螂蛊吧。

这时小俊轻轻哼了一声，睁开了双眼。我见他的瞳孔开始逐渐凝聚，晓得他恢复了意识，便问他现在的感觉怎么样？

小俊瞧见我，激动得坐起来，拉着我的手喊道："陆哥，那个家伙要找你报仇，还把艾妮姐给掳走了，我无能，保护不了艾妮姐！"他一脸的悔恨和自责，动作又牵扯到了虚弱的身体，结果一阵干咳，脸无血色。

我拍了拍他的肩膀说："先别急，绑走张艾妮的到底是什么人，你看清楚了吗？"小俊皱着眉头回忆，竟然根本想不清楚袭击者的模样，越想越恍惚，仿佛中了邪，使劲儿拍打自己的脑袋。他身体刚刚祛除蛊毒，哪里禁得起这么折腾。我伸手去拦他，然而小俊的脸色突然一变，力气变得巨大无比，一下子反抓住我的右手，张开嘴巴朝着我的脖子咬来。

我给吓了一跳，也不敢推他，只是将他的双手给抓住，然后一点一点地将他的身子紧紧按在病床上。小俊脸上的肌肉变得十分狰狞，双眼充满仇恨，嘴巴里面发出咝咝的声音来。将他按住之后，我冷声说道："你到底是谁？有种就报上大名来，鬼鬼祟祟，拿我手下人来开涮，算什么本事？"

被我这般说起，小俊倒是放弃了抵抗，双眼充满了邪恶，突然大笑了起来："陆左，你没想到吧，我回来了。你这个畜生，就等死吧！"我不屑地骂道："你谁啊，我认识你吗？"

那声音显得格外的阴沉，回答道："你忘了我并不要紧。后天夜里子时，龙山工业园外面那条河渠的老槐树下，我等你，不见不散。你要不来，就等着给那个女人收尸吧！"

这句话说完，我发现小俊的颅骨处有一股阴寒的力量在升腾，不断地凝聚，心中一跳，晓得那凶手早有准备，一旦小俊体内蛊毒排除，便引爆那股隐藏许久的能量，准备炸我一身脑浆子。这个时候的小俊已经清醒过来，晓得了自己头颅的异状，下意识地一把将我推开，大声喊道："走啊陆哥，别管我了！"

第五章　捧杀之策

小俊自知必死，不想连累我，于是推我闪开。然而这等卑劣手段哪里能放在我的心上。当下将震镜祭出，一声"无量天尊"，蓝光闪耀，人妻镜灵已将那股阴灵锁定，直接碾灭，前后不过一秒钟——还是那句话，小俊是我的人，我绝对不会让自己的员工受到伤害。

大难不死，小俊吓得一身的汗，躺在床上直喘气。我也给那条潜藏在暗处的毒蛇气到了，长吸两口气，按捺住恨意。我让小俊连喝了三盒纯牛奶，将肠胃里面的余毒给疏导完毕，这才问他还记得那个人的模样吗？

没有了阴灵作祟，小俊终于能够回想起来，告诉我说他与凶手也不过是一照面的工夫，但是感觉那个人的年纪并不大，皮肤黝黑，一双眼睛如同毒蛇，让人不寒而栗。匆匆一瞥，能够得到的信息并不多，小俊只是对那寒光四射的眼神心有余悸，印象也仅止于此，根本做不了什么图像还原。

我想来想去，发现在我的仇人行列里，符合他说的这几个条件的太多，特别是如果这里面掺进了邪灵教，那可实在是难以确定。

小俊身体虚弱，我没有再问下去，只是嘱咐他要多喝牛奶，别的不用担心，好好养病便是。我离开医院之前，医生给小俊再次作了检查，发现先前出现的所有状况差不多都消失了，现在仅仅只是太过虚弱而已。我留财务猫儿和前台在医院照顾小俊，自个儿则直接赶到了市特勤局。

自去年年会后，负责东官市局的业务领导便已经是破烂掌柜赵中华了，茅晋事务所袭击案报案后，他立刻派出了得力干将曹彦君，此刻更是直接负责此案。

我在办公室见到他，说了刚才在病房里给小俊解蛊的经过。掌柜的沉吟一番，点头说道："这个凶手是个心思缜密的家伙，行事环环相扣，阴险毒辣。陆左，你怎么就惹上这么一条毒蛇了呢？"我也郁闷之极，本来准备弄个毒蝎养殖场，好好读书，仔细实践，认认真真地做好我这养蛊人的本分。然而树欲静而风不止，麻烦事情接二连三地发生，让我如何是好？

掌柜的听我发了几句牢骚，便问我："那个家伙通过小俊跟你约战，真的会在后天出现在龙山工业园？"

我耸耸肩膀，说你觉得呢？

掌柜的摇头说："从小俊的事情来看，那个家伙就是一个十分懂得玩弄心计的家伙，不会这么直来直往。不过他葫芦里面到底卖着什么药，这个还真的只有到了后天晚上，才能够见分晓了。"

正常办案，大抵都会有一定的章法，循着凶手留下来的各种线索去追查，如同解题。然而现在我们所面临的问题在于，对手滑不溜丢，完全就没有抓到任何线索，使得我们迷失了方向。我们两个正头疼，办公桌电话突然响了起来。和很多领导一样，他这儿一共有两个电话，红色的是保密电话，只有少数人才有。

掌柜的赶忙去接，说了两句话，不停地点头，过了一会儿，他告诉电话那头，说好，他也在我这里。这话说完，他把电话递给了我，说："陈老大的电话。"

我诧异，没想到这事情竟然还惊动到大师兄了？我接过话筒，大师兄问我这边有没有什么需要帮忙的，如果有，他会派最精良的人员过来支援的。我想了想，让大师兄帮忙查一下我心里面估摸出来的几个仇家，看看这些人有没有在南方省露面，至于其他，暂时还用不着，等过了后天再说。

大师兄那边满口答应。我听到大师兄的语气似乎跟往日有些不同，不过也不好多问什么，匆匆说了两句之后便挂了电话。

我瞧见掌柜的表情古怪，问到底怎么了？掌柜的说："陆左，你真不知道大师兄打这通电话的缘由吗？"

我摇头说："不知道啊，难道这是在表达对我无微不至的关怀？"掌柜的摇了摇头说："我跟你说了也无妨，不过这话儿你以后可千万别说是我讲的——你们事务所的张艾妮，是陈老大小时候的青梅竹马，这个你不晓得吗？"

掌柜的爆出来的这猛料还真的让我惊呆了。这家伙以前就是跟着大师兄混的，我并不怀疑这话的真实性，只是有些太突然了，让我有点儿接受不了。不过现在回想起来，这里面的确也有些蹊跷，就比如杂毛小道那厮，对待张艾妮那毕恭毕敬的模样，就让人生疑。现在看起来，那可不是在对待自家嫂子的态度吗？

不过，大师兄都已经快到了知天命的年纪，还是单身一人，这里面到底发生了什么事情呢？

掌柜的想起了杂毛小道，问他怎么还没有回来？

杂毛小道手段高强，虎皮猫大人运筹帷幄，有了他们两个，事情也不至于一团乱麻。然而那小子自从上了茅山，除了打个电话报平安外，便再无消息，也不知道到底发生了什么事，或许是陶晋鸿准备把他留在茅山闭关了。

掌柜的若有所思地说："江湖小道传闻，说茅山长老会已经达成了意向，准备让小萧接掌下一届掌教真人的位置。如此看来，只怕这件事情有可能是真的啦。"我说不可能吧，就那吊儿郎当的小子，就他都能当茅山老大，我还不直接成了地仙？

掌柜的望着我，一脸的英雄迟暮。缓缓说道："陆左，我们认识多久了？"

我不知道他话里面是什么意思，大概想了一下，说："三四年吧。那个时候湾浩广场闹鬼，阿根他爹请来了欧阳指间老先生，而欧阳老先生又叫上了你，咱们就是那个时候认识的。"掌柜的说："是啊，那个时候，我们几个人连许永生那样的家伙都差点干不过。时至今日，你都已经在日本、缅甸搅风搅雨，扬名立万了。欧阳指间倘若知道你现在的成就，只怕在那黄泉之下，都在含笑呢。"

我摆了摆手说："掌柜的，得了，你别夸我，怪不好意思的。"

掌柜的并没有停止，而是继续说道："陆左，你和小萧是我见过的，成长速度最快的修行者，这一点，就连当年的陈老大都比不上。你知道吗？洞庭湖一役过后，望月落败，无尘失踪，一字剑重伤，便是连善扬真人这种当年能与陶晋鸿并肩争锋的顶级高手，都狼狈而归，唯独你们出尽风头。现在你和小萧在道上的名声，你知道有多显赫吗？你们甚至都已经直逼天下正道十大高手的行列。便是大内第一高手黄天望，也曾在私底下对旁人聊起，说百年前的天地三绝，二十年前的小佛爷，今日之左道，都是人中天骄。听听这评价，你还觉得小萧升任茅山的掌教真人，有那么不可思议吗？"

掌柜的说是这么说，然而我却并没有兴奋，反而有一种说不出来的郁闷，下意识地喊道："这都是谁在背后编排我啊？"

感受到了我的怒气，掌柜的倒是长长舒了一口气，拍着我的肩膀说道："阿左，我今天之所以跟你提及前事呢，是因为我们是多年的好友。你们几乎是我看着，一步一步成长起来的，你们走到今天，真的不容易，生死无数，险象环生。但年轻人，年少气盛，我和陈老大几个都担心你们受不了这捧杀之策，心性变化，反中了敌人伎俩。说实话，这一次的事情，终归到底，还是那些家伙弄出来的。"

掌柜的语重心长，我听到耳里，宛如洪钟大吕，心情顿时就开朗许多。

伴随着实力而来的是名声，而随着名声来的则是心境的变化，倘若受不了这突如其来的冲击，心浮气躁，这船随时有可能翻掉。掌柜的也没有再多说，与我谈了一下这两天的布置，然后让我先回去。

我回到养殖场，见昨夜放走的小胖妞居然又来了，正跟小妖在一起说说笑笑，不亦乐乎。

第六章　事务所的去留

"你怎么来了？"我问小胖妞。

小妖在旁接茬说道："你把人家养的翼蛇给关了好几天，水米不进，眼看着就快要死了，人家能不着急吗？你这人，哼……"

王二春扭扭捏捏地走上前来，低着头小声说道："老板，我家小红吃了你多少蝎子，你帮我算一算，我这里还有点儿钱，看看够不够。"二春从肥硕的屁股兜里摸了一个钱包来——这钱包是前些年乡下流行的那种纸钱包，上面画着个明星什么的，几块钱一个。

把钱包打开，她摸出了一沓钱，往手上吐了点口水，一边数一边叨道："现在涨工资了，我一个月能拿两千多。不过家里负担重，我每个月要寄一千块钱给我弟妹读书，自己剩得也不多。我又好吃，零零碎碎下来花了不少，一个月只能存三四百。这是三千二百六十二块，我存了一年多，整数给你，零头我留来当作生活费。然后你把我家小红还给我，好不好？"

小胖妞一脸期冀，而我却有些无语了，原来她还真的是想拿钱来赎走那翼蛇啊？我没有接她递过来的那几十张皱巴巴的毛爷爷，拉着小妖的手走到另外一边，低声问道："你们刚才到底说了些什么？"

小妖白了我一眼说："你以为我不晓得你在想什么呢？实话告诉你吧，这小胖妹的底细我大概摸清楚了，的确是你老乡，说的也大部分属实。她这个人呢，虽然长得又肥又丑，但是很善良，人又单纯，傻乎乎的，从来也没有想过用蛊去害别人。不过有一个缺点，就是好吃——刚才让她一起吃饭，也不客气，一个人吃掉了五碗白米饭，连汤水都刮完了，菜盘子的油星子都没了。"

小妖笑着警告我道："她之所以被赶出家门，跑到南方这边来打工，我估计大部分的原因就是家里面太穷了，养不起。你若是想用她，自个儿掂量一下，能不能养得起这吃货。"

小妖从来都不会说谎话，她既然查验过了王二春的底细，那我就可以相信，于是笑着说道："不就是吃得多一点么，能吃是福，一顿十碗饭也没关系。有肥虫子你们几个大肚皮，我还怕多一个不成？"

"呸，谁是大肚皮了，谁要你养了？瞧你那德性，哼！"小妖呸我一脸，气呼呼地跑开了。

王二春瞧见小妖上了楼，一下就慌了起来，瞧见我朝她走去，直哆嗦，眼泪止不住地往下掉，哽咽着说道："老板啊，虽说小红跟我没有多久，但是我们是有感情的，你可别真的弄死它啊。只要不让它死，你说什么我都愿意。"

我没有心思吓唬这笨姑娘，咳了咳说："二春，说起来呢，我跟你还是老乡，所以你那蛇虽然犯了错，但是我也不会赶尽杀绝，把它给弄死。不过出了我这门，你要怎么放养它呢？"王二春听到我不杀翼蛇，大喜过望，千恩万谢，这才回答我的问题："我下班了去河边，捉点小鱼小虾来喂它。"

我笑了，说："你一天上班十二三个钟头，哪里还有时间办这事？到时候，还不是又要偷摸爬到我这儿来？"

我的问题难倒了王二春，她那痴肥的脸上写满纠结和茫然，看得我笑了，说："这样吧，你过来我这里干活，每天就负责给蝎子喂点东西吃，照顾蝎子。待遇呢，包吃包住，然后每个月三千五，如果是工作时间外再帮我做事情呢，还有奖金，而你的翼蛇也可以定期就食了，怎么样？你回去考虑一下，好了就告诉我。"

"真的？"王二春难以置信地望着我，我点了点头。结果她一下子就蹦了起来，一身肥肉乱颤，大喜过望地连声喊道："好、好、好，我答应！"

就这样，这个来自黔西的山里姑娘王二春成了养殖场试用员工。在我的心中，那些耗时长久的活儿，便会慢慢地交由她来做，当然，在考察期内，我还是需要慢慢调教的。说到调教，不得不说，小妖实在是一个最好的教头，恩威并施，倒也不用我花费太多的心思。

王二春的事情谈定，我带她到蝎池边，将那条饿得奄奄一息的翼蛇放出来，让它去挑了些蝎子吃。我让肥虫子在旁边监管这未来的小弟，自己则上楼把今天发生的事情都说给了小妖听。

杂毛小道走了之后，可以和我商量事情的也就剩下小妖了。这个小狐媚子虽然经常噎得我下不来台，但对我总是没有什么坏心眼儿的。听得我谈及今日之事，小妖沉默了一会儿说："木秀于林，风必摧之。陆左，你的事务所可能开不下去了。"

我没想到小妖能说出这一番话来。

现在事务所的发展其实已经是很好的了。有固定的客户群，也有一定的名气，上面有人罩，下面做事的人也得力，活脱脱一现金奶牛，放弃了实在可惜。小妖跟我分析：我现在的情况是树大招风，敌人藏于暗处，宛如毒蛇；而我则满身都是漏洞，无论是哪儿，只要被它咬上一口，那就得疼半天。而那阴险的敌人如果一直不露面，岂不是整个人生都给牵绊了？

世间的高手，哪个会将自己的行踪显露出来？茅晋事务所开在那儿，就等于竖起了一个靶子，别人找不到你，还不能将靶子打了，围点打援啊？

小妖一席话说得我豁然开朗。想想也的确如此，茅晋事务所并不像是茅山、天师道一般，有着千年传承的底蕴和狰狞的爪牙，别人倘若要来寻仇，不弄这儿弄谁呢？难怪那些大门大派宁可让慈元阁来做中介，也不肯抛头露面，便是这个道理。

时至如今，我的心态早就已经改变了，人生的意义也不仅仅是挣那仨瓜俩枣的钱。想好之后，先打了一个电话给老家的父母，说我最近有点麻烦，让他们先去黔阳避一避。然后又分别打电话给顾老板和李家湖，将我的想法告诉他们。

顾老板对于我的决定感到十分诧异，便是李家湖也有些理解不了，毕竟事务所在那儿好好地开着，名声也渐渐在外流传起来，实在不错，没必要这么急着关门。

我一时说服不了他们，心里想想，其实也是有些太急了，好歹也容他们有一段缓冲时间，于是也没有再坚持，让他们先考虑一下这事儿。

诸事安排停当，我来到养殖场的祭堂，弄来一笼蝎子，差不多有上千只，然后将窗户大门紧闭，帘幔垂落下来，祭出金蚕蛊，使其停于五瘟神像和我中间。

活蛊难炼，毒蛊易得，凡事都需循序渐进，若想弄出一个如同肥虫子或者镇宁苗蛊那种透明蝎子的蛊虫，没有三五年的水磨工夫，实在难以有成效。然而若是只弄出些蛊毒，以肥虫子这蛊中之王为媒介，倒也不用耽搁太多的功夫。

双腿盘坐，眼观鼻、鼻观心，心则朝向那开过光、请过神的五瘟神像，而肥虫子则在一众毒蝎上方巡视，如同君王，高高在上，它的身子开始发光，明亮如灯，丝丝氤氲如雾出现，每一根垂落下来，都缠住那些蝎子毒素存积的尾椎处，五瘟神像则有一股空灵之力，通过肥虫子，连接到我。

我一直依照着《镇压山峦十二法门》中的祈祷经文念诵，如此一天一夜，水米不进，接着又是小半天，整个人昏昏沉沉，恍如神游。当我再次凝神过来，瞧见这笼中一地死蝎，肥虫子身下的陶瓷小瓶中，则是满满的金黄色液体。

我瞧了一眼，用橡木塞将其堵上。感觉全身疲倦欲死，匆匆赶回房中，往床上一躺，不多时便睡了过去。

不知道睡了多久，我突然被一阵大力推醒，睁开眼睛，看到小妖明艳妩媚的小脸出现在眼前，娇嗔着喊道："真是个猪啊，喊都喊不醒，掌柜的电话都来了好几趟了，你快起床！"我突然一下就蹦了起来："啊，今天是跟那个凶手约战的日子！"

第七章　沟渠杀局

龙山工业园位于石龙镇中山公园附近，交通便利，南北畅通，而且那边大片大片都是各类工厂，人员比较密集，离我这里差不多有一个小时的车程。

掌柜的在市局等不及，直接派车到养殖场。我正洗漱，他已经气势汹汹地冲了进来，揪着我喊道："电话打了无数遍，可你就是不接，我说你倒是真沉得住气啊？"

我伸了一下懒腰。跟杂毛小道厮混了那么久，我多少也学会了一些淡定和从容，拍了拍他的肩膀，说："掌柜的，你堂堂一市局领导，犯得着屁颠屁颠赶过来吗？叫曹彦君跟着就是了，何必这么麻烦？"

瞧我故作轻松，掌柜的一脸郁闷，道："你以为我不想安坐城楼观山景啊？可失踪被掳的你又不是不知道是谁——于公她是我治下的公民，于私她是陈老大幼时的朋友。陈老大是信得过你我，才将张艾妮放在东官的。可要是出了什么不测的事情，你说说，咱们俩还有什么脸，去面对陈老大？"

大师兄在掌柜的心中分量极重，所以他是一丁点儿都不敢怠慢，可我又何尝不是？时间紧急，我将朵朵、小妖和肥虫子叫上，至于养殖场，则让昨天已过来上班的小胖妞王二春看着。

在指挥车上面，掌柜的跟我讲起了这几天的追查进度。他们协同公安、工商、卫生和交通等有关部门，以"扫黄打非"的名义，对全市进行了大排查，重点审核了宾馆、旅社和出租屋等场所，结果从黑白两道反馈的消息来看，都没有查到什么有用的东西。龙山工业园那边，临时增加了许多监控摄像头，还布了好几组暗哨，也没有瞧见什么不明身份的人员。

"对手是个极其狡猾老练的家伙，不知道他这次会闹什么幺蛾子呢。"掌柜的不无担忧地说道。这局面不由我方掌控，被人牵着鼻子走的感觉让人心中忐忑不安，不过现在也没有别的什么办法了，先到了地方再说。

一路疾行，我们赶到龙山工业园已经是晚上八点。掌柜的这一次带来了二十多号人，为了避人眼目，全部身着便装，另外持枪特警也有两队，早就已经进驻园区各个建筑的制高点，必要时刻，只要确定目标，不经批准即可射杀。

我并不与他们一同走，而是在离龙山工业园最近的一个村子就下了车。村子几条街，到处是出租屋和明亮招牌的店子，工人刚下白班，到处都是人，显得混乱而繁华。我几天没有吃饭，找了一家陕省面馆，六块钱一碗的拉面呼啦啦下了肚，这才感觉有些底气，然后施施然朝着凶手指定的那条河渠边走去。

这村子离那条河渠并不算远，步行十多分钟就到了。我先前查过资料，这工业园大部分的企业都是印染服装厂之类的，就是做牛仔裤的那种，对环境尤其是水资源的污染十分严重，一路走来，空气里到处飘散着一股刺鼻的臭味，走到河渠边更加明显，让人都有些呼吸不畅。

借着两岸的路灯，能够看到这六七米宽的河渠里面，到处都是黑漆漆的污水，除此之外，还有些绿色的水生植物，以及漂浮在水面上的各种生活垃圾。

我粗略扫量一番，瞧见了那棵老槐树，它孤孤单单地矗立在河岸旁，对面是砌着高墙的工厂，旁边一条路，过了这街口便是各式高高低低、规划不一的民房，通常用来出租。老槐树旁边没有人，不远处只有一个露天的垃圾堆。

我缓步走了过去，小妖和朵朵悄不作声地从我胸口的槐木牌中飘荡出来，朝两边的黑暗隐去。

九点多，我出现在了老槐树下。这个时候已经接近六月，天气湿热，旁边的垃圾堆里传来生活垃圾的腐烂臭气，十分难闻。不过我却并不在意，矗立在河边，任那腥臭的河风吹拂头发。

我人虽然不动，然而却一直都在关注着四周。在掌柜的布置下，想来应该不会有人朝我打黑枪，只不过，那个家伙虽然约我在这里见面，但他到底会不会来呢？

等了差不多一个多小时，依旧没有人。附近工厂的工人差不多都回家或者上班去了，路上基本没有什么行人，四周黑漆漆的，冷冷清清，偶尔有那么一两个人路过，瞧见我在河渠边站着，除了奇怪地看一两眼，也没有多说什么，倒是有一个收摊的大姐路过，关心了我一句，是不是失恋了，可别想不开啊。

我等得焦急不耐，隐蔽耳麦里面不断有人通报情况，说一切如常，附近几个街道也没有发现什么可疑人物。

突然，我听到有电话铃声响起来，下意识地去摸怀里的手机，结果发现并不是，声音来源于旁边不远处的那一堆生活垃圾。老款诺基亚的和弦铃声在寂静的夜里响起，一遍又一遍。对面巷口出现了一个小孩，正跌跌撞撞地朝这边走来。小孩才两三岁大，走路都不利索，不过显然是被这铃声吸引了。

我用炁场感应了一下那堆生活垃圾，并没有发现下面藏着什么爆炸性物品，只是一个蓝屏手机在不断闪烁。我眯着眼睛瞧了一会儿，突然想到，莫非是那个凶手想跟我通话？

我小心走过去，先给右手戴上一只薄薄的皮手套，将手机从垃圾中翻出来，接通，然后按了免提。一个方言口音浓重的声音传来："陆左，看来传言没错，你跟政府的关系还真的是很铁啊。瞧瞧这一整片地区的楼顶屋角上，到处都是狙击手，你说我怎么跟你见面？"

听他这么说，我便晓得电话那头的人，便是凶手了。

看着刚才那个小孩朝我这边走来，我缓步走到老槐树下，冷声说道："我不管你是谁，只想告诉你两件事情，第一，你有什么不满，都冲我来，绑架我公司的员工算怎么回事？不疼不痒的，老子还未必在乎。第二，有本事，咱们两个单挑，这次人多不算，我和你另约一个时间地点，看看谁是孬种？"

"嘿哟，你说你不在乎自己的手下是吧？得了，你不在乎，我更不在乎，回头就将她杀了——可惜了，这女人年纪不小，但是徐娘半老、风韵犹存，别有一番风味呢……"电话那头的笑声格外冷酷。

那家伙比我想象中的聪明，我气恼得几乎都要将手上的电话给捏爆了，不过为了帮掌柜的他们争取定位时间，只有拖延，语气转软道："行了，都是出来混的，有话好说。你到底要怎么样，才肯放过她？"

"要怎么样？哼哼，你也有说软话的一天啊，你陆左现在不是很牛吗？你不是踩着族人的尸体，成为政府倚重的爪牙了么，现在还知道求饶了啊……"电话那头不断地挑衅我，发泄着对我的怒气，而我尽量让自己平心静气，也不回应。咦？刚才那小孩儿居然不知好歹得朝着我走过来，好像是想要我手上的手机一般。

这小孩儿走到我身前两米处的时候，我突然感觉到不对劲。我勒个去，这哪里是什么小孩儿，根本就是一头满面青狞、一身黑毛的婴尸。

就在我低头看下去的那一秒，原本步履蹒跚的婴尸突然将收敛起来的尸气一举绽放，双脚蹬地，朝着我的胸口冲来。它的双手，指甲又黑又尖，上面尽是尸毒。敌人果然费尽心思。不过我倒也不慌，腾出一只手，将这头婴尸的手给抓住，不让它划到我。不料这鬼物的劲儿忒大，一下就将我撞得往旁边退了好几步。就在这时，老槐树树干突然裂开，从里面跳出一个黑影，猛力一扑，将我给紧紧抱住，往旁边臭水横流的河渠推了下去。

第八章　真凶露面，熊孩子的逆袭

万万没想到，那被我用觇场来回扫视过好几遍的老槐树里面竟然还藏着这样的凶险，猝不及防之下，我一头栽进了臭水河渠里。

河渠离地一丈许，身处空中，我借势翻了一个滚儿，将从老槐树中蹦出来的那个黑影压在下面。在入水的一刹那，我瞧见这是一头满脸绿色、额头处有月亮烙痕的毛猴儿，张着嘴，一口獠牙雪亮而张狂。

这毛猴儿差不多有半人高，力大无穷，然而却给我使用"山"字诀，千斤坠，砸落在河渠中。

河渠水不深，水底里尽是臭烘烘的淤泥。我和这个毛猴儿以及手上掐着的婴尸跌落在里面，水深齐膝，溅起的淤泥四处飞射。我用肩头干净的地方抹了一把眼窝子，便发觉水中有异动，一瞧，吓了我一大跳。黑乎乎的污水之中，密密麻麻都是小鱼儿。这些小鱼儿只有牙签般大，我一入水中，立刻争先恐后朝着我这边涌来。

食人鱼！

这些小鱼的脑袋呈现出畸形的大——食人鱼之所以这么厉害，是因为它们的颈部短，头骨特别是颚骨十分坚硬，上下颚的咬合力大得惊人，可以轻易咬穿牛皮或者坚硬的木板，倘若全部集聚过来，只怕片刻之间便能够将我给啃噬成骨头架子。

这时那头从老槐树里面蹦出来的毛猴子也跃到我的身上，张嘴朝着我的脖子一口咬下。

对方布网严密，这节奏是准备让我死，并没有将张艾妮放出来的心思。想到这里，我的心里充满怒火，右手迅速点燃恶魔巫手，闪电击出，塞进了毛猴子张得巨大的嘴巴里面。

毛猴子的嘴里獠牙密布，牙根处还有许多黑色污垢，一看便知道蕴藏有剧毒。然而我夷然不惧，怒火中烧，右手已经滚烫，塞进去之后就是一阵猛掏。毛猴子虽然用降头巫法祭炼过，然而却挡不住我这突然爆发的力量，嘴里面一阵呜咽，脑袋被我烧得半熟。

这毛猴子被我击杀，然而我的双脚却已经遭到了水里面那些食人鱼的侵蚀。这些小东西或者从缝隙中钻入，或者轻松咬破我的裤脚，狠狠地朝着我小腿肉咬来，更有甚者，钻入伤口朝着里面的皮肉层挤去。

这些食人鱼的威胁比寻常鬼物更甚，短短一瞬间，我的双脚剧痛。危急时刻，肥虫子不用我请，直接出现在我腿部，将那些钻入我腿里的食人鱼给全部消灭，并且将自己森严的蛊王气势激发出来，震慑住食人鱼。

我将毛猴子脑壳捣碎之后，四周看了一下，想先离开这是非之地。这时，小妖及时赶到，把我从淤泥里拔出来，往岸边使劲儿扔去。我在空中翻腾了好几下，啪的一声，摔在了那棵劈了叉的老槐树上面。

我摔得头昏脑涨瞧见掌柜的带着一伙人匆匆赶过来。我跌落河渠里面，一身腥臭，右手抓着那早已死去的毛猴子，左手还死死掐着那不断挣扎的婴尸。

"潘多拉魔猴！"

"印尼怨咒婴尸！"

掌柜的手下颇有不少识货的人，很快便认出了我手上的这两样鬼物。我将毛猴儿恶狠狠地摔在地上，抬头看那个喊出声来的眼镜男，说你认识？

眼镜男望着地上黏糊糊的猴尸说道："潘多拉魔猴是西方的叫法，也叫厄运魔猴。它是西班牙人第一次深入柬埔寨的时候，对于这种从地底出现，带来杀戮、疾病和战争的猴子的称呼，认为它是魔鬼的象征。之后的很长一段时间都没有它的身影，最近一次出现在人们的视野中，是在1970年代末，这魔猴在怨气积聚的红色高棉万人坑中出现。当时南洋降头师联盟契努卡和萨库朗还为此争夺不休。潘多拉魔猴有着超卓的力量和敏捷度，而且能够融入植物之中，收敛气息，是天生的丛林杀手。它暴戾无比，但是一旦被人收服，却是最好的帮手，服服帖帖。"

眼镜男侃侃而谈，完了之后，又不确定地说道："它的体貌特征大体符合潘多拉魔猴的记载，但是这一头好像有些弱。"

掌柜的在旁边笑，也不多解释，只是跟我说道："刚才太急，忘了跟你介绍，李伟，今年集训营的第一名，跟我算是有些关系，便给我要来东官这边实习了。"眼镜男彬彬有礼地伸出手来，跟我寒暄道："惭愧，那个第一名，徒有虚名而已。领导，我老师给我专门介绍过您，说您是近年来集训营里出过的最厉害的人才。"

我那副厅级的级别已经下来了，参加行动的人都晓得，不过这副巡视员的称呼叫着不顺口，于是他就直接喊领导。

我有些惊讶，问，你老师是？

"何斯，总局战略部高级分析员。"李伟恭敬地回答道。这名字在我脑海里转了一圈，方才回想起来，这个何斯想来应该是之前集训营里面给我们上国际形势分析课的教员，原本以为他就是个普通的工作人员，却不承想还顶着一个高级分析员的头衔——天下英才，不可小觑。

我们这边说着话，有人拿着一个专用的金属盒子过来，从我手上接过那头不断挣扎的婴尸。掌柜的见识也不差，说如此瞧来，这凶手应该是打南边来的。

我一身恶臭，自个儿都熏得够呛，心头有火，也只有忍着，跟着分析道："如果我猜得不错，这个人应该是一个叫做王万青的家伙。这人是我的同乡，朵朵便是他害死的。年纪小小，心性歹毒，四年前流亡东南亚，辗转漂泊，被泰国著名的班智上师收为关门弟子。就在去年，他在萨库朗许先生的支持下弑师代之，是一个了不起的天才人物。此番来势汹汹，应该是要与我一决生死的。"

青伢子的这段典故掌柜的没有听过，不由得一阵惊讶。

我们正在说着话，刚才被我扔在地上的那个老式电话突然又响了起来。

我接通，电话那头一个懒洋洋的声音："陆左，怎么样，我给你的开胃小菜，味道还不错吧？"那声音做出呕吐的声音来。我心中恨意越浓，表面便越平静，淡淡地说道："所谓的厄运魔猴，也不过如此。你还有什么花招吗？尽管给我亮出来吧，也好让我开开眼不是？"

电话那头有点儿小意外，沉默了两三秒，说道："没想到你竟然还认识这鬼东西，那么，想必你应该也确定我到底是谁了吧？"

我说："青伢子，说起来我们已经有四年多没有见面了。不过说句实话，青伢子，我们之间其实并无仇怨，你何苦要为难于我呢？"

电话那头的呼吸顿时粗重起来，用我们家乡话恨声说道："我才十四岁，就有家难回，一个人漂泊南洋，提心吊胆，受尽屈辱，在你的眼里却是没有仇怨？哈哈，陆左，你这个苗家的叛徒，我忘不了那一个个辗转反侧的不眠之夜，我早就下定决心，我们之间，注定只有一个人能活着。而死去的那个人，一定是你！"

对这样的熊孩子，实在没有什么道理好讲，我也不愿意多谈，直接问道："我们的事，我们解决，张艾妮在哪里？"

青伢子一声诡异的怪笑："你向后转，马路对面，离你十米远的那个垃圾筒，自己翻一翻吧！"

第九章　穷凶极恶，灭绝人性

没等青伢子话儿说完，我已经一个箭步冲到了马路对面。

这是一个巨大的垃圾箱。这种笨重的铁箱子一般都有些年头了，二十多年前的配置，是附近居民生活垃圾规定的回收场所，不过村民们似乎更喜欢将垃圾丢弃在露天的垃圾堆，譬如老槐树旁边的那块儿。

我用脚踢了一下，里面似乎有动静，于是我绕到后面将垃圾箱的门给打了开来。首先出现的是几头油光水滑的大老鼠，这些小畜生炸了窝，惊慌错乱地越过我的裤脚，朝着黑暗处跑去；接着就是一窝个大体长的美洲蟑螂，挥舞着翅膀，有的爬，有的飞，乱成一团。我顾不得这些，直接将里面装垃圾的盒子给抽了出来。

刚一抽出，便立刻有一大群细小的蚊蠓朝着我扑来。蚊蠓如云，乌黑一片，我突然感到一阵惊悸，下意识地往后退两步，右手一挥，上面蕴含的巫力和龙威顿时就将这些蚊蠓给驱散开去，不过手一停下，它们又再次围了上来。

我身上有肥虫子的气息，按理说应该是蚊虫不近的，而这一团乌泱乌泱的蚊蠓并不畏惧半分，甚至连镌刻我手心上面的龙纹之威都不顾忌，可见这些又是青伢子的布置。

这时朵朵杀出来，双手结印，一股黑色气息从她那粉嫩的十指之间激发出来，化作布袋状，将这些祭炼过的蚊蠓给悉数绞杀。朵朵帮我清理这些蚊蠓，我终于瞧清楚了，垃圾箱里面装着的是一个巨大的黑色塑料袋。

塑料袋在微微动弹，我紧张得浑身颤抖，伸手解开塑料袋子，往下一拉，露出一个血淋淋的女人，可不就是失踪了好几天的张艾妮吗？

"张艾妮？你醒醒，张艾妮！"

我呼唤几声，没有回应，急忙蹲下身子，手指放在她尽是鲜血的脖子上面，还有脉搏，鼻息也有，不过虚弱得不行了，身体也冷得可怕。我匆匆打量一眼，瞧见她衣服上面尽是细密的刀痕，将黑色小西装给划拉得衣衫褴褛，而鲜血早就已经将白色衬衫给染成了黑红色。

我朝着赶过来的特勤局同仁大声喊道："愣着干什么，赶紧把救护车叫过来啊！"这边喊完，我又冲着电话厉声骂道："王万青，你有本事站在我面前，信不信老子干死你！"

感觉到了我的愤怒，青伢子发出一阵畅快的笑声，浑不在乎地说道："你别急，老子又没有把她弄死。今天这个结果，都是你带着这些条子过来的下场。你要没带那上百号拿枪拿炮的条子，自己一个人过来，肯定又是另外一个情况。我好心提醒你一句，这只是一个警告，真正的好戏还没有开场呢。这电话你别扔啊，我半个小时之后，再打给你，等着我哟！"

青伢子在狂笑声中结束了通话，我差一点就将这个破手机给捏碎了。

街那边救护车拉着警报冲了过来。这时掌柜的手下已经检查过了张艾妮的伤势，正在小声汇报："……全身有不下于五十道伤痕，被毁了容，手筋和脚筋也被挑断了，时间太久，不知道能不能接得上。她现在情况十分危急，失血过多，随时有生命危险……"

这话儿还没有说完，我怒火中烧，朝着河渠那边大声骂道："肥虫子，别在那里搞了，快给我滚过来！"

正在河渠里清理食人鱼的肥虫子感受到了我的焦急，一道金光，直接钻入了张艾妮的身体里，帮忙止血，激活生机。

掌柜的瞧着手下围过来的一圈人，大发雷霆："瞧瞧，瞧瞧你们做的这些破事！前天都已经通知你们小心布防了，结果还让人在这里动了手脚，甚至将受害者放到了这个垃圾箱里面来了。你们都是怎么盯的梢，鼻梁上面的那两颗珠子是人眼睛吗？都瞎了是吧？"

张艾妮是我的下属，同时也是我的朋友，是杂毛小道和雪瑞的朋友，我对于她的安全，有着不可推卸的责任。此时此刻，她却因为我的关系，变成了这副模样。一想到这个结果，我就感觉心中那一股怒火，愤然甩出一拳，将那个铸铁垃圾箱外面的铁皮给打了个对穿。

拳头上传来一阵刺痛，许是流血了，然而终究比不上我的心更痛。我跪倒在地，整个人都有一种崩溃的感觉。

这个世界上从来不乏恶人，而青伢子则是那种从小就坏到了骨子里面的恶棍。这种人心里面有一个放大镜，能够将丁点儿的仇恨，放大到足以毁灭世界的程度，却从来不晓得反思自己的错误。像这样的家伙，我当时怎么就没有将他给毒死，结果今日成了大患呢？

我心里面充满了自责、愤恨，一脑子的浆糊。突然一个娇小的身子将我一把揪起来，按在了墙上。我愤怒地一甩，却没有挣扎开。是小妖，她一双手紧紧揪住了我的衣领，弄得我都有点儿喘不过气来。

小妖不顾我身上腥臭的河泥和污水，一脸不屑地骂道："愤怒有用的话，那你尽管愤怒好了；疯狂若是有用，那你就疯吧。有用吗？没用吧！那好，收敛起你那廉价的感情，让自己的心平静下来，仔细想一想，要怎么才能抓到青伢子，给朵朵报仇，给艾妮姐报仇，也给般智上师报仇！"

小妖的话像一瓢凉水，将我给骂醒，我深吸了几口气，终于将心情平复下来。瞧见我的眼神恢复清明，小妖脸上露出了笑容，拍了拍我的脸，骄傲地说道："对了，这才是我的陆左。无论你心中有多么愤怒，也要保持理智的头脑，找出真凶来，免得自己的朋友再受到伤害。"她这般说着，突然指挥车里有人冲了出来，指着斜对面的出租屋喊道："那边有一个人，应该和这次袭击有关！"

我顺着那人指的方向瞧去，见那扇窗户后面有一个人影闪过，似乎在紧急离开。

我浑身绷得紧紧，低声喊道："小妖、朵朵，跟住他！"

不待我说，这两个小宝贝儿便已经冲了过去，而我也如同猎豹，朝着那栋出租楼狂奔。当我一脚踹开出租房的铁门时，小妖已经协同朵朵将那个人给擒获在地。这是一个又瘦又黑的男人，一副东南亚脸孔，哇啦哇啦大叫。不是青仔子，想来应该是他的手下，在这里负责刚才针对我的袭击。

掌柜的带着人过来将这人拿下，就在把他押往囚车的途中，我手上的电话又响了起来："陆左，时间总比我想象的快。对了，如果我预料得没错，我手下阿罗夜应该被你抓到了吧，那么，你有没有兴趣，跟我来玩一场换俘的游戏呢？"

青仔子不急不慢地说道，我冷声哼了一下，说换谁？

电话那头一番闹腾，传来了老油条老万的哭叫声："啊、啊，大哥，别打了，要出人命了……陆哥，救命啊！"

第十章　连下杀手

"老万，你在哪里？"我心急如焚，大声地喊着。我额头青筋直跳，老万最早在我与阿根合伙开饰品店的时候就跟了我，后来事务所一开张，他立马过来帮我张罗。虽说这人性子疲懒且油滑，又有些好色，然而却是这事务所员工里与我交情最深的。向来唯我马首是瞻，十分得力，没想到竟然又给青伢子给扣下来了。

"你到底想干什么？"我咬着牙，一字一句地说着。青伢子这接二连三的挑衅已经触碰到了我的底线，感受到自己的朋友、家人的生命安全随时都有可能被威胁到，这一刻我的杀心是前所未有的强烈。

面对着我的愤怒，青伢子很开心："嘿哟，生气了啊？开点小玩笑而已。我们毕竟有好多年没有见面了，想着跟你见个面，聊一聊以前的交情呢。不过我这人喜静，受不了那么多人，所以烦请你单独过来，要不然呢，我有的是法子来折腾你！信不信？"

青伢子前前后后折腾了这么久，是想要我孤身前往他所布的局中。接着他便跟我约好，让我先孤身一人返回南城，到时候他会打电话过来联系我的。

说罢，他再一次出言警告，说我但凡要是敢耍一丁点儿花样，那这件简单的事情可就要起大热闹了。

"不光是你们事务所的人，便是这整个东官，我也能搅风搅雨……"

青伢子也是苗蛊一脉，而且在南洋流浪这么多年，手段极多，我无法确定他到底会做出什么样的恐怖行为来。这也正是历代政府致力于消灭巫蛊的原因——对平民的威胁实在太大了。挂了青伢子电话，我问掌柜的能够定位到那个家伙的位置吗？掌柜的询问手下，得到的结果是暂时不能。这结果气得掌柜的又是大发脾气，不过我反倒是平静了下来。青伢子既然敢联系我，自然就有信心不被我们顺藤摸瓜，掏掉老底。

此时多说无益。我急忙打电话，确定事务所的其他同事的安危。结果让我越加气愤，财务猫儿联系不上，估计是也着了道。虽然我曾经叮嘱所有人要注意安全，然而对于青伢子这个丧心病狂的家伙来说，事务所的这些同事怎么可能是他的对手。

我也没有跟那些没有出事的人多解释，只是要求他们离开东官，现在、立刻、马上！要么去度假，要么走亲访友，总之不要停留在住处，也不用上班，在这期间的薪资全付，外出旅行费用报销百分之九十。

没遇事的员工自然是欢天喜地，王铁军则忧心忡忡，想多问几句，我却不再理会他。

车队离开，将重伤垂死的张艾妮送到附近的医院，进行紧急救治。急诊科的医生瞧见张艾妮的模样，吓了一大跳，检查完毕之后，劝我们放弃治疗算了。

听他说这话，我揪着这个医生的脖子，厉声警告他说："该干吗干吗，我保证她现在死不了。但倘若你这边耽搁了什么，信不信我让你给她抵命？"肥虫子此刻在她的体内循序渐进地缓缓维持，并不能够起到立竿见影的效果，还是需要现代医学来主导救治。

那个医生被一身又熏又臭的我揪着脖子，然后又瞧见旁边围着这么一大圈子的彪悍男人，还有武警，吓得直哆嗦。立刻对张艾妮进行紧急输血，然后缝合，先把命救回来。

来的路上，掌柜的已经把这边的情况向大师兄作了汇报，那位什么都没说，只是表示"知道了"。

掌柜的找到我，问我接下来打算真的就单枪匹马地去跟青伢子会面？

我点了点头说："班智上师精通通灵清幽的术法，那个狗东西不知道学到了几分。倘若你们再继续跟着，说不定这个家伙能够感知到大家的存在，不但不会露面，还会将手上的人质给干掉，甚至狗急跳墙，直接开展恐怖袭击。没办法，只有我孤身前往了。"

掌柜的不无担心，说那你个人的安全问题……

我冷笑了两下道："不可否认，将班智上师的'遗产'消化完毕的青伢子，的确是一个值得注意的对手。但是我这几年出生入死的经历也不是白来的，即便是他想耍什么阴谋，我也未必怕他！"

掌柜的见我心意已决，指向亮起了红灯的手术室，问道："那你带不带金蚕蛊？"青伢子自东南亚学艺归来，一身的巫蛊降头邪术，这两天已是初露锋芒。抛开我们之间的恩怨不谈，他的手段的确让人耳目一新，极具震慑性。张艾妮之所以能够留下一命，并非此人心软，而是他在赌，或许我会留下肥虫子来给张艾妮吊命，以此来断我臂膀。

情况也的确如此。张艾妮无论是对我，还是对我素来敬重的大师兄，都是极为重要的朋友。我要想不让她死在医院里，那就必须留下肥虫子。不过，他当真以为离开了肥虫子，我便一无是处了吗？外婆留下来的《镇压山峦十二法门》和山阁老另外两部著述，有的东西我虽然不是很理解，但是内容却是早已烂熟于心，而且我手上还有这几天突击炼就的秘密武器，只要小心一点，我就不信当年那个熊孩子，此刻真的能够翻了天。连许映智那样的人物都栽在了我的手上，他青伢子又何德何能，能够设局让我入瓮，将我弄死？

掌柜的也没有再多说，递给我一个纽扣大的定位仪，必要时按一下，发动信号，他们会以最快的速度赶过来。我没有拒绝，跟他借了一辆车，朝着南城区驶去。此刻已是深夜，路上车辆变少了，我开车的速度极快。小妖和朵朵在我的旁边，静静地陪伴着，也不言语。

当车子进入南城大道的时候，那个破手机的铃声很突兀地响了起来，我接通了，青伢子开头第一句便说道："你自己的手机，还有所有的定位器，都丢出窗外去。"我毫不犹豫地照做了，他不满意，说不不不，还有。我的脸沉了下来，这种被敌人看清全部的感觉并不是很好，然而为了尽早见到他，我还是将掌柜的给我的那个定位仪也捏碎丢了出去。

这个时候，他方才满意地笑出声来，然后指导我在南城的大街小巷里面不断地转悠。我一脸疑惑地扭头去看小妖和朵朵，她们两个都摇头，表示不知道这个家伙到底用了什么方法，竟然能够将我的行踪，了如指掌。

青伢子在电话里指挥着我在南城区绕了大半个小时，打得那电话都发烫了，电池报警，终于说了最后一句话："向前直走，然后停下，上去。"

是南城的 CBD 第一国际，茅晋事务所的驻地。这家伙从头到尾，一直都躲在我的大本营里面发号施令。我忌惮他那种不知缘由的全知全能，没有敢联络特勤局，直接进了大厦里去。我不敢坐电梯，怕那家伙耍花样，走楼梯冲到事务所的那一层。

大厅里面，有一盏橘黄色的台灯亮着，钢化玻璃门则虚掩着。

我吩咐小妖和朵朵两个散开，先别进去。推开门，我瞧见有一个人正坐在老万的座位上，因为背着光，橘黄色的光芒将身影照得很长。我下意识地朝着那个人喊道："老万，老万！"那人转了过来，面无表情，目光平视，脸颊靠近耳根的地方有一大块青黛色的东西，瞧见这个模样，我的脸色猛然一变。

时光仿佛倒流，小美死前的模样，又回到了我的眼前。

第十一章　大厦天台

时至今日，我还清楚记得当初王洛和给小美下的那毒。

虫瘿，又名僵尸虫、傀儡虫，一旦侵入人的小脑部位，那便已经无可挽回。跟我有着将近六年交情的老万，此时已经成了一具被人操控的尸体。我的双拳捏得紧紧，噼里啪啦地响了起来。

这时，老万从位置上僵硬地站了起来。看着平日里熟络的朋友突然变成另外一副模样，然后浑然不觉地攻击自己，这对于人的心理来说，是一件极度折磨的事情。

青伢子此人，不杀，不足以平息我心头的怒火。

我收敛伤悲，尽量控制住自己的情绪，开始左右扫量，想看一看那个理应千刀万剐的家伙到底有没有在这儿。就在我四处打量的时候，已成脑死亡状态的老万身子僵直地朝我这边跟跄走来。这些年来我经历过不少生离死别，本以为自己的心肠早就已经冰冷如铁，然而此刻瞧见一脸茫然的老万，心里面就是一酸。

我陆左对不起你啊！

老万并没有听到我心中的悲叹，继续朝着我这边扑来。我不忍老万的尸身被毁，待他过来的时候，一脚踢中他的胸口，将其踢在地上。他却恍若无事，从地上蹦了起来，再次扑来。

我一把揽住老万的腰身，不待他反抗，右手一转，掐了一个"外缚印"，口中高喝道："解！"右手一阵红光出现，这是恶魔巫手与龙纹结合生成的能量具象化，沁入老万的额头处。就在我想要尽最后一份力气，将老万从死亡的悬崖边拉回来的时候，突然一股隐藏许久的力量瞬间释放。我将老万朝着前方猛地一推，自己则朝着旁边的联排式办公桌下面滚过去。

砰！

一声沉闷的炸响，漫天的血肉在事务所大厅中飞扬，四射的断茬碎骨充满了力量，墙壁、玻璃还有一排一排的隔桌全部稀里哗啦，我只感觉一阵巨大的力量朝着我这边涌过来，人便已经被掀翻的办公桌压倒在地，背后一阵剧痛，竟然就中了招。

我手摸向身背，拔出了三块碎裂的断骨。这些断骨在片刻之前，还属于我的朋友，此刻却化作利刃，扎在了我的身上。顾不得身后伤口的疼痛，我朝着前面大声喊道："青伢子，老子一个人过来了，你倒是出来啊？你有本事就出现在我的面前，咱们有什么仇恨，当面了结。何必像个女人，婆婆妈妈，在背后使绊子？"

随着我的怒喊，事务所办公大厅突然一阵嗡嗡地响，先前沾染了老万鲜血的那些地方开始出现蓝幽幽的火焰，仿佛浇了汽油一般四处蔓延，东一块，西一块，将整个大厅给渲染得幽森恐怖。大门处突然刮来一阵阴风，将玻璃门吱呀一声带动，关上了门。

我瞧了一眼那门，下意识地猛回头，瞧见角落里咕噜咕噜地响，那动静怪极了，也恐怖极了。接着那盏橘黄色的灯光开始扭曲变形，一股蓝色的火焰升腾而起，幻化成一个人脸。

这张脸我是那么的熟悉，它和当年在色盖村里面朝我吐口水的那个少年，简直是一模一样。人脸处传来了嘎嘎的笑声："陆左，你恨我吗？"

我深呼吸，尽量让自己变得平静下来："讨论这个问题，你觉得还有意义吗？这一次你单独约我过来，除了将老万杀死给我看、惹怒我之外，还有什么想法？难道你认为你能够杀得死我？"

那人脸充满了疯狂的得意，大声笑道："哈哈，哈哈，陆左，你是那么的自信，自信得好像你能够掌控所有一样，然而，实际上呢？你现在还不是被我耍得团团转？即使我今天杀不了你，但是此后的每个日日夜夜，你的心中都会有一个魔，它时刻提醒你，威胁你，吓唬你，让你辗转反侧，睡不着觉，这岂不是最好？"

我声音像冰块一样寒冷："我在乎的人，死一个少一个，你以为你能够威胁我多久？另外，你以为你能够活多久？"

青伢子道："你真是个心肠软弱的伪君子啊。我倒是有点兴趣了，倘若我这次不是来东官，而是回了晋平老家，把你父母弄到手，然后再给你出一个选择题，你会选择父母活着，还是自己活着呢？"

这畜生竟然将主意打到了我父母的身上，显示出了他那没有底线的下作。我极富针对性地反击道："青伢子，你这么说，倒是提醒了我——我有父母，可你自己也是有父母的！"

人脸说道："你不会的。他们是无辜的，与我无关。"

"你怎么知道我不会？兔子急了也咬人，你把我逼到这个分上了，谁还跟你讲这些东西？他们无辜，张艾妮不无辜？老万不无辜？怎么偏偏就他们无辜了，无辜者能够被你这个人渣给杀死，就不能够被我弄死？再说了，生出你这么个混蛋玩意儿，我可不认为他们无辜。我发誓，只要你敢对付我父母，他们会第一个死掉！"

听到我的警告，人脸突然大笑起来："我说你不会，你就不会。像你们这些朝廷的鹰犬，就是个伪君子，这也不敢，那也不敢，你们什么时候敢过？不过你这么紧张，倒是提醒了我，真的有必要回一趟晋平了。不过在此之前，我看看能不能先炸死你！"

人脸将这一句话说完，四周的火光一阵摇曳，位于出口的钢化玻璃突然一阵火起，阻住退路。地板上有一股炙热的火光出现，朝着我的脚底下蔓延而去。

这个狗东西在地板上装了烈性炸药，准备炸塌这一层，将我活埋。

他从来都没有打算与我正面交锋，而是不断地将我引入他的圈套，用尽各种手段和方法将我消灭。然而就在那一股火光往下蔓延的时候，办公室内突然有一阵绿意蹿出，无数的青藤和野草从里面长了出来。这些是以前小妖在我那儿的布置，没想到此刻却有了这般妙用。在小妖指挥下，绿植争分夺秒，将大厅的大部分地板给扑满，将这些点燃烈性炸药雷管的火光给悉数熄灭。

我趁机箭步上前，拔剑向前一挥，鬼剑带着呼啸将那人脸给斩成两段，烟消云散。

我的眼睛闭了起来，全身的炁场感应在这一刻已经发挥到了极致。青伢子用虫瘿控制住老万的尸身来恶心我，却并不知道我曾经见过这玩意儿，也了解，倘若想要操纵这东西，必定不会离得太远。

在楼顶！

我睁开了眼睛，心中已经得到个答案，身子朝着门外冲去。人脸一破，那禁锢大门的力量也消失无踪，我奋力朝着楼上飞奔。很快，我便来到了大厦的天台，一脚将锁着的铁门踢飞。门一开，便感觉到了一大股带翅之物朝着我的面门扑来，我往后退了一步，朵朵跟上双手一挥，将这些东西给点燃烧尽。我冲出门口，瞧见天台的水塔上面，站着一个身形消瘦的男子，嘴角挂着一抹邪恶的笑意。

第十二章　萨库朗余孽横行

被老鼠耍猫好几天，我终于瞧见了正主。青伢子穿着普通黑色 T 恤衫，容貌并没有太大的改变，跟刚才的人脸差不多。个儿高了，一双目光依旧锐利得刺人眼球。我感知到了一种能量波动，这种波动我曾经在缅甸丛林中在班智上师身上也曾感受过。那是一种神秘而古老的玄妙，难以言叙，仿佛整个人都要融入到了世界里面去。

"在我来之前，有人告诉我，说陆左是一个绝顶聪明的人，最重要的是运气不错，十分难缠。果然，你还真的没有让我失望呢。本来还准备跟你多玩几轮，结果没想到现在就梭哈了，进度有点略快啊！"青伢子站在高高的水塔上俯视着我，那表情，仿佛一切都在他的掌握当中。

我越是一肚子的愤怒，越是冷静，飞快地往四周瞟了几眼，这才说道："今天的见面，我其实也很惊讶，万万没想到当年那个农家少年，竟然会变得这般的邪恶。你的出现，让我再一次清醒地重新审视自己。就这一点来说，我得感谢你。"

"哈哈哈，不愧是陆左，当真是个人物了呢！"青伢子说道："其实说起来，你这个人除了性格比较恋旧、心软之外，倒也没有太多的弱点。不过作为强者，需要的只是服从命令的手下，而从来不需要与自己平起平坐的朋友，唯有不断超越，才能够脚步不停，要不然就会被抛弃。世界就是这么残酷和血淋淋，没有人知道这些年我是怎么过来的，而我在此前的每一个日日夜夜里，都是默念着你的名字入眠的。对于我来说，你是我人生的目标，也是我要跨越的高峰，所以当你败了，无需惊讶，你只是输给了时间。"

青伢子仿佛在作临别赠言，当他讲完最后一个字的时候，我的手已然探入怀中，摸出了一根祭炼过的雷击桃木钉，朝着水塔上甩去；与此同时，我的身子也朝着出口旁边的黑暗处滚了过去。

当我的身子着地，在隔热砖上面翻滚的时候，黑暗中突然探出了十几个黑影，身前火光亮起，有"噗、噗、噗"开瓶盖的声音响起。

那是装上了消声器的枪声，十几把枪支交织组成的火力无疑是非常强大的，暗夜中，四处都是飞曳的弹道，以及子弹射在墙上地上弹起的恐怖声响。

青伢子已不再是当年的那个乡下少年，班智上师和许映智的相继逝世，使得他手上掌握了一支武装力量。这个心怀仇恨的家伙做事毫无下限，自然也不理会修行者斗争中长期的默契，而是肆无忌惮，无所不用其极。

我在天台上各个建筑物之间不断翻滚，躲避着来自四面八方的子弹。为了对付我，青伢子和他的手下对于射击的点位作了精心设计，确保全方位无死角，然而没想到朵朵和小妖也跟了上来，这两个小家伙围绕在我旁边，为我挡了不少的子弹。即便是如此，我在第一波狂风暴雨般的攻击中，小腹和右脚也被人抽冷子射中两枪。

青伢子为了不引起太大的动静，以便逃脱，枪械全部都装上消声器，采用的也都是口径偏小的弹头，打在我绷得紧紧的肌肉里，倒也没有造成太大的伤害。然而没有了肥虫子，一时间我也恢复不得。在不断躲闪过程中，我终于接近了一个枪手，伸手将其抓到我的身前。这人都用不着我出手，一直追踪着我的子弹瞬间便在他身上凿穿了许多孔洞。

我摸到了这个人的手，指腹处尽是老茧，显然是个训练有素的老手。我抱着他，将身子隐入他的藏身处。至此，我才逃离了那些枪手的攻击范围，躺下身子，胸口剧烈地起伏着，感觉腹部和大腿处的伤口一阵火辣辣的疼。

当下我气行全身，将钻入我体内的那两颗弹头给弹出来，然后撕下身上的外套，将伤口绑紧。

在我紧急处理自己伤口的时候，朵朵和小妖隐没在黑暗中，一脸的愤怒。

下一刻，我听到有急促的脚步声朝着我这边冲了过来，立刻翻身起来，猫着腰朝旁边悄然退去。这时，突然枪声大作，那落点古怪，章法大乱，与这伙人专业的职业素养大相径庭。我心中一跳，知道小妖、朵朵已经和这一伙人干了起来。从角落探出头来，看了一眼，瞧见朵朵和小妖已然在人群中闹得一片混乱，有好几个枪手中招。而青伢子一方并不是没有防备，立刻有三四个老家伙跳了出来，手中挥舞着镶着骷髅头的木杖，朝着小妖和朵朵罩去。

瞧见那几个老家伙身上散发出来的气度，我的心中一跳，青伢子难道是已经继承了许映智的遗产？要不然，他怎么会有这么些高手在手下效力呢？或许，他此番前来找我复仇，并不仅仅只是为了仇恨，而是打着给许映智报仇的旗号，谋夺许映智的政治遗产吧？我这边惊疑不定，双脚一蹬攻入人群中，一边狠施辣手，一边朝着小妖和朵朵大喊道："走旁边去！"

青伢子此番前来，应该是对我有着充分的了解。他既然能够设计将最有群伤威胁性的肥虫子给引开，必然也有对付这两个小家伙的手段，倘若任其施展，实属不智。小妖和朵朵极为默契，当下身形一晃，朝着旁边那几个准备打黑枪的位置隐去。

我闯入人群之中，便再也不怕子弹袭击，此刻我找到了发泄对象，鬼剑朝着那伙惊慌失措的枪手一阵猛砍，剑剑致命，每一击都有大蓬的鲜血飞溅。

然而青伢子也非没有高手，一个浑身精瘦、光着上身文着各种泰符的光头汉子从黑暗中蹿了出来，身手厉害得让人惊讶，而旁边那四个老家伙则将我隐隐围了起来，口中不断地念诵着咒文，手上抛洒着松枝落叶，应该是在给我下降头。

水塔之上的青伢子祭出了一尊黑面獠牙、三头六臂的黑银塑像，往场中一抛，一股巨大的炁场碾压，从上到下将场内所有灵体的力量给限制得死死。

对此，小妖岂是好相与的。青伢子一祭出黑银塑像，她便立刻觉察，一掌将一位正准备打黑枪的家伙拍晕，手上立刻反扣住一颗硕大的蓝宝石，朝着青伢子高高举起："青木乙罡，射！"

一股最为纯粹的青色长虹从蓝宝石中激发出来，朝着青伢子射去。青色长虹似缓实快，瞬间抵达了青伢子身前几米处。此刻，青伢子祭出的黑银塑像突然一震，激发出了一尊十来丈高的巨大人影，俯身伸出一只手，挡住这青木乙罡，并且顺势朝着小妖拍去。

这尊大神，到底是什么？

第十三章　花大姐

没有金刚钻，不揽瓷器活。青伢子敢来报仇，除了已然将班智上师的一身修为给消化完毕了之外，一定还另有倚仗。除了那些萨库朗残余力量之外，这尊巨大的神像，想来就是他压箱子的底牌之一。

面对这巨大的手掌拍来，小妖却并不畏惧，咬着牙往地上一跺脚，突然那小身子就像吹气球一般，按比例变大了许多倍，最后变成了一个小巨人，在所有人的惊讶目光中，奋力回击，与那亦幻亦真的手掌对轰在了一起。

砰！

整个空间都随之一震，小妖稳稳地接住了这一掌，我在混战中抬起头，看向青伢子。所有的一切都是这个家伙一手策划并且造就的，然而此刻他却清闲得如同一个围观群众，置身事外，我怎么能够让他好过？

我将鬼剑朝着那个与我贴身缠斗的光头男猛一挥，连着抢攻三剑将其逼退，一个箭步冲到了水塔之下，用力一跺脚，下面的隔热瓦立刻碎成好几块，出剑随意挑起一块，像打棒球一般，朝着青伢子的面门射去。

这一击充满愤怒，瓦片如出膛炮弹，转瞬便到了青伢子的面门前，然而就在这一刻，那家伙突然唰地一下，不见了影踪。

移形换位！

这个家伙的精神力竟然有这么强大？我心中一跳，突然感觉到身后有一股强烈的气息波动，回手便是一剑，竟然是天空那尊巨大神像探出一只巨手，拍在我的头顶。

鬼剑如发烫的刀片，而那巨手则如同奶油，两边分开，破口处泄露出来的巨大力量也从上到下，瀑布般地拍打在我的身上。就在我被巨手打压的一刹那，水塔上突然飞落下一团团的冷火，附着在我周边十米的外围。那火焰充斥着一种诡异而可怖的能量，一点即燃，凝结成圈，将周遭的空间扭曲得不成模样，将我与所有人都隔离了起来。

我在火光燃起的瞬间就尝试着突围，然而那冷火却总能够提前燃在我的视线尽头，诡异的火舌使我下意识地不敢去碰触。瞧见旁边躺着两具尸体，左脚勾起一个，朝着前方的火焰踢去。那尸体在空中翻腾两圈，压在火焰之上，结果下一秒我便听到了一声发自于灵魂的哀号。

这一声隐隐约约、似真似幻，然而在我耳中却如雷鸣。这火焰对于实体的灼烧效果并不大，那尸体压在火上面，根本就没有燃烧起来，然而却能够将人的三魂七魄，给烧得形影无踪。

好霸道的火焰，青伢子到底想要做什么？

我抬起头，整个世界都被吞吐不定的清冷火焰给扭曲，除了脚下碎裂一地的隔热瓦，什么水塔啊、巨大的神像都再也不见，我知道自己已被禁锢住了。

火焰跳动，青伢子缥缈无定的声音响了起来："陆左，我从来都不是一个自大的人，这几年像老鼠一样偷偷摸摸地过活，使我更加谨慎。老乡我最近有难处，需要借你项上人头来立威，还望你成全啊！"

这话刚落，我便听到一种窸窸窣窣的声音从脚下传来。低头一看，一地破碎的隔热瓦砾之中，爬出了成千上万的黑色甲虫来。这些甲虫比芝麻粒还小，鞘翅上生有密密麻麻的细绒毛，身上有一股浓烈的恶臭，散发出一种极度危险的气息，越是密集的地方，越有一种手摸白纸时发出来的那种沙沙声响，听得人鸡皮疙瘩直起。

我瞧见这些黑色甲虫，心中立即与十二法门相对，得出了一个惊人的答案："花大姐！"

花大姐是一种虫，也是一种蛊，常见于彩云之南。在千虫密布的河谷里，心思巧妙的养蛊人需要翻遍山林草丛的每一个角落，找出二星、四星、六星、双七、九星、十星、十一星、十二星、十三星、十四星、二十八星、刀角、大红、红环、纵条、六斑显盾、艳色广盾等十七个品种，再加上一种来自地底、神秘的暗夜瓢虫，通过某些神秘手法，一代代地培育杂交，最后孕育出来的一只如同蚁后般的大肥母虫，便被称为花大姐。

此物又名"红娘"，在西方被叫做圣母玛利亚"lady"，是一种通过一己之力，诞生数万、数十万虫蛊的大型生物工厂。花大姐的子蛊一旦沾染人体，便立刻融入人血脉之中，万虫噬咬，比食人鱼的速度还要迅急。

就在一团团密密麻麻的花大姐子蛊蜂拥而至的时候，青伢子置我于死地的第二道法门，那不知名的冷火也开始朝着我这边翻卷，步步紧逼而来。如此情形，真的是上天无路，下地无门。

生死悬于一线，我的心却反而空前的宁静。先不管那冷火翻滚，我从怀中掏出一个小瓷瓶，将集齐成千上万毒蝎而凝练出来的液体抖落在地，然后一拳拍在胸口，大声地喊了一句："天下蛊虫，皆听吾命！王、王、王！"

声音喊起，本命金蚕蛊停留在我身体里的威势激发出来，那是一种绝对上位者的威严，经过那金黄色液体而放大扩散。结果，密密麻麻的花大姐子蛊陡止了攻势，纷纷转身，透过隔热砖的间隙朝外边涌去。

感应到这些子蛊的离开，我的心中一动，晓得那冷火虽然充斥在我的视野中，但是并没有封住我脚下的空间。

大厦封顶，自然是无数钢筋混凝土构建，青伢子觉得没必要封住，然而对于我来说却是唯一的生门。我瞧见头顶似乎又有一股巨力压下，当下心中观想山字诀，身沉如巍峨山峦，让力量积聚在双脚之下，猛然一跺脚，那整个一片区域便抖了两三抖。下一刻，我已踩破了天台楼板，跌落到下面一层。

我发现自己掉进了顶层一间办公室，于是再向天台冲去。当我返回天台战场的时候，情况已发生了巨大的变化。小妖依旧在与那个巨大神像僵持，朵朵护翼在一旁。而青伢子一方，则伏尸处处，先前与我纠缠的光头大汉也早已气绝身亡，身子被密密麻麻的花大姐子蛊爬满，虫蛊在他的五窍之内进进出出，内脏也早已经被掏空。

反噬！

第十四章　药师佛慈悲棍

天台上到处是失去控制的花大姐子蛊。那些没有被咬中的青伢子余党准备撤离，这时我正冲上天台堵在了这下楼的通道口。一夫当关，万夫莫开。

我没有瞧见青伢子，有人正朝着身后大声地喊话，叽里呱啦我也听不懂，不晓得是泰语还是马来话，应该是在求援。结果黑雾一卷，青伢子从黑暗中走了出来，脸上阴晴不定，瞧着一身血迹斑斑的我，难以置信地说道："这样你都死不了，这怎么可能？"

鲜血浸染，鬼剑泛起红光。我深深吸了一口这夜里血腥的空气，没有多说一句话，箭步前冲。

青伢子下意识地往后退了几步。我并不急于追逐他，而是剪其羽翼，将他旁边那两个手下一剑斩灭，两具沉重的尸体倒下，鲜血喷涌，血浆蔓延满地，场面终于肃静下来。

我将鬼剑朝下，让上面的鲜血顺着剑尖流下，死死地盯着面前这个小老乡。

我看着青伢子，他也在看着我。两个人对视了好一会儿，几乎是在同一时刻，青伢子从身后拔出了一根通体金黄、刻着精美花纹的禅棍，而我也将鬼剑平平地举了起来。

青伢子凝望着手中禅棍说道："药师琉璃佛，读诵药师如来本愿功德经四十九遍，燃四十九灯，造四十九天之五色彩幡，彩幡以此禅棍为挂件。此慈悲棍存于暹罗皇室近千年，后来颁赐契迪龙寺，归吾师班智所有，又传至我手上。此物百年来未曾沾染鲜血，在我手上重新开了光，死于棍下之人已经有九十九人，而你，则是第一百个！"

这少年人处心积虑，一直都在算计我。然而阴谋终究只是小道，到最后，大家还是要手底下见真章。此刻的青伢子，吸收了班智上师的修为，还获得了诸多传承与宝贝，俨然成了一方豪雄。他将手中药师佛慈悲棍朝天一竖，棍尖立刻发出一阵勾连天地的气息波纹，那些正四处找寻目标的花大姐子蛊全部都俯卧在地，不敢动弹，仿佛给吓裂了胆子。一举将虫蛊解决之后，青伢子纵身一个空翻，举棍朝我这边砸来。

青伢子非但心机毒辣，棒子用得也出神入化。棍风起舞间，漫天不见人影。我手中鬼剑一紧，欺身而上，与这个家伙狠狠撞在一起。

鬼剑与药师佛慈悲棍交击，一股巨大的力量碾压过来，我半边身子酥麻，不自主地往后面退开几步，心中大骇。

先前听青伢子谈及药师佛慈悲棍的来历，我并不以为然，现在一交手，方才知晓这根黄金铸就的禅棍之上果真有一股庞大浩瀚的佛能，而且这佛能已然被青伃子玷污，变化成愤怒而暴戾的力量。

佛本慈悲，然而也有愤怒。青伃子以此棍不断杀人，使得那本来纯洁的力量逐渐变得堕落，反而衍生出更具破坏力的属性来。青伃子一击得手，瞧见我惊讶后撤，脸上更多了几分冷笑，那棍子化作狂蛇乱舞，朝着我全身席卷。

我其实并不怕这个家伙，只是手中鬼剑，成型不过两载，而青伃子这药师佛慈悲棍却已是传承千年，根本不是一个等级，实在没法比。当下按捺住心中的怒火，且战且退，将时间拖延，尽量寻找机会。

我不急，因为这里是我的主场，时间拖久了，援兵便至。然而青伃子却不同，此刻他的手下全部都已败亡，刚才弄出来对付小妖的巨大神像动静颇大，这本是他压箱底、用来一锤定音的大杀器，不料却根本拿不住小妖。他一急，人便化作了一团黑影，棍子舞得如暴风骤雨。药师佛慈悲棍之上凝聚的堕落能量十分恐怖，挨上一记，只怕就要筋骨寸断。我不敢硬拼，唯有在外围周旋，只有在避无可避的情况下才会举起鬼剑抵挡。

我不断后退，青伃子便如同一台高速行驶的轧路机，一路逼近。终于到了天台边缘，再退几步，便是数百米的高度落差。青伃子似乎是守得云开见月，更加兴奋，棍扫一大片，将我逼到了角落："你不是很牛吗？再牛一个给我看看？"这一路的强势追杀使得青伃子气势大盛，此刻准备将我逼落楼下，不由面目狰狞大声笑了起来。

早已蓄势待发的我从怀中掏出震镜，朝着他的脸上照去。蓝色光芒大盛，洒落在青伃子的身上，然而他却是早已预料到了我的举动，药师佛慈悲棍在手中飞速旋转，幻化成了一块密不透风的巨大镜子，竟然将那光线反射到了我的身上。蓝光临体，我动作滞缓，青伃子见此机会，心花怒放，手中金棍一扬，朝着我的脑袋砸来。

人妻镜灵射出来的光华，能够定住我吗？

答案是肯定的，然而前提是人妻镜灵想要定住我才行。人妻镜灵忠心耿耿，我这番作态乃故露破绽，诱敌深入。当青伃子大棍砸下的时候，我猛然一闪身，将瓷瓶里面金黄色的液体全数洒在了他的身上。

青伃子猛然转过身来，厉声喝问道："你到底洒了些什么？"

他的眼睛里面终于出现了惊慌，而我则嘿嘿一笑，回应道："谁用谁知道！"

青伃子脸上一阵扭曲，发了狂，手上的药师佛慈悲棍陡然长了一倍，朝着我横扫过来。我并不与其硬拼，循着原路奔回。青伃子爆发出了巨大的力量，三两下撵上了我，用棍影封住了我的去路，逼我硬拼。

避无可避，我猛然一剑，与其对撞。我固然是滚落在地，青伃子也被拼得腾空飞起，砰的一声，砸在水塔之下。

我翻身站起，顾不得一身的伤，口中吐着血，提剑再冲。青伃子却高挂起了停战牌来："等等，不打了！"我冷笑，说你说你不打就不打，老子好玩吗？青伃子摇摇晃晃站起来，打了一个响指，水塔上方突然爬出了两个身影来。前头被人紧紧捆着的那个，可不就是先前一直联络不上的猫儿吗？

第十五章　生咬人肉

　　猫儿是谁？她是茅晋事务所的财务简四，同时她还是总局行动四组现任老大林齐鸣的女朋友。两人在去年春节的时候都已经去山鲁老家见过家长，前些日子林齐鸣还跟我说要请我出席婚礼，此刻要是被青伢子这个疯子杀害，我真的是没法向他交代。

　　张艾妮已然生死不知了，倘若猫儿再出意外，这不是要逼我自杀谢罪的节奏吗？

　　水塔上，一个蒙着头纱的印度女人将猫儿紧紧揽起。这个女人长得妩媚妖艳，秀挺的鼻子上面有金灿灿的链子，手上拿着一把装饰精美的弯刀，刀锋寒光耀眼。青伢子背靠着水塔，见我投鼠忌器，没再进攻，这才缓了一口气，朝着上面吼道："刀、刀子！"

　　他喊得急，那印度美女从头上取下一根锐利的簪子，抵住猫儿的下颚，然后把弯刀丢了下来。青伢子左手将刀接住，以棍拄地，切开左腿的裤子，将沾染到了蛊液的皮肉给毫不犹豫地剜了出来，扔在地上，一声痛都不哼。

　　我并没有理会他，看着猫儿全身被捆、嘴巴堵住，除了精神有些萎靡之外，似乎没有受到多大的伤害，提起的心这才收了起来，朝着青伢子说道："没用的，你就算是把整条腿都给卸下来，都不会有一点儿效果。"

　　青伢子的眉头一挑，朝着我怒目瞪来，大声骂道："你到底给我弄的什么玩意儿？"

　　我瞧着一脸气急败坏的青伢子，手掌轻轻地摩挲着鬼剑，低声说道："你既然知道我身怀本命金蚕蛊，你自己也是玩蛊之人，便应该知道什么叫王水！"

　　何为王水？这里指的并非是那用硝酸和盐酸混合而成可销金溶石的强腐蚀剂，而是万蛊之王肥虫子提炼出来的蛊液。这东西需要大量的毒物，毒性越强，功效越是显著。以前之所以不做，是因为两三转的肥虫子还当不起万蛊之王的名头，即便是今日，也只能说是勉强。

　　不过我这里勉强，青伢子那里却勉强不得。王水一入体内，若没有豆浆混合牛奶喝入口中，很快会凝成一条带着肥虫子精神印记的虫子。这虫子万千形状，一般都是又扁又长，百十条触角，在人体的真皮层下面行走，触角会不断挑动神经，让人痛不欲生，即便你是铁打的汉子，也得乖乖地撅起屁股，弯下腰来。

　　青伢子脸色大变，左手的大拇指按住腰间，稳住蛊液，而右手则将长棍一指，厉声喝道："陆左，你还不赶紧给我解蛊？"

　　我没有动弹，与青伢子讨价还价道："你当真是好笑了，好不容易给你种上蛊，我为何要给你解开呢？"青伢子直勾勾地瞧着我，低声说道："难道你就不在乎那个女人的性命？"

我看了猫儿一眼，心中飞快算计着——张艾妮是大师兄的青梅竹马，这事情连我都刚刚知道，而猫儿是林齐鸣的女朋友，这事儿知道的人也不多。青伢子对我研究透彻，但别的却未必都了解，他也许连大师兄和林齐鸣是何许人也，都未必知道。

如此一想，我冷声哼道："在乎不在乎，有那么重要吗？你杀了我手下这么多人，也不在乎多这么一个。反而是此番我倘若让你这条毒蛇活了命，以后我便休想有安生日子过。这么说来，我还真的不应该把你的性命留下来。"

我表现得如此风轻云淡，如此自然，他不由得怀疑起自己的判断来，脸色越来越阴郁。沉默了好一会儿，他似乎想通了，轻轻叹道："我们这次从香岛转道而来的时候，秦鲁海曾经劝过我，说你绝对是一个不好惹的角色，能不得罪，那就最好不要得罪。然而我谋算你已经有一年之久，想踩着你的尸体，接管许映智留下来的萨库朗，箭在弦上，不得不发，所以才会潜入此间来。不过到了现在，仔细想一想，难怪他能够活得这么久，那个老狐狸的眼光真的是太毒辣了。不过呢，既然到了这个地步，同归于尽，似乎也是不错的选择呢！"

他咬牙切齿地说着，见到我不打算给他解蛊，立刻就露出了光棍本色，从怀里摸出一个拳头大的东西来，我看了一眼，居然是一个早产婴儿的干尸，上面似乎还撒了许多金粉。青伢子凶相毕露，两三口将这黑乎乎的婴尸啃食完毕，然后高声喊着，似乎是吩咐那个印度女人下杀手。

我没想到这个家伙居然这么决绝，不由得大声喝止道："等等！"

青伢子脸上洋溢着一股古怪的黑色，破口大骂道："等你个头啊，陆左，来啊，要死一起死！"

我不理会他的谩骂，抬头看了猫儿一眼，沉声说道："生命是值得敬畏的东西，今天已经死了太多的人，我不想再有人死去。这样吧，如果你发血誓，不去伤害我父母，那么只要你放了这个女孩儿，我便给你解蛊，并且让你离开。半个小时之内你有多远滚多远，半个小时之后，倘若你又落在了我手里，那么便只能怪你学艺不精了！"

凭着手中的药师佛慈悲棍，青伢子有自信与我一战，倘若是我给他解了蛊，谁跑谁追还不一定。青伢子听得我这话，大喜过望。不过他疑心极重，欣喜的表情一起即敛，瞳孔骤然收紧，死死盯着我，良久之后，他才说道："好！"

青伢子一表完态，气氛顿时就松了下来。他让我先解蛊，我让他先放人，如此僵持了一会，他同意让猫儿一个人待在水塔之上，印度女人下来，而我则给他解蛊。

如此协商妥当，我们两个都发了血誓。那个印度女在青伢子的呼喊声中滑下了水塔楼梯，而我则一步一步地走向青伢子。印度女的身手好极了，她停留在路程的一半，绝对有信心在一秒钟之内重新翻身回到水塔之上。然而就在印度女死死地盯着我的时候，一道白影出现在我的眼角边缘。

我稳住激动的心情，走到青伢子身前三米处，跟他拖时间："王水入体，便化作虫，行于你的体内，若想要解，你需要放松身体，将气息归于下丹田处，我好让其爬出来……"我平静地跟青伢子说着解蛊时他需要配合的注意事项，印度女在水塔铁支架的半中央，似乎感到了一点儿不对劲，特意瞧了一眼小妖和朵朵那边，这才收起了疑惑。然而就在我说准备开始的时候，青伢子突然握紧了手中的药师佛慈悲棍，大声叫道："不对，你敢骗我？"

　　他几乎是以雷霆之势，将禅棍砸向我的脑袋，印度女也反应过来，翻身上塔。然而这会儿哪里还容她发挥？上面伸出一只脚来，直接踹在此女的面门，轰的一下，她便凭空跌落下来。

　　青伢子暴起攻击，我知道事情到了最关键的时刻，若想要他不能伤及猫儿，我必须一举制服他，于是我不闪不避，咬着牙用鬼剑挡住这一棍，巨大的力量将我整个身子都砸进了石堆中，而我也终于贴近了青伢子，一边发动他身体里面的蛊毒，一边闯入他怀中，抱紧他，然后一口咬在了他的脖子上。

第十六章　血祭失败，青伫子终归灭亡

女人打架有三宝，脚踢手抓牙齿咬。这手段不那么好看，而且非常极端，然而当你对敌人真正恨到了一定的程度，那便不会在乎什么形象问题，只会想用最有效、最便捷的方式来打倒敌人。我也是如此，上一秒还是看着青伫子那油腻腻的脖子发恶心，下一秒已感到腥甜的鲜血入了喉咙。

有人也许会问我这痛饮仇人血到底是什么感觉，我至今回想起来，脑海里面都是一片空白。当人在极度紧张的状态中，所在意的并非是味道或者别的什么，而只是在于对手到底有没有毙命。

倘若要是给我咬了一口便挂掉了，那青伫子便不会给我造成这么多麻烦了。被我一口咬中，青伫子在最后关头避开了大动脉，一声撕心裂肺的狂叫，将药师佛慈悲棍丢掉，右手撑住了我的头颅，左手那把精致弯刀朝着我的后心捅来。

当战斗进行到这个地步，疼痛都只是小意思了。当时的我冷静无比，感知到青伫子捅来的这一刀只是在胡乱地逼开我，我于是不避不闪，抓住他的右手，朝着大动脉的地方咬去。喷涌的鲜血洗刷着我的口腔，甚至呛进了我的肺部。青伫子一刀扎在我背部，刀尖深深插入我后背的肌肉中。剧烈的疼痛被我全部化作了力量，刺激着我小腹内的阴阳鱼气旋疯狂旋转。我紧紧抱着青伫子，将他死死压在地上。

那一刻，我没有再管遮蔽整个天台上空的巨大神像，也没有再去理会水塔之上的猫儿是否安全，在我的眼中，只有青伫子，而此刻的他，并非是我的仇敌，而只是一盘菜。

我是老饕，食人的老饕。

被我抓准机会，成功逆袭，这事实让青伫子接受不了。他疯狂反击，没有一刻放弃，当他在力量上反抗不了我的重压之后，那不断冒着血沫的嘴巴突然一张，随着一股难闻的尸臭，发出一声大喊。他嘴里的尸臭是因为刚刚将一个祭炼过的尸药生食，而这呐喊，则是源于南洋巫术总纲《谶》里面的绝对秘术。随着他那从灵魂中迸发出来的呐喊声，我突然感觉到嘴里面的鲜血是那么的滚烫，仿佛烧开的沸水，烫得我嘴巴里顿时就起了好几个燎泡，青伫子的身体也突然滚烫起来，仿佛刚刚出炉的一锅钢水。

我的脑海中突然想起了一个东西来——东南亚顶尖邪术之血祭。

血祭是什么东西？上古时代，当世界还处在蛮荒蒙昧的阶段、当人类还在黑暗的夜里对着神秘和孤独的时候、当这天地之间还有真正神魔的时候、当麒麟凤凰血虎和真龙还时常出现于人类视野中的时候，为了在这混乱的时代存活下来，人类总是将自己的族人当做血食，供奉那些不可知的存在，那便是血祭。

此事一直至春秋之时还存在，人们将战俘或者奴隶斩杀，供奉神灵，后来孔圣人移风易俗，逐渐拿三牲代替，血祭慢慢消亡。然而在东南亚以及非洲或者更多蒙昧的地方还有保留。

血祭分为几个层次，最低等的是用牲口，其次是用人类来供奉信仰的神灵，而青伢子所使用的血祭，则是以燃烧自己的血液，来将那不知道存在于何处的神灵吸引至此，达到请神上身，获得力量的目的。这种祭祀的后果，便是死。

这是玉石俱焚的招数。而他垂死挣扎所请来的，其实是魔。

青伢子的修为在我这些年来所遇到的对手里面，并不算是拔尖的，甚至前十都排不上。然而此人手段之决绝、无耻和残忍，对于生命的漠视和怨毒，以及给人心灵的那种强烈的冲击，却能够稳稳排到第一。这样的人仇视一切美好，他似乎生下来便是为了毁灭自我，毁灭世界。

我，怎么能让他得逞？

就在青伢子的身子仿佛一颗炸弹，大量未知的能量被他那蒸发沸腾的鲜血吸引，源源不断地涌来的时候，在他体内突然一阵搅动，肥虫子提炼而成的王水终于发生了反应，里面孕育出了几十个身型扁长的小虫子，在他全身各处飞快爬动，那百十条细长的触角不断地挑动着他那快要引爆的神经，将痛苦激发、放大。

血祭如此恐怖，所造成的痛苦是常人难以忍受的。青伢子一脸狰狞，青筋暴出，小半个脖子都被我啃了下来，再加上体内虫蛊将他身体的痛觉成倍放大，几乎在一瞬间，他的两颗眼球便凸了出来。

我相信，此时此刻，整个东官市区大大小小上百家医院产房里分娩的产妇疼痛加在一起，都比不上青伢子所忍受的。

啪！

青伢子眼窝中的那两颗晶状体突然爆开，在那一瞬间，我感受到了一股恐怖的气息从虚空之中腾起，以一种无法言说的方式朝着青伢子身上附了过去，也就是在此刻，我的心中突然顿悟，无数符文在视线之中飞速旋转，我双手松开了青伢子，朝着头顶结了一个手印——宝瓶印。

禅！

我全身上下所有的毛孔都在这一刻张开，一股无形的声音朝着四周扩散，浓浓的意境朝着那股恐怖的气息反弹，同时我朝着天空大声骂道："滚滚滚，滚蛋！"此言出口，无数声音重叠相交，仿佛千人万人一同狂骂。那股气息本来已呈倾天之势，但是在此刻却是一阵慌乱，下一秒，便消散于无形之中。

将青伢子血祭召来的那股域外天魔给驱散，我感觉全身所有的力量迅速抽空，顿时就眼前一黑。我强忍着不晕厥，缓缓躺下，正好倒在青伢子的旁边，与青伢子一双空荡荡的眼窝子相对。

就在刚才那一瞬间，我似乎发现了一个宝藏：就是我体内隐藏着的洛十八，或者说是无数代洛十八们留给我的财富。这股财富无关于我这普通的肉身，而是集中于整个精神印记里。我相信，倘若是我将这宝藏开发出来，天下之大，我也便能够来去自如了。

时至如今，脖子被我啃开半边，大动脉被咬断，一双眼球爆裂，颅内压强失衡，然而青伢子居然还有一丝残留，他艰难地晃了晃头，朝着我笑道："哈哈哈，果然如秦鲁海所说，每一个想置你于死地的家伙，都是飞蛾扑火。我先是不信，现在终于相信了。"

半边脖子稀巴烂，声带早就毁了，此刻的青伢子发音用了小腹。感受着他的鲜血迅速冷却下来，生命力已然接近油尽灯枯，我突然也笑了，一切仇恨都释怀，认真地问道："青伢子，以你的天分和坚韧，即使不弑师，也足以让你成为一名天下顶尖高手。如果可以重来，可以选择，你还会这么做吗？"

青伢子轻轻说道："世间没有如果。倘若没有对你的仇恨，说不定我早就死在滇南边界的某一处草窝子里了。人是有宿命的，只可惜，上天眷顾的不是我，这便是命啊。"又继续说道："陆左，如果可以，帮我照顾好宝松哥。"

青伢子邪恶一生，最后一句却是好话。然后便陷入了永恒的沉默。

人之将死，其言也善。他留在世间唯一的挂念，竟然不是自己的父母，而是启蒙恩师罗二妹的那个疯儿子。

我疲倦欲死，躺在地上，对于天空中那仍然存在的巨大神像没有任何办法。这时，似乎有几条毛茸茸的白色物件从我的眼皮子前划过，一张宜喜宜嗔的俏丽小脸出现在我眼前，轻声问道："嘿，死了没有？"

第十七章　大师兄驾临，尘埃落定

突然瞧见尹悦俏丽的小脸儿，我不由得发愣说："你怎么过来了？"

尹悦说："还不都是你。某人听说你们这里的首席风水师受了重伤，生死未卜，结果屁股就像着了火一样，一秒钟都坐不住，紧赶慢赶地朝着东官赶来，一路上又卜又算，到了地方，自己去了医院，把我派到南城来照应。我刚才在路上四处游荡呢，瞧见你们这事务所乌云压顶，便翻过来瞧瞧，没想到还真能帮上些忙。"

尹悦刚才也不知道使了什么手段，在我与青伢子短兵相接、性命相搏的时候，将那个鼻子上面穿孔的印度美女给弄得趴下，还给猫儿松了绑。我躺在地上，瞧见猫儿揉着手脚走过来，不由得一笑，说猫儿，刚才没有吓到你吧？

此刻我除了先前掉进臭水沟里面的那一身淤泥之外，全身上下被敌人的血、自己的血浸染，到处鲜血淋漓，而且嘴里面还有青伢子身上的肉屑，恐怖得跟恶鬼一般。饶是她胆儿大，也不由得吓了一跳，仔细打量了一番，这才确定是我，忐忑地说道："还好，还好！"

尹悦一把将猫儿的小蛮腰给揽住，笑嘻嘻地说道："你就是小林子在陆左事务所找的那个小妹儿吧？你别嫌陆左这形象差，当年小林子在山鲁跟着陈老大一起斗恶灵的时候，那可比这恶心多了。别说活人肉，便是死人肉、僵尸肉，他也未必没有啃过，你还不是照样跟他亲嘴儿，这有什么？"

尹悦说得毫无顾忌，猫儿却受不了了。我瞧这奔放不羁的姐们调戏猫儿，怕这个没见过什么大场面的女孩儿承受不住，影响她和林齐鸣之间的感情，连忙圆场道："别吓唬她，假的都给说成真的了。先扶我起来，看到头顶那尊大神了没有？先搞定它，要不然大家还得完蛋！"

青伢子虽死，但是他刚才祭出来的那尊黑银塑像幻化出来的巨大神像却依然存在。尹悦瞧见正在独力对抗那尊神像的小妖，就有些惺惺相惜，一双晶晶亮的眼睛之中隐有泪光，叹声说道："这小妮子，可真要强，那大神可是在马来西亚第一大寺供奉的大黑天像，香火千年不绝，好大的威能，给青伢子弄过来镇压灵体，结果她居然咬着牙挺住了，难能可贵！"

我听尹悦说得厉害，不由得心急火燎。我虽然将青伢子弄死，其实是两败俱伤，此刻尚蓄不得气力，无法相帮。

不过尹悦倒也不急，她闭上眼睛，等了一会儿，突然笑道："不用急，他来了！"

"谁来了？"我躺在地上，突然发现天台上出现了几个人的身影，当头的一个是一脸严肃的大师兄，旁边还有两人，正是七剑之中的余佳源和从西南局调过来的2009年集训营头名赵兴瑞。

大师兄现身后，一言不发，双手甩出八面令旗，直接定住了天台乾、坤、震、巽、坎、离、艮、兑八个方位，每一个方位立刻升腾出一道虹光，分成红、橙、黄、绿、蓝、靛、紫、黑八色，将整个天台笼罩，接着又汇聚成一股柔和的光芒，缓缓地转动，将那尊巨大的神像给笼罩住。

如此好几分钟，那尊跟小妖拼得精疲力竭的神像骤然消失，从天空掉下来一尊黑银塑像，余佳源手上皮鞭一卷，收了起来。

神像一消，小妖也终于扛不住了，身子一晃，化作了一道光，招呼都不打，直接钻入我胸口的槐木牌里。朵朵也是一脸惨白，摇摇晃晃地飞到我面前，摸了摸我的脸，关切地问道："陆左哥哥，你还好吧？不会死吧！"

此战下来，小伤不算，刚才硬接那药师佛慈悲棍的时候也受了很严重的内伤，此刻又没有肥虫子在体内修修补补，所以倒真的是一条破船。朵朵心疼得要命，双手揉搓出一阵柔和的光芒，附着在我的身上，虽然不能修补伤势，但多少也将我的疼痛减缓许多。

朵朵一番忙碌，我终于能够自主站了起来。这时大师兄忙碌完了，朝着我这边走过来，见我摇摇欲坠的模样，低声问道："怎么样，还好吧？"

我瞧见大师兄，脸上一阵羞愧，点头说还好，接着又是欲言又止地说道："大师兄，对、对不起，我……"大师兄挥手，制止了我的话语，沉声说道："这事情不怪你，我刚才从医院过来，中华已经对抓捕的那个泰国人进行过审问，我也大概了解了事情的经过。他们是有备而来，有心算无心，而且集结了东南亚萨库朗那些最忠诚于许映智的高手，突然之下，能够有这样的结果，也算是不错的了，便是我，说不定做得也没有你好！"

我苦笑说："大师兄你可真会安慰我，我错就错在太骄傲，太自负了，完全没有把他们当一回事。艾妮姐都已经被掳走了，没想到这些丧心病狂的家伙，会拿我手下的员工性命要挟，倘若我早一步想到，猫儿就不会遭这么大的罪，而老万，也不会死了。"

想到老万的死，我的心就忍不住地抽痛，先前战斗中脑子空不下来，而此刻却是浮想联翩，眼泪止不住地就流了下来。

老万啊老万，曾经跟我一起下货、一起吹牛喝酒、一起奔波忙碌的朋友，我永远也看不到你了啊！

我的心情无比沉重，再想到张艾妮还在医院里生死不知，更是难过。大师兄瞧见我这副模样，轻轻地拍了拍我的肩膀，叹息道："陆左，人终有一死，只不过是早晚而已，做我们这一行的，生与死是怎么回事，其实早就已经看透了、看淡了，何必将所有责任都担在自己肩膀上呢？这样子，你自己难道不累吗？"

我看了一下大师兄，问起张艾妮的病情。大师兄说经过输血，目前已经将情形给控制住了，而且金蚕蛊在她体内，已经将几十上百道刀疤都给贴合，现在唯一的问题，就是她的手筋、脚筋因为被挑开得太久，手术虽然已经搭桥缝合在了一起，但想要恢复，终究还是有些困难。他考虑了一下说："如果能够弄到一滴龙涎液，说不定她这辈子还有重新站起来的希望，要不然……"

　　说到龙涎液，我不由得懊悔不已。当初我们除了给三叔留下一滴，其余的一点儿备份都没有，全部上交了。这东西极为珍贵，交上去的全部都被用极富科幻色彩的箱子郑重保存起来，分别编号。大师兄虽然功高权重，但是涉及这些问题，未必好使。

　　不过，人没死，活着便还有希望。

　　大师兄这边说完，入口处的石头一阵晃动，有人在奋力清理废墟。剧烈的震动之后，终于有人从入口出现，是掌柜的带着大部队赶到。

　　瞧见天台上面一片狼藉，掌柜的匆忙跑来，向大师兄敬礼。大师兄对我并无多少责怪，但是对于掌柜的，却是一通批评，质问说这么多高手潜到他的眼皮子底下，还有这么多枪支弹药，而他查了几天，居然一点儿信息都没有得到，到底是怎么回事？

　　不是我军无能，而是敌人太狡猾。掌柜的接掌东官不久，现在正处于磨合期，此刻挨了批评，脸也黑了。

　　一夜战乱不休，诸事安排妥定，我终于长舒了一口气，闭上眼睛。

第十八章　枸杞大骨超咸粥

这一觉一直睡到了第二天下午，当夕阳的光芒斜射穿过窗帘，照在我脸上的时候，我睁开眼，瞧见一个阳光明媚的少女出现在我的面前。她有着精致妩媚的瓜子脸、滑如凝脂的晶莹肌肤和一双宛若秋水的明眸，嘴唇自然噘起，呈现出完美的弧形，让人有忍不住想亲一口的冲动。

瞧见这个似乎有些陌生、又似乎有些熟悉的高挑少女，站在我的床头，给我换吊瓶，露出蔚为壮观的胸部，我的思绪一下子就有些短路了，不知道大师兄他们到底把我送到了哪家医院，请的护士小姐，竟然比电影明星还要漂亮十倍百倍。

"你醒了？"

美少女瞧见我睁开了眼睛，目光还在无意识地游离，不由得欣喜地喊了一声，接着将秀脸一板，开始教训起我来："我说你也真是的，这么大的人了，一点都不知道小心，别人插你一刀，也不知道躲，万一插中你的心脏怎么办？青伢子那臭小子是可恶，但犯不着以命相搏啊，你要死了，你叫朵朵怎么办，叫我怎么办？"

骂完我，她似乎担心语气重了，又笑嘻嘻地说道："不过呢，昨天你虽然掉到河沟里面去，臭烘烘的真讨厌。但是你最后干吗要学小娘我啊？人家也只不过是嘴上说说而已嘛，也没有真的去吃，你到底是什么意思啊？呃，不过你当时的样子好帅啊，跟我说说，人肉好吃吗……"

这女孩儿一连串的提问，搞得我脑子发胀，过了好一会儿才反应过来。看着这个在温暖的夕阳中美丽绽放的青春少女，不确定地喊道："你是小、小妖？"

少女应了一声，一脸气愤，伸手掐着我的脖子，恶声恶气地骂道："陆左，你是吃了豹子胆，还是脑子进水装失忆，居然连小娘我都敢没有认出来？"

面前这个少女那恣意飞扬的火爆脾气一上来，我这才最终确定了她便是小妖。不过是陡然长大了四五岁的小妖。

脖子给掐得死死的，我只有费力往后仰。无辜地说道："大姐，我闭眼时你还是一个稚嫩可爱的小女孩儿，结果睁开眼睛，你就一模特个儿地杵在了这儿，叫我怎么认得出来？"

小妖也是有些心虚，刚才的张牙舞爪不过是虚张声势。听到我这般说，小心翼翼地问道："呃，那个，这个样子好不好看？"她摸了摸自己那令女人嫉妒、让男人疯狂的完美脸孔，眼角流露出来的那股狐媚劲儿简直就可以直接拉到《封神榜》剧组里面去饰演祸国殃民的苏妲己了。

我不敢看她，心怦怦跳，只好闭上眼睛，说："这倒没有，只是不习惯。"

小妖瞥见我一副慌张的表情，顿时就起来，嚣张地说道："那你就习惯习惯好了。睁开眼睛来，看看小娘这青春靓丽的样子，刺瞎你的钛金眼！"我鼻子有点儿塞，但还是有一丝馨香往里面钻，忍不住想打喷嚏，闷声闷气地说道："小妖，你可要记住了，陆天天的户籍簿上，可是只有十一岁。"

小妖浑不在乎，说那又怎么样，在这地头，还有人敢查小娘身份证不成？

跟小妖瞎扯两句，我心情大好。所谓秀色可餐，此言不假，看来男人都是视觉动物，我也不能免俗。

小妖嘴上虽然对我又骂又损，但是没有忘记照顾我，喂了我一点儿水，然后小心翼翼地从旁边拿出一个保温饭盒，里面是一碗枸杞大骨粥，喂着我喝。我喝了一口，粥着实不怎么样，盐放多了，粥熬烂了，有些难以下咽。

就这，小妖还一脸期冀地问我粥好喝吗？我一脸郁闷，说哪儿弄来的粥，太难喝了。

小妖的脸一下便黑了下来："哼，不喜欢吃就别吃，好像谁求着你吃一样。"说完，她把饭盒往床头一放，气哄哄地跑出了房门。

直到小妖消失在门口，我才想起来，这一碗难吃的刷锅水，难道是小妖这个"十指不沾阳春水、从来没有下厨房"的大小姐亲自做的？

不过知道了也没有用，小妖离开了，喊都喊不回。我全身都包裹着纱布，也动弹不得，唯有深呼吸。行了一遍气，经过雨红玉髓疏通过的经脉倒也没有什么滞涩。睡了一天，先前被药师佛慈悲棍震出来的内伤已有很大缓解，只不过并没有发现肥虫子，想来它还在张艾妮的身体里。

小妖当真是决绝，把我一个人扔这儿不管，我呼天喊地无回音。过了好久，病房的门吱呀一响，我便大声求饶道："这粥我吃，我吃还不行么，咱别闹了！"

一个白色的身影挤进来，瞧见我在病床上瞎咧咧，不由得笑了："陆左，你这是跟谁说话呢？"

我瞧见来人是尹悦，心里失落了一下。脸色一转，敷衍了两句，立刻转移话题，问起了我昏迷之后的事情来。青伢子此番北上，能够悄无声息地潜至此处，无论是交通、情报还是落脚点，必然都还有余孽和帮凶，这些要是不挖出来，这件事情就不能算完。

尹悦让我不要担心，这次某人是动了真火，以雷霆之势通宵审理，到现在，有近三十人被抓获，这些人里面有随着青伢子来国内的萨库朗成员、有跑边贸的商人、有国内被收买的不法分子、有配合他行事的邪灵教成员，相关的审讯和抓捕工作还在继续，估计这一次要办成大案、重案，从严从重处分。

掌柜的对东官分局的掌控不够，但是大师兄经过这两年的经营，却在东南局里树立了绝对的权威。

尹悦跟我聊了一阵，便告辞了，说张艾妮也在这家医院，她要过去看一眼。我发现她对张艾妮并无好感，也不多问，挥手让她离开。尹悦起身，指着床头那饭盒认真说道："每个人都会有第一次的。粥虽难吃，但终究是一番心意，你千万别辜负了小妖啊。"

她一副感慨良多的模样，我也不好多言，只是苦笑道："那，你能帮我倒一杯水吗？这粥太咸了！"

尹悦也不忌讳，尝了一口，皱着眉，点了点头，说一杯水可能不够，我给你倒三杯吧。

在三杯温开水的帮助下，我勉强把粥喝完，躺在床上行气。过了一会儿，小妖拿着手机进来了，瞧着空空如也的饭盒，嘴角露出了一丝收敛不住的笑容，不过也没有多说什么，只是将手机递给我，说是杂毛叔叔打来的。

她把手机给我，自个儿刷碗去了。电话里杂毛小道告诉我他已经得到了消息，现在正在往南方赶，估计明天就能到。

我们两个谈了一会儿，杂毛小道说："茅晋事务所呢，其实对于你我来说都只是游戏，一直以来都没有投入什么心思，都是雪瑞、艾妮姐和四娘子她们这些娘子军在支撑。现在出了这档子事情，威尔、雪瑞和四娘子都不在，安全没有保障，那么就没再继续下去的理由了。我过来呢，跟你一起把这件事情正式处理一下，多少也要给顾老板和李家湖一个交代，给手下那些员工一个交代。"

关于茅晋事务所的结局，上一次去缅甸的时候，我和杂毛小道就有过讨论，"入世救人"，这想法是没错的，但是天地自有规则，补天逆道终究不是长久之计。而我和杂毛小道仇人又多，以后未必没有像青伢子这样的疯子，所以事务所现在就变成了鸡肋，食之无味弃之可惜，还不如早早了结。

我这边醒转过来，立刻有好多人过来探望，都是局里面的同事和熟人。大师兄稍晚的时候也过来了一下，跟我谈及张艾妮的伤势，说她底子没有我厚，想让肥虫子在她体内多待一会儿，尽量调养好些，我一口答允，说这是分内之事，无需多言。

第十九章　茅晋事务所走到尽头

次日清晨，杂毛小道就带着虎皮猫大人和小青龙赶到了东宫，给我带来了茅山秘制的伤药。两人好久没有见面，自然是有无数的话儿聊。谈及回山之后的事情，杂毛小道告诉我，说他之所以会在茅山待上三个月，主要是因为小青龙。

陶晋鸿勘破死关，成就地仙之位，便是得益于当年黄山龙蟒的内丹相助。黄山龙蟒乃妖物出身，当年化蛟为龙，吞食了许多血食，这里面也包括黄山附近几个村子的生灵，血腥无比，这也是它未能成就真龙，超脱此界的因果。

陶晋鸿成就地仙之位后，对于真龙还是颇为了解的。这几个月，除了带着杂毛小道闭关，主要便是尝试着培育小青龙，试图让小青龙成为杂毛小道的本命神兽。

何谓本命？即性命攸关、命运相连，便如同我与肥虫子，它死我也死，我死它也死。这种类似于灵魂上的契约牵连，比爱情还要忠贞，如此之事，那需要无数的天时推演，命运合流。然而真龙之属，异于世间一切之物，更类似于超脱本宇宙的高维生物，是这世间的守护者，本来就高傲无比，能够低下身段来与人交好，可以说是够给面子了，而要想跟人家命运融合，互为本命，那实在就太强人所难了。稍不留神，必定会引起强势反弹，甚至还有性命之忧。

如此凶险，即便是以陶晋鸿地仙的手段，磕磕绊绊三个多月，也没有成功。所幸小青龙这麻绳儿对杂毛小道并没有恶感，方才没有将他给反噬了。不过这几个月来的辛苦也没有白费，至少在我看来，小青龙与杂毛小道的亲密度有了突飞猛进的发展，照这个趋势下去，说不定小青龙不会再返回洞庭湖，而是跟在他身边。

"如此说来，你师父还真的是打算让你这个吊儿郎当的家伙，来接任掌教真人之位咯？"我疑惑地问道。

陶晋鸿出关以来，先是传杂毛小道那惟有掌门和传功长老方才能练习的神剑引雷术，又给他开了许多小灶，各种法门，填鸭一般地教授，此刻又费尽心力想让小青龙成为杂毛小道的本命神兽，这节奏，便是傻子也能够看得出茅山宗的想法。

杂毛小道说他师父和尘清长老的确有提过这件事情，不过他自己还在考虑中，他这个人性格向来散漫，不适合做这种带头大哥的角色。反而是大师兄，在他的心中反而更加能够胜任那个位置，也能够将茅山派给发扬光大。

我笑了笑说："也是，当了掌教真人，以后可就真的要素了，岂不是十分委屈了小老萧？"

杂毛小道听我这般说，也露出了本性，猥琐地嘿嘿笑了，说："你不知道俺们茅山也是可以喝酒吃肉、娶妻生子的符箓宗吗？且不说别的，就是我师父，那还不是照样娶媳妇传宗接代吗？而且倘若是当了掌教真人，不是也有很多小道姑，可以潜规则吗？"

这人一旦猥琐起来，那气质简直就是不堪入目。我拍额头叹气，倘若陶晋鸿真的让杂毛小道当了掌教真人，那以后的茅山宗到底是个什么狗屁模样，还真的很难猜啊。

聊了几句，杂毛小道说起了小妖，朝着我挤眉弄眼，说："小毒物，你不会是将那个小狐媚子给吃了吧？看她那容光焕发、青春靓丽的高挑模样，真让人眼馋啊。"我被这家伙猜中了心思，断然否认，义正词严。杂毛小道一脸儿坏笑，流着口水说："这么漂亮的妹子，你居然不要？你看看她那小脸儿，你看看她那鼓鼓囊囊的巨胸，你要是不上，兄弟我可就真的不客气了啊？"

这堂堂茅山未来掌门人在这里贱气纵横，真的让人气不打一处来，我倘若不是有伤，还躺在床上，恨不得跳下来将这个猥琐无敌的家伙给掐死。

谈笑完毕，他将虎皮猫大人和小青龙留在这儿，他还要去找大师兄，交代一些茅山内务。

我在医院又待了两天。杂毛小道的归来使我身边顿时就热闹起来，虎皮猫大人这厮嘴损，以前骂架无敌，唯一的克星便是小妖。此刻瞧见小妖越来越有女人味儿了，还极力保持淑女模样，便有事没事地找了些由头，招惹小妖，每次都弄得小妖发狂，恢复原来小魔女的模样，它便快乐地飞来飞去，哇哇大叫："媳妇儿救命，小狐媚子发疯了，这小狐媚子发疯了！"叫得兴奋，它忍不住拉一泡屎来助兴，弄得生性好洁的朵朵发了火，揪着这肥厮的耳朵好是一通教训。

如此收敛一会，又闹将起来，把我这病房折腾得跟动物园一样。还好有文静的小青龙陪着我，睁着一双琥珀一般小眼睛，兴致勃勃地瞧着这些小伙伴儿，不时还咧嘴笑。

第三日是老万出殡，我坚持出了院，在小妖的搀扶下，来到市殡仪馆。这几天我躺在病床上面，事务所的所有事情都是杂毛小道在处理，包括对老万家人的联系和慰问。老万跟了我这么久，他的家人我都认识，瞧见在灵堂里哭得稀里哗啦的这些人，我的心里面难过不已。虽然这次事务所补偿了他家人一大笔可观的丧葬费，但总也抹不去他们失去亲人的痛苦。更何况老万死得确实是太惨了，据尹悦跟我讲，当时负责收殓尸体的工作人员都吐了，勉强收集到一堆肉糜，最完整的也就是半个脑袋。也正因为如此，出殡方才拖到今天。

丧礼办完，老万被火化，我和杂毛小道亲自给他做了超度。我找到了老万的父母，表达歉意。老万的父亲沉默不语，而他母亲泣不成声，拉着我哭问道："陆老板，怎么会变成这样，全勇他以前说他最佩服的人就是你，本事忒大，甚至能够让死人变活，现在怎么会变成这样了呢？"

面对着老万母亲的责问，我默然无语，只是心中刺痛。

　　这一次丧礼事务所的全体人员都来参加，顾老板和李家湖来了，张艾妮也来了。她坐着轮椅，外伤都好得差不多了，只是脸上、脖子上还有些与周围皮肤颜色不一致的伤痕，经过肥虫子的处理，倒也不明显；便是远在欧洲的威尔都打来了电话，让我代他给老万鞠三个躬。

　　无论是老万的父母亲人，还是张艾妮，都没有恨我，但是我却感觉在这里待着有一种喘不过气来的压力。丧礼完毕，我便和杂毛小道一起，跟顾老板、李家湖找地方解决茅晋事务所的事情。

　　对于关闭茅晋事务所的决定，顾老板和李家湖是持反对态度的，他们认为这次事件只是一个意外，并不会真正影响到事务所的生意和信誉，茅晋事务所现在在业内的名头、招牌都很响，得来不易，凡事都需要往前看，实在没有必要因为这次事件就自断臂膀。

　　不过我们心意已决，断没有再被劝得回心转意的可能，杂毛小道虽然目前还在和我厮混，但师命不可违，照这趋势，他必定是要回茅山的，而我也已经不再是之前那个徘徊于特勤局边缘的小人物，副巡视员的级别摆在那里，自然也不可能再有精力来办这事务所。

　　这理由说出来，顾、李两人都没有再多劝，相比那个只赚些小钱的事务所，他们更加看重的是通过事务所来维系与我们之间的交情，既然意向已定，便不再纠结。风水事务所不同于其他公司，也无人可以转让，只是去工商局注销，相关人员都可以由顾老板和李家湖的公司接收。

　　一个星期之后，我们在当年开业的地方吃了一顿散伙饭，正式宣布茅晋事务所关张，看着在席的诸位，大家的心里面多少也有些惆怅。散了伙，所有人便各奔东西，小俊回了南河，猫儿去了鹏市，张艾妮伤好之后便不见踪影，据说是回了苏北老家，而我和杂毛小道，则回了蝎子养殖场，安安稳稳地过活。

第三十七卷　邪灵乱

第一章　时光匆匆如流水，一晃又是小半年

夏去秋来霜林染，独身静处草堂庵。

2011 年对于我来说，是相对稳定和闲适的一年。将茅晋事务所给关张后，我和杂毛小道便寄居在我刚刚盘下的养蝎场里，静静蛰伏。我每天认真地读书养蝎，没事就研究研究蛊毒，早晨锻炼，夜里修行，除了偶尔和小妖吵吵架、拌拌嘴，指导王二春这小胖妹如何炼蛊之外，倒也没有什么别的麻烦事。

至于杂毛小道，他的性子不如我安静，每日都在外面奔波，或者在街头摆摊算命，或者在迷胧夜色中流连花丛，或者在海边劈浪，或者在山林静修，洒脱不羁。

小妖不甘寂寞，自个儿去林子里伐竹，就地取材在养蝎场的空地上盖起了一座竹堂来。我虽是俗人，但是也瞧出那别致的竹堂，有着说不出来的雅致。这东西是违章建筑，而且我接手这养蝎场以来，就没有做过一单正经生意，有进项没出项，这反常的行为被当地的工商税务部门盯上了，隔三岔五过来找麻烦。实在没办法，给养殖场安了一个特别研究所的牌子，总算是屏退了不少麻烦。

说是平淡，其实也有许多值得一说的事情。比如九月份我和杂毛小道去了一趟欧洲，从乌拉尔山脉到格陵兰海，从莱茵河到勃朗峰，足迹踏遍西欧各国，在雾都和浪漫之城，杂毛小道飞剑惊艳全场，神剑引雷术异域扬威，轰杀了超过四十名魔党血族，而我更是亲手蛊杀了一名巅峰状态的血族大公，一举奠定了威尔在欧洲地下世界的威名。此事使得我和杂毛小道真正登上了世界舞台，虽然当时也改头换面、隐姓埋名而去，但是那来自神秘东方的控雷者和生物大师，却已然在高鼻梁蓝眼睛的老外心中留下噩梦。

然而这些比起朵朵能够行走于阳光之下的消息来说，简直是不足挂齿。

是的，大家没有看错，当日青伢子落败身亡，那根药师佛慈悲棍和炸裂的黑银神像虽然被特勤局收起，但大师兄却并不贪功，而是将完整的慈悲棍转交给了我。此物佛心邪性，上面怨灵纠缠，朵朵怜其苦楚，于是便使用所学藏秘佛法来度化。结果在年

末的时候，朵朵终于用大慈悲心将慈悲棍上面所有的怨灵度化。功成之日，斗牛之光冲天而起，搅动风云，场面恢宏。在无边的佛光洗涤之下，朵朵终于修成了正果，除了烈日当空的正午需要碧落回阳伞稍微挡一下阳光之外，她已然同鬼妖婆婆一般，可以完全沐浴于阳光之下再无顾忌。

瞧见这情景，我高兴得几乎要疯掉了，抱着朵朵，眼泪止不住地流了出来。多年的奔波忙碌，时至今日，我的心愿终于达成正果。

我当天就找人给朵朵在派出所上了户，朵朵并没有用原来的"黄朵朵"之名，她很倔强地表示，自己要姓"陆"。

她本已死，而新生是我给的，所以从此以后，她便叫陆朵朵了。

听到这个粉雕玉琢的小萝莉认认真真地说出这话，我的泪水蒙住了双眼，脑海里回想起当年夜宿色盖村时，那个悄悄潜入房间，鼓起腮帮子朝我吹气的可爱鬼娃娃。

随之而来的是朵朵的上学问题。她与小妖不同，那个小狐媚子受不了约束，也从来不喜平淡，然而朵朵自从五六岁遇害至今都没有过上一天正常人的生活，内心里和普通小朋友一样，十分向往学校生活。所以在给朵朵上完户口之后，经过我、杂毛小道、小妖、虎皮猫大人、肥虫子、小青龙和朵朵的家庭民主讨论，陆朵朵小朋友将就读于附近的一所小学，成为一名正式的小学一年级新生。

与小妖不同，朵朵热爱死了学校生活，在学校里面的表现优异，小小年纪就体现出女学霸的超强品质来，加上模样又长得可爱，待人处事堪称完美，深得老师们的喜欢，不知道有多少小正太眼巴巴地要跟她玩，弄得虎皮猫大人一肚子酸，整天牢骚。

我每天多了一件事情，那就是接送朵朵上下学。骑着新买的自行车，拨着铃铛，在马路上飞驰，而朵朵则洒下一连串银铃般的笑声，那感觉，别提有多美好。

日子一天天过去，又一年的元旦到了，受到邀请，我和杂毛小道组团去北京参加林齐鸣和猫儿简四的婚礼。

他们是奉子成婚，不过猫儿还没有显怀，穿上婚纱美丽极了。林齐鸣目前这个位置的前任是大师兄，说起来也算是特勤局里面一方人物，所以婚礼当天来了许多重量级的客人。我是第一次见到了郭一指和洛瞎子的师父铁齿神算刘，也是第一次瞧见大内第一高手黄天望，上次在洞庭湖，他根本没有露面。此人名头颇响，却是个其貌不扬的小老头儿，留着一把山羊胡，眼睛小小的，穿着黑色唐装，像个教书先生。

大师兄领着我和杂毛小道见了无数大佬，大家见面，好是一阵"久仰"，其实在此之前，我都不知道这人是干吗的。黄天望只是露了一个小脸，与他一样的还有好几个总局元老，这里面便有许映愚。作为敦寨苗蛊的前辈，他保持一贯的低调，席间也不与我多聊，倒是邀了我去他家里见面。

皇城根下，又是这样的部门，规矩颇多，而且猫儿有孕，我们也没有多闹。我与林齐鸣叙话，谈及这段姻缘，他幸福洋溢地揽着我的肩膀说："陆左，你也老大不小了，还不赶紧结婚？到时候生一个跟朵朵一般可爱的女儿或者小子，那得有多好玩儿啊。你要快，到时候我们两个结娃娃亲，便可以当亲家了。"

我一脸郁闷，说老子女朋友都没有呢，怎么结？结黄昏吗？

林齐鸣有点儿喝高了，眯着眼睛想了一下，朝正在照顾朵朵吃饭的小妖指去，愤愤不平地道："这么漂亮的小妞儿都给你领来了，你还说连个结婚对象都没有？陆左啊陆左，你这是在跟我装傻呢，还是得了便宜卖乖？"

瞧见林齐鸣那一脸醉意，我不由得叹了一口气。

小妖对我的心意我明白，但是人妖殊途，又不是跟戏文里面唱的一样，还能够结婚生子，我怎么能够跟小妖走到一起呢？只是虽说如此，但是从外观看，大家的身体构造也差不多，如果、也许、试一试，说不定也能够那啥吧？

好吧，我忒邪恶了，简直就是禽兽来着。我给自己灌了一杯酒，好辣。

婚礼过后，杂毛小道和虎皮猫大人先回南方，我在北京待了一个星期，一直都住在北海公园附近的一套四合院里，那里是组织上分给许映愚的住处。到了那儿，方觉得泱泱中华，当真是人杰地灵，卧虎藏龙，处处都见高手。如许映愚一般深不见底的老家伙便见到三四个。

不过跟那些特勤局宿老的门庭若市相比，许映愚此处却显得冷冷清清，除了一个保姆和警卫员，再无他人。养蛊人的结局"孤贫夭"，此乃天数，许映愚虽然修为已至化境，但仍然逃不开这结局。不过至于真实的情况如何，他不提，我也不敢多问。

那几日，许映愚对我悉心教导，事无巨细。他是洛十八的大弟子，与我同根同源，对于我解读《镇压山峦十二法门》《正统巫藏—携自然论述巫蛊上经》和《正统巫藏—携自然论述巫力上经》这三部奇书起到了至关重要的作用。我们两个几乎是废寝忘食，说到兴奋时还秉烛夜谈。许映愚毫无保留的教导，使得我终于对巫蛊之道有了焕然一新的了解，化茧成蝶，真正实现了无断层的传承。

一个星期之后，我们将那三本奇书的真义大概对照完成，许映愚也是精疲力竭，没有再留我，让我返回南方。出门时，我在门口，朝着里面酣然入睡的老人，恭恭敬敬地磕了三个响头。

返回南方后我继续过着平淡的生活。2012年春，某日带着众人驱车前往江城淇澳岛看红树林湿地，突然接到大师兄的秘书赵兴瑞来电，问我和萧道长有没有空闲，陈老大要见我们。

我问什么事，赵兴瑞答："这事儿跟你那高中同学杨振鑫有关。"

第二章　潜伏任务，再赴险途

杨振鑫是我在老家晋平一中的高中同学，在我的学生时代，是属于关系比较要好的那种。后来我南下打工，为生活奔波忙碌，而他则考取了中南民族大学，以后便一直没有联系。再次见面，是茅晋事务所被邀请去伟相力，他当时说自己是台企储干，后来尘埃落定，才晓得他早已加入了特勤局，是打入邪灵教内部的卧底。

工厂诡事之后，他又去执行别的任务，我们就再也没有见过面。至如今，差不多又有两年多了。

大师兄相邀，我们不敢怠慢，驱车赶往南方市。到了总部，赵兴瑞在门口迎接，带着我们往里走。到了大师兄办公室，看到他依旧是忙得不可开交，一边讲着电话，一边示意我们在会客厅坐下，让老赵招呼我们喝茶。

大师兄在与电话那头的人吵架，双方争得十分凶，气急了还猛拍桌子。瞧这模样，让人有些好奇，不知道到底是谁能够让大师兄放下平日里温文尔雅的风度，像个商贩一般讨价还价。双方到最后还是没有谈拢，大师兄率先挂了电话，低声骂了一句粗口，将茶杯里的水一口饮尽，润了润喉咙，才走到会客区来。

杂毛小道瞧见大师兄怒意未消，笑嘻嘻地问道："大师兄，是哪个蠢货惹得你这个样子啊？"

大师兄在我们对面坐下，伸了一个懒腰，毫不在意地说道："还能有谁呢，不就是那个长袖善舞的赵承风？这种官僚，平时做事的时候不勤快，推三阻四的，但耍起阴谋诡计来，那是一个比一个强，仿佛娘胎里面就是三角眼的毒蛇一样！"

他的情绪平复快，指着桌上的茶盏招呼道："尝一尝，这是今年茅山的新茶，总共没多少，要不是你们两个，我可不会拿出来。"

杂毛小道听到了，端起来尝了尝，眼睛一亮，说这是我小姑炒的？

大师兄点了点头说："是。今年春节的时候，应颜托人带了点过来，说是感谢先前给她的药，回敬的。"

小姑炒制的茶乃人间仙品，尝过她的茶汤，寻常名品便都如同白开水一般寡淡。听到大师兄谈及，我赶紧喝了两口。

品完茶，他才说起此番找我们前来的原因。

其实这件事情说来跟我是有些瓜葛的。当初大师兄为了还我清白，启用了麾下一名潜入邪灵教内部而且级别还颇高的卧底，用来收集黄鹏飞并非我主动杀害的证据，使得当日在茅山大殿，我取得了道义上的胜利，一洗冤屈。

然而这样一来，证据一曝光，大师兄这些年苦心孤诣布置的伏子也就废了。将那人安全转移之后，不得已，又再次增选了人员，继续打入邪灵教的内部，我的同学杨振鑫就是其中的一个。这两年起起落落，有人被发现，死了；有人却逐步上升，例如我同学，已经接近内围。

　　上个星期，杨振鑫传来了一份关于邪灵教的情报，蛰伏已久的邪灵教准备在今年年末有大动静，目前正在召集全国各地的精英分子和最有潜力的新兴一代，前往湘湖省某处地界（也许还会转移）接受邪灵教的统一培训，届时不但有邪灵教高层莅临，主办此事的佛爷堂也郑重承诺，从来神龙见首不见尾的小佛爷也将会出现，给所有教内精英训示。

　　这个情报十分重要。然而此后杨振鑫便再也没有消息传来，生死不知。总局对这个情况十分重视，专门召集各大区的负责人开会，认为这是一次极为重要的机会。倘若能够派人潜入进去，确定方位，到时候一定能够将这伙邪灵教骨干精英一网打尽，最终铲除邪灵教这个心腹之患。

　　这件事情意义重大，上头决定联合执法，但是具体到了下面，却为各种鸡毛蒜皮的小事争论不休。很多人认为这也有可能是邪灵教佛爷堂的一次阴谋，持这一观点的人很多，比如前不久刚刚提升为西南局总瓢把子的袖手双城赵承风。

　　综合来看，特勤局各大区的实力其实跟境内的宗教和历史文化分布有着极重要的关系，而从这方面来看，东南局和西南局向来都是拔尖之辈，不相上下。

　　这件事情如果能够得到赵承风的大力支持，相对就会容易许多。但是赵承风做事从来都是有着极强的目的性，此前他凭着贪蒙剿灭鬼面袍哥会和越境血族的功劳，坐上现在的位置。之后，因为鬼面袍哥会的上层机构遭到破坏，世面太平许多，便认为一动不如一静，除了大肆收罗党羽，培养亲信之外，没有做过几件真正值得称道的事情。然而此人长袖善舞，无论在地方还是总局，都有一帮子人在帮他摇旗呐喊。

　　赵承风消极对待，但是大师兄却有心做事，开完会回来便立刻部署，昨天突袭了会州一处旅馆，查获了两个邪灵教分子。在经过严格的审问和检查后，得知这两个邪灵教分子正好是准备前往湘湖参加这一次邪灵教的集训，所以便想寻求我们的帮助。

　　大师兄话说得很明白了，杂毛小道这是想让我和小毒物冒充邪灵教分子，打入敌人内部，然后中心开花的节奏？

　　大师兄点头说："是。你们两个隐姓埋名，待在那个'研究所'里面，便是局里面知道的人也不多。而且你们的本事在那里，如果派你们去，那么即使是失败了，我也没有什么好担心的。"

　　对于大师兄的请求，我无法拒绝，毕竟当初我沉冤得雪，还欠着大师兄一份人情。杂毛小道更是没有任何异议，他骨子里就是一个闲不住的人，喜欢冒险，喜欢一切的不可知，这大半年来他也是闲得无聊，此刻有了活儿，还不是忙着赶紧答应。

　　大方向敲定，接下来的便是具体的操作事项，这方面自然会有赵兴瑞与我们接洽，倒也不用大师兄事事叮嘱。我们出了办公室，赵兴瑞直接带着我们前往位于西郊的训练基地。

其实潜伏最麻烦的事情，那就是关于我和杂毛小道的相关资料，估计邪灵教那里已有许多。无论是雷罚、鬼剑还是震镜，或者虎皮猫大人、朵朵和小妖，随便哪个一露面，我们的身份便立刻揭晓了，这事儿倘若在平时倒还无需顾忌，但是如果真正身处敌人的核心圈、大本营，我可不认为自己有在敌阵之中杀个七进七出的修为。

换句话说，此行极其危险。我们所面临的是全中国最邪恶、恐怖和聪明的一伙人，稍有不慎，脚下便是万丈深渊，永世不得翻身。正因为如此，大师兄才拜托得如此沉重。想到这里，我越发地不敢让刚刚恢复正常人生活的朵朵受到波及。

路上我和杂毛小道讨论起是否要带小妖和朵朵前往，小妖自然是无所谓，而朵朵却一定要跟着我。

尹悦早就已经在基地守候，待我们下车，她拍了拍手，一脸兴奋地喊道："我就知道你们肯定会感兴趣的！嗯，我先带你们去见一见自己将要扮演的那两个倒霉蛋吧。"

第三章　闵魔弟子，神奇画皮

西郊训练基地作为特勤局新生力量的秘密驻地，分为地上区和地下区两个部分，地上区域是很正常的职业部队训练区域，而地下区才是真正藏有大秘密的地方，分作几层，面积比地上大了三四倍。

尹悦是这儿的地头蛇，一路蜿蜒曲折，乘着电梯上上下下，终于来到了地底深处的一个房间里。

因为我们要冒名顶替前往湘湖，为了安全，风声不可走漏，所以这地方的保密级别是绝密级的，不但进来的手续繁琐，而且这里所有的守卫也都是经过尹悦精挑细选的，并且在我们从湘湖省回来之前，他们的行动也将受到限制，绝对不可以离开这里。

那两个来自会州的邪灵教成员被分开关押在东西两侧，用单透镜墙给隔着，我们这边能够看到他们。

老赵问尹悦相关的审讯结果出来了没有。尹悦递过来厚厚一沓资料，说这是相关专家连夜审讯出来的结果，左边这个家伙叫张建，右边那个叫做高海军，他们两个都是闵魔的弟子，因为最有天分，闵魔对他们也寄予了厚望，让他们一直在乡下苦修，少有抛头露面，所以知道他身份的人很少。

闵魔在鹏城工厂覆灭，并没有波及他们，后来陈老大组织的数次清理和打击，也都让他们给漏了。以闵魔为代表的邪灵教南方势力相继覆灭，使他们两人一跃成为这个地区数一数二的高手，所以开始得到邪灵教的重视。闵魔虽然身死，但是他在南方省的威望和势力犹在，所以佛爷堂希望通过这两人，重新立起旗帜，将已成一团散沙的南方省邪灵教聚拢起来。只可惜，邪灵教负责联络这两个人的，正好就是杨振鑫。

张建和高海军还以为自己"十年磨一剑"，这回终于有了用武之地，结果被前来接头的小哥转手一卖，壮志未酬，便直接蹲进了这地底深牢。

他们两个天分极佳，而且之前一直埋头修行，没有犯过什么血债，所以昨日大师兄亲自出马，恩威并施，居然将他们给说服了，同意全力配合我们的方案，帮助我们进行卧底工作。

倘如是在以前，我必定会觉得这两个小子是在诈降，等日后伺机逃脱。不过经历了与洛氏姐妹以及姚雪清的交往，我也知晓了看着神秘诡异、铁板一块的邪灵教，其实内部也是危机四伏，也是可以分化的。

想想也是，人之初性本善，没有人是天性邪恶的，除了那些无路可退的家伙，有多少人是愿意一条路走到黑的？

有了这两人的配合，我和杂毛小道开始努力学习他们的神态、说话的语气以及擅长的手段。特别是他们两人从闵魔那里学来的《大自在观想六欲天心经》。此法乃小乘佛教变种所化魔功，通过观想欲界诸天，即"四大王天"、"忉利天"、"须焰摩天"、"兜率陀天"、"化乐天"、"他化自在天"此六欲天，而获取修为。

此法修行入门简易。于童子时便着手开发色欲，修炼时与赤裸异性一起。众生有淫欲心，初始时必定血脉贲张，为所欲为，而欲界越高，淫欲心越淡，分别是交、抱、握、笑、视，经历了欲界、色界和无色界等三层境界，万千美女立于前而面不改色，如此方算小成，入得门道。

闵魔此人才情极高，收徒也独辟蹊径，然而门下诸徒能够进入视而不见、听而不闻者十不存一，大猛子算一个，张建和高海军也各算一个，另外还有一人，那便是极得闵魔欢喜的女徒弟，外号黄鳝的王姗情。当然，那些家伙早就已经死去，而我们此番也并非想要修炼那门功法，只不过是想了解其运功手段和表象，迷惑邪灵教中人而已。

此门功法和杂毛小道修炼过的李道子所传《山间花阴基》，有异曲同工之妙，故而并不用费多少气力。

这一次大师兄之所以挑选张建和高海军下手，能够得到他们愿意配合，这是其一；更重要的一点是因为南方省这边的邪灵教机构被破坏得很严重，认识这两人的邪灵教人士并不算多，熟悉的要么死了，要么就是在白城子吃窝窝头呢。

两天两夜，我们没有合眼，做了许多准备工作，尽量让自己能够更加惟妙惟肖一点。

在第一日晚间的时候，来了一个瞎了左眼的老头儿，满头爱因斯坦型的乱发，浑身邋里邋遢，散发着一股臭咸鱼的气味，皮肤到处都是黑色污垢，唯有那一双手，干净得像小姑娘的柔荑一般。

这老头是大师兄找过来的整容大师，姓杨，早些年祖上是捏面人的手艺人。到了晚清时出了一位奇才，诨号千面人，是天下第一易容高手。据说出道以来，从来没有人见过他的真面目。此人纵横一世，结果闹义和团的时候陨落于洋人的排枪之中。千面人死后留了几房子孙，其中一房流落川蜀，便是杨操的先人，而这一位的手艺，更是高明。

老赵将这位杨大师的手艺吹得上了天，我们只是学，多学一分便少一分危险。到了第三天，终于算是有了点成果，那姓杨的老头儿也照着模子弄好了两副人皮面具，摆起台案，作法祭神。如此这般好是一通符咒，接着从棕色的药液之中捞出两张人皮面具，贴了在我和杂毛小道的脸上。

这面具贴在脸上痒痒的，如同活物一般，伸出许多细线粘连在肌肤里。瞧见我们难受，那老头儿让我们都闭上眼睛，不断地修修补补。如此又忙活了两三个小时，捣饬完了，又让我们吞服了两碗香灰水。

之后在我们两人面前竖起一面镜子，我睁眼一瞧，是一张既陌生又熟悉的脸孔。这是张建，一个脸型消瘦，唇上微须，双眼斜长的青年。我摸着脸上的肉，跟平日里的几乎一模一样，简直就是画皮。

我走进左边关押张建的房间，瞧见我的脸，正主也吓了一跳，再加上我这两日模仿的神态动作，简直就是在照镜子。当我张口说话的时候，更加惊人的事情发生了，沙哑低沉，那声线跟张建居然有了九成相近。这显然是刚才灌下的那碗香灰水起了作用。

面对这样的奇迹，只能用一句话来形容：高手在民间，千万不可小觑天下英雄。

易容完毕，杨老头告诉我们，这张画皮两个月内有效，只需每日用米汤水洗脸，保持活性即可。至于体型，你俩都是高人，自己解决。嘱咐完毕，老头连如何解除面具的方法都没提，直接拉动铃声，让人带走。

准备工作结束，大师兄匆匆赶到，递给了我们两个锦囊。这锦囊是天山神池宫流传于世的少数作品，名唤八宝囊，能够通过八卦阵法，容纳一定分量的物品。考虑到我们一身零碎，带着容易发现，不带又不行，于是他求爷爷告奶奶，终于给我们凑齐两个。只是一再声明：这两样东西都是有主之物，而且都是类似于镇虎门那样的老同志，级别比他还要高，以后任务完成，还是要还回来的。

第四章　两位大哥，是自己人

我和杂毛小道被一辆黑乎乎的套牌车拉到火车站，然后塞给我们两张前往湘湖省郴州的卧铺票，一瞧时间，离火车出发只有二十分钟了。持着张建和高海军的身份证，匆匆忙忙过了安检上了车。火车启动，我躺在床上，掏出大师兄给的那个八宝囊来仔细打量。

这是一个巴掌大的小布袋，布袋的材质非金非丝，呈现出陈旧的灰色，收口处有两枚乾隆年间的古铜币，有点像是风水店里面卖的护身符。这玩意儿其貌不扬，但有一个好处，便是将哪怕鬼剑这般又粗又大的东西往里面放，依旧还是只有巴掌大，有点像玄幻小说里的"乾坤袋""储物戒子"之类的东西，简直就是妙极。

如此一来，我的那些破烂玩意儿，连同两个朵朵，都给一股脑地装了进去，杂毛小道亦然。除了虎皮猫大人遥遥在我们身后之外，便是那小青龙，也懒洋洋地附在了雷罚之上，被收入其中。如此的八宝囊，现代科学根本无法解释，当真是极为神奇的法器，杂毛小道爱不释手，上了车就没说话，一直都在上铺研究，试图找到一些线索出来。

连续三天两夜聚精会神的准备，虽然以我们的修为并不勉强，但是终究还是有些疲累。杂毛小道兴致盎然，然而我却并没有什么兴趣去了解这八宝囊为什么能够收纳比自己体积大几倍的物品的原理。这种事情还是留给聪明人去做，而对我，好好地睡上一觉，养精蓄锐才是正理。

郴州是湘湖省的南大门，我曾经去过。那一次是在第一次剿灭矮骡子以后，武警指挥官吴刚受到恶灵缠身，我受了马海波的委托前往。这是第二次。

南方市与郴州的路程并不算远，坐高铁一个半小时便能到达西站。我眼睛一闭，这一觉都还没有睡饱，便感觉到有人推我，在我的耳边轻轻喊道："张建，嘿，醒一醒，到站了。"

这名字在我的脑海里转了两个圈，睁开眼睛，瞧见一个黄脸汉子正朝着我喊，这才坐直身子嘟囔道："啊，这么快啊！"

我们两个人随着人流下了火车。

二月末三月初，正好是学生潮和民工潮回流的高峰期。火车站人流特别多。我和杂毛小道挤出旅客出入口。我包里面所带的东西不多，除了几件换洗衣物和洗漱用具，还有一块用来证明闾魔弟子的龟甲牌以及一本村上春树的长篇小说集《国境以南太阳以西》。说实话，当时看到这本书我还挺好笑的，没想到这个张建还是一个具有文艺气质的大龄男青年。

杂毛小道与我的行李除了那本书之外，所差无几，都没有什么值得一说的法器。看来这两个家伙除了修炼得一身炉火纯青的《大自在观想六欲天心经》之外，当真是个穷光蛋，要啥啥没有。当然，这也许是因为闵魔死得匆忙，并没有留下什么东西来。不过他们的钱包倒是鼓鼓囊囊，此刻也全由我们收下。

出火车站的时候，杂毛小道还在跟我讨论去哪儿吃晚餐，而我则很敏锐地感受到被人盯上了。

来者何人？我没有刻意去看，心中估量着，只是不动声色地拎着包走，结果有三四个人朝着我们这边挤过来，挨肩擦背，接着就是一把锋利的刀片朝着我的裤兜划了过去。

小偷！

这伙人一亮出招式，我心里反而平静了许多。火车站附近生存着大大小小的偷盗团伙，这是很容易想到的事情。只要这些人跟邪灵教没什么关系，那么他们敢来招惹我和杂毛小道，简直就是茅坑里面打灯笼——找死。

说实话，作为摸包扒窃的偷儿，刚才那突然一下割兜的技术，算得上是技艺纯熟，要想练成这门技术，说不得要苦练三年肉掌炒黄豆。倘若是寻常旅客，想必就会中了招，然而对于我来说实在是如同刚学走路、步履蹒跚的小孩儿。我手出如电，一把就抓住那只指间夹着刀片的手，轻轻一拉，这人便被我拽了起来。

我的手如铁箍，无论此人怎么甩，都摆脱不得。与此同时，杂毛小道也出手，将朝他下手的那个家伙一脚踹翻在地，冷冷地笑，那笑容在他那一张精瘦的黄脸上，显得尤为可怕。陡生剧变，周围几个装着拥挤的男人立刻围了上来，一边围着我们说话，一边封堵住了我们的视线。

我对着被我抓到了手、满脸憋得紫红的那个矮个儿汉子冷声说道："别在我面前玩什么猫腻，老子什么没有见过？想了结这件事情，就跪在地上，给大爷我磕三个响头，然后有多远，滚多远。"

朝我下手的这个人是这一伙人的头，本来想要装硬气，结果被我一捏，所有的节操随着手骨碎了一地，双腿一软，跪着朝我磕头认罪。我冷哼一声，放开他，不再理会这一群惶惶不安的蟊贼，与杂毛小道一起离开。

我们朝着站外广场走去，没有回头，杂毛小道轻声说道："这些人故意的啊？"

我点头，说："不过不知道是这两个倒霉蛋的仇家，还是邪灵教过来接站的人。我们无法确定，也不想将事情闹大，只有放过他们。"张建和高海军的联系人是杨振鑫，此番前来郴州，约好在北湖区的一家酒店住下，自会有人过来联系我们。于是在火车站广场旁等出租车，结果这个城市还真不好打车，无奈，只好乘公交车前往。

房间是杨振鑫早就已经帮忙订下的，我们到了酒店，办好了入住手续，给他打了两遍电话，皆无回应。这是早已预料的事情，要不是他的失踪，大师兄也不会因为此事而麻烦到我们。

饥肠辘辘，我和杂毛小道出了酒店到附近去找食。郴州市区并不算大，但作为湘湖省的南大门，同时也是煤矿和有色金属之都，中心地段还算繁华，从友谊中皇城过去，到处都是餐厅和夜店，我们随便找了一家看上去还算不错的餐馆，点了一桌火辣辣的当地菜——桂阳馅豆腐、嘉禾血鸭、永兴马田豆腐、七甲腊肉……吃得那叫一个舒爽，酒足饭饱，已是夜深。

回到了酒店，两人酒气熏熏地上了电梯。当我们打开房门走进去的时候，两人的脸色都一变，不动声色地打量一番。我走到临床的衣柜前猛地一拉，从里面揪出一个人来，扔在床上，杂毛小道二话不说，骂了一声脏话，一巴掌甩了过去，将那个藏在衣柜里面的土贼打得眼冒金星。

我和杂毛小道心有默契，问也不问，劈头盖脸就是一通暴打，结果那人哭了，说两位大哥，我的亲哥哟，自己人！

第五章　打人立威，下棋落子

张建和高海军这俩家伙有两个共同点，一就是修为都还不错，二就是脾气火爆。

这两人的实力仅仅只比闵魔首徒大猛子差一线，一直被扔在会州乡下，并不是没有原因的，主要的一点就是脑子不够活泛，一根筋，用南湖话讲就是"霸蛮"。当然，这脾气也是相对的，当初两人被抓起来的时候，也是一副死鸭子嘴硬的模样，结果尹悦一上刑，立刻就服服帖帖了，什么东西都一笸箩地给抖搂出来。

此刻我们既然冒充这两个浑人，这性格自然要模仿透彻，下手也就没轻没重了。那人结结实实地挨了一通暴打，眼泪水都流了出来，抱着头喊是自己人。杂毛小道听得他这般说，更是来气，一把将其从床上拽起来，离地举起，恶狠狠地说道："你个扑街仔，谁跟你是自己人，说，你偷摸进来，到底想要干什么？"

那个家伙的脸肿得老高，热泪肆流，不过依然还是能够瞧出他就是傍晚时分偷我钱包的那个矮个子。为了避免被再次暴打，他只有将嘴里面的血水吞进肚子里，然后艰难地解释道："两位，你们是不是叫作张建和高海军？我是麻老大派来接应你们的，没有经得你们同意，便先探个底，抱歉啊，不过……"

这小子一副猪头模样，此番又是赔笑又是痛，不知道有多难过。我和杂毛小道对视一眼，根本就没有搭理他。杂毛小道毫不犹豫地给了他的肚子一拳，然后使劲儿一甩，将他给砸到了地上，大声骂道："老子不认识什么麻老大，要找死，别来撞老子的枪口！"

杂毛小道的断然否决让矮个子一阵犹豫，而这个时候房门突然一动，拥进一伙人来，为首的一个家伙穿着黑呢子大衣，戴着一副墨镜，上下打量了我们一番，冷声哼道："别否定了，老子是鱼头帮的麻二，奉了差遣来找你们，识相的就赶紧跟老子走，要不然。"

我抱着胳膊，冷笑说："我不晓得你在讲什么，我们是正经的生意人，路过这里，等一个朋友的。至于你们，老子见都没有见过，鬼认得你？"

在训练基地的时候，老赵便已经跟我们交代清楚了，张建和高海军一直都是由杨振鑫负责单线联络，这次过来，为了确定那位同志的安全，一定要咬死，没有杨振鑫的出现，那就以怀疑对方是官方诱饵为理由，绝对不要跟着那些来接头的人走。

我们不走，对方却不可能甩开我们，毕竟南方省是一处极为重要的地方，任其一片混乱，绝对不符合邪灵教的利益。至于我们下了这一步棋，对方怎么接招，那就只有再说了。听到我的回答，麻二嘿嘿一笑，说你们等的那个人，是不是叫作杨振鑫啊？

杂毛小道装着有点儿吃惊的模样喊道："你，你到底是什么人？"

麻二说道："我们就是杨振鑫叫过来接你们的。车在外面，我们得连夜走。"我和杂毛小道对视一眼，警惕地往后面退了一步，然后郑重地说道："我不知道你在讲什么，我们不认识，就不会跟你走；要走，只有见过那个朋友之后，才会离开。"

麻二和颜悦色地说着话，谁知道面前这两人是油盐不进，脸色不由得一变，冷声说道："你们两个屌毛，还把老子当成条子了不成？赶紧走，要是敬酒不吃，那我可要给你们吃罚酒了？"

我哈哈一笑："老子长这么大，倒是从来没有吃过罚酒，你给倒一杯，让我看看是什么样子的？"

我这挑衅的话一说完，麻二立刻将墨镜往旁边一扔，身子化作一道黑影，朝我这边蹿来。步踏七星，势若大虫，此人的身手倒确实有值得称道的地方。我抱着胳膊冷笑，并不出手，杂毛小道一声哼，摇身一晃挡在我的面前，结了一个大自在天手印，将此人拦住。杂毛小道手若蛟龙，在他眼前一晃，就将其拉扯住，往床上一扔。

麻二自负绝学，正要给我们好看，结果眼前一花，还没有反应过来，便天旋地也转，砰的一声摔在了床上，脑袋嗡的一声响，接着瞧见漫天掌影落下，又是一阵劈头盖脸的暴打。

这一伙人挤进房间的，数一数，抛开先前潜入房间被我们暴打一顿的矮个儿和床上的麻二，另外还有四个。瞧见这幅场景，全部都冲将上来，结果被我连着踢了好几脚，直接摔落在地上叠起了罗汉。

杂毛小道扇了麻二几十个大耳刮子，一手油腻腻的鲜血，不过他对于力道的把握十分精准，倒也没有弄出什么重伤来。麻二身手的确不错，但是连他们帮主在我们手上都没有讨到什么好处，此刻他一个小杂鱼便想逞威风，实在是有些天真。不过为了符合闵魔弟子的身份，我们也是收敛着修为。将这些人教训一番之后，杂毛小道懒洋洋地说道："好了，爽了。告诉你，我们真的只是路过的生意人，在这里是等朋友呢，听不懂你到底在说什么。行了，自己走吧，不要我扶吧？"

麻二艰难地从床上爬起来，一脸的猪头模样，幽怨地瞧了我们两个一眼，那意思仿佛是在说："把我们打成这副狗模样，还好意思说自己是生意人？"不过他终究还是没有多说一句话，转头便走。他走到门口的时候，我却叫住了他："等等！"

麻二在一帮摇摇欲坠的兄弟支撑下，转过头来看我，我捏着鼻子，指着地上说道："看看吧，好好的房间弄成这副模样，还怎么住人啊？得了，留点钱，一是赔酒店的费用，二是我们要换一间房。"

麻二一脸怪异，张了张嘴，一口老血吐出来，说不出话。旁边有个小弟机灵，出声说大哥，你觉得多少钱合适？我说五千吧，毕竟把人家好多东西打坏了。这一伙人围在一起，你一张我一张，勉强凑出了四千多，放在桌子上，然后像逃难一样跑了。

过了十分钟，我们叫来酒店方，协商换了一个好点儿的套间。在确定房间里面没有监视器和监听设备之后，来到休息区，将憋闷了一天的小妖、朵朵、小肥虫和小青龙都给放出来透风。

小妖越来越习惯于人类的生活，对于进入槐木牌，有一种类似虎皮猫大人之于飞行有氧舱一般的抵触感，出来便在我腰间掐了一把。

我此番前来，对于任务的完成倒还在其次，主要是担心同学杨振鑫的安危。经过老万的死亡，我已经越来越害怕熟悉的朋友离我而去。不过杂毛小道安慰我，说你同学倘若真的出了事，那些家伙只怕就不会是这样的反应了。我们今天将前来接头的人暴打一顿，拒不承认，这行为可以理解为谨慎。他们如果真的急着与我们接头，只要杨振鑫没有死，必然会找他过来的。

我摇了摇头说："你忘记了一个可能，那就是南方省的邪灵教虽然分崩离析，但毕竟还有许多隐姓埋名之辈，倘若闵魔还有一两个徒弟，或者有与张建、高海军相互认识的人在此处，他们也是可以派过来的。而到了那个时候，事情的主动权就易手了，我们则需要反过来，接受邪灵教的考察。"

我们两个人商谈好一会儿，仍然没有什么头绪，只有回房洗澡。等了一个多小时，窗户的玻璃窗有声音传来，打开窗户，虎皮猫大人进来，告诉我们那伙人并没有去医院，而是到了市民政局后面的一处宅院里。那里有几个高手，防范森严，没办法接近，它就回来了。

我们这边出了招，敌人到底怎么接招，还需要时间反应。一路舟车劳顿，我和杂毛小道也是疲倦得很，便不再等，嘱咐小妖领着大家注意一点，于是各回房间睡觉。

不知道睡了多久，我的耳边突然痒痒的，立刻清醒过来，瞧见小妖站在我的床头，附耳说道："门口又来人了！"

第六章　故友无事，深山大院

门铃响起。这么晚了，深夜到访的，到底是哪门子的不速之客？

杂毛小道最先到达，往猫眼里面看了一眼，便将门打开了。我探头一看，瞧见门口站着两个人，当前一个满脸伤痕、神情萎靡的男子，可不就是我的高中同学杨振鑫吗？瞧见他虽然精神不济，但至少还活着，我的心情便安定下，点了点头，指着他身后的那个黑衣人问道："他是谁？"

杨振鑫不知道张建和高海军已经被我们调包，微微皱了下眉头，倒也没有起疑，介绍道："一个朋友，老夜，这边的联络人。"

这人想必是过来监督杨振鑫与我们接洽的，我们点了点头，放他们进了房间。

落座之后，杂毛小道也不管旁边那个黑衣人，问杨振鑫道："你脸上到底是怎么回事？还有，昨天夜里来的那一伙人到底是什么来路？条子、自己人还是什么？你为什么没有过来接我们？你知道的，上面的人我们只认你！"

杨振鑫嘴唇发白，脸色十分难看，缓声说道："我呢，有一点事情耽搁了，所以没有来得及过来接你们，实在抱歉。麻二他们回去之后，就立刻打电话通知了我，说你们太谨慎了，只认我，所以我特地从山里面赶到市里来了。事情先不说，这里只是中转站，我们过些日子，还要转移到其他地方去，所以你们先跟我回去集合。"

"等等，到底怎么回事？"杂毛小道打断了杨振鑫的话，直接上前，一把将他的外衣扯开，里面的汗衫一拉，瞧见从胸口到腹部，都绑着紧紧的绷带，鲜血渗出。

瞧这模样，不知道杨振鑫到底受了多少私刑，我脸色一变，站起来揪起旁边那个若无其事的黑衣人老夜，厉声喝道："说！你是不是条子？"说话间，我从茶几上抓起一把削水果的小刀，抵在那人的心脏位置。

老夜瞧见我一脸惊慌失措的模样，反而松了一口气，小声解释道："等等，等等，我想你们是误会了，我们真的不是条子，他之所以变成这个样子，是另有原因的！"

杂毛小道在旁边冷笑说："嘿，到底是什么原因啊。我倒是奇怪了，看这绷带，明明就是刚刚给扎上去的，这说明我们的联络人在此之前，还遭受到酷刑，你倒是给我解释一下，这是为什么？若是说不清楚，今天就别想走出这个门。"

老夜的脸阴晴不定，不过瞧着我和杂毛小道两人将他围住，大有一言不合便下狠手的架势，思量了一番，拍了拍杨振鑫的肩膀，说道："你来讲吧！"

杨振鑫轻轻说道："简单来讲，那就是我的引路人黄斯华那年和闵魔大人一起玉碎，断了联系。而现在我则被怀疑是打入厄德勒的卧底，正在接受审查，所以现在的情况就变得有些复杂了。"

杨振鑫一副无愧于心的模样，简洁明了地表达着。听到他这话，我和杂毛小道的脸上都露出了十分难看的表情，目光锐利，像杀人的刀子，死死地盯着老夜。我冷冷说道："这么说来，我师父死了之后，掌教元帅是翻脸不认人，准备清理我们这些老臣子对吧？既然如此，那么大家不如一拍两散了吧，你们干你们的大事，我们过我的小日子。小杨，你跟我们走，咱们回南方去！"

我伸手去拉杨振鑫，老夜却拦住了，沉声说道："慢着！"

我们两个手指碰到一处，我假装勃然大怒，一把拽着他那满是老茧的手，寒声说道："怎么，你是不是觉得我们也是叛徒，准备拿下我们来邀功啊？"

老夜的右手被我突然捏住，心中不由一恼，与我拼力较量起来。此人的力道十分大，比先前那个麻二要强上许多，但对于我来说，不过就是多驱动一轮阴阳鱼气旋的小事而已。

为了不使身份暴露，我也不能显露出比张建强大太多的力量，只保持在隐隐强过他的上限。饶是如此，老夜的脸还是一阵青一阵白，咬着牙说道："不错，不错，不愧是闵魔大人最得意的弟子，难怪上面对你们这么重视。好吧，大家能不能保持一下气度，坐下来谈？"

这家伙说了软话，我也没有得势不饶人，松开他的手，哼道："我倒要看看你能说出什么花样来。"

老夜脸部僵硬地笑了笑："两位，以前我也没有见过你们，能不能出示一下信物，走个程序啊？"

我和杂毛小道对视一眼，从怀中摸出代表张建和高海军身份的龟甲牌来。老夜小心查探一番，确认了我们的身份之后，他笑了起来，说："两位，先前还没有确定你们的身份，的确是有点儿担心，所以做了些让你们感到不安的事情。不过这你也要理解，自从陈老魔把持东南之后，大伙儿的神经就都绷得紧紧的，生怕出现什么意外。不过现在放心了，天下厄德勒是一家，你们也不要多心，咱们这就去山里，来自广南、南方、湘湖、海蓝以及西江各地的教友都在呢。"

我指着旁边的杨振鑫，不满地说道："我想问一下，关于我们这个联络人的事情。到底怎么了，这个说不清楚，我哪里敢跟你走？"

听到我这么说，杨振鑫眉头一皱，不但没有露出感激之情，反而陷入了深思。他显然是发觉到有一些不对劲儿了，不过他也是个训练有素的人，很快便收敛情绪，端端正正地坐着。老夜不在乎地挥挥手，说："嗨，这事情呢说来也巧。就是有一个刚从西川赶来的教友，对小杨起了疑心，非说他是卧底。在这个节骨眼上呢，大家又不敢疏忽大意，于是对小杨使了点手段，结果什么都没有。这不听说你们来了，就巴巴地跑过来接风了。没事，没事的，我保证他以后不会有任何问题。"

"西川来的教友？"我疑惑地看了杨振鑫一眼，他摇头苦笑，也不多言。老夜笑了，说："对啊，真是个阴魂不散的女人，疑神疑鬼的。不过你们都是老相识，这也都是误会，不打不相识嘛。走，回去说。"

老夜催促我们离开此处，说郴州虽然已在湘湖，但是毗邻南方省，多少也算是陈老魔势力的辐射范围，还是老巢安全些。

我们既然确定杨振鑫安全，便应了一声，回房收拾行李，将小妖、朵朵等人藏好，然后跟着老夜和杨振鑫出了酒店。来接我们的有两辆车，老夜驱车先行，让我们跟杨振鑫叙叙旧。不过说是叙旧，那车上还有司机，不可能说什么私密的话。

张建和高海军什么德性，杨振鑫又不是不清楚，什么时候还对他的生死这么上了心？于是多少也有些奇怪，一路上，不断跟我们套话。

杨振鑫是经过专门培养的卧底人员，对于行为逻辑和心理学有着一定的研究。不过我们这几天的功课也不是白做的，双方当着司机的面各打机锋，于是将他说得更蒙了。瞧见杨振鑫有些茫然，我和杂毛小道心里暗笑，感觉胜算又多了几分。

关于是否对杨振鑫坦白我们的身份，这个我考虑过，最好是不说——所谓秘密，越少人知晓越好。且不说杨振鑫是否叛变，即便是他挺过来了，也未必没有人在他身上动手脚，所以在一切都没有查清楚之前，我和杂毛小道唯一能够信任的，除了对方，那就是自己。

两辆汽车出了城区，一直往莽山行去，行了三个多钟头，终于在一个山窝窝的大院里停下。那院子铁门紧闭，抬头一看，是一个聋哑学校，旁边还挂着一个孤儿院的牌子。

开在深山里面的聋哑学校，居然就是邪灵教在这儿的据点？这可真的是没有人能想得到。

第七章　三堂会审，步步杀机

这院子从表面上看并不怎么样，然而驱车进入里间，经过了外面用来掩人耳目的破烂楼房，转过一片小树林，里面却是别有洞天。一排排的小楼房，内有明哨暗哨无数，防卫森严。

此时已经是深夜，四周的建筑都陷入一片黑暗中。车子停在场院里，前面的老夜下了车，过来招呼我们，说这个时候主事人应该都已经休息了，他先给我们安排地方住下，到了明天，再与我们会面。

这时走来一个守夜的瘸腿老头，用当地话说了几句，然后将我们带至附近一处小楼，把房间钥匙递给了我们，让我们早点儿休息。杨振鑫在老夜的搀扶下，一瘸一拐地朝着后面走去。

我和杂毛小道进了房间条件不错。瞧这装修，这建筑已经有些年头，说明作为邪灵教的驻地，它已经存在很久了。我看了一下手机，没有信号。

一直以来，邪灵教都在神秘的迷雾中，组织严密，变化万千，采用的联络手段也十分隐蔽，让特勤局头疼不已。身处于邪灵教的据点，我心中难免有些兴奋，正想与杂毛小道分享路上没有说起的想法，见他朝我使眼色，我反应过来房间是经过布置的，说不定有人在暗里地窥视着我们呢。

此番前来，我们是做过精心准备的。除了容貌、体型和语气等外在的东西，内在也作了许多改变。按理说每个人都应该有着独一无二的生命磁场，这个很难模仿，然而时至如今，我和杂毛小道都已经不再是吴下阿蒙，收敛气息、隐蔽身份这种事情，已然做到炉火纯青，浑然天成了。

既然被人监视了，那就没有太多的话。我本来也有些困乏了，将行李草草收拾之后便蒙头大睡。

次日我在公鸡打鸣声中醒了过来，这是许久都未曾有过的经历。我听到楼下有整齐划一的脚步声，翻身下了床，站在窗户边往外望去，瞧见三十来个少男少女从楼下跑过。初春山里的清晨特别清冷，他们头顶上面却汗汽蒸腾。

这些年轻人都是百里挑一的修行者。我心中明了，这个地方当真是个学校，不过并非牌子上面挂的什么聋哑学校，而是邪灵教储存后备人才的培训基地。时代在发展，邪灵教也在不断进步。

我站在窗台边看着那些少年，突然感觉那一行人里面，领头的那个少年颇为眼熟，好像在哪儿见过。可惜我瞧见的只有背影，直到他们奔入浓雾之中，都没有再回过头来。

突然之间，我感觉事情可能变得有些复杂。

八点过一刻，门铃响起，老夜在门口，客气地告诉我们，说这边的负责人听到我们过来了，想见我们一面，如果可以，现在便跟着他过去。杂毛小道问老夜这边的负责人是谁？老夜嘿嘿一笑，说自然是大人物了，到了地方你们便知道了。

说着，他便领我们出了门。一路上瞧见形形色色的人，有的西装革履，有的乡野农民打扮。在这些人里面，我看到了杨振鑫，他倒没有再被禁锢起来，而是挂着一双拐杖，跟一个小女孩一边走一边说着话，远远瞧见了我们，却只是招招手，并没有上前来叙话。我从他眼睛里读出了一丝关切，觉得好笑，仿佛上个世纪时的地下党会面。

小楼夹着一条林荫小道，沿着小道走到尽头，那里有一幢迥异于周围建筑的三层楼房，外面用的不是砖瓦，而是密集堆砌的青石，里面还灌浇着糯米汁，氽场里散发出一股浓浓的阳气，呈聚阳之局。

走进里面，直上二楼，来到一个小厅，发黄的房门古色古香。老夜恭敬地敲了敲房门，里面传来一声招呼，他推门带着我们进去。小厅中坐着三人，我一见不由得头皮发麻，整个脊椎骨都挺了起来。

我万万没有想到，在这个山窝窝里面居然还有三位老熟人。坐在主位的是鱼头帮帮主姚雪清，两边的则是断了一支臂膊的魅魔刘子涵和佛爷堂特使翟丹枫。

我们这边惊讶，小厅里的三个人也有些失神。姚雪清很快回过神来，在老夜帮着我们双方做过介绍之后，迎上来与我们握手，笑着招呼道："两位贤侄，刚才猛一见你们，我差一点以为自己认错人了呢。欢迎欢迎，一直想与你们见面，今天终于见着了！"

我们毕恭毕敬，轮番拜着山头，像魅魔、姚雪清这样与闵魔平辈的，我们都叫师叔，而翟丹枫因为佛爷堂特使的显贵身份，也得喊一声翟特使。

那娘们极有心机，瞧见我们这般恭敬，狐疑地打量一番，皮笑肉不笑地说道："你们怎么不问问，姚帮主到底认错成什么人了啊？"

杂毛小道拱手说长辈在场，岂有我们这些当晚辈的胡乱说话的道理。

魅魔仿佛得了翟丹枫提醒，那张美艳无双的脸上露出了一丝扭曲的恨意，红唇微张："丹枫妹子你这般说，我倒是想起来，张建和海军乍一看，当真有些萧克明和陆左的样子呢。"

杂毛小道脸色一变，抬起头来，还没有说话，眼睛就红了，哽咽着说道："刘师叔说的，可是苗疆陆左和茅山萧克明那两个大魔头？"魅魔瞧见杂毛小道一脸悲戚的模样，这才想起来，长叹一口气说："我倒是忘记了，老闵可不就是被那两个小畜生和陈老魔给一起谋害的吗？唉，勾起了你俩的伤心事，实在不应该。"

杂毛小道入戏得很，摇头说道："师叔此言差矣，杀师之仇，不共戴天，海军和张师弟这些日子卧薪尝胆，无时无刻不在想着为师父报仇雪恨，只可惜修为有限，一直不能得偿所愿。今天在这儿碰到了几位教中前辈，还请为我们作主啊！"

杂毛小道街头骗子的演技炉火纯青，说到动情之处，毫不顾及自己的自尊心，朝着魅魔纳头便拜。

我瞧他这般作态，也不敢太过突兀，假模假式地跟着跪下，还好魅魔和姚雪清等人拦住了我们，不敢受这一礼。将我们劝入座位之后，姚雪清缓声说道："陆左和萧克明这两人，是这几年来如彗星一般崛起的人物。实不相瞒，在座诸位都吃过他俩的苦头，哪个不想报仇？"

他先是慷慨激昂，然后叹息道："只可惜现在他们今非昔比。萧克明背后有陶晋鸿和整个茅山宗撑腰，他本人更是板上钉钉的下一届茅山掌门。而那个陆左更是恐怖，一身是毒，名头从国内传到日本，从日本传到欧洲，便是共济兄弟会的朋友谈及，也胆寒心惊。去年南洋萨库朗余党潜入南方省，想要报复他，结果有心算无心，还给人家弄了个全军覆灭。现在他们又隐居起来，从不露面，毫无机会，所以此事须得从长计议。"

姚帮主委婉地拒绝了我们的请求，心中多少也有些惭愧，也没有再来考较我们。反倒是魅魔，盯着我和杂毛小道健硕的身体，脸上露出了一抹妩媚的潮红，吃吃地笑道："两位贤侄，老闵那一套《大自在观想六欲天心经》，不知道你们练到了什么境界，一会儿你们若是有时间，倒是可以来跟师叔我切磋一二。"

第八章　恐惧接头，熟悉少年

别看魅魔模样是一个美貌如花的年轻少妇，但这可都是用那吸阴采阳的双修采补之术来维持的，真实的年纪说不定比姚雪清这老鱼头还要大，可算是真正的红粉骷髅。而《大自在观想六欲天心经》是什么东西？前文可是讲得明明白白，说穿了也就是欢喜禅的观想之术，这样一个七老八十的老姜皮一本正经地说要跟我们切磋，还真的让人有种想要呕吐的感觉。不过此时此刻，我们心里虽然恨不得把昨天吃的东西都给吐出，表面上却雀跃不已，欣然应下。

旁边的翟丹枫瞧见我们聊得热络，也有心示好，出言说道："南方省连接港澳台，以及东南亚、南洋诸地，经济发达，交通便利，以前闵魔大人在的时候，厄德勒教内资金从来不缺。如今，我厄德勒在东南诸省、特别是南方省的耳目和活动范围越来越少，恢复南方省的荣光，你们两个肩上的责任重大。我提前透露一点，小佛爷对南方省的教务建设十分关心，到时候很有可能会接见你们，给人给钱，重新将闵粤鸿庐给建立起来，你们可要好好努力才行。"

我们齐声点头，说一定不会辜负小佛爷的期望。

三人训完话后，又是好言宽慰一番。我们见状，知道事情到此为止，便提出告辞，他们也不挽留，跟我说生活上有什么问题，尽管找麻二或者老夜就好。

我和杂毛小道退出小厅，下楼的时候才感觉汗湿衣背，浑身发凉。我不知道算不算过关了，瞥了一眼杂毛小道，却见他低着头，仿佛在认真地数着楼梯台阶数。老夜在前头领路，笑着嘱咐道："你们可能要在这里待上一个多星期，到时候才会前往总部。为了大家伙儿的安全，所有人都不能够与外界联络。昨天匆忙，我忘记交代你们了，一会儿去饭堂吃早餐的时候，把手机和电脑之类的通讯设备交到隔壁档案室，会有人帮你们专门收着的。"

这家伙笑吟吟的，说得像真的一样。昨天倘若不是杂毛小道提醒，说不定我已然拿起手机，向大师兄汇报情况了。我们点头，没有表示异议。老夜"哦"了一声，朝我们开玩笑道："对了，你们身上应该没有什么信号发射器之类的东西吧？"老夜这是突然袭击，想刺探我们的反应。

那普通的卧底，说不定就有那么小小的一颗，然而我们此番前来是深度卧底，而且对于自己的身手还算是自信，自然用不着那东西。心里没鬼，而且我们的神经早已粗如钢筋，哪能中他这小计。不过这家伙三番五次地刺探我们，让人心烦，杂毛小道一把抓住老夜的脖子，寒声说道："你什么意思？要不要老子现在就把底裤都给你扒出来，让你看看？"

老夜还就吃这一套，嘿嘿笑了两声，说开玩笑，别介意。

我们走出这幢大楼，老夜指着尽头一所刷着绿色油漆的房子说："那儿是饭堂，一日三餐就在那里解决，你们先去吧，我这里还有点儿事情，就不陪你们了。"老夜拍了拍我的肩膀，然后折身返回房子里。我回转过头去，余光下意识地瞟了一眼二楼西面的那个房间，瞧见窗户后面，有两个人正朝着我们这边看来，表情严肃。

我不敢多看，朝着老夜挥挥手，然后回过头，长长地伸了一个懒腰，惬意地喊道："吃早餐去咯，这肚子，真的是饿得前胸贴后背了。"

我与杂毛小道神情自然地走在林荫小路上，不动声色地说道："姚雪清和翟丹枫在楼上一直看着我们呢，不知道是不是已经怀疑我们了。"

杂毛小道点了点头，说："人的容貌、身材、气质和实力都可以改变和隐藏，但是对于真正的高手来说，相见时那一刹那产生的第一印象和第六感，却是无法通过手段来抹除的，我们两个对场中三位、特别是魅魔和那个老鱼头出现了一瞬间的威胁，以他们多年的经验，不怀疑是不可能的。不过我们此番前来，就如同空中走钢丝，哪里会那么容易？没有证据，他们未必会因为这点怀疑而翻脸，小心一点就是了。"

我们小声说着话，不知不觉就来到了那个绿屋顶的建筑前，里面热气腾腾，正是开早饭的时间。

先前跑步的那群小鬼早就已经用过餐，这里面零散坐着的，大都是被通知过来参加动员会的各个鸿庐成员。邪灵教向来都是单线联系，各个鸿庐的成员，除了顶有名的那几位，其余彼此都不认识，也不愿意认识，所以都是三五成群，小声说着话。

早餐是自助的，别看这个学校在山窝窝里，伙食倒是不错，刀削面、小窝头、驴打滚、芙蓉糕、煎饼、饺子、油饼，油汪汪辣乎乎的牛肉粉，香喷喷的红薯粥，酥脆的油条、浓香的豆浆……让人忍不住食指大动，胃口顿开。

然而看着这些诱人的美食，我们却只能挑一些符合南方口味的红薯粥、小窝头、油条什么的，至于那喝一口辣遍全身的牛肉粉，我则强忍着肚子里面的馋虫，不去看它。

端着盘子，我们扫量一圈，走到在角落处小心喝粥的杨振鑫前面坐下，跟他热情地打招呼。

他表情亲热，但眼神却有些慌乱，下意识地朝旁边瞟了一下才与我们有一搭没一搭地聊起天，询问我们在这边还适应不。我们一边呼噜呼噜地喝着粥，一边询问他的伤情。

杨振鑫还颇为邪灵教开脱，说这是组织对他的考验，一入教中，终生不得背叛，能够得到上级的考验，确定他的纯洁性，这是一件大好事儿，只不过伤情有点儿严重，可能不能跟我们去总部开会了。有人在旁，杨振鑫表现得颇为遗憾，如同不能朝圣的虔诚信徒。

这顿饭吃了好一会儿，杨振鑫告诉我们，估计要在这里待一个多星期，等待各地的教友。我们要是无聊，可以去跟这里的学生玩儿，如果能够指导那些小子一招半式，也算是他们的福分。

我们说好，左右也是闲得慌。

早餐吃完，杨振鑫要回去休息，刚站起来就一个趔趄。我们两个便说扶着他离开，杨振鑫极力推辞，说他自己来吃饭，就是为了锻炼，早日康复，不用我们。然而我们好是一通劝，说你都伤成这样了，还在这儿勉强呢，还是走吧，走吧。

杨振鑫推辞不过，便由着我们两个扶着往住处走去。缓缓地走着，到了一半的路程时，左右都无人，他不停道谢的嘴里面突然咕哝出一句话来："西边的花儿开了，不知道能卖多少钱？"

杂毛小道一听，立刻接道："多收了三五斗，谷贱伤农，十来吊吧？"

"十来吊，这是多少钱？"

"两三万美刀。"

这切口的暗语对上了，杨振鑫绷得紧紧的身子有点儿发软，低声说道："昨天我就知道你们不是张建和高海军了。我不管你们是谁，只想告诉你们，别玩了，这儿很危险！"我目不斜视，也不表明身份，淡淡地说道："杨振鑫，你有没有被搜魂大法弄过？"

杨振鑫回答："我们在神学班里面学过专门的自我催眠法，普通搜魂，是能够瞒过去的，不过你们两个不是张建和高海军，那就肯定过不了那个鬼女人的考验。"

"什么鬼女人？她认识张建和高海军吗？她……"我有点儿莫名其妙，看着杨振鑫有些崩溃的模样，心中有种不妙的感觉。这时从旁边走来一个穿着粉红色护士服的漂亮女人，热情地说照顾病人是她的事情，可不敢劳烦我们。

那女人将杨振鑫扶走，我与杂毛小道对视一眼，久久无言。

杨振鑫的警告让我们略有不安，在路边迟疑一会儿，这时来了一个穿着黑色唐装的教员，热情地邀请我们前去与孤儿院的学员一起教学。我们跟着来自不同鸿庐的教徒来到左边会馆的地厅，那个教员跟我们介绍，说这里的学生除了厄德勒教众自己的子弟后辈，还会有专门的工作队从全国各地搜罗来的有上佳修行体质的儿童，进行各种专业培训。

孤儿院上课颇杂，今天上的是炼尸——说到这里，他指着地厅中那个年纪颇大的少年说道："看他，他就是来自于炼尸世家的子弟。"

第九章　怨恨培养，令人发指

　　僵尸集人间之怨气，取天地之死气，化晦气而衍生，身体僵硬，在人世间以怨为力，以血为食，不老、不死、不灭，极为厉害。别的不说，当年耶朗王自入轮回，却留下五大亲信存于世间，镇守对耶朗最重要的祭坛，无论是鄷都龙哥，还是缅北大熊哥，或者青山界飞尸，都是一等一的厉害，寻常人等根本与其交手不得。

　　然而行行有等差，有王者，自然也有小角色，寻常出现在世人眼中的僵尸，大都不得功法，只是因为怨气难平，又因葬在聚阴汇穴的养尸地，所以才会偶尔诈尸，吓坏世人。这种类型的僵尸至多不过白僵，白毛遍体，目赤如丹砂，指如曲勾，齿露唇外如利刃，接吻嘘气，血腥贯鼻，徒添许多惊吓，但别说是普通的修行者，便是十数普通人，手持利刃火器，也可将其擒杀，一把大火烧成灰烬。

　　邪灵教崇尚制造混乱恐怖，最爱使用类似的手段来快速提升威慑力，所以炼尸算是一门必修课。这地厅之中烛火闪烁，将这阴寒潮湿的空间渲染得更加恐怖。那三十多个学生高高低低，围在厅中一樽被竖起的棺柩前，正由这唐装教员给我们介绍的那个来自炼尸世家的小孩儿评讲。

　　"你们瞧，这僵尸是埋此一年的新尸。经过紫山芋根水的处理，阴气汇集，它这一年来肉质没有腐烂生蛆，反而是凝结成腊状，指甲、牙齿和骨骼开始变黑变硬，皮肤长出一层白绒毛，这个便已经是僵尸的雏形，再养半年，便能够训练僵尸，通过各种手法，让它听从我们的命令。"

　　那少年不过十二三岁，跟当年的青伢子一般年纪，然而侃侃而谈，如同一个小大人一般。我瞧着他那一脸的认真，突然脑子里闪出一个熟悉的形象。我下意识地往后退了一步，看向杂毛小道，只见他也一脸诧异，显然也认出了这个少年。

　　是的，这小孩儿正是当年我为了变异的朵朵奔波忙碌时，在湘西凤凰碰到的炼尸世家地翻天之子。朵朵修炼的鬼道真解，也算是从老王家所得。而那地翻天，当年在杂毛小道浪迹江湖时，可是一同钻过墓穴、共过生死的伙伴，铁打的交情。

　　我们不知道地翻天是何时加入的邪灵教。他在湾浩广场的时候，不顾兄弟情谊，固执地站在了邪灵教许永生那一边，想对我们杀人灭口。后来侥幸未死的地翻天便被秘密押送到了白城子，过起了终生幽闭的生活。

　　选择有时很简单，也很廉价，然而后果却是不能承受之重。我们站在人群外围，看着这些孩子孜孜不倦地学习着如何炼制僵尸，如何将尸体里面的尸气提炼出来化作杀人的利器……这些小孩儿小的才七八岁，大的也就十四五，本来都是花儿一般的年纪，应该在父母的庇护之下快乐学习，然而却如同那些十几岁就学会使用自动步枪和手榴弹的非洲孩子一般，操起了大人都感觉恐怖的玩意儿，实在让人揪心。

这些孩子是可怜，而拐带他们的邪灵教便是可恨了，简直就是没有人性。

负责给孩子们授课的是一个年过花甲的老妇人，双目糊满眼屎，嘴唇发紫，有点儿像童话故事里面走出来的老妖婆，待王永发讲完最粗浅的介绍之后，她开始给所有人讲解起控尸的符咒和手段来。我、杂毛小道以及其余与会者，差不多十多个人在旁边围观，然而那些孩子却根本如同瞧不见我们一般，专心致志地听讲。

今天拿来展示的这一具僵尸并未成型，尸气也并不浓郁，没有毒害，但是依旧很臭，那是一种肉类腐败之后散发出来的恶臭，让常人闻到便会连饭都吃不下，然而孩子们却浑然不觉，那劲头可比我高考的时候还要足。

不知不觉就到了中午。铃声响起，那老妇人才结束了课程，孩子们恋恋不舍地逐个走出。不知道什么时候出现在我们身边的老夜突然出声，叫住了最后离开的王永发，让他留下来。

王永发这孩子长得方方正正，一脸成熟相，小跑过来，说夜叔叔，什么事？

老夜指着我们说："给你介绍两位长辈：张建、高海军，你爸出事之前，曾经和这两位叔叔有过交往。你可记得了，以后说不定要在这两位叔叔手下做事呢。"老夜的介绍让我们感到十分突兀，那两个倒霉蛋虽然交代了自己最近见过的人，却没有说起前尘往事，我实在不知地翻天当初在湾浩广场的大楼里养尸，竟然还跟我们扮演的这两位有过交集。

可想而知，这又是一次漫不经心的试探，显然这些人对我们的防备之心，还没有打消。

想到这一点，我和杂毛小道对视一眼，也不说话，倒是王永发先开口："张叔叔好、高叔叔好，那你们认识陆左那个大魔头吗？"我俩皆摇头苦笑，说听过，但是没有亲眼见过。

王永发那稚嫩的脸上露出了一抹戾毒之色，咬牙切齿地说道："我爸爸死在了东官，我二姐在西川又被抓了，我太爷爷听到这个消息之后中风了，至今未好。一家人的幸福生活都被那个大魔头毁了。总有一天，我要将那个大魔头给弄死，碎尸万段，这才算是报仇雪恨！"

少年稚嫩的心灵早已经被仇恨和怒火给腐蚀，而作为当事人的我，却也没有办法辩驳，只是随声附和道："嗯，叔叔两人的师父也是死在他的手里，到时候你若是要报仇的话，可得喊上叔叔我啊！"

地翻天根本就没有死，而是在白城子服刑。他女儿王方颖的下落我还真的不晓得，毕竟当时从鬼城回来之后，我就蒙冤入了狱，但这些跟我有半毛钱关系？仇恨的种子不知道是什么人给种上去的，但是我听到了，总有种毛骨悚然的感觉。

难怪那养蛊人的结局无外乎"孤、贫、夭"，一旦陷入俗世的恩怨情仇，实在是难以挣脱。

应付完这孩子，杂毛小道冷声说道："老夜，你到底是什么意思？这孩子我们根本就不认识，什么我们跟他父亲有过交往，你这到底是什么意思？"

这家伙倒是懂得先发制人，被如此一问，老夜反而解释起来："呃，事情比较复杂，你还记得以前在东官的老王和许永生吗？他们覆灭的时候这孩子的父亲也在场，你们要给闵魔大人报仇，单凭自己的力量肯定不成。这孩子是这学校里顶尖的学生，天分才情都不错，到时候说不定要分配到你们南方去，让你们多接触一下，总是没错的。"

老夜心虚地说着，我和杂毛小道都在冷笑，拍了拍他的肩膀，并没有说话，顺着楼梯走了出去。

这个学校占地很大，所有在这里集中的人员都不能够随意离开，如果真的有事，需要向上面报备。经过白天的沟通，我们才知道这个地方只是一个集中点，至于总的集会地点，却在他处。而此刻，恐怕是须得甄别人员，不让官方卧底进来，而我们想要过关，必须得过了老鱼头、魅魔和翟丹枫三人的审核关。

由此可见，无论是邪灵教，还是佛爷堂，对于这一次集会，都是相当的重视。不光是我们，其实对于其他地方的来人也都在审核，陆续有人被叫到小路深处的那栋建筑去谈话。我们不想再去观看那些学生的教学，返回房间安安稳稳睡起了午觉。一觉睡到天擦黑，我睁开眼睛，望着天花板，看着那渗水的楼板上面出现的古怪图案，略微有些眼花。

此处没有装监控设备，但是在人家的地头，我和杂毛小道能不说话，尽量不说话。

我不知道这考验的时间到底要多久，但是回想起白天杨振鑫说的话，我心中多少有些不祥之感，总感觉事情哪里有些不对劲儿。过了好一会儿，我终于察觉出来了，有一种被人监视的感觉，那感觉就像爬在身上的阴冷毒蛇，在这个初春的傍晚，一点一点从我的脊梁骨缓慢爬到肩膀上去，一片又一片的鸡皮疙瘩，在我整个背上蔓延开来。

我陡然坐直身子，朝着那个让我不舒服的地方看过去，但见一个面目模糊、不知男女的小孩儿正坐在窗口边，冷冷地瞧着我们。

第十章　床头婴灵，招揽旧部

"这什么鬼东西？"我随手便抓起一个枕头朝那个娃娃扔去。

这枕头不重，轻飘飘地砸过去，然后……透过那娃儿，掉落到了窗外去——灵体，鬼娃娃！

我和杂毛小道都跳下了床来，如临大敌。杂毛小道把房间里的灯打开，瞧见那娃娃脸上似笑非笑地看着我们，有一种居高临下的淡定。我瞧这娃娃大概三四岁样子，头发油亮，小身子悬浮半空，头有点儿大，整体看上去很漂亮，只是每隔几秒钟便会浮现出树杈状的青筋凸起，感觉略为恐怖。看着看着我感觉有一些眼熟，似乎在哪儿见过。

那鬼娃娃见我们都清醒过来，并没有任何惊慌，只是安静地打量着我们，一双天然呆的白色眼睛里面突然出现了黝黑的光芒，这光芒一出现，仿佛只是一具躯壳的它忽然有了灵魂一般，呵呵地笑了起来，十分地瘆人。

我以前谈过，所谓鬼，其实是生活在另外一个世界的灵物，偶尔与我们交集，但并不多；它也没有声带，所谓的鬼哭，只不过是与这世界磁场、炁场的共鸣而已。当然，真正厉害到一定程度的鬼魂，也是能够说话的，比如我们面前这一位："你们两个，就是闵师留在乡下的那两个二愣子徒弟？"

这个小鬼娃娃腾地站了起来，背着手，悬空行走，用居高临下的眼神打量着我和杂毛小道。我不说话，杂毛小道平平推出一掌，将这个小鬼侵袭过来的阴气屏退，说道："我们的确是闵师的弟子，那么你是谁？"身处于邪灵教内部，自然不可能会有什么孤魂野鬼前来索命，那么此刻出现的这个小鬼娃娃，必定也是邪灵教的成员。

杂毛小道这不卑不亢的态度让小鬼娃娃略为满意，点头说道："你就是高海军吧？看来闵师的《大自在观想六欲天心经》，你已经炼到了举重若轻的地步。果然，修行一道之上，你甚至比大猛子还有天分啊。的确是老头子准备留来做衣钵传人的家伙。你们两个在乡下，天天苦修，但应该也有听过我的名字吧？"

杂毛小道摇了摇头，我见这小鬼头虽然模样中性俊美，但是发出来的声音却是阴柔的女声，还带着一股子媚意，更是觉得有些熟悉，莫名地就有些心烦意躁，强自按捺，冷声哼笑道："看来阁下跟恩师倒是有一些渊源，不过我们真的没有见过你，表明身份吧，不然我们可要动手了！"

哈哈哈……

小鬼娃娃突然发出一阵恶毒的笑容，整个房间里面的炁场一片紊乱，灯光忽明忽暗，似乎随时都有可能熄灭。

一股阴霾从它的身上传出，朝着我这边袭来。我一惊，晓得这小鬼娃娃的修为造诣已然到达了一种诡异的地步，我们要是稍不留心，说不定真有在这阴沟里面翻船的可能。于是后退一步，双手结了一个大自在天的印法，按照闵魔之道作了观想法，隐隐将这场面给镇压下来。

小鬼娃娃瞧见我三两招便稳住阵脚，晓得厉害，不再咄咄逼人，停止在了一个安全的距离。它刚才的展示，只不过是表达出自己的力量，让我们不敢轻视它。收敛之后，它满意地点了点头，说道："不错，你们两人的基础都是十分不错的，即便是以我前往西川鬼城，吞噬了灵都鬼将之后的实力，对你们也仅能起到压制的小小优势。如此看来，闵师真的是后继有人，可以在地下长眠了。我说过，我们虽然没有见过，但是你们一定听说过我的名字，我叫王姗情！"

不是吧？听到这个小鬼娃娃突然说出这个被我扔到记忆深处，蒙上一层灰的名字，我差一点就叫了出来，下意识的反应是"不可能"！

对，这怎么可能呢！诡异工厂一役，那个恶毒的女人早就已经被发狂变异之后的闵魔将头骨啃破，妥妥地死了。怎么如今又冒出一位呢？

我的脑子一阵混乱，突然想起了先前在酒店的时候，老夜那意味深长的话。他说杨振鑫之所以被隔离审查，便是因为一个阴魂不散的女人。那个女人，莫非就是她？我这边默不作声，杂毛小道的反应到底还是迅速一些，故作惊讶地喊道："大师姐？不可能！"

王姗情自从被闵魔重用之后，地位便一直火箭一般地提升，特别是她开始与闵魔同修邪功，成为一众闵魔门徒实际上的师母之后，更是与大猛子等人齐平，成为闵魔门下女弟子的头把交椅。这个曾经是乡下女孩、工厂女工、饰品店女店员和发廊小姐的传奇女孩终于实现了人生逆袭，然而在最辉煌的时候，却被我们弄死。

面前这小鬼娃娃似乎预料到了我们两个的惊讶，淡淡解释道："我没有死，很意外吧？你们不相信，也是可以理解的，毕竟我的尸身，早就已经融成死灰了。不过你们没有见过以前的我，但是也应该见过此时此刻的我吧？"

它指着自己的身体，我仔细一打量，瞧着这虚无缥缈的鬼娃娃，越看越有些熟悉。

"闹闹"，我的脑海里突然一阵灵光闪过，这个词便浮现了出来。

对了，这个小鬼是闹闹，是当初被王姗情在鹏城炼制、并且献给闵魔的恶灵童子，虽然它此刻的模样变化了许多，但是依然能够看出他生前的模样来。如此，我立刻明白了前因后果。原来王姗情临死之时，将自己的残魄包裹在精血之中，吐在闹闹的身上，然后通过不断的争夺，竟然将这个小鬼娃娃给夺了舍，鸠占鹊巢，变成了如此模样。

真是好人不长命，坏人活千年啊！

这臭女人脑袋被人当作鸭脖子啃得稀碎，竟然还能够活生生地出现在我们的面前，这世界实在是太疯狂了。

电光火石之间，我想透了一切，道："对，对，你是闵师身边出现的那个鬼娃娃……不过不对啊，那孩子，脑袋可是硕大如冬瓜的！"

"你们根本不知道我吃了多少苦！"

王姗情的小脸扭曲，眼睛里面闪烁着邪恶的光芒，恨声说道："我当初仓皇附在这头小鬼身上，逃离现场，藏身在一条臭水沟里面，光夺舍就用了三个多月！后来才被赶来打探情报的魅魔大人发现，收留起来，然后将我辗转送到岷山老母门下修行。然而那女人又跑去茅山送死，还好我没有跟着，不然连翻本的机会都没有了。"

我们瞧见这王姗情回首往事，充满了愤恨，对我们却并无疑虑，晓得这小鬼娃娃感知到我们假修出来的心经炁场，以为无恙，不由得暗自长舒了一口气。

说句不客气的话，此时此刻，王姗情虽然已然累积了一定的实力，然而无论是我，还是杂毛小道，和它都已经不是一个层面上的境界，即便它化身为鬼，也很难看穿我们的伪装。它如此一通解说，杂毛小道回应说："大师姐大难不死，必有后福，你吉人自有天相，而我们闵粤鸿庐一脉，总算有了振兴的希望。"

听到杂毛小道这般说，这小鬼娃娃的眼睛立刻亮了起来，闪烁着对权力的欲望，沉声说道："我听说了，佛爷堂将你们从乡下找来，就是准备重建闵粤鸿庐，只是不知道将以你们谁为首？"

它话语里面透露着一股紧张，我心中不由得一阵暗笑，此女即便是化作了小鬼婴灵，还是充满了掌控欲，怪不得对我们没有什么怀疑，原来是有求于人。

杂毛小道也是个妙人，眼睛一转，立刻说道："本来我和张师弟还在头疼此事。大师姐你是知道的，我们两个都是粗人，一直在乡下，也没有什么见识，突然之下，感觉到肩头重任得我们喘不过气来。如今大师姐你回来了，我们也就有了主心骨，那这事情就没有什么好说的了，重建鸿庐，一切以你为主，有什么吩咐，你尽管说便是了。"

王姗情见我们如此上道，不由得笑了起来，假意谦虚几句之后，满口承诺，说它从师父那儿学得许多秘术，到时候自然会传承给我们。这番说得热闹，突然门外有个女声响起，说魅魔大人要见我们。

听到这句话，这小鬼娃娃白嫩嫩的脸上居然多了一丝红晕，吃吃地笑了，说你们两个一会可得悠着点，自求多福，可别被吸干了。

第十一章　天魔乱舞，极度魅惑

王姗情得到了自己想要的答案，心满意足地离开，身子一晃，不见踪影。

我和杂毛小道对视一眼，不由得都感到后背生凉，没想到王姗情这女人竟然阴魂不散，卷土重来，刚才倘若不是她有求于我们，无心试探，而且张建和高海军一直在会州乡下，王姗情因为跟着闵魔的时间太短，没有过交集，只怕就要露馅了。

而一旦我们被王姗情拆穿，身处魅魔、姚老鱼头和这一帮邪灵教高手的老窝，为了避免玉石俱焚，我们就必须杀出去。而这样一来，任务就失败了。

想要潜入邪灵教内部，目前的这个情况是最好不过的。至于王姗情，我以前或许对她还有怨恨，时至如今，双方早已不是一个层次上的对手，心思也就淡了。只可惜闹闹死得可怜，而之后又成了这般模样，一直如同傀儡一般被操控，最后还给王姗情夺了舍，如今想起来，让人几多唏嘘。

门外那个女人还在催促，我和杂毛小道对视一眼，苦笑着过去开门。

门口站着的是一个穿着浅黄色短裙的清秀女孩儿，一头顺滑黑亮的披肩长发，高个儿，脸上笑盈盈的，小酒窝，露出两颗很可爱的虎牙来。这样的女孩倘若出现在大学校园或者办公室里面，必然是受到许多男人追捧的对象，不过我却明白，别看她人畜无害，外表清纯，然而作为魅魔的弟子，必是那吃人不吐骨头的狠角色。见门打开，女孩热情地伸手过来，与我们握手，轻轻笑道："两个大男人，关着门做什么呢？你们好，我叫苏起。"

我与她握手，感觉那小手儿绵若无骨，说不出来的细滑。

苏起说："我师父唤我过来跟你们说一声，半个小时之后，她会为你们单独办一场欢迎晚会，希望你们能够准时参加。在左边第三栋的那个宴会厅，不要迟到哦！"这小妮子摇着我的手，尾指在我的手心处挠了挠，留下一抹微笑，像个百灵鸟儿一般地离开了。

早上魅魔说要跟我们切磋切磋，我当时还以为只是说说而已，没想到到了晚上，真的张罗起来了。我无助地瞧了杂毛小道一眼，他笑笑说："去就去，不要把自己弄得像娘们一样，别说没发生什么，就是发生了，难道还是你吃亏不成？又不是处男了，瞧你这扭捏劲儿。"

杂毛小道洒脱得很，说完便上洗手间洗漱去了，我挠了挠自己因为睡了一整天而显得无比杂乱的头发，郁闷地穿起了衣服。

半个小时之后，我们收拾得人模人样，准时赶到苏起说的地方。有个一身黑色小西装的制服美女在等待着我们。门一开，房间里一股暖气涌出，入目处是一片白花花的大腿，还有粉红色的灯光，十二个穿着修身小旗袍的美女分两排站开，一水的青春靓丽，躬身欢迎道："恭迎张建、高海军两位教友大驾光临！"

瞧见这些锥子脸、大眼睛的艳丽女郎，闻着空气中混杂着香水和女性特有气息的味道，我有点儿恍惚，左右打量一圈，一个都不认识。这个时候，苏起款款前来，恭声朝我们说道："两位，师父还在更衣梳理，请你们随我先上楼吧。"苏起扭着屁股在前面领路，腰肢好似风中摆动的柳条。我打量四周，发现不愧是大人物的居所，这栋房子外表看起来不怎么样，然而里面的装饰豪华，色调温暖，充满了贵族风格，跟我们那个跟招待所一般的小楼没法比。

这也是没有办法的事情，毕竟地位在那里摆着，人家是邪灵教十二魔星，整个厄德勒上层响当当的大人物，而我们所扮演的，只是闵魔手下两个稍微厉害一点的徒弟而已。

跟着苏起上了楼，迎面是一个铺着厚重波斯地毯的大厅，错落有致地放置着华贵的沙发。灯光闪烁，动感的音乐响起，正中的舞台上有三根钢管，几个身材火爆的比基尼女郎在应着节奏跳舞。瞧见这如同酒吧一般的大厅，我和杂毛小道脸上都露出了疑惑的表情，不知道这唱的是哪一出。

苏起吃吃笑道："拳不离手，曲不离口。师父说了，我们这一脉和你们师尊都是走的双修之法，相互之间多有关联，而两位都是修得大成者，我们可得好好跟两位师兄，学习一番呢。"

这小妞儿先前清纯可人，此刻在光怪陆离的灯光映衬下，却显得魅惑无比，火辣动人。她将我们引导至正对舞台中央的沙发之间，让我们坐下，打开桌上琥珀色的洋酒，躬身给我们各自倒了一杯，一双明媚的眼睛盯着我的胸肌，举起酒杯娇声说道："两位师兄，师父还在沐浴更衣，先让苏起敬你们一杯吧。"

美人相邀，盛情难却。我和杂毛小道都没有推辞，将桌上的酒杯拿起，一饮而尽。酒线入喉，直沉胃袋之中，我的味蕾之上突然传来一种不好的预感。

去年一年的养殖场生活，我并非没有长进，至少已不愧于养蛊人这一称呼，手上的蛊毒四五种，而对于毒性的了解也达到了前所未有的高度。仔细一品，我顿时了解这酒液之中掺杂了些东西，性阳催燥，增情怀春，里面应该有淫羊藿、银杏叶精和沙苑蒺藜的成分，综合来看，可不就是白莲教秘而不宣的灵鬼展势方吗？

杂毛小道何等人物，酒液入喉，便知晓个中蹊跷，含而不咽，瞧向了我。我若无其事地点了点头，表示确定。

杂毛小道一笑，一把将仰头喝酒的苏起给拽到面前来，揉捏着怀中娇娃的臀部，与她的瑶鼻相抵，霸道地将这女子红润的嘴唇咬住，好是一番吻弄，亲得那小娘子鼻息咻咻，喘息不已，这才四目相对，含笑说道："我说小师妹，在酒里面掺料，这事情可是你不地道了？"

苏起被杂毛小道吻得气都喘不过来，一双眼睛直往上翻，仿佛爽到了极点，被他这般责问，委屈地说道："高师兄你可真坏，人家差点被你弄死呢。"

这般娇媚地撒完娇，她才半嗔半解释："师父不但要考较你们的功夫，也要考核我们这些姐妹，听说你们两个都是修得大乘之辈，人家怕输，才弄了点小手段，结果还都给你喂了回来。"苏起说着，从杂毛小道的腿上站了起来，妩媚地看了杂毛小道一眼说："两位师兄，且看一看我们姐妹的'毗那夜迦天罗舞'，到底成色如何？"

说完，她拍一拍手，灯光顿时一暗，从四面八方冒出十来个长腿赤足的美女来，轻纱薄笼，身上零碎极多，发出清亮的铃声，甚至比舞台上跳钢管舞的比基尼女郎还要魅惑。

总共十二个身材容貌俱佳的漂亮舞女走上了舞台，抖胸摇臀，媚眼横生，在一种近乎呻吟的音乐声中摇摆躯体，模仿着人类最原始最疯狂的动作，让人看一眼就口干舌燥，忍不住起反应。舞台上的美女疯狂起舞，我靠在沙发上，尽力让自己恢复平静。到底是魅魔弟子，这些女人的一颦一笑一回眸，都充满了魅惑力，当真让人不能忍。

然而我和杂毛小道到底还是忍了下来。那些魅魔的女弟子跳了四十多分钟，柔软的腰肢都快要折断了，我们还是无动于衷，只是小口抿着酒，如老僧入定一般，视而不见。

终于音乐声渐渐变缓，跳得香汗淋漓的舞女们退入黑暗中，一身素净端庄的魅魔终于登场，出现在我们的身边。她坐入沙发，淡淡说道："果然，张建、高海军，乱花迷眼而面不改色，你们真的是入了门道呢。"

魅魔刘子涵骤然出现，我和杂毛小道慌忙站起，拱手问好。

魅魔挥手让我们坐下。我恭敬地坐下，回答说惭愧惭愧，其实差一点就控制不住自己了。

魅魔亲密地贴着我坐下，她左手装上了假肢，右手软绵，揽着我的腰间，说道："师叔这些不成器的弟子，今天看来都败在了你们的手下，真让人失望啊！"

她像小姑娘一般的娇嗔，紧紧贴着我，两颗半圆球状的大白兔跳入我眼帘，眼睛不由一直。结果魅魔一见，竟然将右手伸进我的两腿之间，一把抓住，吃吃地笑道："当年我和你们师父切磋过，倒是不知道你这做徒弟的《大自在观想六欲天心经》，修得如何！"

第十二章　山间花阴基，几人夜翻墙

我知道今天晚上魅魔的考较，说到底，还是对我们身份的不信任。然而我却实在没有想到，作为一派师长的魅魔，表面上看上去端庄典雅，宛如女神，今夜却是如此的风骚惊艳，竟然单刀直入，直奔主题。

被魅魔纤纤素手这么一招，我很可耻地就起了反应，精神一绷，下意识地便想要反击过去。好在我及时控制住了自己的情绪，脸上露出了销魂的神情，轻轻叫了一声。杂毛小道瞧出了我的尴尬，贴身上来，眼神迷离地说道："刘师叔，不是我奉承你，满厅的鲜花怒放，都不及你这一朵！"

这家伙到底是泡妞高手，嘴唇如同抹了蜜，魅魔听得吃吃一笑，将我放开，点了一下杂毛小道强壮的胸口，轻笑道："哎哟，海军啊，你可真会说话，比你这木讷师弟强上许多呢。来，让师叔看看你的本事，能及得上你师父的多少呢？"

魅魔缠住了杂毛小道，而此时我的身边突然多了两位姑娘，一位是苏起，另外一个是十二舞娘之中最为出色的女弟子。她们双双跌入我的怀中，苏起风骚地笑道："张师兄，你可要多指教小妹，要不然一会儿我师父责怪起来，可是要打屁股的哟？"

她说着，那浑圆肉感的屁股便坐到了我的腿上来，旁边那个舞女也不甘示弱，她可是跳嗨了全场，身上香汗淋漓，一股浓重的女性气息萦绕在我的鼻间，充满了催情的味道。这美女身形娇小玲珑，饱满的胸部贴着我的胳膊，在我耳边呢喃道："师兄，人家叫莫小暖哦，刚才跳得怎么样嘛？"

这天上掉下来的艳福让我有些措手不及。说句实话，我身边这两位美女，都是嫩模级别的美女，长得漂亮，身材又好，关键是骨子里风骚得很，摆出这任君品尝的绿茶婊架势，实在是让人把持不住。

倘若是几年前、甚至一年前闷骚的我，说不定表面上硬着头皮，心里却偷着乐。反正如杂毛小道所说，咱又不是贞节烈男，逢场作戏，大家谁都没有吃亏，而且人家好歹也是专业出身，一会儿倘若是缠绵起来，必然也是一场享受。

只可惜我这个人呢有点儿奇怪，或者说是有精神上面的洁癖，心里面有人了，便做不出太过出格的事，总感觉自己半推半就地做了，便对不起某人。至于某人到底是何人，这个，咳咳，容后再叙。

屋内气温开始升高，气氛也同样升高。闷魔皮肤粉嫩透红，已然是跟杂毛小道开始交锋起来。

这床第之欢，本不足以见诸文章，然而这两人你来我往之间，揉捏上下，却颇有一种刀光剑影的精彩。我初始还只以为杂毛小道与魅魔急不可耐地滚起了床单，却不知道两人上下其手，又摸又揉，可就是不动真格的，连衣服都没脱，越到了最后，表情越严肃，便晓得这里面是另有蹊跷了。

色乃梦幻泡影，空乃一真显露，故而色不异空，空不异色；色即是空，空即是色，受想行识，亦复如是。

男女之事，无论伪道德之士如何诋毁，终究还是人类于这世间生生不息的起码保证，此乃至理，乃大道，也为人伦。于此基础之上建立的双修功法也多，遑论道、佛、巫、儒，皆有其术，无须讳言。然而真正顶级的双修功法，从来都不淫邪，反而比伦理纲常更加严肃，更加神圣。

杂毛小道名义上用的是《大自在观想六欲天心经》，实际上却是李道子所传秘术《山间花阴基》，此乃顶级的道家双修法典，也正是此术，使得杂毛小道十载红尘练心，修为从尽废之绝境复攀高峰。而魅魔能够成就邪灵教十二魔星之位，又哪里是易与之人。这两人的交锋一起，缠在我旁边的两女便再也不闹了，我们三人往旁边挤开，给这激战当中的高手腾地儿。周边围上了无数女弟子，眼睛睁得滚圆，目不转睛地观察，生怕错过任何一处精彩。

魅魔与杂毛小道在宽大的沙发上下翻飞，拼的就是一个毅力，看谁坚持不住了，场面是香艳无比，然而内中凶险，却只有此道中人，方可琢磨一二。斗到酣处，魅魔娇喘连连，一身香汗，娇语道："江山代有人才出，各领风骚数百年。想不到闵魔玉碎之后，竟然还有这般奇葩人物崛起，果真是天不亡我厄德勒啊。"

这妖女不知年纪，然而那声线娇嫩，妩媚得滴出水来，让人心中不由得一团火起。此番还好是杂毛小道顶了上来，倘若是我，说不定早就缴械投降了。

不过我瞧着杂毛小道脸色赤红，一身阳气散溢，已到了崩溃的边缘。我心中焦急，瞧见魅魔那胜券在握的神情，下意识地摸了一下佩于腰间的八宝囊，想着倘若让杂毛小道输掉阳神，还不如拔刀相向来得利落。然而就在魅魔乘胜追击，准备一举拿下杂毛之时，突然楼外传来一声刺耳的警报，接着有闪烁不定的灯光从窗外传来。

除了场中两人，所有人都站了起来。苏起身子好似纸鸢，从我身上跳起，到窗边探头朝外面观察。魅魔满面娇红，意犹未尽，用那粉嫩舌头舔了舔宛如烈焰的红唇，正想继续，然而那警报一声比一声凄厉，春情便也如潮水一般退了下来，朝着窗边的苏起问道："什么事？"

欲求不满的魅魔那可是相当可怕。苏起回答道："刚才管理巡房，发现有人私自逃往山里面去了。所以姚帮主立刻拉响警报，催您过去商议呢。"

魅魔听到这话儿，脸色一冷，立刻从杂毛小道的怀里站了起来。旁边的小暖连忙上前给她整理衣服和头发，又有人递过来一件黑色的呢子外套。魅魔穿上，冷声问道："知道都有谁吗？"

苏起说："初步查明有广南阳朔鸿庐的二档头和两个属下，还有上回被隔离审查的那个小子也不见了。"

"杨振鑫？"魅魔意味深长地看了我们一眼，吩咐门下弟子："我去老姚那里开会，你们所有人都待在这里，不要乱走，随时保持战备，听候命令。"说完这些话，她指了一下我和杂毛小道，沉声说道："你们两个也是！"

魅魔披着衣服匆匆下了楼，大厅里一片凌乱。我站起来，问苏起到底是怎么回事，怎么杨振鑫那个家伙也不见了，是不是去医务室了？

刚才还小猫儿一般乖巧可人、任君采摘的苏起此刻却是一脸冷漠，淡淡地说道："不该问的别问，小心惹祸上身。"她在魅魔的诸弟子中地位最高，交代我们待在原地，不要乱动，然后匆匆出去布置。

我一脸郁闷，杂毛小道却若无其事地整理着起褶的衬衫。他刚才和魅魔一番缠绵交锋，却连衣服都没脱，这尺度，比演电视剧还正经。我不知道这家伙以前去夜店洗脚城，是不是也这般假模假式。

整理完毕，杂毛小道若无其事地打量四周，低声说："你别担心，我们今天算是真正过关了，一会儿倘若是真的搜山，必定会用到我们。"

这家伙果然料事如神，没过多久，苏起匆匆折回，说上面有人找，让我们赶紧到林间小道尽头的校务所里听候吩咐。

离开的时候，我的心里面充满疑惑：杨振鑫啊，你到底是遇到了什么事情，犯得着现在跑？

第十三章　立功心切，深山肉泥

邪灵教对于此类事情的反应速度超乎寻常的快，当我们下楼，昏暗的路灯下，已经有一队又一队的黑衣人朝着门口跑动。

时间仓促，我、杂毛小道和魅魔近二十个身穿黑色劲装的女弟子朝着林荫小道尽头的校务室跑去。路程不远，大家很快便到了，苏起、莫小暖进去领取任务。

过了差不多十几分钟，苏起带着人匆匆出来，让我和杂毛小道到二楼右手边的第一个办公室去。我们走到那办公室前，门是虚掩着的，推门而入，里面是佛爷堂的特使翟丹枫。

办公室还有一些邪灵教属下在等待吩咐。瞧见我们进来，这个女人将其余人都给打发掉，对我们说道："魅魔大人已经带人进山了，临走前告诉我你们是可以信任的，不过现在我还是想问一句，你们到底值不值得信任？"

我上前一步，恭声说道："既入教中，终身尽职，誓死效忠掌教元帅。特使，有什么任务，你尽管吩咐吧！"杂毛小道也连忙表态，说赴汤蹈火，在所不辞。

瞧见我们这铿锵有力的表达和誓死效忠的态度，翟丹枫满意地点了点头，告诉我们："在这几天的审核工作中，我们发现阳朔鸿庐的马春阳、王陈和刘鑫宁等人有投敌卧底之嫌，他们拒不交代一些历史遗留问题，对抗领导小组的审问，态度恶劣。而就在刚才入夜的时候，更是私自逃离学校，遁入茫茫莽山。同样消失不见的还有负责与你们联络的杨振鑫。虽然我们现在暂时查不到证据，无法确定他们与政府是否有关联，但是学校住着东南、中部各省精英，一旦暴露，对我厄德勒伟大事业的打击将是致命的。所以从即刻起，我命令你们加入对逃脱分子的追查小组当中，如果发现这四人，劝阻无说，格杀勿论。"

"是！"我和杂毛小道身子绷直，异口同声地喊道。

领了任务，离开翟丹枫办公室，我们到了楼下，才知道自己被分到了一个六人小组。小组成员除了我和杂毛小道之外，还有莫小暖，以及两个五大三粗的鱼头帮弟子，领头的居然就是傍晚见过我们的小鬼王姗情。

每次看到王姗情，我心里面就颇紧张，因为她毕竟是灵体，感知域与正常人类肯定是不一样的。一旦在外面起了冲突，动了手段，我们迫不得已使出了真本事，她便有可能第一个发现。

虽说到了山里，也有大把的空间对其下手，然而无论如何，一旦王姗情死了，我们就会被列入最有嫌疑的对象，虽然不至于立刻对我们下手，但是会将我们给隔离屏蔽，以后便再难接触到邪灵教的核心事务了。

不过相比这等麻烦，更加让我头疼的是我那倒霉同学杨振鑫。我不清楚那几个广南来的邪灵教众到底是卧底，还是不满此间的安排布置和翟丹枫的盛气凌人，但是我这哥们可是实打实的特勤局卧底。而且他的身手可真的够呛，同样是民族大学神学班毕业生，人家滕晓能够参加特勤局核心集训营，而他却只能当一个随时都有危险的死卧底。从此可见，在修行一道上，他当真没什么天赋。

想到这里，我便催促着大伙赶紧上路。

在先前那个瘸腿守夜人的带领下，我们领了装备，强光手电、丛林军刀、信号弹、识别标牌以及一壶水，还有一个只属于组长的无线电联络器，然后便出了场院。这孤儿院离周围的村庄都有一段距离，靠近莽山鲁部的山窝窝，虽然通车，但交通并不方便。

消失无踪的人都是老道的修行者，没有留下太多的踪迹，需要搜寻组朝不同的方向和路径去追。相比于其他小组，拥有着恐怖小鬼王姗情和魅魔高足莫小暖，以及我们两个便是三巨头都另眼相看的闽魔门徒的队伍，阵容无疑是除了三巨头之外最豪华的，所以并没有被安排去附近村庄搜查，而是直接朝着孤儿院后面的林子进发。

能够在此设据点并且还有了一定的年头，邪灵教在附近的势力可不是一般人所能想象的。这道理不但我们懂，想必逃走的人也是门儿清。故而最有可能的，是利用这茫茫莽山为天然屏障，在这大山里打几天游击战，等魅魔等人撤了之后才出山。

三月，春寒夜冷。在山林的黑暗中摸索穿行，十分辛苦。进山有路，然而逃跑者绝对不会走，多是翻山越岭，跨越丛林，这也使我们遭了罪，不断地往草丛里面钻。

我和杂毛小道曾在热带雨林里面日夜奔走过，此时倒也不觉得辛苦，只可惜除了一身轻盈的王姗情，其余三人虽是修行者，却并不适应。这也可以理解，莫小暖跟随魅魔，平日里学的是魅惑男人的功夫，少有在山林里奔走的机会，而另外两个鱼头帮大汉，让他们在水里翻滚十天半个月，他们浑不在乎，但是这钻老林子的事情，却让他们只想喊一声亲娘，泪流满面。

然而这些并不是领队王姗情考虑的问题。此獠一出孤儿院，入了山，那浑身的毛孔便仿佛轻了几分，兴致昂扬得很，不断地运用她那细致入微的观察术，一会儿路边、一会儿草丛、一会儿树上，阴气蔓延，黑雾翻涌，让人好不厌烦。

瞧她这股劲儿，应该是憋了许久，想着是在为自己以后能够掌控闽粤鸿庐加分呢。不过说实话，它这般作态估计也是瞎子点灯白费蜡。因为倘若我是小佛爷，也不会将这般重要的位置，让一个连白天都不能露面的阴灵小鬼儿来做。不过身为小鬼，到底还是有着诸般好处，没多久，它便发现了一丝线索，那是丛林中的一点血迹，闻着味道十分新鲜，前后不过一小时。

这发现让王姗情兴奋得浑身战栗，飘到我们面前，嚷嚷道："看到了么，看到了吗？那些狗杂碎就在前面，跟上去，砸扁他，将叛徒的肚皮剖开，把黏糊糊的肠子拉出来，那味道一定美极了，姚老大和魅魔大人一定会高兴的，对不对？"

黑夜的山林中路途难行，我们深一脚浅一脚地朝着林子里走去，不知不觉便已经入了深山。王姗情身为灵体，身轻腿快，为了跟上它的速度，莫小暖和那两个鱼头帮大汉跌跌撞撞，一路上不知道跌了多少跤。

我和杂毛小道也想着赶紧找到杨振鑫，让他安然逃离此处，所以一路上不急不慢，左右打量。

晚上十一点，我们终于来到一个山弯子，前面有一条清亮的小溪，但空气中却突然传来了一股浓重的血腥味。闻到这气息，王姗情大声叫一声，顾不得我们，直接朝着前边飞了过去。我的心一紧，大踏步快速上前。终于到了地方，我瞧见在王姗情的下方，有两摊被碾压成肉泥的尸体。

我紧张地拿着手电照上去，看到其中一个拥有完整的脑袋，正是此次私自逃离出来的阳朔鸿庐二档头。

第十四章　命案追踪，扬镳分道

这两个我们本以为早就已经逃之夭夭的家伙，竟然死在了此处。身子几乎给碾压成了肉饼，深陷泥土中，在他们的尸身周围，则是一连串巨大而杂乱无章的脚印，周围一片狼藉，似乎还发生过争斗。

瞧见这场景，我们都愣住了，不知道到底发生了什么事情。

邪灵教在全国各地，大大小小有近四十个鸿庐和挂靠帮会，不过并非每一个鸿庐都有如十二魔星般强有力的人物坐镇。阳朔鸿庐只是一个小分舵，庐主的实力也算不得很强，然而即便如此，在此处有实力将二档头和其手下弄成这般模样的人，绝不会超过一手之数。

王姗情认为出手的应该是先期到达的搜索队伍，甚至有可能是鱼头帮的帮主姚老大或者是魅魔大人，然而我心里却不以为然。瞧这地下的脚印，每一个脚印都有脚盆大，有时轻有时重，隐隐约约、无迹可寻，说不定是什么巨兽，或者小青龙那般的虚拟掌印。

不过虽然心中这样想，我却并不出声，此番出行，我唯一的目的就是确定并且保护杨振鑫的生还，除此之外，别的人跑不跑，与我无关。

王姗情定下基调，其余人等皆不反对，于是那小鬼便开始寻找起同伴的踪迹以及那巨大掌印的去向。跟着我们的一个鱼头帮众老秦心细，从这两摊肉泥中间挑了两件信物，在溪水里面清洗，也好带回去交差，免得一点儿证据都没有，被人笑话。

然而他洗着洗着，发现那溪水变红，下意识地将手电往远处照去，看见一只人手在水中沉沉浮浮，虽然瞧不见尸体，但是在又冷又黑的夜里，颇为吓人。这汉子一声招呼，王姗情倏然而至，将那水中浸泡的手给拉起来，就是只断手，瞧那皮肤程度，并没有浸多久的水。

"上游有情况！"王姗情有点像海水中的鲨鱼闻到血腥味，大声招呼着众人启程。

小溪的上游是个光溜溜的峡谷，需要趟水而行，道路并不好走。王姗情虽然心急如焚，奈何余者皆不能跟上。它着急得很，没有耐心忍受和等待我们这些温吞吞的家伙，折身过来吩咐，让我们一直沿溪而上，不要停留，它先行上前去打探消息，它不在的时候，所有的行动都以张建和高海军两人为主。

这小鬼头倒是懂得收买人心。我和杂毛小道心中狂喜，认真点头说："大师姐，你放心去，我们马不停蹄，随后赶到。"

王姗情离去之后，队伍的进度有意识地变缓下来。能够修行到一定程度的人，脑袋都不傻的，瞧见刚才阳朔鸿庐二档头的惨状，无论是两个鱼头帮帮众，还是莫小暖，其实心里面都有一个谱，那就是出手的绝对不是姚雪清和魅魔两人。

对于高手来说，杀人是一种艺术，而不是发泄愤怒的方式。将人碾压成肉泥，这个不仅变态，而且根本不是人的行为，而此番我们要是迎上去，说不定直接就变成了炮灰。

修行不易，所以更加懂得惜命。这个世界上并非所有人都有慷慨赴死的气魄和决心，所以我们这一队行路越加缓慢。莫小暖的身子也突然弱不禁风起来，在小溪里面跌了几跤之后，漂亮的小脸儿冻得发紫，忍不住地打喷嚏，不停抹泪水。她这十足的可怜样惹得鱼头帮两位胡子拉碴的大叔怜意顿起，嘘寒问暖，然而他们终究没有杂毛小道贴心，这厮直接将那小妞儿的小手牵着，坚定不移，缓慢行走，并且温柔地寒暄着，没多久，这对狗男女的身子便已经贴在了一起。

瞧见这情况，两位大叔和我在后面面面相觑，均感觉十足的郁闷和气馁，也没有看出这黄脸汉子到底有什么本事，怎么就把那如花似玉的小娘子给勾搭上了手。

不知不觉便已经和王姗情拉下许多路程，我们也不急，这山里面不止我们这一支搜查队，天塌下来，总有大个儿扛着。

磨蹭了大半个小时，我们终于又来到一片河滩处。此处一片狼藉，草丛里面伏卧着黑影，却一点儿动静都没有——有情况！我们立刻分散开来，小心翼翼地接近查探，很快便发现了这些人都是另外的一个搜索小队，只可惜他们已然被人杀死。瞧这死状，大部分是被踩死或者被钝器拍打而死，唯独有一个，是给人将脖子缠住，活活勒死的。

我摸了一下死者那软趴趴的脖子，发现上面有一股极为腥臭的黏液，拇指和食指合并分开，有透明的丝状牵连。

瞧见这状况，老秦说道："难道他们遇上了莽山鳄龙？"我们都不是当地人，问这莽山鳄龙到底是啥玩意儿？

老秦舔了舔嘴唇说："我也不太晓得，只是听家里面的老人讲过。说我们这莽山受第四纪冰川的影响很少，有很多第三纪或更古老的动植物得以保留下来。在这两万公顷、一百五十多座千米高峰之间，有无数的巨蟒毒蛇。而在群山深处，一个深不见底的万丈深坑里，有着全世界最大的毒蛇窝。

老人讲那里面有一种像鳄鱼一样四脚矮龙，光那细长的舌头，都能够伸出二十几米远，从山那一边就直接伸过来，卷走小孩和牲口。后来国家请了龙虎山的道士作法，把那个万丈深坑给封住了，这才无事。今天瞧这状况，莫非是那封印破了？"

听老秦说得活灵活现，所有人不由得一阵紧张。这凶手倘若是人的话，倒也没有太多值得恐惧的地方，毕竟打不过还能跑，跑不过还可以讲理嘛。但是这畜生可就没有这么多讲究，深山老林子是它们天然的主场，倘若真的凶悍起来，很难逃脱。

我们正忐忑不安，突然听到旁边的树林深处传来一阵低沉的呻吟声。这声音并不算大，然而在这寂静的夜里，却是这么的刺耳。

莫小暖对于呻吟声最有研究，耳朵一转，立刻说道："是人的，而且还是我们的人。"我们不知道她这结论是怎么得出来的，却也不敢有半点儿耽误，快步朝着小溪边那黑乎乎树林子深处跑去。很快便到了声源处，一人趴在地上。

我们走到近前，才瞧见这人其实并非趴着，而是掉进了陷阱里，胸口以下的身体都在地下，上半身则卡在了洞口。

"麻二爷！"老秦大声叫着，蹲身下来招呼。邪灵教死一个少一个，我们并不着急，但是老秦和另外一个鱼头帮汉子老孔却是心急如焚。

从表面上看，麻二除了掉进洞子里外，并没有别的问题，只是他那一脸扭曲的痛苦表情，平添许多恐怖。麻二完全就沉浸在自己的痛苦世界中，不断地低声呻吟着，一双眼睛几乎要凸了出来，似乎完全都不晓得我们的到来。老秦和老孔轮流叫了一会儿，又拍了拍脸，但麻二并不理会。

杂毛小道有心提问，一脚踩中那家伙伸在外面的手，死命一碾，压得他骨头碎裂，巨大的痛感刺激，麻二终于恢复了一些神志，我趁机盯着他的眼睛，沉声说道："快说，凶手到底是谁？"

麻二模模糊糊地应了一句："巨大的黑影，山一样的体型，狂奔、狂奔……"

老孔不满杂毛小道冷酷的手段，一把将其推开，伸手抓住麻二的手，招呼着老秦一起，将其从陷阱里往上拉。莫小暖突然发出一声尖叫："小心！"话音未落，从麻二的嘴巴、鼻孔和眼睛里面，突然有数道碧绿色细影如箭射出。

第十五章　各自背离，慷慨赴义

这几道碧绿色的细线射出，离麻二最近的老孔立刻中招，三四条入了他的胸腹之间，巨大的冲击力将他如熊一般的身子给推得飞起，砸落到了四五米远处的大树上；另外两条细线，被早有防备的我用丛林军刀阻挡，一刀两断。

杂毛小道一把抓住老秦的衣服领子朝后面拖去，让他避开了死亡的威胁。别人或者不晓得，但是我和杂毛小道赶至此处，便已经将这周边的痕迹瞧得分明。麻二虽然暂时没死，但是他却掉进了蛇洞，身子已被毒蛇钻体，无力回天，呻吟声也掩盖不了洞子里毒蛇吐信的嘶嘶声。

杂毛小道刚才并不救他，而是将他的指骨碾碎逼问，便已然没有将他当作活人。只可惜老孔并不知晓，他眼中满是同伴的安危，而忽略了其他，于是着了道。

钻入麻二身体里面的东西并非凡物，此乃莽山烙铁头蛇，头似烙铁、尾有白斑，当地俗称"小青龙"，是比大熊猫更濒危的野生物种，乃蛇中熊猫。1996 年该蛇被国际保护组织列入 IUCN(世界自然保护同盟)的红色名录，一条成年的烙铁头蛇，在黑市上面的价格能够卖到一百万人民币。

此蛇毒性奇特，力量恐怖，倘若不是有外人在场，我说不定会放出肥虫子，让它饱餐一顿，然而此刻只有反握军刀，用刀背将陆续射出来的小蛇给拍掉。

杂毛小道则拉着老秦和莫小暖朝着溪边逃去。老秦心忧同伴老孔，不肯离开，奋力挣扎，大声叫救他。我直接给了他一个大耳刮子，骂道："你想死吗？自己看看老孔还活着不。"

我回手一指，在手电光照耀下，老孔躺坐在大树前，脸膛紫黑，一条碧绿色的小蛇在他的面门前滑过，脸腮上面满是孔洞，眼眶里面的晶状体已经被咬得掉了下来，模样十分恐怖。蛇毒凶猛，瞧见老孔的惨状，再看看满地蔓延开来的毒蛇，老秦的脚一软，再也没有回去援手的心情，都用不着杂毛小道拉扯，朝着外面一阵狂奔。

前面三人在狂奔，而我则恋恋不舍地看了一眼地上快速追来的那一群小蛇。此刻肥虫子在我体内蠢蠢欲动，恨不得扑出来大快朵颐，然而我却担心一旦将肥虫子放出来，气息掩藏不住，露出马脚。然而肥虫子许久没有进食，闹腾得很，无奈之下，我只有放缓脚步，任由两条莽山烙铁头射来，一把掐住蛇头，遮遮掩掩地让肥虫子吞了，打了个牙祭。

当我冲出林子，在小溪旁边并没有瞧见这几人的影子，我先是一愣，继而明白了杂毛小道的苦心。

我们之所以会来这里，除了要还大师兄一个人情，很大一部分原因就是担心杨振鑫的安危。此刻他将人给带走，倒是便宜了我，此刻我不但自由，而且还有了很好的借口。

此念一转，我抬起头来，闭目一会儿，然后一个嗯哨，天空落下来一个肥硕的身影。

"大人，可曾见过我的那个同学？"这落下来的自然是一直游离在外围的虎皮猫大人。这家伙最近越来越肥硕了，一身的油膏，它一边喘息，一边抖着寒露深重的羽毛。听得我问起，点了点头，说跟我来吧。

大人展翅高飞，而我也将炁场开放，在林间溪边避开人群，如猎豹般穿梭，很快便翻过了好几个山头，来到了一处瀑布轰鸣的河谷边。月亮从厚厚的云层中探出半边脸儿，水流从几十米的落差跌下，纷纷扬扬。虎皮猫大人朝着瀑布边的崖壁靠上去，我足尖轻点，快速冲到了近前。崖壁之下影影绰绰，有好几个身影在追逐跳跃，瀑声都掩不住喊杀声。突然有一道墨绿色的光华升起，接着跑在最前面的那个黑影脚步一滞，整个身子变得僵直，摔落河里，而后面几个人也纷纷跳入水中。

我小心翼翼地接近，瞧见被人围在正中、绑得严严实实的家伙，可不就是我一直都在找寻的杨振鑫吗？旁边这几人，黑衣黑裤，一身干练，是五名鱼头帮的帮众。领头的那个，正是当日与我们接头的老夜。

老夜等人将杨振鑫从水里拖到了岸上，心中恼恨，劈头盖脸就是一阵毒打，将杨振鑫整治得毫无还手之力，这才命两个彪形大汉将其挟持着站起来。老夜一边喘息，一边痛骂道："小杨啊小杨，你这小子深藏不露啊，搜魂术都没有查出你是内奸来，真的是让人刮目相看啊。"

杨振鑫被揍得鼻青脸肿，浑身上下没有一处好肉，口中淌着血涎，脸上却露出了苦笑，没有回答老夜的问题。他这种漠视大大刺激了老夜，这家伙额头青筋一跳，冲上去又是一顿拳打脚踢。这凶狠程度，连旁边的同伴都看不下去了，连忙拉住他的手劝解，说别打了，再打就死了，这人活着总比死了强，带回去也好交差呢。

老夜借坡下驴，停手不打，喘着粗气问道："说吧，你为什么要跑？还有阳朔鸿庐那几个混蛋，现在在哪里？"

杨振鑫咳了几口血，艰难地说道："翟丹枫根本就不相信我们这些失势的旧党，一心想要清洗我们，甚至还在我的体内种下寒毒，随时都会要我性命，我为何不跑？佛爷堂狼子野心，谁人不知，谁人不晓，别说是我和阳朔鸿庐这种无主浮萍，便是你佫大鱼头帮，估计在这一次大会之后，也要遭到清洗，等着吧……至于那几个家伙，他们跑的时候可没有叫我，只是被我跟着了而已，之后大家就分道扬镳了，我哪里知道他们的影踪？"

到底是高素质的卧底人才，杨振鑫在如此的危急时分，依旧还是把握住了重点，不留痕迹地施展起离间计，不但辩解了自己逃离背叛的事实，而且还让这伙鱼头帮帮众心中戚戚然，一时之间不辨真假，难以决断。

　　然而老夜并不受杨振鑫的蛊惑，一声冷笑道："巧舌如簧的小人，难怪能够将魅魔手下那几个小妮子伺候得舒爽！不过你以为你这样说，便能够洗脱嫌疑吗？老实告诉我，你联系过来的张建和高海军，到底跟官方有没有瓜葛？你若是能够如实告诉我，便算你戴罪立功，我保你不死，如何？"

　　杨振鑫听到老夜在套自己的话，一笑，傲然仰头说道："人生自古谁无死，不过迟死和早死。我杨振鑫生在这个世间，上对得起天地父母，下无愧于兄弟朋友，你老夜看他们不爽、有私人仇恨是一回事，别跟我扯这些诬陷人的鸡巴事情，也别拿我当枪，老子早走一步那又如何。快快快，给老子一刀吧！"

　　他慷慨激昂的陈述引来了老夜迎面一巴掌，这个家伙眯着眼睛，瞧看晕了过去的杨振鑫，低声吩咐周围："发信号弹，召集援手！"

　　旁边一个负责保管信号弹的手下应了一声，然而刚刚将发令枪举起，便感觉手臂一冷，低头一看，自己的半只手都掉了下来。

第十六章　同学相见，逃离缘由

巨大的痛感潮水般蔓延，将他的神智吞没，两眼一黑，便下意识地大声喊叫起来，其声音之凄厉，宛如鬼叫。变故骤生，老夜等人心中也是震撼，下意识地聚拢在一起，朝着空荡荡地四处望去，却并没有发现任何异常。

经验老到的老夜刹那间便想明白了这里面的奥妙，大声示警道："不对，有鬼！"

此言一出，立即有人从怀中掏出一把祭炼过的鱼骨粉，往前方和周围一撒，便瞧见一个带着甜甜笑容的可爱小娃娃，正朝着这边扑来。老夜心中大恸，从腰间哆哆嗦嗦摸出一张珍贵的纸符来，猛然一搓，一条赤红色的火蛇在周身燃起，将众人围住，以护周全。

鱼头帮的精锐骨干长年在水中讨生活，经常与水鬼争夺生存空间，寻常鬼物见得也多，自然有一套应对之法。当下也不惊慌，举牌的举牌，念咒的念咒，脚踏罡步腾挪不休，一时间十分热闹。朵朵刚才只是不让这些家伙召集人手，倒也没有痛下杀手的意思，显了形之后，反而往后退开，不与这帮人纠缠。

朵朵一退，这伙人只道是自己气势如虹，这小鬼儿也怕了。老夜似乎见多识广，咬了一口中指，将纯阳指血抹在了自己的眼皮子上面，眯眼一瞧，不由得心花怒放，招呼左右道："兄弟们，这个小女孩可不是凡物，似鬼非鬼、似妖非妖，这样的灵物万中无一，异常珍贵，咱们可是要走大运道了呢！"

他这般欣喜地说着，右手一勾，那符纸所化出来的火蛇便在空中一阵翻滚，朝着朵朵束缚过去。老夜这符箓极为不凡，想来也是压箱底的绝活儿。然而让他万万没有想到的是，那白色火蛇刚刚抵临这小女孩的身前，还没有施展淫威，那女孩儿突然伸出了一个兰花指，轻轻一抖，一股浓黑如墨的水滴从她的指尖渗出来，与那白色火蛇轻轻对撞在了一起。

让场中大部分人瞠目结舌的一幕出现了，白色火蛇与那黑色水滴一接触，立刻活性丧失，挣扎了三两下之后，竟然消散于虚无，再无踪影。

小女孩儿轻描淡写化去符火，让俯身前冲的老夜吓了一跳，旁边几位跃跃欲试的鱼头帮众也都脚步一收。此刻，老夜感觉身后气息一扬，下意识地往旁边退开，却见挟持着杨振鑫的那个帮众身子一震，软绵绵地倒在了地上，一个身材火爆的女孩子将杨振鑫接住，朝着后面退开。

老夜心中一颤，拔出了一把定制长刀，朝着那个女子身上斩去，口中大叫道："莫走！"作为深得鱼头帮姚老大信任的大头目，老夜的身手自然是极好的。身子宛若奔马，长刀如雪，洒落一片光华。然而此刻，草丛中突然冒出一个身影，刺出一剑。

此剑如电。只一剑，老夜手中的长刀便立刻断了，碎成了两截。

出剑之人，自然是潜伏已久的我。老夜此人的修为极高，倘若不能够先发制人，一举拿下，此后必然麻烦得要命。所以在朵朵和小妖两人相继出手之后，我便再也没有隐藏身形。老夜手中的长刀被我一举斩断，紧接着，剑尖朝着他的喉咙处抹去。

老夜一照面便认出了我，然而他那一声"张建"还没有出口，鬼剑斜斜一抹，仿佛一道闪电，一剑封喉，将他所有的疑问和不解，都封在了他鼓起的双眼之中。

一招毙敌，我唤出肥虫子将剩下几人也迅速灭了口。做这种活计，肥虫子比我纯熟，三两下，追兵便永远地闭上了眼睛。当所有人都倒下之后，虎皮猫大人从黑暗中钻了出来，呼唤朵朵道："将他们的天魂吞噬，不要让后续者从亡者身上找到线索。"

真正厉害的人物，能够凭借死者一缕残魂来推断当时发生的情况。更有甚至，仅仅是身处现场，凭借着周遭的气息残留，便能够在大脑中模拟出几小时甚至几天之前的事情来。我刚才露了面，便不得不防，需将这些隐患掐灭在萌芽状态中。

正忙活着，突然地下传来一声弱弱的呼声："你，你是阿左？"

我低头，瞧见刚才昏死过去的杨振鑫又醒了过来，当真是一条硬汉。我将他从地上扶了起来，招呼肥虫子过来给他解去寒毒，笑吟吟地说道："振鑫，是我。那年匆匆一别，说好要一起喝酒的，没想到你转眼又无影无踪了，搞得我们到现在才能见面，有没有感觉到意外啊？"

此刻的我虽然还是张建的模样，然而朵朵、小妖等却将我的身份暴露无遗，于是也不隐瞒，将他与总部失去联系，我们被临时派来卧底的事情简单跟他说明。杨振鑫听闻，紧紧抓着我的手，激动不已："我说怎么感觉你们两个怪怪的呢，原来如此。不过太像了，跟真的几乎没有什么区别。唉，毕业之后也有十年了，想不到你为了我，竟然这么冒险，阿左，"

我笑了说："都是兄弟，我总不能看到你死在这个山窝窝里面吧？再说了，咱们是一个战壕的同志，都是工作安排，谈不上这些东西。"

两人好是一番感慨。我心中疑惑，于是道："振鑫，你不是已经过了搜魂术那一关么，为什么不能够再拖几天，待尘埃落定了再离开呢？"听到我的疑问，杨振鑫一声苦笑，说："你们以为我中了搜魂术，什么都没有交代，我自己也是这么认为的。然而昨天中午，我隐隐找到了一些遗失的记忆，得知其实我并没有过魅魔那一关，身份早就已经暴露了。他们之所以会容忍我到现在，是因为想查探你们的底细呢。"

杨振鑫的话说得我不寒而栗，作为最擅长蛊惑人心的魅魔，她对于此类邪术的研究并非常人能比，杨振鑫被王姗情怀疑之后，魅魔搜魂，自然已经将他的底细查探清楚了。本来想着直接杀人灭口，只可惜当时我们已经到了，指名点姓地要他，所以才留下了一条小命。

之后他们又将杨振鑫记忆篡改，邪灵教打得一手好算盘，差一点儿就阴到了我们。却未料杨振鑫意志极为坚定，很快就发现了不对劲，而且在得知前来接头的张建和高海军并非本人之后，便萌生了去意。想着即使死掉，也要成全计划，故而趁着阳朔鸿庐出逃的机会，一起夺路而逃。

听得老同学将事情的来龙去脉给解释完全，我的心中充满敬佩。或许杨振鑫的身手修为远逊于我，但是在人格上，我却感觉他是那么的高大。既然已经逃脱出来，我便不想杨振鑫再受到伤害，要护送其离开，然而他并不肯，非要我依计划去卧底，不要因为他这将死之人，耽搁全盘任务。

我自然不愿，双方好是一番争执，最后商定将其带到山壁岩洞暂避，由虎皮猫大人照顾他的周全，我继续与虎谋皮，他这才罢休。商议完毕，虎皮猫大人在此处的山壁上找到一个鹰巢，由小妖拎着他入住，而给养也暂时只能搜刮死者的。至于老夜这5个家伙，肥虫子则在附近找到了一个深不见底的洞子，直接抛尸下去。

干完这些事，我们赶回瀑布处。突然听到刺耳的喊叫声和搏斗声从山那边传过来，我下意识地将两个朵朵都召集回来，窝在草丛中蹲伏片刻，便听到有人吹起了凄厉的哨声求援。

第十七章 黑雾巨兽，似是故友

随着哨声，还有一发信号弹。

信号弹里的镁粉和铝粉在氧化剂的帮助下急剧燃烧，产生出几千度的高温以及耀眼的光芒，将半个夜空都给照亮。这光亮足足持续了半分钟，我瞧见在对面那座高峰的山脊上，有一队人飞速朝着前面的树林子冲来，而另外一个方向，也有哨声应和，还有声线稍细的声音在大声呼喊。

一支穿云箭，千军万马来相见。邪灵教在这一瞬间表现出来的动员能力当真让人刮目相看，半分钟的时间里，原本静寂无声的山谷突然就变得热闹起来，超过三支队伍对此作了响应。当然，这也跟入山的搜寻小队素质普遍比较高有关系。

如此动静，我再停留原地，倘若被人瞧见了，难免会被认为是心中有鬼。我朝山崖间看了一眼，感觉有虎皮猫大人的照应，杨振鑫应该是挂不了，于是将小妖、朵朵和鬼剑都收了起来，肥虫子纳入体内，然后去溪流边洗了洗手，将身上的血腥味冲淡一些，再潜身入林，朝着求救的方向摸去。

相隔的距离并不算远，翻过一个山头，便感觉前面出现了动静。有人在相互追逐，不过脚下的泥地有一种诡异的抖动，偶尔还会有树木倒塌，以及不知名的野兽嗥叫声传来。

我犯不着为邪灵教拼死拼活地死磕，于是驻足在山脊之上，踮着脚，小心地朝着山下观察。突然感觉到身后一凉，下意识地朝后面扭头看去，一道黑影已将我给重重扑倒在地。

我浑身绷紧，正待反击，然而瞧见了那人的面容后，却是放弃了决战到底的心思，勉强抵挡一番，便给按翻了在厚厚的落叶层中。我的脖子突然一凉，这是一把锋利至极的弯刀，这种刀子通常是为了在水下使用，所以设计和锻造的过程极符合力学的美感，刀锋口薄如蝉翼，压在了我的大动脉上，稍微一用力，那鲜血便立即喷涌而出。

一股湿热的气息喷在我的脸上，这人嘴里面嚼着烟熏味的槟榔，有一股浓重的刺激性气味，让人闻到了感觉有些头晕。接着那人在我的耳边轻轻问道："你在这里干什么，怎么只有你一个人？"

我夜能视物，晓得压在我身上的这人正是鱼头帮的姚老大。此人的手段了得，眼光也精准，我刚才倘若是流露出了远远超出张建的力量，只怕已经露了馅，故而才会束手待擒。听得他这般平淡地问起，我知道自己的答案倘若不能令他满意，只怕就要死于那一把薄薄的弯刀之下。

不过我早有准备，将与众人分开之前的事情快速表达出来，然后说自己之所以会出现在这里，是因为迷了路，刚才听到信号，便匆匆赶来了。

我这番解释平心静气，除了表现出被刀子逼着的紧张之外，倒也合情合理，挑不出错来。姚老大将信将疑地收起了手中弯刀，将我给扶了起来，再次确认道："王姗情那娘们儿先行前往，而你们则遇到了一整队的死者，最后你在断后的时候与众人分散了？"我很认真地确认，说是，就是在那溪水的下游位置。

姚老大一挥手，旁边一个人递过来一块槟榔，他说道："这个地方的蛇虫鼠蚁的确多，先前没有备上防治的药物，也是因为太过于着急了，考虑不周全。这槟榔是特制的，通过咀嚼产生刺激性气味，吃一颗便能够让蛇虫绕路。你既然找不到队伍了，便先跟着我们。"

他话还没有说完，突然山下的林子里又传来一阵野兽的叫声，老鱼头背脊一弓，也不嘱咐，直接朝着坡下冲去。老鱼头一动，下面的人便蜂拥而出，这一队人马足有十来人，人多势众，我将那槟榔嚼在嘴里，装腔作势，跟在队伍的末尾朝山下冲。不多时便从山脊冲到了林子里，我感觉有个脸上长着青色胎记的家伙总是跟在我的身后，知道老鱼头并没有相信我，防着一手呢。

不过这也无妨，反正杨振鑫的安全已经有了保证，至于到底是何方神圣在对邪灵教下手，其实跟我没有关系。抱着这样打酱油的心态，我一身轻松。冲进林间不多时，发现前面的人开始往回退，我们后面的不知道发生了什么事情，大声质问。只听到前面的人大声示警，说遇到了怪物，已经跟姚帮主接上了手，让我们分散开来，不要集中，免得被践踏而死。

这十来个跟着老鱼头的，自然都是鱼头帮中精锐，行动十分有序，我被那个青面男紧紧盯着，也不好退开，于是跟着众人往两边的林子里散开去。

当时的场面颇为混乱。我刚刚在一颗巨大的樟树旁安顿下来，便听到前面一声惨叫，接着大树倒塌的声音便传了过来。我抬头一看，一株几十米高的大树朝我们这边倒来，连忙向旁边躲开。那树干重重砸落，破碎的木屑和枝条飞起。就在这时，我感觉到一股浓重的黑暗气息从左边蔓延而来，抬头一看，居然有一块巨大的小山丘，朝着我这边飞快移动。

能移动的，自然不是死物。那东西身体硕大，头尾细长，有点儿像是恐龙时代的长颈龙，不过比起那温顺沉重的恐龙大哥，此物移动的速度极为恐怖，时而腾空跳跃，时而横冲直撞，将山林弄得一片狼藉。

我瞧着那头狂奔而来的巨兽，想起先前老秦跟我讲的传说，难道这东西，果真是从那万丈深坑之中爬出来的莽山鳄龙？

我这边想要看得仔细，巨兽已然冲到我的跟前，那个一直辍着我的青脸男吓得脸色发白，一边朝旁边退开，一边我大叫："闪开，快闪开啊！"说话间，巨兽已至。

我瞧见这怪物拥有一身黑色的鳞甲，以及呈圆筒状的脑袋和修长的鼻喙，越看越像我记忆中的一种兽类。

终于，那巨兽长长的鼻子终于携着巨大的冲击力拱到了我的身前，观察完毕的我并没有如其他人想象的往后倒飞，而是顺着它的鼻梁，箭步冲上了它黑雾萦绕的背脊之上。我的双脚不断交替，从这头巨兽的身上踩过去，感知到淹没脚踝的黑雾里面，充斥着深渊黑暗的气息以及一种熟悉感。

我冲到背脊之上，瞧见老鱼头已在上面，正持着那把长而薄的弯刀去刺，然而让他郁闷的是，刀子虽然锋利，然而我们脚下那畜生的一身皮肤如铠甲，根本就无从下手。瞧见我冲了上来，老鱼头的脸色似乎好了一些，朝我喊，说背上刺不穿，要到前面去，找柔弱的地方攻击，比如眼睛或者鼻孔。

他这般说着，身后突然冒出来一道黑色肉鞭，是这巨兽的尾部，在空中打了一个炸响，朝老鱼头的身子卷来。

老鱼头在这颠簸不定的背脊之上不断调整着身体的平衡，但是没有找到合适的机会，见尾鞭甩来，他便直接飞跃到了树上去暂避锋芒。脚下这巨兽对我的威胁并不算大，倘若真的打起了火气，我未必没有办法，然而此时此刻，我完全没有必要，于是卖了一个破绽，直接扑倒在了旁边的草丛中。

老鱼头再次飞跃上去，与其纠缠不休。这时，旁边的鱼头帮众终于接应到了发出信号的小队，却是苏起带领的娘子军，这些女人穿着黑色劲装，将身材勾勒得颇为火爆，只可惜那巨兽却并无怜香惜玉的心思，八人死了五个，剩下三个也吓得魂飞魄散。

老鱼头的到来结束了一面倒的境况，在坚持了一刻钟后，另外一个重量级人物魅魔也登场了。此外，附近的几个队伍纷纷赶来。这里面也包括杂毛小道等人，他瞧见我，十分高兴，走过来与我打过招呼，这才往战斗最激烈的地方瞧了一眼，不由得惊讶地低声喊道："这不是食蚁兽么，怎么这么大啊？"

第十八章　巨兽陨落，渔翁姗情

能够与那巨大食蚁兽交战的，除了老鱼头和魅魔之外，还有三两个邪灵教高手，这些人身手敏捷，不断地在食蚁兽周围游走，彼此配合，进退有度，打得倒也有声有色。

与杂毛小道在一起的还有老秦和莫小暖，见到我他们也十分高兴，拉着我说了许多废话。杂毛小道也终于找到了与我秘语的时机，低声问我找到人了没有。

我点头说一切安好。杂毛小道长长地舒了一口气，拍了拍我的肩膀，也没有再多说。

战斗依旧在继续，巨兽无论是背脊还是腹部的皮肤，都是厚厚的鳞甲，外面还裹覆着古怪的黑雾，一时之间谁都拿这肉疙瘩没有办法。不过他们的努力也并非没有成效，一众高手利用现成的鲜血和骨头，在巨兽周围布置出了一个锁阴阵，将巨兽的气息给封住，不让其游走。当意识到被困住之后，巨兽暴躁不已，不断地将附近的树木撞倒，硬是在树林里开辟出一片平地来。

从老鱼头的出现开始算起，交战的时间已有半个小时，所有人期待的变故终于出现了。一个面目模糊的鬼灵从西面摇摇晃晃地飞了过来，双手还抓着一具尸体，地喊道："我终于抓到了一个，看看，这是那第三个叛徒！"

它将那个被撕扯成一堆碎肉的家伙扔在树林边缘，然后像苍蝇一般飞了过来。瞧着战场中心，它厉声大叫，说我来了，这个大个儿归我。这小鬼像轰炸机一般从树林上空俯冲下来，朝着暴躁不安的食蚁兽脑袋冲去。魅魔瞧见了，大声阻止道："别过去，有魔气！"

所谓魔气，其实便是浓重的深渊黑雾，这东西充满了怨力、愤怒和所有一切的负面情绪，一个不小心，便会被淹没神识，成为一头只知道杀戮的工具。王姗情此刻虽然人不像人，鬼不像鬼，但是贸然葬送在这里，也并非邪灵教高层所愿意看到的。

然而王姗情却并未停止，而是顺着那张开的巨嘴，一头扎进了食蚁兽的体内。让人惊奇的是，王姗情这小鬼钻入其嘴中，那暴躁不安的家伙终于停歇下来，轰隆一声响翻身躺倒在地，那踩碎无数人脑壳的爪子朝天竖起，发出声声哀鸣。

有戏？

高手在意的就是那转瞬即逝的机会，瞧见王姗情冲击得手，老鱼头和魅魔在第一时间便反应过来。魅魔口中咒语不休，一股隐约的力量从她的双腿之间洋溢上来，粉红色的光圈出现在她的身后，激发出诡异的神采，当她的双脚踩在那巨兽的小腹处时，这魔女将右手高高举起，在其下腹处遥遥地画了一个圈儿。

魅魔门下的女弟子有许多人惨死于此巨兽的巨掌之下，此番又被纠缠许久，早就是一肚子怒意。此番虽然是在空中画出一圈，却仿佛推动了整个世界一般沉重而缓慢。她的这番动作完成之后，巨兽的小腹处竟然凭空出现了一个一模一样的伤口，里面的鲜血倾泻而出。

不出我的意料，那飞溅而出的鲜血果真是那黑暗生物的蓝色。

魅魔一招得手，我和杂毛小道面面相觑。这凭空一画圆，其意境竟然与杂毛小道的虹光虚空斩有几分神似。姚雪清也不甘示弱，在魅魔得手的刹那，他从怀中掏出三根特殊炼制过的鲥鱼干，双手一搓，立刻滚烫如火，将其射入那伤口处。

下一秒，有几股不定的力量在巨兽腹中骤然生成，仿佛肚子中有一个硕大的圆球，而就是这力量，将巨兽折磨得奄奄一息，失去了最后反抗的气力。

我们在林子远处瞧着，从前方人群的口中得知这一招的名称，叫作"红烧鲥鱼"，是利用特殊炼制过的鲥鱼，将巨兽的灵魂给吞噬干净，其过程宛如红烧烹煮，极为痛苦。

这时的天色已经到了最黑暗的时分，我们在远处等待着结果。突然听到一声雷鸣般的轰响，在山脉之间来回震荡。前面的人群发出了巨大的喧哗声，我爬上树梢去看。树林空地上原本如同小山丘一般庞大的巨兽身形已经消失不见，取而代之的是一团巨大的黑雾，不断地旋转，逐渐减小，在这黑雾之中似乎有一个纤细的人形，一个长相颇不错的美女。瞧见这个女人，我差一点就要从树梢上掉下来。

王姗情！

这个死女人到底是走了什么狗屎运，居然在这种情况下，还得到了好处。竟然吸纳了巨兽身上浓重的深渊之气，成为自己塑形的力量。瞧着她此刻皮肤宛如非洲来客的身子里，隐隐藏着许多不可预知的因素，旁边许多人都感到不安和心烦意燥。

王姗情的大难不死，让老鱼头和魅魔也感到十分意外，上前与之交流。我们离得比较远，并没有听到他们的交谈，但是我却能够看到姚雪清的脸上充满了惊诧和意外，表情十分丰富。

十分钟后，双方终于停止了谈话。老鱼头召集前来的所有人说："这一头从深渊中来的巨兽已经被消灭了，原阒魔大人的首席女弟子王姗情厥功至伟。这次阳朔鸿庐的私自逃离事件，给厄德勒带来了巨大的损失，虽然这三人已经死去，但是相关的责任人还是要追究。除了这三人，另外还有一个逃离的叛徒没有找到，一会儿将在场的人分为两部分，一部分人返回驻地，另外一部分人则继续留在山里搜寻叛徒的下落，以及收拢死者的遗体。"

随后他念起了分组名单，我和杂毛小道被分在了随大部队返回基地的人员当中。在老鱼头讲话的时候，我注意到王姗情已然没有踪影，不知道去哪儿了。另外还有一个事情，就是那头巨兽并非消失不见，而是变了小，如正常的食蚁兽那般，尸体被人用布袋装着，准备带回去研究。

姚雪清讲完话，场中所有人开始自动分为两组，我们跟着大部队折返，一路无话。

到达驻地的时候，天色已经初明。还没有来得及放下手头的东西去饭堂里填补肚皮，便有人过来，将我们隔离，并且有专人与我们进行谈话，审核昨天夜里的经历。一切手续，比特勤局还显正规。

我昨夜虽然单独行动了一段时间，但是其余时间都有人证，并且也没有什么把柄被人抓到，故而很容易就过了关。洗完澡之后，我和杂毛小道去饭堂吃早餐，听到他们传闻几个坏消息，其中就有关于麻二的队伍全灭和老夜的队伍失踪之事。

我和杂毛小道在桃花树下啃包子，谈及昨日的事情，他突然说道："小毒物，你有没有感觉，那头食蚁兽，跟贾微扔入深渊的小黑怎么那么相像啊？"

第十九章　随队转移，车中同行

邪灵教在山里找了一晚上，也没有找到杨振鑫。由于这一点，经过鱼头帮姚老大、魅魔和翟丹枫，以及一众邪灵教负责人的紧急磋商，所有集聚在此处的邪灵教教徒都需要立即转移，邪术设备能转移的就转移，能销毁的就销毁，只留下外围人员，在此观望。

邪灵教长期设点于此，相关的行动都是有过预案的，所以这种事情并不需要我们来操心，在被通知将自己的行李准备妥当之后，我们一直都在等待。下午开来几辆大巴车，将我们这些人接走，而在此之前，三巨头及其亲信随员都先一步撤离了。

坐在车上，从车窗中我瞧见孤儿院的学生也都在操场中集合。这里共分好几个班，差不多有近两百号人。瞧见这些生机勃勃的孩子，看到他们那一双双黢黑的眼睛，我的心中有些酸楚，越发坚定了要将这个邪恶的组织给消灭干净的决心。

客车没开，有人上来讲解，说现在准备前往集会地点，在这一段时间全程实行封闭式管理，不得随意打探关于目的地的任何信息，不得私自与外界联络，任何反常的行为都需要与联络人进行沟通，一旦违反规定，必会受到执法队的全力攻击，格杀勿论。

这是一个留着浓密络腮胡子的中年男人，目光锐利且凶狠。他手上拿着一叠文件，递给车上的每一个人，一边发，一边用阴寒的语调说道："谁要是不明白，可以现在提问；要是受不了，那就给我下车，会有专门的人过来送你们回来的地方。"

这个中年络腮胡修为极高，在早上，我们便知道他是这间聋哑学校的校长。这一次的事件导致此处将要无限期关闭，怎么叫他不恼怒呢？所以脾气不好，也是可以理解的。

在确认无误之后，络腮胡下了车，然后大巴车驶离学校，沿着弯弯曲曲的山路，朝着山外行去。我本来有心记路的，结果扭头一瞧，杂毛小道这厮居然两眼一闭，不管不顾，直接睡起觉来。估计此后还会进行多次转移，我也不能一直这般守着，于是也阖目而眠。修为到了我和杂毛小道这个程度，那是一羽不能加，蝇虫不能落，即便是在睡梦中，也不可能会被人偷袭到，故而也没有太多担心。

如此行了一个多小时，有人叫睡得迷糊的我们下车，告诉我们需要换乘交通工具。我和杂毛小道随着人流下车，瞧着大巴车旁边停着十几辆轿车，各式各样，普遍都是价格中档的日系车。有人招呼下车的诸人分组上车，我和杂毛小道站在大巴车门旁边，突然听到有人招呼我们，是昨夜与我们同组的魅魔弟子莫小暖。

她是魅魔的嫡系，提前到达，充当联络人员。她把我和杂毛小道领到了停车场附近的小房间里。推开门，瞧见魅魔正在里面跟人打电话，瞧见了我们，她匆匆结束，然后走到我们面前来，上下打量了我们一眼，问候道："累了吧？"

我们哪里敢抱怨，连忙摇头。魅魔说："你们的联络人杨振鑫，在这一次事件中离奇失踪，到现在都没有消息，要么是死了，要么就是投靠了官方，你们怎么看？"

杂毛小道闷哼一声，装腔作势地说道："死了最好，他俩若是卖友求荣，不用你们出手，老子亲自把他给活剐了！"

这家伙是实打实的街头演技派，而我则磨着牙，不说话。杂毛小道的表态让魅魔很满意，她点了点头说："现在具体的情况我们也还不晓得。不过这段时间你们是暂时回不去了，也不要跟以前的朋友联络，等过了风头，你们再回去另起炉灶，说不定还能够青出于蓝而胜于蓝。"

张建和高海军都是闽魔收养的孤儿，在会州乡下也没有家室，除了一点儿家业和几个野鸳鸯，倒是没有什么好牵挂的。我在旁边点头，说："男子汉大丈夫，赤条条地来，赤条条地走，哪里有什么讲究。这回既然能够给小佛爷和魅魔大人您做事了，家里面的那些破烂，谁爱要谁要。"

我和杂毛小道在这儿表衷心，魅魔听了自然是心里舒畅，她安慰了我们几句，突然话锋一转，含笑说道："今天把你们两个单独叫过来见面呢，主要是想带你们见一个人。"

见什么人？

我和杂毛小道不知道魅魔究竟想要说什么，不过她没有卖关子，拍拍手，结果从房间的另外一个门中走过来一个黑风衣。黑风衣将自己包裹得严严实实，走到面前时才将遮在脸上的围巾取下来，露出一张苍白的脸来。这是一个眉目间颇为妩媚的漂亮女人，只是脸白如纸，一双眼睛里面有着翻转不定的魔气，浓得吓人。

毫无疑问，这是一张鬼脸，不过让我惊讶的是，这个黑风衣就是昨夜杀入巨兽体内的王姗情。

双方都是老熟人，其实也没有什么必要再次介绍，魅魔之所以弄这么一出，主要的目的也就是要确定王姗情在闽粤鸿庐一脉的首席地位。看来在此之前，王姗情和三巨头已经达成了协议，由她，而不是张建和高海军，来接收闽魔留下的政治遗产。而王姗情因为怕我和杂毛小道并非真正的心服口服，所以才会借着魅魔之势来逼我们就范。在魅魔的介绍中，我们得知这贱人已经吸纳了许多深渊之力，一身修为直追邪灵教的一线强者，希望我们能够配合它，重建闽粤鸿庐的辉煌。

听到这话儿，我和杂毛小道表面唯唯诺诺，心里面却笑开了花儿。王姗情对于那个领头的位置志在必得，心思都放在了这上面，然而对于我和杂毛小道来说，却根本没有什么好争的，还不如表达出足够的善意，获取信任。

于是乎，双方一拍即合，在魅魔面前演绎了一场师姐弟情深的戏码，其乐融融，好不感人。魅魔本来还担心我和杂毛小道反弹，却不料身为西贝货的我们两个，对于王姗情这个人不人、鬼不鬼的家伙有着那么深刻的认同感，这才放下心来。对我们好言宽慰，说到了地方，一定请小佛爷对我们夸奖一番，以后有什么好处，都不会忘记我们。

听到此言，王姗情又带着我俩对魅魔表示了最深的敬意，杂毛小道甚至毫无廉耻地表示出了对魅魔的敬仰和倾慕之意，逗得魅魔像个十六岁小女孩一般咯咯直笑。

在确定了王姗情的领导地位之后，魅魔便没有心情再与我们多做交谈。出了这个房间，外面天阴沉沉的，王姗情将自己裹得严严实实，竟然已能够与我们同行。

莫小暖安排我们乘坐的是一款白色的别克七座商务车，同行的除了我、杂毛小道和恢复人形的王姗情之外，还有她和另外两个魅魔弟子，至于司机，居然就是昨日跟我们进莽山天坑的鱼头帮老秦，多少也算是熟人。

这个时候的停车场上只有寥寥几辆车了，老秦发动汽车，带着我们在附近一个县城绕了几圈，然后朝着西北方向前行。

上了车，莫小暖等对我和杂毛小道颇感兴趣，然而却有些忧将身子裹得严实的王姗情，来回瞧了几次，也张不开口，都安静地闭目而眠。然而她们不语，王姗情却跟我们这两个未来的"手下大将"谈起心来，说道："你们两个，有没有深入了解过陆左这个人呢？"

第二十章　邪灵评价，突然袭击

　　骤然听到王姗情的提问，我和杂毛小道都有些发愣，不知道她为何要这般问起，难道我们什么地方没有掩饰住，露出了马脚？

　　可能是觉得自己的话有些没头没脑，王姗情呵呵一笑，解释道："陆左和萧克明，这两个人固然是我们的杀师仇人，但是想要报仇，就必须深入了解他们，而不是凭着别人的道听途说，人云亦云。否则只怕我们最后的结果，也好不过南洋萨库朗的王万青。除此之外，重建闽粤鸿庐，联系南方省诸多失去联系的教友，除了掌管东南的特勤局大头目陈老魔之外，这两个人也是我们必须要面对的家伙。"

　　听得王姗情这般解释，我倒是来了兴趣，按着当初与张建接触时的说法叙述道："那个陆左，不过就是乡下来的穷小子，走了些狗屎运，遇见贵人，所以才能够崭露头角；倒是那个萧克明，据说是茅山掌教陶晋鸿的弟子，应该是个难缠的角色。"

　　"呵、呵、呵……"

　　王姗情冷笑着，仿佛在表达不满，也似乎在自嘲，说："这就是你对于陆左的评价？难道你觉得将闽师陷于死地的家伙，只是凭运气？"杂毛小道颇为配合，说："难道不是么，当初要不是师父与镇虎门那老乌龟拼得两败俱伤，不得已引入了魔功疗伤，会被那些人钻了空子？"

　　我们争论得热闹，前面假寐的莫小暖也来了兴致，探头过来说道："高师哥，你可别小瞧了那个陆左，这个人是当年苗疆禁地青山界出身的苗人，他隔代师承了汉蛊王洛十八，那可是百年前三大天才之一！此人一路如同彗星崛起，早已经不是当年模样，便是我师父，也曾在他手下吃亏，被斩断一臂。上次左使路过我们这儿，曾言东南大患，不在陈老魔，而在左道。陈老魔心计可怕，但是他的修为当年被王左使重创，至今犹未恢复巅峰，而左道两人的实力经过不断磨砺，俨然大家。现在流传着一种说法，就是他们的实力已经逼近了正道自封的十大之流。"

　　"这怎么可能？"

　　杂毛小道这回倒是没有演戏，而是谦虚地说道："这两个家伙说到底也只是江湖后辈，倘若说'年轻一代的翘楚'，这倒还可以理解。那正道十大高手是何等人物？上有陶晋鸿、善扬真人这样的擎天巨柱，中有无尘真人这般的道门宿老，还有一字剑这等江湖奇侠，哪里是这二人所能及的？太夸张了，小暖，你这是长他人志气，灭自己威风啊！"

　　我们的那点儿名声，都是心怀不轨之人在暗地里推波助澜。此捧杀之策，给我和杂毛小道惹来了无数麻烦，不过在外人眼中，却已经在那被刻意渲染的一份份战绩中坐实。

听得杂毛小道的反驳，王姗情用一种格外阴沉的语调说道："她说的话，虽有夸张，但到底还是有些依据。那陆左，本身拥有古耶朗秘术炼制的本命金蚕蛊，一旦激发，对于低端修行者来说，无疑是一场灾难，以他之力，倘若使用得当，足以迎战一支军队；此人另外修行了巫蛊秘术，力大无穷，身手又都是生死之间领悟出来的手段，狠戾果决。除此之外，此人还有一个外表可爱、修为恐怖的癸水鬼妖，一个常伴身侧的玉胎妖精，以及许多秘术灵物，倘若是集合在一起，别说我们，便是十二魔星之辈，只怕骤然间也抵挡不得。"

王姗情很肯定地说起十二魔星也及不上我陆左的定论，语气确凿，又有前证，莫小暖和另外两个魅魔弟子也说不出什么反驳的话语，毕竟魅魔断臂在前。面对着我们的不服，王姗情再次说道："这还不是最可怕的事情，你们知道，最可怕的事情是什么吗？"

我摇头，表示不解，而王姗情则咬牙切齿地说道："最可怕的事情，是左道两人从来都是焦不离孟、孟不离焦，好得跟基佬一般。你们虽然知道萧克明是陶晋鸿弟子，却不晓得，这个家伙已内定为下一代茅山掌教，茅山所有秘不外传的雷阳天罚之术，他皆有所传承。更有甚者，除了陶晋鸿之外，他还有一个记名师父，那便是当年的天下符王李道子。"

说到这儿，伴随着莫小暖和同门师妹的惊叹声，王姗情也长声叹道："你说说，这样两个家伙，再加上深谋远虑、狡诈如狐的陈老魔，这样的铁三角，要怎样才能战胜他们呢？"

这一声叹息，颇有一种无力回天的惆怅感。被人在背地里这般"夸奖"，我除了感觉自己的情报差不多都被敌方掌握之外，多少也有些不好意思。莫小暖却和两位师妹犯起了花痴，说虽然是敌人，但如此传奇，好想认识这两个人呢，不知道他们长得怎么样，应该很帅吧？

这三个小美女跳起艳舞来魅惑众生，自信洒脱，然而此刻却很萌。王姗情似乎寂寞太久，竟然也有了谈兴，接着这话茬说道："其实都很普通，萧克明这人乍一看有些油头粉面、虚头巴脑的，不像个好人，不过接触久了，会发现此人城府颇深，是个老奸巨猾的角色。论起长相，陆左倒是比他帅一些，只是也勉强。他虽然修为厉害，但却长了一张娃娃脸，不晓得他的人，还以为是个还在上学的大学生呢。"

王姗情说这些话的时候，语气不知不觉便轻柔起来，仿佛是追忆往事，青春不堪回首的感觉。莫小暖等人觉得不可思议，说："怎么可能，这样的大人物，自然都是相貌雄奇、伟岸无比的，怎么听你这口气，好像跟他们很熟似的？"

人因亲近而懈怠，说了好一会儿话，莫小暖对这阴气森森的王姗情也没有了太多的惧怕之心。面对着这些质疑，王姗情用手挑了一下刘海，一双魔云翻滚的眸子里竟然隐有泪光，淡淡地说道："对啊，说起来，我以前还是陆左的女友呢。"

这一句话出口，不但莫小暖等人惊得失声大叫，便是我和杂毛小道也是给雷得七窍生烟。

看见杂毛小道目光中投射过来的诡异笑意，我摸了摸鼻子，想死的心都有。好吧，我承认王姗情以前在东官饰品店给我打工的时候确实是喜欢过我，但是我对她从不来电。再加上阿根表现出对她极大的兴趣，所以彼此之间只是最纯粹的上下级关系，至于前女友这回事，真的是她在胡扯了。

然而王姗情却并不知道她口中的那个前男友正在自己的身边，开始给莫小暖和我们几人讲起了那些子虚乌有的幸福往事，她与陆左如何相知相恋、如何互生怀疑、如何刀兵相向……这狗血故事那叫一个曲折离奇，让魅魔几个女弟子只听得荡气回肠，激动不已，也使得这个坐在车后如同鬼魅的恐怖鬼物，平添了几许人情味儿。

作为被实力接近十大高手的新贵陆左抛弃的前女友，这个身份很明显要比那个被混子男友玩弄后逼迫下海做小姐的经历，来得体面和富有传奇。经过这般加工，再加上阅魔首席女徒的出身，此刻的王姗情，说不定就是下一个岷山老母。

说实话，我很不喜欢自作聪明且权力欲望强烈的女人，然而却不得不在杂毛小道嘲弄的笑声中委与虚蛇。这一路上别提有多别扭，此中苦楚，不必多言。

车子时而上高速，时而走入乡间野道。景色飞快地朝着后方退去，我感觉虽然主体在朝着一个方向前进，但是更多的时间却是在绕路。如此谨慎，显示出邪灵教自成员逃离事件之后，是多么的小心。如此的行为多了，我便也没有再理会，而是将身子缩着，收敛气息，闭目假眠。

如此又过许久，我和杂毛小道默契十足，轮流休息，倒也没有什么意外。到了夜里，车子开到了荒郊野岭一处颇为宽敞的院落，方位不明，但我瞧见先前出发的那十几辆车也陆续驶入，院子里有人在大声喊话，我耳朵灵，隐约听到一句话："……搜查，但凡发现可疑物品，一律格杀勿论！"

听到这句话，我下意识地往怀里一摸，心脏剧烈跳动起来——八宝囊！

第二十一章　高手频出，左使陡现

八宝囊的造型如同一个破旧的护身符，外表显得十分陈旧，朴实无华，一点儿都不起眼，如果不是特意研究，是发现不出什么蹊跷的。所以大师兄才会为我们求爷爷告奶奶地寻摸来了两个，而且也在初次见面审核中瞒过了鱼头帮的姚老大、魅魔以及翟丹枫。

后者的修为太差，但是前面两人皆是邪灵教的"封疆重臣"，重要支柱，眼光那可是一等一的厉害。既然能够瞒过他们，理论上来说，我们佩戴着行走于邪灵教中任何一处场所，都应该是没有问题的。

然而凡事都怕认真。邪灵教要维持目前这温情脉脉的局面和氛围，一切从宽，蒙混过关这种事情并不难。然而真正捉刀见血时，如同八宝囊这般的法器摆在面前，邪灵教中的高人未必看不出来。

既然看出来了，那好，解释一下，闵魔两个寻常弟子身上，为何会有这般贵重的法器呢？

里面装着什么，拿出来看看吧？

事情一旦走到这一步，那就只有拔刀子开干、刺刀见红的节奏了，而这样的结果显然不是辗转奔波了近千里的我和杂毛小道想要的，也不是无数为这个计划付出了心力甚至性命的人所希望看到的。

坐了大半天的车，车上的乘客们显然是厌烦了这车厢里混合着汗液和汽油味的空气，匆匆下去。瞧见我和杂毛小道都没有起身，王姗情突然将身子前倾，嘴唇贴在我的耳郭旁，轻轻地说道："张建，我怎么听到你的心跳突然在加速，你是在紧张什么？"

王姗情的嘴唇张合间碰触到我的耳朵，但是却没有普通人那种温热的气息，而是一种阴寒之气，让人感觉十分不自在。我转过头来，盯着她魔气翻腾的眸子，平静地说道："我有点紧张。难道你没有感到，在这个院子里面，有一股、或者说有一些力量，让你感觉到不自在，随时都有可能死去吗？"

听我这般说，王姗情的注意力也转移到了车窗外。很快，她的目光便被大院左边一处高高的水塔吸引住。

水塔之上，隐约矗立着一个佝偻瘦小的身影，仿佛黑暗中的守夜人，又或者一头死物，那目光平静如水，没有一点儿生气，正漫无目的地四处打量着。然而当你真正瞧过去的时候，却会立刻被一束刺目的光芒照到，满脑子里都会出现无数重叠在一起

的黑色人影以及一张面无表情的僵硬脸孔。

　　除此之外，在大院外围的黑暗中，无论是路边、墙头还是树林里，还有许多气势收敛的家伙在遥遥注视着，表现出了强大的掌控力。

　　王姗情瞧见这些，那张黑暗褪去、恢复惨白的小脸上露出了少有的严肃，低声说道："你们都小心一点儿，厄德勒的二号人物来了！"

　　"左使大人？"邪灵教作为一个教派组织，头号人物自然是掌教元帅，之下则是左右护法，十二魔星以及各鸿庐的庐主，王姗情一说到二号人物，杂毛小道便下意识地问道。

　　邪灵教的前身是白莲教，以左为尊，左使又称左护法，在以前相当于副教主的地位。倘若是掌教元帅无法发布命令，他便能代主巡狩，一人之下，万人之上，无上的威风。当年洛飞雨的外公王新鉴，便在沈老总神秘失踪之后，以此位暂摄邪灵教教务，由此可知此人地位是有多么的尊崇。

　　能够坐上这个位置的人物，自然不是易与之辈。当初此獠图谋茅山，集全茅山之力在山门之内围剿，也未伤他分毫，反而被他伤了人，带着一票兄弟轻松离去。

　　就在我们心中惶惶之际，王姗情又泼来一盆凉水："对，站在水塔上面的那个老头儿，就是左使大人。藏在暗处的那些，应该是小佛爷手下佛爷堂的直属力量，护堂十八罗汉，他们是掌教元帅从各鸿庐中甄选出来的修行天才，经过小佛爷他老人家亲自调教而成。这些人代表了厄德勒总部顶尖的防卫力量，他们忠诚、强大而冷酷，其中最强的家伙，据说比我师父还要厉害。"

　　邪灵教为祸中原，底子自然深厚无比，而王姗情已经进入了闵魔的核心圈子，知道的事情远远比张建和高海军这两个家伙要多得多。然而越是听到这些，我的心中越是寒冷。倘若被搜身识破了，我和杂毛小道能否在这重重包围中，逃脱生天呢？

　　王姗情已经把我和杂毛小道当作了她手下的马仔，大包大揽，招呼着我们下车，接受审核。而就在我心神志忑地站起来，硬着头皮准备朝车门走去的那一刻，杂毛小道突然撞上了我，那修长的手指隐蔽地伸出，摸到了我的怀里，灵巧地将八宝囊给解了下来，指间一晃，不知道藏于何处，也不与我多言，只是推我往前走。

　　我擅长于大开大阖的战阵交锋，对于腾挪转身的技巧远远不如杂毛小道，一时间也不知道他葫芦里卖了什么药。只感觉此时此刻，那八宝囊仿佛就是一颗发烫的定时炸弹，随时都有可能将我们炸得粉碎，然而这里面藏得有小妖和朵朵，她们一旦离开了我，我又感觉浑身不自在。我转身过去想询问，结果杂毛小道这个时候下车追上了王姗情，并不理会我的眼色。

　　场中空地有一盏明亮的路灯，十几个带着白色袖章的邪灵教工作人员在此等候，所有下车的人排成一列，需要将随身携带的行李交给他们进行专业的分包查验，任何不能说明来路和有意隐瞒的行为都会被隔离。除此之外，在场院旁边的房间里还有一对一的全身搜查，男对男，女对女，其细致程度比过机场安检要严格十倍。

我们到达的时候，正好有一个哥们因为不满检查人员对他菊花进行锲而不舍的查探，双方吵成一团，而就在此刻，从里间的铁门中缓步走出一个留着山羊胡的猥琐小老头来，来到那个争吵不休的家伙面前，一言不发，瞪了他一眼。

仅仅一眼，那个家伙便突然一声大叫，口吐白沫，瘫倒在了地上。

倒地的哥们应该是建福来的，不过至于什么身份，我们没有打听——即使是在邪灵教中，胡乱打听别人的身份也是一种大忌——但此人的修为并不算差，至少也能列入高手行列，却没想到竟然这般不堪，由此可见山羊胡多么厉害。

我们在检查队伍的后面，王姗情身为灵体鬼魄，一身轻松，不过还是陪在我和杂毛小道身边不走。瞧见我们好奇，便如同长辈一般给我们低声介绍："地魔，十二魔星中数一数二的人物，常年都在中枢，协助掌教元帅主持教内的思想工作，同时也负责甄别和清除叛徒。你们小心一点，这个家伙嗜杀，心狠手辣，一语不合便杀人，死在他手里的自己人，要远远多于外人。"

王姗情说着说着，慢慢地停下来。我们感觉到一阵杀意笼罩，下意识地抬头看去，却见她口中的地魔已经不再理会瘫倒在地的那个没用的家伙，而是扭过头来，盯向了我们。

此人在精神意志上面的造诣绝对是顶尖高手，仅仅是这么一瞥，便能够给我最强大的精神威压，随着他的上下打量，我感觉仿佛一条毒蛇在背脊上面游绕，心里面没来由的一阵心慌。下一秒，一阵微风吹动，那个家伙跨越十几米，直接移到了我们的近前。

王姗情似乎见过地魔，上前寒暄说："胡伯，又见面了，这两个是我师父的弟子，没见过什么世面……"

她话没说完，那地魔绷着脸与我对视几秒，然后转过头来，指着杂毛小道说道："举手！"杂毛小道顺从地将双手举起来，地魔平伸右手，虚空一抓，杂毛小道全身衣物陡然间碎裂开来，露出一条一条的碎布，一眼便能看穿。地魔瞧见这结果，有些疑惑，伸手在杂毛小道的上身摸了两把之后，突然猛回头，瞧向了我们乘坐的那辆商务车。

第二十二章　汽车旅馆，神秘失踪

地魔一出现，便剑指杂毛小道，显现出了十二分的不信任，毫不客气，也不理会王姗情的招呼，这行为让力图在我们面前显示出在总坛很吃得开的王姗情颇为恼怒，那张脸便黑了下来，接着仿佛沸腾的水，无数的泡泡充满了她那张还算是漂亮的脸庞，陡然间变得如同麻风病人一般，十分恐怖。

气势一起，王姗情便寒声质问道："地魔大人，请问我闽粤一脉，或者我师父有得罪你的地方吗？您老人家是不是觉得闽魔死了，他的门下便无人了，留下的弟子和属员，随意欺弄也是没有事情的？"

这女人的心思玲珑，一出口便站在道义的制高点上，倘若地魔一口应承下来，说不得又要惹上许多官司。不过能列入十二魔星之中翘楚，地魔这辈子吃得盐可比王姗情睡的男人要多得多，只见他笑道："小情情，转眼几月，你竟然凝结成了人形，可喜可贺。不过我这个老不死的，行事从来都只是以厄德勒的利益为第一原则，任何可能威胁到我教的事情，我都不能马虎，你说是不是这个道理？"

地魔咧嘴一笑，露出了一口参差不齐的烂牙，无比恶心，然而更恶心的是他的话语。面对着这般的埋汰，杂毛小道闷声说道："这位教内前辈，请问你将我弄成这个模样，到底又找出了什么证据呢？如果你想要我脱衣服，大可不必使用这么极端的手段，拿我来开刀，震慑别人，我自己脱便是——您这么强大，就算是为你捡肥皂，我也是甘愿的……"

杂毛小道通过这种自嘲的方式表达了自己的不满，然而面对着我们的怒视和责问，地魔却并没有在意，他冷冷笑了一声，转身朝着我们乘坐的那辆白色别克商务车走去。

我看着杂毛小道这一身被锐利的劲气撕得稀烂、顾前不顾腚的破烂布条，并没有找到八宝囊的藏处，晓得他刚才出来的时候，已经将他的和我的一起都放在了商务车的某一处地方藏匿起来。然而地魔仿佛能够预料一切，在搜查杂毛小道无果之后，竟然直接搜查起商务车来。

我的双拳捏得紧紧，想着倘若我们的八宝囊给找了出来，小妖、朵朵被发现，我定然要保证那两个丫头的安全，即便是赴死，也在所不惜。

别克商务车已锁，地魔走到跟前，手一碰到车门，电子报警立刻响起。一路充当司机的老秦也是被检查的对象，正在排队呢，瞧见这情形，屁颠屁颠儿地跑过去开门，并且帮助地魔车里车外、车盖引擎都检查了一边。这过程我感觉是那么的漫长，每一秒钟我都难熬至极。

当然，即便是心里面紧张得不行，我表面上却依旧淡定无比，默默地运着气息，脸上还充满了淡淡的嘲讽。

然而出人意料，地魔翻遍了整个别克商务车，都没有发现任何东西。这结局让我惊讶，不晓得杂毛小道到底使了什么法子，将八宝囊给弄得无踪无影了。这个情况也让地魔有些吃惊，不过他还是接受了这个结果，询问了老秦几句话之后，径直走回我们面前来，拍了拍杂毛小道的肩膀，说道："进屋去，里面有衣服！"

他这话儿说得比较轻柔，我们都以为他这般说是在表达歉意，然而下一秒，他用那一双仿佛能够看透人心的眼睛盯着我和杂毛小道两人，露出了诡异的微笑："你们两个给我小心一点，不要有什么把柄留在我的手上，要不然，我会让你们求生不得、求死不能——我以地魔之名保证！"

这话儿说完，他便没有再理会我们，朝着别人走去，继续他的审查行动。

王姗情瞧着那个老家伙，一脸不爽，低声安慰道："别理他，就是个疯子，整日整夜地琢磨人，心里面都有毛病了。他以前跟我们师父不对头，所以找我们麻烦也是可以理解的。忍一忍，等见到了小佛爷，确定下闽粤鸿庐的发展方案，我们就不用怕任何人了！"

杂毛小道心有余悸地瞧了不远处的地魔一眼，想着隔墙有耳，也不敢多言，只是小声说道："呃，还好，就是冷了点而已！"

他这般说着，王姗情上下打量了一下杂毛小道，脸上露出了颇为古怪的表情，直勾勾地说道："是啊，小高，没想到你本钱还蛮足的啊？"被一个女鬼用这般的眼神瞧着，即便是到了杂毛小道这种不要脸的程度，也感觉到了一丝羞涩，双手捂着腰间布条，谦虚道："还好，一般般而已。"

这话儿说完，他屁股一扭一扭，三步并作两步冲到了地魔所指的那个屋里面去，背后留下王姗情放荡的笑声。

杂毛小道由地魔亲自搜查，已经过关了，关于我的审查还在继续，而且还是一个一个的排队，让人郁闷。不过这气氛越是严肃，我越能够明白，现在既然把左使、地魔以及十八罗汉这般的人物都扯出来了，而且还如此严格，说明我们离目的地已然不远了，说不定明天天一亮，我们便已经到达了邪灵教的总部。事情倘若顺利，那么邪灵教的覆灭也就不远了，想到这一点，我不由得动力十足，诸多麻烦和困难便不再是事儿了。

检查完，我们被戴白袖章的工作人员领到了大院里面，在那儿我看到换了一身衣服的杂毛小道在二楼栏杆处招呼我："张建、张建，你饿了不？你闻一闻，晓得这是什么不？赶紧上来，这里有神仙都不换的驴肉火锅，香得很呢，赶紧来凑桌，老子饿得前胸贴肚皮了呢！"

我闻到空气中那火锅料子四散的奇异香味，才想起一天奔波，当真是没有正经吃过什么玩意儿，肚子不由得便咕咕叫唤了起来，看了眼一直跟在旁边的王姗情，她摆摆手，说老娘不用吃，去找左使套套交情，你们自去吧。

得了这吩咐，我不再停留，匆匆跑到了楼上。上面一排油腻腻的桌子上，有个热腾腾的铜炉火锅，旁边都是油汪汪的辣椒菜，瞧见这菜式，我估摸着应该还是在湘南。我和杂毛小道落座之后，那些检查完了的教友也陆陆续续地上来，老秦、莫小暖和她两个师妹，我们刚才一车的同伴又坐在了一起，吃着这香辣鲜美的驴肉火锅，感觉身上的疲惫消减了许多。

饭桌上又聊起了许多事情，老秦这个人挺有意思，说话风趣幽默，见识也有。只可惜没有酒。

饭后我们被集中起来训话，给我们讲话的是一个不知道什么角色的中年妇女，说一些"辛苦了"之类的废话，之后便催促着我们到指定的房间休息。至于邪灵教左使、地魔以及十八罗汉这些顶尖人物，却一个都没有露面。

我表面上该吃吃该喝喝，然而心中七上八下，一直都在担心那两个八宝囊到底归于何处，揪心得不行。到了休息的房间，条件有限，四人一间，旁边两个鱼头帮的家伙一直在聊天，我们不敢妄动，便假装入眠，等到了深夜时分，我才睁开眼睛来，推了杂毛小道一把。

那个家伙浑身炁场笼罩，一有动静，立刻醒转过来，见我张口准备问起，他不动声色地摇了摇头，手指在我的背上写道："隔墙有耳，梁上有人。"

我也用同样的方式表达："八宝囊？"

杂毛小道回我说不知道。这让我大吃一惊，追问之下，才晓得他当时的确是把八宝囊藏在了车子里，至于地魔为何没有找到，他也不知道。不过他随后又给了我一个不确定的答案："小妖吧？"

我忧心忡忡，不知道那两个小家伙到底是什么情况，一夜未眠。

第二十三章　深渊秘密，泛舟江上

凌晨五点，有四个人被从房间里揪出来，接着噼里啪啦一阵暴打。揍人的家伙毫不掩饰，而被揍的一方在奄奄一息之后，被强行塞进车子里，直接拖走了。与车队同行的还有一直没有露面的左使、十八罗汉以及那个负责刑罚锄奸的地魔，这些人匆匆而来，又匆匆而去，让人以为是一场梦。

瞧见这些家伙如临大敌状态，我在玻璃窗后面不觉有些隐忧，难道是我和杂毛小道前来卧底的消息已经被人传了出去？要不然，何至于会有这般大的阵仗，便是连邪灵教左使这样神龙见首不见尾的大人物，都赶来镇场？

当然，或许还有别的高手潜藏进来也未可知。

至于被抓走的那几个家伙，到底是我们的同志，还是邪灵教内部人员，我无从得知，也不想管——很多事情的败露通常都是多管闲事，然后弄巧成拙，我没必要把自己当成圣母。

跟着杂毛小道一同到楼道口的公共卫生间洗漱。此刻那些高手均已离开，这里最厉害的恐怕也就那个不知踪影的王姗情了，左右无人，我们倒也能够叙话谈事。

杂毛小道昨夜洒脱得很，但其实心中也是焦急万分，在确定没有人监视之后，他低声说道："我昨日将两个八宝囊放在了车座的夹缝之中，并且激发唤醒了小青龙和朵朵她们。昨天地魔没有找到，估计她们是偷偷离开了车子，激发了遁世环，暂时避开了那些家伙的视线。左使和地魔一直到今早才离开这儿，昨日也无异动，说明她们并没有被发现。"

杂毛小道对于小妖、朵朵和小青龙这三个女汉子的实力放心得很，然而我却总是有些心慌，所谓关心则乱，疑神疑鬼地说道："左使、地魔还有那劳什子年轻一代的超卓人物十八罗汉，这些家伙个个都是邪灵教中的一流、超一流的人物，那心计、修为都恐怖得很，未必能够瞒得过他们呢，要倘若是被跟上了，后果不堪设想啊？"

那家伙在刷牙，一嘴的泡沫，瞧见我一副心神不安的样子，漱了一口水，吐出来，嘻嘻笑道："你啊你，总是把那两个小魔头当做没长大的孩子，真不知道你是怎么想的。对了，你不是跟小妖有一丝精神印记重叠吗？自己试一试，看看能不能联络上，不就行了？"

所谓精神印记，这是冥冥之中的一种牵连，与炁场和修为无关，纯属灵魂上的共鸣，也不会惊扰到他人。得了这家伙的提醒，我将右手放在胸口，闭目，试图在脑域之中呼唤起小妖的名字。

连续呼唤几声，我的脑海里面一阵涟漪，隐隐有了回应，似乎离这儿并不算远。就在我努力与之交流的时候，卫生间外面传来了零零碎碎的脚步声。我睁开眼睛，瞧见同行的很多人都陆续醒转过来骂骂咧咧地过来洗漱。

　　从感应中来看，小妖似乎无事，我也放宽了心。回到房间，那两个鱼头帮的家伙已经不在，我走到窗边朝着外面望去，看见已经有工作人员在下面招呼，似乎准备离开了。我的目光巡视一圈，眼角突然一跳，朝着远处望去，只见不远处路边的麦田里，青郁郁的麦苗后面有一排小树林，在树林中露出了一张明艳妩媚的小脸儿来，正冲着我挥手。

　　早晨的阳光照在那张精致的脸蛋儿上，仿佛天国来的女神。

　　瞧见小妖，我的心终于落了地。她没事，跟着她的朵朵和小青龙便都没有什么好担忧的。如此想想，杂毛小道还真说得对，或许也只有在我的眼中，才把她和朵朵当做小孩子来看，而在别人看来，那个前凸后翘的小美女，所做的每一件事情都是那么吓人，简直就是恐怖大魔头了。

　　尽管离得很远，但我还是向小妖挥手致意，并试图在她身边找出朵朵或者小青龙的踪迹来。然而就在此时，我的身后突然响起了一道阴沉的声音：“张建，你在跟谁打招呼呢？”

　　我的手一僵，回过头来，瞧见王姗情不知何时竟然出现在我们的房间里。白天的时候这女人将自己包裹得严严实实，帽子、围巾、手套、口罩和墨镜等一应俱全。按理说白天阳气旺盛，即便是没有太阳光直射，寻常鬼灵也是受不了的。如此看来，这王姗情在与那头巨兽交手之后，吸收了魔气，此刻已经不是单纯的鬼灵了。

　　难怪以姚雪清和魅魔那般的眼光，竟然也低下身段来跟王姗情讲条件，此子已成大器。不过她再厉害，我却也不会怵她半分，这是身为高手的心理素质。微微一笑，对她平静说道：“我是在跟这个春天打招呼呢——你看看外面树上抽条的绿芽儿，路边的青草和野花，有没有感觉心情愉快许多呢？”

　　王姗情自然不信我这胡编滥造的瞎话儿，挤开我，朝着窗外看了一眼，只瞧见外面阳光明媚，场院里闹哄哄的一团糟，什么也没有瞧着，嘴里哼了一句话，含糊不清。杂毛小道瞧见她这番模样，晓得这妞儿心情不好，于是刻意岔开话题，问昨天跟左使没谈好？

　　他不提还好，一提起此事，王姗情就滔滔不绝地诉起苦来：“没谈好？人家根本就没有理我，好吧！这事说来也真是气人，我好歹也是姚老大、魅魔大人和翟特使认可的闽粤鸿庐负责人，搁以前也是咱师父这样的地位，现在可倒好，连面都见不上。哼，他虽然名义上是我们厄德勒的二号老大，但是现在小佛爷设立佛爷堂，将所有的权力都抓在了手里，哪里还有他趾高气扬的份儿？等着吧，等我见到了小佛爷，直接将黑暗深渊的秘密告诉他，看看到时候谁看不起谁，反正我是听说小佛爷一直对这个特立独行的左使不爽了！”

"黑暗深渊的秘密？这是什么东西？"杂毛小道一下子就抓住了王姗情这一堆牢骚话的重点，皱着眉头说道。

然而王姗情此刻却是卖起了关子来，一副不可说、不可说的样子，然而终究还是忍耐不住，地说道："经过那个倒霉食蚁兽的魔气洗礼，邪灵教中比我更了解黑暗深渊的人，不超过三个。你们瞧着吧，到时候看我从小佛爷手上换回些什么东西来。总之，重建闽粤鸿庐，成败就看我了！"

我们好是一阵马屁，然而王姗情终究还是不肯言，左右都套不出话儿来。我不再询问这事情，有些不耐烦地说："我们现在在哪儿？到底还要多久时间，才能够到达目的地啊？"

王姗情劝解我们："这一次是前往当年沈老总建立厄德勒的总坛，这个地方十分隐秘，所以对朝圣的教徒要求十分严格，所有路途都不得公开，也不准询问，只管按着安排走便是了，不要担心。不过昨天天左使和地魔这些家伙都来了，说明地方并不远了。我这里交代一下，总坛人多规矩众，你们最好管住自己的嘴巴和眼睛，万事小心为上。"

这娘们为了权力，对我和杂毛小道这两个"手下"倒也是用心教导，我们都点头，说晓得，不会给师父丢脸的。

行程很快便宣布下来，大家用完早餐之后继续上车开拔。一开始还是国道，接着就进入了省道，最后在乡间弯弯扭扭的土路上蜗牛一般地开了几个小时，坐得我们都不耐烦了的时候，突然开到了一个渡口，司机老秦招呼我们下来坐船。

那船并不是机帆船，而是那种篙子船桨的小船，最多只能容纳六七人。

在渡口对面，是浩浩荡荡的长江。

有了前面的示例，没有人再对接下来的行程有任何异议。在此期间，鱼头帮帮众和魅魔弟子充当了工作人员的角色，当然他们也并不知道所有的计划，只是每天都会有消息传到他们手中，这才知晓每天的方案。我们上了船，一叶扁舟游于浑浊的长江之中，而王姗情则直接跳入了水中，消失不见。

阳春三月，这长江景色自然美矣，不过让我心情更加舒畅的事情，是在视线的尽头，隐约可见有一头巨大的灵兽在狂奔。

第二十四章　船行山门，深渊魔物

泛舟于江面，清风徐来，水波不兴，那河滩、杨柳、远山以及一切景物，都是那么美好，偶尔还能看到一些行人；仰头看，一行白鹭上青天，而青天之上，还有一只肥硕的身影，正在奋力地扇动着翅膀，只可惜这厮的体型实在是太过肥硕，飞得那叫一个吃力。

那肥厮摇摇欲坠，似乎一个不小心就会掉落下来。然而在我和杂毛小道无限期待的目光中，那黑点儿却依旧坚强地努力着，滑翔在蓝天白云之间。

老秦是鱼头帮出身，划桨那是吃饭的本事。他在船尾控桨，我和杂毛小道则高据船头，享受那春风拂面的轻松和惬意。大江宽阔，水流不急，故而舟行极为平稳，差不多一个钟头，前方出现了两条支流，每条支流也都有船来，一路上陆陆续续有二三十艘船加入队伍。这些船只的样式各不相同，大小不一。有的是如同我们这样的渔家小扁舟，船舱的格子里还散发出强烈的鱼腥味儿，有的是还带着青翠颜色的竹排。

这几十艘船行于江面之上，相互之间隔得不远不近，朝着同一个方向前进。人多、船多，但是江面上却是难得的宁静，庞大的船队浩浩荡荡数百米，除了船桨划水的声音之外，几乎没有人说话，大家都安静地于船中或坐或站。

邪灵教作为一个以宗教为凝聚力的庞大组织，它有着自己独特的教义——它自称为厄德勒。此乃英格兰秘语，翻译过来便是全知全能之意。教中信徒皆崇拜厄德勒神，即全能神，而我们经常见到的那个三头六臂的大黑天，即为全能神的战争化身，最受香火。

邪灵教的教义是不破不立，打翻一个旧规则、旧制度，重建一个新世界。该教最大的愿望就是在神谕的指定时间中，召唤出战争化身大黑天，让这个世界陷落于战火和恐怖，以重塑新生。正是这种毁灭世界的信仰，使得邪灵教的修行方式格外诡异和具有破坏力，同时也不容于相对温和的道佛两家，即便是南方巫教北方萨满，也不愿意与之同流合污。

船在江面上又行了许久，然后转入一处支流。进入支流后，水面变得狭窄起来，水流湍急，船行的速度也快了许多。天色渐晚，江面上的雾气越发地浓重起来，行于江中，左右的船只也融入雾中，隔着几米之外的人们脸上的表情也无法看清。

那浓雾便似一层薄纱，如有实质一般。走进这儿，杂毛小道扭头看了我一眼，眼神奇怪，暗示我们此刻应该是进入了总坛的外围。

这结果让我有些诧异。在此之前，我们曾经对邪灵教总坛地址进行过讨论，认为它应该和茅山宗一样远离尘世，于深山之中的一处洞天福地开辟道场。却不料竟然走到了江里来。但凡江水，两侧或者是丰饶的冲积平原，或者是水陆繁华的商路，是人群聚居之所，最不易隐藏，也达不成建立总坛的条件。

不过邪灵教创始之时高人辈出，思维也非寻常人所能理解。

在迷雾中前行，我们都不说话，只是静静打坐。船行至雾气最浓郁之处，前方突然传来一片翻腾的水花声，接着隐约有两艘船翻倒下去。

突然来这么一下，船上的人都霍然站立，朝着前方看去，然而前路白雾茫茫，只是听到有人在水中挣扎，还有船翻之后露在水上的木板，其他的都瞧不见。在船尾摇桨的老秦听到这动静，大声警示道："都坐下，双手抓住固定物，不要乱动！"

我们都蹲了下来，手抓着船边。老秦从怀中掏出一个棕黑色的粗陶哨，放在嘴边吹起，有"呜呜"之声传出，前面立刻反应，以同样的方式传声而来。

老秦听闻，从船尾找出一把长长的钢头渔叉，握在手里。然后严肃地告诉我们："前面有灵兽贸然冲击山门，被护山阵灵堵住了，现在双方正在这一片水域之中拼斗，打得凶悍，已经波及这里！"老秦的话语里透露出了两个信息，一个就是我们已经临近总坛山门了，而另外一个消息则是有人闯进了邪灵教山门，此刻正在厮打。

我一听到"灵兽"二字，心里面就一阵慌，要知道中午的时候我还看到二毛驮着小妖和朵朵在远处疾奔，而此刻又听说有灵兽冲击山门，难道就是二毛、小妖一行人？

想到这里，我就忍不住在脑海里呼唤起小妖的名字来。然而此处在山门大阵之中，所有的炁场都是一片紊乱，乱流涌动，哪里能够联络得到她们？正在我提心吊胆的时候，平静的江面突然变得起伏不定，感觉水下有巨流正在不断地搅动，前方偶尔还有几丈高的水柱喷出来。

水面的状况突然变得这般恶劣，老秦也开始紧张起来，他询问船上的众人："大家应该都会水吧？"

我们点头，说自保无碍。老秦这才放下心来，与左右船的同伴高声联络，而我们则蹲在船中静候。过了一分多钟，水面似乎陷入了平静，有人想站起来观望，而就在这一瞬间，我感觉到一股巨大的力量从水底升起，撞到了我们脚下的这艘小木船上。

轰的一声响，木船承受不住这巨大的力量，直接飞起。我和杂毛小道于半空之中，并不惊慌，一边挥手挡那些破碎木屑，一边低头看去，想瞧一下到底是什么东西在下方作怪。然而攻击我们船只的那东西却并没有在水面上久留，只留给我视野中一道银白色的鱼尾，便再次沉入水中不见。

我从空中落下，瞧见莫小暖在我旁边跌落，一把抓住她，凭空换了一口气，人便朝着五米外的另一艘船上跌下。我们两人砸落在船板上，木船摇晃，所幸的是撑船的帮众也是个厉害角色，稳住场面，而杂毛小道却没有这般幸运，直接就入了水。

洞庭湖一役后，杂毛小道的水性比鱼还要厉害，我倒也没有什么好担心的。低头一看，瞧见莫小暖被震得一口鲜血吐出，脸色憋得紫红，显然是受了内伤。我用手指按在她的脖子内侧，按了两下，晓得这里面气血不畅，淤血凝于胸口，时刻都有可能堵塞气管。危急时刻也容不得许多计较，便将她的上衣撕开，猛力一拨，那一对大白兔立刻蹦将出来，雪白细腻的肌肤耀花了一船男人的眼，我顾不得旁人目光，在她胸口连拍几道，然后一阵推拿，终于将淤血逼到口腔，一拍后背，竟然吐出一块蠕动着的血团来。

　　瞧见这在船板上不断蠕动的血块仿佛有生命一般地律动，甚至还发出了吱吱的叫声，我的双手突然一下烫得厉害，赶忙握紧拳头，不让人看到我那浮现出的古耶朗符文和龙纹。

　　深吸了一口气，我复又望向了水下，脸色严肃，不知道那黝黑的水中，到底藏着什么样的深渊魔物。

第二十五章　大红灯笼高高挂，无尽龙吟滚滚来

是的，就是深渊魔物。那是一种远比矮骡子、害鹄以及河童等灵界来客要更加恐怖强大的族群，无论是萨库朗血池召唤出来的小黑天、缅北魔罗，还是杨知修或者闵魔所研修而出的天地真魔，又或者洞庭龙岛山崖之内由通臂猿猴带领的一众魔物，皆是此类，而当年耶朗乃至巫咸所镇压的地底深渊，也是此界裂缝出口。

只有这样的东西，才会仅仅只是一震之力，便能使修为并不算低的莫小暖吐出来的淤血，充满侵略性。

我们乘坐的小船被轰散之后，江面上其他船只分散开，那些落水的人也陆续被其他船上甩出船篙或者抛绳拉起来，里面唯独没有杂毛小道。我知道这个家伙应该是趁乱潜入水中查探，所以也并不担心，站起身来，没有理会那些纷纷上前假意关心莫小暖的一干人等，展目四望。

我瞧见朦朦胧胧的前方，水面上挂起了一连串的大红灯笼，左边一排，右边一排，左右相隔几十米，每串五个，仿佛凭空生在水面上，然后遥遥通往远方。红色的灯笼在大雾中散发着微微的光芒。

战斗依旧还在持续，那些船上划桨撑篙的汉子在居中大船的统一指挥下，有人拿着尖端镶铁的船篙猛戳江底，有人跳入混浊清冷的江水，也有人在水面上撒下了冥纸。成百上千亿数额的冥币在水面上漂荡着，远处微微的红光映衬，将场面弄得颇为诡异。

我掉落的船上的乘员并非是与我们一起从湘湖郴州莽山而来，彼此都不认识。他们都是邪灵教位于各地鸿庐的精英分子，本来是满心欢喜来觐见总坛，却不料路途竟然这般凶险，还没有接近便要受到生死考验，不由得一阵慌张。

当然，邪灵教中最不缺的就是亡命之徒，有人操起手中顺手的玩意儿，眼珠瞪得滚圆，死死地盯着水面，准备在总坛山门前大发神威，大显身手。

水下的那东西陆续又顶翻两艘小船。在那东西蹿出水面的刹那，我终于瞧见其并非我所担心的二毛以及小妖等人，而是一头全身呈纺锤形的巨大鱼兽。它拥有修长似剑的长喙和鲨鱼一般的骨质竖翼，外形有点儿像接近灭绝的中华白鳍豚，但是它长约两三丈的身子以及颈旁十来根发黑带毛的箭形触鳃，显示出此物与我们寻常所见的生物有着明显的区别，有点像我们以前所见过的洪荒巨怪鱼。

我旁边一个戴着黑框眼镜的老头惊讶喊道："阿难魔豚？"这人认识此物，我也起了好奇之心，问："这位教友，你可是认识这东西？"

那老头点头，说："佛经里面有个小故事。当年二祖阿难尊者还未成为释迦牟尼佛弟子时，过摩登伽河，曾受此魔豚逐咬，二祖未曾反抗，以身饲鱼，奄奄一息，后得佛祖拯救，成就尊者，而那吞噬了阿难尊者血肉的魔豚，则被世人唤作阿难魔豚，视为佛陀修行道路上面的大敌。"

倘若此人所讲是真，那么这一头巨大水兽，恐怕就不是那么好对付的了。想到这儿，我不由得担心起潜入水中许久没有动静的杂毛小道来。

老头并没有结束，他继续说道："不过据书上记载，阿难魔豚并非一只一只，从来都是成群结队的……"他这话儿还没有说完，居中指挥的那艘大船突然一震，下方竟然有四五头巨大魔豚将其一顶，托出了水面。

这些阿难魔豚的嘴部是长长如剑一般的角质物，高速行驶的时候，有着恐怖的冲击力，刚才我们的那艘船便是被这剑喙给破开的。然而这些嚣张的畜生终于碰到了敌手，大船不但没有碎裂，被顶出水面一米高下便止住。

万事只有经过对比，方才知道不易。这五头阿难魔豚一同从水下上顶的力量到底有多恐怖，刚刚经历过一次船毁人散的我心里是有底的，而瞧那艘大船的材质也只能算是一般般，便知道坐在那船里面的，如同我先前猜测的一样，是个大人物。也只有相当于十二魔星一般的人物，方才能够将那普通材质的木船维持不散，并且稳稳镇压住这些魔豚。

想到这里，我和身边的邪灵教教众都伸出脖子朝那大船瞧去。

只见那大船微微一震，从里面跳出一个身穿黄色长裙的身影，双手微微往下一拍，船便以泰山压顶之势，将五头阿难魔豚压了回去；同时，黄衣人手中突然飞出一束金色丝束，直入水中，浸水之后一阵追逐，最后，丝束便绷得笔直。

下一秒，便听到还在船群之中纵横的阿难魔豚一声哀鸣，被那黄衣人给拉了上来。一道干净利落的刀光闪过，阿难魔豚被一刀斩断。那些恐怖的水下杀手在同伴的尸体刺激下，不但没有被激发出血性，反而仓皇逃离。

不过在那黄衣人的关注下，即使是想逃，也不那么容易，很快，在金色丝束以及一柄利落至极的尖刀下，又一头阿难魔豚死去。

黑框眼镜一脸崇拜地看着，神情激动地低声喊道："果然不愧是最年轻、最有锐气的星魔大人，光凭这两手，便没有人敢说她仅仅只是继承了父辈的光荣！"

星魔？我拉了一下那个神情振奋的老家伙，说教友，这星魔大人到底是何方神圣？

那人用看乡巴佬的眼神瞧了我一眼，他显然是星魔的粉丝，激动地解释道："星魔大人是宝岛日月潭鸿庐的主人，是十二魔星中最年轻的一个，她与右使大人并称为厄德勒双妹，很厉害的好不好？她的背景虽然跟右使一样，爷爷是当年流亡宝岛的老星魔，但是到了她这一代，可是用实力，一步一步打遍了整个日月潭鸿庐，才夺得尊位的。"

阿难魔豚在往外逃逸的过程中，有一些家伙竟然想顺手牵羊，将我们这一船人拿下。

　　划船的那个家伙是个高手，早一步发现，大声示警。不过拯救了我们这一船的并非船老大，而是杂毛小道和王姗情。

　　杂毛小道不敢发挥出多大的实力，所以让王姗情出尽了风头，双手一划，直接将那阿难魔豚硕大的头颅给取了下来。就在大家伙各自为战的时候，一阵大风吹来，将浓雾给全部驱散，在那水上灯笼的尽头，传来一股极强烈的气势，一个素衣长裙、作古代装扮的女子踏水而来。与此同时，从水中、从天上、从泥土里，隐隐传来一声沧桑的龙吟之声。

　　昂……

　　这真真切切的龙吟声一响起来，便有一股浓郁的阴寒气息自上而下，将我们压制，让我们双足陷于船板之下。我心中狂震，难以置信地望着那个女人的脚下，难道还真的有一条龙在镇守邪灵教山门？

第二十六章　护教神龙，邪灵双姝

在此之前，我和杂毛小道曾经对这次总坛集会是否会见到洛飞雨做过讨论，而答案是很肯定的。作为邪灵教的右使大人，倘若洛飞雨没有参加此次集会，那么只能说明她已经被排斥在高层权力圈之外了，这种情况对于拥有众多邪灵教元老、臣子支持的洛飞雨来说，是绝对不可能出现的。毕竟除了自身的实力之外，这个拥有着天使容颜和魔鬼身材的女人还拥有着不俗的政治智慧和惊人的亲和力。当日在鲁东肥城的神仙诡地之中，她甚至能够与尚是仇敌的我们合作，便能够看得出她的心胸，比许多男人都要宽广。

只是出乎我们意料的是，她竟然会以这等方式登场——在无尽的滚滚龙吟声中，宛若仙子一般，踏浪而来。真正令人畏惧的东西还在她的脚下。接近了，我们才看到，她脚下的竟然是一具浑身灰白发青的巨大骨架，光那头颅便如同一间小房子。美丽的右使大人站在上面就像一朵柔弱的小白花儿，在衣袂飘飘的古装汉服之下，那具仅仅露出一点儿模样的骨架周身都被一种墨绿色的光芒笼罩。硕大头颅正中，有一团璀璨若星辰的光辉闪耀，游移不定。

右使大人出现在我们的面前，平静地说道："众教友且莫惊慌，这阿难魔豚，是掌教元帅祭祀出来的失败品，性情暴戾，脱去了掌控。不过这只是暂时情况，稍等片刻，情况很快就会好转的！"清淡的声音中充满威严，从四面八方轰隆隆传来，显然是经过法力的增幅。

下一秒，她身上冒出了圣洁的白光，将其包围，然后与那具骨架一同沉于冰冷的江水中。刹那间，江下传来了巨大的波动，我旁边有人抑制不住心中的惊讶，大声喊道："天啊，这就是我教最美丽的右使大人吗？"

"是啊是啊，就是她！她是全厄德勒公认的最美丽的女人，所有教徒心中的圣女，生长在污浊之池的白莲花！她的外公，是最伟大的执教左使新鉴公，而她骑的那东西，正是守护我们厄德勒百年无恙的护教神兽，幽冥骨龙！"

我旁边这个黑框眼镜老头看着已经年过花甲，然而对于漂亮女性的追逐却依旧保持着男人的天性，对于过往典故津津乐道。刚刚爬上船的杂毛小道对他大有知己好友之感，顾不得浑身湿淋淋，一把揽住这老头的胳膊，追问道："幽冥骨龙？难道那骨架竟然是传说中的真龙？"

黑框眼镜无比自豪，说："这是自然。它可是由当年伟大的沈老总搜寻千里，从黄河龙神庙之前河底泥沙中挖掘出来的真龙骨架炼制而成。因为挖掘此物，当年黄河可是连发了好几年的洪灾。此物形成之后，百年来护翼总坛无恙，将总坛围成铁桶，没有一个宵小能够漏入其中。"

这家伙扬扬得意，而我和杂毛小道的眼角却忍不住一跳。

自古以来，真龙自知将死，都会自择埋尸之处，护佑一方风水，确保境内安康。然而邪灵教逆天而为，根本不顾民众福祉，竟然将真龙骨架挖出炼化，引发黄河泛滥成灾，当真是可恶至极。

我们虽然心中愤怒，却也不好在这里表现出来，只是观望脚下的江水。水下龙争虎斗，好是一番热闹。不多时，江面上陆续浮出一具具肚皮朝上的阿难魔豚。

所有人都紧张地关注着水下的战斗，我却四处打量着。阿难魔豚的尸体可以收殓，但是鲜血却无从隐藏，为何这些家伙就没有一点儿担心，那混含着浓烈腥味的鲜血可能会引起下游的注意，从而引来不必要的麻烦，打扰到总坛集会的进程呢？

没有人回答我的疑问。几秒钟之后，我左侧突然冒出了一条巨大的水柱。一条比同伴庞大一倍的阿难魔豚突然从水底冲天而起，它身子两侧竟然生长着两片薄如蝉翼的鱼鳍。

接下来的战况并不出乎我们的意料，所有教徒最崇敬的右使大人从水中骑龙而出，巨大无比的骨龙穿出水面，一口便咬中了那头想要逃脱的阿难魔豚。在响彻空间的哀号声中，硕大无朋的阿难魔豚被咬中尾巴拖下了水里去。

惊天动地的战斗让江面上所有邪灵教众都看得热血沸腾，洛飞雨在总坛山门前展示出邪灵教最顶尖的力量，对于邪灵教普通教众的信心起到了最大的鼓舞，所有人都在高呼："厄德勒，万岁！"

在这样狂热的气氛中，我的脑海中想到的，是百年前那一具具死于黄河泛滥灾祸的许许多多无辜的灵魂。不过即便如此，我依然随着众人一起欢呼。王姗情从我身后伸出一只手来，揽过我的肩膀，激动地大声喊道："看到没有，这就是真正的力量。总有一天，我也能够拥有这样的力量，到了那个时候，所有人都要臣服在我的脚下！"

她说得是如此的肆意和张扬，一点儿都没有隐瞒自己的野心，而旁边的人却都没有在意，因为所有人的目光，都集中在了江中那艘大船的前方。那儿水波翻涌，右使大人再次浮出江面，浑浊的江水并没有在她的身上留下一点儿痕迹，她那裁剪合体的白色古装素净整洁。与她相对的，则是先前单手镇住五头阿难魔豚的黄衣女，来自宝岛的十二魔星之一，星魔。

星魔个子高挑，拥有清丽的面庞，如蜜糖一般的微笑，气质优雅，有着邻家大姐姐的随和，又透着完美的女神气质，是个集智慧和美丽于一身的女人。

最关键的一点是从面相上看，她的年龄在十八至二十五岁之间，女人最美好的年华。

坊间流传的邪灵双妹四目相对，两双美目之间有着不同寻常的交流。但见那右使大人雍容地说道："些许疏忽惊扰了大家。星魔妹妹，你是第一次来总坛吧？我代表小佛爷，向你表达最大的歉意。"身为邪灵教第三号人物，说出这么委婉的话，江面上所有人心中那仅存的怨气全都消失得一干二净。

　　然而或许是美女之间天然的气场不合，那个来自宝岛的气质美女用一种嗲酥大部分男人的娃娃音说道："我虽然第一次来，但是跟小佛爷还是很熟的。这道歉，还是让他自己来跟我讲吧。"说完这话，她便微微行了一个礼，冷淡地返回了大船船舱中去，表现得像一个吃醋的小女孩。

　　面对这样的冷淡，右使大人却只是从容地笑了笑。作为右使，她需要安抚江面上所有人的情绪。于是她乘着骨龙亲切地与在场的重要人物都作了交谈。到我们这儿时，王姗情兴奋地与她交流，像面对自己的偶像，言谈中竟然流露出了小女孩一般的羞涩。洛飞雨好言安抚几句，转头瞧向我们，挂着微笑的脸突然一僵，露出了微微错愕的神情。

　　王姗情见状，连忙帮我们介绍，说这是张建和高海军，我师父两个衣钵弟子。为了抬举自己，王姗情直接将我们的地位拔高，成了衣钵传人。洛飞雨也是个极有城府的女人，收敛情绪，与我们和颜悦色地交谈几句之后，不再多停留。

　　与所有人打完交道之后，洛飞雨领着大家朝邪灵教总坛山门行去。

第二十七章　邪灵古镇，瞎眼婆婆

一路上，我和杂毛小道盯着最前面那个宛若凌波仙子的白衣女子，心中波澜万千。我不知道洛飞雨刚才与我们照面的时候，那反应是不是认出了我们。对于邪灵教来说，最了解我和杂毛小道的，除了我们旁边这个一心想要依托我们为臂膀重建闽粤鸿庐的王姗情，恐怕就属洛飞雨了。别的不说，光杂毛小道耍弄飞剑的那一手，都是右使大人手把手地教会的。在我和杂毛小道心中，洛飞雨就像一朵娇艳美丽的莲花。盛开在池塘的污泥中，却是那么地纯洁素雅。

她刚才如果认出了我们，会不会将我和杂毛小道送入地狱呢？

这个疑问一直徘徊在我的心里，想必杂毛小道此刻也是纠结不已，忐忑不安。就在我们思绪万千的时候，船队到达了一处黑黢黢的宽阔江面。远处一片乌黑，成对成排的大红灯笼也到了尽头。在那个地方，一处平静的水湾子里，突然竖立起雕梁画栋的五门牌坊。这牌坊的造型粗砺简洁，充满了一种荒野的古朴气息，远远望去，仿佛一头蹲伏在水中的巨兽，而仔细瞧看，便能够发现这牌坊竟然是用那乌金黑曜石制成。在月光照耀下呈现出亮黑色，散发着一股庄重森严的荒古气息。

黑曜石是佛教七宝之一，自古以来一直被作为辟邪物、护身符使用，象征着友善的爱心和希望，有辟邪化煞作用，可以避免负面能量的干扰，有助于消除和化解压力、疲劳、浊气等负性能量，但在被附上信念或者精心打磨、雕刻而成之前，一般来说算不得珍贵。这里真正让人诧异的是这牌坊的巨大，只有行到它的面前，仰头去看，才能理解采用如此巨大的石材来做一道门户，简直就是神迹。

灯笼之外的航道白雾缭绕，什么也瞧不见，前方也是黑乎乎的一片。当我们跟随右使大人穿过了这一处牌坊之后，感觉有阵法的力量。瞧见对面不远的地方，竟然是一处车水马龙的巨大码头和水寨，灯光已然将那一片的区域都照得亮如白昼。

幽冥骨龙行至牌坊之前停住了身子，将硕大的骨身盘踞在牌坊没于江面之下的柱子上，而右使大人则直接上了停靠在牌楼旁边的一艘大船。

我挤在狭窄的船舱中，目光四处打量，心中震撼。邪灵教总坛果真如同茅山后院一般，是隐藏在山河地脉夹缝处的避世之所，乃桃花源地，是道家通常所言的洞天福地，倘若无人指引领路，即便是误入了此处，只怕也会给那迷茫的雾气迷惑，不知西东，又或者被那头恐怖的幽冥骨龙给吞噬，身消命陨。

此刻，我有点儿担心起一直紧紧追随在我们身后的小妖朵朵他们了。

杂毛小道的目光一直都盯在洛飞雨身上，脸色变幻不定，不知道在想什么，我忍不住也对右使大人行注目礼。我瞧见洛飞雨似乎朝着我们这个方向挥了挥手，不知道在跟谁打招呼。

一开始很多人都以为是跟自己，旁边两个广南来的家伙还自作多情地跟着挥了挥手，结果我扭头过去，瞧见在后面不远处有一很高的占星楼，楼顶上出现了一张素净的小脸儿，与洛飞雨作呼应——洛小北。

我至今还记得在去年这个时候，她突然找到我，说想联合我一起推翻小佛爷的统治。匆匆一年过去，她竟然在这邪灵教总坛占星楼上出现，显然，邪灵教总坛的山门大阵，是交到这个小妮子手上了。想到这个问题，我的心中不由得一热，倘若洛小北心中依旧还保持着以前的那种心思，那我们在邪灵教总坛就可能有变数，说不定，这个飞机场能够成为我们的盟友呢。

前来接引我们的是一个穿着白袍子的女孩，带着我们朝码头后面的那一片建筑走去。我打量那女孩儿身上的袍子，跟西方的修女服有点儿类似，她的脖子下面吊着一个东西，是一块玉质的大黑天像。

走出码头，我们行走在青石长街上，两旁都是风格复古的木屋，路边植有桃树、杨柳，屋檐角落挂着一盏灯笼，没有电灯或者别的现代化设备。远方有好几处占地巨大的殿堂建筑，则让人感觉出压抑和庄严。

在码头迎接的人群里我似乎看到了这一路以来消失不见的魅魔和鱼头帮的老鱼头，不过他们都是由右使大人和星魔等一干大佬组成的第一集团，而我们这些家伙则是吊在队伍的末端，瞧不出有什么被重视的地方。走进这处古镇，负责我们的那个白袍女孩并没有带着我们前往那巨大的殿宇，而是将我们带离队伍，走入了古镇里面。

经过介绍，我们得知这个古镇是负责邪灵教总坛周转和补充的，里面住着邪灵教总坛的大部分精英分子和神职人员，还有一部分人是邪灵教教众的家属和朋友，在此休养生息，过着古老而简单的农耕生活。

我和杂毛小道作为曾经十二魔星闵魔的衣钵弟子，被分配到小镇青石街旁的一处小院子里。那里有一个瞎眼老婆婆带着孙女生活，而我们在总坛期间，则由这个老婆婆负责我们的起居生活。至于王姗情，她被一个光头小尼给叫走了，甚至来不及与我们多交代几句。

我们进了小院，那个瞎眼老婆婆热情地招待我们吃饭，伙食很简单，两碟咸菜，还有一锅烙饼。她显然是接到了通知，做好了饭在等我们。低矮的饭桌旁边，还蹲坐着一个六七岁的小丫头，正看着海碗里面油滋滋的烙饼吞咽口水。坐在这个小院子里面，吃着这顿颇有农家风味的晚餐，说我们是过来参加体验古镇游的，也有人信。

饭后，瞎眼老婆婆在小女孩的帮助下收拾了饭桌，然后摸摸索索地来到堂屋，朝着神龛上一尊黑曜石雕像祭拜。这神像是大黑天。我们也装模作样地参拜着。

这时，院门响了起来，那个白袍女孩拉着一个少年走进来，朝着瞎眼老婆婆征询意见道："颜婆婆，我们这里还有一个孩子没有地方安排，先在你这里住着，好吧？"

第二十八章　故交少年，古镇大阵

颜婆婆是个盲人，不知来历，似乎有个儿子是邪灵教驻外鸿庐的小头目，于是得以在这个邪灵小镇之中住着。她本身也是个虔诚的邪灵教徒，镇子上和她一样的人有许多，过着古朴而平静的生活。颜婆婆为人十分热情，回头招呼，说："小小啊，不过是多双筷子的事情，有什么麻烦的？"

那白袍女孩名唤金小小，祖上自邪灵教初创时便世代居住于此，与颜婆婆相熟，过来商量倒也亲切。两人在门口说了几句话，白袍女孩便匆匆离去，颜婆婆则拉着一个虎头虎脑的少年走了进来。

我和杂毛小道正在房间里面整理行李，探出头来看，没想到少年竟然是地翻天的儿子王永发。

这少年独自前往总坛，心中多少也有些彷徨，瞧见我和杂毛小道，不由兴奋地打招呼，喊："张叔叔、高叔叔，没想到我们又见面了。"我们出了房间，与他打过照面，旁边的颜婆婆微笑，说："你们认识啊？"

王永发说："对，先前老夜叔给我介绍过，这两位叔叔是我爸爸以前的同僚，一个鸿庐吃饭的兄弟呢。"

颜婆婆微微笑，说："那就好，那就好，既然是你父亲的战友，那自然是极好的。"她问王永发，有没有吃过饭，如果没有，炉子里面还有些余火，她去下一碗面条。王永发摇头说："不用，刚才在西码头的食肆里面吃过饭了，本来都已经安排了房间，结果日月潭鸿庐的几个教友非要一人住一间，闹得没办法，所以就把我们几个另外安排了。"

他年纪虽小，倒是什么都懂了，小心说着自己临时被安排过来的原因，然后眼睛朝着我们看。杂毛小道哈哈一笑，说这不正好，反正我们在这里也没有什么熟人，大家认识，住在一起就是缘分，哪天让你张叔叔教你几手防身之术，也算是叔叔们的礼物。

王永发连忙躬身道谢，旁边的颜婆婆则含笑说："不错，都是好孩子，不像以前一些人，总以为我们总坛这儿是人间天堂，总是只想着享受，不想着苦修和奉献。这样的教徒表面上吵得最凶，真正需要派上用场的时候，却是什么用都没有，只是给我们厄德勒丢人。好，你们聊，我给你们烧热水去。"这老婆婆挂着一根发黄发黑的拐杖，摸摸索索地走到后院去。

见到我们，王永发比较兴奋，先去将自己一小包行李放好，然后过来找我们聊天，谈起他前来总坛的经历。从王永发的言语中，我们得知，作为邪灵教从小培养的子弟，那些家伙对他们的放心程度远远超过了我们这些杂牌军，而他是作为学校的优等生，随同魅魔大人一同前来的此处。在他们学校，能够有这个资格的，只有五个人。

为了更了解这些学校，我们坐在院子里，与他探讨这些年的学习过程。颜婆婆的孙女是个有些害羞的小女孩儿，只有六七岁，她有些怕生，但是又好奇，躲在门边，用亮晶晶的眼睛看着我们，小心翼翼地。

我刚才整理张建的行李，发现有一小袋大白兔奶糖，瞧见那小女孩，摸出来，招呼她过来，递了几颗给她。

小女孩有些怯怯地接过奶糖，剥一颗放在嘴里，那浓香四溢的奶糖在嘴里化开来，顿时眼睛就亮了，脸上露出了甜甜的笑容。看到她这毫无遮拦的纯真笑容，我低下了头，心里面有些难受——世界上有这么多的美好值得去守护，但是为什么又会有那么多的野心家，为了自己所谓的狗屁理想，将这些东西践踏呢？

那天我们聊得很晚，得到许多关于邪灵教培训后备力量的第一手资料。同时，我在不透露自己身份的前提下，教了一些修行的基本方法和小技巧给王永发，那孩子一脸慎重地朝着我鞠躬，让我颇有些不习惯。

不知不觉已到深夜，那个叫作苏婉的小女孩也陪在我们身边，双手撑着下巴听得出神，颜婆婆过来催了两遍，我们才各自返回房间休息。

一夜无话。次日我与杂毛小道起了床，洗漱完毕之后在院子里练习一种传自闪魔的瑜伽套路。拳不离手，曲不离口，若想人前牛，必得人后苦。既然做不得固体，练一练这瑜伽术也是不错的选择。王永发也在旁边锻炼，这少年比我们起得更早，凌晨五点便已经绕着小镇旁边的青石板路跑了好几圈了。

邪灵古镇并不阻止我们这些前来总坛祭拜的各处鸿庐成员行走参观，镇后面有几座修筑着巨大殿堂的山峰和白雾笼罩的老林子，那儿才是真正的禁地，没有人领着，一般是不容许前往的。这些事情在船上便有人跟我们讲明。

能够近距离观察邪灵教总坛，这机会是许多特勤局乃至整个修行界中人都难以获得的。我和杂毛小道自然不会错过，将这一套瑜伽术锻炼完毕之后，杂毛小道建议王永发带着我们再出去跑一圈。那少年欣然应允，我们三人脖子上面挂着毛巾，穿着运动衣朝外面出发。

小镇依山势而建，顺水流而设，以青色角砾岩铺就街面。镇中有好几条宽阔的青石板路，道路两旁都是清朝或者民国式样的建筑，居庐骈集，萦城带谷，瓦屋栉比，看着简朴，其实很有韵味。

每一处街道前都会有一个黑曜石牌楼，或大或小，上面雕刻着各种神像，有三头六臂的大黑天，有骑虎持枪的力士，还有羽扇纶巾的三眼魔王，颇有神韵，仿佛凝聚了许多信念之力。

小镇中水网密布，许多房子都是临河而建。有河便有桥，一路行来，廊桥、石拱桥、石板桥、木板桥无数，平添许多风景。不过这风光美则美矣，在我们的眼中却是另外一种景象，但见那桥、路、屋、树，方位、材质和构造都被设计过，隐隐之中，有一庞然大阵在支配着这古镇，只要一启动，这个宁静而安详的小镇，立刻便能够化作一个绞肉的磨盘，便是成百上千的敌人涌入，只怕也会被碾得粉碎。

　　虽说是邪灵教总坛附属的小镇，但是这镇上的居民却大多数都不是修行者。他们有着自己的工作，各种作坊、店铺和摊贩也都有，从外表上看跟中国南方某些偏僻的小镇没有什么区别，只不过我们能够看到，这里家家都信奉全能神，宗教气氛十分浓厚。

　　小镇说大不大，说小不小，有好几千的人口。我们沿着青石板路跑到码头，又围着旁边的稻田跑了一圈，这才停歇，缓缓走回颜婆婆家里去。

　　路上能够瞧见一些同船队的熟悉面孔，不知道是不是受到这古镇悠闲氛围的影响，先前不怎么理睬旁人的那些家伙，也会跟我们打招呼了，让人吃惊。回到颜婆婆家，没有进去，我瞧见翟丹枫在街角处和颜婆婆说着什么话。颜婆婆拉扯了一下翟丹枫，那女人不断摇头，脸上的表情似乎还有些悲戚。不过她看到了我之后，立刻收敛了情绪，又说了几句话，便匆匆离开。

　　这佛爷堂特使大人的出现让我和杂毛小道有些惊疑，回到颜婆婆家吃了早餐，我看到颜婆婆去了后厨，便小声问婉儿，说怎么没有见到你爸爸妈妈？

　　小女孩骄傲地告诉我，说她爸爸妈妈都是大人物，特别是爸爸，大家都说他特别聪明，像诸葛亮一样，只可惜爸爸出差了，好久好久没有回来了。

第二十九章　国际战士，天魔大人

我下意识地问道："小婉儿，你爸爸叫什么名字？"

小女孩低头说道："奶奶不让我把爸爸的名字告诉别人，说他现在帮着掌教元帅做事情，凡事要低调些。"——如果我猜得没错的话，小婉儿的父亲，应该就是佛爷堂中向来以智谋著称的苏参谋了。

想到这里，我不由得搓了搓手。当初在洞庭龙宫，苏参谋弄了把虫瘿杀我，却被我利用肥虫子残存在我身上的气息，将这些小虫子给逼了回去，将他给直接咬死了。王永发不知道这事情，苏婉离开之后，他竟然直接与回来的颜婆婆问起苏婉的爸爸，是不是已经离开了人世。

颜婆婆沉默了好一会儿，才点了点头，说起自己儿子在去年已经死了，葬在了邪灵大殿后面的圣雄安息地。

我们纷纷表达了对那位苏参谋的哀思，说颜婆婆养了一个好儿子，能够进入圣雄安息地，那是一辈子的荣光。杂毛小道很诚恳地握着颜婆婆的手，眼神还特地往我这里瞥了一下，说节哀顺变。

面对我们的慰问，颜婆婆淡淡地说道："没关系的，掌教元帅的祭祀很快就要进行了。最多一年，旧的国度破灭，新的国度建立，世间的所有规则都会改变。乾坤倒立，日月移行，高山变成湖海，汪洋崛起山峦，黑变成白，白化作黑，顺从的成为永恒，对抗的化作飞灰。到了那个时候，婉儿的爸爸，也会回来的。"

这老太婆仿佛在说预言。她的话透露出小佛爷的一些秘密，倘若有半点儿真，那可真的让人忍不住浑身发凉。

我们不与她争辩，而是如同真正的邪灵教徒一般，认真祷告大黑天的早日降临。

用过了午饭，白袍女孩金小小找了过来，说天魔大人要见我们。自沈老总时代开始，十二魔星便一直有所传承，十星守外，天地双魔则于总坛之中镇守，是其中的首领人物。地魔我们之前是见过了，相当于茅山的刑堂长老；天魔是十二魔星中的老大，长期驻守总坛，主持教义、祭祀和总坛内政，在必要的时候，是除掌教元帅、左使之后的顺位教权话事人。

就这一点而言，他的地位，其实比理论上坐第三把交椅的右使还要关键和尊崇。

小佛爷神出鬼没，而且从来只以面具示人，神龙见首不见尾。当代左使又是个武力至高，但为人孤僻桀骜的家伙。所以就目前而言，邪灵教总坛最能够说了算的，其实就是这位天魔大人。

明白了这点，我们自然不敢怠慢，由金小小领着我们，穿过小镇，朝小镇后山上的殿宇走去。

　　小镇之后的山峰分好几处，地域广阔，似乎比茅山后院还要宽广许多。我们沿着左边的一条大路直行，沿途每隔十米，便有招魂幡一样的东西出现，干枯发黄的竹竿，上面挑着一个骷髅头，有人的，也有野兽的，里面似乎还有一盏油灯，旁边有一串风铃，迎着风，发出叮叮的声音来。

　　我们穿过稻田、竹林和一小片桃树梨树的混交林，然后上山。差不多半个小时的山路，峰回路转，前面出现了一处山间溪流。在溪流的尽头有一片堡垒一般的建筑群，在这建筑群最高的一栋木楼里，我们见到了天魔。

　　让我和杂毛小道十分吃惊，天魔从长相上来看，根本就不是中国人，或者说他并不是黄种人，而是一个留着浓密胡须的老外，大鼻头、蓝眼睛，一脸的褶子肉和老年斑，时值暮年，乍一看仿佛是《指环王》中的白袍巫师甘道夫。

　　在我们极度的震撼中，天魔用最纯正的汉语向我们问好，并且简单解释了一下自己的身份。他是一位来自德国的神父，后来在中国传教期间，加入了厄德勒，并且在沈老总的教导下成为厄德勒十二魔星中最强大的一位。后来沈老总神秘消失，他留在总坛，成了殿堂神火不灭的守护者。

　　伟大的天魔大人从来不屑于谈及往事，当他认真地给你介绍历史的时候，说明他对于这次谈话，是无比的重视。

　　难怪最初杂毛小道谈及邪灵教时，跟我说它有着国际大背景，甚至与某个统治金融世界的石匠组织有关联。

　　我们假装志忑地坐在天魔对面的椅子上，这个来自德国的国际主义战士轻描淡写地说了自己的身份，然后开始缅怀起当日一起奋战天下的好兄弟闵魔来。他肯定了闵魔这几十年来在南方市所作出的卓越贡献，特别是在经济方面，闵魔辖域下的鸿庐上交的教费，远远超出其他地方。然而这种情况自打他死于非命之后，便再无持续，邪灵教因而陷入了巨大的财政危机。

　　天魔就是邪灵教总坛的大管家，他必须要为目前陷入财政压力的邪灵教思考出路。重建闽粤鸿庐集中财力，是天魔一直期望推动的事情。换句话说，我们之所以能够出现在这里，归根到底都是天魔推动的。

　　天魔是活了一百多年的老骨头，在这样的老家伙面前，要想保证自己不暴露，最好的办法就是多听少说，所以从头到尾，我和杂毛小道都是正襟危坐，面对着热情的天魔作出毕恭毕敬的姿态来。对于天魔大人布置的方案、计划和各种手段，那就是绝对的赞成。

　　天魔谈及小佛爷的计划需要大量的金钱，所以才导致近年的亏空。我突然想到了当初事务所处理的一个案件——灯饰厂老板郑立章被人使用诅咒的手段给逼得厂子面临倒闭。后来我查出来，竟然是我以前碰到的八大碗酒店老板李守庸和程五妹所为，那两人也开了一家灯饰厂，采用恶性竞争的方式谋财。

他们就是邪灵教中人，同样的还有掮客黄一，他也是采用各种方法狂捞钱财。

邪灵教以前一直得到外国某金融怪兽的捐助，资金不缺，然而后来小佛爷似乎与其闹翻，故而对内狂捞钱财，发展计划。这些压力则都转移到了普通教众身上。万事皆有联系，想明白这些，我们变得无比恭顺，天魔十分满意，在谈话的最后，他甚至表示，如果我们的工作能够让他满意，那闵魔的名头，或许能够让我们其中一个来继承。

他说这话的时候，似乎忘记了还有一个王姗情。或者，他并不认为一个在白天都露不了面的人，能够胜任闵粤鸿庐的首领位置。

邪灵教内部，竞争无处不在。

离开天魔殿的时候，没有瞧见金小小。转过一道门廊，一个美艳的女人挡在了我们的面前。看到这个女人，杂毛小道的鼻子不自觉地抽动了一下，然后与我一起，向那个女人躬身说道："属下见过右使大人！"

第三十章　当面不识观世音，犹是春闺梦里人

"你们两个，跟我过来！"右使大人用一种不容置疑的口气吩咐道。

她今天依旧穿着一身淡白色古装。这种类似于祭祀服的打扮是总坛寻常的装束，它虽然将女人大部分的美好曲线给遮掩住了，但是在这洁净素雅之中，却额外散发出一种圣洁的光芒。在虔诚的教徒眼中代表着全知全能的神灵使者，然而在我和杂毛小道的眼睛里，却充满了制服诱惑。邪灵教总坛之中，穿这白色长袍的人很多，但是穿得这么有味道的，却很少。

瞧见美丽的洛右使红唇微启，秀眉轻蹙，转身朝着偏殿附近的树林走去，我和杂毛小道对望一眼，不敢多言，在后面亦步亦趋，猫着腰跟随。一直走到高墙外侧一处颇为隐蔽的角落，她才停下，转身过来，右手掐着兰花指，在胸前凌空画了几个神秘的符咒。随着她那修长莹白的手指在空中如同精灵一般地跳跃，右手上一只碧绿如水的玉镯开始荡漾出荧荧微光，直到完全将我们三人的炁场给笼罩，她才长舒一口气，停歇下来。

作完法，洛右使秀目发出凌厉的精光，厉声低喝道："你们两个好大的胆子，真当我们厄德勒总部是菜市场么，居然就这样大摇大摆地混了进来？你们到底想要干什么，想作死吗？"

洛飞雨这般强势的态度将我吓了一跳，再听到这话语里面所含的意思，似乎已然知晓了我和杂毛小道的身份。不过杂毛小道并不惊慌，只是装作诚惶诚恐的模样，一边鞠躬，一边焦急地辩解道："右使大人，属下不知您因何说出此言，不过我们之所以能够来到总部，都是因为天魔大人的征召。他希望我们在重建的闽粤鸿庐的时候，能够起到决定性的作用，将我们厄德勒的财政支撑下来。"

听到杂毛小道这现学现卖的话，洛飞雨露出了冰冷的微笑，说道："拿天魔当挡箭牌？哼，别装了，萧克明，老闵的闽粤鸿庐要不是你、陆左还有陈志程那个老魔头联手，哪里会灭亡？别以为你们的伪装有多神奇，我见到你们两个混蛋的第一眼就看穿了——世界上，怎么会有两个气质一模一样的人呢？明人不说暗话，现出你们的真面目来吧！"

她说完这句话，雷厉风行，直接伸手过来揪杂毛小道的脸。然而当年天下第一易容大师"千面人"的手艺，混合了道法、巫术以及民间土方，便如同一张真皮，贴上去，自己都弄不下来，哪里还在乎这么一扯？

结果，洛飞雨修长的滑嫩手指在杂毛小道的脸上摸来摸去，硬是找不到一点儿痕

迹，倒是将那小子摸得无比舒爽，忍不住淫荡地呻吟起来。

洛飞雨虽然贵为邪灵教第三号人物，但到底还是一个女人，并没有杂毛小道那么厚的脸皮。那一声猫儿叫春一般的呻吟响起，洛飞雨的指尖便仿佛触了电一般，迅速收回来，眼神里掠过一丝慌乱，但还是迅速掩藏起来。

她"哼"了一声，直接揪起杂毛小道的领子，寒声说道："别以为你装得很像，就能够隐藏起来。你可要记住，你飞剑的手法是我教的，雷罚上，还被我留下一丝神识，信不信我这一屈指，便将你的老底都给抖搂出来！"

洛飞雨是如此地用力，以至杂毛小道都给掐得呼吸不畅。我跟这女人打过交道，知晓在这样一副美丽的躯体之下，藏着的是一条母暴龙，于是慌忙上前辩解说："右使大人，是不是有所误会了。我们真的不是你口中的陆左和萧克明，这一点，魅魔大人和姚帮主也都亲自查验过。那两个家伙，可是杀害闵师的家伙，与我们有不共戴天的仇恨，怎么可能……"

我在这里絮絮叨叨地说着，洛飞雨双眉一竖，黝黑的眼珠子里迸出火星子来，指着我厉声说道："刀疤脸，你别装腔作势，以为换了口音，我就真的被你们蒙过去了吗？"

她见我们死不承认，也不多言，右手呈剑指，口中念着剑诀，联系起当初留在雷罚之上的那丝气息，天雷勾动地火，剑意纵横，倘若雷罚就在近侧，必然会嗡声鸣动，与之应和。然而几分钟过去了，在我和杂毛小道的等待中，任凭她口中的剑诀念诵多少遍，都没有一点儿声音出现。反倒是杂毛小道不知是有意还是无心地放了一个闷屁，显得是那么响亮。

面对这样的结果，洛飞雨除了难以置信，还是难以置信。那一张惊艳绝伦的俏脸上充满了惊疑，而我们看着这一双如水荡漾的眼睛，忍不住将心神给沉浸了进去。

双方沉默了许久，洛飞雨掐在杂毛小道脖子上面的左手终于慢慢地松了开来。虽然不愿意离开美丽的右使大人那温暖滑腻的手掌心，但是杂毛小道最终还是表态道："右使大人，我不知道你为啥误会我们师兄弟二人，但是这都没关系。能够认识右使大人，是我一生的荣幸，以后但凡有所差遣，尽请吩咐，赴汤蹈火，在所不辞！"

杂毛小道露出的这一副狂蜂浪蝶的猪哥模样，让洛飞雨没由来的一阵厌烦。她叹了一声，似乎有些失望，一挥手，将刚才布置出来的结界取消，然后脸色转冷，一副拒人于千里之外的冰山美人形象，说道："有人告诉我，你们两个人的来历可疑，但现在，已经查明真相，没事了，你们回吧！"

洛飞雨显得有些意兴阑珊，不过浑身又透露着一股威严，没有再理会我们，回身离开。待确定洛飞雨离开，左右打量之后，我低声说道："她好像十分期望我们真的是'我们'，而且并没有表露出太多的敌意啊。老萧，你说她这是什么意思？"

杂毛小道望着早已没有踪影的墙角，深深吸了一口美人残留的香气，若有所失地叹息，接着嘴角一咧，回过来朝我笑，说："她不会是爱上我了吧？"

这家伙的无耻程度简直就没有下限，我也跟着笑，说："哈哈，也许吧，或者爱上我也不一定。"

杂毛小道快活地抖肩，说："你的魅力只体现在涉世未深、懵懵懂懂的小女孩眼中，像飞雨这样见过大世面的女人，她只会喜欢俺这样的浪子。"

我们两个人低声扯着淡，这时后面传来一声呼喊，是金小小找寻了过来。跑到近前，没好气地埋怨道："你们两个怎么乱跑啊？害我找了你们好久。知道这山上到处都有机关么，要是万一触动哪里，看你们怎么解释得清？"

我们低头哈腰，说刚才天魔大人接见过后，有些尿急，到处找不到厕所，想着在墙根儿方便一下……听到我们的托词，金小小大惊失色，说这里可是天魔大人的地盘，你们两个要真敢撒野，小心他老人家将你们两个的那话儿，都给剁了喂狗。

这女孩儿说得严厉，不过到底还是心善，将我们带到了附近的茅舍方便，然后才带着我们下山。她是个耐不住寂寞的活泼性子，长年生活在宁静平淡的邪灵古镇，难免对山外的生活有着许多憧憬，便跟我们热情攀谈起来。应付这样的女孩儿，杂毛小道有着充足的经验，而且他嘴皮上面的功夫可比自己的身手还要厉害许多，能够将许多平淡无奇的东西讲得妙趣横生。三言两语，便将外面的花花世界说得天花乱坠，让这女孩儿心生向往。

她忍不住生出申调出外的想法来，而杂毛小道这家伙开空头支票也是大方，立刻说起我们即将要重新组建闽粤鸿庐之事，到时候调去我们那儿，统管财务，大权在握，也总好过在这个小镇里面，做些伺候人的活计。

女人最爱听虚无缥缈、不着边际的承诺，听到杂毛小道的这话儿，金小小两眼冒光，言语间便与我们有了许多亲切。

一路谈笑风生，倒也有趣。到了前面一片竹林的时候，突然传来一阵打斗的声音。放目看去，那碗口大的青竹哗啦啦地倒落下来，似乎颇为激烈。朝着场中瞧去，茂密的竹林之中，一群黑衣劲装、裹着血色头巾的家伙正在追逐一个白袍青年。那青年手中抱着什么东西，修为很高。然而那些黑衣人出手十分毒辣，白袍青年身上已然有了许多伤痕。

"怎么回事？"杂毛小道拉着金小小问道。女孩一脸惶恐地低声说道："那些血巾黑衣，都是地魔大人直属的内务堂的人！"

第三十一章　白袍公子，消泯竹林

所谓内务堂，其实也就是邪灵教自身所设的刑堂，专门用来镇压叛变，以及审核邪灵教所有内部人员的忠诚。通常来说，越是松散、民主的组织，这样的机构越是弱势，而越是专制独裁的团伙与组织，它的实力才会越来越强大。邪灵教独留天地双魔于总坛，便可以晓得内务堂在邪灵教之中的地位，要远远比宗教裁判所、刑堂这样的机构高得多。

对于金小小来说，这些血巾黑衣的内务卫就像是一场噩梦，能够不碰到就最好别碰到，要是被盯上了，说不定哪天尸体就会被丢到邪灵殿后面的无底深渊里面去，灵魂永世不得解脱。所以说起这个字眼的时候，她表现得无比紧张，嘴唇发白，一双手紧紧握着拳头。

不过这内务卫的声名显然是吓不倒我和杂毛小道的。一个门派或者教派之中，最能够表现其直观战斗力和手段的，通常都是这样的机构。所以我们对这一场战斗充满好奇，于是蹲身朝着不远处的竹林子瞧去。

处于逃遁状态的白袍青年终于放弃了不切实际的想法，回转过身子，拔出了腰间长剑，与这些黑衣人对峙起来。

此人想来也是有一定来历的，手中的长剑寒铁打造，掺有星砂，通体呈现出碧绿如水的纯粹颜色，挥舞起来，有一股青木乙罡透出，锐利无比，随意扫在一根粗大如碗的青竹上，便是一个光滑无痕的锐利切口。他的对手就身手而言，都要比他低上一到两个等级，不过这些血巾裹头的黑衣男子身上都透露出一股肃穆的杀气，身手矫健，手上家伙什也多，十字镖、红缨梭、鱼筋蛟绳，刀枪剑戟，人多了，一拥而上，让人防不胜防。

白袍青年的修为很高，至少能够达到七剑、甚至茅山二代真传弟子符钧那般的程度。不过他显然并没有见过多少鲜血，实战经验不丰富，剑法虽然凌厉，但多数不点要害，手下留情。

这些年来一直都在生死边缘历练，我深深明白一个道理，那就是刀兵相见，不是请客吃饭，从来都没有什么温情脉脉的道理好讲，若想要表达出自己的意见，那就将敌人干倒、干死，方才有所谓的话语权。成王败寇，这是千古流传、颠扑不破的道理。在这样的情况下还心慈手软，即使他的身手再厉害上一倍，我也不认为白袍青年会是战斗的胜出者。

战斗依旧还在继续，然而结果并没有出乎我的意料，那白袍青年虽然剑下飙血无数，有近半数的血巾黑衣人倒在了他的剑下，然而他终究还是被拖在了这片茂密的竹林之中，不得挣脱。那些倒下去的家伙并没有被伤及要害，大部分又重新站起来。

受了伤，用头上血巾捆扎好伤口，这些人立刻表现出狼一般的凶悍，悍不畏死地愤然前冲，用自己的身躯挡住白袍青年，硬生生地把他围在了一片狭小的区域里。

在将其团团围住之后，内务卫中站出来一个头目，他有着滑稽的山羊胡和阴险的三角眼，让他看起来就像一条毒蛇，随时等待着将猎物击杀。

毒蛇越众而出，手中一把精钢刀断了半截，胸口急剧起伏，语调阴沉地劝说道："王正孝，你是元老之后，蒙恩祖荫，我们也不好让你太难看。放下武器，把东西交出来，并且跪地臣服，我们或许能够留你一命！"

面对毒蛇的劝降，被唤作王正孝的白袍青年剑眉一扬，寒声说道："小佛爷就是个恶魔，他存在于世的唯一目的，就是让这整个世界和他一起灭亡。你们难道没有亲人，没有朋友吗？你们难道连自己的思想都没有，非要助纣为虐，眼睁睁地让我们生活的这个世界陷入毁灭，让我们的亲人和朋友面临死亡吗？"

面对王正孝发自心中的呐喊和责问，所有内务卫都面无表情，而与其对话的头目则淡然说道："是的，我们没有思想，我们只是地魔大人手中的一把刀，而你则是地魔大人明令要求捉拿的要犯，所以我们要做的，就是将你拿下，并且卸掉武装。"

看着面前这一群从脸孔到内心都麻木不仁的家伙，王正孝脸上露出了惨然的微笑，他背靠着一根粗壮的楠竹，喘着粗气。然而那笑意却已然弥漫开来，过了一会儿，他的笑声越来越大，在这样的笑声中，他悲怆地大声喊道："你们知道吗？你们敬爱的掌教元帅根本就不是人，他就是来自地狱复仇的恶魔，跟随着他，等到他最终将大黑天召唤出来的时候，所有的一切都将归于虚无，化作永恒的死亡！死神永生，而你们，根本就没有什么未来，没有思想，连一点儿尘埃都不会留下……"

"毁灭一个旧世界，创造一个新世界，所有跟从主的旨意的人，都可以获得新生，成为新世界的神！"

就在王正孝慷慨悲歌之时，一个阴柔而极具魅惑性的声音响了起来。我朝着左边看去，瞧见一个同样留着山羊胡的小老头儿，诡异地从地下冒出来，缓步走到了人群中，拨开了那些血巾黑衣，平静地看着王正孝说道："你王家世代尽忠于厄德勒，信仰全知全能神，没想到，到了这一代，竟然出现了你这么一个无父无母、无信仰的畜生！"

他骂得激烈，指着王正孝的鼻子说道："掌教元帅所做的，正是千百年来我们的先辈一直想做而又没有做成的事情。百年期待，尽在今朝，没有人能够破坏。掌教元帅的威严，是不可置疑和侵犯的！我知道小佛爷的出现使你没有了继承大位的希望，但是你要知道，那是你爷爷的决定，也是邪灵教长老团的决定。现在，将你手中的东西放下，随我前往地魔殿里领受惩罚吧！"

"不，决不可能！"

王正孝英俊的脸上露出了一抹艳红，那是羞愤到了极致而出现的神色，他忍着遍体的伤势，咬着牙说道："我就算毁了它，也不会将这东西交还给小佛爷的！你以为我真的稀罕掌教元帅的那个位置吗？不，在我的眼里，那个浸染了无数污血和冤魂的座位，我连看一眼，都会觉得肮脏！道不同，不相为谋。你们是群疯子，而小佛爷是这个世界上最大的疯子，我绝对不要和你们一起走向毁灭，即便是身死，我也要阻止你们的计划。"

面对这个倔强的年轻人，地魔的眼睛里面充满了怜悯，他叹息一声，语气转柔，缓缓说道："正孝，你是我看着长大的孩子。你身上的潜力不比别人差，或许几十年之后，小佛爷的那个位置便能够让你来坐了。放弃那些荒诞不经的想法，也别再跟掌教元帅争风吃醋了，加入我们吧，你将获得你爷爷一样的荣光，不要执迷不悟了！"

看得出来，王正孝在地魔的心中还是非常重要的，以至于冷血无情的他此时此刻还能说出这样的一番话语来，不过王正孝显然并不理会他的善意，只是冷冷地轻哼了一声，眸子里面流露出满满的不屑。

地魔终于受够了，叹了一口气，轻轻说道："正孝，你的天资要远远超出同龄人，甚至在某些方面，比你那两个表妹还要厉害。然而让人遗憾的是，你实在太善良了……"

这一句话，仿佛是为白袍青年的一生作了注解，地魔背在身后的手开始快速地掐动着符咒，竹林中一阵摇晃，白袍青年脚下的土地开始变得软烂，化作沼泽，将奄奄一息的他吞没。整个过程中，王正孝身体僵直，根本无法动弹，直到最后，他的手不受控地上伸，将视作珍宝的包裹举在头上。当泥土将他淹没之后，地面上仅仅只剩下一只手，还有内务堂一直在追逐的包袱。

死亡，就是这么简单。

地魔缓慢走过去，原本如同沼泽的土地无比夯实。他将东西取了，轻轻地道："不错，这样的修为，想必以后也是一具不错的僵尸。"地魔的话语让人听在耳中，忍不住后背发寒。下一刻，他朝着我们这边看了过来，说道："看够了，就出来吧。难道你们也想被埋在土里？"

第三十二章　八卦女谈八卦事，火爆女给一巴掌

地魔那阴恻恻的话语落在金小小的耳中，仿佛炸雷一般，惊得她立刻从草丛中跳了出来，想也不想便跪倒在泥地里，大声说道："地魔大人饶命，地魔大人饶命！我是小镇的接引员金小小，刚才带着这两位外庐成员去觐见天魔大人。回来的时候瞧见有交手，便过来查探消息，正准备回去汇报呢，没想到是地魔大人在清理门户。我们只是路过而已，绝对不是有意窥探的！"

这女孩儿胆小，嘴巴倒是挺伶俐，直接将自己的来历叙述清楚，免得惹出没必要的事端来。

金小小一站出来，我们也跟着出来，不过没有跪下。地魔先瞧见金小小，摸着山羊胡子，说："哦，金小小这个名字，听着好像有些耳熟啊。刘自振，这丫头好像是老金家的闺女，对吧？"

旁边的内务堂小头目刘自振躬身回答，说是的，她是老金家的二女儿。确定了答案，地魔对这女孩的态度便好了许多，好声安抚道："你父亲以前曾在我手下做过事，后来外出执法的时候折在了东北黑土地。说起来我还欠你家一份情，你别怕，我是不会怪罪你的。"

地魔让金小小站起来，把目光投向了我和杂毛小道，脸上和蔼的表情也变得严肃起来，紧紧盯了我们一分钟，才阴沉地说道："你们两个也在这里啊，事情竟然会有这么巧？"

虽然此前的搜身并没有抓到什么证据，但长期从事地下工作的地魔有着自己独有的第六感，对我和杂毛小道一直都持着怀疑态度。而他向来都是以铁血和狠辣著称，并不需要太多温情脉脉的伪装来隐藏自己，所以情绪表达得十分直接。

不过此刻的我和杂毛小道已不是无足轻重的小人物，并不是他想整治就整治得了的，所以在交代了刚才的行程，并提出足够的人证之后，地魔倒也没有再挑什么毛病。

刚才那个偷了重要物品并擅自逃离的王正孝，身份显然十分特殊，即便是地魔也有些心神不宁，在交代我们不得胡乱透露出去之后，便逼迫我们立即离开竹林。而他也没有多作停留，留下看守的人，带队匆匆离去。

瞧见这群人朝着山上疾行，金小小一屁股坐在路边的石头上，略有些悲伤地低垂头颅，喃喃说道："天啊，没想到王正孝竟然也死在了他们手里。"

她的话语里透露出一股浓郁得难以化开的惆怅，似乎还有些少女心思没有来得及

隐藏，直接显露出她跟刚才那个被活活掩埋而死的白袍青年，有着某种情感上的联系。于是我出言问道："怎么，那个死去的，你……认识啊？"

金小小脸上有着一些痛苦，调整了几次呼吸，才告诉我们，说那个青年不是别人，而是当年代执掌教之事的左护法王公之孙。王正孝自小便天赋异禀，于修行一道特别突出，天资冠绝厄德勒年轻一代，本来有望成为邪灵教最有权势的一批人。只可惜当年他与自家表妹争夺继承人之位落败，之后心性大变，转而修研佛法，一心向佛，修为和手段虽然逐渐趋于平淡，但是教内的威望却越来越高。

隐修山林的王正孝俊朗儒雅，待人亲切有礼，是总坛许多怀春少女心中的梦中情郎。便是金小小自己，当年也曾偷偷地喜欢过这位品格、修为都是一流的名门贵公子。

金小小的叙述掺杂了过多的个人情感，然而我们却能够从这些杂乱无章的话语中剥离出对自己有用的信息来。特别是关于王正孝的出身，让杂毛小道颇为惊讶，他拉着金小小确定道："你的意思，是说刚才死去的那个年轻人，就是以前的传奇左使王新鉴王公的孙子，同时也是现在的右使大人洛飞雨的表哥？"

金小小点头，说："是啊，就是他，当年他就是在与洛飞雨的竞争中落败，失去了家族继承人的位置。没有了家族资源支持，才会变成现在这番模样，惨死林中。"

不知道是有意还是无心，金小小对同样是女人的洛飞雨似乎有一丝嫉妒之心，想着倘若不是洛飞雨，或许王正孝就不会是今天这番惨状。不过这只是她的一厢情愿而已，从刚才王正孝与那一众内务堂执法者的厮杀之中，可以看到他根本就没有什么拼斗之心，除了武功套路，甚至都不懂什么叫作杀人之术。

这样的家伙，完全就是温室里面培育出来的花朵，外强中干，他败在洛飞雨的手下，并不是什么奇怪的事情。

我和杂毛小道对视一眼，都感觉到洛飞雨在邪灵教之中的地位，并没有先前在山门之前表现出来的那般稳固和超然。因为刚才地魔本来可以生擒王正孝，却没有这样做，而是直接一个陷土咒，将其活活埋死在了地下，甚至还考虑折辱尸身，将其炼制成为一头僵尸。

想到这里，我又想起来王正孝临死之前所说的话，可以知道，小佛爷最近在准备一个邪恶的计划，如果计划真的成功了，说不定真的如同他所说的那般恐怖。

见我们都没有说话，金小小继续着自己的思路，滔滔不绝地说道："当年左使大人权势滔天，亲自训导后辈无数，本来王正孝也不至于这般落魄的。只是这些年来，掌教元帅从左使大人的手上接掌了我们厄德勒，对于教务、特别是教中的规矩作出了许多改革，大大加强了内务堂的权力，使得当年被王公死死压制的地魔获得了仅次于天魔大人的权力；而且洛右使最近又得罪了掌教元帅，地魔正想要找点茬子，对她开刀呢。结果王正孝命不好，直接撞到了枪口上来……"

"右使大人得罪了掌教元帅？这到底是怎么一回事啊？先前在山门大江之中，我看到右使大人骑龙而来，那叫一个威风！"

杂毛小道不动声色地问起来，金小小也乐于跟我们这些外庐的乡巴佬谈秘事，便压低嗓门说道："你们都不知道吧，其实掌教元帅执掌教务以来，总坛一直都分为三帮，掌教元帅麾下的佛爷堂和亲近他的那些人是少壮派；而很多老资格的大佬将洛右使推选出来，唤作保守派；还有一派中立，只发展教派，不参与内部争斗——这局面一直延续了好多年，后来掌教元帅为了减缓内斗，团结帮众，曾经找人跟右使的外婆商量两家联姻，借以达到团结教中力量的目的……"

邪灵教教内派系复杂，而且高手众多，即便是小佛爷这般的天纵之才，也没有绝对的权威去征服所有人，只是凭借着这些年一点一点地运作，让自己去掌握更多的资源和权力。

结局我们自然知道，大咪咪并不喜欢这种功利性的联姻交易，通过中间人表达自己无言的反对，使得小佛爷的计划落了空。

小佛爷心思莫测，没有人知道他心里面在想什么，就如同没有人见过他面具下的模样一般。不过普遍的舆论都觉得洛飞雨不知好歹地拒绝了小佛爷的提议，将会被排挤出邪灵教核心权力圈子。要知道虽然右使天资聪颖，而且身上堆积了众多的资源和法器，但是修为终究不如那些老家伙一般实打实。

而将她推在前台的那些老家伙，未必个个都忠心耿耿。他们只不过是需要一个出头鸟或者代言人而已，这也正是昨日面对着她的时候，星魔能够毫不犹豫地给出冷脸的原因。

说到这儿，金小小压低了嗓音，悄声说道："你们知道吗？据说洛右使拒绝了掌教元帅的联姻要求，是因为她在外面，早就有了相好的野男人呢。"

杂毛小道是个阅女无数的高手，随便瞟一眼便能够看出女子是否经过人事。洛飞雨虽然胸前的规模比无数成熟的妇人要庞大许多，但是身子却是干净得很，所以这传言多少有些恶毒了。不知为何，杂毛小道忍不住替洛飞雨辩解，说："右使大人是仙女一般的人物，修习的又不是双修之法，怎么可能做出这种事情来呢？绝对不是真的！"

他大摇其头，然而金小小的声调却突然高了起来，大声喊道："呵，你定是觉得洛右使漂亮，动了心思，对不对？不过这话儿也不是我说的，是从佛爷堂那边流传出来。你们别看女人表面上清纯，其实背地里跟你们男人差不多的……"

她是个八卦性子，越说越激动，然而就在这时，山下一道倩影冲来，扬手就朝金小小一鞭子，厉声骂道："你这浪蹄子，看我不撕了你这张破嘴！"

第三十三章　小北警告，大殿神光

一道五色绳缠绕的皮鞭在空中打了一个炸响，结结实实地抽在了金小小的身上。金小小正坐在石头上跟我们聊关于洛右使的八卦，并没有什么防备，结果被这一鞭给直接抽翻，跌到了旁边的沟里去，身上硬是炸出一道带血的鞭痕来。那人一鞭得手，却仿佛想要金小小的命之般，又抖了一下那根宛如灵蛇的长鞭，朝着金小小的脑门抽去。这一下倘若抽实了，即便不能够破开脑壳，也足以将人给抽成傻子。我们不敢怠慢，杂毛小道眼疾手快去夺鞭，而我则俯身护住了跌落在路边水沟里的金小小。

杂毛小道空手接白刃的功夫那是一流，双手一抖，来人的眼前一花，长鞭的另外一端已经在这个黄脸汉子的手上。来袭者自然就是久未谋面的飞机场，也就是洛飞雨的同胞妹妹洛小北。

这小妮子的听力不知道为何会这么厉害，相隔老远都能听到别人在说自家姐姐的坏话。

洛小北擅长阵法，而修为却只能算中上，还不如闵魔高足。杂毛小道将这皮鞭给抓着，也不放手，双方僵持着。我将金小小扶起来，瞧见她一脸惨白，嘴唇失血，狼狈至极。我故作不满地朝洛小北喊道："哪里来的野姑娘，你这是要杀人吗？"

洛小北与杂毛小道较力不过，又被我一番斥责，吐了一口唾沫骂道："一个在背地里嚼别人坏话的小浪蹄子，杀了也就杀了，谁还能说姑奶奶我的不是？"

这飞机场机灵古怪，性格怪异无比，当初在神仙诡地里装作无尘道长的女徒弟，将我骗得团团转，而且谈笑之间下杀手，根本不是寻常人的思维所能理解。可以这般说，她姐姐洛飞雨倘若是女神，那么她便是女神经病。这样的疯子我也不敢多惹，免得扰乱我们的任务。

金小小从剧痛之中回过神来，瞧见这个女魔头出现在自己面前，小脸不由吓得更白，心慌意乱之下，一屁股又坐到了地上，还没等我反应过来，金小小已经跪倒在地，朝着自己猛扇巴掌，一边扇，一边可怜兮兮地求饶道："小洛大人，都是我被鬼迷了心窍，说了这么多胡话，您大人不记小人过，饶过我吧……"

从金小小这一把鼻涕一把泪的表现，能够想象得到洛小北这女魔头，平日里到底有多恐怖。不过到底是在邪灵古镇生活这么久的女子，金小小有一套自己的生存法则。她对自己好是一阵抽，可怜兮兮，露出的惨相连我都看着有些不忍了。洛小北方才消减一点儿怒气，恨恨地瞪了她一眼，大声警告道："我不希望有下一次！"

说完这话，这件事就算是揭过去了，金小小又是一阵道谢，而杂毛小道也适时放开了那根沾染血气的皮鞭子。

洛小北许是收到了王正孝叛教逃离的消息，无心久留，拿着皮鞭指了指杂毛小道，冷声哼道："我记住你们这两张让人作呕的脸了，报个名字吧！"杂毛小道坦然说道："鱼头帮姚老大座下麻老二！"我也毫无廉耻地上前，报上了名号："鱼头帮姚老大座下老夜！"

洛小北丝毫不疑，用皮鞭遥遥点了点我们，然后一言不发，转身离去。

金小小腰后侧中了结结实实的一鞭子，脸又被自个儿扇得红肿，惨不可言，不过却长舒了一口气，为洛小北没有深究自己的过失而感到高兴——这便是小人物的悲哀。

经历了这样几件事情，我们再无谈兴，搀扶着金小小缓慢下山，在她的指引下来到镇子东边的一处医馆，把她交给一个白胡子老医师，这才走回颜婆婆家。路上，我和杂毛小道的心情还不错，如果有得选择，我们其实也不愿意跟大咪咪和飞机场成为敌人。如果经过这次内斗，小佛爷能将洛飞雨等人排除出邪灵教的核心圈子，那么反而算是成全了我们。

回到颜婆婆家已是傍晚，王永发在帮颜婆婆担水，院子里三个齐人高的大陶缸被装得满满的，见到我们回来，热情招呼，并告诉我们一件事情，那就是先前我们的大师姐找了过来，没有见到我们便离开了，也不说是什么事情。

遇到这么多事情，还没有平复心情，我们也有些意兴阑珊，哪里还有什么精力去应付王姗情那女人，听说没啥事，甚至连她的住处都没有打听，含糊应过，说晓得了。

初春时分，邪灵古镇的气候略为清冷。颜婆婆从东市买了点儿牛肉和豆腐，还从镇郊的菜地弄了些新鲜的青菜来，在院子里煮了一锅浓香四溢的牛肉火锅。我们围在火锅旁边吃着晚饭，颜婆婆不断地往铁锅里添加各种材料，从她的动作看，倒不像是一个有眼疾的老人。

牛肉鲜嫩，经过火锅煮熬之后又别有一股浓郁的香料味道，十分爽口，我们吃得不停筷。颜婆婆问及我们今天的行程，杂毛小道也不作隐瞒，除了与洛飞雨私自见面之外，将事情都一一讲明。

我们不知道颜婆婆是否是佛爷堂布置的眼线，坦诚一些，总是没有错。她是个见过世面的人，听到王正孝惨死竹林深处，黄土掩埋，说出了与地魔一样的评价："他啊，就是太善良了！"

听到白袍女孩金小小因为八卦右使，被洛小北打伤的事情，颜婆婆难得露出了笑容，说："那个小北啊，跟她爸爸一样，是个火爆脾气。不过小小这孩子平日里看着挺老实，说出这样的话，大概也是因为王正孝的死受了刺激，才不自觉地怨恨起洛飞雨吧——哎，小女孩的心思，总是成熟不了。"

听到她这几句话的点评，我心中顿时有了些敬佩。不愧是苏参谋的母亲，有其子必有其母，天才从来不是白来的，这跟他所受到的家庭教育还是有很大的关系。

一夜无话，次日天色未亮，便听到有人在院子外面唤我和杂毛小道的化名。我爬起来，探头出窗，瞧见了昨天受伤的金小小。

我连忙披着衣服出了房间，走到院子前，打开门，问她身体好点没有，怎么这么早就过来了。金小小的脸色有些不自然的苍白，声音也有些沙哑，不过用过药后，脸上的淤血倒是消减了许多。面对着我的关怀，她微微笑了笑，说还好，没有什么大碍，之所以这么早过来，是因为全国各地前来总坛的教众基本上都已经到齐了。

今天是第一次祷告法会，从今天往后，整整七日，在厄德勒大殿之中都会举行同样的祷告法会，届时会有各路高层对与会者讲法。在最后一天，作为厄德勒的精神领袖，小佛爷也极有可能出现在法会上，宣布一件十分重要的事情。第一天非常重要，不可延误，所以金小小特地早一些过来找我们，带我们前往全能峰的厄德勒大殿。

我们差不多早晨六点出发，七点多便到了小镇后面的主峰上。厄德勒大殿及附属建筑是这山峰上最主要的群落。此峰格外陡峭，登山之路的险峻程度堪比华山，有的地方甚至是近乎垂直的七八十度，必须借助缆绳和铁索，方才得行。不过这些对于我们来说并不算什么难事，很快便到达了厄德勒大殿前的广场，由祭祀人员带领着鱼贯而入，进去祷告祈福。

邪灵教有二十多家直属鸿庐以及差不多同等数目的附属外门，前来与会者差不多有三四百号人，将大殿挤得满满当当。尽管有祭祀人员的分配，秩序还是有些乱。我和杂毛小道被分配到东南角一处靠近门口的地方，盘腿坐在蒲团之上，念诵着邪灵教祈福的经文。

从太阳升起，足足念了两个小时，突然大殿上巨大的黑曜石神像闪耀出一阵五彩光华，依次落在了每一位伏地祈福的邪灵教众身上，旁边的祭祀人员则高声念诵道："所有虔诚侍奉我主的教徒，都将获得全知全能神的祝福和洗礼。"

这话说得我心惊肉跳，我和杂毛小道这两个卧底，哪里来的虔诚？

图书在版编目（CIP）数据

金蚕往事大结局．上／南无袈裟理科佛著．— 上海：上海社会科学院出版社，2020

ISBN 978-7-5520-3023-5

Ⅰ．①金… Ⅱ．①南… Ⅲ．①长篇小说－中国－当代 Ⅳ．① I247.5

中国版本图书馆CIP数据核字(2020)第001250号

金蚕往事大结局．上

著　　者：南无袈裟理科佛
责任编辑：王　勤
封面设计：人马设计
出版发行：上海社会科学院出版社
　　　　　上海市顺昌路 622 号　　　邮编 200025
　　　　　电话总机 021-63315947　　销售热线 021-53063735
　　　　　http://www.sassp.cn　　　E-mail:sassp@sassp.cn
印　　刷：上海盛通时代印刷有限公司
开　　本：890 毫米 ×1240 毫米　1/32
印　　张：16.5
字　　数：606 千字
版　　次：2020 年 10 月第 1 版　2020 年 10 月第 1 次印刷

ISBN 978-7-5520-3023-5/I·387　　　　　定价：69.80 元